诗歌之敌

周良沛 著

人民出版社

责任编辑:李　惠

装帧设计:雅思雅特

图书在版编目(CIP)数据

诗歌之敌/周良沛 著.-北京:人民出版社,2015.12

ISBN 978－7－01－015276－9

Ⅰ.①诗… Ⅱ.①周… Ⅲ.①诗歌评论-中国-当代-文集

　Ⅳ.①I207.22－53

中国版本图书馆 CIP 数据核字(2015)第 235100 号

诗歌之敌

SHIGE ZHI DI

周良沛　著

人民出版社 出版发行

(100706　北京市东城区隆福寺街 99 号)

北京毅峰迅捷印刷有限公司印刷　新华书店经销

2015 年 12 月第 1 版　2015 年 12 月北京第 1 次印刷

开本:710 毫米×1000 毫米 1/16　印张:37

字数:548 千字　印数:0,001-1,500 册

ISBN 978－7－01－015276－9　定价:78.00 元

邮购地址 100706　北京市东城区隆福寺街 99 号

人民东方图书销售中心　电话 (010)65250042　65289539

目 录

题记

　　"我们谁能大胆地决定什么是诗呢？不能！"闻一多（1899—1946）先生一九四四年在《诗与批评》中所说的"有许多人是曾经对于诗发表过意见，但那意见不一定是合理的，不一定是真理，那是一种个人的偏见，因为是偏见，所以不一定是对的。但是，我们怎样决定诗，我以为，来测度诗的不是偏见，应该是批评"。此处所说"发表过"的"意见"，可能具体有所指，否则，也应看作批评。不过，闻先生往后由此而道的"诗的标准就是批评的标准，人们在发现不是诗的时候才知道什么是诗"之名言，正是这位同是诗人的学者历经诗的艺术探索的甘苦之言。

　　之前，鲁迅（1881—1936）先生早在一九二五年就在《诗歌之敌》阐发了他从诗之"敌"以识"诗"的诗观，之后，闻先生不论事先是否关注到鲁迅先生此前的这一学术思想，实际上，都是人们所敬仰的二位对这一问题的共识和对应。

　　这多年，后人也是循先贤所开之道以识诗。

　　这本小册子之书名，也是鲁迅先生的名篇《诗歌之敌》之借用。

　　应该说，此处所言的"诗歌之敌"，仅是从认识诗的方法而言。聂鲁达（Pabl Neruda, 1904－1973）一九七一年接受诺贝尔文学奖时所说的"诗人之敌，莫过于他自己没有与同时代的最被忽视、最受剥削的人们找到共同语言的能力。"在我国现有的体制下，应该是与劳动人民"找到共同语言"方为诗人，诗才能成为他所说的"建设生活的钢铁与面包"。这更是我们这个时代，我们这个国家与诗之根本的根本。所以如此，是因为近百年的新诗运动，无论是创作实践或理论，每向前一步，都因时因地无法不遇不同之"敌"的干扰、破坏，不正视它就无法向前，今日也不例外；

所以如此，是各种理念、理论的确立、成形，常常是无法避免与其异见的相左、摩擦、对立、论争所丰富、强壮自身的生命力；

所以如此，是二十世纪七八十年代之交，随着十年动乱结束的狂热，接承《天安门诗歌》强有力的振奋，新诗新的高潮迭涌，许多过去对新诗并无兴趣，同诗无什关联的各行各业人士，都津津乐道地议诗，为此时的诗所道出他心里的话而兴奋，从它，不仅是看，是实际感受到时代未来于希望的震颤。刚复刊的《诗刊》发行超过百万份。泱泱诗国的浓浓诗气，达到空前。

不短时期的热闹之后，"伤痕文学"即功不可没地恢复了文学的现实主义传统，现实主义的历史真实也引向反思过往教训的思想深度。可一拥而上，一些没有真切体验，靠编故事的公式、概念之"伤痕"难以为继，千篇一律的啼哭反而哭乱了严肃反思的思想深度。一声"一九八六年前中国没有诗"之说一出，诗坛舆论空气变色。复杂、混乱于现实的思潮所提出的诸多问题，虽然不像眼下，如新闻出版总署原署长柳斌杰在《新京报》所说"目前中国文艺作品百分之九十属于重复、复制和模仿，创新作品不多"时，重霾威胁生存质量，也有人在《人民日报》提出文学的"阴霾"，那么勇敢、有力，彼时彼地，我等也该有总结以往经验教训的冷静和思考。

过来人，难忘过往，庸俗社会学一味要求艺术承受不了非艺术地"配合"某一"任务"的重载时，也不该忘记诗对社会该有的担当之提醒。虽然宣传不等同艺术，但也要有闻一多先生所言的"Society of Individual, Individual of society（既然社会属于个人，个人为了社会）"，就是要做"宣传"，也要做"负责的宣传"，这也是鲁迅先生的"一切宣传并非全是文艺，而一切文艺固是宣传"的必然。

为此，涌现离开人世烟火的"纯艺术"，它所营造回到象牙塔去的理论囹圄，则让新诗从"五四"开创时的平民意识，又倒退了十万八千里。

其实，任何"革命"都不可能仅仅是形式上的，"新诗革命"所以是以"白话诗"出场，正是考虑到诗的普及，远远不是形式问题。

诗可以兴、可以观、可以群、可以怨，但任何一位真格的诗人，要写出像样的作品，即便不是那么自觉，也无法离开他民族、哲学、文化的基础。任何"配合"得远离文学自身特质的"任务"之分行文字固不可取，那远离人世烟火之颓废的、虚无的、纯以自慰的诗之梦呓，总不该授奖。

当时的"拨乱反正"，对过去持批评态度从而否定它客观存在的"新月"派诗，反正于历史唯物史观，新版徐志摩（1896—1931）等人的诗集，对此，我们的同志在新版中并未忘记提醒今日的年轻读者，不要从过去的一个极端走到另一个极端。果然，不是"年轻的读者"，是在讲台颇有话语权的人物，由此竟扬言中国新诗是以徐志摩为首的只有三个半诗人。何其芳（1912—1977）只是他纯自我化的《预言》让他成了"半个诗人"，对他后来的《夜歌》，不论有什么不同的看法，个人喜欢前者的情调，绝对是个人自由，认为后者没有前者写得精致，也很正常，同时总该看到其作品的倾向，总比前者更趋于人民，趋于进步。不能正面对此，反被轻贱地将它扫入诗的垃圾，思想"开放"也不是这样"开放"的吧？在此，所谓"诗"的分界线完全意识形态化了，怎么可能不让人从意识形态来看这一诗态。

为此，之前普遍认同的，新诗开创以来的思想和艺术、理论和创作实践中的原有史实，即便对它还有何种存疑，也是更科学地予以修正、充实、完善的问题。若另起炉灶，以另一种史观，更意识形态地排斥原有的史实，以"艺术"虚构一部新诗史，那已不是诗的问题了。折腾这些的，跟"炒"徐志摩的，是一伙人。由此，艾青（1910—1996）早已有言在先，他是指名道姓地挑明，新诗的旗帜，在那些人的心里也不是徐志摩，乃是借"炒"徐志摩为幌子，以"炒"本人举旗当旗手。此事得逞，自居正统，以衔接现实诗坛之思想所领军，那么，史的颠覆，必然另有治诗之纲，明眼所见，则是推销西方诗坛各种思潮所延伸出来的"主义"。

那是西方所自得的"消费时代"，他们以资本为基础的各种"主义"，哪能不随他们极力倾销的洋货"消费"过来？当年，内地才几百块钱一平方的房产，"消费"一盆据说是"外来"的"君子兰"，竟然炒卖到上万乃至数万的传奇，那么，此中"消费"的"主义"之交易，还能不热闹？交易中利益、利害、虚荣的诱惑，自然各自大显身手。

此时，诗坛山头林立，旗号各异，不论从那个角度看，都不能不为此"消费"的奇妙、混乱的热闹深思，也不难看到新诗被干扰、破坏、阻挠健康发展的现实。

笔者有幸于一九四九年新中国成立前在革命队伍中开始学习新诗，在圈内滚爬至今。"五四"新诗开创的元老，只要健在到新的共和国二十世纪五十年代，都有不同的接触、了解，尤其长寿到新时期，并在新诗运动中有他们历史贡献的俞平伯（1900—1990）、冯至（1905—1993）、艾青、田间（1916—1985）等，以同他们不同程度的，乃至几十年的忘年之交，帮我了解、熟悉了新中国成立前二十多年新诗运动进程的状况，填补了我的年龄所不可能经历的历史，新中国成立后，又有幸见证了新诗发展的整个过程，也就自信有一份当事者的发言权。

新时期新诗第一题的"朦胧诗"，本是一个诗的美学问题，却引出非诗的不休之争；突破概念化、公式化，本属当然地强调诗的个性时，有的竟以"大我"为罪魁，等同概念、公式的元凶，从而展现以"小我"的"理论"，则成了诗的社会担当之对立……

这些言论一张扬，问题自然更复杂。不仅"五四"，是中外古今能流传下来的名篇，都有回答"大我"与"小我"辩证关系的实例。总结过去对此负面影响的教训，一旦被这么搅和，也就无法拨乱，而是多方面否定了诗的基本规律，并以"现代"兴诗。

过去，我们对"现代派"和抽象艺术，更多是对它与人们习惯的，也被视为正常的审美要求逆向而行之反感，忘了它是西方社会生活所决定其存在的认知，无视人们为摆脱"实"于高度物质化所狭隘、琐碎、异化的社会生活所作出的，也可能达到形而上的美学品格之所谓"抽象"的对应和关照，自然片面。我们可以用坚持的艺术观，以具体的作品互比优劣，同时可以取长补短，若以另一社会、体制及民族文化背景要求对方，则有违存在决定意识的基本唯物史观。

新时期，"现代派"也是逆过去思想混乱地笼统排斥它的上述所为而登场的。这么一来，他们对过去有艺术个性的诗人与作品，全都以"现代派"贴上标签，囊括在其旗下赐以桂冠，授年轻人唯"现代派"为诗，无"现代"不成诗之教，留下的问题，自不待言。正如闻一多先生评论郭沫若的《女神》时所言，诗坛又时髦"西化"。

此中的民族感情，同样是诗的坚持。正似闻先生所言："真正要建设一个好的世界文学，只有各国文学充分发展其地方色彩"，否则，则无诗；为诗的发展，对外来的借鉴、"拿来"，也非以数典忘祖为投靠；与"世界主义"，更是天南地北。

即便从纯艺术而言，诗若一统于不论任何模式中的"现代"，还有"百花齐放""百家争鸣"吗？还有诗之所以谓之的诗吗？

这伙人登峰造极地以 A、B、C、D、E、F 六项现代"手法"以崛起其"以象征手法为中心的诗歌新艺术"，完全无视艺术与生活和作者所要表达的内容，或内容所想达到的艺术效果，营造六种图圈它的技艺模式，对于一些少经世故的文学青年，鼓动他们"崛起"的，自非等闲之辈，若随其崛起于弃其表现感受于生活或心灵所应具的艺术探索和创新，如此这般，不是推他们坠入陷阱么？

这些为其得意者所狂放之论，它的负面影响本身，也为持异见者提供了更大的空间和话语权。尤其他涉及新诗发展过程中的具体人事，有各取所需，为我所用，以其思想、艺术倾向解读，毫不为怪，怪的是肆无忌惮地歪曲、篡改和强加于历史的臆想，则使旁人无法沉默。如将过去的文学社团统统当作文学流派，大多都是与事实不符的。如著名的"创造社"就是如此。之后，如新中国成立前根本没有的一个社团或诗的流派"九叶"，也不例外。此一"九叶"的九位，并非互相都相识之诗友，正像有人将外国某处评议到七位中国大陆诗人，也有人将这七位诗人选了一本《七人集》一样，新时期选一本九位诗人的《九叶集》，也是新诗新事。将这九位的艺术个性、创作成就以展示，无疑是件好事，重要的，是将九位"拉郎配"地"炒"出一个奉它为"五四"后新诗"现代"传统在四十年代所兴旺的史证，则是反历史的，是某些人自制新诗现代梦的神话。

若说一九三四年一本《汉园集》的出版，为"北大"的三位诗友——李广田（1906—1968）、何其芳、卞之琳（1910—2000）获得"汉园三杰"之誉，但他们从不认为自己是一个新诗流派，只是能够"互相欣赏"的同学、诗友。与之相比，"九叶"则"互相欣赏"的时空、机遇都不曾有过，其中视为成就最高的穆旦（1918—1977），从笔者"反右"之前与他本人的来往所知，他的创作情况同某些人为其所需的"炒"作之语，相距太远。凡此等等，过来人、知情者，总该对那些臆想之语、不实之词，以史实对证，以正视听，以尽自己对诗、对历史能尽之责。

我自己，无理论修养，不通此道。少时开始读诗、学诗、写诗，受圈内熏陶，与诗家来往，尤其这三十几年，遇到诗坛某些现场现实的热点问题，有些自己的看法和想法，也极自然。其间，不乏研讨"放炮"，报刊约稿。既成不了理论，也非多余。事后梳理这一过程，将当时和现在仍可独立成篇的文字，同时缀连成流动于诗坛的诗潮之侧影，不论说得对与否，在鼓动文化"多元"时，它是诗的思潮之一元，也是学术民主的历史旁证。不过，在过去"不争论"的气氛中，你说你的，我说我的，在公众之间的公众话题，既有于争辩之中动情得缺乏修养的鲁莽，也有诗友间（既有大家，也有初学学诗者）的信札或对话述旧侃艺的淡定、温馨，分列上下，各有所言。它们写出、发表之时序，也是我对这些问题的参与、认识过程的时序。二三十年过去，由于当时定无居所，生活不太安定，许多之前的剪报难以保全，个别篇章已记不清，查不到它写作的日期和刊发的报刊，只能将就现状。刊发时的一些错漏之处，趁此机会作了些修正。当中，不少是现场发言，有的事先也写了发言稿或提要，虽然在此还有别用，可是当时一到现场，派不上用场，更多的，还是现场的即兴发言，别人代为记录、稍作整理之稿。当时，年皆半百，依然气盛，不善言辞，又费辞滔滔，不乏凌乱，不乏水词，不乏遗憾。有些确为报刊版面所限，或借此而另有意见，在发表时被删去的文字，今日看来，除了一些可删可不删的，在认真地考虑下，也慎重地予以不少复原，但对原持的论和据，绝无任何更改，保持它的历史原貌，以证自己的坚持。其中，有部分文稿曾收入人民文学出版社一九八三年五月出版的《灵感的流云》，一九九〇年一月出版的《诗就是诗》，前者还印制了专供中国书店出口的精装书，责任编辑罗君策、杨国良、李昕在出版中的辛劳、对我个人的帮助，让一个理论的门外汉的文学随想成文菀集出版，此后才有上下卷一百三十万字的《中国现代诗人序集》面市。它对我，已不是个人的鼓舞，而是对我命运的转折的动力，对此，终身不忘，对他们仨也是永远的感激。

承蒙人民出版社看了书稿，审定可以出版之后，为它划定于"学术著作"之类，按照目前纸质出版、发行的市场评估，则要求作者申请"哲学科学著作出版资助"，因此，云南省社会科学规划办资助了三分之一强，云南省文联资助了近三分之二，才使此书得以出版，在此，对他们热情、诚挚的支持一并致谢。

二〇一五年夏于西山

代 前 言

——九十年后回头看

一

今年，不少报刊皆有纪念"中国新诗九十年"的专栏专稿，作为在新中国见证了新诗运动近一个甲子的中国人，为之振奋，感慨万千。本来，九十年就是九十年，正像话剧百年一样，是据史实的推断，无法挪前推后。但是，若照这些年仅仅以当年那股"打倒孔家店"对儒学带有简单、粗暴之处也同样简单、粗暴地否定"五四"的思潮看，新诗诞生是否为九十年，则可能参有变数了。

远在千年前，"新诗"一词早已出现于古代诗人的诗行之中，清末，黄遵宪（1848—1905）也早已举起"诗界革命"的大旗。这也包括当时一代文化精英梁启超（1873—1929）、夏曾佑（1865—1924）、康有为（1858—1927）、谭嗣同（1865—1898）积极参与的，反对厚古薄今，要求表现"古人未有之物，未辟之境，耳目所历，皆笔而书之"的"革命"，提倡"我手写我口"的主张，"五四"时也同样被人提出，但不同的历史背景，影响自然不同。前者高涨在当朝一场被扼杀于摇篮的政治改良运动，一腔诗的热情，自然只能留在那一代人的历史遗憾之长叹中。这就不像留学日本的李叔同（1880—1942）、欧阳予倩（1889—1962）等所组织的"春柳社"，随着演出《黑奴吁天录》的大幕一拉开，中国的话剧运动也就迈出了他成长的第一步。按照目前我们普遍所认同而名之的"新诗"，历史未为黄遵宪备好他"革命"的条件，却选择一九一七年，也是《新青年》号召"文学革命"之时，绝非偶然。当年，辛亥革命虽然推翻了中国最后一个封建王朝，可是几千年积下的封建沉疴，却不可能随之扫尽。各地的封建割据、袁世凯（1859—1916）复辟称帝；一九一七年，北京段祺瑞（1865—1936）解散国会；广州孙中山（1866—1925）组织护法军政府，誓师北伐，都显示着中国反封建之艰难。一九一七年《新青年》刊载胡适（1891—1962）的《文学革命刍议》，是当时文学革命的第一篇文章，是针对封建"科举制度延长了已死的古文足足两千年的寿命"之革命，也就是"贵族文学"与"平民文学"之对立所提出的。对此，当时虽然也曾直接称之为"白话运动"，但它是明确针对相对立的"古文"之封建文化背景而来。在特定的历史时期，是与反封建复辟、复古与提倡民主相关，因此，也该看到，它对致使南北动荡不安的封建余孽，也是政治、军事之外的文化的助战，对两年后，一九一九年五月四日，震惊中外的北京大学等十三所学校的三千多学生，高呼"外争国权，内惩国贼"的口号集会天安门，火烧赵家楼之"五四"运动，同样是种文化备战。这一"诗界革命"的大旗，不在黄遵宪揭起的诗竿，而在此时飘扬，实乃顺应时代的产物：时代精神，已是紧系他生命的脐带。若以《新青年》四卷一期公开发表胡适、沈尹默（1883—1971）、刘半农（1891—1934）三位的九首白话（新）诗之日看作新诗起步之时，那么，它的出版之日，其实已是西历一九一八年一月十五，也是全刊全用白话文之日始。所以说它始于一九一七年，可能那时人们依然约定俗成地以旧历计，或是这组稿不仅策划，就是发稿之日也在年前。何况，从刊物的编排看，编者并未预计到此事竟成了"五四"那个时期具有标志性的运动之一载入史册，刊首的目录，只用了一个"诗"字，九首诗的篇名与三位作者的姓名，概未上榜，相当低调。

对此，胡适是不容忽视的。他在一九二〇年三月初版的《尝试集》，是中国第一部新诗集，一印再印，广为传阅，手执一册，已是时尚。其中的《蝴蝶》写于一九一六年，也就是说，在他公开自己的主张前，已经尝试用白话写诗，对此还是费过心思。过去，随着批判他论《红楼梦》的唯心论，也是随着对他一概否定，可是随着又一股风来，似乎他又成了一位我们民族的文化尊神。撇开他与历史上许多特定的政治状况中的一些是非不说，他一生之为人、治学都显出他是一位非常复杂、充满矛盾、不乏争议的一个人物。所以，海外对他也有"价值重估"（transvaluation of values）之说。仅从他在新诗的历史地位看，几十年间我始终认为"《尝试集》并不是新诗成就的反映：却是新诗开路的碑记"。任何一位诗人，对他最好的说明，都是他自己的作品。然而，他自己都无法不说它"带着缠脚时代的血腥气"。或以"打油""莲花落"而戏之，是些顺口溜。尤其他"诗体解放"的主张，在实践中互比谁"变得快"以示"解放"，并以他当时的影响用以示范的诗例，将一种本来不错的主张推行到极处，自然不可能科学，致使"诗体"不是从旧的束缚之中所"解放"出来的"诗体"，而是在其"解放"之中丢弃了"诗"之本"体"，使之陷入散文化而失去诗之体的劣变。行文书写的思维方式严重地非诗化。他没有意识到，不论"白话诗"怎么以"白话"取代过去的诗体所运用的语言，但，它既然还要名之为"诗"，那么，它的语言也必然有个"语言艺术"的问题。时至今日，九十年后，某些时髦得仅从文体看，已不具有诗形的非诗之诗症，即使他们时髦得不知胡适为何许人也，从诗脉上看，也不应排斥它的遗传性和后遗症。因此，看胡适与新诗的关系，也不容太简单化了。这还完全不涉及意识形态来谈他。

二

若从当时新诗运动的蓬勃发展在群众中的影响看，刘大白（1880—1932）一经赵元任（1892—1982）谱曲而唱得家喻户晓的《卖布谣》，还有他那《渴杀苦》《成虎不死》等一系列表现中国农民生存状态的诗，既运用流畅上口，诸如谣曲之形式，更有反映底层大众生活的平民化，他写《成虎之死》所揭示的中国农民问题，更使平民化本身同时所具的民族性得到深化。刘半农的《相隔一层纸》，以窗里窗外，一纸之隔，两重天地，人世之不公，已以文学的平民化道出一个社会问题之根本所在。但他远在英伦，遥望祖国而《教我如何不想她》的心情之抒情，已非简单地将"白话诗"之口语以取代旧体诗词所用的古汉语，而将外来诗之形式的"自由"为其情感的民族性做内核了。同样，一经赵元任谱曲，在海内外唱了八十多年，是词、曲的双经典。它形式自由，语言却有诗的韵律，以虚实结合的手法，创造了情景交融、形神兼备的，也是诗学、美学上我们民族独称的"意境"。

还有，朱自清（1898—1948）"你要光明，你自己去造"的时代精神的追求，还有闻一多说俞平伯"中国式的词调及中国式的意象"于新诗探索对古典诗词之传统的艺术继承，都是那一代先辈，为开拓新诗立足于人民大众之间的空间，为后来者辟荆棘所开之路。陆志韦（1894—1970）是当年已看准了胡适的"诗体解放"之"解放"无度之弊，是提倡格律的先行，可惜，他单人匹马，更没有拿出有品质可以证实自己理论的作品而扩散他主张的影响，结果，后来者往往将他这一提倡之功，轻松愉快地送与了提倡唯美的"新月派"。

三

郭沫若（1892—1978）在诗坛的亮相稍晚两年，他是看到当时胡适颇为捧场的康白情（1896—1945）的作品，才恍然大悟于之前所不知其究竟的"白话诗"之"秘密"，一声这"就是白话诗吗？"可能对它有不屑之态，这既为他写"白话诗"壮了胆，也为他看前者不过如此而找到自己迈步的新起点。随之，遇到上海《时事新报》编副刊《学灯》的年轻美学家宗白华（1897—1986）和钟子期，郭沫若后来辑集名之《女神》的诗稿，则先后大量于《学灯》刊出，反应强烈。这时，读者从它看到作者从前两年"白话诗"一拥而上的稚嫩、杂芜而相对成熟于新诗的思想和艺术。他那"不断的毁坏，不断的创造，不断的努力"之诗情，强烈地体现了"五四"狂飙突进的时代精神，那些他自称为"男性的粗暴的诗"，借鉴了惠特曼（W. Whitman，1879—1892）将一切旧套摆脱干净的诗风，迸发着飞扬蹈历的气概。虽然他自己也曾主张文学"原不必有什么预定的目的"，鲁迅批评其"为艺术而艺术"的倾向，但他"自我表现"的锋芒所向，毕竟是"毁坏""创造"那个时代的进步之所需。同时也将当时的新诗提高到一个新的水准、新的境界，也将新诗扩展出新的影响。闻一多充分肯定《女神》"时代精神"的同时，以"真正要建设一个好的世界文学，只有各国文学充分发展其地方色彩"所批评文学的世界主义，对《女神》"的精神还是西方的精神"，也是批评的、中肯的、惋惜的、必须的，也是对新诗"似乎有一种欧化的狂癖"所提出的。可惜的是新中国成立后一直将郭沫若誉为新诗的旗手，为贤者讳，只说好话，这也是新诗历史的遗憾。按照这多年人们习惯以当时某个文学社团作为某个艺术流派的划线来看，郭沫若无疑是"创造社"代表性的人物，可是"创造"四诗人的另三位：王独清（1898—1940）、穆木天（1900—1971）、冯乃超（1901—1983），则不像他飞扬那浪漫主义，而是沉醉于象征主义的低吟，与郭沫若南辕北辙。比这早些，包括许多小说家的"文学研究会"，其中刘延陵（1894—1988）、朱自清、叶圣陶（1894—1988）一九二二年元旦在上海创办了"'文学研究会'定期出版物之一"的《诗》，也是中国第一份新诗的诗刊。之后又有一本"'文学研究会'新诗集"《雪朝》，除以上三位诗人，还包括周作人（1885—1963）、俞平伯、徐玉诺（1894—1958）、郭绍虞（1893—1984）、郑振铎（l898—1958）共八位。他们，有的后来与新诗分手，新文学史也从未将他们列入诗人论述。但"文学研究会"稍后一些的冰心（1900—1999），她那些躲在母亲怀里写母爱的"小诗"，且不说与王统照（1897—1957）尊"文学研究会"的宗旨，作"人生的镜子"的诗风迥异；与那同样写"爱"，倾向自我，且有外国文学修养和一些情怀，十九岁时就受茅盾之邀入会的梁宗岱（1903—1983）所写的《微笑的颤动》之象征意味也不搭调；与当时叶圣陶、郑振铎、周作人、闻一多诸多名家推崇，被称之"绝大的天才"的徐玉诺（1894—1958）相比，冰心与他那乡土诗所写故乡河南的兵、匪、旱、涝之天灾人祸中的"醉汉、娼妓、大衙门里的老官僚、赌棍、烟鬼、土匪……"的题材、诗风，同样可谓"南辕北辙"。结谊于西湖之滨的，也是中国第一个新诗社团"湖畔诗社"的应修人（1900—1933）、潘漠华（1902—1934）、汪静之（1902—1996）、冯雪峰（1903—1970），他们那篇幅不长的"小诗"，与冰心、宗白华所受影响于印度诗人泰戈尔（R. Tagore, 1861—1941）那一丝飘动

灵感的哲思、诗情之片断不同，它清新、亲切于青春梦幻的悠游，一
事一情的完整表达，起始于这种美的追求，应修人成为"冲上街头像
逃出监牢"的革命者，壮烈牺牲于受敌包围时的自尽，汪静之因"一
步一回头瞟我意中人"在当时的惊世骇俗，引来"堕落轻薄""有不
道德的嫌疑"之责难，是鲁迅先生站出来说话，怒斥那些伪道学的。
至此，不能忘记鲁迅所誉为"中国最为杰出的抒情诗人冯至"，他是
"沉钟社"的成员，也是该社留在新诗史上唯一的诗人单干户，鲁迅
誉之"幽婉的名篇"之"幽婉"二字，已充分概括了其他诗风之貌。
这位德国文学、歌德研究的专家，跟同是历史学家的孙毓棠一样，是
学者诗人。他俩各自的《十四行集》，则以"层层上升而下降，渐渐
集中而又解开，错综而又整齐，韵法之穿来而又插去"的形式，表达
他相应的诗情与诗构，而那以民间传说为题材的长诗，冯至则与孙毓
棠（1911—1985）也是颇有影响的《宝马》不同，冯全既吸收了民
间说唱艺术娓娓道来的自然与亲切之抒情，又严谨于学者缜密的构思
与形式结构，明朗又含蓄而"幽婉"于古典诗词之典雅。日前讲"沉
钟社"，他似诗的单干户，但他能与诗界诗观并不一致的诗人保持诗
谊。正如"汉园三杰"的李广田、何其芳、卞之琳所称，他们仨的诗
风并不一致，却能"彼此欣赏"。那一时期，正是他们以我们民族传
统方式以诗会友，有金兰之好，又"彼此欣赏"地保持了各自的艺术
个性这一不容怀疑、损害的艺术规律，自觉和不自觉地维护了新诗生
存的生态，才可能有他在特定的历史条件下自一九一七年后的发展、
壮阔。研究这一历史的后来者，对这些文学社团的成员，千万莫贴上
标签，以人站队划线。

四

　　说到当时的文学社团，自然不可忘记"新月社"和"《现代》
派"。"新月社"，胡适是创建人，可"新月"诗却与他挂不上钩，加
以该社的人事涉及二十世纪初叶许多政事，所以，若讲诗的"新月"，
一般只是讲朱自清所称的，以闻一多、朱湘（l904—1933）、徐志摩、
饶孟侃（1902—1967）、刘梦苇（1901—1926）、孙大雨（1904—

1997）、陈梦家（1911—1966）、林徽因（1903—l955）、方玮德（1908—1935）为代表的"格律诗派"，并非"新月"的全貌。臧克家（1905—2004）早期也是该社同仁，抗战的炮火，轰得他同他们分道去写那"根植于泥土的诗"，成了另一路的代表诗人。当年，他的"格律"，正好迎对"诗体"的"解放"无度之弊而来，自然有它的现实效应，何况，在一部分人中，其诗艺，已为诗之一时之时尚。

"《现代》派"是指围绕于施蛰存主编的《现代》之诗人群。有戴望舒（1905—1950）为首的林庚（1910—2006）、金克木（1912—2000）、徐迟（1914—1996）、李白凤（1914—l978）、南星（1910—1996）、玲君、侯汝华（1910—1938）、陈江帆等，《现代》后期有个只在刊物上发表过十二行诗的小青年路易士（1913—2012），抗战胜利后改名纪弦，一九四八年到台湾是高举"现代"大旗的领袖人物。他的"现代派信条"所主张的"新诗乃是横的移植""反共救国"，无论从时段，从人生，从对诗的信仰讲，都绝对不容与前述的"《现代》派"混为一谈。而这些诗人所认为的"现代"诗是"现代人在现代生活中所感受到的现代情绪用现代的辞藻排列成的现代的诗形"。其中辞藻、诗形所谓之"现代"，皆指从借鉴、引进外来诗艺之创新。而"新月"的闻一多，影响过他的，既有济慈（J. Keats, 1795 —1821），也有李商隐；徐志摩则更直接表达了他对哈代（T. Hardy，1840 —1928）"高擎着理想"之追随，当时，他们在理念上，唯美多于形式。但徐志摩是趋于形式的西式，朱湘则趋于形式的民族化，同一个"新月"，对同一个问题，状况还是相当复杂的。但在当时还相当闭塞的中国，他们大多留过洋，外语好，受异域文化的影响深浅不一，审美趣味趋于西化。

可是，"新诗乃是横的移植"，可以是纪弦个人的诗之信条，绝不是新诗历史的说明。毋庸讳言，新诗的形式，正如艾青所说："是从外国（主要是欧、美）移植来的。就像和葡萄、番茄是外来的一样。"它既是适应现代社会变革的必然，自然也是对诗的传统之挑战。对传统，若是虚无主义的，自有自食其果之苦；但在新旧交替的时代，传统中那些惰性的惯力不能适应，乃至成为时代向前的阻力时，一时间，它也容易成为前者锋芒之所向，也会有表现这一特定历史状况的作品，还有好作品，如《女神》的产生。可是，诗的语言艺术，在它用于诗的创作时，是无法完全（注意，是"完全"！）离开所使用的语种的基本规范和特征，尤其是它所属性于民族的文化基因。那些以鬼画符为时尚，故作高深的"假洋鬼子"自然不在此列。而戴望舒、徐志摩这些可以抬到新诗发展过程而论的"新月""现代"诗人，不论怎么看他们思想、艺术的倾向，不论创作中有过什么后人应当切记的失误，他们都有一份对诗的真诚，因此，不论他们以何种倾西或倾中的艺术手段，当他用母语创作而倾心语言于艺术的升华时，诗体则无法不随之母语而母体化，尽管可能有混血的因数。因此，戴望舒可以受影响于法国象征主义，他的代表作之一《雨巷》，艾青就其音韵，也可以讲"近似魏尔仑（P. Verlaine，1844—1896）的《秋》"，但那"撑着油纸伞，独自/彷徨在悠长、悠长/又寂寥的雨巷——"所用标点以点断节奏长短相错的长短句，则更似宋词的词牌之韵律，乃至作者的好友卞之琳说它的内容也是旧诗名句"丁香空结雨中愁"的"稀释"。徐志摩那"悄悄的我走了，正如我悄悄的来，我挥一挥衣袖，不带走一片云彩"也是难以找到哈代的诗形，更无有悲观、厌世的情绪。语言干净利落之纯净于诗的空灵、飘逸、幽婉之抒情，已糅合古诗的"花间"和老庄哲学的出世观了。诗人诗的母语，无法离开汉语民族的文化基因，才在当时的历史条件下，形成它特有的影响。当我们看到"格律诗派"最初、最卖力提倡西式格律的闻一多所写的《一句话》——

> 有一句话说出就是祸，
> 有一句话能点得着火。
> 别看五千年没有说破，
> 你猜得透火山的缄默？
> 说不定是突然着了魔，
> 突然青天里一个霹雳
> 爆一声：

"咱们的中国!"

如此的内容以如此的形式表达,谁能说其中哪一点是外来的呢? 到了二十世纪五十年代,由于当时特定的政治氛围,苏联文学的影响,致使马雅可夫斯基（Владимир В Маяковскии, 1893—1930）的马氏"楼梯诗"的形式也不乏尝试者,写得引人注目的,自然是郭小川（1919—1976）、贺敬之（1924—）。可是,当贺敬之不论他书写排列的形式如何"楼梯",但还是中国的诗语——

> 吓慌了
> 资本主义世界的
> "古道……西风……
> 瘦马",
> 惊乱了
> 大西洋岸边的
> "枯藤……老树……
> 昏鸦"

这些诗语,是从中国古典诗词摘下的,正引反用,效果特好,但它书写形式的"楼梯"并未使它"西化",而它作为语言艺术的语言,却使之融入书写运用的语种之民族而一体了。但它毕竟是由于增添了新的营养绽放了新的花种,成了新诗发展向上之坡级上的一道风景。正像这时的"棉花和葡萄、番茄",经过百代以上的适应、驯化、归化而再生,它们也就不再是旧时的它们了;葡萄也可以直接移植,但它的良种,还是以外来的枝条嫁接到本土山野的山葡萄之再生种,虽是混血,借了外来的母胎生育,但山葡萄的根,毕竟是它的父根。君不见外来的"马铃薯",我们山里人都叫它"土豆""山药蛋"么?

五

创新,是一切艺术常青的青春剂;诗,更是如此。可是,口头说说，也很轻松，实践创作，谈何容易。作者创作所追求的，读者眼中所见到的，什么才是诗的艺术创新之"新"呢？一九二五年以诗集《微雨》闯进读者视野的李金发（1900—1976），提供了至今仍有现实意义的经验。他那三本所谓"象征"的诗，倒是他在巴黎学雕塑时被法国现代诗所感染之所为。但它既非"音乐至上"于诗行有悦耳旋律之"象征"，也未以象征手法用象征符号贯穿始终，或实践那将心灵与外界、神与形、时与空、色与味等一切事物、形式、运动相互交叉、颠倒、沟通的契合（Correspondances），或曰（译）"交感"。一时称之为"诗怪"的李金发。徐霞村（1907—1986）讲他"话说不顺"，孙席珍（1906—1984）说他"法文不大行""中国话不大会说，不大会表达，文言文也读了一点，杂七杂八，语言的纯洁性没有了。引进象征派，他有功，败坏语言，他是罪魁祸首。"说他"假洋鬼子"，已是人身攻击，太过分，他抗战时的诗文，不难看到他爱国的情怀，早年沉醉"象征"时，他也坦言，想"调和"中西。可是，他就以这些"杂七杂八"的东西，被当时文坛握有话语大权的周作人视为"国内无有，别开生面的作品""一经品题，身价十倍"，还确实有它的市场效应。这也很像这些年某些新潮"理论家"与"新秀"的互"炒"互进，一时煞是热闹。"左联五烈士"之一的胡也频（1903—1931），投身左翼运动前还学过李金发，他怀着时代的苦闷，想得"杂七杂八"的，也想作李金发式的"杂七杂八"的表达，但他从苦闷中觉醒而革命，也再不稀罕李金发，也再没写诗了。从这，似乎也可以悟出点李金发现象的原因。听厂民（新中国成立后称"严辰"，1914—2003）说，他年轻时也有一阵神经质地狂过李金发，无非它是诗的一时之时尚。既然只是"时尚"，自然不可能长久；"诗怪"仅有"怪"，并不一定就是读者需要的棉花和葡萄、番茄，是读者等待看到的诗人之艺术创新。李金发之"怪"，虽给诗坛带来过一瞬"别开生面"的时尚似的刺激，可作品文本自身，读来的云里雾里不知所云的状况，毕竟只能拒绝读者。

然而，每当这样的现象出现，总是新诗创作于其时，出现了思想和艺术的生态失衡所致。当只求"口语化"，语言不成其艺术时，

"《现代》派"要求为诗艺丰富的主张和实践，必然趁势而起，不论这些主张和实践自身还存在什么问题。当"诗体解放"到"诗"无"体"时，提倡"格律"的呼声来了。虽然陆志韦走在前头，但人单势弱，而"新月"人多势众，有自己的舆论阵地，同各方联系广泛，不限于诗人，他们操作的"格律"形式，也不像陆志韦那么单一，加以"格律"化同生存的现实距离太远了，他们也极自然、自觉地疏离、分开、走远了。"新月"也在现实中极其自然地消隐。随之而起的，是强调与大众共呼吸而强调新诗大众化，并现实主义地面对现实的"中国诗歌会"，以蒲风（1911—1942）领军，还有穆木天、任钧（1909—2003）、杨骚（1900—1957）、柳倩（1911—2004）、王亚平（1905—1983）等以"国防文学"作为他们个人创作口号的诗潮。在这之前有萧三（萧爱梅，1896—1983）、蒋光赤（蒋光慈，1901—1931），若完全以作品写作的年限排列，他俩都是早期白话诗的诗人，由于其时他们都在莫斯科活动，反而不为国内多数读者所知。而且萧三最初歌唱中国革命的作品，是用俄文在苏联发表，有的选入学校教材，当年苏联的青少年，有的几十年后两鬓斑白还能背诵他的作品，是名地道的"国际诗人"。蒋光赤不同，他写的《我是一个无产者》等，多是回国后才发表、出版。那时同是小说家的他，被称之"警察跟踪的诗人"之小说《少年飘泊者》《短裤党》等爆发的革命热情，在大革命、"四·一二"前后，为许多热血青年所狂热，风靡一时。郑振铎于《新文坛的昨日今日与明日》说蒋光赤的小说"最流行"，但"在技术上是失败了"。"口号文学有两大缺点：一，幻想色彩太浓厚；二，英雄主义。蒋光赤的作品里，这种缺点即很显露。"这一批评，同样适用于他的诗。既要抒唱理想，自然少不了理想色彩，理想写得空泛，自然表现得空幻、肤浅、直露，容易促其速朽。在群众运动中，这类作品于现场的轰动效应，若归功作者，毋宁说是民众于运动中高涨的欢乐、义愤、悲痛于此时此地契合于一个诗题宣泄的淋漓尽致，作者为现场的情绪化所振奋、陶醉，为之鼓舞之不可免是当然的，很好理解。作者能选准对应民众心态之诗题也应充分肯定，值得鼓励；若作者以此作为创作思想和方法的大路，则容易忘记诗就是诗的自身生存法则。这多年，有人嚷嚷所谓"纯艺术"时，常嚷"去意识形态"，其实这种"去意识形态"本身，就是一种意识形态。一经这么嚷嚷，在去它之中，它反倒为诗之外的政治之所需，也特别地政治化了。虽然作品涉及的社会生活以及作者的人生方式，从我们这几十年在这块土地上的人生体验，我是不相信诗是可以摆脱政治的。但涉及创作中的技艺，它是个什么问题，就是什么问题。郑振铎说"技术上是失败了"之所谓"技术"二字含义，其包容量显然需要扩大。诗必须是诗，毕竟还有不少艺术问题，作品粗糙、乏味，必然流于非诗的悲剧。之后的"国防诗歌"在受侵略时讲"国防"，很入时，是燃烧热血的诗题，是时代的强音，自然是那一时期诗的主流之声。为读者及时地提供过不少鼓舞士气的好诗。久而久之，蒲风英年早逝，"中国诗歌会"的人马也在战乱中离散。人心在抗战的持久和深入的现实之中，都发生了更深层次的变化，之前不少诗的呐喊，若仍然只是呐喊，流于标语口号，看来不耐读，写来难以为继。这一类诗，"左联五烈士"中的殷夫（1910—1931）真是一位很纯的诗人，他写个人的私情，写自己所献身的革命，都同样以纯情而纯了诗，不像滥呼口号者，也将自己从读者心中的那方诗苑开牌出局。此事，若允许我们再往四十年后看，由于新诗单一"配合任务"的"假、大、空"之泛滥成灾，这时，新时期的拨乱反正，还以新诗历史，自然包括还徐志摩在新诗运动中的历史原貌时，不想，有的新潮派借此极力否定传统、歪曲史实，竟然"炒"出徐志摩为新诗运动中的诗魁之说。由此看来，此事当反思的课题，实在太多太多，千万不要忘记。然而，"九·一八"后，郭沫若这样的大家也说："我高兴做个'标语人'、'口号人'，而不必一定要做'诗人'。"这种誓为时代鼓与呼的精神固然可嘉，但艺术规律，毕竟不是可以随个人意志为转移的。

六

　　抗战燃烧的诗之火焰，是不会熄灭的。诗，就是诗；抗战也不需要只为它呼口号。艾青、田间，是为诗的抗战所来到的。关于艾青和田间，闻一多"我们能欣赏艾青不能欣赏田间，因为我们跑不了那么快"这一诗史上的名言，在当时的情况下，有它一定的道理，也包含太多郭沫若愿作"口号人"那种愿为时代鼓与呼的热情。闻先生在集会中只是凭朗诵田间、艾青两首诗的现场效果的即兴讲话，不可能更全面地比较他们俩。毫无疑问，田间其时的《给战斗者》和街头诗是与史同存的，而艾青的《火把》《向太阳》等，诗题的象征符号串联作者人生理想反映对抗战生活的写实，也将抗战置于更广阔的视野予以深邃的思想；他的《北方》《我爱这土地》等，虽未直写抗战，读来，深感时代的忧郁。类似他那《我的父亲》，虽非作者的代表作，但它对半封建、半殖民地一位开明士绅的半生描述，读者从它隔开烽烟能认识自身生存于烽烟中的民族历史文化背景，也好读懂现实。诗人以他极具个性的语言，倾诉他于斯时的心路历程。诗风与之迥异的穆旦于一九四〇年三月三日香港《大公报》说艾青的"语言在我们的脑际萦绕最久的，也还是那些朴素的语言"。"我们终于在枯涩呆板的标语口号和贫血的堆砌的词藻当中，看到了第三条路创试的成功，而这是此后新诗唯一可以凭藉的路子。"在疏离"新月"之后，读者是否只能为抗战接受标语口号的十字路口，艾青是各方都能接受和认同，必然是位影响深远的诗人。应该是由于诗的同样气候，抗战的持久战斗，新诗于早期全民总动员浸入热情的浮躁消退了，各路诗人沉稳于个性化的生活积累和艺术修养，深沉了作品深邃的穿透力。解放区文化普及工作的深入，是文学氛围浓郁的天地，那儿的诗，并不像"老外"眼中老区群众的穿着，非蓝色即灰色。天蓝（1912—1984）写的"国共合作"之日，我们的英雄被"友军"诱走所杀害的《队长骑马去了》；光未然（1918—2002）为父河黄河作的颂歌，乘着歌声的翅膀，传遍四方，唱入人心；何其芳为少男少女歌唱的《夜歌》，魏巍（1920—2008）写黎明前的黑暗中，哨兵因听了受尽鬼子欺凌的妇女的述说而加重责任感的《黎明风景》；以及稍后一点，李季（1922—1980）以散发陕北信天游泥土气息的《王贵与李香香》以及陈辉（1920—1945）、公木（1910—1998）、鲁黎（1914—1999）、贺敬之、厂民、阮章竞（1914—2000）、胡征（1917—2007）等的短诗，还有五十年代才读到，可以进入最好的抗战诗之列的《肉搏》等作品之归侨诗人蔡其矫（1918—2007），自然也在这个行列。他们的作品不仅在解放区，也在国统区传开了。国统区在"皖南事变"后，新闻出版检查制度的法西斯化，要以诗的方式冲出了当局对诗的扼杀，是需要勇气。北柯（仲平，1902—1964）、南高（兰1909—1978）的朗诵诗响亮于南北的战区、集会、广场；除袁水拍（1916—1982）的《马凡陀的山歌》，还有欧外鸥（1911—1995）对当局倒行逆施的讽刺诗；被当局关进集中营的冯雪峰的《灵山歌》，叶挺（1896—1946）将军哪怕单单一首的《囚歌》，对独裁当局，也是投枪；力扬（1808—1964）的《射虎者及其家族》、玉杲（1919—l992）的《大渡河支流》、臧克家的《泥土的歌》、苏金伞（1906—1997）的乡土诗，在农业国对农村问题撕裂开的血淋淋，在消极抗战者的面前，也是抗战；还有，应该像施蛰存（1904—2003）所写战前的"《现代》派"，抗战时同样有一个围绕在胡风（1902—1985）主编的《七月》之诗人群，应写作"《七月》派"的，今日以"七月"风光，又否认自己为"七月"的牛汉（1923—2013），那时还无有影响的作品，他们有阿垅（1907—1967）的《纤夫》、绿原（1922—2009）的《童话》、邹荻帆（1917—1995）的《木厂》、彭燕郊（1920—2008）的《大地的诱惑》、冀汸（1920—2013）的《跃动的夜》，都像曾卓（1922—2002）那不为叛徒打开的《门》，都有他们诗的坚守。杜运燮（1918—2002）的《滇缅公路》，方敬（1914—1996）"使所有的日子都是阴天"的"宽帽檐"，能启迪人对自身生存环境的思考；卞之琳的《慰劳信集》、冯至的《十四行集》，同样运用了西诗的十四行形式，前者尽力设法将战地生活的描述融入这一形式，后者运用的形式似乎本来就是为作者人生的哲思所准备；因一九八一年的一本诗人合集《九叶集》所命名的"九叶诗派"中的辛笛（1912—2004），战前已有诗集《珠贝集》，他在英国研究英国文学时，已与艾略特（T. S. Eliot, 1888—1889）这样以现代主义影响过世界诗坛的"现代"大家有过直接交往，不可能对他没有影响和影响小一点。当时，他和穆旦、杜运燮、陈敬容（1917—1989）、杭约赫（1917—1995）、郑敏（1920—）等都是知音，作品有浓郁洋装书的书卷气和学院气。

当民族解放战争必须，也必然是全国人民大众的战争，此刻文学的知音，也必然是为人民大众而文学大众化的读者，他们同学院实际上的距离，极容易拉开他们对学院诗风的阅读距离。八十年代，时隔几十年后才被人们重新认识，一时视为最"火"的新诗流派。类似的情况，诗史上并不少见，因果各异，对"九叶"如此，则是由于社会变迁对审美趣味的变异所致。他们，早慧；我们，迟识，如此为百花园中少不了的一朵叶子花。台湾光复后被誉为"诗的播种者"的覃子豪（1912—1963），抗战时于东南前线出版了他的《自由的旗》，并培养了不少战地的诗歌新秀。香港声望很高的乡土作家舒巷城，年轻时逃离到内地，也以新诗创作开始了他的文学生涯。诗人们汇入这支浩浩荡荡的新诗队伍，以各自所处的不同处境、不同人生、不同感悟，描述当年的苦难、苦斗、辛酸与辉煌所合成为全景式的，丰富、深刻呈现的抗战史诗，达到新诗在这之前未曾有过的繁荣景象，也将新诗自身于此形成的传统在发展中稳定。之后的几十年，涌现了无数诗人及新诗巨著，却不是这几页小文章所能涉及的内容了。（希望此书以下的内文，能成为它的衔接与继续——作者后注）后几十年的进程自然也不可能没有任何问题，有些问题虽然不可能是历史简单的重复，却也极其相似，往后再过几十年，若有类似的问题再出现，也只能怪我们对历史经验和教训所患的健忘症，绝非轮回、宿命。

二〇〇七年六月修订

（原载香港《文学研究》二〇〇七年九月三十日第七期）

上篇

说 "朦胧"

在我们的记忆里，三十年来，关于诗的问题，讨论得最热闹的，莫过于形式问题。离开内容，空谈建立现代格律诗的问题，不了了之。企图从形式上解决、提高新诗的创作问题，终于被许多诗人真正的诗情无法囿于形式的创作实践所突破，而忘记了服用有人为新诗治病所开出的药方——建立现代格律诗。

如今，不论是危言还是沉痛地在讲"新诗危机"，紧随而来的一场空前热闹的，关于新诗的"懂与不懂"的，和所谓"朦胧诗（体）"的争论。对比新诗不景气之下的这种热闹，为新诗悲观者，从中似乎也可以得到一丝安慰。起码看到大家还在关心新诗。

对新诗的前途，我是乐观的；可是这种争论，对新诗的创作是否能有所推动，我是怀疑的。在某些文章里，甚至把许多本来很明白的问题反而搞得不明白了，对它愿意为此多想想，自然也有教益，否则，只能是文化资源的浪费。

目前，甚至有点火药味的争论，情绪的火热，多于理论的力度，各自所据之理，常常含混不清，不乏互相矛盾，难圆其说的。

同时，争的所谓"懂"与"不懂"的问题，在提法上，就值得考虑。写得晦涩，就是存心不叫人懂的，那么，问题就在它的晦涩，不是读得懂与不懂的问题。对于语言艺术，若是语言没有过关，缺乏应有的表达能力，写得鬼画符似的不知所云，那就是不知所云，你能懂万事，也懂不了它，同样不是读得懂与不懂的问题。诸如此类，是不宜，更不要简单、统一地纳入一个"懂与不懂"的问题。若排除了晦涩、鬼画符等的因素，根据个人的生活阅历、审美趣味、学识涵养等所构成的阅读水平与作品思想艺术深浅的距离，正如树上没有一片叶子是相同的，如果有谁想将它统一于同一个标准，只能是痴人说梦。

有人说，有的诗就是需要某些朦胧的意境，读后给人余味。不错，我们的老祖宗为此早有诗教。刘勰（约465—552）《文心雕龙·隐秀》的"隐也者，文外之重旨者也"，姜夔（1155—1221）《白石诗话》"句中有余味，篇中有余意，善之善者也"。从国外亚里士多德（Aristole，前322—384）的《诗学》起，到我国现当代艾青（1910—1996）的《诗论》，早有这方面的论述和用语，为什么一定要说得那么别别扭扭呢？

文学典型性的"这一个"，不论奉行文学的哪种主张、主义，都不容置疑。诗人、作家为个人创作情调的美学追求，其笔下的场景、意境的文学的"这一个"，不论是否能一蹴而就的成功，上帝也不给谁说三道四的权利。可是，若是不是为了"这一个"，反过来，以"朦胧"作为作品普遍的美学所论优劣的要求，那么，在你死我活的战场，声声军号也"朦胧"了，那么，此时文学作品要求的典型环境、典型性格、典型意义已被其对立地表现成了相互的讽刺。各自的崩溃，也葬送了文学。从全国各地请大家来争议一些仍属常识性的问题，对在座的专家学者，确实大大失敬，缺乏起码的礼貌。

然而，常识问题不能以常识解决，此中定有诗外之题。要是"朦胧"能够摆脱上述之人所酿成的混乱，作为真正的诗，具体于作品"朦胧"的美学表现，也要用形象的鲜明、表达的明确，以可感触的意象，成为美的凝结和有硬度的体质，真实于"朦胧"的形象、意境，才能使"朦胧"塑以成型，达到表现"朦胧"所需。这样，它在丰富的内涵中才可能予人以余味。诗教中也早有这个名词：含蓄。可是，抛开这一切的时候，我只能认为这些同志所认定的、所谓"朦胧""余味"，就是语言的含混、表述不确切的含混、恍惚。把这作为艺术的追求，是否会有艺术呢？

白居易（772—846）有一首似小词的变格之仄韵七绝《花非花》：

花非花，雾非雾，

　　夜半来，天明去。

　　来如春梦几多时？

　　去似朝云无觅处。

这么四句的名篇，二三十年代的小学生，都曾被它谱上曲后，唱得滚瓜烂熟，家喻户晓。是当年几辈人唱它都唱老了的"学堂乐歌"。那么多年，在它流传得那么广的范围（自然包括许多家长），都不曾听说过对这四句诗有过什么异议和争论。都说它写的是梦。痴长几十岁后，才听有唐宋时，旅客召妓伴宿都是夜半来，黎明即去之说。并以元稹（779—819）《梦昔时》"夜半初得处，天明临去时"互证。其实，何尝不可以说，元稹感叹的也是往昔如梦呢？更重要的是，白居易一生为诗为人，晚年贬官好佛，并非那类风流种子。

　　当然，若是写梦，又有"来如春梦几多时"，以梦形容梦，不能说它写得忒好。不论它写的是什么，就以他所表现"朦胧"的"花非花""雾非雾""无觅处"，不是很能表现此境虚无缥缈的"朦胧"么？可是，诗人对其所要表现的意境之朦胧，却一点也不"朦胧"，正是它写实地表现了恍惚于朦胧的真切，才能够让我们从它还原到恍惚的"朦胧"。这也是写诗的根本美学要求。它对我们今日讨论、争议"朦胧"时，难道不可以，不应该有所启示么？

　　不想，今日由"朦胧"又引出个"现代派"的问题来，对此，持褒持贬，各有所用。持褒者，则以"现代"之创新所为新诗的"朦胧"所闯出的新路而鼓呼。持贬者多以我们民族文化背景的审美，以传统的观念对待"现代"反传统，"晦涩""凌乱""以丑为美"等之"现代"污垢以论，缺乏唯物态度，无视这是西方的存在之反映，只能唯物地研究，批判的，是它的存在，不是反映存在的艺术，对此简单化了，必然粗暴。

　　不论当褒当贬，此时所说"现代派"又是什么样的现代派呢？是三十年代戴望舒式的"《现代》派"？他的《现代》只是一个期刊的刊名，其"派"，只是围绕这个期刊的新诗作者群。与西方现代文艺思潮的 modernism——现代主义并无什么干系，《现代》，modernism，无非是一个趋时的文字符号。十八世纪俄国的《现代人》СОВРЕМЕННЙК还是反对农奴制，提倡民主思想的期刊呢？戴望舒被叶圣陶（1894—1986）誉为"替新诗的音节开了一个新纪元"之《雨巷》，为此，当然不能忽视法国文学（尤其是诗）对戴的影响，从其文本看，其诗情与"音节"，却更多是古典词曲的传承与拓展。如今在海外评价忒高的卞之琳，也被列为中国的"现代派"。他对格律的音组、音节、顿的主张，西诗的影响胜于传统。其坚持之坚定，与眼下的诗风距离不小。他"空灵"的《白螺壳》所挂着的"宿泪"，知音有限，但与现代西方的未来主义、达达主义、超现实主义、表现主义、象征主义、存在主义，等等，同样相距甚远。他有时也将某一具体事物抽象为某种永恒为普遍的人性，却无"现代"畸形异化的虚无、变态、悲观，更不反传统。

目前，从"朦胧"衔接、流变下来的"现代"，有人，说是指西方的现代诗与其新的表现手法。若是这样，写《草叶集》的惠特曼，写《带触角的城市》的凡尔哈伦（E. Verhaeren，1855—1916）、写《穿裤子的云》的马雅可夫斯基（Владимир В Маяковскии，1893—1930），以致更近些的、我们熟悉的聂鲁达（P. Neruda，1904—1973），他在全球当今最广泛的影响，正是一座纪念碑。他们艺术主张于创作的实践和成就，拓展出了各自诗的一个新世界。一般地说，同他们是不可比、无法攀的，却是可以和应该学习作为诗歌道路追求和奋斗的，但现在这些"朦胧"趋"现代"者的主张和志向，与此也是南辕北辙。

他们所搞的所谓"现代派"，若是指对象征手法等表现形式的学习，不是搞象征主义，那艾青的《向太阳》《火把》等，从诗题起就是象征意味的。它们却都是现实主义的作品。冯至的《十四行》，虽然它的形式不能被更多群众所接受，使作者放弃对这一形式的继续尝试，但他此中为纪念鲁迅而写的等等篇章，人们还是不会忘记的，最后，还是这样存在着。

可是，围绕从"朦胧"又"现代"的这些争论，除了在一旁看热闹，这种争法，我不知道要达到什么目的。

这些同志，都在举着"百花齐放"的旗帜；却又认为自己的提法是发展的方向，是新诗的未来。这，实际上都是以自我为主，或者是我"放"了你就莫"放"的"百花齐放"。

应该是先有创作，才有理论。

谁家的理论"正确"，创作出实践这一理论的过硬作品来，那是比什么都有说服力的。光会指戳别人的鼻子，不是强者。

我想起春天在广州，黄昏大家散步时，听见一些华侨用广东话在讲："大陆又在批'邓'了？"听了，我吓了一跳，以为又出了什么事，后来一问，才知道他说的"批邓"之"邓"，非十年动乱中所"批"之"邓"，此"邓"非彼"邓"，乃邓丽君也。那时，也就有些所谓这种批判的"讲学"，有的人就在放一段《绵绵细雨》后，在一旁加段评语："这是多么空虚无聊的感情的发泄呀！这种颓废精神是种精神鸦片呀！"接着，再放一曲《爱的寂寞》，又加评语："这是多么黄色堕落呀！"而相当多的听众，看着这位批判者怒发冲冠的形象，眨着眼睛微笑。上头在批判堕落的义愤之中，听众却仿佛正好在堕落中陶醉。旅途上，港台歌星的磁带播放，我就听到几位老者议论，一个说："唱来唱去老是这个调子，没多大意思！"有的说："毕竟比'下定决心，不怕牺牲'好！"由此看来，这又能以"堕落"二字可以说明的吗？广州诗人韦丘（1923—2012）告诉我，一位出过几本诗集的同志，曾把邓丽君磁带中的歌词都记下来，他认为，那些歌词写得"不健康"、感伤，但是还没有我们报刊发表的某些情诗那么俗气！这一问题的提出，就更令人沉思。

从我个人来说，我很喜欢外国音乐，可是很不喜欢那种酒吧间的音乐。可是，我相信在没有更好的抒情歌词与曲谱可以淘汰它的时候，我不相信以上面说的那种方式可以把它批进坟墓。但是，我们没有拿出好的抒情作品，或采取有力的措施使这样的作品得以产生。而是请朱逢博这样的歌唱家掉过头去唱四十年代上海十里洋场流行的《蔷薇蔷薇处处开》。据说，既可赚外汇，又可以抵制港台的流行歌曲。结果，在港澳销路不太好，又大量转内销。若朱逢博这是为革命唱歌，那么，怎么批判从外涌进来的《拷红》《夜上海》之类十里洋场的旧歌为黄色文化呢？我现在住的饭店里，隔壁几位军官，大家还没起床，他们的录音机就响着"好花不常开……何日君再来"。是否这些歌被革命人听了，就成了革命的歌呢？未必吧！

这里，我老说到歌曲，是它和诗在这时是两位一体，且涉及市面上各种人的。同时，整个文化艺术都一样，没有好的作品出来，要抵制、淘汰那样的文化是不可能的。就像我们不论说《飘》怎么不好，那里出了八十万册，还有多少人没有抢到呢？出于上述的逆反心理，未必都是狂热。

判断作品的好坏，还是应该多听听群众的意见。

好的作品的出现，被人接受、欢迎，不仅要作家本人努力，评论家、文学教学工作者，也应该是它的催生婆。

我们很多同志恐怕对青年诗人曲有源（1942—）是不会陌生的。他的《打呼噜会议》《关于入党动机》等火辣辣的政治讽刺诗，理所当然地受到评论家的注意。可是，一位颇有资历的诗人兼评论家竟然说小曲的诗好就好在运用了"意识流"，这不是天大的笑话吗？这里，我得慎重声明，我不是对"意识流"本身有什么看法。中外古今的各种创作方法和技艺，都有借鉴意义，都可"拿来"。问题是把曲有源那样的诗说成是运用"意识流"的成功，只能说作者没有看，或看不懂曲有源的诗。没有看或看不懂就写文章，这是干什么呢？作品的力量，明明在于作者对现实清醒的态度，爱憎分明，表达有力，是用大家习惯的表现手法，与"意识流"何干？若认为"意识流"时髦，给它加上这顶"桂冠"就可以标高作品的身价，那么，评论家把作品当商品，也就把自己当了商品。这些都成了商品，文学对自己的拍卖就不可能有文学；评论的文字成了投机的赌注，更不可能有理论和学术。

有人在市场上以此起哄，诗集的出版、发行，一度颇为风光。可是，各家图利，无计划地争出，也就成灾。"天安门诗歌""五四"的诗，都是文化瑰宝。可一本《阿诗玛》，云南出的十几万册还没卖掉，青年、上海文艺出版社又争着出，结果，四处都堆得是，直到这次因为有的"诗"上头有"打倒刘少奇"之类的语句才被封存，在书架上消失。若说这是计划不周造成的浪费，那许多"照顾文学""交换文学"就更糟，各种运动，各种会议，都出些诗集配合，甚至一本决定不用的诗，因为作者成了某个会议的代表，也可以反过来提前发稿。对名人、要人，则更甚。为了这些人与事的关系，随着也就有评论配合或支持。既是这样写评论，就免不了隐恶扬善，单纯捧场，读者读到的不是真话，当然不买账。搞征订的同志就讲："你们叫响的诗都卖不出去，这些小字辈的破玩意儿还叫我订？既然排好了，你要出，我也只能订五百本！"这到底是谁之过啊！

有人现在说，报刊越宣传的东西越没人看，越批的东西则越批越香，越有争议的作品越能引起人们的兴趣。这种说法，自然包含着一些我们某些同志难以接受的情绪。可是，问题的提出，这种逆反情绪的表达，还不值得我们领导、评论家、诗人、作家沉思吗？

此时，说"新诗危机"听得不顺耳。可新诗的不景气也无法回避。我们这个有悠久文化的文明古国，出现几首好诗，并不该使我们失去正视这些问题存在的勇气。

目前好诗难以产生，可能恰恰是孕育好诗产生的前奏。对未来，对我们祖国，我是充满信心的。可是一个婴儿的诞生，母亲总有一个分娩的阵痛。在这场浩劫之后，道德、人性罩上阴影，真、善、美和激励人向上的精神还没得到很好的恢复和发展的时候，生活缺乏诗，写在稿纸上诗也不可能多。创伤有个痊愈的过程，有一个生活转折中的停顿、思考过程。诗人从中发现、提炼诗，也有个比之过去需要更勇敢的思想和艺术上的开拓，这也是诗与时代对诗人提出的更高要求。之后，会有好诗的。我也多次讲过，我们生活缺乏诗的精神贫血症，只有以诗给她输血才能治病。受了创伤的心灵，需要诗的抚慰，诗的振奋。

许多新秀的出现，正是历史给新诗这样的使命之下出现的。去年，我读舒婷（1952—）的《祖国，我亲爱的祖国》很受感动，读了顾城（1956—1993）的"黑夜给了我黑色的眼睛，我却用它寻找光明"这样的诗句，我感到作者对生活的思考，远远超过他的年龄。比起我学诗的时候，他们更有才气，起点更高。但是，顾城的《弧线》

中"少年去捡拾一枚分币""海浪因退缩"而形成的"弧线",我就不知所云了。刚才谢冕(1932—)老师提到一首显示了人的尊严的诗,说:"我孤独,因为我是人!"换句话说,他周围更多不孤独的,就不是人了?我们不说自己是脚踏社会主义祖国的土地在说话,就是任何时代,任何制度下的诗人,这样对待广大人民,是否值得赞扬?这些不仅不该作为优点来夸,思想上如此这般,只能成为作者在艺术上自焚的导火线。这些作者一开始就能把自己的个性带进诗里而且能表现出来,十分可喜。但是,当他们还不成熟,不是以诗论诗,过早地在评论中作为一家来褒来贬,确实为时过早,害了他们。硬以一家来树自己时,就不免装模作样,写得玄而又玄了。年轻人的可塑性很大。我们的评论就他们的诗指出哪点好哪点坏,该发扬什么克服什么,不就很好吗?一开始就视为一个流派的开拓者,捧的要把人捧煞,打的要把人打煞。这样对年轻人,不是太残酷了吗?

诗,还是应该写得让人看懂。不然写它干什么?有人说,只要表现自己。别人看不懂你的东西,你向谁去表现自己?若是自己表现给自己看,睡到被窝里去表现好了,何必要写在稿纸上还想方设法发表呢?一赞成诗要写得让人看懂,有人就把明确与含蓄对立起来,把"懂"作为"假、大、空"的同义语,含蓄与朦胧又混为一谈,这不是胡搅蛮缠吗?对自己所用的这些词汇所包含的概念都没确定,就卷起袖子打笔墨官司,为此而动肝火,争论本身的意义就值得怀疑了。对不懂的诗,当然可以不举手,这是个人不可侵犯的权利。但是,原因何在?顾城的父亲顾工(1928—)说这是两代人的美学鸿沟。我赞成各写各的,大家都在实践中接受检验。说这是两代人的鸿沟,我一万个不同意。从屈原(前278?—340?)到李白(701—762),从跟希腊史诗一样古老,已不知其生卒年月的荷马(Homeres)到普希金(Александр Сергеевич Пушкин,1799—1837),跟我们隔了多少代呀?为什么他们的诗情都能与我们相通呢?刚才有人讲敬之与小川同志的诗是好诗,可是叫八十年代读者怎么可能欣赏他们五六十年代的作品?这种说法不对。好的文学艺术,从来不受时间、地域所限,这是常识。一首可称为"好诗"的诗,若二十年的生命都没有,又要称它"好"，口吐这个"好"字，就很难说是出于真心了。近来，这些争论本来是可以以常识来解决的问题，却又不能用它来解决，其中就定有不寻常的原因。有人说，这是各人为抓杆旗来扛，我希望不是这样。既然希望不是这样，又不应臆测其原因。我只好希望这些论战，是诗评家比诗人还有更多的激情、天真、以至于灵感，由于某种误会，才会这样论战。

我们听人介绍过波特莱尔（C. Baudelaire, 1821—1867）的《恶之花》是在怎样的情况下产生的，也看过何其芳同志自己分析《预言》的文章。一般地说，诗的晦涩，是人的苦闷之象征。"四五"的诗，为什么不晦涩？那不同样多是年轻人的作品？有些所谓"朦胧体"的作者，就在西单民主墙上写过并不难懂的诗。民主墙上诗，不少还过于直白。不管你怎么说，怎么写，当一个人写到让读者感到不需要任何生活，凭所谓"生命的异化"、触觉的"擦痕"就可写作，引起人们担心这条路是否康庄的忧虑，绝非多余。

此一争论，也扩大到新诗是以民歌还是别的什么为基础而发展的许多问题。

这些问题，不是诗人们自己以自己的创作实践，百花齐放地各自寻找到了各自解决的办法么？

我相信，郭沫若的《女神》决不可能顶替刘大白的《卖布谣》；艾青的创作成就很大，可是既没有必要也不可能取代苗德雨（1932—）。《王贵与李香香》《漳河水》是值得我们骄傲的。可是它能掩盖《向太阳》《给战斗者》《夜歌》《北游》及《十四行》《十年诗抄》的诗的光芒吗？就是戴望舒、徐志摩也不能因此而取消。若这些诗当中，只允许有一个绝对的胜利者，那么，新诗史是何等的单调贫乏啊。那样，即便可以看到一位诗霸（不是指一个人，也许是一个派）的威风，更让我们看到这种贫乏带给我们民族文化的悲剧！

《国风》的创刊号上，臧克家先生的贺信上说"一味强调学外国，数典而忘祖"之说是令人遗憾的。"一味"当然不对，话的中心还是"数典忘祖"。我只想说一句，臧先生的《罪恶的黑手》为什么不用王老九的方式写呢？我们读者也不是"甘苦寸心知"么？

这是我们的现实。诗也只有百花齐放。过去，我们被文化专制主义专政，现在我们能够百花齐放时，为什么还要捆起自己的手脚，订出一个统一规格搞一花独放呢？以自我为中心统一别人，就不可避免对别人也搞文化专制。

我们的同志管这些干什么？写诗的，只要写出来的是诗就行嘛！

诗要是诗，可不容易啊！

首先，在思想上总得有点真、善、美及使人向上的精神。

艺术上，一方说"一览无余，假大空"不是诗；一方说"像谜语、天书"，也不是诗。当中若没潜台词，在理论上全是百分之百的对。

我们不会忘记蒲风同志对新诗运动的贡献，他也多产，可他能留下的那些"革命诗"，还没有一生仅写过九十二首诗的戴望舒的多，就是蒋光慈的《乡情》也比那些多于呼口号的"劳工们，起来呀"这类诗行有生命。

李金发的名字，新诗史上是不能不提的，但是也只能作为说明历史的展品。他的《弃妇》永远不可能像《假若你不去打仗》那样唤起人的热情，也不可能像《再别康桥》"轻轻的我走了，正如我轻轻的来，我轻轻地招手，作别西天的云彩"那样给人一点美的感受。他的存在，既不可否认，也决不是新诗唯一的光荣。昨天听说，检阅"红卫兵"的那套邮票，其中票面上有毛主席与林彪在天安门上合影的那张，集邮公司收购都是高价，林彪这时都有它的价值，李金发当然该上新诗史。

历史上，这两方面的教训，今天都该记取。

关于晦涩，讲得多了，另一方面却注意不够。那就是"分行杂文"的问题。

有人叫它为"杂文诗"，我想，既成"诗"，有点杂文的锋芒也好。但是，当写的"诗"不是诗的时候，我认为还是叫"分行杂文"好了。

我们的生活，既有这样或那样的问题，用诗抨击时弊，理所当然。《浪尖上》《将军，你不能这样做》正是这几年新诗战斗的旗帜。

　　我们不要人云亦云，细细想想，同一个艾青写的《浪尖上》与《光的赞歌》，谁更有思想和艺术的力量呢？后者已将前者的思想概括进去，前者却不能概括后者。我们反对单纯的"配合"诗，对前者却还是从"立竿见影"的要求才能在今天对它作出如此的艺术估价。

　　我不是否认《浪尖上》也是艾青的好诗。但是我也反复叫艾青儿子丹丹放了一九七八年十月二十六日的朗诵会上瞿弦和的朗诵录音听。当时掌声最响的是：

　　　　一切政策必须落实，
　　　　一切冤案必须昭雪。

经久不息，暴风雨般的掌声，把朗诵打断了。一句"政策必须落实"六个字多么鼓舞人心啊！怎么不鼓掌呢？《光的赞歌》这时朗诵，肯定不会有这种效果，是否因此就可以确定比它差呢？离开全诗的艺术构思与思想锋芒，单讲一句"政策必须落实"是否是最好的诗句？若将这时的掌声当作作品的裁判权，就很不好了。

　　《将军，你不能这样做》也是反映了人们反对特权强烈愿望的好诗。叶文福（1944—）同我私人关系也不错。但是他再写《致××》我就反对了。思想的解放，若没有提高反特权的立意，在于提名道姓，就没有再写的必要。仅仅把盖房子写成买澡盆，这样写也就没完没了，自己在艺术上就会走向自己起步的反面。指名道姓，最后无非增加自己处境的困难。思想艺术若有新的突破，为此作任何牺牲都是值得的。如果胡来，就不足道了。何况，有人问"将军"指谁时，答：这是艺术创造。不是给了自己更多的发言权么？指名道姓的大胆，是否一定比"艺术创造"好呢？何况，随着而来的，编辑部收到的诗稿就有《部长，你不能这样做》《处长，你不能这样做》《主任，你不能这样做》，这就成灾了！

　　还有一首常被人提到的诗题，一开始就是：

　　英明领袖华主席教导我们：

　　思想再解放点，步子再迈大点！

　　这类诗，在特定的环境下赢得掌声，起了鼓舞人们的作用，应该肯定。当年的华国锋（1921—2008）主席除"四害"，结束了十年动乱，为是非不分造成的大量冤假错案平反，真是天翻地覆的革命和伟绩，应予歌唱，但是，若告诉大家这样写诗，新诗的境遇会比今天更坏！尤其是诗人的才华用于歌唱华国锋的袜子，以至于裤带时，歌唱的热情，造神的固执，更不能成诗。

　　我们反对生硬地"配合"任务、图解政治，反对"假、大、空"，反对晦涩都是对的；可是，千万不要忘记，在反对它们的同时，我们又从另一个角度，用另一种方式提倡了我们正在反的东西！我们争得爱情诗被"四害"夺去的位置是好的，若写得比邓丽君的唱词还俗，还肉麻，这不也是对爱情本身的讽刺么？

　　此时，我们，起码是我本人，也该从"朦胧"中走出来！

　　我们可以骄傲的六十年的新诗史，是越过无数险阻才走出来的一条路；今天前面还有困难，只有大步前进！

　　　　　　　　　　一九八〇年十一月二十日于昆明会场

　　（原载一九八一年一月二十二日《文艺报》第三百七十四期）

有感于"新的美学原则"之"崛起"

　　早在孙绍振（1936—）同志的《新的美学原则在崛起》（以下简称《崛起》）出现之前，"崛起"之论就在诗界闹腾一年了。去年十一月，有一个刊物《崛起的一代》就以"崛起"的姿态，对六十年的新诗，不仅是虚无主义地否定，且是人身攻击，指名道姓地骂街。对以不少好诗丰富了新诗宝库的艾青同志，也叫嚷你在我们当中挤来挤去干什么？说什么我们要送你上火化场，再开进我们浩浩荡荡的诗歌新军，去拆你们的庙！与此同时，又有这个刊物当中的人向艾青同志写了唱赞歌的信，对照刊物上杀气腾腾的语言，这信就未免写得太肉麻了。

　　孙绍振同志在《崛起》一文中，推出舒婷（1952—）做"崛起"的代表人物，因此，他在《福建文学》一九八〇年四月号上谈舒婷的《恢复新诗的根本传统》，也可以用来作《崛起》理论的注释与补充。我引的孙绍振的话，也完全出自这两处。

　　当然，孙绍振同志寻找能体现自己崛起的美学原则者，自然不会是那些没有引人注目的作品而空称"崛起的一代"之"诗人"。他将读者的注意力引向舒婷，并非偶然。从舒婷同志的答读者问中知道，她从小好读，十年浩劫中，目睹的世事，内心的磨难，都在她忧郁的沉思中化为真切的诗情。她的作品一开始和读者见面，不仅以情的真挚动人，也以明显不同于一般初发表作品的作者之艺术修养而引人注目。我们现在看到她公开发表的作品，绝大部分写于十年动乱。那时，一个除了还有内心的尊严、骄傲，已失去任何自卫能力的女孩子，在她的诗里流露出一种孤寂情绪，以致新作中还见它的余绪，毫不为怪。这是当时社会生活及人与人的关系的不正常，在作者心灵、在作者笔下的伤痕，绝非追求艺术美的结果。完全撇开人们对她作品中的思想倾向的争议不论，若不看到她笔下的题材、意境、表现手法愈来愈多地重复自己，艺术和思想一样不能开阔一步的弱点，也是艺术的短视。新诗史上，较多吸取了欧美现代派的表现技巧的诗人，他们苦于对人生的思索，感情比较内向；他们注意技巧，注意结构和立意的严谨；有的笔触婉约，有的写得浓郁或近似哲学的冥想；他们倾向艺术，但艺术的天地也是随着感情的天地不够宽广。从戴望舒、卞之琳到后来的王辛笛、杭约赫（曹辛之）、陈敬容、穆旦、杜运燮、唐祈（1920—1990）、唐湜（1920—1990）、郑敏、袁可嘉（1921—2008）等，大抵如此。当然，他们并不可能完全一样，就是公开打出旗号的伙伴，"新月"的闻一多与徐志摩在为人与为诗上，也还有很大的差别。一个有才能的诗人的作品，在风格统一的前提下，同样需要艺术上的多样。何况不同时期的不同的人呢。若是这样看，就可以见到舒婷的诗路，早有先行者。她不是无源的水，从云雾中"崛起"。她在练笔时，就得到蔡其矫同志的具体帮助，她的《致橡树》在一个非正式的油印刊物出现，艾青同志就给予肯定，《诗刊》予以转载。今日她成为孙绍振眼中"代表着我们的未来""像是横越我们头顶的桥梁"的人物，若要失去大家在思想和艺术上的帮助，不可能健康成长。在女诗人陈敬容、郑敏之后，由于我们都熟悉的情况，中间整整有三十年没有她们这样的诗人与作品露面。舒婷和她作品在这时能出现，不是靠她"冲击"而来，而是我们的政策在文艺上能够正常地百花齐放，舒婷的诗也就开花了；若要说她以"崛起"开了新的诗风，不如说她在新的条件下继承了中断三十年的一个流派的一些艺术特点，也算有她一份成绩。若谁幻想把自己的美学观作为"我们的未来"而赐封舒婷为新诗皇后，实际上搞自己的一花独放，只有陷于历史的虚无。

舒婷的诗，是个很复杂的社会与艺术现象，应有专篇来谈，这里要谈孙绍振的论点，却无法不提舒婷。必须说明，孙绍振为了取己所需，首先就不公正地对待了舒婷。提出她为"不屑表现自我感情世界"之外的世界的头面人物时，不提她在一九七五年写的《春夜》中所说的:"几时你不再画地自狱,以便同世界一样丰富宽广"的诗句,不提她在七五年《秋夜送友》时:"因为我们对生活想得太多,我的心呵,我的心呵才时时这么沉重!"尽管这种情感表现得太微弱,我们也应该与她共勉,都不要陷入"画地自狱"的境地。

这三十年的新诗,成绩不小,问题不少。十七年中,庸俗社会学的影响,使这个时代该产生的史诗没能产生,十年动乱,那帮人的帮诗学将中外古今的各种怪论,发展到登峰造极的地步。除思想造神、艺术上的公式化概念化外,那是没有诗的时期。是人民自己首先以《天安门诗抄》突破了帮诗的统治,随着,李瑛(1926—)的《一月的哀思》、柯岩的(1929—2011)《周总理,你在哪里?》、艾青的《在浪尖上》、贺敬之的《八一之歌》以及邵燕祥(1933—)、蔡其矫、张志民(1926—1998)等许多新老诗人的新作源源而至,给我们人民带来了一个诗歌的春天。这里,有些诗对帮诗学的影响还摆脱得不彻底,还有这样或那样的缺点,但是,这是"五四"后新诗的一次复兴,讲"崛起",这才是新诗真正的崛起。而诗的解放是随着我们人民的第二次解放而解放,决非从天空降几位天使的"崛起"拯救了新诗。这一诗史,是篡改不了的。

孙绍振同志"崛起"的美学原则是:"不屑于作时代精神的号筒""不屑于表现自我感情以外的丰功伟绩""回避……我们习惯了的人物的经历、英勇的斗争和忘我的劳动场景""不是直接去赞美生活,而是追求生活溶解在心灵的秘密"。

首先,我想起孙绍振自己写的诗句:"面对父辈的业绩,能不扪心自问:七十年代,你怎样把英雄的道路延伸?"诗,不忙恭维,思想的追求,却不难解答。舒婷的《祖国呵,我亲爱的祖国!》:

> 我是你簇新的理想,
>
> 刚从神话的蛛网下挣脱;
>
> 我是你雪被下,古莲的胚芽;
>
> 我是你挂着你眼泪的笑涡;
>
> 我是新刷出的雪白的起跑线;

是绯红的黎明
正在喷薄；
——祖国呵！

孙绍振同志称赞上面这些诗"想象大胆到把客观世界的精粹细节直接变成了自我形象的组成部分"，却忘了这种艺术现象不仅是艺术手法的形成，是和作者的感情同时代融合而相连的。它在舒婷的作品中更易为人接受、称道，也是艺术随思想，比之作者的其他作品，跨出了自我天地的一步。

是的，我们不应强求一个作家写他不熟悉的生活、题材，甚至以行政命令叫人写某个斗争、某个英雄。但是，贺敬之同志能写、想写，写出了人所称道的《雷锋之歌》，塑了英雄的光辉形象，是否就触犯了"崛起"的美学原则，该放逐敬之同志出"崛起"的诗国？我们国家，我们民族，她光荣的历史，正是人民英雄的故事组合。有的英雄主题被人写失败了，不能因此诅咒英雄的主题是诗园的瘟疫。失败的诸多原因中，主要还是诗人对英雄不熟悉不了解所致。

诗的多样，取决于人生的多样。一听这"不屑"写，那"不屑"写，我就想起"题材决定论"只能写这只能写那的调子。不论各自用的什么语言，耍的什么花招，对作家来说，都是在题材上为我们设置禁区，都是捆绑手脚的绳索。

文学史上的许多事实告诉我们：重要的不是写什么，而是怎么写的问题。梁山泊的好汉，既可以写成《水浒》中的农民起义英雄，也可以写成《荡寇志》中的土匪。就是莎士比亚（W. ShaKespeare，1564—1616）的《奥塞罗》，不同的演员在舞台上既可以把他解释为嫉妒的典型，也有演成种族歧视的受害者的悲剧人物。

作家由于生活经历、修养和趣味以及诗的气质的不同，确实有个善写什么，不善写什么，想写什么和不想写什么的问题，这同那从美学原则上叫人"不屑"写这"不屑"写那是两码事，前者是有路，作家行使他们选择权的问题；后者是断路，你想走也不让你走的问题。何况，这"不屑"的几个方面，是我们这个制度下的生活主要面，它与亿万人的理想、前途、友谊、爱情、个人的沉浮、家庭的哀乐相关，诗中的 "自我" 能离开直接关乎个人命运的生活而成诗么？舒婷的《流水线》不也是写劳动么？（她是怎么写劳动，又另当别论）孙绍振为什么又不提呢？

将孙绍振 "既然是人创造了社会，就不应该以社会的利益否定个人的利益，既然是人创造了社会的精神文明，就不应该把社会的（时代的）精神作为个人的精神的敌对力量" 的美学原则，和 "不是直接赞美生活，而是追求生活溶解在心灵的秘密" 的两项 "崛起" 原则放在一起看，这玄乎的美学，对任何一个在这块土壤生长的人都明白，人民是国家的主人，个人与社会的关系是写在宪法上的，两者是怎样才 "敌对"，才不该 "直接赞美生活" 呢？

我们生活中，确实有许多矛盾，很多问题，错误路线留下的后遗症，搁下一些要我们收拾的烂摊子。骆耕野（1951—）的《不满》写道 "不满像舰队告别港湾的头一阵笛鸣哟，不满像雄鸡向往黎明的第一声啼唤" 之后，又说 "我是规划，锁在保险柜里多么窒闷，我要走下蓝图，我要和新兴的工地团圆；我是革新，躺在功劳簿上多么可耻，我要摸索新路，我要攀登记录的峰巅；我是政策，我不满蹰躇的'伯乐'，为什么不立刻启用朝野的遗贤？我是创造，我不满夜郎自大，快为我打开与世隔绝的门闩……" 人们读了这样的诗，认为诗人说出了自己心里的话，想奋发图强，强烈要求落实政策，改变落后面貌。这和 "不该把社会的（时代的）精神作为个人的精神的敌对力量……" 的原则是截然不同。国家遇到困难，前进遇到阻力时，个人与集体的关系没处理好，挫伤了个人的积极性是不对的，但把个人摆在社会、时代的对立面，以自我为中心，那到底是谁要跟谁 "敌对"？这是美学原则还是政治宣言？对个人正当权益、尊严的损害的力量，应该毫不留情地反击；但是在保卫自己的权利时，任何人在任何时代、任何社会，也都有对社会不容推卸的义务。诗人写诗，更不容置诗人的责任于不顾，否则，诗中的 "自我" 也就失去任何美学价值。孙绍振在特别强调抒情诗中的 "自我" 作用，又把美学归纳为这多原则时，恰恰这也是他 "不屑" 提及的。

　　写诗的都知道，不从自我出发是写不出真诗的。"自我"一旦成为诗的表现，就无法不让它表现出自己的倾向性与社会意义。国际上现代著名的智利诗人巴勃罗·聂鲁达，在西班牙内战时期，他在《我作些解释》中，当人们问到他过去写的罂粟、丁香、细雨、鸟语到哪里了，为什么要直骂卖国贼，写"连豺狼都不容的豺狼，荆棘唾弃的石头，毒蛇都憎恨的毒蛇"时，他答道："你们来看街上的鲜血，来看鲜血在街上流淌！"这一"解释"，不仅是聂鲁达对自己的解释，也可以看作对诗中的"自我"的倾向性、美学原则的解释。诗中的"自我"是不可能离开客观的、物质的世界而在真空中现出诗的个性。任何人要与这世界活鲜鲜的生活隔绝，怕只能是"画地自狱"。任何一位诗人，在"不屑"表现自我世界以外的生活，又陶醉于"溶解在心灵的秘密"，这个"自我"不正是主观唯心的自我扩张与自我欣赏么？

　　孙绍振在论舒婷时说："难道我们因为她不是号手而否认她的作品是诗吗？"我也不禁想反问："除了舒婷式的作品，你是否承认还有诗呢？"知情者都知道：许多同志帮助舒婷的写作所付出的精力，比一味捧煞的"爱护"有意义得多。否认舒婷的作品是诗，可以说是无知，有人不喜欢她诗的格调，提点意见，是正常的，有的意见也是对的，这些意见的存在并不等于否定她的作品是诗。反过来，是否不符合"崛起"美学的、非舒婷式的诗就不是诗呢？

　　我并不认为艺术中的生活只能实写，根据题材与艺术处理的需要，诗人也可以写"溶解在心灵中的秘密"。但是，是否热爱、赞美生活，却是决定一个人是否是诗人的基本条件。若不是作为写作上艺术处理的具体问题，而奉行"不去直接赞美生活"的原则指导写作，也就不必写作了。

　　生活，人民，永远是一支唱不完的歌。就是天昏地暗，生活依然值得歌唱。屈原既知"路漫漫其修远兮"，还是要"吾将上下而求索"；"洒洒祭雄杰，扬眉剑出鞘"，不也是对有幸活在今日而不幸遇过浩劫者的赞歌么？就是写山水风景，"情样的深哟梦样的美，如情似梦漓江的水"也是诗人贺敬之毫不掩饰自己赞美生活的热情，才有诗的生命。拜伦（G. G. Byron，1788—1824）的《唐·璜》并非将生活溶解为心灵的秘密,倒是把生活剥开来,摊出来给人看,从宫廷到街巷,通过各种人物的活动,剖析了那个社会。这些诗显然不符合 "崛起" 的美学原则,但它却自有不能否认的美学价值。章益德同志这样写戈壁的风:

从浓黄浊重的飞沙中,临摹它的肌色;
从纷乱披垂的枝条中,描绘它的乱发;
从轰然飞逝的沙雾中,勾勒它的背影;
从狰狞怪谲的乱云中,想象它的脸相。

从急旋的冲天沙柱中,
勾勒出它自天垂落的袖管;
从遮天蔽云的尘雾中,
速写下它拂天而过的大鳖。

只写 "溶解在心灵中的秘密",能让读者这么真切地看到戈壁上的风么? "崛起" 的美学在此该怎么施展?

从这里来看所谓的 "自我" 与 "心灵中的秘密",就知道所谓 "崛起" 之说无非就是让人躲进不见人间烟火的、主观唯心的 "自我" 的甲胄里,去溶解心灵的秘密。不论 "深入" 到离世的沼底,还是 "崛起" 到诗的天国,不论以 "左" 得可爱的面孔,还是以右得出奇的手法,都是把新诗赶到没有生活的空气之主观唯心的天地,窒息而死。

生活本身,就是一条新诗的大道,拒人民的生活与斗争于新诗之外,要新诗为人民、为社会主义服务,就是一句空话。当艺术上只有一种 "崛起" 之路,它也就当仁不让地取代了人民所要的百花齐放,这和当今现存的、人民生活的广阔天地之文化秩序背道而驰。

一九八一年四月六日北京朝内

(原载一九八一年十月二十二日《文艺报》第三八三期)

答一份题意 "朦胧" 的试卷

　　大家递上来许多条子，又是要我先讲"朦胧诗"，问我对它的看法，这样提问，实际上是将我的军，逼我表态。

　　我毫不隐讳自己的观点，即便它是有问题、错误的，也不需要羞羞答答。只有毫无保留，像说知心话一样告诉大家，只有痛快淋漓地，像读宣言似地表达我的立场，才可能有自己对诗的真诚。否则，即便报刊仍在发表我的分行文字，要我承认那是可以称之为"诗"的"诗"，只是自欺欺人。

　　我不怕表态，却不能不负责任地表态。

　　我也不知道这几位提问的同志自认为的"朦胧诗"的含义是什么？这三个字包含一些什么概念？也许他们提的问题是一个，看法却不统一。

　　如果，不把"朦胧诗"在此时此地的含义弄清，那么，题意含混，或曰"朦胧"，回答怎能明确？答得含含混混，也太不严肃。

　　这两年，关于"朦胧诗"的争论，在新诗史上是空前的，确实够热闹。海外也有人根据我们某些同志发言中的片言只语，大肆发挥，狠作文章，大造"中国诗坛大混战，代沟日益加深"的舆论。这种做法不好，这种提法，不论根据从何而来，都不是事实。人们因为生活经历、文化修养不同，对艺术欣赏的美学趣味自然有异，决不可简单地以年龄划线论沟。若将现在的年轻人视为所谓"朦胧诗"的当然拥趸者，说他们的"新美学原则"之"崛起"，是十年动乱"扭曲了灵魂"所致，那么，十年动乱留给中年和老年人的伤痕，不是也该使老年人为此而热衷"朦胧"才对么？如此论证，十年动乱就不是他们的代沟，倒应该成为他们聚在一道的一根"热线"。

　　美学原则、思想倾向的分歧，都当"代沟"，不对，不好。最早

提出 "令人窒息的'朦胧'"之说的，是章明（1925—）登在《诗刊》上的文章，以杜运燮的《秋》为例。老杜年近花甲，若以年龄决定对 "朦胧" 的态度，又以 "朦胧" 看代沟，那么，老杜的 "朦胧" 也就无来由了。承德地区的诗刊《国风》，发表过不少读者来信，表明自己爱 "国风"，不要 "朦胧" 者，不少也表明自己是年轻人呢。与 "国风" 相对的 "朦胧"，此时，似乎要称 "西风" 了。据说，有的地方在自由市场卖出四川出版社新出的《戴望舒诗集》《徐志摩诗集》时，弄个看板写下广告："戴望舒、徐志摩为新诗中'朦胧诗'的鼻祖，不可不读，欲购从速……" 听过之后，啼笑皆非，令人痛思。它还承认 "朦胧诗" 有祖宗，不是空降 "崛起"，还算实事求是。徐志摩的《再别康桥》，许多评论是当他的代表作来评议：

> 轻轻的我走了，
> 正如我轻轻的来；
> 我轻轻的招手，
> 作别西天的云彩。
> ……

我在《徐志摩诗集·编后》中讲过："长期的封锁，在年轻人接触的'艺术'里没有艺术，现在看到精选出徐志摩的几首诗，激越了几分热烈反映，是既不正常又正常的。逢到这样的青年，卞之琳同志自嘲地说：矫枉过正！矫枉过正！短短四个字，此时此地，我想它既可以用来批评过去对徐志摩的评论走到了一个极端；也可以用来提醒今天的年轻人不要走到另一个极端。"茅盾说徐志摩是新文学上资产阶级的开山和末代诗人。我们不仅对这样一位诗人，即便对一位革命者的认识走到极端，同样物极必反。可是，他艺术上的可取之处不在 "朦胧"，他致命的弱点，也不在 "朦胧"。像我们看到他上述那样的诗，无论褒贬，硬说它 "朦胧"，离他作品的实际都太远。这两年评述戴望舒的东西多了。有篇文章引了他的《赠克木》：

记着天狼、海王、大熊……这一大堆，

还有它们的成分，它们的方位，

你绞干了脑汁，胀破了头，

弄了一辈子，还是个未知的宇宙。

论者就在这四句诗上尽作文章，说它"朦胧"，说"未知的宇宙"表现了望舒世界观的混乱。许多诗人的赠诗，写时并不一定是准备拿出来发表的，个人的感情，只求对方明白就行了。不知情，可能不明白，决不等于写得玄乎。所以，我为这首诗写过这么一条注文："一九三六年，金克木在杭州西湖孤山住着，译《通俗天文学》，望舒从上海去看他，同游灵隐寺，谈他主编《新诗》杂志的事。他知道克木对天上的星星和天文学入迷，回沪便寄赠《赠克木》，所以有'弄了一辈子，还是个未知的宇宙'"的诗句。这里，我应该加一句话，就是克木同志译这本书时，感到此书太枯燥，太难译，天文学简直不知道该怎么通俗化。所以《赠克木》的开头就写道："我不懂别人为什么给那些星辰／取一些它们不需要的名称／它们闲游在太空，无牵无挂不了解我们，不求闻达。"

这类作品，都无法摆脱时代及作者自身的条件带来思想与艺术上的局限。但是，在此说别人"弄了一辈子，还是个未知的宇宙"者，自己就不可能是一个糊涂人。可是，狂热地鼓吹"朦胧"为"崛起的美学"者，却把戴望舒、徐志摩当作"五四"后可以留下来的三个半诗人中的两个。"崛起的美学"若将其作品的价值定位于表现的"朦胧"，对他们的艺术的注意力只集中在它表现"轻轻的我走了，正如我轻轻的来"，或者是"彷徨在悠长、悠长／又寂寥的雨巷""在雨中哀怨／哀怨又彷徨"，才是诗所能表现"溶解在心灵的秘密"，那么，我们在这里争论诗的"朦胧"问题，就全是废话！

诗人艺术个性的独特性，就是艺术所公开的心灵秘密；个人任何心灵的秘密，一旦表现为艺术作品，都只能是公开的秘密。若认为只有"轻轻的我走了"这个调儿，这个劲儿的诗才可以留存，那么，这种美学原则所推出的"朦胧诗"，就表明了一个并不朦胧的思想倾向。

它显然留给了我们另一个专题。

这里，还是先谈"朦胧诗"吧。

有个刊物辟有"朦胧有人爱""明白读者多"的专栏，从栏目看，两者似乎对立。栏内的作品，有些"有人爱"的"朦胧"，实则是含蓄，有些把作者笔墨上非形象化、非感情化，也是非诗化的理念作为诗的"明白"，也是对诗的误解。这里，我念一首苏金伞的《头发》，是诗人一九四六年，新的内战发动后，在白色恐怖的国统区写的：

一

在我的记忆里，
父亲的头发，
还拖着一条长辫子。

祖父常用脚
踏住那辫子，
拼命地拳击。

城里来的差人，
又把那辫子
吊在树上，
用鞭子抽打着
要钱粮。

但他的辫子并没有掉，
一直拖进棺材，
还那么粗大。

二

母亲的头发，

一辈子不梳。

上面落满了
箩面时荡出的面屑
和烧火时
飞出的火星子。

且又最易脱落，
用手一挠，
就抓下一把乱发和母虱。

临死时
交代姐姐，
"把我的头发梳一梳吧！
披头散发
是不好见阎王的！"

姐姐梳梳她的头发，
于是安心地闭上眼，
但虱子还在喝她的血。

三

赶到我，
头发变硬了，
不服梳理，
成天鬅鬅鬙鬙的
叫人看着不顺眼。

更有人从我的头发
推测到我的心，

说我是"愣头青"
一定会碰出乱子来的。

于是在人面前，
我总是按住头发，
不让它崛起
替我惹祸。

但头发硬，
真是无可奈何！
手指一疏忽，
就又恢复了原来的姿势。

于是我把它剃光。
但又有人说：
这是"光蛋会"的标记，
应该用刀连根割下来。

它通过"受之父母，不敢毁伤"的《头发》，把新中国成立前三代人在清末以后的遭遇都展现出来。诗中，苏金伞同志几乎没用什么形容词，有的人可以认为它不像"诗"，用心读完，就不能不为诗人构思的诗情化叫绝。诗中大跨度展现的人、事，时、空，全围绕在头发上作文章，达到艺术上的集中、凝炼。尤其后几句，说到头发鬐鬐，怕人推测"太不驯服"，把头剃光，偏有人说这是秘密组织的标记，"应该用刀连根割下来"时，是不能不感受到白色恐怖下的风声鹤唳、草木皆兵，防不胜防，还无有退路的心境，从而认识反动统治的罪恶。它写得不明白么？太明白了！在这里谁要把明白与浅露等同起来，不是诗盲，就是胡搅蛮缠。它"明白"在深沉的诗的感情里，它"明白"在诗的深刻的形象内涵中，根据艺术表现的不同情况，有时含蓄造成某种朦胧的意境也会有的，却不能说含蓄必"朦胧"，甚至发展到非"朦胧"则非诗的怪论，这不是高深，是无知。我想用《头发》是可以证明它的。

在讨论"朦胧诗"里，好多同志提到唐代的大诗人白居易，说他的诗在那时"老妪能解"，以说明它的明白易懂，几乎可以成为致力于诗歌大众化的先驱。既可以用以对"朦胧诗"提意见，也可以从旁为脱离人民者敲钟警示。因此，也就有同志无法同意将古人简单地纳入今日"明白派"与"朦胧派"这种不科学的提法，不同意以此作论战的武器。有人以婉约词人李清照（1084—1151）既写了"冷冷清清，凄凄惨惨戚戚"，又写"生当作人杰，死亦为鬼雄"惊世雄豪之句为例，以白居易也写了《花非花》为例，说明诗人与诗歌创作的复杂现象，不是抓住哪一点，就可以"站队划线"的。

我们都熟悉在中学课本里就读过的白居易的《琵琶行》："浔阳江头夜送客，枫叶荻花秋瑟瑟，主人下马客在船，举酒欲饮无管弦……"中间大段对音乐入神的描写与这样的诗句，是有它们的相异之处，但是，总的还是统一在那么一个路子里。所以，诗人的"花非花，雾非雾"也就有人看作"朦胧诗"了。我们知道，这首诗是写梦的，而梦，在大多的情况下，对大多的人来说，它都是恍惚的，是隔着轻纱的景象，有时，即便梦得非常真切，梦后还能清楚地记忆，在严酷的现实面前，它也只能是虚幻的，飘逝而去的。因此在《花非花》中的诗的朦胧，正是梦的现实；对写梦者来说，朦胧意境所表现的朦胧，正是对梦的写实。这才是一位艺术大师的笔墨！在讨论这些问题时，这一例证，也是一个有力的答案。闻一多在牺牲前写的几首诗，为什么那么不"朦胧"？完全是对自由、民主强烈、直接的呼唤，也就是对反动统治的控诉，此时，再不见他《死水》中唯美的低吟，只见战士向前勇敢的呐喊。作为战士，先生对自己早期唯美主义的艺术扬弃得很彻底，是位伟大的战士；作为深懂诗艺的诗人，先生将自己的艺术个性也在此时作为唯美的殉葬品。这样的艺术变化，并非出于艺术的原因，相反，闻先生生前称为"鼓手"的田间，今日决不会抛弃过去《给战斗者》所带给他的诗的光荣，但他今日写的诗行与过去写的明朗、铿锵的短句相比，完全像是两个人的笔墨。这当中的得失，不是现在要议的题目，但这样的变化，原因又不同于闻先生。若是我们也在此借用"朦胧"这一提法，这二位诗人由"朦胧"而明朗，或由明朗而"朦胧"，当中既有诗学，也有诗学所不能概括的学问。简单把"朦胧诗"纳入所谓新的崛起的"美学原则"，是完全撇开这些诗的现实在自我膨胀的"崛起"。

六十年来，或者往近说，这三十年，新诗的道路不平坦。十年动乱，还是有些私下秘藏的好诗，公之于众的，已葬送在其时的"政治"陷阱，背叛人民，说空话，说假话，只有一副"左"嗓子的嘶叫。感染此症，至今未愈的固然有，更多读者对那种非诗的"诗"所产生的恐"诗"后遗症时有的扩散，想来更痛心。对"帮文化"的影响，我们不能不问，清除其影响，也该有力。萧殷（1915—1983）同志在他的文章里引过一首他主编刊物时看到的诗稿：

> 挺起我们的胸，
> 为改造社会风气，
> 努力求成功！
> 树立起革命工作传统，
> 廉洁奉公！
> ……

这里，用不着说任何道理，人们也可以看出，它对诗的背叛有多彻底。没有真情，没有意象，虽然也押了韵，也没有韵律感，就是散文也不能这么写。诗，应该是美的同义语，这样的"诗"多了，是可怕的灾难。因为每当它泛滥成灾之日，也都是国家政治生活不正常之时。这种非艺术的"艺术"所形成的原因，就更需要从艺术之外去找。

我们都经过"大革"文化之"命"的日子，在文化的沙漠里，无所继承，也无所借鉴。除了"四害"，振兴中华之时也必然是复兴诗的日子，我们大讲"五讲四美"，也正是让我们的生活奔突着诗的活水。生活有诗，纸上才好写诗。只要是诗，即便不是反映眼前生活的，也才可能在这种气候里交给读者检验。

此时，对新诗艺术的探索、掀起创新的热潮，实际上是在寻找被放逐了的诗。百花齐放，进行多种艺术探索，不论实践中的成败得失如何，都是很正常的，后来被人称之为所谓"朦胧诗"的出现，也是正常的。但是，像北岛（1949—）的《回答》，"卑鄙是卑鄙者的通行证/高尚是高尚者的墓志铭……"这样的诗，现在有人选入《朦胧诗选》，我就不知道这本《诗选》用以做广告的"朦胧"到底是个什么玩意儿？这样的诗，形象有内涵，有哲理意味，但它也确实再明白不过了。不浅白，是否就得纳入"朦胧"？为什么不朦胧的诗非得披上"朦胧"做广告，才认为可以标高诗的身价呢？这，真是思想的病态。我们再看看诗之"朦胧"圈内的排头兵食指（1948—）一九六八年写知识青年下乡的诗——

> 这是四点零八分的北京
> 一片手的海浪翻动
> 这是四点零八分的北京
> 一声尖厉的汽笛长鸣
>
> 北京车站高大的建筑
> 突然一阵剧烈的抖动
> 我吃惊地望着窗外
> 不知发生了什么事情
> ……

怎么评价此位作者的整体作品，得另立题目，具体到这首《这是四点零八分的北京》，若是硬要给它贴上"朦胧"的标签，它也和《回答》一样，此中的"朦胧"只能是含蓄的同义语。"诗贵含蓄"的诗教，古已有之。且莫讲写诗，就是平时说话，也不可能都是直通通的。我们常听到说某人"会来事"，"会来事"三字不是很含蓄地说某些人会应酬，甚至有吹拍、钻营等的功夫么？诗，要是就该"贵在含蓄", 怎能说是 "朦胧" "崛起" 了诗呢? 说《回答》"朦胧", 我要说它不 "朦胧"。"朦胧" 圈内的顾城, 他的《眼睛》并不朦胧, 同一个他写的《弧线》, 写道 "鸟儿在急风中/迅速转向/少年去捡取/一枚分币/葡萄藤因幻想/而延伸的触丝/海浪因退缩/而耸起的背脊"。方冰同志说: "怎么读也读不懂, 如坠五里雾中, 不知道作者为什么要写这样的诗。" 接着, 包括顾城自己在内的几篇文章, 以洋洋千言解释这四十几个字并反问道: 这怎么不好懂, 它不就是写 "弧线" 么? 一切运动都不可能是直线的! 阅读, 确实可以从作品 "体会"、联想出许多作者构思时没有想到的东西。但是, 诗人无论理解或解说世界, 都只能依靠形象; 也只能用他创造的形象之明确度, 才能表现诗人理解世界的深度, 这深度, 若不体现在形象的明确度上, 无论什么 "最新" 手法, 也只能使之玄乎。

我看到有的同志从国外带回一些外国现代诗, 有一本左边印上黑色的诗行, 每隔几行, 右边又印一行浅蓝的字。有一段黑体字描写一阵轻轻的声响如有形的轻烟飘过去后, 又多方面渲染这声响和这轻烟。然后, 右边用蓝色印字注明: 这是说猫来了。看来, 作者不是要他的诗让人读懂, 而是要读者靠他的指点悟道。某些解释 "朦胧诗" 的评述, 虽然也有这种效果, 终非诗的本身的 "朦胧" 之功。以形象、语言含混的 "朦胧", 是没有理由要读者接受的, 读者要读的是诗, 不是猜谜, 而且是猜没有谜底的谜。这种追求, 恰恰是诗所不容的。有首诗说 "幸福不是毛毛雨", 我就不知道 "幸福" 与 "毛毛雨" 之间有什么必然的联系? 诗的形象、比喻、立意, 当然是越新鲜越好, 可是新鲜决不等于怪诞。"幸福不是毛毛雨", 幸福要是倾盆大雨, 也怕叫人受不了。《诗刊》发表过这样的一句诗: "雾, 你能把一切都遮住吗?" 一九八〇年六月《滇池》有首从上套下来的《浆糊》, "你能把一切都粘在一起吗?" 这样一句问话, 有点生活知识的人, 既可能感到问得无聊, 也会被问得莫名其妙。因为它一经入诗, 人们就不得不考虑其中是否有所隐喻、暗指, 一句扯蛋的话, 反而容易使人误为高深莫测了。方冰同志在一个座谈会上讲, 实际上, 这已取消了诗歌存在的基本方式, 因而也就不再是诗。当场有人既反对, 又不讲任何道理。我也就反问一句："'手纸能揩屁股吗'也叫'诗'啰！"那位先生还说："当然是诗！"这就不知是在糟蹋"朦胧"还是糟蹋"明白"，可真是糟蹋了诗！

类似《浆糊》这样的诗，不论从"明白"处或是"朦胧"处看它，也是"白"得空洞无物，"朦胧"得不知所云。画鬼容易画人难，只要写得别人不懂就好，就高，那也真像画鬼一样容易。

明白也可以幽婉，现在有些"朦胧诗"，实际上是一些幽婉之作，在此处要借用"朦胧"二字，也和明白不对立。如《雪中》：

> 感谢上帝呀，画出这样的画图，
> 在这寂寞的路旁，画上了我们两个：
> 雪花儿是梦一样地缤纷，
> 中间更添上一道僵冻的小河。
>
> 我怀里是灰色的、岁暮的感伤，
> 你面上却浮荡着绯色的春光——
> 我暗自思量啊，如果画图中也有声音，
> 我心里一定要迸出来："亲爱的姑娘！"
>
> 你是深深地懂得我的深意，
> 你却淡淡地没有一言半语；
> 一任远远近近的有情无情，
> 都无主地飘蓬在风里雪里。
>
> 最后我再也忍不住这样的静默，
> 用我心里唯一的声音把画图撕破。
> 雪花儿还是梦一样的迷蒙，
> 在迷蒙中再也分不清楚你我。

这是年过古稀的冯至同志之少作，是鲁迅先生当年说他"幽婉的名篇"中的一首。说它写得"明白",是指形象的清晰度,照某些"朦胧诗"的归类,幽婉的诗情,定属"朦胧"。从形象的清晰度看,又没有理由把它推入此列。它写情焰炽烈又怯于求爱而陷于静默的男子,是"用我心里唯一的声音把画图撕破"来道出"我心里一定要迸出来:'亲爱的姑娘!'"这句话的。它写得细腻而不柔媚,手法新,却不怪。颇具匠心,又不是故意玩弄技巧,形象不断转换的关系,恰恰与诗中的"我"怯于表白又心绪烦乱的韵律合拍,是渴求爱又怯于道爱,恍惚于甜滋滋的神情。若说它写得"朦胧",那也就是与《花非花》相似的"朦胧"了。冯先生当年写它时,怕比今天有些青年作者还年轻,文字功夫和艺术上却很成熟了。此路的"朦胧"与今日的"朦胧诗",若论其沿革,该怎么理清脉络?该怎么看待这一现象?能撇开新诗的历史、诗的特征,来论它美学的崛起么?

重要的,是某些人把"朦胧"作为艺术追求的目的来宣传,这和有些作品具有朦胧意境之美不能混为一谈。后者,不仅允许,也可以是诗人为某个题材所表达某种情绪、景象、艺术兴味之所需;前者,作为艺术追求的目的时,怕只能让人看到语言含混、形象模糊的"朦胧"。在此,我想重提艾青《诗论》中的一句话:"有可感触的意象去消泯朦胧暗晦的隐喻。诗的生命在真实性之成了美的凝结,有重量与硬度的体质;无论是梦,是幻想,必须是固体。"为此,我也想重提卞之琳的《断章》:

> 你在桥上看风景,
> 看风景的在楼上看你。
>
> 明月装饰了你的窗户,
> 你装饰了别人的梦。

它是作者战前二十五岁于济南教书时,还不是现在人称的"莎士比亚专家"时所作。谁也不会想到后来对它评述不断,海外竟有人用了七万多字为它作注释。有人以它看作诗人一段恋情的隐私,将最后一句作为自己悄悄爱上某人的表白，对"梦"中的情人作不隐瞒的暗示；有人看它为人生互为"装饰"的无奈，感染到人生一种莫名的诗之茫然。诗笔精微，外冷的深挚，引而不发，点到为止，将人与风景、窗与梦的主客关系的相互易位，相对，绝非绝对的对称展示，予以深刻的哲思妙悟而一直传了下来。人们不论怎样争议，我看它语言、形象的表达是清晰的。明代张岱（1597—1679）《陶庵梦忆·西湖七月半》说："西湖七月半无可看，止可看看七月半之人"之语，诗人似乎也把它概括进《断章》去了。可是，诗人用的是另一种语言，用了两组形象平行排列，纸上表面的平静，包含诗人对人生动情的感叹，不同的读者也会根据自己的人生体验为之动情、叹息。过去有的批评，不是指它今日列入"朦胧诗"的"朦胧"，而是它并不"朦胧"所徘徊于诗外之情，唤起深度惆怅，缺乏积极的人生之遗憾。但它又毕竟写出了一种世态，这也是它一直能够流传下来的道理。它不乏诗之功力，绝非"朦胧"所达到的艺术力量。卞先生也有不少诗不同于它的，又当别论。它是诗人半个世纪前在特定环境下完成，不可脱离历史局限苛求于它。就像对"轻轻的我走了，正如我轻轻的来""彷徨在悠长、悠长/又寂寥的雨巷""在雨中哀怨/哀怨又彷徨"这样的诗一样。一个书贩称这为"朦胧诗的鼻祖"，出于生意经和对某种文艺气候的观察之所为，不足为凭。但是，有些人在宣扬"朦胧诗"的时候，对"五四"后许多思想、艺术俱有积极意义的作品不屑一顾，只认为如此"朦胧"才为诗时，我就不能不想，这是借"朦胧"的旗帜在宣扬那些作品消极的因素，要后来者在不屑写人民的丰功伟绩时，俱为"扭曲的灵魂"（因为有人以此说表现现时青年所为之的时髦）所扭曲的诗道。新诗一旦坠于此道，不少无病呻吟、消极、颓伤的东西，也就这样趁势而来。很不好。此时此情中谈"朦胧诗"，也只能在艺术之外论诗。它是毫不朦胧的思想倾向谈"朦胧"的话题所能"朦胧"的。

本来，一场浩劫之后，某些后来被人称为"朦胧诗"的出现，尝试意象的经营，注意发掘诗的艺术个性，表达新的时期对生活的思考，对具体的作者，具体作品，无论成败，甚至有错误，都属正常，可以理解。而且可以看作是对过去的"帮诗"的反动与报复。不正常的,难于理解的,是出现了极个别(注意,是极个别!)的朦胧诗理论之后,这种"理论"已远远离开了研究"朦胧诗"的"科学"精神,而是以它为自己树起一杆旗帜,把一些毫不朦胧的作品,只要是受到群众欢迎的,都列在自己名下,典型的,就是把写得明朗、强烈,可以说很政治化的《小草在歌唱》及它的作者——诗人雷抒雁(1942—2013)同志网罗于"崛起"之列了。

创作的现象是很复杂的,一个人写得"朦胧"不"朦胧",或此处"朦胧"彼处不"朦胧"的,其中学问不少。长时期的闭锁政策,使有的同志见那些玩意儿感到新奇,愿试一试的,让他去试嘛,既要相信自己同志,也要相信此路不通,碰壁得点教训,未必全是坏事。坏事的,是这类"美学原则",硬把复旧吹成创新,说成发展方向,说成新诗的未来,不论动机、效果如何,为新诗先验定下这样的美学原则,是唯心的,就会坏事。

新诗遇到的问题,仅仅认为出在出版发行上,也就否认创作本身存在的问题。这时出现的诗评,评家当然可以鼓励实践其美学原则的艺术探索,即便偏激、悖谬,都不为怪。但是,谁要充当新诗的上帝,包管她的未来,不是哗众取宠,也忘记了严肃的美学必须是科学。

对我们既是文明古国,又是具有光荣的革命传统之国度的公民,由于大家目睹的历史现实,对我们民族优秀艺术真正的借鉴都很差。过去某种以顺口溜或所谓的"民歌体"来当作新诗民族化的办法,只能看作另一种粗暴的简单化。若靠引进现代派振兴新诗,其结果,只能像台湾人民说当地搞的现代派诗,是"支借外国人的情感,灌汤泡水"。一个民族的诗歌落到这个地步,不论谁把它说得多好,对这个民族都是可悲的。随着这套"美学"而来的,就是对新诗历史的歪曲,对传统的虚无主义,承认新诗只有三个半诗人。在大家重提"诗贵有我"时,又鼓吹"个人膨胀",过去神化他人,现在又神化自己,在反对"假大空"时却搞"假小空"……孙犁(1913—2002)同志在《天津日报·文艺增刊》去年第四期讲得很透辟:"这种诗,以其短促、繁乱、凄厉的节拍，造成一种于时代、于国家都非常不祥的声调。"

这类诗，可能完全不"朦胧"，恰恰以其声调的不祥，有人才捧它"表现了对生活的思考"；这些诗，有的虽不"朦胧"，为了时髦，既有自封的，也有人封的。有的，还不是赶时髦，是借"朦胧"为名，为它赤裸裸的"明白"放烟幕。有人写工人"喜欢唱《东方红》，绝不相信地球是圆的"，已经生怕别人不能懂得他的明白了。其倾向，还须要分析解说么？另有一首诗，写一个人等公共汽车，他站在前后两个站之间，没有一辆车在他面前停下，从早到晚，等得饥饿，街市上食品的香味在诱惑他，他还忍饥而待。不仅没有在他身边停下的车子，而且所有的车子都朝着他想去的地方相反地走……比起前者，虽没那么露，可也不"朦胧"，不"朦胧"者强以"朦胧"为高为荣而洋洋自得，就让人不得不深究这种（只是说这种！）"朦胧"了，无怪许多平日完全不问诗的人，也会关注"朦胧诗"的问题。提倡"朦胧诗"者的本意如何，不得而知，但如此"朦胧"的问题，已不是表现上的问题，自然也就该从艺术之外，从"朦胧"之外来看它了。

从我们讨论的题目看，这已是题外话了，但问题都是题外而来，也无法不向题外而去。

问题之复杂，一定要具体作品具体分析，具体问题具体对待。不要以人划线，人为地分为"朦胧诗人"与"明白诗人"，把写得含蓄与写得语言含混，形象不确切的都视为"朦胧"。更糟的，是"朦胧"与"明白"之间，以"代沟"为线，极不实事求是。

多少年来，我们吃够了不实事求是的苦头了，再那么搞，只会给自己酿下难以咽下的苦果。今日，由个"朦胧"把新诗搅缠下来的朦胧后遗症，还不能说明争论中各执一词，将复杂的问题简单化、绝对化的后果么？所以，许多常识范围内的问题也就不能用常识解决。如含蓄与"朦胧"混为一谈，含蓄与晦涩又不分，创新与复旧、艺术探索与作品的思想倾向问题，又眉毛胡子一把抓，自然难以分清是非。

我说过，我反对"朦胧诗"这种提法，既成事实，参与它的讨论，自然只能沿习从俗。我希望我们下次讨论时，即使题目还是"朦胧诗"，我们的谈话，也不要卷入"朦胧"。

　　这是部队的段明刚同志记录整理、我于一九八二年二月一日在北京青年文学讲习班的发言。发表时，略有增删。在此说明，并向段明刚同志致谢。——作者

　　（原载《青年作家》一九八三年六月第二十七期）

新诗·现代派·屈原

随着对外开放，"现代派"也猛地闯进今日文坛，多经世事者，对它毫不陌生，有的老作家就是曾经徘徊于"现代派"的路口改道的；年轻人对它，就不免感到新鲜，好奇，有的甚至以它为自己打出一面旗号为荣。此地此时，就是同"现代派"曾经有过交道的人，也感到它在面前是另一番卷土重来的姿态。何况，对外多年的闭塞之后，"现代派"也有它的发展和变化，不论反对或赞成，它都容易成为朋友们见面时的话题。有一次谈到新诗与"现代派"之间的旧话，一位诗人冷冷地一声：

"屈原也是现代派！"

同志们睁大眼睛看他，不禁愕然了。此位同志，博览群书、真是饱学，我不信这是错于常识之误，看来又很严肃，不是出于幽默，这就使人不能不纳闷了。

通常的说法，"现代主义"的兴起，应该算在十九世纪下半叶，要把它与当年的楚国三闾大夫在公元前写下的作品挂起钩来，只能是神话加笑话了。

可是，这些年，评论称屈原为我国第一个"浪漫主义诗人"时，不仅听不到异议，反而蛮顺耳。然而十九世纪在欧洲，为对抗新古典主义而起的浪漫主义，它宣扬回归自然，崇尚高尚的野气，崇尚骑士式的英雄主义，等等，跟刘勰《文心雕龙·辨骚》讲到屈、宋的诗"叙情怨，则郁伊而易感；述离居，则怆怏而难怀；论山水，则循声而得貌；言节候，则披文而见时""酌奇而不失其贞，玩华而不坠其实"的篇章，是能简单地把它归入浪漫主义，又是浪漫主义所能说明的么？它和欧洲浪漫主义正宗的作品相比，毕竟是不同时代，不同条件下的不同的文艺现象，同戴一顶"浪漫主义"的帽子也不会混血。

若它因为"异于经典""自铸伟辞",有"蝉蜕秽浊之中,浮游尘埃之外,皭然涅而不缁,虽与日月争光可也"之妙,将那入世之笔看作出世之作,以作品充沛的激情、丰富的想象、飘逸的诗情作为鉴定它是"浪漫主义"作品的根据,那么,从它"托云龙,说迂怪,丰隆求宓妃,鸩鸟媒娀女,诡异之辞也。康回倾地,夷羿弹日,木夫九首,土伯三目;谲怪之谈",等等,香草美人比作忠良,云和虹比作坏人,隐喻、暗示、假托,处处皆是,加以"惊采绝艳",因此,既可为屈原安个浪漫主义诗人的位置找些根据,那么,刘勰所说到的那些现象,似乎也可以给屈原一个"现代派"的美称了。屈大夫从两千年前伸出头到两千年后戴上浪漫主义诗人的顶子,再加件"现代派"的洋马褂,好像也没有什么不妥。

我不知道这是混乱的理论,还是理论的混乱?

什么叫现代派呢? 查了查法国 *Larousse encylopétique* ——《拉胡斯百科全书》,上面没有这则词条。我过去看"现代派",似乎只有抽象艺术。一位学法国文学的同志开玩笑说:"现代派"这个词在法文里,概念几乎像前两年说的"朦胧诗"一样模糊。那里目前流行的十几个流派,各有一套理论,它们没有共同的旗帜说明相互的一致性,也不能看各派都有一套理论就看作它们之间没有共同点。以心理学为基础的 Surralismew ——超现实主义,跟强调表现视觉、意念、客观世界的 poésie concrétew ——之"具体诗"派的理论,绝无水火不容的哲学基础;一首具体诗派的作品,写到一条漫长的道路,句式的结构也为之复杂起来,就要出现一条长龙似的诗句,写到火车,音韵上也必然出现车轮"喀哒喀哒"的响声。Lettrismew ——"字母诗"以字母拼凑作游戏,像我们过去的"回文诗"那样,拼得上下左右都能念通,或曰拼凑成诗才罢。它和具体诗都叫诗,但它们的表现方式又如此不同,因此,是否也就可以肯定两派对诗歌的艺术态度也不同呢? 它们种种理论的出现,把人们原来对文学的概述全打乱了,但是,我想,巴黎人绝不可能是在否定了《约翰·克里斯朵夫》体现的创作、艺术的规律之后,才为自己国家不仅过去有,现在也还有罗曼·罗兰(Romain Rolland,1866—1944) 而骄傲。

《辞海》，在目前总要算是一部权威的工具书，上面也没有"现代派"一词，说"现代主义"一词只是十九世纪下半叶以后，资产阶级文学艺术各种颓废主义、形式主义的流派与倾向（立方主义、未来主义、达达主义、超现实主义、抽象主义等）的总称。其特点是："违反传统的现实主义方法，标新立异，宣扬革新，但总不免破坏固有的形式，否定艺术创作的基本规律。"

现代主义分出的任何一支派系，要说清它的文学主张也得两个小时，百来字是完成不了任务。何况"现代主义"也在发展变化。"标新立异、宣扬革新"从字面看也绝不能说不好，若承认艺术创作是以创新在沸腾它的热血，艺术又有她的基本规律，那么，旨在否定规律的革新，其意义又当别论了。具体到"现代派"的作家、作品，那是一个非常非常复杂的问题。固不论那些作品是否全属于"颓废主义、形式主义"，可是，当我们称它为"主义"时，也绝不能离开某种世界观与艺术观的表达，仅谈其中的某项艺术技巧。

现在流行一种说法；"现代派"的技巧是可以学习和运用的，既然我们对它可以"拿来主义"，此话也在理。可是，是否有种办法可以将"现代派"与现实主义的技巧分门别类？如果不能，那么，称法国象征主义的鼻祖波特莱尔为现实主义诗人也就荒谬了。因为"现代派"不仅是一种技巧，同是世界观，在社会主义意识形态领域，名为"创新"又要打出"现代派"的旗号来，只能叫人目瞪口呆。有人受"现代派"影响或摆脱不了它的影响，也很正常，但是，要公开拉出旗号来宣扬它，人们还无法视为正常。

要说"现代主义"的特点是反传统，问题在他故土还一般，引进到我们这里，《辞海》为它写明的这一特点就更鲜明了。一位英国学者 Erogory Lee 之专著 *Ddi—Wangshur: The Life and poetry of chlinese Modernlist*（戴望舒：一个中国现代派诗人的生平及其诗）之第四章《现代派》认为：

　　"现代派"（或曰"现代主义"）这个名词，在欧美文学评论家的观念中，已经意义分歧，而中国人使用这个名词，又和欧美文论家有出入。所以戴望舒这个在中国名之为"现代派"者，就不是西方文学上所说的那号"现代派"了。首先，作为西方现代派所表现和传统的那种决裂，在戴望舒身上，就无法找到那种"前卫"性。他早期白话诗的"新"诗"脱'旧'的问题，也没有解决好"。[①]

外国人若从戴望舒自译为法文的《妾薄命》等作品来看，这一印象就更强烈。作为围绕施蛰存主编的《现代》之诗人群而名之"现代派"，戴望舒是在《现代》发表了不少诗作的主要作者，如创刊号上的《有赠》"谁曾为我束起许多花枝，灿烂过又憔悴了的花枝，谁曾为我串起许多泪珠，又倾落到梦里去的泪珠……"来看，更能证明那位英国学者的看法。所以，施蛰存一直要大家写作"《现代》派"。

毋庸讳言，我们过去只提现实主义，可遭庸俗社会学严重污染的现实主义，也只能看作现实主义的异化。诗的"假、大、空"之风一刮，实际上也是反现实主义之风。重提"双百"方针，我不看作是对现实主义的放弃，只是尊艺术规律，使现实主义在变化着的世界里也发展强大自己，这也决定它不能封闭，只能开放。现实主义要发展，先得恢复它的传统，要发展艺术，艺术就得是艺术，新诗要有发展，也得诗就是诗才行。诗的语言要有音乐性，也是诗所以是诗的因素之一，抱有不同的"主义"者，还不见他们因"主义"的不同对此持有相反的态度。就是写得半文半白、似通非通、欧化拗口而出名的李金发，也是以推崇法国象征派诗人拉马丁（Lamartine，1790—1869）与魏尔仑（Paul Verlaine，1844—1896）为荣。但是，象征派"音乐高于一切"的诗歌宗旨，就不能不引起不同的反应，甚至反对。若是我们只讲戴望舒的《雨巷》：撑着油纸伞，独自／彷徨在悠长、悠长／又寂寥的雨巷……是受影响于魏尔仑的 *Chansond'automnw*——《秋》：

Les sanglots longs

---

① 艾青：《望舒的诗》，《诗刊》一九五七年二月二十五日第二期。

Des violons

De l'automne

Blessent non Coeur

D'une langueur

Montone.

它不断以重叠的声音唤起怅惘的感觉的艺术手法，并不像那些为了讲求节奏的匀称而伤意者，如"音机传捷报"的"音机"二字还作注文：收音机也；不像有人为了押韵将"嘹亮"的"亮"字去掉，写出"歌声多么嘹"这样看得人啼笑皆非的"诗句"；若不说明这是象征派"音乐至上"的思想种下的恶果，人们怎么可能认识它"音乐"为"至上"之害呢？

若是告诉别人，Situationnism——情况主义也喊要推翻资产阶级，而不讲他们只要无政府主义，那么，那些现代派的"主义"也就成了革命的主义了。

不同意"音乐至上"，并不是我们不要诗的音韵之美；

不同意"唯美"，并不是我们不追求诗的内容、形式的美；

不同意"形式主义"，并不是我们不要讲求决定内容又反作用于内容的形式；

不同意"意象派"诗只求把注意力集中在事物引起的感觉上，而不去探求事物之间的本质联系，也不去阐发这联系的社会意义，并不是可以忽视诗人将感触、情绪、意念，化为具体的意象来表达的艺术手段；

我们没有"字母诗"，若是原封不动地引进，在我们外文盲还太多的时候，大家也看不懂。但是大家对土生土长的"回文诗"只能看作文字游戏，而不是文学的时候，就应该说明：现代派里也有这玩意儿。

我们知道，许多大诗人都曾有过与"现代派"的纠葛，当他们成为革命派的时候，与现代派一时还不能分道扬镳，彻底决裂。维尔哈伦当然还不属于此例，可是，有人把他中期倾向现实主义，同情劳动人民的《带触角的城市》《恍惚的乡村》中的优秀诗篇，作为他的"现代派"的代表作向读者介绍时，读者看到作品中动人的现实主义光辉，也怕只好当作"现代派"的艺术魅力。至于马雅可夫斯基，他虽然被誉为"苏维埃最有才华的诗人"，绝不该忘记他是借鉴、传承了他搞过的"未来主义"的音韵、节奏之功，融进他苏维埃的诗。艾吕雅（P. Eluard，1895—1952）、阿拉贡（L. Aragon，1897—）也是这样。苏联诗人勃洛克（А. А. Блок，1880—1921）的《十二个》明明是诗人与过去决裂，投身社会主义革命后的作品，也是他创作的顶峰之作，但是，是否因为它还采用了象征手法，也就该揽进"现代派"之列呢？

凡此等等，举不胜举。

无怪少经世事者，在某些"动人"的言辞下颇受蛊惑，脱离生活，甩开内容，面壁而作，不研究社会生活，不问思想，只说形式是最重要的。只望掌握创作"诀窍"，以"现代派"的技巧直达诗的所谓"艺术"。对此，不论出于何种原因，将艺术上好的、新的东西全往"现代派"脸上贴金；那么，若要扩大《楚辞》的广告作用，真是可以说声："屈原也是现代派！"

这两年，不少摆脱了帮腔帮气，消除了庸俗社会学对自己的威胁和影响，用艺术自己的武器写出的诗，注意了诗的韵律、语言、意象的营造，某些象征性的手法，还不是趋附波特莱尔 Correspondances《契合》的情与景、物与我的契合，只是用了一些比、兴手法，评论则誉为"吸收了外国现代诗的表现手法"，此话背后，好像我们新诗没有"现代派"的拯救，只能是些光秃秃的概念似的。仿佛象征手法，以致诗的含蓄都是舶来品。好像今日所以有艺术，都是从零开始，都是从"现代派"开始，这就太不公平了！若是我们不当出卖祖先的儿孙，把屈原卖给现代派，以上种种的表现手法，在《楚辞》里还难找吗？

恰恰相反，外国"现代派"的艺术，有的还自称是从我们民族文化中取去的种子呢。是否变异了，暂且不论，欧洲几位现代派的著名画家，都说是从中国画的写意手法得到启迪，才有他们的象征主义。

诗歌意象派的前期主将埃兹拉·庞德（E. Pound，1885—1973）从一些介绍性的文章知道，他译汉诗，却不识汉字，只是根据别人对汉诗逐字注释作的笔记工作。认为方块字是象形字，每字皆是意象组成。他就是从一九一五年出版的 *Cathayw*——《汉诗译卷》开始，树起他意象派的旗帜。于是，《论语》中"学而时习之"，他根据"习"字就可以译成"学习，时间白色的翅膀远飞了"，他的诗名 *In Station of thew*——《在弥特罗车站》当初刊出，是这样写的：

　　　　The apparition of these faces in the crowd；
　　　　Petals on a wet，black bough

对我这样的外文盲来说，它认识我，我也不认识它；语言一旦成为诗之后，也不是靠查字典认识每个单字就算认得它的。它有多种译本，对我印象特深的，还是二十年前读到海外的一个。它没译成《在地铁车站》，而是音译 *Metro* 为《在密特罗车站》，虽然 *Metro* 有地铁、大都市等多重字义，既然第一个字母大写，为专有名词，自然音译为"密特罗"为妥。两行诗，它除了以"of"这样的联系词，将那幽灵、幻影（apparition）与那在人群中的面孔联系起来，后面一行潮湿的花瓣与黑色的树枝，则是分列为两个意象的并置。有的译文将它联成一句，对此，我是质疑的。若 bough 不译作"树枝"，而是"绞架"，那又是另一重隐喻与象征了。同时潮湿（wet）前面还有个数字（a），汉语中自然没有这种用法的。它是异域语言，作为诗语，语言艺术的诗，这种语构自然是它为之流派、主义的一大特征。其他的，都按每个单字直译，并在其中空一个字分别排列出来——

　　　　人群中　　出现的　　那些脸庞：
　　　　潮湿黝黑　　树枝上的　　花瓣。

我想，这可能更符合这一"派"直觉于每个意象的呈现。它既使人想到小令中的经典名句"枯藤、老树、昏鸦，古道、西风、瘦马"这样各自相对独立，又融为整体意境的单词、意象，又使人想到海外有人说到"云破月来花弄影"这样节奏分明、层次井然的诗句，当被人译成"当云破的时候，月亮就出来了，花儿也弄起影来了"，如此"意象"的诗意，反过来译成中文也味同嚼蜡。可是，庞德还认为这是"以李白为师"而学到的十分奇妙的技巧。李白的古风十四首中"荒城空大漠"一句，被译成"荒凉的城堡，天空，广袤的沙漠"。这样，把一个完整的意境切断了三个独立的意象。"荒城空大漠"的"空"字的味道全在译笔下消失了。他由于条件，对汉诗的误解而如此这般可以理解。我们能直接学习李白的诗，反而轻视自己这种条件，反把洋人对李白诗歌艺术的误解误释（不论什么原因），当了高级舶来品引进供奉，既令人费解，又似乎不难解释。

不久前，报上有过这样一则消息：某项工业产品，本来我们还出口，可是某单位认为国产的质量信不过，定要弄批进口洋货，找到外商签好合同后，外商就请他在北京站仓库提货。而这批货，是由外商刚从我方购得的出口商品，经他一转手，地方都不挪一步就由出口转进口了。这个富有戏剧性却令人啼笑皆非的故事，和进口意象派诗的情况还不相同，因为庞德的"意象诗"，尽管叫能用原文读李白诗者啼笑皆非。他还自认其诗艺学自李白，还写明是汉诗翻译。

现代派各家的宗旨、宣言，固然不可忽视，读者来认识它，还是从他们的作家、作品。可是这些作家、作品非常非常复杂的情况，其思想倾向、艺术特点，甚至是和他们的宣言挂不上钩。有的保持表面一致的流派，作家之间的艺术观点，不仅表现于作品的差异，也总在新的情况下不断分化。这从我们"五四"后的一些文学社团的变化，也可以看到相似的情况。

离开了"现代派"的宣言来看它，似乎抓不住要领；离开它包括的多种多样的作家、作品，只套用它们的宣言来解释，或选用一两个事例对众多不同的作品作概括性的结论，怕也说服不了广大读者。在我们社会，若是打出它的旗号招兵买马，叫嚷这是"革命"的时候，那也就无法叫人把它看作某个具体的艺术问题。可具体到他们每位作家的作品，也只能具体问题具体对待，艺术问题以艺术论。

艾青在今年四月东京举行的"亚洲作家讨论会"有一段受到各国作家赞赏的发言，说道："茶叶与咖啡可以并存，但是鸦片与大麻则必须禁止，科学与迷信必须加以区别。"每个民族的文化同外来文化，永远是相斥又相吸的，为了保持自己的民族性，总得相斥，也只有相吸，才能在各自的发展中得以并存。

对"现代派"本身，不懂，无权发言抑扬。它卷土重来，也绝非偶然。以老眼光看新情况，固然不行，但"现代派"要否定艺术的基本规律，只要真是规律，也否定不了。我们这么大的国家，有几个人提倡"现代派"，值不得大惊小怪。而且需要一些实事求是，真是做学问的书，增长我们对"现代派"的见识。但是，现在不少介绍它的讲座、书文，常以贬彼而褒此家。艺术上好的、新的东西，全归在它名下，对我们民族文化，对"五四"后的新文学，就成了不明说是否定的否定了。为此，没有一个科学的态度介绍"现代派"，不论主观意图如何，都不能不考虑其后果，而且，那样的介绍，也不能让人实事求是地了解它。未经世事的年轻人，这样去接受知识、引导，会有什么样的后果呢？引导者与受教者，都该深思。

因此，我也有点明白那位同志为什么说"屈原也是现代派"了，在那严肃的神态中，是一番辛酸的感叹！

一九八二年九月于北京朝内

（原载一九八三年十二月《文艺论稿》第十辑）

"自我表现"与表现"自我"

新诗艺乱谈之一

　　文学艺术，都讲"自我表现"，诗，尤为如此；诗中若无诗人的"自我"，不成其诗；艺术风格正是诗人"自我"的艺术个性最直接的反应。可是，在不正常的空气下，这一常识性的问题，竟将艺术个性的"自我"，非艺术地视为集体主义的反动。对此，各自心里怎么想，那是另一回事。由于知道某种利害而形成的戒备心理，这个"自我"倒似过街老鼠。动乱过去，换了天地，人们总是讲"一切被颠倒过去的又重新颠倒过来"。在抒情中寻回作者"自我"的路上，同样布满诗人跋涉的伤痕。

　　不想，今日创作中的"自我表现"又成了问题在争议。

　　鉴于过去讨论"朦胧诗"的教训，再议"自我表现"，首先得明确"自我表现"的含义，不然，争得多热闹，也接触不了实际问题。

　　若"自我表现"所界定的"自我"，就是指"唯我"，是"个人膨胀"、自我中心、主观唯心的个人王国，那么，这个"自我"无论怎么表现，也表现不出诗来。我们看过军国主义者的法西斯暴行下的"王道乐土"，什么《支那之夜》《满洲姑娘》之类的东西，从标题已透出了侵略者得胜的自我陶醉感，其中的"我"是侵略者强加给亡国奴的抒情，名有"自我"却不见"我"。在分行抒写的形式下，我也读过一个颇为独特的"我"，写"我"在机舱里看到飞机下面的白云，轻柔的白云让他想到女人的胸脯，顿时萌生想跳下去的念头……当然，若跳下去也就没有这篇"诗"了，登徒子好色还没有这份勇气。也有人从纯感官的角度实写性爱及"我"的陶醉，卑琐、亵渎的"自我"，不仅像面镜子照出作者精神境界的低劣，其形象的丑恶，再

"真"也不是诗的——因为"诗无邪"。这是从诗学上来看诗的真谛。反之，像——

> 砍头不要紧，
> 只要主义真；
> 杀了夏明翰，
> 自有后来人。

这样的诗，算不算在"自我表现"呢？若是"自我表现"四字，不是另有特定的含义，从字面看，这首绝命诗还是在大大的自我表现呢？这诗，充分利用抒情诗便于直抒胸臆之长，大言其志；一般地说，抒情诗第一人称的"我"，当然离不开作者对生活直接的体验，却不能简单地看作自述本事，可是在此处的"我"，若不看作夏明翰本人，倒是对先烈其人其志的不敬。此时此地，"自我"不"表现"，则无诗文留下。新中国成立前夕，遭敌人杀害于重庆的陈然烈士，囚于白公馆时写了《我的"自白"书》，诗题就是对特务逼他写《自白书》自首以示"悔改"的不屈意志，"自白"二字加上引号，已是他很明确的言志：

> 任脚下响着沉重的铁镣，
> 任你把皮鞭举得高高，
> 我不需要什么自白，哪怕
> 胸口对着带血的刺刀！
>
> 人，不能低下高贵的头，
> 只有怕死鬼才乞求"自由"，
> 毒刑拷打算得了什么？
> 死亡也无法叫我开口！

这完全是一位革命者正气浩然的对旧世界挑战的誓言，是一首现代的

《正气歌》。

> 对着死亡我放声大笑，
> 魔鬼的宫殿在笑声中动摇，
> 这就是我——一个共产党员的自白，
> 高唱凯歌埋葬蒋家王朝。

革命者的笑声动摇了魔鬼的宫殿，共产党人的"自白"成了埋葬敌人的凯歌，这种敌我之间你死我活的斗争关系及革命必胜的信念，在艺术上完全转化为可视的现实后，诗中的"自我"表现强烈、罕见。诗中的"我"，可以毫不含糊地说，就是烈士本人。烈士本人的"我"，与艺术创造所典型化的"我"，在这里完全是两位一体。这一个"我"，以其为民捐躯之勇，既可作为民族骄傲的代表，又是新诗艺术独一的艺术个性的"我"。这个"我"，以不可遏制的热情与勇气在表现；从这一"我"，人们看到的是革命者惊天地、泣鬼神的浩然正气。这类作品，从古诗词中妇孺皆知的，以婉约著称的李清照（1084—1151?）在民族大义前都有"生当做人杰，死亦为鬼雄"，文天祥（1236—1282）"人生自古谁无死，留取丹心照汗青"到现代的烈士诗抄，神韵极其一致，如此表现"自我"，又有什么不好呢？

　　问题不在于是否"表现""自我"，重要的是表现的是怎样的"自我"。作为"社会生活在人类头脑中反映的产物"，怎样反映社会生活，也要看有怎样的自我了。毛泽东（1893—1976）反对的是，"把自己的作品当作小资产阶级的自我表现来创作"，若是无产阶级的"自我表现"，我看他就不会反对。这是任何体制、社会都不可能摆脱的统治阶级的统治意志。每个时代的艺术，都无法离开社会学的衡量，创作的艺术规律，又毕竟不等于社会学。

　　上海中华印刷厂女工朱晓琳在《上海文学》一九八二年四期的《世界给我一个音符》，副标题就是"写在工厂的流水线旁"：

> 在水一样奔流的五线谱上，

世界给了我一个音符，
一个固定的位子，
一个准确的基点。
像海潮冲击沙滩，
地球绕太阳运行，
今天是无数个昨天的继续，
明天是今天无休止的重复。
就在这里，
我用双手、用青春、
用我生命的三分之一，
默默地演奏这单调的音符。

有时，我想起采石场上，
脚步踏出的艰难的号子；
有时，我听见马路边上，
绳索牵起沉重的夯歌。
也许，
丰富多彩的生活乐章，
正是由单调的音符组成。

我只希望我的音符，
能融进欢乐的节奏，
唱给春天里繁茂的花儿，
唱给孩子脸上的笑靥，
唱给月光下幸福的情侣，
唱给变得透明的生活……

在水一般奔流的五线谱上，
我将忠实地演奏，
世界给我的一个音符。

诗中的"自我表现",若不胡来,谁也无法与唯我表现、个人膨胀、自我中心等怪论挂钩,给它画号(不是对号)入座吧。

　　这首诗的不足之处,不在作了"自我表现",恰恰是"我"的艺术个性还不够鲜明突出。若是我们赞成它表现的自我的人生态度,再看看舒婷写的《流水线》,就会感到前者的自我表现还不够呢。舒婷写过一些好诗,她的艺术特色在《流水线》里却掩饰不了她另样的人生态度:

> 在时间的流水线里
> 夜晚和夜晚紧紧相挨
> 我们从工厂的流水线上撤下
> 又以流水线的队伍回家来
> 在我们头顶
> 星星的流水线拉过天穹
> 在我们身旁
> 小树在流水线上发呆
>
> 星星一定疲倦了
> 几千年过去
> 它们的旅行从不更改
> 小树都病了
> 烟尘和单调使它们
> 失去了线条与色彩
> 一切我都感觉到了
> 凭着一种共同的节拍
>
> 但是奇怪
> 我唯独不能感觉到
> 我自己的存在

仿佛丛树与星群

或者由于习惯

或者由于悲哀

对本身已成的定局

再也没有力量关怀

对这样的诗，该怎样认识其思想的艺术，当立专题。作者的"自我"有很充分的表现，也很自然。我们肯定前位作者的人生态度时，对她的"自我表现"不仅无可非议，倒有表现得不够之感；但对后一首诗所表现的人生态度无法同意时，作者的"自我表现"只能看作唯我表现的展览。

"自我表现"一词出自何处，倒不是图省事，才不去翻书查证。上个世纪欧洲文学中的浪漫主义兴起时，是大力宣扬"自我表现"的。我们一般人只能通过译文来读这四个字时，我就担心外国人与我们是否把它看作同一个意思。俄文"党的出版物"因"出版物"——ЛИТЕРАТЧРА 一词译成"文学"，几十年我们照此而言而行时，不是在理论上带来混乱，工作上带来麻烦么？我们过去没有"浪漫主义"之说，却有屈原、李白的诗风；我们现在也有"自我表现"之说，围绕它发生争议，有的就说，"诗中有我"的"我"是指艺术个性而言，"自我表现"的"我"却是作为文学的目的来表现的，于是，"我"与"表现"也就是"唯我"与"膨胀"的同义语了。此种说法，也不是当年外国讲浪漫主义时对"自我表现"的解释。今天这四个字到我们手上，它是否又是唯我、个人膨胀、自我中心的统称？遇到这样的争议，就想起对"朦胧诗"的讨论，彼时彼地，双方不是首先对"朦胧诗"三字有一个相同的概念，也就很难讨论下去。

可是，既然艺术个性离不开诗人的"自我"，也就不能害怕讲"我"！

诗人的"自我"若不通向人民，只有绝路；诗人小我的艺术个性，完全融入大我，也就是没有个性的共性。诗人的心与人民相通，跟小我融入大我并不是一回事，从某种角度讲，"自我"就是"自我",至于是否还要加上"表现"二字,它可能争议得尖锐,毕竟又不是问题的实质。

多样的生活,多样的人生,多样的"自我",多样的艺术;艺术中就没有真的人生,人生中就没有真的艺术。

为肯定生活,我们常说它"丰富多彩";为说明创作繁荣,也说它"丰富多彩";若怯于承认诗中"自我",是共性的丰富多样,之间的差异并不构成"大我"共性的颠覆,那么,对此的坚守,既是艺术的,也是人生的。

决战时刻,战士在同一条战壕,行动、目标的一致,决非一般的,是高度的,具体到每个人,从长相到性格,还无法不一人一个样,他们却仍然是个战斗的、铁的集体。

香花与毒草的根本区别,是在"香"与"毒"还是"花"与"草"上,怕也没有这么简单的标志。可是花,说"百花"却远远不止百种。光是杜鹃,品种上千,黄山一地,就有三百,谁能说它有异而不同科?同科又为什么一定要同样?

"感时花溅泪",若作为植物现象予以科学分析,自然不行,却能说明深刻的人生,阐发出深刻的诗学。

好诗,总得以情动人,诗人总是在不吐不快中动情。不吐不快,就是诗人强烈地要求表现,他笔下完全可以不出现"我",看来像纯客观地叙说一个故事,描绘一个人物,也藏不住诗人要表现的自我。

> 一阵阵黄风一阵阵沙,
> 香香看着心上如刀扎。
>
> 一阵阵打颤一阵阵麻,
> 打王贵就像打着了她!
> ……
> ——李季《王贵与李香香》

一句"一阵阵黄风一阵阵沙",谁也不会看作诗人对故事场景纯客观的文字交代。诗，是不能容忍浅露地、图解地、非形象地、非感情化的语言来表达、表现自己的，而诗人职业的天性又决定他认为："隐瞒自己的观点是可耻的。"

其实，任何一位严肃做人，严肃做学问的人，从他严肃的自信、理念的坚定，即便不正确的，也不易改变，也会真诚自信，理直气壮地表现出来。遇到这种情况，照做思想工作的办法，也是帮助人家认识错误，绝不能怪人家暴露了思想。即便对那些顽强表现错误者，不同的对待办法，也取决错误的性质。联想到对"自我表现"的争议，也不能不再想：为什么不问表现什么样的"自我"？却纠缠着"表现"是否目的？

过去，有人把创作方法都要纳入到世界观的范畴来议，把艺术等同政治，现在，不看"自我"的倾向，老议该不该"表现"，也是上面那种教条的后遗症？艺术，尤其是诗，不能表现"自我"，要有艺术个性，是空话；有人要借诗的"自我"贩卖唯我等私货时，不抓"自我"的思想倾向问题，在一个概念不清（或是没有一个共同明确的概念）的名词上争议，对创作的影响也可能这样：不是在反对"自我表现"中也反对了自我的艺术个性，就是在所谓的"自我"中为个人主义藏污纳垢！

将艺术问题当思想，甚至当政治问题处理的教训有过，很惨痛；若将该从思想倾向来议的问题而以别的问题纠缠，遭灾的怕还是艺术。

一九八二年七月十日于北京朝内

（原载一九八三年二月《鸭绿江》第二百四十六期）

危机与繁荣

新诗艺乱谈之二

说什么好呢？

诗在思考现实；现实也在思考诗。

前几年，因为"诗集没人买"，也就有人不论是危言还是沉痛地说"新诗危机"；这两年算喘过气来了，诗集有人出，也有人买，有人也就理直气壮地说："不是新诗危机，是新诗繁荣"。

以诗集在柜台的行情当"危机"与"繁荣"的分界线，当年驳斥"新诗危机"论时，许多同志就激烈地反对过。今天以此为我所用，以为可以理直气壮地说明新诗繁荣，那么，理就未必直，气也未必壮了。何况，许多刊物在撤诗，在东北，尤为明显。

我是爱市场的，爱逛书店，包括过去的旧书摊，现在的旧书店。我也老跟出版社打交道。诗集的出版、发行状况，并不陌生。容易出集子的，就容易出，四处都能出，不能出集子的，就是照样不能出。其中既有作品的水平问题，也非完全如此。有的人，稿子不仅还没交出，而且还在写，就被列入出版计划，要说水平，那只是离开具体作品，先验地从作者的名字所定的水平。现在，也有同志提出为年轻人让路的，出版社一年就出那么几本诗，不但要名诗，还确实要些名人的名字撑门面（不论这种想法对不对，也是出于实际的考虑）。听说，确实有老诗人向出版社提出压下自己的集子，给年轻人让路的，可是，拥护这一口号的，也未必都能以实际行动响应或示范。不过，它为新诗开了个门缝，当然比关门好。十亿人的大国，一年出这么几本诗就叫"繁荣"，说出此话，倒是显得志气太小，没什么出息。苏联作家协会成员，诗人占多数，我们作协，诗人是微乎其微，一些写"小破诗"的，在有人眼里，无非是"百花齐放"的点缀，艾青讲

"写诗的是后娘养的",还是我们不能不正视的现实。

我翻了下自己这几年对所谓"新诗危机"而写的文字,一是在《答问》中说:

> 听前几年出过诗集的同志讲,当年发诗稿,任何一点抒情的东西都要剔出来,说是个人主义的玩意儿,非干巴巴的,帮腔帮调的东西不要。在当时的历史条件下,这一切都是可以理解的,也不必再说它。至于当年有些这样把关的同志,今天除了参与数落新诗之外,是否也可以为新诗的繁荣出把力呢?

在《追求》(二)中,我这么写过:

> 一场浩劫,留给人们精神的后遗症,诗不是唯一的,也是由于缺乏诗而引起的某种精神细菌的蔓延,是需要诗去医治的。包括对诗(我说的是真正的诗,不是徒有诗形的冒牌货)本身的反感,造成许多诗盲,也是缺乏美育,需要辅以诗去医治的精神贫血症……

没有诗的时代,是人世的不幸;以此作讥讽新诗的口实的人,不应为此而耻乎?因为有那么多诗盲,还不够我们痛心么?

是的,没有诗,就是缺美、缺文化,不文明、愚昧、野蛮的必然。任何一块土地,有此种情况,罪过不在写诗的人。当前,大讲"五讲四美",广义地讲,就是大讲诗。我们应该以活在这样的时代,建造这样的生活而骄傲。来到新疆,看到比吐鲁番的葡萄更结果,比哈密瓜更香的,是天山下的歌,我也不能不为歌唱于戈壁上的诗之绿洲的同志自豪。

这,只是在此感受到这种诗的,美的气氛和情调而言。能够证实它的,还是要靠同志们写出更多扎扎实实的作品。有这样的气候土壤,就看我们播种了。

过去,我反对有人为新诗出版发行的不景气而大加嘲讽,也一直说："这并不意味可以否定新诗本身在发展中存在的问题，在这种时候，更需要我们实事求是，面对现实认真地加以科学总结。"

过去，现在，我都反对以诗集在柜台的行情，为新诗的"危机"与"繁荣"划界。

今年，我常上上海南京路那家颇为壮观的新华书店。诗歌柜的同志不下十次的跟我讲，今年他们的营业比小说柜还好。像《普希金抒情诗》挤得只好发票凭票购书，戴望舒、徐志摩的诗集，仅此一个店，第一次进一千五，第二次进五千还供不应求。四川出的《聂鲁达诗选》最近才面市，可是从去年春天起，就不断收到汇款要求买书。湖南出的《诗苑译林》每本都是印数很高的。《胡也频诗稿》在四川印了六万多，丁玲同志说这是她根本没有想到的。许多读者去信，甚至跑到编辑部指名道姓的要求出版"五四"后的某部诗集，这种"繁荣"，怕不能说明当前新诗创作的什么问题。

在全国，四川人民出版社是目前唯一出诗多而不亏本的一家。诗集的印数量，也跟艺术演出的票房价值一样，不能不看，不能全看。它关系出版社经济盈亏的问题。为此，有的出版社有要撤销诗歌组的计划，闹到领导那儿，才感到问题的严重。一个古老的诗国，出版社要撤了诗，真要给人笑掉大牙；出版社是为人民传播文化而存在的，若这么做，只能说明出版社本身没有文化。编辑说，每本诗都赔本，赔得我们说话腰杆都不硬。地方出版社，像"四川"，每年能多出一点新作和新人的诗集，全是用别的赚钱的诗往这上面贴。好的是，赚钱的诗，有的是一本盈利上万，甚至数字还大些。这些书，多是译诗、新诗资料及唐诗、宋词等古典名著。没有一本是受到评论界推崇的新的创作。柯岩的《周总理，你在哪里?》开印就是十万。《罗瑞卿诗选》据说盈利也是上万，这本可能有人还不太知道的诗集，还可以帮到出好几本宣传一下也能影响不小的诗集。但有的诗，出版不久，再三削价，最后还是拉到造纸厂化浆才了事。新诗闹得这样不"繁荣"，再怪出版社是毫无道理的。我在长春汽车厂、上海青年读者当中，都听过对写诗人太刺激，也可以作为警钟似的话："我读（买）了什么什么，大上其当!"我决不认为迎合小市民趣味而赢得的"票房价值"可奉为成绩。但是一般群众都不喜欢的东西绝非诗的喜兆，或是诗与诗人高雅的标志。有几位老诗人给我谈到最近有几本格调不高，印数蛮高的诗集时大摇其头，为诗风叹息。诗不像戏剧影视，它的读者群与后者的观众群还不完全相同。诗集仅有一个香艳的书名，并不能保证它的销路。读者不蠢，总得考虑花钱合算，只是书名好，读者翻翻内容就交回售货员了。这样的书，也在积压。有的人也想从那些在诗界红得发紫的人物身上捞一把，包销他们的作品。不想群众一点也不买账。工人说："看不明白时，稀里糊涂；看明白了，什么也不是。"结果，光在一个文化馆积压的，就以千计。四处告急，想出花招："包销二十册以上者，送作者玉照一张"，如此这般，还到哪里去寻诗呢？这些情况，若算诗的"繁荣"景象，或者完全无视于它侈谈"繁荣"，起码算不得一个真正的唯物主义者。译诗与新诗资料畅销的繁荣，恐怕正相衬出新诗的不够繁荣，在市场遇到强有力的竞争对手。对于虚无主义者，这也说明了对中外文化遗产继承、借鉴的重要。如果创作还赶不上步，未尝不是威胁。

我们不该忘记：咱们祖国是文明古国，是诗的国土！今天时髦于意象派的人也该明白，意象派的鼻祖庞德（E. Pound，1885—1972），当时是以"为当代发明了中国诗"而得声名的。偌大一个泱泱诗国在，若还要别人在异域"发明了中国诗"，出口转内销，自是奇闻。

五十年代，土耳其的大诗人希克梅特（Naz1m HiKmet，1902—1963）听说他的诗要译成中文，就跟萧三同志讲：这是他最大的骄傲，占世界四分之一的人口，已是他所面向的读者了！

今日为诗人者，是不该忘记这一骄傲赋予自己的责任。

丁玲（1904—1986）、刘宾雁（1926—2005）从美国带回一些人家的赠书，有本诗集，才印了二十七册，这只抵我们出版社送作者的样书。除了这种精装签名本，也只是印了二百本，我们有的作者，一般自购的书，也得有这个数字。

在这里，一本书只要发行得好，更主要是群众爱读的，大小图书馆，文化馆各买一本，也在万册之上。正像希克梅特所说，一位诗人能面向这么多的读者，真是诗人，也是诗的骄傲。同时也就有着诗人和诗对读者的担当问题。

今日不是没有成绩，是许多应该肯定、支持的，肯定、支持得不够，旗帜不鲜明。

今日不是没有问题，是问题不少，也许当前首要的问题，怕还是需要我们正视问题。

十年动乱，诗遭浩劫，诗与人民共命运，这是我们诗的骄傲！我们可以举起《天安门诗抄》为证。

振兴中华，也是振兴着诗。

前景的光辉，从来不是在于否定前进道路上的问题。

过去，诗的"假、大、空"如果成痼疾，今天想以"假、小、空"去治它，只能闹成恶性并发症。

过去，帮腔帮调是扼杀艺术个性的，如果以我唯我，冒名为诗中需要的"自我"，那么，个人膨胀与缺少"自我"所形成的境地，是同样的诗症。

在理论上，我不知道理论家怎么解释政治与艺术的关系，也不晓得他们把创作不要简单化地"配合"运动、图解政策、切近时事的教训怎么为我所用，另成一套地引向另一个极端。不久前我这么说过：

> 诗作去配合政治，成了政策图解，成了运动中的标语口号的堆砌。那样，只能用所谓的"政治"葬送艺术，用所谓的"艺术"庸俗化了政治。

若标榜抗拒庸俗社会学对艺术的侵害，却提倡把"溶解在内心的秘密"之外的世界之活鲜鲜的生活，全列为"不屑写"之列，把不配合政治作为远离时代和生活的借口，那样，只能把诗引向死胡同。

我还想重复自己一段话："作家可以不关心政治，政治还不可能不关心作家；作家也就不可能远离政治而写，而生活。"这不是理论，也不是出于需要所说，是我自身感受的现实。在我们生活里，个人的私生活，家庭中的悲欢离合，都绝少纯情的因素。几年前，通过家庭的离合而写社会动乱的作品最后也陷入一个套子而让人讨厌，但从许多家庭的离合也确实可以看到时代的悲欢。文艺从属于政治当然不对，但在现实中互相影响，互相制约的现状，总不是不符合理论的现实。这两年，人们说的"喇叭诗人不吹号，朦胧诗人睡大觉，小花小草咪咪笑"尽管不能完全概括诗界的现状，怕也算是诗的一个问题。

山水诗、爱情诗、咏物诗，应该是百花中不可缺少的花，它们还是大家突破过去的题材禁区而争得的花。这些"咪咪笑"的诗，在思想、艺术的优劣成败也不一致，作者写它的心境，原因也是多样的，但它所以能成"风"，对于同意这段顺口溜的人来看，起码是由于"喇叭诗人不吹号，朦胧诗人睡大觉"的联动。

我不知道"喇叭诗人"这四个字是否含有贬义，所谓的"朦胧诗"目前也不一定那一阵热闹，可也不等于"朦胧诗人睡大觉"。如此说，假若没有潜台词，确实是对某些诗的讨论所保留的态度。

骆耕野（1951—）的《不满》，雷抒雁的《小草在歌唱》算是吹号的诗吧，舆论一直是支持的。叶文福的《将军，你不能这样做》，问题出在诗前的题记材料失实。一九八〇年在"当代文学研究会第二次学术讨论会"上，我表示过这样的意见：

> 《将军，你不能这样做》也是反映了人民反对特权强烈愿望的好诗。叶文福同我私人关系也不错。但是他再写《致××》我就反对了。思想的解放，若没有提高反特权的立意，而在于指名道姓，就没有再写的必要。仅仅把盖房子改写成买澡盆，这样写也就没完没了了，自己在艺术上就会走向自己起步的反面。指名道姓，最后无非增加自己处境的困难。思想艺术若有新的突破，为此作任何牺牲都是值得的，胡来，就不足道。何况，有人问"将军"指谁时，答：这是艺术创造。不是给了自己更多的发言权么？指名道姓的大胆，是否一定比"艺术创造"好呢？何况，随着而来的，编辑部收到的诗稿就有《部长，你不能这样做》《处长，你不能这样做》《主任，你不能这样做》，这就要成灾了。

我说此话时，他的《将军，你洗一洗》还没发出来，它发出后，同志们无心像谈《将军，你不能这样做》那样，而是说"无聊"了。我不说它思想怎样，表现手法、艺术上给自己立个样板，似乎以后就可以无止境地如法炮制，这在艺术上是可悲的。当时，我还不知道诗的题记上说将军动用多少万外汇盖房子的材料失实，也没去想诗外的问题。新旧的思想斗争是永远不会停息的。这类姑且按习惯称之为"干预生活"的诗，恰恰也只有在冲破各种阻力中显示它的思想与艺术生命。但是，诗的艺术，一旦被作者沦为分行大字报时，材料的失实，正是作者失理。原告成了被告。人们再也无法把它作为击中时弊的诗而支持了。想写大字报，对材料没有一个科学的态度怎么行呢？想写诗，又存心要写成大字报，人们又哪能把它当诗论呢？"喇叭诗人不吹号"之说，可能就是指此事带给诗坛的阴影。此事，光从诗的艺术方面，都可从中总结出很深刻的教训。不问原因，错觉就是：诗有锋芒是要倒霉的，那么，"喇叭诗人"自然就无法吹号了。目前，看看人们拥着去买《讽刺与幽默》和反映现实问题的小说就知道，那可是真正的辣椒，是生活中少不了的一味。《人到中年》不是也有人说它是反社会主义的么？可是作品本身的现实主义与艺术的力量，已经不是由人想否定就可以否定得了的。艾青那人们异口同声叫好的《古罗马的大斗技场》，写到有人"从别人的痛苦激起自己的欢畅"以及"都要用无辜的手/去杀死无辜的人"的"壮烈风光"，不糊涂的读者，决不会把它看作没有锋芒，或比《将军，你不能这样做》的锋芒小。它不仅没有沦为分行大字报，而是诗人将生活及自己对生活的思考，都作了典型化的艺术概括。这些不同的现象，我们多作比较、研究，在考虑我们面前出现的问题时，就会有一个清醒的态度。

阶级社会，作品的锋芒不问所向，是不可能的；马克思、恩格斯的经典著作里，毫无含糊地告诉我们，统治阶级的思想就是统治思想，人民当家，统治思想就是真正的人民的意志。因此，任何时代、任何社会、任何倾向的诗人，不说真话，或是有话不说，也就不可能有诗，诗人在彼时彼地也就不成其诗人。诗的现象很复杂，热情、真挚的诗人并不一定都善"吹号"，婉约诗人还可能回避吹号。而"喇叭诗人不吹号"，不论有什么其他的原因，为诗人者如此为诗，就是对诗之过。如果不把"吹号"当为单一的题材，风格标志，从广义上看，诗如果不为人民鼓与呼，是诗的悲剧；诗人不为人民鼓吹，是诗人的可悲。

目前，我们确实还没出现"五四"时期郭沫若的《女神》，抗战时期艾青的《火把》，二十世纪六十年代贺敬之的《雷锋之歌》式的，那样在思想、艺术上都过硬的"号声"。但是，这个社会，是号声的故乡，不会陷于沉寂。这一时期写张海迪精神的诗，在报刊滔滔不绝，就是一例。柯岩在《中国青年报》七月七日发表的《中国式的回答》最后写道：

　　　　有志诗歌者，也应清醒，
　　　　诗歌，于青年，
　　　　是精神给养，
　　　　对革命，对人生，
　　　　无法朦胧。

　　　　这就是——
　　　　"溶解在我心灵的秘密"，
　　　　我自豪，在革命遇到挫折时，
　　　　我不曾在"象牙之塔"里
　　　　对丰功伟绩进行嘲讽。
　　　　这就是为什么，我
　　　　要这样书写我的诗意，
　　　　并且对我的诗篇，
　　　　如此题名。

有人可以不同意这样的观点，可以在艺术上挑剔。柯岩的艺术才能也不是无法把它写得更含蓄些，更"美"一点，可作者是以不可遏止的激情和义愤，表达她自觉的意念。"喇叭诗人"不吹号，不一定就进了

"象牙之塔",而此诗又何尝不是针对某些(注意,是某些,不可能是多数)"睡大觉"者的时弊而发的呢?有号声在吹醒"不吹号"者,那就是;吹号者还是吹号者,"不吹号"者不会成号手。

笼统地说"喇叭诗人不吹号"不确切,以"朦胧诗人睡大觉"作为与它并列的现象,就不是"不准确"的问题了。

不久前,我从上海到北京,一位平日与诗无关的老同志来电话,问到目前一些诗的情况,我就会就诗论诗,诗外之事,实在寡闻。正如有的同志批评我的:光看艺术,脑子里缺少政治。那位同志说:"期待是最漫长的绝望,绝望是最完美的期待"这样的句子太不"朦胧",几乎像宣言一样明确了。不是在思想上对它有什么更高的要求,它的这种颓废,"世纪末"的情调,与真、善、美的诗之追求背道而驰。看来作者摆出超于世外的姿态看世界,其实是赤裸裸的人生说教。鲁迅先生的《魏晋风度及文章与药及酒之关系》中说:"完全超出于人间世的,也是没有的。既然是超出于世,则当然连诗文也没有。诗文也是人事,既有诗,就可以知道于世事未能忘情。譬如墨子兼爱,杨子为我。墨子当然著书;杨子就一定不著,这才是'为我'。因为若做出书来给别人看,便变成'为人'了。"鲁迅先生的话,千真万确,这位诗作者要只是"为我",他活在"漫长的绝望"里就干脆结束自己的生命,别人才好相信这是真话。既然"有诗",自然是要"为人",如此"为人",不过是叫人不要相信这个世界,彻底地否定生活。不论作者主观愿望如何,我们还不能不问所为何来。在旧社会,在沦陷区,都称为活地狱,人们还是相信希望在人间的啊。另一首写蓝天"覆盖那无法寻找的坟墓"的分行文字,作者生怕他那在"灯光暗淡的一瞬",花草"轻轻地亲吻我的悲哀"之情"朦胧",还写了一段散文解释他那分行文字的由来,叙及自身一段经历,说他有过三个师傅:"喜欢抽烟(有一个抽过鸦片);喜欢唱《东方红》;绝不相信地球是圆的(因为水始终呆在缸里)。"这些以"朦胧"标榜的先生,在此所言,就太不朦胧了。

诗,如果只是有点"朦胧"算什么?像"朦胧"派头面人物舒婷的《祖国啊,我亲爱的祖国》写道"我""是淤滩上的驳船/把纤绳深深/勒进你的肩膀/——祖国呵！"这样的诗，选进《朦胧诗选》，把作者列为"朦胧诗人"，我还认为错位了呢。有人阴阴阳阳地说：这么大的国家，这么大的诗坛，有几首"朦胧诗"怕什么？首先，我就不知道谁害怕它来着，但是，有人不喜欢它，或是指出其中的问题，你又大惊小怪，是为什么？

本来，"朦胧诗"的提法，概念就极其紊乱，一爆出，许多同志就认为它不利于诗歌运动。既然卷入此一争论，又只能沿习随俗。当时丁力（1920—1993）同志称它为"古怪诗"，含有贬义，在"朦胧热"时，自然无法叫开。今日，既有以"朦胧"为荣者，自然就有贬它者。圈外的人，都看到此一争论是怎么引起"朦胧热"，在一种逆反心理下，不少人才视"朦胧"为时髦，从而对它有了追求的自觉。有《朦胧》作《诗选》的书名以招徕，有报刊为"朦胧"辟专栏。讨论中，各自的观点五花八门不为怪，引起一些混乱也正常。但组织讨论的目的不明确，双方往往没有一个概念明确的争论点之争论，你说你的，我说我的，打乱仗。无异为"朦胧"做广告，它也就不仅在圈内热闹了。若事先的工作做细致些，是可以避免后来的"朦胧"后遗症的。

孙犁（1913—2002）在一九八一年《天津日报·文艺增刊》第四期，从思想倾向的角度，讲到过去神化他人，现在神化自己，重提"诗贵有我"时，又鼓吹个人膨胀的这一路诗时，写道："这种诗，以其短促、繁乱、凄厉的节拍，造成一种于时代，于国家都非常不祥的声调。"短短两句，讲得太透辟，太尖锐了。诗的艺术，如果只是"朦胧"，那么，对此讨论的本身，就是对组织讨论的讽刺。讨论过程若看明了问题的实质是思想倾向问题，能由此推进讨论也为时不晚。可是，大家愈看愈明白，讨论反而愈来愈"朦胧"，由此的不了了之，只能留下太多遗憾。

不过，由于长期搞的极"左"，一谈"倾向"，心有余悸，可以理解。如果不为诗的"朦胧"提及它，人们也注意不到它。但问题摊开来了，叫人不想，也办不到。像顾城《一代人》那样的"朦胧诗"，我还欢迎他多写些，如果他沿着这样的路子写下去，能够取得很大成绩。可是他写工人"绝不相信地球是圆的"时，人们就不能支持他了。有人说，文章好坏，全怕分析。其实，顾城这几句话又何消分析？真是太不朦胧了！三个工人不相信地球是圆的，不就是愚昧无知么？愚昧无知者爱唱《东方红》，不就是互为因果么？我们过去深受个人迷信之害，再也不能搞个人迷信。但在过去，它有极其深刻的社会、历史根源。顾城是否曾直接受害于它？不得而知。但不能写过几首诗，就可以拿出精神贵族的架势，视工人为群氓啊！这自然是思想倾向问题。

不过，随"倾向"而来，像过去那样查立场，搞斗争也不行。我们反对以人划线，划线看诗。只要没有非组织活动，必须坚持具体作品具体分析，诗的问题就是诗的问题。诗外之事到诗外去论。绝不可"朦胧"。可是，既有以诗的"现代倾向"作为"崛起"的旗帜，聚众树旗，再怕讲"倾向"，怕也不能了事。上纲到政治问题，与讲清倾向，能够心明眼亮，应该是同样好理解的好事。

如果不敢正视问题的现实，不是唯物主义者；要是心里明白，还怕态度明朗，是对诗失职。为诗人者如此，诗的东西就太少了，恐怕这也是近年缺乏好诗的因素之一吧。

聂鲁达说，诗歌应该成为建设生活的钢铁和面包。如果以上述的诗所建设的生活，只能是灰色的、苦味的生活。

为诗人者，该有良心。

此时，咪咪笑的"小花小草"，就不能作一种题材的兴起，而是随着一种诗潮所涌现的思潮。事实上成了回避、缓冲冲突、粉饰生活的"小花小草"。

自称代表诗的"现代倾向"之"崛起的诗群"，正在这时举旗。

他们的"诗群"，实际是一厢情愿的拉郎配，就像《天安门诗抄》，不仅思想、艺术与他们的倾向无关，且是对立的，但也能被他们说成是"现代倾向"的先驱。李瑛同志看到自己在"诗群"榜上有名，很有意见，又啼笑皆非，他和他们的美学原则，实在是风马牛不相及。这面旗帜，既以集合一些"不屑于表现人民的丰功伟绩"者为其基本队伍，又想开出许多有才华，有成就的名字纳入队列（虽然风马牛不相及）所壮的声威，怕也是皇帝的新衣。

我相信理论、美学对创作的指导作用。它也应该是对作品及它所反映的生活之研究果实。对于大讲"不屑于表现人民的丰功伟绩"，要与社会主调唱不和谐音者，恰恰是无视我们生活、历史，文学所以为文学的道理，以他们的不谐和音自我陶醉。这些以"此地无银三百两"叫嚷"不屑于作时代精神的号筒"者，他们所谓"纯"艺术的道理，此时此地，恰恰是最尖锐的，抛开了他们的"艺术"之政治。

"朦胧诗"的问题后来弄得那么复杂，也就是这派理论在搅浑水，推波助澜。

他们鼓吹"诗歌的现代倾向"，也是以"朦胧诗"为标签。

他们奉为代表人物的舒婷、顾城的作品，如上面提到的《这一代》，并不"朦胧"，也不是这种倾向的哲学思想的产物。

他们鼓吹的"现代倾向"是什么？"现代派"在它西方的故土，有时也跟我们说"朦胧诗"一样，是个很复杂、没有一个统一而确定概念的东西。贴着这派标签的作品与它的宗旨，有时不仅有距离，也有相左乃至对立的。高尔基（Алексей Максимович Пецков，1868—1936）说的"从个人主义和无为主义开始，很快便走向社会主义，宣传积极行动，越来越响亮地号召个人与人类结合"的惠特曼，西方也是有人将他纳入现代派进选本的。而我，不仅能接受，还是非常喜欢他的；但是，我却不能苟同把他从哲学思想上列在现代派名下。

好在徐敬亚（1950—）的《崛起的诗群》对这种"现代倾向"有着还算具体的说明，为我们目前对它的研究提供了根据。尽管徐先生用以证实他的主张的作品与诗人，不少与他论及的倾向并不相符，乃至相违。

徐敬亚说，诗的现代倾向是"以象征手法为中心的诗歌新艺术"。但是，十九世纪末叶，颓废主义思潮在法国兴起时，就有"象征主义"的旗号。他们认为现实世界是虚幻的、痛苦的，而"另一世界"是真的、美的。他们要用诗暗示"另一世界"，用晦涩难解的语言刺激感官，产生恍惚迷离的神秘联想，形成某种"意象"，即所谓"象征"，以沟通两个世界。所以，徐敬亚所称的"诗歌新艺术"也实在不新。象征，不是徐敬亚所说的那样，"是新诗史上的鲜见"。这点，我们在后面要举例说明。但是，他说"过去我们的诗中偶然也出现象征，但多是小型字句，个别诗行"时，此说，则太欠忠厚。象征，不就是事物互相间的借喻与影射么？搞"象征"的祖师爷，法国诗人波特莱尔所写的 Correspondancesw——《契合》：

　　自然是座大神殿，在那里
　　活柱有时发出模糊的话；
　　行人经过象征的森林下，
　　接受着它们亲密的注视。

　　有如远方的漫长的回声
　　混成幽暗和深沉的一片，
　　渺茫如黑夜，浩荡如白天，
　　颜色，芳香与声音相呼应。

　　有些芳香如新鲜的孩肌，
　　婉转如清笛，青绿如草地，
　　——更有些呢，朽腐，浓郁，雄壮，

　　具有无限的旷邈与开敞，
　　像琥珀，麝香，安息香，馨香，
　　歌唱心灵与官能的热狂。

　　　　　　　　　　——梁宗岱译

这首被认为"带来了近代美学底福音"的十四行，才是论象征的一本真经。也可以作为一个研究专题论述。很可惜，许多翻译家都说波德莱尔诗的质地和精巧纯粹的形式，很难转变为另一种文字，我也不能读原文，也就没有机会领略他诗中象征的奥秘了。但是，诗的"现代倾向"论者一味谈象征的"暗指性""诗的不特指性"，强调表现

"人的潜意识"时，我看法国诗人，《水仙辞》的作者瓦雷里（P. Valery, 1871 —1945）说是波特莱尔之前，"法国的诗人总是很少为国外所认识，所欣赏"的原因时，其中有一条，就是"我们的气质的抽象倾向"，往往是"他国所不能捉摸的诗"。瓦雷里在称赞波特莱尔"形式的精妙""永恒和亲切的混合"等的同时，推崇他"和诗的效能结合在一起的批判的智力""一种意志和和谐的极罕有的联结"。这一点，我要重复一句，就是一切都得在"诗的效能"中才能发挥，首先，诗就是诗。瓦雷里叫绝的《入定》的收尾。虽然经过戴望舒的翻译，我看还是可以品到波特莱尔的诗味：

> ……你看那逝去的年光，
> 穿着这时的衣衫，凭着天的画廊，
> 看那微笑的怅恨从水底浮露。
>
> 看睡在涵洞下的垂死的太阳，
> 我的爱，再听温柔的夜在走路，
> 就好像一条长殓布曳向东方。

这两节的六行诗，大概可以看到"恍惚迷离的神秘联想"决不是意念、形象的含混所形成的恍惚。至于有的作者因为感受不够，把握不了事物的本质与形象的准确，或是艺术功力不够，作者再想写得明确也明确不了的作品，作为一种创作现象，非常非常正常，作为艺术追求，则非常非常怪了。这样追求艺术，又能崛起什么样的"新"的艺术呢？

到这里，我想把话扯远一点。

记得一九五七年批判流沙河（1931—）的《草木篇》这组用了象征手法写草木的散文诗时，当中有白杨至死也不弯腰的句子，就把这诬为作者本人对党和人民敌对思想的"象征"来批。诗人为此遭难二十年。这真是血的教训。

我们大家也熟悉艾青在一九四〇年春写的《树》，一共八句：

> 一棵树，一棵树
> 彼此孤立地兀立着
> 风与空气
> 告诉着它们的距离
>
> 但是在泥土的覆盖下
> 它们的根伸长着
> 在看不见的深处
> 它们把根须纠缠在一起

不是没有机会，而是感到没有必要向艾青同志问他的创作意图，尽管作者拿出的第一手资料，可能成为读者解开诗秘的钥匙。可是，作品拿出来交给社会了，读者不管作者怎么想，读者最终还是从自己的生活阅历、水平去感受、补充，以致参与作品的再创造。

这首《树》，有人可以从它感受到思想方法问题：看事物要看到它内部的联系，不要光见外部现象；同志、恋人因正常原因或非正常的原因（如战争离乱、白色恐怖等），而天各一方时，也从诗感应到他们心心相连的安慰。当然，不同的读者还可以从中获得不相同的，与自身有关的联想。但诗人确是对孤离兀立的树之根，其根须纠缠在一起的这一形象，赋予了哲思。就从这一点触动敏感的心灵，将许多千差万别的事物，都由它点通，并化成浩阔的感应面。这种艺术力量，不是潜意识可以抓住的，作品丰富、强劲于内涵的深度与广度，绝非抽去诗人具体感受的不确定性所致。

一九七六年二月，为纪念周恩来（1898—1976）总理所引发的天安门事件时，我读到郭沫若一九二八年一月在"四·一二"后写的《如火如荼的恐怖》：

> 我们的眼前一望都是白色，
> 但是我们并不觉得恐怖，

我们已经是视死如归，
大踏步走着我们的大路。

要杀你们就尽管杀吧！
你们杀了一个要增加百个：
我们的身上都有孙悟空的毫毛，
一吹便变成无数的新我。

我们的眼前一望都是白色，
但我们是并不觉得恐怖，
你们杀了一个要警惕百个，
我们的恐怖是如火如荼。

当时读着这样的诗，感到诗人就像在写我自己，在写眼前的白色恐怖。尽管相似的情景会出现在这样不同的年月，但它毕竟不是历史的重演。

有一次，有个孩子知道我这个叔叔也弄点诗，就跟我谈到艾青的《树》，因为老师教给他说，《树》是写皖南事变前夕的白色恐怖下，地下党的同志在明处保持距离，暗自却"纠缠在一起"的历史。《树》，自然是首好诗。若是将它每个字的"象征"，完全实在地落实在写地下党的境界上，溢美之词就不是我说一个"好"字所能概括，而是将它说"神"了。这样，我倒不能不问艾青同志。他说，我哪里想到这些？我也只好啼笑皆非了。

这和当年批《草木篇》当然不一样，虽然溢美之词说得太甜不一定顺耳，毕竟不会使人遭难。捧和批，可以使两者有上天入地之别，但分析作品的办法却是一个。如果我们认为应该这样教人读诗，那么，当年那么批《草木篇》，也只好认为"活该"，不是极"左"之害，这样，只能为庸俗社会学大开其道。

"象征"在此，也成了不吉利的象征。

本来，艺术手法从无高低之分，诗人在具体写作时，任何手法的运用，只要能够体现作者的表现要求，就是高超的艺术。可是现在就有人以"再现手法""表现手法"分高低级，以直抒胸臆与"象征"论上下。我看元人马致远（1250？—1323？）"枯藤 老树 昏鸦/小桥 流水 人家/古道 西风 瘦马"的再现手法怕在此处就不会比"表现手法"低；现代智利诗人聂鲁达"……我爱我小小的寒冷的国家/即使是它的一枝树根/如果我必须死一千次/我也要死在那儿/如果我必须生一千次/我也要生在那儿"的这种直抒胸臆，也决不是用象征手法可以达到的艺术力量。而"直抒胸臆"又是属于"表现手法"的，是强调主观因素的。但"象征手法"又被认为比"直抒胸臆"高。高高低低，谁高谁低，只有这些理论家自己知道。

象征手法本身不仅无法定身价，它要用得不当，怕还要坏事。最近我读到一首诗这样写守林人：

> 树皮
>
> 嵌在脸上
>
> 头顶
>
> 长满松针
>
> 两只胳膊
>
> 两根粗壮的树枝
>
> 两条腿
>
> 两条树根
>
> 走着
>
> 地上晃着一株绿荫……

这种"象征"，作者把守林人当"一棵移动的树"来写，写树就是写守林人，守林人写成树，也算形与意的契合。可是，脸嵌树皮，头长松针等描写，乍一听，怪新鲜，细一想，这守林人不成林中魔怪的形象了么？作者想歌颂他的心愿与他描绘给读者的视觉直感，不正相违么？作者本是颇有才华的人，发了不少写森林的诗。这里，没有发挥作者对林中生活的体验，却在穷搜想象。想象既可以产生于诗人生活积累的丰富之中，也可以由于它的贫乏而穷想，前者，重新组织经验、情绪，由这一事物推移到另一事物，向未知飞翔；后者，贫乏如肌体的萎缩，飞升不了翅膀，只能悠游于怪诞的梦幻。败笔，人人都有，且不说我等，大师都难免。这位同志写守林人的这几笔，我不认为是生活不够的结果，它是编辑帮他共同修改订下的文本，编辑还写文章推荐为"写人，也是写树；写树，同样也是写人。情景交融，颇为和谐"之作。因此，只能看作某种诗的指导思想的产物。过分追随"崛起"闹腾的"象征热"，运用不当，定荒唐。

这里，还是回过头来讲"象征"吧。

象征，就是事物互相间的借喻、影射，是波特莱尔论的"契合"。如果没有构成事物间这种关系，而是徐敬亚说的所谓"小型字句"的"象征"，只属修辞学上的比喻，也就是他本人说的"'喻体'与'喻本'的同时并列出现于诗中"之手法。常识性的错误，在我自己写东西时，由于年龄的增长，记忆衰退或知识贫乏，也会有的。但错误本身，何时何地，都不可取。治学不严肃的方法、观点，自欺不说，事实上也骗了不少年轻人。从某个方面看，这些同志所以会被骗，也是长期文化关闭政策的恶果，不给大家接触、认识、比较各种形形色色的文化，把人放在净化了的试管里，并不能天生萌发免疫力。这个教训太深刻了，真要"千万不要忘记"。就是现在质疑现代派，也要我们先拥有关于现代派的知识，才有认识它的力量。否则，说服不了人反而怪别人，就更无道理。徐敬亚爱说什么，是他的事，涉及诗的历史、知识、人事，有篡改、否定、胡凑之处要说话，如果还要看老虎屁股是否摸得，这就不成社会主义的天地了。

对所谓"以象征手法为中心的诗歌新艺术"，徐敬亚 A、B、C、D、E、F 地列了六条。在此，我声明一句，不是我不会从一到六的数字，而是他的原话是这样说的。这也算"现代倾向"的艺术之一嘛。

A. 象征

要说徐敬亚的"理论倾向"，是以"象征手法"作为"中心"的"象征"，就是它的中心之中心了。他认为"新诗史上的鲜见"之象征，以我们最早的新诗，郭沫若在一九二〇年写的《炉中煤》为例：

啊，我年青的女郎！
我不辜负你的殷勤，
你也不要辜负了我的思量。
我为我心爱的人儿
燃到了这般模样！

啊，我年青的女郎！
你该知道了我的前身？
你该不嫌我黑奴卤莽？
要我这黑奴的胸中，
才有火一样的心肠。

啊，我年青的女郎！
我想我的前身
原本是有用的栋梁，
我活埋在地底多年，
到今朝总得重见天光。

啊，我年青的女郎！
我自从重见天光，
我常常思念我的故乡，
我为我心爱的人儿
燃到了这般模样！

题为《炉中煤》，副题是"眷念祖国的情绪"，两者借喻而契合成"我为我心爱的人儿，燃到了这般模样"的境界。艺术手法是很地道的"象征"。怎能说它鲜见于新诗史而只能从今日的"现代倾向"中"崛起"呢？《炉中煤》运用了"象征"艺术，又绝非"现代倾向"的作品，又当如何解释呢？象征手法也是多样，不断发展。徐敬亚如此顶礼"象征",又何以这么武断地说"象征手法打破了真实描写和直抒胸臆的传统表现方式"呢?这不是把他敬奉的"象征"简单化、单一化了么?《炉中煤》的抒情方式,就是直抒胸臆到淋漓尽致的地步。内中也有他们所指的"暗指性""复杂感情""抽象的意识和情绪",却没有在直抒胸臆中互不相容,而是和谐一致。"传统方式"在此又有什么不好?离开诗人对内容的表达要求去讲方式,纯形式所论的诗,就不知是怎样的诗了。艺术长青,重要的,就在于它像生活本身一样丰富多样。如果咱们只能拿出小兄弟的玩意儿当"样板",一概以"样板"为准,艺术也只能窒息而死。谁要如此讲艺术,仅仅从方法看,也是形而上学上所崛起的高峰。

B. "视角变幻"

"以象征手法为中心的诗歌新艺术"之 B "视角变幻"。徐敬亚说:"由于篇幅,对其他手法我只作一下概述",为了不浪费大家宝贵的时间,我也只能如此。

如果说"视角变幻",是在"使诗歌的创作在描写与抒情两方面出现了变异"。雪峰一九四一年在上饶集中营就写过这么一首《孤独》:

> 哦,孤独,你嫉妒的烈性的女人!
> 你用你常穿的藏风的绿呢大衣
> 盖着我,
> 像一座森林
> 盖着一个独栖的豹。
>
> 但你的嘴唇滚烫,
> 你的胸房灼热,
> 一碰着你,
> 我就嫉妒着世界,心如火炙。

这首诗,很能表现所谓的"描写与抒情两方面出现"的"变异",因此，我想不必对照"变异"论，对它再作繁琐的分析。人可感触到的一切，都应该成为文字、艺术手法所能表现出来的，才可能反映生活。既然这种"视觉变幻"作为视觉直观以及对人的心理反映在现实中的存在，为了忠于生活的感受，为了表现上的需要，作家并不需要理论指点，也会在笔下出现它。前辈诗人这么写，很自然，今天的诗人这么写，也属自然。人人都有继承、发展它的权利，并不存在争夺发明权的问题。一切的一切，都在于运用于创作是否得当。

有的人想把这当发明权抢到手里，无非为否定"五四"后的新诗传统制造舆论。大家称道的《中国，我的钥匙丢了》说它立意新，手法新。而"五四"后不止一首诗写到彷徨苦闷的心情，都写到要把钥匙开未来的锁。我想梁小斌同志不一定读过这些诗。但是，人们在不同的时期，因为某点相似的东西，竟会找到相同的意象与艺术手段，即便是从前者继承、借鉴、发展而来，也无损于它本身的价值。

这些所谓"现代倾向"的艺术手法，并非像他们所说的，是在"新诗史上的鲜见"，这里的故人旧作，就能对比它已不"鲜"。

C. 表现感觉及意识的原始状态或特殊阶段

从徐先生举的诗例看，即表现"直觉"和"幻觉"。至少可以和"视角变幻"合在一起谈。如他以舒婷的《路遇》为例，说"凤凰树突然倾倒……""是一瞬间直觉与错觉的交杂"。荻帆的《列车在飞奔》，写车的运行中看景色：

> 树丛砍伐般向我倒来，
> 飞鸟箭镞般射进眼睛，
> 天旋地转啊
> 田里转盘般运行！

这是一九八一年七月我与荻帆同上长春，亲眼看到他写的这几行诗，更目睹了他写的景象：列车高速运行，看不动的在动，动的动得更快的视觉直感。诗人是在忠于他的感受，大概没有考虑服从现代手法。

D. 变形

谈所谓"以象征手法为中心的诗歌新艺术"之"变形",使我想起江西一首民歌,说到五次"围剿"时:

白鬼进村烧杀抢,
黑雪满天压村庄。

雪,只有白雪,哪来黑雪?可是在白色恐怖下,一切都颠倒了的世界,它就通过这"白"变"黑"的一字之易所变形表现出来。这可是被人斥之为"封建田园牧歌"的民歌。既非牧歌,更不封建。用在此处,无洋气,很革命,是乡土本色。

我们看过绘画上的变形。从毕加索(P. Pabl, 1881—1973)原作展览里,我知道,在第一次世界大战末期,画家也卷进了欧洲即兴喜剧的活动。当他正忙于为舞剧《游行》制作服装布景时,他与俄罗斯舞蹈演员奥尔加·柯克洛娃邂逅相遇,并娶为妻。一九二一年,他们生一男孩,取名保罗。画家画《扮成丑角的保罗》时,孩子只有三岁。毕加索将丑角服装移到儿子身上,以纪念与柯克洛娃的相遇和《游行》一剧中的丑角。丑角服装衬比得孩子更显天真。保罗在画布上可触可见,全是实写。可是,一九二八年,画家笔下"变形"的柯克洛娃,女人身体结构的正常比例改变了。自由组织了牙齿、眼睛、头发、鼻子、乳房的位置。画面大部分是画她可怕的牙齿。丑恶、怪诞、恐怖,如传说中的妖怪。原来他妻子想用丈夫的声望出头,整天拉他参加社会活动,妨碍他的艺术创作,使他由厌恶到产生一种敌对情绪,画布上才有此种感情变形为如此的具象。对这位大师的复杂的艺术现象的研究,我们都才开始,画,又隔行,不是我可以说什么的。但从这两幅画例,还是能让我们悟到一点变形的道理。他画牛,是先实写,在画稿上将速写稿一次比一次简化,多次之后才变形成后来在画布上的样子。这和有人画虎成犬的情况不能类比。我们民歌中的变形和外国画的情况也不一致。"白雪"变形为"黑雪",读者能接受,且是民族化的。

因为徐敬亚在《崛起的诗群》中呼吁："要不要，或者可不可能，逐步地脱离具象艺术'走向'抽象艺术？"说这"关系到我国文艺发展道路"。所以这些"象征""变形"等手法，我们只好看作徐先生作为走向"抽象艺术"的手段。

前些年，只听说"巴黎国际现代艺术交易会"展出 Renonciat 的抽象艺术就是一块咖啡色的布。工人说"看不明白时，稀里糊涂；看明白了，什么也不是"的诗，恐怕也是在追求 Renonciat 式的艺术效果。诗，怎么"抽象"法，徐敬亚没示出样板。北京的一次会议上，《当代》的同志介绍，他们收到一位自称"××诗人"的《致蒋经国》，题下没有一个字，只是点了六点的删节号。对于知音者，也许感到千言万语尽在不言中，滋味无尽。但是，它已经取消了诗歌存在的基本形式。不论它属什么主义，任人褒贬，都与诗无关，因为它不是诗了。

如果，凡是作品中已经出现的现象就得效法，就关系到"文艺发展道路"。我就想提醒一下，西方还在五十年代后流行一种"具体诗"（Conretismo），规定不要描述事件，不能成为思想的阀门，企图以绘图的形式取代诗行的时髦艺术。题《匕首》，文字排成匕首形，题《祭》就排成墓碑状，有的利用文字搞一种排列的游戏，像我们的回文诗、宝塔诗。中外的文化有很大的差异，可是这些好的坏的东西，又因为反映这种种艺术的思想不是以疆界为界，也就有相似之处。瑞士诗人奥伊根·戈姆林格（E. Gomringer, 1925 —）的《沉默》：

```
沉默　沉默　沉默

沉默　沉默　沉默

沉默　　　　沉默

沉默　沉默　沉默

沉默　沉默　沉默
```

这很像我们的回文诗。四十年代广东有位诗人欧外鸥（1911—1995）就写这玩意儿。十四个"沉默"当中留个空白，据说就是要给读者加强沉默的印象。名为追求"具体"，其"具体"是跟抽象艺术无法相对的。"以象征手法为中心的诗歌新艺术"，为了完整，不妨也把它列上一条。

E. 通感

"各种感觉的互相流通与补充"，以"扩大感官的审美范围"，同为"新艺术"，曰"通感"。

一说"通感"，我就想到在上海过南京东路时，总见牡丹雪花膏的广告，几个大字写着"香味文雅"。"文雅"若不是属于嗅觉可辨的，用在马路边的广告上，也可说明"通感"的作用。李清照的名句"绿肥红瘦"，通过词性的变通，也有"通感"效果。

这里，还是引用辛笛给也斯（1949—2013）的信（见五月十九日的《文学报》）说：

> ……西方现代派所主张的象征、暗示、官能通感、时空错综、情景交融、语言和情绪在节奏上的一致，等等，在我国古典诗歌所主张赋、比、兴中的"兴"字当中，早就有相类似的实践了。以具体的作品来说，从屈原，沿及唐李义山（813 —858），李长吉（790 —816）等人的诗篇，随处都可以找到他们成功地运用象征暗示手法的范例。李义山的"莺啼如有泪，为湿最高花"（《天涯》），他的七绝《夜雨寄北》，仅用了二十八个字，就抒发了"时空错综"的别离情绪……

辛笛讲的《夜雨寄北》："君问归期未有期，巴山夜雨涨秋池。何当共剪西窗烛，却话巴山夜雨时"，大家很熟。我自己缺乏修养，只看诗所表达的诗情，从未想到古人也用"现代手法"。辛笛同志在四十年代就很出名，对"现代派"是很有研究的诗人，香港还有辛笛研究会。别人说这要说有"偏见"，这样的诗人这样讲"现代艺术"，无论如何不能说是由于偏见了。

F. 虚实结合

说到"虚实结合"的"新艺术"，恐怕不是指那种"小型字句"

上的结合，如徐敬亚说的："我是水车，矿灯"是"实""我是理想，我是希望"是"虚"。而是指一个作品的各个不同的部分，因描写的主次和表现的需要或"实"或"虚"后的合成。以此，从白居易的《长恨歌》就可以写篇大文章。如"我是××，我是××"要作为一种手法论。闻一多编的《现代诗钞》里选的贺敬之一九四〇年写的《生活》，说到自己在解放区"像小麦/我们生长/在五月的田里"后写道：

　　我们是小麦，
　　我们是太阳的孩子。

　　我们流汗，
　　发着太阳味。
　　工作
　　在小麦色的愉快里。

　　歌唱！
　　歌唱
　　在每个早晨和晚上。

　　生活
　　甜蜜而饱满的穗子，
　　我们兄弟般地
　　结紧在穗子上。

　　我们——熟透的麦粒呀。

这位与"现代倾向"相悖的诗人，用这种"我是××"的手法（以此纳为某种"艺术"，本身就不伦不类），还是先行呢。当中有暗示、变形、通感。仅从艺术手法本身，怕是不能贴上××主义的标签。但是，为什么敬之同志后来的作品，整体既有浪漫主义色彩，也写得更实些，再不见这种手法的运用呢。很明显的，是诗人后来所表现的内容不一样了，诗人追求的艺术趣味也不一样了。诗人在写作时，艺术上既有创新与突破，也更自觉地注意到我们民族的欣赏心理与习惯。也是为诗人者想到诗人的责任。要说，话长，可以构成一个研究专题。

在我准备发言时，有同志跟我说，你对"以象征手法为中心的诗歌新艺术"别讲得太细，那样，反而突出、抬高它了。考虑再三，我还是这么讲。因为——

一，我还没见谁赞同《崛起的诗群》之论点，要么是同意，也不愿公开支持。但是，也有人认为其中的艺术探索还是值得鼓励。艺术探索，无疑应该鼓励，即使走弯路，也不奇怪。可是，鼓励探索又对探索的目的不问，在我们社会里，不是唯物、科学的态度。

二，对这套"新艺术"A、B、C、D、E、F的每种手法，可说的话，实在太多，但我只愿引用一些别的作品与徐敬亚举出的范例对照。其目的，在于看看我们自己的新诗传统，多么丰富多样，为未来艺术的发展准备了多么丰富的营养。可以为她骄傲。对比之下，所谓"新艺术"之"新"，在过去的新诗中早已有之，不是谁家"崛起"的独家买卖。如果既想把过去新文学运动中的新诗艺术，必然包括过去认为非主流的闻一多、徐志摩、戴望舒等人的诗歌艺术在内一概否定，又想把由此积累下的经验为据己的"崛起"，明眼人都可以看清其用心。如果不是照他原来的条例，将这"以象征手法为中心的诗歌新艺术"顺序说清，怎么看得清这些手法后面的花招呢？

这些表现方法，明明早已有之，为什么硬要来个不承认主义？民歌说成"封建田园牧歌"，古典诗词斥之为"封建政治、道德和小生产经济"的艺术。对民族的、传统的虚无主义，新诗也因为是"在外国诗歌影响下发展起来的"（重点是原来有的），怕还得说是靠他们的"崛起"，才有着"宽厚的肌体"。若照黑格尔（Hegel，1770—1831）所说："象征艺术主要指东方古代艺术"，那么，这"新艺术"怕要因此调过话头才能往下说。

过去的艺术，有其精华，也就有其糟粕；不能全盘揽，作"国粹派"，但是，不懂传统，又反传统，用以树旗，以为就可以用它来否定一切的，恰恰又是过去的新诗中可以找到的艺术，这，真不知该看作闹剧还是悲剧！

如果说，长期的闭锁之后，使有些人见外来艺术，良莠不分地为之狂热，那么，也是不懂传统，才使这些同志如此啊！

法国后期印象派大画家梵高（V. V. Gogh，1853—1890），就说自己是受中国水墨画的写意手法的启迪而有自己的艺术。斯坦尼拉夫斯基（K. Stanislavsky，1863—1938）就是从中国歌剧，确切地说，是梅兰芳（1894—1962）的表演艺术，从挥动马鞭就等于策马而行的表演认识到表演的象征手法。使那些习惯于舞台上三面墙的戏剧家看得入迷。狄德罗（D. Diderot，1713—1784）的戏剧理论，有的也是从京剧表演艺术获得灵感。有的现在把"意识流"说得那么神乎，京剧程（砚秋）（1904—1958）派的《春闺梦》，戏剧结构还不是运用了"意识流"？对东方古老艺术的了解，不是那么容易，就是今天一个中国人，要占有较全的资料都难，何况一个外国人？他们有些说法自然可以斟酌，而我们，既不相信外国的月亮更圆，也不排外，新诗的产生正如朱自清（1898—1948）说"新文学大部分是外国的影响，新诗自然也如此"。这种影响就是影响，是必要的营养，却不像徐敬亚说的，她的发展也在于此，成了哺乳、生根之地。这不是咬文嚼字。一个民族诗歌的发展，如果不是取决自身民族精神与民族文化，那只能是世界主义，失去自身特色的假洋鬼子。且不说艾青的《大堰河——我的保姆》，李季的《王贵与李香香》，贺敬之的《雷锋之歌》，就是闻一多在崇奉西方唯美艺术时写的《洗衣歌》也是如此，否则，今日也就没有它的价值了。

诗歌是语言艺术，无论怎么表现，用什么技法，都得通过它来完成。王力用五言七言译波特莱尔的《恶之华》，和戴望舒用现代口语的译文一比，很不相同。同是用了"通感"、变形的，"莺啼如有泪，为湿最高花"及"白鬼进村烧杀抢，黑雪漫天压村庄"这样的语言之艺术，却无"现代"的油彩，如果用另一种语调写成"绿色的旋律"

之类，句式再欧化一点，就是另一个味了。这是个很复杂的问题，不是以这么几种表现手法，能为它的不同倾向划线归类。

艺术手法是为内容服务的，而手法毕竟是手法。内容融合在形式里，才是真正的艺术，是技巧所以名之的技巧；要是承认艺术手法不等于内容本身，那就要承认它是相对独立的。目前，讨论"现代派"时，有的认为某些艺术手法（姑且名为"现代派技巧"），"它本身就是没落意识、灰暗心理的反映"。似乎不绝对化，就无话说。否定"现代派"的哲学思想基础，其技巧还是能够为我们所用。什么叫"现代派"技巧呢？如果我们承认"以象征手法为中心的诗歌新艺术"就是他们标榜的"现代倾向"艺术，那么，除去"以象征手法为中心"的思想，从具体的技巧来讲，前面的举例，完全可以说明那些手法不是"现代倾向"的专利。若它只属"现代"艺术，那些不是"现代"的民歌手、诗人，怎么能在诗的"现代倾向"崛起之前已在运用它呢？如果技巧服务于内容，而不附属内容，那么，不同的，甚至对立的内容，也可以运用同样的手法就不怪了。

其实，我们看到任何能为群众接受，站得住的技艺，对传统总有一定的继承、发展，为表现生活情绪、感觉，为表现的需要在表现时，它本身总是无法完全摆脱艺术内在的规律而能完成它的表现，才成其一种艺术手法。

如果我们也跟着嚷嚷说这些"象征""变形"等是"现代派技巧"，那么，我们只好把许多现实主义、浪漫主义的作品都贴上"现代"标签，都只好说"屈原也是现代派"了。如果我们连自己已有的丰富多彩的艺术手法都不能加以运用、发展，死死闭锁自己，那么，丰满的诗的肌体反而要萎缩下去，也只好做拿着金饭碗讨吃的诗之乞丐。在"越穷越革命"的年月，我们在艺术上也是搞"越穷越革命"，把自己的艺术财富全拱手让人，还视为异己地叫它"××主义""××派"的东西。谁要用上它，也大惊小怪地怕人"中毒"，也搞"划线站队"，反而壮了这些"主义"的声势，灭了自己的威风。孤立了自己，把自己的同志推了出去。以艺术的穷化当"革命"，或被别有用心地先从概念上穷化它而推上艺术的被告席上，其后果都是一样的糟。

　　在批评民族虚无主义时，我们自己首先就得珍惜自己的文化遗产，也认真学习、借鉴、"拿来"外来的艺术，接受人类共同的文化财富，丰富自己、壮大自己。许多年轻人，过去没有让他们接触这些，一旦从外拥来，良莠不分，饥不择食，从某一方面讲，正是对我们过去那套的报复。我们只有很好地总结教训，没有权利责怪他们。事实上，我们许多同志，对那一切的盲目接受，正是对它的无知所致。外面的东西不是介绍得多了，而是少了。几十年，我们常讲惠特曼，至今还不见一本《草叶集》的全译本，选译本也译得不理想，这是很突出的例子。甚至外国有的著名诗人，我们连名字都不知道的也有。

　　今天，对诗的"现代倾向"之争，如果只是所谓的外来的艺术手法（或曰"现代技巧"）之争，毫无必要。上述那些事例的对比，是很能说明诗的所谓"现代倾向"的"以象征手法为中心的诗歌新艺术"是怎么回事了。

　　前几天，一位老同志在看了我才出版的《灵感的流云》后对我说："周良沛，讲艺术当然需要，可你尽讲艺术，少了政治这根弦！"

　　从我整个的情况看，这怕是一大毛病。可是，对目前的这一具体问题，还不能离开"以象征手法为中心"这玩意儿。别人不论内藏什么，还是摆出讲艺术的架势，也确实把有的人说"蒙"了。不把这事说清楚，想绕过去抓要害，那么，我们就忘了自己主要是为"蒙"住了的同志揭去蒙眼布。把那些"中心"手法看透了之后，才能遵照徐敬亚所说："研究和评价任何艺术潮流，我们都应该面对它的真正灵魂——主导思想倾向。不能仅凭艺术手段上的凤毛麟角作轻率的归类"了。

　　如果我们现在反而忘了看"主导思想倾向"，书呆子似的以什么"现代手法"在作"轻率的归类"，真是有负徐敬亚的一片苦心，也欠自尊，太不自爱。

　　徐敬亚对"青年诗的整体内容上的特征"作了这样的判断："他们对过去生活的回答是四个字：'我不相信！'"

他认为发展风格流派的前提是："独特的社会观点，甚至是与统一的社会主调不谐和的观点。"

这些主张本身，当然不需要再作什么分析，它太不朦胧。如果咱也"为艺术而艺术"，倒要亵渎艺术。

它将新的一代，包括在座的青年诗人，全拉进他"我不相信"的队伍。我们在医治四害留下的后遗症时，确有问题，有意见，有牢骚，好理解。在座的，包括我自己，都曾深受极"左"路线之害。在"伤痕文学"风行时，不少同志调查研究证明，许多心灵实有伤痕者，倒是不写"伤痕"的。我不相信，以别人的痛苦（哪怕是过去了的）在摆弄成所谓的"艺术"者的身上，会是受过多少苦的人。如果以此去赚取人们的眼泪，是欠道德的。债有头，冤有主，哪能令人遗憾地以它酿作生存的颓废剂呢。即便如此，该相信的还是相信，不相信的也无须他相信。生活照样在现有的秩序中运转，人们仍在建造生活。"我不相信"者既无须，也不可能否认他的存在，他也同样不可能搅变现有的生活秩序，怎么能闭着眼睛说这一代人对这一切全都"我不相信"呢？

风格、流派，本来是个艺术问题，徐敬亚偏偏要说成是"独特的社会观点，甚至是与统一的社会主调不谐和的观点"的问题，这到底是他不懂艺术，还是用艺术来掩盖政治？由于过去搞极"左"，有人一听"政治"二字，就有那么一点说不明白的情绪，甚至认为这又是"上纲"了。可是，明明是艺术问题，他却偏往政治上贴，你不谈政治能行么？假如谁要不怪生事者，反怪人制止生事，这就太不公平了。

我再重复一遍，统治阶级的意志就是统治意志，人民当家的国家，就是人民的意志。谁要唱与它的"主调不谐和的观点"，这是能用"艺术"说明得了的问题么？鼓吹对"社会主调"的叛逆，海内外的舆论说它"是对现实的挑战"，就很自然。这事，又该怎么对待？任何一位出于对诗的真诚，出于对人民和社会有担当的诗人，是不用别人再讲什么多余的话的。

有人说，要宽容。是要宽容。可宽容不是不讲是非；讲清是非也不是不宽容。如果以"宽容"来抹杀是非界线，对诗运是有害的。如果以貌似公正的"宽容"来纵容一方生事，牵制一方说理，这种"宽容"就令人寻味了。

本来，我打算讲新诗艺术，可是这种所谓的新诗"现代倾向"却逼人讲政治了。这也许从另一个方面证实了我上述的话："作家可以不关心政治，政治还不可能不关心作家；作家也就不可能远离政治而写，而生活"（我还要加一句）并论诗了。

这套诗的"现代倾向"论，不能说它没有阵地，但是在基层，不论在干部或业余作者中，却是毫无市场。可是这些违反艺术规律的艺术论，连同多年极"左"路线的后遗症，引导创作脱离生活之倾向，也是空前。

不能否认艺术技巧的重要，但它也只是作者有了表现生活感受的欲望和行动时，才有表现手段的寻求。一首真正的好诗，对诗，对作者都是一次全新的创造，真正的崛起。可是，现在讲诗的"崛起"，为提高的"突破"，则全在技巧了。似乎我们该写一首诗，题目是：《新诗，我丢了钥匙》。

目前，许多作品不是来自生活，许多作者是向一些新诗作法及别人的作品乞求灵感。《诗刊》去年五月张新民的《从红到绿》就讲，过去一切都是红的，成"红海洋"，现在是"绿色的歌声""绿色的足音""绿色的阳光"以至于"绿色的喷嚏"。喷嚏要是绿色的，此公的肺脏一定要生霉了。此处也用了通感手法，效果却不妙。一九八二年的《诗选》，出版社看校样时，见一首《镜子》："历史的镜子最公平/如果你害怕它/将它一摔，碎了/它也要变成千百双眼睛"。这跟艾青的《镜子》说的"它最爱真实/决不隐瞒缺点/它忠于寻找它的人/谁都从它发现自己"到"有人喜欢它/因为自己美/有人躲避它/因为它直率/甚至有人/恨不得把他打碎"，当然不尽相同，这类诗，好就好在巧思、立意，从这个意义讲，与前者的雷同，就等于否定了自身存在的价值。再看"五四"早期的诗，玄庐（1883—1928）读大白的《对镜》所说——

一

镜中一个我，

镜外一个我；

打破了这镜，

我不见了我。

破镜碎纷纷，

生出纷纷我。

二

我把我打破，

一切镜无我。

我把我打破，

还有破的我，

破的我也破，

不知多少我。

前后，模仿痕迹太明显。有人这么写，不为怪，要当佳作向大家推荐，则欠考虑。

　　创作的源，是生活，有些"体验生活"写出的作品，题材、手法、景象的描写并不缺乏变化，给人的最后印象还是这么几个字：某某到此一游。针对目前诗的"梦幻热""惆怅热"，《诗刊》一九八一年三月号赵恺（1938—）的《第五十七个黎明》，作品之亮色，备受推崇，是因为我们太需要情调健康的作品。我读过他的《我的爱》，那"今天的爱/正是昨天爱的继续""挖出当年那颗珍藏进泥土的泪滴/时间已把它变成琥珀/琥珀里还闪动温暖的记忆"，很动人。这次，燕祥问一位爱诗的铸造工人对《第五十七个黎明》的感想，我正好在一旁，工人不无讽刺地说："楷模！楷模！"天哪，什么东西都弄成"样板"，那是很可怕的，更何况艺术！他们说："女工五十六天的产假后，产床上走来两个生命/茫茫风雪/把母亲变成了雪人/把婴儿车变成了雪岭/一个思索的雪人/一个安睡的雪岭/雪人推着雪/在暴风雪中奋力前行"，然而，"长安路上要在堆雪时还来暴风雪，谁能推婴儿车？'婴儿车变成了雪岭'，五十七天的婴儿不冻死在里头才见鬼！"可是诗人以画面振奋充满主人翁自豪感的女工，除了属于自己的五十六天，五十七天刚开始所展示她"希望""坚定"的"亮色"之景象，读来，那种并非非得如此不可的考验之境遇，却是一个灰色的内核。隐秘着无奈的忧虑。人物可能是有矛盾的，作家也可以揭示她内心的矛盾，诗人写女工"温饱而又艰辛，劳累而又坚定""物质使人温饱，精神使人坚定"的"中国工人的家庭"之真实，其"色"并不"亮"。五十年代阮章竟同志的《风砂三章》，建设者艰苦生活的真实描写与乐观情绪是很和谐的一致，也就是有人讲的"再现"与"表现"手法融合的一致。就是《诗刊》上汪芳的《我拉起板车》中的板车夫："妻子下班后再不去邻居家说东扯西/她得意地坐在九时电视机前看姜昆说相声/大笑着，手里还在为我织一件毛衣/那深褐的绒线，闪着和我的皮肤一样的光泽/于是，活泼的小女儿会撒娇地搂住我的脖子/用她柔软的小嘴唇亲着我来不及抹掉汗渍的脸/我慷慨地花七块钱为她买的小钢琴多好听啊/叮叮咚咚，像那条总爱流进我梦中的小河……"

而这位劳动者的生活是——

　　　　我把浅黑的，一寸宽的车胎皮拉绳
　　　　勒在我宽阔的，深褐色的肩膀上
　　　　在手心里吐一口唾沫，默默地拉起板车——
　　　　车上，装着我沉甸甸的生活。

我们看到作者描写小家庭在一个九时电视机前的欢乐，有人也许会认为他们太容易满足了，是中国人的弱点；比起想不劳而获，欲壑难填者，他身上不是闪烁着劳动者的美德么？

　　　　朋友笑我痴呆，说是祖国像运动员一样充满活力
　　　　跨着百尺的步子。沿着火箭的轨道跑着

可是我是个讲实际的人，那原始的撬杠、板车、搭肩
还伴着我和师兄们送走一个又一个春景秋色。
留下这古老的工具，就留下了祖国的一份 遗产
留下这破旧的板车，就留下一首贫穷的民歌
让板车就在我们这一代结束生命吧
让现代化车轮载着祖国风驰电掣。

诗的"表现"部分，也就是主观情绪的那部分，我认为还可以表现得不这么露，但它和"再现"的部分却是和谐的，一致的。这才是真正的"亮色"，是现实的，可信的。

过去"四人帮"拍的影片，工人家比木樨地部长楼的人家不知豪华多少倍。过来人看了不是个滋味。这种粉饰的"亮色"能鼓舞人吗？只有天知道！有人告诉我，一首写农村发家致富的，说大家富了，赶场时一人抱了一台大彩电，坐在渡船上因为大家增加电视而超载，船到中心"满船幸福载不动"而翻船了，它正成了对主题的讽刺。

人们说，生活要跟诗一样多好啊！可是诗要跟生活一样，诗才好啊！

为此诗的辩解者说，生活的真实不等于艺术的真实。说这话的人忘了，没有生活的真实哪有艺术的真实！这首诗，从诗的内核到写的场景，都失真，也就谈不上艺术的真实。这几年，群众特别喜欢报告文学，就是不喜欢现在有的作品的"艺术的真实"太多。前两年有人对它提出批评，可惜我们当中有种坏空气，作品一哄起来，就不容人讲意见了。本来，作家有败笔，探索遇到失败，很正常。可是，我们是，作品被推崇时，青年为寻求成功的捷径，以它为楷模，败笔当妙语，以为演绎一番"亮色"就能成功，我想这样，只能为庸俗社会学推波助澜啊！

诗，前进一步真不易啊！

如果我们批评诗的不健康倾向，以现实主义做创作的武器，又不看某些所谓的"现实主义"之真伪，自身就很脆弱，易为早已臭了的庸俗社会学开绿灯。

若要解决目前新诗所存在的问题，自然无法绕开它在十七年和十年动乱所遇过的那些旧事。如果还把历史已经证明行不通的那套当作治病的药，就无法前进，得走回头路。

对传统的虚无主义不行，抱残守缺同样不行；文化的闭关政策是灾，世界主义同样是祸；诗歌艺术无有创新、探索，不会有她的生命，复旧当创新，挣扎于死胡同，同样难以求生；变态于艺术，愈怪愈好，荒诞为新，探索于变态，身心必然深陷于疯癫之畸形；探索的失败无须大惊小怪，绝非鼓励以"探索"为名的狂想胡来；艺术有其规律，不是从属政治的裙带，也不容十年动乱那样，变脸政治可开杀戒……过去，我们常常由一个极端走到另一个极端；以后，也有可能再由一个极端走到另一个极端；不是不想一帆风顺，喜欢折腾；前进的道路常常只能这么曲折。今日文艺的大好形势是付出很大代价，来之不易的，我们只能维护在这来之不易的形势之中前进。

人们对诗的热情高涨，译诗和新诗资料畅销，诗人讲课，座无虚席，读者要买一本自己渴望的诗集，写的那些情真意切的信，常使邮购的同志深受感动……我们要调动这些力量为新诗的新人成长，为创作的繁荣出力，成为影响新诗现状、具有决定性的力量。

记得，有家出版社答应为长春汽车制造厂出一本《工人诗选》，可是，又抛出工厂得出钱、盈亏双方负责的条件。大家知道，现在出版的当代诗作，很少是不赔钱的。汽车厂答应自己买这本诗集的数量，已超过有的诗集出版的总印数，未必赔钱，还可能有盈余，然而，出版社有时还偏偏愿意为某些不是那么好的，甚至同样无市场的时尚、先锋之作赔钱，为工人出诗，还没看稿，就抛出这样的条件，设置障碍。照常情考虑，在我们的制度下，几乎不可理解。过去搞"工农兵"文艺，把任何一个人的一个具体作品，都视为一个阶级的当然代表，自然不好。但是，不看作品也一概摇头，肯定也不是大家所能同意的。现在工人，已不是不读诗的老粗了，部队也不是只写过去的"枪杆诗"了。他们上的学，读的书，有的都比解放区成长的作家多。不正之风一盛，他们没有地盘，没有文化资源可交换，他们得不到过去那样的支持、关怀，可也不能接受歧视。这事，既暴露了问题，也可以看到他们是应该肯定、支持的一支诗的力量。

既然在折腾诗的"现代倾向"，同样必然有许多甘于寂寞，忠于生活，忠于自己在群众中的感受潜心创作的同志。在座的新疆诗人，是我们队伍中颇有成绩的一支，很可以为振振诗风出一把力。艾青说的"绿风开新风"。我也想大声地说：我喜欢这股诗的新风。

> 我曾喝过我战马的血浆，
> 向着沙海，
> 向着夕阳，
> 向着刺刀尖
> 滴落的红光。
> 胸廓之海哟，怎能平息
> 海啸般的潮落潮涨！
>
> （沙……沙海……沙海……
> 无边的沙海……
> 我的战马驮着我，
> 我也驮着我的战马，
> 一同走过空旷和漫长，
> 水壶干了，肌肤裂了，
> 希望枯了，马和我
> 一同倒在寂静的沙梁……）
>
> 我曾喝过我战马的血浆
> 向着诀别，
> 向着悲怆，
> 向着一个
> 崇高的杀伤
> 我曾饮下
> 一个绝望中的希望。

（刺刀，举起——

又放下……

先断了，我的柔肠！

它，眼巴巴地望着我，

没有泪光，我知道

那是为了省下最后一滴血，

像我自己的眼泪一样，

补给希望的延续和生长……）

杨牧（1944—）的这段诗，读了无法不动心。悲壮而不凄凉，豪放而不空泛。没有对沙漠的环境描写，却将置身戈壁创业的艰辛和盘托出；没有英雄的豪言壮语，英雄的力与志又入木三分地像英雄业绩本身一样长留读者心里。

血管里流出的是血。不是来自生活的作品，不可能具有这种诗的本色。可喜的，杨牧不是独自一个，而是一个诗人群。周涛（1946—）、章德益（1946—）等人相继为人注意到了。周涛写"一次酷烈的战役中／侥幸生存下来的／古战场的遗民／荒凉土地的历史见证"的《野马群》，为"躲避捕杀的枪口""追逐水草于荒漠""与狼群周旋"——

即使袭来旷世的风暴

它们也是不肯跪着求生的一群，

它们常常悄悄接近牧人的帐篷，

呼吸着人类温暖的气息，

从野性的灵魂里唤醒

一种浪子对故土的怀恋，

一点声息，又会惊得

它们消失无影……

诗人没有去追求主题的多意性与"跳跃性情绪节奏及多层次的空间结构"。诗人表现的，是忠于感受生活的丰富性及多面性，所以，诗中出现的主题多意性及多层次结构等，就不是追求某种艺术主张的雕凿，而是艺术的潇洒。

章德益说那"逶迤起伏的沙梁""是古龙的残骸/残骸边的卵石/是它不及孵完的，龙蛋累累"。

> 虽然，它们已不再能驮来
> 一个古老的幽灵，古老的亡魂
> 还出没在瀚海，
> 还驮来荒凉、闭塞与可怖的寂寞
> 在今日的大地徘徊！

这首《龙影》，完成在十年动乱结束，落实政策不畅之际，人们完全可以从诗中"古老的幽灵"，从卵石"孵出一条条龙雏/——一条条旋风与沙柱/在天地间飘摇"联想到眼前，也可以看到某种意义上的"龙"——封建统治留下的荒凉与寂寞。使人不是叹息它的荒凉，而是从多方面思索诗人展现这幅图景之内涵。

诗人的想象力丰富，思想开阔；它还原于生活时，我们也可以提出更高的要求，却不能不承认作者的奇思妙想全是来自生活。诗所借助的想象，最后给读者所感受到的，还是实实在在的大漠。

他们仨之后，还可以举出一大串新疆诗人的名字。他们的风格不同，正是生活的多样与诗人各自的艺术个性各异所致。

他们不是一个艺术派别，却是颇有潜力的诗人群；摆在各自面前的，有待各自解决的创作问题，但作品来自生活，诗风，诗路正。可惜的是，评论家对这一路诗风（注意：是指这一路诗风，不仅是指某几个人！）的注意、支持、评介得很不够。或被某些问题的讨论将人们的目光吸引开了，冷落了，或忘了从正面提出我们该倡导的诗风。

　　石河子的干部黄仲林对我说："我们间棉苗，几乎是扑在地上工作，一天下来，你是可以想到这滋味的，我们种棉，诗人穿衣，我们希望他们写怎样的诗啊！"听了，心灵为之深深震撼。只写欢呼工农兵的口号是一大诗弊，要诗人歌唱生活，总不是什么"左"的问题吧！

　　一二二团十五连的墙报上有署名建新的稿子，说"如果你诗的信息已经衰竭，这里的气息会重唤你放声高歌"。好多同志给我讲："无病呻吟的那一套在我们这里吃不开，你看，这里是什么样的生活嘛？"沙漠的贫瘠，给人广阔；开拓的掘进，是豪壮的歌；关于诗风的道理，还得向生活求教。

　　生活，给人诗，又明确理论，认识真理。不然，只有哲学的贫困。

　　面前不论新诗还有多少问题，毕竟不是山穷水尽，而是柳暗花明。

　　记得去年有位法国专家问我：

　　"你是否也感到这两年的文学不及前两年繁荣？"

　　"别的文学样式，接触少，只读了一些诗。诗歌创作确实没有前两年热闹。"

　　"有希望吗？"

　　"当然有希望！"

　　"既然不如从前繁荣，希望从哪里来呢？"

　　"全世界都知道，我国的经济建设在进行全面的调整，作为反映生活的艺术，生活在调整，艺术怎么能不调整呢？"

　　摆在我们面前的，就有调整的重任。

　　　　　　　　　　　　　一九八三年九月五日于石河子发言

　　此稿是周良沛同志在"绿风诗会"上的发言记录，本刊略有删节。

　　　　　　　　（原载《绿洲》文学双月刊一九八四年第一期）

朦胧的噪音及其喧嚣

新诗艺乱谈之三

有人想我一发言就得放炮，猜我又准备了什么炮弹。

很惭愧，为使新诗的艺术免受亵渎，我还没能找好自己的阵地，只是讲起话来，幼稚、直率有余，无有理论。

昨天有同志说："希望大家发言要诚恳，不要思想不见面地一边倒。"对这句话，我的理解是：宁可是公开的意见分歧，也不要打着肚皮官司举手表态。为了共同的目的，它总有使大家想在一处的基础。有了这，有分歧，可以争得脸红耳赤，也只会更好地想在一处。不然，我想，不论在何时何地的何种会议，只会把"扯皮"当作会议的目的。

在新疆"绿洲诗会"上，我发言的开场白就是："我的发言是有倾向性的，既会有知音，也会有反对者。"这是很正常的现象。新诗问题有了这么激烈、持续的论争，想对它表达出使任何一方都没有意见的意见，这除了能体现此人为人的"艺术"水平，恐怕比沉默更糟。

聂鲁达在接受诺贝尔奖的仪式上有过这么一段精彩的讲话：

……我认为，诗的敌人不存在于写诗或爱诗的人之间，而存在于诗人自己不能求同。因此，任何诗人的大敌，莫过于他自己没有与同时代的最被忽视、最受剥削的人们（在我们消灭了剥削制度的社会，就是同广大人民了——引者）找到共同语言的能力。这一点，适用于一切时代和一切国度。

诗人不是"小上帝"，决不是"小上帝"。他并没有超越从事其他职业的人之上的神秘命运。我过去常说，最杰出的诗人乃是每日供应我们面包的人，也就是我们身边的、不自诩为上帝的面包师。他们为了尽社会义务，从事揉面、上炉、烘烤和每日送面包这样一些既崇高又卑微的工作。如果诗人有这种纯朴的觉悟，也就有可能把这种纯朴的觉悟变成一个其结构既简单又复杂的伟大艺术品的组成部分；这就是建设社会、改造人类生存的，为人们提供面包、真理、美酒、梦想……

也就是聂鲁达常说的，应该成为建设生活的钢铁与面包。

离开新疆一个月了，石河子有位同志对我说的话，在这些日子不是淡忘，反而加深了。他说："我们间棉苗，几乎是扑在地上工作，一天下来，你是可以想到这滋味的，我们种棉，诗人穿衣，我们希望他们写怎样的诗啊！"

生活，让人寻到诗，又明确理论；不然，只有哲学的贫困。

书斋里争执不休的问题，生活本身这么朴素地直接给了回答。

如果我们承认诗的大敌是诗人不能找到同人民的共同的语言，那么，人们对诗的意见，无非是道出"诗人自己不能求同"的具体之处罢了。

有些同志，把这些争论当作"代沟"现象，有理有据地标榜自己这是从日本贩来的，似乎因此可以放之四海而皆准。我们决不排外，也决不说外国的月亮更圆更大。日本的社会制度、国情和我们不一样。二次大战后，他们的社会现象与"代沟"的理论的出现，其情况不了解；就是宣扬此套的，对此也不可能有什么研究。因为，眼前的现象，就不是他们说的什么"代沟"——

后来"崛起"得最厉害的徐敬亚，与早先提出"崛起"论的孙绍振和谢冕就不是一代人，是师生辈，却根本没有什么"代沟"。而且，他还将"崛起"论补充、发展、系统化，已将某些学术观点政治化了。

写诗的顾工与顾城、沙鸥与方晴，都是父子关系，是道道地地两代人，而且两对父子都写诗。他们的诗，也不一路，当褒当贬，见仁见智，完全是另一回事。但是，他们不仅没有"代沟"，而且白纸黑字地写文章说明，他们之间，不仅无"沟"，且是非常一致。

　　这几年，有所谓的"朦胧诗"与"国风派"之说，提法不一定恰当，两者的对立却是事实。两家的诗人，各家可以开出很长的名单，都是老、中、青皆有。哪家也无法从年纪、辈分证明它是老子派或儿子派。台湾诗人余光中（1928—）开初也是向民歌、古典诗词学习，艺术追求于理论，近乎"国风"。可他是搞了一段现代主义后，又回归到他原来的道上，他自身这种变化，也是两代的代沟所引起的么？

　　如果，新诗今日的问题所在，是所谓的"沟"的话，那么，这"沟"只应该是：不同的思想与艺术倾向。

　　由于过去对"倾向"问题简单化和粗暴对待，使人一提到它就不"感冒"，但它毕竟是客观存在，我们不能不正视，也不能简单、粗暴对待。

　　倾向怎能没有呢？同写长江，一个称她母亲，一个说她是"尸布"；人在台湾，写长江黄河寄乡愁，有的想回归统一，有的要"光复"大陆，观点、立场迥异。不讲"倾向"讲什么呢？现在，有的说诗中要有"自我"，有的说要"自我表现"，围绕着这两个提法所进行的说文解字式的争论，有兴趣自然还可以延续下去；一个认为"有自我"是指艺术个性，一个说"自我表现"是主观唯心的个人膨胀。我不懂哲学和逻辑学，也无有热衷离题太远的抽象推理和烦琐议论的兴趣。但是，我想：把"自我"的问题讲得这么复杂时，为什么不直截了当地看看作品中表现的是怎样的"自我"，谈谈倾向性呢？

　　这几年，对所谓的"朦胧诗"之争，有人不是就在"朦胧"二字上耍弄"朦胧"，做尽文章，争议不休么？现在，有的说："我说的'朦胧'就是含蓄。""朦胧"是否等于含蓄，大可商量，汉语丰富的词汇还没有使"含蓄"与"朦胧"分不开的毛病。诗要含蓄，也无可非议。"朦胧诗"，不是不可以写，若作为创作主流；借"朦胧"藏垢、藏奸，那就另当别论了。早要明确这一点，就不至于把大家拖进不着边际的争论而陷入"朦胧"。争了几年才闹明白：这不是艺术之争，是倾向之分。

　　真不明白，有的同志对"倾向"二字为什么那么难以开口？如非心怀叵测，哪个去为藏垢藏奸的争个什么？是非一明，故作不明是非者，即便有，也是极个别。非同得闲。

再也不能以混乱某些概念的纠缠之热闹，作为评论"繁荣"的景象陶醉；反过来，又以理论上偏差的扩大，或是扩大它的不确切性而带来创作、评论上的混乱。

艺术问题，离开艺术，以政治代替艺术自然不行。同样，用艺术来代替思想以至于政治也是不行的。

作品的思想艺术倾向，就是倾向问题，回避不了，只能正视；正视它，决不能把问题简单粗暴对待。

一提"倾向性"，就有人说："你是从政治看艺术。"

从我来讲，恰恰是从艺术认识了政治。

对作品的不良倾向提出批评，有人就说："你是党员，当然应该那么讲。"我，不是党员，是个中华人民共和国的公民，也要那么讲；我，爱诗，为诗，也必须那么讲。

在这里受到批评的那首写男性生殖器的图腾崇拜的所谓"诗"，还有写男女野合，像海外"床上功夫戏"的那种"床上功夫诗"，我绝非道学对它反感。诲淫诲盗，无须党性原则，只要出于爱艺术之心，看到他们这么糟蹋艺术，糟蹋诗的时候，该是怎样的感情啊！

最近，对戴望舒颇多议论，这是一位在思想和艺术上都很复杂的诗人。对他创作前后的倾向不分，一概捧作"五四"后新诗艺术的高峰，不是实事求是，歪曲了新诗的历史；只因为他为《现代》杂志撰稿，被人称之"《现代》派"诗人，就不看诗人后来的变化，认为出版他早期作品都不应该，这，同样不能让人同意。戴望舒一九三二年去法国后，现在有资料证明，当时他和法共有联系，还要参加去西班牙的国际纵队。这都可以证明他后来的转变不是无来由的，是真诚的。没有前期和后期的作品对照，读者怎么看得到诗人的思想发展和人生态度的变化而加以认识研究呢？不然，就没有我们革命的哲学思想基础——历史唯物主义。

编印徐志摩的诗集，也不是唯美主义者才干的事。以历史唯物的态度，把他摆在一定的历史位置，应该比唯美地对他会更好。比戴望舒，他在思想和觉悟上都更复杂，对他的研究，有助于对当时的新文艺运动发展的了解。有人闹腾"徐志摩热",为自己否定左翼诗之谬论制造舆论,那就完全是另一回事了。病态的思潮泛滥,也不是非组织之外的力量可以在当时控制住的。戴望舒有在鬼子地牢表现民族气节的历史,有在解放战争还没结束时冒险奔往解放区的行动,比徐志摩,真的不知进步多少喽。他的诗集出版,确实没有想到也会引起议论。可是,他那《我用这残损的手掌》——

> 我用残损的手掌,
> 摸索这广大的土地;
> 这一角已经变成灰烬,
> 那一角只是血和泥;
> 这一片湖该是我的家乡,
> (春天,堤上繁花如锦障,
> 嫩柳枝折断有奇异的芬芳)
> 我触到荇藻和水的微凉;
> ……

对戴望舒的评价不论有何异议的人,提到这首诗,无论谈它的思想或艺术,都感到"没说的"。艺术上并不是我们熟悉的手法,却不怪诞,谁能说它是"现代派"的玩意儿?诗人在牢里受了刑,用残损的手掌摸索到祖国在心中的版图,其情其意,透纸灼人。对这首诗的艺术分析,已有很多文章。写这首诗之前的戴望舒,要说他不懂艺术,没有掌握诗的技巧,真是瞎说。但是,他的才华、艺术修养,也只能在彼时彼地,于诗人纯净、高尚的思想境界里才得到最充分的发挥,这是谁也否认不了的事实。

过去,是这样;现在,也是这样。

当前称之"诗坛新秀"的舒婷,她的《祖国,我亲爱的祖国》和写渤海二号的诗,写自己的命运"是淤滩上的驳船/把纤绳深深/勒进你的肩膊——祖国啊!"是动人的。谁要怀疑作者艺术感觉的敏锐和才华,那么,我也就怀疑他在阅读鉴赏中是否具有起码的艺术感觉。可是，当祖国、人民为改变我国生产落后的面貌，需要现代化和生产的自动化——流水线时，舒婷写《流水线》上劳动紧张为之失去人的价值时，这就和人们盼现代化之心大大相悖了。劳动不是吃喝玩乐，是要流汗，甚至流血，它创造世界的价值也是从此而来。把劳动写得唱歌跳舞一般，粉饰生活，那样的作品也是不可能有任何价值。但是，恨"流水线"消失了人的价值的情绪，竟被人捧为好在写了人的"异化"时，也就把建设新社会的劳动作为对人的奴役了。不知作者写它的本意是否如此。不然，这一"异化"，只能出于对正常的、以劳动创造世界的情之"异"了。此时此地，思想之误，对人才华的摧毁是毫不留情的。

思想发光，诗人的才华才发光，才有发光的艺术！有人害怕承认这一点，甚至蓄意颠倒黑白，似乎这么一说，就不"解放"了，当然更不"崛起"了。

典型的，表现在"崛起"派认为"五四"以后只有三个半诗人中的"半个诗人"——何其芳了。照"崛起论"的解释，写《预言》的何其芳是诗人，写《夜歌》的他，就不是诗人了。《预言》和《夜歌》是构成诗人诗之生命的整体，既可分又不可分。诗人前后的人生理想和艺术趣味的追求不同，是两种人生，又是诗人艺术发展的有机整体。要谈清何其芳诗歌创作的复杂性，也是一个很大的专题。《预言》，不能简单否定，应像对待"五四"后其他许多既有历史局限又有一定的历史地位的作品。个人喜欢他哪些作品，也是个人的事。但是，认为"过了春又到夏，我在暗暗地憔悴/漠漠地怀想着，不做声，也不流泪"的诗情才算诗；"让我打开你的窗子，你的门/成都，让我把你摇醒/在这阳光灿烂的早晨"之情怀的表达就不算诗，而且把这一观点加以宣扬，说这是从艺术看诗，就太虚伪了。前后两种情感之间，有差别，并不大，说那是讲艺术，其实更是讲诗的政治了。

燕祥的《长城》，"想听到/从年青的胸膛里进出/那'中华民族到了最危险的时候'/沉雷一样的/'最后的吼声'"，它的历史感，是诗人所以为诗人的责任感。作品的深度，取决于诗人思想、情感的深度，若说它是诗人创作上的飞跃，那也是诗人艺术成熟的并蒂，对生活认识的飞跃。肯定《长城》的评论，不乏精当的艺术分析，说它成功于"诗人思维结构的新组合"和它爱国、民族的感情是不搭调的。可是，好像不这么说，就怕显得没有学问似的。如果这些词儿也是最新从外引进，不是译得不准确，就是洋教条。说书生气太重吧，书生气也不一定是形式主义、形而上的。思想的原因，希望只从思想上讲，为什么也会这么难啊！

现在有人一听到作品要讲思想性和讲艺术的思想时，就是"又来了"！好像"思想"与"极左"之间可以划个等号。这，且不说可笑，也可以看作当年从"思想"搞极"左"所留下的后遗症。以此倒该清醒看到"现代主义"强调非理性的思潮"又来了"！

理性的否定，让我们看到否定理性的理性。

对政治的否定，恰恰成了摆在我们面前最尖锐的政治。

所谓"以象征手法为中心的诗歌新艺术"，大讲艺术时就讲"艺术的变革，首先是内容和情感的更新"。这一"更新"，就在于"独特的社会观点，甚至是与统一的社会主调不谐和的观点"。不谐和音是噪音，是对主调的干扰，也可能是唱反调。

这样的"新艺术"怎么不是尖锐的政治呢？

对艺术的否定，也只能产生否定的艺术！

有人教人赏析作品中某种毫不晦涩的"象征"，说想到它是什么就是什么的不确定性，以说明象征的丰富性与多意性。要是那样，为需要想说好的，当然可以撇开主题、撇开形象与形象之间互为依存、构成表现思想的逻辑关系漫天说好；需要想说坏的，"四人帮"搞的文字狱也就可以在这里找到理论根据了。

这些东西，照习惯，说它"左"或右，未必妥帖，它又"左"又右；是对诗的破坏，对艺术的破坏。

有诗写到今日的炼铁工人出钢时，在那庄严的时刻，把工人描写为神父在教堂做弥撒一样。看了令人啼笑皆非。年轻的作者，做弥撒是怎么回事也许都不清楚，也许是某种崇洋思想做怪，从哪儿弄来这洋玩意儿。我们仅从艺术看它，它描述特定环境的特定气氛，则成了艺术的破坏。作者怎么写是他的自由；无论读者的欣赏兴趣与它有多大差异，无论作者是白描、直抒胸臆、象征、暗示、变形、写感觉、写情调、用再现手法或表现手法，作品发表之后，读者都只能从中看到作者形象描写的文本自身，任何其他的艺术手段都是为丰富、加深它给人的印象，而不是相冲突，以至于破坏它。就像说"地球旋转像人头在肩头"那样，也许是"崛起"的艺术中的"高速幻想"所需。人头在肩头要是像地球那样旋转，不早就落地了？居然有人称赞这号诗人的想象力，在诗的表现其作用的"艺术"创新。要是这么发挥下去并称之为"新"，那也只能是变态的艺术，艺术的堕落。

不想，变态、堕落，也有人奉为时髦。如果，主张诗人写潜意识也是出于"潜意识"，那么，叫诗在恶中发现"美"，这"意识"就大大不"潜"在了。

本来，用真、善、美鞭挞假、恶、丑，是诗所为之诗的真正的意义。美就是美，恶就是恶。恶中发现美，只能是对恶的诗化而为美，如此行为的本身，倒是恶。

对此，触目惊心；掉以轻心，诗会毒化。

如果有人还说，你是从政治看艺术，那么，看看这些事例后，难道不该问问：谁在亵渎艺术？

自诩为思想解放者，难道不认为支持、参与净化诗界对诗的污染，是真正的思想解放么？

鲁迅在谈到苏联诗人叶赛宁（Сергей Александрович Есенин，1895—1925）的自杀时讲过：

> 革命是痛苦，其中必然混有污秽和血，决不是如诗人所想象的那般有趣，那般完美；革命尤其是现实的事，需要各种卑贱的，麻烦的工作，决不如诗人想象的那样浪漫；革命必然有破坏，然而更需要建设，破坏是痛快的，但建设却是麻烦的事。所以对革命抱着浪漫谛克的幻想的人，一和革命接近，一到革命进行，便容易失望。……①

---

① 《鲁迅全集·对左翼作家联盟的意见》人民文学出版社一九八一年版。

新诗建设中，也不会有"想象的那般浪漫"，会遇到上面说到那种种让人不痛快的事；如果净化诗的空气，要我们涤净污秽和血，从根本讲，这恰恰是诗的事业。

为了社会进步，不论做多少"卑贱的，麻烦的工作"，这种工作本身，就是一首没有写在稿笺上的诗。

个人不论遇到什么问题，不愉快，甚至不幸，大地上的生活总是不容否定，不容颓废。

面前的问题，堆积如山，不仅恼人，还可能是生存的威胁时，不正视是绝不允许，对它没有一个正确态度，是有害的。对沉溺迷惘者，不应赞赏，只应予以诗的振奋。因为，"只会失去颈上的一条锁链""能获得的却是整个世界"的事业，人民不是不知道为此可能要付出的代价。总是不容否定，要倾力追求。

要是承认诗是美的同义语，那么这个事业就是诗的。

这样，就可以看到我们的信仰不是诗的对立，更不能成为诗的噪音，甚至反动。

诗人称号的崇高，不是可以廉价奉送的桂冠。希望以后诗人表达对某种倾向的意见，自然是用作品说话，比我在这里谈意见要难。假、恶、丑，真、善、美，"左"与右，本是世态的一种正常，这两年，用"假、小、空"反对"假、大、空"，以后同样不能用"假、大、空"去反"假、小、空"。反对形形色色的污染净化诗，也绝非搞诗和艺术的穷化。诗的任何倾向的表达，都要"诗就是诗"。没有艺术的丰富多样，也就不能保证思想的统一与艺术的表达。用右反"左"，或搞极"左"反右，只会形成对反对一种不良倾向的彻底破坏。

（本文是一九八三年十月五日在"重庆诗会"的发言，
原载《当代文坛》一九八四年一月第二十一期）

刺激生产效应

新诗艺乱谈之四

最近，偶尔翻到一本一九三七年上海联合杂志社出版的《诗歌杂志》第二期，上面统计了头年全国出版的诗歌刊物，竟有三十种之多。细想一下，当时我国人口比现在少得多，可诗刊却比现在多得多，使人不能不为之一惊。有人将"五四"以来的新诗成就一笔抹杀，为了论证"今不如昔"，用那感伤的口气，叹息过去诗歌流派纷呈异彩，学术自由讨论的空气，似乎再也见不到了。我在这里提供的这个数字，似乎也在为"崛起论"提供论据。但是，再作进一步研究，我们就会得出别样的结论。比如，那时全国三十种诗刊，福建一地就占三种，一种在福州刊行，另两种都是在县里由几位诗友凑合起来办的。我想类似的同仁诗刊的实际数字可能比那个统计数还要大得多。张文麟编的《诗歌周刊》，在胶县（不知是哪个省的）先后发行了十期，而这样的诗刊，有关资料根本查不到。问到知情的老诗人才明白，当年有些诗刊，只是八开的报纸，一个公务员省下几块银元，就是可以印十份到百份所发的一个诗刊了。像朱湘（1904—1933）这样的诗人，在学校里就办过一个《新文》，上面完全是他自己一个人的东西，印了就放在东安市场的一家旧书铺里卖，订户只有二十人，要和今天的《诗刊》比，读者的比例，是千分之几，甚至是万分之几的了。从这个数字，是不可能得出"今不如昔"的结论。一九三四年，覃子豪（1912—1963）、贾芝（1913—）、张麟（？—）等五人出的新诗合集《剪影集》，每人两首短诗，共收十首诗，只印了两百本，只够现在出书时作者自购书的数字。无论怎么说，新诗在今天，绝不是后退，而是向前大大发展了。

"五四"时期的诗人，是新诗的开路先锋，他们的作品也是新诗的奠基作品。但是，它毕竟还在自己的摇篮里。无法摆脱摇篮中的稚气，选在《大系》中，有一定代表性的作品，也如此。如一首《到家了》——

　　卖硬面饽饽的，
　　在深夜尖风底下
　　这样慢慢地吆唤着。
　　我一听到，知道"到家了"。

这样的小诗，随着日本俳句与泰戈尔的小诗介绍进来，确实时兴了一阵。当时，它不是模仿，是诗人们摆脱各式八股所选用的方式，清新，亲切，表达自己一些即兴式的诗情。今天，诗人们还在写这样的小诗。

　　她把带血的头颅，
　　放在生命的天平上，
　　让所有的苟活者
　　都失去了——重量
　　　　　　　　——韩瀚《重量》

　　天和海本来就没有界限，
　　走到海的尽头也就到了天边。
　　海上的船帆飞上去化为朵朵白云，
　　天上的星星落在海里又变成岸边渔火点点。
　　　　　　　　——朱丹《天与海》

如果撇开诗人所在的不同时期、不同时代诗的使命来论其高低，显然有误。它不在诗人个人才华的高低，而是越往后，时代的起点也越高。要是从全国诗集发行、报刊刊发的诗作总数和过去片面相比，那么使人骄傲的，毕竟还是现在。我作为一个编辑，每出一本读者欢迎的书，读者的热情洋溢的来信，总是使我十分感动，怎么能说新诗"今不如昔"呢？

听过好些诗歌编辑讲：刊物发行量一下降，总把责任推在诗歌栏上。有些报刊负责人，还特别喜欢用诗来应付红白喜事。诗的形式被这么利用时，也就难以成诗了。如果再要有些篇幅是"交换文学"，上面就更难有多少真正的诗了。任何责任要诗来负，诗也无责可负。可是，当这些报刊减少诗歌版面，以至于撤销诗栏仍不能救命时，又该拉谁来当替罪羊呢？

读者喜欢好的小说，同样喜欢好的诗。关键在于它的好坏，并不在于它是诗还是小说。他们可以从小说、散文、诗歌、戏剧中选择自己喜爱的文学样式，真正有文学修养者，大概不至于太偏食，就是爱诗的，不同题材、风格之爱，必然因人而异。但对于诗本身来讲，首要的问题，还是要"诗就是诗"。分行的书写，并不为它的分行则定成诗，人们有时责怪的"诗"，其实都是伪诗——诗之敌。写诗者，大可不必为别人议论到新"诗"的行情下降而愤愤不平，倒是应该明白：伪"诗"不是怕它行情下降，而是应该让它成为过街老鼠，毫无市场才行。这样，也不消为它绕着圈子争来争去，耗费精力。

严格地说，好诗是不可能太多的。奥地利诗人里尔克（R. M. Rilke，1875—1926）说过："我们应该毕生期待和采集，如果可能，还要悠长的一生，然后到晚年，或者可以写出十行好诗。"对于这位浪漫主义诗人应该如何评价，完全是另一回事，但他这句话，是深深道出创作的甘苦。这位世界著名的诗人，说他一生写十行好诗的"十"字，自然是个象征性的数字。可是，有人写过很多诗，出过很多诗集，经过时间的考验之后，是否还能留下十行诗呢？我，相信自己对诗是真诚的，可是，从少年时写起，写了三十多年，是否有那么一两行能算作好诗呢？这一点，我自己是怀疑的。

时间对作品的淘汰，很严厉，甚至太严酷。前几年，不少顶叫响的东西，时不过几月，就不能读，都是它自己枪毙了自己。比如歌颂领导人为"英明领袖"的篇章，随着反对现代迷信，有勇气再把它拿出来的作者，怕是很难找了。有人埋怨形势、政策变化得太快，叫作者无所适从。要是认为这样的作品短命就该怪形势变化太快，那么，其他的问题撇开不谈，这样的人，起码是眼光太短浅，以非诗的眼光在看诗。

我记得一九七九年冬，亲眼看到这么一件事：一位作家写到一位提出实践是检验真理的标准，要破除迷信、解放思想的大智大勇者，称他为"我们的船长"。谁知编辑大笔一挥，就把它删了。理由是：给我们掌舵的同志只称他是个"船长"，把他贬得太低了。当时老诗人李季同志还健在，状子告到他那里，他也是气呼呼地责怪有人连文学知识都没有，他说："惠特曼称林肯不就是叫'船长'吗？"其实，这位编辑说他所敬仰的"掌舵的"，还不就是"船长"吗？不想，换一个说法，他不但不能接受，反而要抵制了。

本来，同一事物、题材，都应该鼓励作者掘出内涵的多义性，找到形象表现它的丰富、生动的多角度。惠特曼称林肯为"船长"，林肯遭暗杀时说是"紫丁香花开的时候"，聂鲁达又因为林肯年轻时替人劈木作栅栏，在他想唤醒美国的民主精神时，选择了像民主本身一样朴素而平凡的伐木者的形象，用祈使句"让那劈木作栅栏的醒来"，隐喻着呼唤美国早年解放黑奴似的民主精神。这里称他"劈木作栅栏的"，丝毫没有贬义，恰恰是诗人对林肯的敬意，寻到诗的表现办法。诗，就是诗。用非诗的办法对待诗，也只能让诗扮演一个悲剧角色。这样的事，即便不能保证今后绝迹，然而，人们总是越来越懂得怎样看诗，怎样对待诗了。

因此，如果我们没有脑质软化，那么，就不会忘记新诗的光荣传统，也无法说"今不如昔"。

微观看，承认一个时候新诗不景气，并不等于否定新诗的大好形势。它的发展如果只能直线上升，那倒不一定正常。

前两年，诗界确实颇为热闹，一首诗往往会有爆炸性的效果。这种热闹消失后，有人就感到寂寞难耐。其实，这都该思考：是为什么？

与其说目前诗界冷清和寂寞，不如冷静地想想之前的诗是怎样的"红火"？那种热闹为什么延续不下来？

应该记得，前几年的思想解放运动，不仅是在十年动乱，也是在文艺挣脱那套"左"的束缚之后而来的。长时期的思想禁锢，人们精神缺乏营养，找不到说话的地方，国家也是百废待兴。艾青的《在浪尖上》大声疾呼："政策必须落实，平反一切冤假错案"，人们感到太痛快了。重庆傅天琳（1946—）反对血统论的诗，成都骆耕野不是照抄"步子迈大点，思想再解放点"的口号，倒是表现了这一精神的《不满》，也受到读者同样的欢迎。最强烈的，也是这场"热闹"的高潮，当然是尖锐针砭时弊的诗了。读者对诗人面向现实的勇气之钦佩，远远胜过对作品本身的欣赏。后来，因为《将军，你不能这样做》的题记材料失实，作者几乎被予以"诬陷罪"而站在被告席上时，人们也只能叹口气，惋惜一件完全可以避免的（如把题记删去，或作艺术创造）的事端，却没有避免地发生了；惋惜一道有积极意义的题材，应该是很严肃的诗，由于作者只求尖锐性、爆炸性，以致应该严肃的题记却失实而葬送了它。

对此的惋惜之情，使它比自身艺术生命的消亡，更能带给读者一个延长符号的叹息。

随此而来的，自然是热闹过去之后的平静。有人也就看作甚至危言耸听地说成"新诗危机"。

其实，热闹是永久的，也就不叫热闹。在它之后的平静，倒该看作一种正常现象。"五四"之后也是这样。对于热闹与平静，当年也有类似的议论与腔调。朱自清在一九二二年为俞平伯的《冬夜》作序就说："不希望再有那虚浮的热闹，却不能不希望有些坚韧的东西。"

今天，我们当然也需要坚韧的东西。也许坚韧的东西，就需要炼钢之"热"后，又在"冷"中淬火才能坚韧。历史上的情况我不清楚，但前几年的热闹，我还不能说它完全是"虚浮"的。一冷一热的现象，大大有利于我们思考当前诗的问题。

有些作品之所以热闹得起来，决不是靠几个人起哄，而是群众情绪的沸腾！群众是欺骗不了的，诗人也不是可以要得孩子目瞪口呆的魔术师，恰恰是他表达了读者的情怀与向往，更直接点说，是代他说出了心里想说的话，展开了新的图景、新的启迪、使之感动的；因此，人们在长夜里要诗的《火把》来照耀；看到我们举步不前或行动迟缓时，要大喊《不满》。

读者的感应波才是从天而降的黄河水，才是冲击波的源头。

相对于这两年诗歌创作的不景气，突出的表现，是作品缺少一种对人感情的冲击力。无病呻吟的，花花草草的东西，几乎占去大多数刊物的诗歌版面。从一个作者看，他写点花花草草的东西是不该有任何非议的。若持庸俗社会学看待，就更糟。

可是，当它实际上取代了诗人具有社会担当式的作品产生，它也起码破坏了题材、风格的平衡。由一种单调走到另一种单调，同样是诗的不幸。

诗人关心现实，面对矛盾，并非叫他写分行大字报。诗，还要是诗。

诗人"替人民说话"，当然可以对该不满的说"不满"，若是刻意与现行秩序唱反调，那么，无非把写诗的都圈入现行体制的政治反对派，推进陷阱。

诗人面向现实，写人民今日沸腾的生活，并非去搞自然主义，奴性地去模拟生活；也不是切近时事，图解政策；既非"配合政治"，更要反对因此而排斥政治。我们都还记得，抗日战争在很艰难地进行时，艾青一声"雪落在中国的土地上，严寒在封锁着中国呀"，多么形象、生动地表达了当时人们现实的感应。它写得并不切近时事，却有诗人入世的态度。

忧国忧民，绝非只有写爆炸性的"问题诗"。诗，既是诗，诗里当然可以提问题。我们身边的时弊，看到它有碍于我们社会制度的巩固和发展，诗人以人民——主人翁的态度为维持我们政治肌体的纯洁而抨击它，不是幸灾乐祸地去展览、暴露，那么，就不存在与现行政策唱反调的问题。诗行的形象与形象、情与理之交融、组合，也才是诗人的人生。

说写真、善、美才能永恒，朱湘在六十年前写的《当铺》就说：

美开了一家当铺，

专收人的心，

到期人拿票去赎，

它已经关门。

朱湘写的这种没有任何具体内容、抽象的美，是任何人都可以接受的。如果写我们冲破前进中阻拦的心灵之美，甚至写神话中普罗米修斯精神之美，为艺术而艺术者，都要嫌它含有社会学的因素了。

艺术追求的真，是现实主义者表现的核心，也为读者提供必不可少的认识作用，有它，才有美；真与美，放在这样一个位置观察、表现，倒可以成为有硬度之质体，能永恒的艺术。现在有些追求和表现的所谓"美"的东西，往往空泛无物。

年初，电视广播上有几场诗歌朗诵，出版社的行政人员听了之后，见到我就不约而同地开玩笑说："呃，诗人，你们都是乌鸦呀？啊啊啊，'啊，大海！''啊，蓝天！''啊，祖国！'啊啊啊，尽是老鸦呀！……"事情也真怪，事过两个月后，我到昆明，住在一个很熟的饭店里，服务员问我："写诗的是不是老患感冒呀？老是'啊呃呃呃'，咳嗽得说'不伸抖'话来！"昆明话"不伸抖"，是说不顺。当时听了，我也大笑，过后一想，心里怎么也不是个味道。不论他们是否关心诗，广播电视也把诗送到他们面前了；他们虽然不可能被诗界看作评诗的权威，然而他们这样表态，我倒看作是有权威性的。

我想，被讥之为"乌鸦派"的作者，大概不会有几个是根本拒绝当代读者，要把诗写给儿子、孙子辈看的。他们的作品，目前还是多以诗集，也就是以商品的形式送到读者手里。商品化的"化"字该怎么讲，我不大懂，可是我在诗坛混了三十年，还不见任何一位作者希望自己的诗少印一点，流通的渠道不畅通；在它不是以商品形式，以教育和陶冶人心灵的艺术品被送到读者面前时，作者也不愿领授读者的一顶"乌鸦派"帽子。

诗以抒情为主，该当求美。咏叹之中，一个"啊"字用得当，也可能使人回肠荡气。可是作者穷得没词了，只会"啊啊啊"地作老鸦叫时，其所谓的"诗"，已经空洞得取消了诗本身赖以存在的真情和坚实的艺术形象。无论它追求、表现什么，也空洞得赶跑了美。

最近，读到几首写云南的云的分行文字。其中几句：云南的云，南方的云；云南的云，美丽的云；云南的云，云南的云呀……作者甚至想象到如果没有到过云南，抽支云烟，从吐出来的烟，也看到云南的云。

应该怎样评价这样的诗，读者是权威。它近于文字游戏，要说是"美"，也是没有烟火气的，要说它还有好的地方，就是没有写得甜腻腻的让人腻味。

这样的诗，自然不可能给人以感情的冲击力，无法带来"热闹"。

因此，前两年为诗坛带来热闹的诗，确实让人怀想它那时给人的诗的冲击波。

可是，能留下来的又怎么那样少？未尝不是一个该总结的教训。

有人怪当时某些批评是"扼杀"了这些诗的"冷空气"。我们过来人，还不会忘记当时情况之复杂，这些诗，有的不是艺术创作，是真人真事，由于材料失实，被抨击的当事人出来干预，任谁当这个法官，又能说什么？

不过，有的由此还恰恰延续了生命。因为它所追求的爆炸性效果，不是艺术品给人的教益和享受，而是新闻式的，大字报式的反应。人们欢迎它的，与其说是诗，不如说是作者批评时弊的精神与勇气。

这类东西，有的没有作为诗留下来，是因为它本身就不是诗，只是分行的大字报。《将军，你洗一洗》，即便材料不失实，由于这样的原因，也当被人遗忘。

诗，就是诗。社会上有些问题得不到解决，"问题诗"就会有它的生命。今天，有的提倡"距离论"，作品与时代、现实、政治，越能保持距离越能永恒。不能永恒的，或称"速朽"的"问题诗"，但又受到欢迎的事实，也不能当作诗外之事。

诗，要表现时代，唱出人民心声，绝非写分行大字报。如果热衷于此，疏忽、排斥（有人说"不屑"）赞颂人民的丰功伟绩而走到另一个极端，写诗比胆子大，比不要脸，比谁的笔头触犯的头头大，比谁敢写野合、写床上功夫就是思想解放，那么，不敢苟同。有人可能指责这为正统、保守和顽固，其实，这与思想上的"左"或"右"无关。根本的问题，在于它们不是诗。作品的思想性、战斗性不是分行大字报，男女间美好的情感不是纯感官刺激的追求。"诗，就是诗"，诗无邪。诗非诗，就不完全是形式问题。

可是，这几年老是把它作为形式，或是硬讨论成形式问题。如同把不同思想倾向的作品硬当艺术风格纠缠，实在坑害读者。

对它，政策界线和怎么对待，不是我这样的人该过问的。可是不往明里说，还想弄明问题，是办不到的。这几年争论"朦胧诗"的"朦胧"与"明白"，是有它的特定概念。不论我们拥护"明白"还是赞成"朦胧"，既有争论就有分歧。可是，后来有的就说："我们主张的'朦胧'就是诗的含蓄！"好像两者概念无别。不论这是找退路的遁词，还是本身确实糊涂，如果只为这，把大家拖进一个争论到疲倦的消耗战，在诗的面前，是否应该扪心自问：这是不是欺读者太甚呢？

有分歧，才有争论，有争论，就有是非。不然，争个什么呢？可是，现在不少人"争"起来兴致蛮高，却不愿讲是非。

是非，不一定非得是政治是非，甚至跟着就得追究政治责任。艺术上也有是非嘛。可是，现在一讲是非，就有人大喊"宽容"。我就想知道，到底该由谁来宽容谁？一讲宽容，就无法讲平等了。如果一方是对的，还要求你"宽容"，那天理何在？若一方有错还不讲是非，为人的原则，诗的诗性原则，又何在呢？

靠这样争论想解决问题，是奢想，但它确实可以帮助我们思考。

有的诗作者说：以后我们还要继续"创新"。这话无疑正确。但是，说此话的背景，是在批评了一些以"创新"为名，实为复旧和西方没落艺术的贩卖之后，这"创新"二字似乎含有一点特别的意味。

在我们社会里，"自由化"这样一个包含极其复杂的思想的、社会的、政治的因素的产物，简单、轻率地归结为这么一句话：现代派是自由化的根源，我是不同意的。我也反对不洋就不"新"的"创新"。这些人，把"创新"二字的概念都搅混了。

在一篇序言中，我这样写过："每一首真正的诗，都应该是诗人一次新的艺术创造，是自我，也是诗的一次崛起。创新，就像人体的血液循环一样，在沸腾艺术的生命。"多年之后，我还是这样想的。古人，今人，无论他在理论上是否明确、自觉，只要写的是好诗，艺术上必有创新。可是，现在一讲"创新"，全都指离开作品的内容，大谈它"引进"的表现手法与技巧。似乎"正确"一点的，就是把"引进"写成"借鉴"二字罢了。例如，"以象征手法为中心的诗歌新艺术"这一提法，就可作例证。

远在一九二六年周作人为刘大白的《扬鞭集》作序时就讲：

> 我只认为抒情是诗的本分，与写法则觉得所谓"兴"最有意思，用新的名词来讲或可以说是象征。让我说一句陈腐话，象征是诗的最新的写法，但也是最旧，在中国也"古已有之"，我们上观国风，下察民谣，便可以知道中国的诗多用兴体，较赋与比要更普通而成就亦更好。譬如《桃之夭夭》一诗，既未必是将桃子去比新娘子，也不是指定桃花开时或是种桃子的家里有女儿出嫁，实在只因桃花的浓艳的气氛与婚姻有点共通的地方，所以用来起兴，但起兴者并不是陪衬，乃是也在发表正意，不过用别一种说法罢了。

在没有诗的年月，报章中常出现的套话"东风万里飘红旗"就最具象征了。"红旗"二字，在此处还可能是实写（并不排斥象征革命），那么，"东风"二字，则绝非指大自然的东风。毛泽东从《红楼梦》里借来一句话："不是东风压倒西风，就是西风压倒东风"，由他所居的政治地位说来，就完全是一种政治形势的概念了。"东风万里"四字，也是地地道道的象征，可是，它成为新闻语言中的套词，也就不可能是艺术，更不可能成为"诗歌新艺术"中的"新"。相反，唐诗"忽如一夜春风来，千树万树梨花开"，虽是形容边塞飞雪而借用的一个形象，春风吹开梨花的形象，却是实写，虽无象征，倒有诗意。"野火烧不尽，春风吹又生"，几乎可以看作对一种自然现象的表述。

可是，它前有"离离原上草，一岁一枯荣"，后有"远芳侵古道，晴翠接荒城，又送王孙去，萋萋满别情"构成一个完整的艺术品后，"野火烧不尽……"就含有特别的隐喻与象征的意义了。正似雪莱（P. B. Shelley，1792—1822）的"既然冬来了，春还会远吗？"不也是同样具有象征意味么？

这些句例，有的用了再现手法，有的用了表现手法，有的"再现"与"表现"很难截然分开。诗人感到怎么能表达切身感受就用怎样的手法。可是，有人为诗的"现代"，要它追求"表现"，说它"高级"，鄙视"再现"为它"低级"。将它们对立起来分高低，也是笑话。"日暮苍山远，天寒白屋贫。柴门闻犬吠，风雪夜归人"，全是白描，历历在目地"再现"了"风雪夜归人"的图景，实景又留给人一个很空阔的，对人生艰辛的、辛酸的回想，绝不为它的"再现"而低级。如"高级"地"表现"为："啊，黄昏啊，寒冷呀，归来的人啊……"如此"啊啊"下去，人家说写诗是"乌鸦"叫，就不要怪人家刻薄了。

如此讲艺术，艺术何在；如此讲"现代"，哪有"现代"？

其实，现代诗的现代特点，首先取决于作者所表现的是现代人的生活与感情。时代在变，生活亦变，人们对反映生活的艺术的欣赏习惯也会变。诗的艺术，也是诗人积累的生活与认识及表现生活的综合活动的结果。如果，新诗的"新艺术"，是可以随手拿来的现成配件，这种所谓的"艺术"恰恰是反艺术的。

虽然，个人感情的表述，诗，不同于戏剧与小说，不仅浓烈，而且可以在诗行里直接表现出来。作为有特定概念的"自我表现"，如果只在于表现与世隔绝的"内心的秘密"，要反对；但作为艺术规律，诗人在作品中又无法不自我表现。重要的，在于他表现的是怎样的"自我"。从社会学看，任何阶级，都会从它的理想、哲学思想要求于这一"自我"。一绝对化，不论自觉不自觉，哪怕只是赶时髦跟着起哄，也会陷进主观唯心的泥坑。

这些问题，这些看法，别人怎么变，我也不变。过去二十多年生活的艰难和在艰难中读的一点基本理论，使我反而很固执。我认定，只要确定这个社会制度的哲学思想的根本之点不变，不论今天的政策、对待的办法与过去多么不同，我都不相信主观唯心的那套可以在以唯物史观确立的社会殿堂登堂入室。

对于拒现实生活于千里之外而写内心的秘密者，他等讲艺术，是反艺术的观点；讲"创新"，是民族虚无的态度。不能因为他"打个绿色的喷嚏"，就是"新艺术"的"通感"。"情一样深啊梦一样美，如情似梦漓江的水"，本是用五官不能触摸的东西来比喻五官可以感知的东西，只为它语言艺术的民族化，就不"通感"。所以，他们并不是追求什么"新艺术"，而是怎么怪就怎么好。当它成了一种思潮泛滥时，在那些少经世事的年轻人面前，似乎只要用"时空错综""变形"等的所谓"现代艺术"就可以写出"现代诗"时，布道者和受骗者都有市场，随此形式上模仿，甚至抄袭炮制的"诗"，不仅作者的自我感觉蛮好，在他们的圈子里也有市场，并有喝彩声，一旦发现此路不通，也当百感交集吧？

真正的诗，好诗，不可能不是反映出我们民族的生活、人物、感情、伦理道德观，从而透视出民族灵魂的文本。可是"新诗新艺术"者所追求的"创新"，却视民族化为"象征诗歌去和民歌同化"，是迫使新诗担起"通俗文学职责"。这是对民族化的无知。有些自称"国风派"的同志，他们想扫扫诗坛崇洋的恶浊之气，若仅着眼于民歌体和通俗化而忘了抓中国气派，也是失职。民族化有个民族形式问题。民族形式也不可凝固不变。《我的中国心》的歌词里说"洋装虽然穿在身，我心仍然是中国心"，这里，不是鼓励穿"洋装"，其"中国心"才是民族化的核心问题。忘了中国气派的追求，简单化地从形式上着手解决民族化的问题，效果自然不佳。

然而，民族化，要创新，完全是由文学应该反映生活，诗就是诗这一思想所决定的。离开社会生活，照着创新的"崛起论者"所开的那套单方，是形式主义的，反艺术的。服了不灵，上当的不计其数，就是不信邪的，也不得不消耗很多精力来应付它对诗的破坏。于是，从微观看，一个时期诗界不那么热闹，不足为怪。

现在，又可以回到开场白的话题了。今天，新诗创作、新诗队伍大大发展。包括对新诗形势的估价，对艺术创新的认识，有分歧毫不奇怪。要是这场争论的热闹所给我们的深刻印象能得到深刻的认识，一定会给在座的诗人涌来创作的灵感。

　　本文是一九八四年五月十四日于乐山大佛寺，在四川人民出版社的"诗歌座谈会"上的发言。

　　（原载《青年作家》一九八四年十一月第四十四期）

"扩张自我"与被扩张的舒婷①

马雅可夫斯基曾把他献给祖国和人民的歌统称为"情歌",这也是诗人对"抒情诗"所以称之为"抒情诗"的真知灼见,可也不妨碍大家照例称"情歌"为恋歌。我们诗坛,三十年来也曾泛起"假、大、空"的诗浪,这种诗症,正是缺乏真情而患的诗的水肿,而情歌若无情也难以为歌,因此,诗苑每次"百花齐放"时,情歌也总是当中开得最早最醒目的一朵花,可是在它滥开成灾时,创作也就在此发现溃疡。

当作家今日下笔能够照到生活本身的样子去写爱情,不再担心有人把它当作有损新人形象的墨污时,这是作家的幸福,也是读者的幸福。是我们新诗根植于生活的泥土而开花的日子。创作,也必然出现新的繁荣。

忠于生活,当然不是搞自然主义;高于生活的,若"高"成梁上君子,也是走进死胡同。所以,在报刊一见"爱情写多了"的呼声,只能为之震惊,后来才知道所谓"多了"的"多",此时是指格调不高、黄色的同义语,而爱情的同义语毕竟是美。一部《西厢记》或《勃朗宁夫人十四行诗》,也不见"多"写了爱情而使作品低级,反而透过"多"的爱情描写让人看到人物精神的美。许多青年今日面临如何对待恋爱、婚姻问题时,我倒感到能够提高他们的情操与道德水平的作品太少,反之,黄色的东西,哪怕只是一个镜头,也决不能为它"少"就认为不龌龊,就可以忽视它的污染作用。离开爱情的真义来论它的多少,把写黄色的、写男女之事的全以"爱情"论,真是对爱情的糟蹋。

---

① 此文初次发表时,题为《殊途同归》,现有的标题是它收入《诗就是诗》时,出版社与作者商榷后所做的。

有人将舒婷列为"崛起的诗群"中的代表人物，主张"诗人创造的是自己的世界"，要表现"具有扩张性的'自我'"时，重谈舒婷一些诗——当然以情诗为主，颇能引人深思。

情诗《致橡树》，也许不是舒婷的处女作，但是一般读者，无论从西单民主墙上，或从《诗刊》一九七九年四月号上，都是在《致橡树》的名下知道"舒婷"这个名字。诗中——

　　　　我必须是你近旁的一株木棉，
　　　　作为树的形象和你站在一起。
　　　　根，紧握在地下。
　　　　叶，相触在云里。
　　　　每一阵风过，
　　　　我们都互相致意，
　　　　但没有人
　　　　听得懂我们的语言。

诗将恋人使之"终生相依的"的爱之"坚贞"，利用精巧的比喻将细腻而微妙的感情活动作了生动的表达，为舒婷的诗名开了路。这样的情诗，即便再"多"，读者也会欢迎。

但是，如果将舒婷在《诗刊》一九八二年二月号发表的《会唱歌的鸢尾花》和《致橡树》放在一起看，几乎难以相信是一个作者的手笔。

"在你的胸前/我已变成会唱歌的鸢尾花/你呼吸的轻风吹动我/在一片丁当响的月光下/用你宽宽的手掌/暂时/覆盖我吧。"这段诗写得平平，不算好，但还可以看懂。第一人称的"我"，既不能离开作者对生活的体察以及自我的感情流露，也不能简单地当作作者的本事自述。因此，这一节就可以明白为"手掌暂时覆盖"是说她在别人拥抱的怀里裹紧得看不到人了，她只能听见"呼吸的轻风"。

　　　　现在我可以做梦了吗

雪地。大森林

古老的风铃和斜塔

上面挂满

溜冰鞋，神笛和童话

焰火、喷泉般炫耀欢乐

我可以大笑着在街上奔跑吗

但是诗写梦，决不是为写梦而写梦，它表达的不只是现实也是作者的憧憬、向往；就像剧作家安排在舞台上的疯子，常常是写冷眼观世的旁观者，甚至是思想家的变形。法国诗人保·瓦雷里（P. Valéry，1871—1945）也说："想描写梦境的人，他自己就要格外清醒。"舒婷写的这位梦幻者是个什么人呢？在我们土地上生长的孩子，他可以从教科书上知道意大利的斜塔，可是想从对它的追寻中获得生命的欢乐，这种情绪就不是可以从教科书，而只能从舒婷身上找答案了。圣诞节在国外是年节，在我国，它是宗教节日，人们没有过圣诞节的习俗，人们的感情也很难从它得到反应。三十年，宗教信仰自由的政策不变，但无神论却更加深入人心，已使有神论的地盘微乎其微。在今日的现实生活中，不论基督教徒或天主教徒，也无法砍棵大枞树来家里，让孩子们恍惚于圣诞树上的烛光之中睡去，父母在他鞋袜、衣袋里塞满糖果、玩具（也可能有神笛），孩子们醒来时就说，这是圣诞老人送来的。冰心早期的作品，常写到圣诞树、安琪儿，将她母亲比作圣母玛利亚。这位也是福建籍的前辈女作家，写她那海军高级军官的家庭与西方文化及生活情调的关系是表达得很清楚的。作品也是在有浓厚的宗教气氛的教会学校，甚至是在国外写成的。时过半个世纪，再读那些作品，还可以从那艺术描述中的半殖民地的一种具有典型意义的家庭环境，来认识冰心同志笔下所要表达的这一切。五十年后，我们在另一个天地看到冰心当年类似的笔墨，却是与我们的人民，今日的生活毫无联系的感情、想象时，真是看见虚幻的梦境在白日的阳光下。不说别的，它总是舒婷诗的倒退。

诗人当然可以写梦境，可是梦什么，写什么，要说这是诗的秘密，就不如说是诗人各自的秘密了。诗人能说梦，不是去做梦。

英国十九世纪女诗人克利斯蒂娜·乔治娜·罗塞蒂（C. G. Rossetti）有这么两行诗：

Oh dream how sweet, too sweet, too bitter sweet
Whose wakening should have been in paradise……

"哦，梦多甜蜜，太甜蜜，太带有苦味的甜蜜，它的醒来应该是在乐园里……"甜蜜中的苦味，依我的理解，无非是人们不可能在梦的乐园里过日子。徐志摩曾说："真诗入梦境最深——诗人们除了做梦再没有正当的职业。"这位被茅盾（1896—1981）称之为资产阶级开宗与末代的诗人，二十年代从国外回来到燕京大学讲了这段话后，在现实面前，终于要改变自己的看法，他在《迎上前去》一文说："我再不能张着眼睛做梦，从今起得把现实当现实看。"徐志摩由于自身的局限性，不可能坚持这点，但是，他的这段经历，对我们考虑今日的诗的问题，却还有很深刻的现实意义。四十年代，人们在国统区讲到鲁藜的《延河散歌》，曾说它是"天真的诗，梦的诗"，此时此地所说的"梦"，已非职业的梦呓者的梦了。诗人看见延安窑洞里的灯火，按捺不住内心的欢喜，眼前真是"在夜里/山花开了，灿烂地"。因为诗人"从人生的黑海里来""看见了灯塔"，有梦的恍惚，是美的真实。《会唱歌的鸢尾花》中的"我"，在徐志摩当年都表示"不能张着眼睛"去做的梦里在想什么呢？有人将"崛起的诗群"们的"自我"说成"必然带有较强的历史感、民族感和普遍人性"，这当然是作捧场话来讲的，如果不用这话来察看"崛起的诗群"中的代表人物——舒婷的作品，有人可能认为是对舒婷作品的不敬，可是，真要从她的"梦"里看"历史感、民族感和普遍人性"，那么，对任何一位没有恶意看我们社会和制度的人，都不会喜欢这种捧场。把那种梦境提到历史感与民族感的高度来看，无论出于恶意或善心，都不是实事求是。

依我看，舒婷所叙的梦，既非出于历史感与民族感，也不是来自生活。引发那梦境的，倒可能是现代派的及外国作品里的人事，不论是它对作者精神渗透还是作者对它的神往，结果，只能这样获得诗的灵感——

　　　　大海中的落日
　　　　悲壮得像英雄的感叹……
　　　　　　　　　　　——（台湾）覃子豪《追求》

　　　　大海的日出
　　　　引起多少英雄由衷的赞叹……
　　　　　　　　　　　——舒婷《致大海》

若说舒婷的诗都是海外作品的改头换面，绝非事实，但她某些不是来自生活的作品，确实是追求这个调调儿的诗症。台湾诗坛，搞过"横的移植"，现代派也时髦了十年，当地人民说它是"从西方支借过来的感情，灌汤泡水"，台湾这段诗史，我们也想重演？还是引以为戒？任何人想以此"崛起"，只能事与愿违！

　　前两年，有种要求从外国"引进"诗的说法，如果作者的本意就是指借鉴，换一个提法，只能把本来很明确的概念反而搅糊涂了。创作，写诗，或者说诗人笔下每一首真正的艺术品出现，都会是全新的艺术创造。诗人创新的本领，来自生活，也来自对中外古今的诗歌能为自己所用的借鉴和"拿来"，它是增多营养的创新，不是取代创作。今日引进的外国科学技术，也还要根据我国的实际情况加以改造才能应用，如果作为意识形态的文学中的诗歌，靠从外国引进来取代我们诗歌的民族性，它只能在新时期引来文学上的世界主义思潮。

　　已故的现代诗人朱自清说："旧诗已成强弩之末，新诗终于起而代之。新文学大部分是外国的影响，新诗自然也如此。"郭沫若新诗成就的取得，就有他接受惠特曼、泰戈尔、歌德（J. W. V. Goethe，1710—1782）影响的因素，艾青也是从凡尔哈仑等人的艺术吸收了营养的。但是，他们只是以此增强了自己用现代人的口语表现现代人的生活与感情的能力。因此，他们在艺术表现上不论吸收了多少外来的东西，有的作品也可能被人认为写得"洋气"，而《在地球边上放号》毕竟以表现了一个时代的革命精神，《大堰河——我的保姆》毕竟以创造了旧时的中国农妇形象而长存的。记得为舒婷争得诗名的《祖国啊，我亲爱的祖国》写道：

> 我是你河边上破旧的老牛车，
> 数百年来纺着疲惫的歌；
> 我是你额上熏黑的矿灯
> 照你在历史的隧洞里蜗行摸索；
> 我是干瘪的稻穗；是失修的路基；
> 是淤滩上的驳船
> 把纤绳深深
> 勒进你的肩膀；
> ——祖国呵！

诗人正是以独特的方式，追求意象的新奇与节奏的跳跃，来完成一个意境完整的创造。诗人感情的表达，并不是依循诗的传统方式，诗人对外来艺术的借鉴却作用于表达自己的民族感情——中国人民于十年动乱为祖国蒙难时的感情。人们在谈论诗的民族化时，可以有不同的观点，诗中体现的民族精神、气质、感情却是诗的民族化的内核；有人大谈我国诗的"现代倾向"之崛起，在于它是"以象征手法为中心"，是"跳跃性情绪节奏及多层次的空间结构"，是"新诗建筑上的自由化"，是"高速幻想"时，却忘记在所有的艺术中，从来不存在离开内容的形式与技巧。为此，我们返回来再读《会唱歌的鸢尾花》是可以说明这一点的，它的第八节总共只有三行：

> 伞状的梦
> 蒲公英一般飞逝
> 四周一片环形山

在它之前的第七节写道："那是什么？谁的意志/使我肉体和灵魂的眼一齐睁开/你要每天背起十字架，跟我来。"在它之后的第九节写道："我感情的三角梅啊/你宁可生生灭灭/回到你风风雨雨的山坡/不要在花瓶上摇曳……"联起这节诗的前后来看，从思想到形式，谁能找到它们之间的衔接点？看清它们之间的内在联系？不论"跳跃性情绪节奏及多层次的空间结构"在某些人笔下有什么特定的含义，但是，"情绪"的"跳跃"总不是不让读者感受到的情绪，"多层次的空间结构"若结构在空间化为云烟，也就不成其结构了。作者不论运用什么手法，最后总得构成一个能成作品的整体，所谓"断层推进式""并列式的意象组合"所构成诗行间"新的内在关系"，还是要让人看到这种"关系"才行吧，若这种"关系"就是常人看到的"支离破碎"，那么，此种诗风也只能体现时髦一阵的"新的美学原则"和某些人宣扬的诗的现代倾向。

当然，这些"原则""倾向"的鼓吹者，都是用舒婷的作品作为盾牌在冲杀时举起来，这些人有时以舒婷为己所用，随意歪曲她的作品，如将她的《祖国啊，我亲爱的祖国》作为新诗现代倾向的先锋，心术不正。但是，舒婷某些作品，确实也能被他们所用（也可能是在互相影响，互相利用），这就使读者也希望舒婷本人对自己创作有个一分为二的态度。目前，我们还不能不更多地看到那些所谓的"现代倾向"对舒婷创作的危害，在"化"去她的艺术个性时，怎么看待这些"原则""倾向"，对读者，对舒婷本人，确实存在一条明显的是非界线。

许多读者对那些所谓的"崛起"诗，"现代倾向"诗说声不懂，他们的"理论家"就摆出一副精神贵族的架势，训斥"诗盲"不懂得诗是"诗人情绪的扩张"，是"诗人的心灵曲线"。其实，说声"不懂"倒是出于客气，真实的心情则是在这种"扩张"和"曲线"面前，一时还难以明白为什么会这样！《会唱歌的鸢尾花》第一节有个名句，叫"在一片叮当响的月光下"。这样的诗不好懂也好懂。是的，月光怎么"叮当响"了呢？作为诗，诗人完全可以将无声无色的东西转化得有声有色来表现，无生命、无感情的对象，诗人可以赋与生命藉以表达自己的感情。花不会哭，杜甫的《春望》却有"感时花溅泪"的名句，能知花为何"溅泪"，也不难明白鸢尾怎么"会唱歌"了。而"叮当响"的，是月如水之清辉的声响，还是月色给人幽静而悠然的感觉？是男女拥抱、陶醉在"呼吸的轻风"里的动作声搅响了月光？还是作者"心灵的曲线"，亦有"月光"的响叮当……总之，为了烘托景或情的需要，就必须依据作者这样的感受来扩张感情？

诗中还有"你要每天背起十字架/跟我来"的句子。在今日的现实生活中，是找不到这样的语言。语言，在艺术中当然要比在生活里更纯净、更高，而这样的语言，到底是高于生活还是脱离生活？诗里一会儿写道："当我们头挨着头/像乘着向月球去的高速列车"，时间为之"疯狂地旋转"，人也疯了似的；一会儿写道，为了爱情又要男子"每日背起十字架"跟她去，读来，真似坠入云里雾里，若是表达某种暧昧的感情需要表达上的暧昧时，读者读不懂诗时却可以看清其中玩世之情。十字架，当然和前面写的圣诞树是一个来路，依照宗教宣传所讲，基督耶稣就是为世人赎罪而钉死在上面，是负罪赎罪的物志。这段诗写道男女偎依在黑暗中，难分难解到"帝王前来敲门"也不必搭理的程度，为什么反要"每天背起十字架"呢？要是男女问题的"解放"论者，自然是敢干敢当，说得出，做得到，负罪心理何以有之？若自奉某种"道德"观念，视男女如此这般无法光明磊落，偏偏又用诗去渲染"背起十字架"的美好，那么，要说作者在此玩弄语言，玩弄意象，不如说在玩弄自己的感情了。

这两年，有人介绍西方意象派的庞德，很有必要，对他们的创作和理论，需要认真研究。他们强调把诗人的感触和情绪全部隐藏到具体的意象背后，这对我们利用诗歌便于直抒胸臆之长却有时流于浅、露之症，还是有很切实的借鉴作用，他们探索意象对于诗歌创作的具体作用与办法，也可以用于我们的探索。但是，他们把注意力集中在事物引起的感觉上，而不去探求事物之间的本质联系，也不去阐发它的社会意义的主张，我们读者对它自然要保持完全清醒的态度。

T. S. 艾略特及"为当代发明了中国诗"的美名之庞德，是他的《汉诗译卷》（Cathay）在一九一五年问世后才赢得的。他译的李白的《长干行》等，常常当作创作收进自己的作品集。庞德并不识汉字，只是根据一本对汉诗逐字注释的笔记进行翻译。汉字是象形字，经过注释，字、词都成了组合的图画，也是无处不意象。于是，《论语》中的"学而时习之"，他根据"习"字，就可以译化为"白色的翅膀"。李白《古风第六》中"惊沙乱海日"这么一个很完整的意境，有形象，有动态，竟被他译成"Surprised，eesert turmoil，sea Sun"（惊奇，沙漠的混乱，大海的太阳）。不去探索事物之间的本质联系的主张，在此处成了割乱语言结构的刀手了。不论出于何种原因，这都是对李白实际上的曲解。他们所以这样，可以理解，我们如果照搬这套，对他们将汉诗学歪了的地方弄来返销倒卖，那么，我们民族的读者也怕要看看西方的月亮是否更圆了。他们认为汉语是意象派的诗，这种说法也为我们提供了一道研究古典诗词的研究题；可是，我们向它，以至于对更多的西方诗歌流派的艺术借鉴，就是其中没有糟粕，全是优点，也得吞下去化为自己的东西才能为我们所用。在这方面，舒婷得失皆有。《会唱歌的鸢尾花》自然也是对舶来艺术吞而不化的一例。作者生搬硬套，卖弄此套时，对自己感情的玩弄，也在玩弄意象之中得到表现。

　　这首诗，已找不到《致橡树》歌颂坚贞"才是伟大的爱情"的精神境界，很像吃得撑得，闲得无聊的大小姐少奶奶以男女之事厮磨终日所作的游戏。过去以为爱情的描写必须切合时事才能"站得住"的想法，显然是庸俗社会学作怪，可是这也不能成为为对作品爱情描写中的黄色、灰色开绿灯的理由。爱情写得纯洁、高尚，笔下才能见作家的爱情。《会唱歌的鸢尾花》当然不是黄色作品，但它抒情的精神境界是不高的，它在艺术上的所谓"现代倾向"，也正好成了这种境界的艺术。于是，人们也无法像读《致橡树》那样来读这首诗。偏偏作者还写道："中国母亲啊/给你应声而来的儿女/重新命名"，说她的名字和信念"已同时进入跑道/代表民族的某个单项纪录"。有的同志以此推断它是一首政治诗，如果以诗歌所谓现代倾向的论点，真的照"以象征手法为中心"的宗旨来寻它的象征暗示，来看它的"历史感、民族感与普遍人性"，这种他们自认为需要"勇气、才气与魄力"的艺术，我倒担心他们是否有勇气自食其论点所印证之果了。不论作者的本意有无隐喻，还是作者的艺术功力没有达到物与物的借喻与契合的艺术境界。思想与艺术的支离破碎，使我只能看到支离破碎的思想艺术。但是，如果以她的名字和信念"已同时进入跑道/代表民族的某个单项纪录"的精神，作为这首诗的精神立足点，我们又该怎样理解其中所谓的"爱情"所包含对"民族"及"中国母亲"的隐喻和暗示？作者如果想以"民族"与"中国母亲"作幌子，为其思想与艺术上的那些形形色色的东西开绿灯，我们又该怎么认识作者呢？诗中思想、艺术的情调若要作为诗中"我"的名字和"信念"的反映，如此"代表民族"，就不知道作者是在嘲笑自己还是讽刺我们民族了。

这使我想到舒婷的《流水线》，全诗如下：

> 在时间的流水线里
> 夜晚和夜晚紧紧相联
> 我们从工厂的流水线下撤
> 又以流水线的队伍回家来
> 在我们头顶
> 星星的流水线拉过天空
> 在我们身旁
> 小树在流水线上发呆
>
> 星星一定疲倦了
> 几千年过去
> 它们的旅行从不更改
> 小树都病了
> 烟尘和单调使它们
> 失去线条与色彩

一切我都感觉到了
凭着一种共同的节拍

但是奇怪
我唯独不能感觉到
我自己的存在
仿佛丛树与星群
或者由于习惯
或者由于悲哀
对本身已成的定局
再没有力量关怀

要不是有人写文章吹这首诗好，说它好在写了人的异化，我还一时找不准这么一个角度来看这首诗。这个角度是准确的，尽管我与前者的观点截然不同。

异化是什么呢？这位从"流水线撤下"的"我"，是什么原因使她异化呢？如果说它好在写了人的异化，不如由我们直接指出：这明明借人的异化为名，说道劳动使人异化的现实。

假若舒婷是写封闭在试管里的生活，它就不是作者，也不是我们所要认识的现实；假若我们依照奉舒婷为代表人物的现代倾向的艺术主张看，从《流水线》"诗人创造的是自己的世界"正好帮助我们认识作者本人的内心世界。

诗，没有艺术个性就不成其诗；诗中没有作者的"自我"，也不可能有艺术个性。但是，这"自我"要不是对客观世界独特感受的心理表达，而是作者自己创造的世界，那么，哲学上自然有剖析它的命题，文学上，它就不成以反映生活为功能的文学了。

好在这种鼓吹诗的现代倾向的主张，也承认人的社会性，要是这种社会性表现在"具有扩张性的'自我'"里，那么，它在作品中，不是形象的变形和人的变态，就要在"自我"的扩张中具有意识上的进攻力量。

　　然而,《流水线》也是舒婷在扩张性的自我中"创造的是自己的世界"?

　　《诗刊》一九八二年十月号筱敏的《她们》,也是写"连路灯也困倦了,明明灭灭地耷拉着眼睛""连晚风也睡着了,只剩下几颗已经疲劳的星星"时,女工"抱怨着不给她们唱个歌儿的晚风",又"嘻嘻哈哈地走到一起,开始了今天和明天交接的行程"。诗人说:

> 我是她们当中
> 那个总相信人会飞的卷发姑娘。
> 我是她们当中
> 那个会讲小人画故事的母亲。
> 我是她们当中那盏
> 总也抓不住,总也吹不灭的神灯。
> 我是那只守候在夜路上
> 只有她们才能看见的夜莺。
> 我的歌都是为她们唱的呵,
> 我的诗全都是,全都是
> 写给
> 她们。

诗人这种感情色调正是来自她描写的女工,她们抱怨天气闷热时,是在"抱怨着不给她们唱个歌儿的晚风",却不是看"小树都病了""失去了线条和色彩"。

　　而《上海文学》一九八二年二月号发表了上海市中华印刷厂女工朱晓琳的诗《世界给我一个音符》,副标题就是"写在工厂流水线旁"。诗中,作者并没有隐讳在流水线上感到"今天是无数个明天的继续/明天是今天无休止的重复",在"默默地演奏这单调的音符",但这一事实是她愿忠实地演奏这一音符,是认识到"丰富多彩的生活乐章/正是由单调的组成"。作品虽然还欠丰满,但它表现作者对生活、对人生、对社会的责任感却是强烈的,完全没有在流水线上下来

"唯独不能感觉到/我自己的存在/仿佛丛树与星群/或者由于习惯/或者由于悲哀/对自身已成的定局/再也没有力量关怀"之类的哀叹。同样的题材，同样是作者们记录自己当女工时的感受。将它们放在一起看，很能说明问题。它们不是艺术风格的相异，而是两种人生的两种艺术。否认诗中需要"自我"这一艺术规律是绝对错误的；否认"自我"一经表现在作品里，它也必然表现出某种倾向性和社会意义就更错误。何况，诗的"现代倾向"鼓吹者宣称："研究和评价任何艺术潮流，我们都应该面对它的真正灵魂——主导思想倾向。不能仅凭艺术手段上的凤毛麟角作轻率的归类。"在此，如果我们不看舒婷在诗里自称的"代表民族"，也是"仅凭艺术手段上的凤毛麟角"来论作品，也就太不懂这种"现代倾向"的深浅了。

《流水线》的"主导思想倾向"是什么呢？那些赞扬它"写了人的异化"者，对此倾向已经作了概括。但是，筱敏的《她们》，写的女工怎么没有被异化而是那么欢快地去劳动呢？朱晓琳在流水线旁，怎么又在"默默地演奏这单调的音符"时却有着主人翁的责任感，没有被劳动异化呢？诗的"现代倾向"论虽然也要求看作品的"主导思想倾向"与诗中的"自我"，此时此地，我们看到的，决非他们愿意用以自豪的"勇气、才气与魄力"，却是令人触目惊心，又让人为作者的创作倾向所忧！

我们的社会劳动，由于劳动条件、劳动组织还有诸多待完善之处，具体问题的具体意见，自然可以反映。可以设想，作者有这样的好心，而读者从作品直接感受到的情绪，毕竟是对流水线上劳动的憎恶情绪。流水线对工人这么残酷可怕，工人当家的国家还搞现代化作什么？不论作者有意无意，都明显混淆了不同体制下的现代化之实质。若从别人在流水线上的精神状态相衬出作者对劳动的憎恶，流水线在这里却成了照人灵魂之镜了。劳动本身是伟大的，是它创造了世界，许多诗人歌唱的幸福、未来，以至于"梦"，都得从它开始。它要我们流汗，甚至流血，自然包括在流水线上紧张地重复一些单一的动作。在搞极"左"那套时，劳动当作惩罚整人，许多诗人挥锄挥汗时也在赞美劳动。当年艾青被称之在"流放"中写的《烧荒》，也是

"小小的一根火柴／划开了一个新的境界""火焰狂笑着，奔跑着／披荆斩棘，多么痛快""快磨亮我们的犁刀／犁开一个新的时代"……诗人写到火柴划开的"新的境界"，正是自身的精神境界。相比之下，舒婷在《流水线》所表现的，已不是新社会一个公民对劳动应有的态度了。有人说，她没有写劳动，是写人，而人的异化无非证明了劳动是奴役，这还需要用那种"深奥"得像诗的"现代倾向"论的"理论"才能阐发清楚的么？有人说这是写"人的尊严"，可是，在讲"人的尊严"时，是否要看人的价值？要是如此这般地讲"尊严"，谁也不用吃不用穿，挺立喝西北风成为英雄塑像似的化石就最好了。或者别人不要"尊严"去劳动，他在拥有"尊严"之际坐享其福，那么，那种"尊严"也只有恢复剥削制度才能建立与巩固。持此种"尊严"观者，看看这种"尊严"，到底应该为之骄傲，还是为之羞愧啊！舒婷的《往事二三》写道："一只打翻的酒盅／石路在月光下浮动／青草压倒的地方／遗落一枝映山红／桉树林旋转起来／繁星拼成了万花筒／生锈的铁锚上／眼睛倒映出晕眩的天空……"这也可算这些年中的一首奇诗。对它也有多样的议论，有人说它"朦胧"得难见真相，有人说它明白得羞作解释。描写男女性爱的文字，中外古今都不少，问题复杂，需要具体作品具体分析，但是，如此自我陶醉地表现乐在其中的自我感觉，别人从何论其"尊严"？而且，这也不是所该为"诗"的追求吧！

马雅可夫斯基把自己唱给祖国和人民的歌统称"情歌"，是抒情诗主人公的"自我"在表达强烈的爱憎时，自己只能是生活的恋人。若将《流水线》看作无情的"情歌"，我们就可以理解鸢尾花怎么会唱歌和唱的什么歌了。作品内容空洞，在特殊的情况下，也可能有其他的原因，但在正常的情况下，总是作者内心空虚无聊的反映。没有真实的激情和坚实的内容，使用任何艺术技巧也不过是游离在外的杂耍，成为语言、意象的游戏。本来可以成为有益借鉴的外来艺术，这时却成了捡来的破烂了。

虽然舒婷现在唱的调子转向了，当年她说自己"是淤滩上的驳船／把纤绳深深／勒进你的肩膀／——祖国啊"的歌，我也从不怀疑她写它的诗之真诚。就在祖国要实现四个现代化，还需要把许多没有成为流水线的作业区推上流水线时，《流水线》中的"我"悲哀于"唯独不能感觉到我自己的存在"时，作者应该好好想想，为什么很多读者要肯定和喜欢《祖国啊，我亲爱的祖国》？诗中写道的那根深深勒进祖国肩膊的纤绳，若不再是旧世界或是一场浩劫留下的后遗症加给她的重负，而是流水线给人的"悲哀"，那么，可悲的，恰恰是对自己忠于祖国的誓言的背叛。

以马雅可夫斯基那种说法来讲，舒婷写的恋歌之外的作品，也应纳入广义的"情诗"，其中哪些有情？哪些绝情？哪些无病呻吟？哪些故作多情？读者眼睛雪亮，文字游戏，作不了障眼法。

大家都记得，当年看到《致橡树》《祖国啊，我亲爱的祖国》，都为诗歌队伍增进这样一位诗人而高兴。我曾经这样评价过她当时的作品：

　　从舒婷同志答读者问的文章中知道，她从小好读，在十年浩劫中，目睹的世事，内心的折磨，都在她忧郁的沉思中化为真切的诗情。她的作品一开始和读者见面，就不仅以诗情的真挚动人，也以明显地不同于一般初发表作品的作者之艺术修养而引人注目。我们现在看到她公开发表的作品，绝大部分写于十年浩劫之中。那个时候，一个除了还有内心的尊严、骄傲，已失去任何自卫能力的女孩子，在她的诗里流露出一种孤寂情绪，以至于在新作中还见它的余绪是毫不为怪的。这是当时不正常的社会生活及人与人的关系不正常，在作者心灵，在作者笔下的伤痕，决不能作为艺术美的追求之结果。完全撇开人们对她作品中的思想倾向的争议不论，光从艺术上讲，若不看到她笔下的题材、意境、表现手法在愈来愈多地重复自己，艺术和思想一样不能开阔一步的弱点，也是艺术上的短见……

当时，我看过她一九七五年写的《春夜》，劝人不要"画地自狱"，所以希望她能在实现这一志向的过程克服那些弱点。没有想到，她

"艺术和思想不能开阔一步的弱点"反而愈来愈严重。我认为，"崛起"的美学原则及诗的现代倾向的鼓吹者，恰恰是以她思想与艺术的弱点作为他们主张的实践，在云里雾里地乱吹。而她，不论自觉或不自觉，承认不承认，实际上是在接受这些"原则"与"倾向"的引导。本来，追求表现"自我感情世界"无可厚非，可是，不论在什么样的天地、制度下，人们都不能不根据自己的信仰、道德标准，或者简单些，以他们的好恶来看那感情里是个什么世界。若它是"不屑表现自我感情世界以外"的世界，那是与客观世界隔开的天地，正是"不屑于作时代精神的号筒"的前提。当然，也不能把"时代精神"歪曲成长官意志的同义语，歪曲成对诗的个性的对立，成为政策的诗的图解的同义语。于是当个人"溶解在心灵的秘密"是灰色的、卑琐的，也只好在《流水线》里公开一种阴暗心理，在《往事二三》里自我欣赏其并不高雅的格调，在《会唱歌的鸢尾花》里成了前面说到的、思想艺术的大杂烩……舒婷写诗有基础、有才华，有很大的创作潜力，可是一旦趋附那些"原则""倾向"，脱离生活，脱离人民，孤芳自赏地在搞"追求溶解在内心"又"不屑于表现时代精神"的"秘密"，其结果，这种"代表着我们的未来"，企图"横越我们头顶的桥梁"的"崛起"，只能是对诗的艺术掘墓；"崛起"论与"现代倾向"论召唤别人去领受的那顶诗的王冠，只能是事实上的陷阱。

　　舒婷答读者问时，讲到过去被"假、大、空"所坑苦的情况，过来人读到，不能不动情，为新诗前途想，不能无视它为诗之大害，诗之大敌。什么作品是"假、大、空"的？这顶帽子戴在哪些篇章合适？要找对号的，看法也难统一。有的人，只要见不对自己胃口的作品都把它扫入"假、大、空"之列，列在诗的另册，这样做的，有的是偏激，有的是不正派。但是，凡是真正属于假话、大话、空话连篇的作品，是没有任何一点可怜惜之处。诗，只要有说假话这一条，就注定它不可能成为诗。引人反感，也极自然。舒婷最初拿出来的一些作品，其中所作的艺术探索，有得有失，总的方面还是颇有成效，有目共睹，也可以看为扫"假、大、空"之风出了力。可是，一个人是不可能只活在内心的秘密里，终究是个社会的人。也不可能不受社会上的非这种即那种思潮的影响，并接受它的引导。自觉不自觉，都是这样。当上述的那些"原则""倾向"恰恰找到我们认为她的弱点在胡捧一气，加上在一些成绩面前不能头脑清醒，将本应和可以克服的弱点反而恶性膨胀，发展成了"扩张性的'自我'"，并一味表现它，写得毫无生活气息、毫无内容（也有内容、格调不健康的），除了以细而碎的感情发出灰色的叹息代替"假、大、空"中的大话，又何异于"假、大、空"呢？用词确切一点，该叫"假、小、空"吧！尽管两者最初是以对抗的面目出现，此时此地，一"大"一"小"，表面看来不论多么不同，实质却又如此一致，也算殊途同归吧！我们看清"假、大、空"之害，如果只能拿出"假、小、空"来报复它，读者得到的，还不是同样的灾难！

新时期的新诗，遇到新的问题，须以新的办法解决，这就需要诗的不断探索。既然探索必不可少，失败，甚至发生错误不仅要说"是允许的"，更重要的，在不追究个人责任的同时，还要我们共同认真负责地总结教训，再探索，再出发。航道遇礁，毕竟不是要去触礁、沉船，需要找出偏航的原因。舒婷同志如果能够听进不是单纯捧场的话，甩掉那些"原则""倾向"及自身的弱点加在创作上的包袱，倒是可以真正在突破中崛起，写出新的水平。

《诗刊》一九八〇年十月号的《青春诗会》，介绍了包括舒婷在内的十七位青年诗人。当然，他们的路最终还是得由各自去走，但是《诗刊》引的这个头总是好的。有人说这是"捧出了十七个小诗人"，对"小诗人"还注为"朦胧诗人"，则当另论了。

当把含蓄与晦涩，将语言的含混、形象的不确切与朦胧的意境混为一谈，将创新与复旧、思想倾向与艺术问题混为一谈的时候，"朦胧诗人"的概念也是十分朦胧的。何况，当中的杨牧、张学梦、叶延滨等人的诗也与它挂不上钩。就是舒婷，如果她这几首诗不是思想倾向与格调的问题，用得着在这里大议它们的"朦胧"吗？而大诗人总是由小诗人成长起来的，不论别人愿意不愿意，喜欢不喜欢，新诗的未来，未来的新诗都要属于他们。在《青春诗会》前一年半，《诗刊》就向大家介绍了舒婷的作品，当时这么做，读者也欢迎，可是这种做法自然无法保证作者创作之路永远康庄。在捧杀成风之际，对舒婷的作品应该和可以一分为二地对待时，道理上人人点头，要这么做时，捧杀人者反要设置重重障碍了。但有头脑的读者，毕竟不会受这左右，于是《会唱歌的鸢尾花》等以示舒婷在思想艺术上做出新的选择时，读者在她的选择面前也就有权再选择。若这选择还能成理，公之于众，也是对舒婷的支持和爱护，让我们有更多健康的讨论空气，她也多写些健康的作品；若言之无理，刊物可以组织讨论、批评，也是对妄言者的最大关怀，为新诗的发展作出贡献，为新诗通向未来，建设千千万万、真正"亘越我们头顶的桥梁"！

一九八二年二月二十五于北京朝内
一九八三年一月于天坛　略有增删

（原载《当代文艺思潮》一九八三年五月第六期))

从谈舒婷开头的闲话

真巧，会前有的同志向我说道，他们读了最近我批评舒婷几首诗的文章《殊途同归》，现在大家又指名道姓地向我提出"怎样看待舒婷的作品？"此时此刻，是要我表态。在座的郭风（1919—2010）同志是文艺界的老前辈，是福建文联的领导，回答这个问题，他是权威。但是，既然我开了头批评了舒婷的作品，为此，我也应该有始有终，回应提问才对。

可惜，至今我还没有见过舒婷，在这个工人作者与其他诗歌爱好者的聚会上，也没有机会碰到她。我想，通过作品对她的认识，应该是更真切地看到她。这厦门，风光好，出人才。在诗人的故乡，大家自然对舒婷很熟，对作者的了解，一般是有助于对她作品的了解，但是，也可能相反，因为大家太了解她了，也可能以个人感情代替对她作品的褒贬。来厦门这些日子，也道听途说地知道一些这里的情况，知道大家对舒婷的一些看法，因此，同志们给我出的尽管是个难题，倒也是我来到这里想说的话题。

我对舒婷的《流水线》等作品的意见，大家已知道，不必重复，但是我要表明，至今我也坚持自己在《殊途同归》中的观点。

但是，这里前不久有人要把她的《致橡树》等当作"污染"，我也绝对不能同意。

有的人，有的地区借搞反"污染"胡来，甚至管到人家烫发、高跟鞋上去，以至于破坏文物，说是反对封建迷信，真是胡来。感谢中央及时刹住了这股歪风。但是，有人也反过来说，我们生活之中根本没有什么污染可反，也是走到另一个极端。不是折中主义，现在有些海淫海盗的书刊、小报、录影带之类的东西，大有泛滥之势，如果不敢承认这是对我们生活、道德，尤其是对青少年心身的侵害、进攻，我就怀疑这种人是否是我们一般人所该有的文化、道德素质的人了。同厦门相隔不远的新加坡，也同样提出过"反对精神污染"的口号的，并没有因此影响社会稳定。在中国香港，寄生于这个经济社会的，几乎是个很可观的黄色行业，但是，"扫黄"在那里也是年年讲，天天讲，且有负责此项任务的专门机构。在我们社会主义国家，要是一提这，反而有人认为是很严重的问题，那么，这本身也就是个令人深思的问题。

现在，我们还是讲舒婷吧。舒婷的创作，是个非常复杂的社会和艺术的现象，读者对它有点复杂的想法，应该是正常现象。问题倒出在我们有些评论不是复杂地看它，而是非捧即打，简单化了。因此，我首先不同意将人先站队划线之后再论作品，而是具体作品具体对待。

舒婷有些诗，如《流水线》里所流露出来的思想感情，不能恭维。但是，也不能因此株连她的《致橡树》，说有"污染"，而且，我反而认为它有不少可以称道之处。

我们的生活，有过一个并不算短的时期，写爱情是一个没有明文规定却又是实际存在的"禁区"，是编辑、作者所担心触忌之处。电影《柳堡的故事》，今天的年轻人看到其中的爱情描写很平常，甚至感到"不够味，稀松"，但是，开国初期，石言这篇同名小说发出来之后，也是颇多异议，对作者用心良苦的，从军民关系，从阶级感情多方的渲染而透出的那么一点儿女情，也好像触犯"三大纪律八项注意"而不容。后来我想，"八项注意"是"不准调戏妇女"嘛，把小说中男女主角之间的那种纯净的，包括这个社会还可以堂而皇之的阶级情、军民爱在内的感情与"调戏妇女"混为一谈，实在是既亵渎了爱情，更亵渎了纪律。可是，这就是当时的现实，有不同看法，也没看见谁站出来公开说。

一九五六年，闻捷（1923—1971）的一组《吐鲁番情歌》，确实使诗坛在当时为之震惊、欣喜。清新、甜美的诗句，在我当时的心田，真像得到天山雪水的吐鲁番沙丘。今天，我们常常对那些在思想和艺术上有闯劲、敢于探索的同志都视为文坛明星，相比之下，闻捷在当时具体的历史条件下之所为，为他再多说几句好话也不过分，且该载进新诗史。不为别的，就为《吐鲁番情歌》标出《情歌》二字，今天的年轻人确实有权视为"稀松"，当时还确实需要勇气。可是，今天再读这些《情歌》看其"情"，就难免有另一种想法了。

> ……
> 充满爱情的歌谁不会唱？
> 歌声在天山南北飞翔，
> 枣尔汗唱出一首短歌，
> 年轻人听了脸红脖子胀——
>
> "枣尔汗愿意满足你的愿望
> 感谢你火样激情的歌唱；
> 可是，要我嫁给你吗？
> 你衣襟上少着一枚奖章。"
> ——《种瓜姑娘》
>
> ……巴拉汗拿起镰刀去帮忙，
> 热依木笑着掰开一个馕；
> 他说："咱们一人吃一半，
> 包管越吃味道越香。"
>
> 巴拉汗羞得脸发烫，
> 她说："那得明年麦穗黄，
> 等我成了青年团员，
> 等你成了生产队长。"
> ——《金色的麦田》

维吾尔人新郎新娘分吃馕，是表示共同生活从此开始。热依木的话，就是求婚。但是，如此的问和答，在这组诗里，也成了作者不断重复自己的模式了。首先，其入团、得奖等荣誉，诗人鼓励人们去追求，无疑也是对的。但总是在节骨眼上，不是要男的成了新的一代发电厂工人，就是要他成了石油工人而作为婚嫁条件，于是，这"情歌"之情，就将本来应该提倡的观念变成一种交换、交易，具有功利目的条件，这"情"也就不是那么美了。对这些诗，不是审美观念有绝然不同的变化而引起前后截然不同的评价，倒是历史的变化，使我们越来越能够摆脱许多非文学的观念来认识文学。尤其后来我也有机会到吐鲁番之后，才看到何其芳说闻捷这些诗受伊萨可夫斯基影响太深的道理。三十年代流行过写"革命加恋爱"，五十年代这种爱情加"革命"，实际上也脱胎于那种苏联诗。这样说，也不会抹杀当年随着《吐鲁番情歌》为诗坛送来一位才华横溢的诗人的史实。

十年动乱，当然是情诗的空白期。那时舞台上的"英雄"人物，都是鳏寡孤独，都是没有个人感情生活的神。一九七八年，我在西单"民主墙上"看到张贴的《今天》上有这首《致橡树》，它写得是不是有多高，那完全是另一回事，但它是一首真正的情歌，这时出现，具有《吐鲁番情歌》在那时出现的同等意义。

新疆一位诗人提醒我，说《致橡树》太像苏联的某首诗。他指的可能是施巴乔夫（Бердымухамедова баджо шварца）的一首诗，似乎也有将恋人比作根相连叶相抚的形象，可惜，我一直没有找到它。其实，艾青的《树》——

> ……在泥土的覆盖下，
> 它们的根伸长着
> 在看不见的深处
> 它们把根须纠缠在一起

这些"一棵树，一棵树"，虽然"自此孤离地兀立着"，这种根连叶离的形象，也曾激起不少人，包括诗人的想象，将它根"连"和叶"离"构成的对比，翻演成根连叶触的形象，也很自然。所以这么说，因为它是关于《致橡树》流传的本事，说它不是情歌，而是献给作者所敬仰的前辈的诗，要是那样，《树》对作者写《致橡树》的文学影响，也就不是一般的，而是作者有意从中翻出新意之所为了。

不管怎么说，舒婷这首诗，总是表达了她倾注的真情实感，这也是任何其他的影响所不能代替的，所以动人。

对这首诗，说它好，说它"污染"的评论文字也多，同志们都很熟，我就不再啰嗦。总之，我认为它还应该算作一首好诗。

但是，同说《致橡树》有"污染"的相反，更有说舒婷是新诗六十年"横越我们头顶的桥梁"者，把她当方向、样板，就欠科学了，对说这样的话的人，我是怀疑他对这六十年的新诗到底有多少了解。

舒婷的诗，感情真挚、细腻而纤丽。过去，以至于今天，人们希望诗歌能发挥它的战斗作用，这是诗人义不容辞的责任。从宏观看，美的，能净化心灵的小花，也是有助于这种作用。但是，由于对这一作用的理解太窄，总想每个人的每首诗都能成为"旗帜与炸弹"，于是，诗的多样性与丰富性被削弱了，婉约的诗很难很难看到。诗的题材、风格之生态，在诗苑失去平衡。舒婷这时的出现，时代就为她创造了一个比别家更容易招来更多读者的最佳状态的历史条件。过去六十年，我们出过不少有风格，有成绩的女诗人，"由于我们都熟悉的情况，中间整整有三十年没有她们这样的诗人与作品露过面"。因此，几年前我就这么说过：

> 舒婷和她的作品在这时能出现，不是靠她"冲击"而来，而是我们的政策在文艺上能够正常地百花齐放，舒婷的诗也就开花了；若要说她以"崛起"开了新的诗风，不如说她在新的条件下继承了中断了三十年的一个流派的一些艺术特点，也算有她一份成绩。若谁幻想把自己的美学观作为"我们的未来"而赐封舒婷为新诗皇后，实际上搞自己的一花独放，那就只有陷于历史的倒退。

说舒婷"继承了中断三十年的一个流派的一些艺术特点"，我看，比之说她在今日的"崛起"，可能更凸显了她的作用。远的不说，这福建三十年代就在诗坛崛起了一位很有名的才女——林徽因（1904—

1955）。可惜，非常可惜，新中国成立后她致力于她的建筑学，没有
再写诗，也过早地离开了我们。更可惜的是，在这厦门，我问到有的
学文教文的，他们竟然以为我是跟他在说如今在《厦门日报》工作的
"陈慧瑛"。陈慧瑛同志我也知道，她的散文诗写得蛮有名气。问题也
在于他们知道舒婷却不知林徽因，这也正是割断历史出现评论的视野
高度近视的悲剧之所在。有人说六十年新诗只有的"三个半诗人"，
其中首推徐志摩。他的诗，新中国成立后首先是我编辑、出版、介绍
给读者的，我一直肯定他在诗史上应有的地位。但是独尊徐志摩之
说，我也坚决反对，那是出于反历史的唯心史观。但是，就是这位徐
志摩，读了林徽因的一首《笑》，也就如同着了魔，从伦敦追到北平。
好在这首诗才十四行，连同朱自清先生倍加赞扬的《别丢掉》，我都
一齐念一下：

笑

笑的是她的眼睛，口唇，
口唇边浑圆的漩涡。
艳丽如同露珠，
朵朵的笑向
贝齿的闪光里躲。
那是笑——神的笑，美的笑；
水的映影，风的轻歌。
笑的是她惺忪的头发，
散乱的挨着她的耳朵。
轻软如同花影，
痒痒的甜蜜，
涌进了你的心窝。
那是笑——诗的笑，画的笑；
云的留痕，浪的柔波。

——选自《新月诗选》，新月书店一九三一年版

别丢掉

别丢掉
这一把过往的热情,
现在流水似的,
轻轻
在幽冷的山泉底,
在黑夜,在松林,
叹息似的渺茫,
你仍要保存着那真!
一样是明月,
一样是隔山灯火,
满天的星,
只有人不见,
梦似的挂起,
你向黑夜要回
那一句话——
你仍得相信
山谷中留着
有那回音!

> 二十一年夏
>
> ——选自一九三六年三月十五日《大公报·文艺副刊》

《别丢掉》是诗人"纪念志摩去世四周年"的分行抒写。朱自清先生在《新诗杂话》的《解诗》中有这么一段话:

> 这是一首理想的爱情诗,托为当事人的一造向另一造的说话;说你"别丢掉""过往的热情",那热情"现在"虽然"渺茫",可是"你仍要保存着那真"。三行至七行是个显喻,以"流水"的"轻轻""叹息"比"热情"的"渺茫";但诗里"渺茫"似乎是形容词。下文说"月明"(明月),"隔山灯火"

"满天的星"和往日两人同时还是"一样"，只是你却不在了，这"月"，这些"灯火"和这些"星"，只"梦似的挂起"而已。你当时说过"我爱你"这一句话，虽没第三人听见，却有"黑夜"听见；你想"要回那一句话"，你可以"向黑夜要回那一句话"。但是"黑夜"肯了，"山谷中留着那回音"，你的话还是要不回的。总而言之，我还恋着你。"黑夜"可以听话，是个隐喻。第一、二行和第八行本来是一句了。"梦似的挂起"本来指明月、灯火和星，却插入了"只有人不见"一语，也容易教听者看错了主词。但这一点技巧的运用；作者是应该有权利的。

对于这两首诗，除了这，没有必要再说什么了。同志们都爱诗、写诗，不用讲什么理论，就从读诗的第一感觉，即便不能言传，也定能意会其味，论其高低。从它表达诗人诗的感觉及作者的文化素养看，如果硬要说林徽因的诗艺在舒婷之下，若非出于什么需要，就太不公允了。

"五四"后先后出现的女诗人，倾向内心几乎是她们共同的特点。在需要走出内心而不能走出内心时，也就成为她们共同的弱点。林徽因也是这样，她后来人生态度有转变，可惜却没写诗了。因此，作为诗人来评她，只有从她的作品来论她的人生。对于她过去所受的历史局限，我们是充分理解并寄予同情的。但是，八十年代的诗坛新秀，在她眼前展开一个广阔的世界，她却走不出内心，写了些不健康的东西，因而对她有所希望，有所要求，也有所批评时，这正跟理解林徽因的历史局限性是同样正常。

可是，对舒婷的诗要说半个"不"字，就会拥来一群"评论家"同你叽叽喳喳地吵个不休。这一点，下面的同志看在眼里是愤愤不平的。会前，有些同志就跟我交换了意见。他们说舒婷的诗写得太"美丽"了，一进入现实生活就知道那是一个太浪漫的梦，它能给人什么呢？听这么一说，我还考虑他说得是否有点偏激。后来我知道，即便有点"偏激"，也是对那种评论的逆反心理所致。他们说，有些人就靠"吃"舒婷，要是说了舒婷什么，他们不出来"保卫"还吃什么？

我希望事情不完全是这样，但是我想，要是他们将舒婷捧杀了，又吃什么呢？

这使我想起一事，当《流水线》开始有人批评时，有人也就在北京的诗歌讲座上专讲专吹《流水线》，说它艺术上如何如何。这首诗艺术如何，在座的都不糊涂，更不能作为舒婷的代表作。批评的文字，全是针对它的思想倾向而言，而捧它的偏偏回避这些，反而借谈艺术，大大张扬作品中的错误思想。不论自觉不自觉，这实际上是故意回避针锋相对的思想斗争，《流水线》也被人借去为艺术之外的用途而当盾牌使了，这恐怕不是一位忠于艺术的诗人之所幸。

问题回答得不好，话也似乎只能说到这里。

（一九八四年六月在厦门工人文化宫座谈会上的发言）

在诗的信息面前

为戴天《"新诗潮"评话》一和

"当今的时代，是信息的时代！"人们这么说。敏感于生活的文学，此时也敏感于信息，毫不奇怪。但是，创作灵感乞求于信息更甚于生活，以为寻到"成功"的捷径，于是，各种各样信息的风，弄得有的人疯了似的，就很不妙了。如此炮制的作品，不仅题材、人物近似，甚至对话、结构也相仿，多有模式，少有创造，倒反成了成功的阻碍。

过去，在庸俗社会学昌盛之时，配合任务"写中心"之苦、之害，我们受够了。旧事重提，说到作者当时所以会受此害，都说是迫于当时的形势，出于无奈。可是，今日个个都是心情舒畅地去"追"信息，本来也应该有不同的效果，而"中心"和"信息"尽管不是一回事，但"信息"成风，使人疯狂，也是继过去图解时事的配合，再不叫"配合"的"配合"，写的虽然不是政治任务的"中心"，也是以"风"为中心的中心。

信息，无疑有益于作家和创作。它可以开阔视野、启迪思考、积极活跃思想，可是，作家若离开对生活的感受、认识、表现，让作品只留下信息，成为商品情报的奴仆，那么，商品价值的规律，它所应时的抢手，也就成其支配命运的力量，分文不值。

广州，是南方的窗口，多有信息，香港诗人戴天的短文，正是从那里传进的一则信息。但它带来的，不是前面说到的，可以追去不叫"配合"而又"配合"的"风"，而是对诗歌界某些"思潮"很尖锐的意见。作者所持之见，同某些权威的论点有很大的分歧。《华夏诗报》的同志，感到内地传出海外关于"新思潮"评价的信息，与海外直接反映进来的情况反差太大，要我为戴天这篇文章写点注文，不好违命。虽然前不久我在外面也注意到这些情况，知之甚少。还是先看这篇《"新诗潮"评话》原文为好。

"新诗潮"评话

（香港）戴天

今年七月十二日出版的二十八期《文艺报》，刊有一篇"新诗潮研讨会"在京召开的报道。从前几年朦胧诗饱受冷嘲热讽，至如今"作家协会"的官方刊物，正面加以报道，并且置于头版头条，无疑是一种进步，也是这几年"党中央"开放、改革政策在文艺界所造成的亦称可喜现象。这当然是任何从事文化艺术工作的人所欢迎的、高兴的；而中国大陆的文化艺术如何才能对人类有较大的贡献，相当大的部分，恐怕要建基于开放、改革带来的那种繁富驳杂，绝非教条主义者所创导、推崇的思想同一化与概念图表。

不过，数十年来，那种以逻辑概念代替形象思维的习惯，由《文艺报》这篇报导也可以看得一清二楚。内地的作家、理论家虽然不一定同意"主题行先"之类的说法，总喜欢在作品里面（或在作品写成没发表之前）去寻找，推算，拟定某种"意义""责任""路线"。这或许亦可称为"封建幽灵"在作祟，是"文起八代之衰"的韩文公留下来的"文以载道"遗风。但想想又不一定是，恐怕还是"社会主义的新风"灌输观念、词藻、术语等等，都打上"社会主义"的烙印。

请看谢冕是怎样说的罢："新诗潮是新时期诗坛产生的一种变革潮流。它是特定的开放时代的产物。鲜明的时代性、现代倾向和开放体系是它最突出的特征。"

又看吴思敬怎么说罢："新诗潮在诗的美学观念上是全面革新的，这种革新主要体现在诗的主体意识、超越意识、现代意识以及新的时空意识等方面。"吴思敬还认为："新诗潮的出现，表现了一代青年的心灵历程以及公民意识和使命感等，在净化人们的心灵上起了良好的社会作用，同时还对中国诗歌理论的发展起到了推动作用。"看起来，真是"盛况空前"，说得漂亮极了，但一些所谓"新诗潮"作品，真有这么内涵丰富、作用巨大么？

旁的不说，当代的大诗人，到底有哪一个的作品能冠以这些"伟大的冠冕话"呢？将这么多名词、术语，挥霍地加诸"新诗潮"之上，根本是不切实际的。当然，有人（如杨匡满）会说，"新诗潮是一种走向世界的诗歌潮流：北岛、舒婷、顾城等青年诗人的作品已引起世界关注。许多外国的汉学家对这些诗歌的出现感到惊讶，并认为中国诗歌在艺术上的进步越过了小说"，好像足以证明"新诗潮"实至名归。

其实不然，西方汉学家的"别有用心"（例如从反抗现在体制以至于人权、自由的偏颇观点）之言，不表示评价恰可。又有人（如钱光培）则认为："新诗潮在艺术上实际上承继了唐诗、宋词、和二三十年代象征诗和现代诗的美学传统，是中外诗歌二度汇合的产物"。这大概是"想当然"，也不切实际。去有案可查的中国文学史甚远（例如中外诗歌何止二度汇合）而作品亦未能"具陈所云种切"。

写到这儿，突然想起当年邓拓那篇《伟大的空话》对一位儿童以空话写诗的批评，如今一些人所分析、评价的新诗潮，如有人以内行公正眼光检察，实在亦可用邓拓的旧话，"不了解那是什么用意"！

该文原载香港《信报》七月二十日《乘游录》，它是香港作家戴天的专栏。戴天是香港文学艺术协会的会长、著名诗人。台湾的各种选本以及《新文学大系》都收有他的作品。他，除了曾在"台大"读过书，恐怕也是由于他至今还任台湾大型文学期刊《联合文学》编委之故。他曾任"今日世界出版社"的总编，组织编译出版过很多外国名著。他早期的诗，可以看到不少超现实主义的东西，近年写的《拟访古行》，则表现了浓郁的民族意识及作者对民族文化的素养。这则论诗的短文，人们读后，自然会有不同的看法，但是，联系到作者的诗作看，他这种意见完全是出自自己的艺术实践、人生经验，不是灵感式的、不负责任的意见。

文中又提到了"朦胧诗",从所谓"朦胧诗"开始引起争议以来,许多同志就感到这种提法不准确、欠妥;现在,又改提为"新诗潮",这一"诗潮"是否"新",从这篇文章看,它对"新诗潮"之"新"是质疑的。但这两种提法,毕竟是在诗歌运动的历史过程中出现过,虽然许多人不同意它,也只能在此交错借用。

戴天所持意见,言简,却明确,戴天就是戴天,是用不着再对它作什么说明的。

"新诗潮"之诗潮,不论是否"新",是否属于新诗的主潮,也毕竟是当今新诗中的一股潮。它的理论圈进了不少的诗坛新秀、扬开了一面大旗,而一些新秀却又着力立论说明自己追求的艺术个性,不属于别的什么的"自我"。"新思潮"就是"新思潮"。

"新诗潮"论者所"走向世界"言之的作品,其实都是从某些外来信息中再传出的信息。但是,同样来自海外的《"新诗潮"评话》,不论对它持何种态度,也得承认它是关于"新诗潮"走向世界之说的一种反映。有思想的读者,可以从它摆脱某些一面之词的指点,对此诗潮所表现的思潮进行严肃、认真、独立的思考。

有这样一则传闻,说是一位诗人在国外,有许多外国朋友转着问她:"'朦胧诗'如今在中国大陆的远景如何?"她也似乎很了解来者的意图,得意地答道:"现在中国任何一个刊物,它若不发表'朦胧诗'就办不下去!"谁知,一片哗然,大家嚷道:"原来中国大陆还是搞一花独放!"

遗憾的是,我不在现场,不能确切判断这则传闻的准确度,却不妨碍我们从中得到某些启示。

有位在大学教中国文学的先生,也对我讲:"我读了你们的评论捧上了天的诗人之作品,像那样的诗人,在香港这样的'文化沙漠',起码可以拿出一打以上来!""文化沙漠"之说,多次见诸公开的文字,港人对它的反感,毫不为怪。香港的男女诗人,多是懂外语的,有的在外留过学,还读过不少古书,讲"现代",也是很能讲一套的。而大陆被评论界推崇的某些新潮诗,他们看来,只是十八、十九世纪的某些西诗的仿制品，或是"新月"时期的调式，他们反而认为不够"现代"。因此，也就可以气粗地说出"可以拿出一打以上来！"

可是，当一位美国比较文学教授也对"新诗潮"颇多议论时，我就不解了。我问："你们不是还在介绍、翻译这些作品，邀访这些诗人么？"他答道："国与国之间需要的是文化交流，这当中，选择的作品与人，不同的社会自有自己的标准，但是，外交文学上的外交，也不等于对作品的直接评价。邀××，不是因为她是××，而是因为她是中国人，何况还是女人！"这话听来，不禁为之一震。"何况还是女人"，既可看作太不讲外交的词语，有些刻薄，也可以看作确是外交需要的词语，因为，他们的教养，也是要表现在尊重妇女上的。

戴天说"西方汉学家的'别有用心'之言，不表示评价恰可"。他在"别有用心"四字上加个引号，那也是由于过去对外来的意见，不对口味的全以"别有用心"而拒之门外，现在，人家看我们是走到另一个极端了，却完全忽视外来的评论可能包含的政治倾向了。

今年"五一"在台北创刊的文艺期刊《当代》，在创刊号上一篇江萌的《论一首朦胧诗》，就是围绕顾城的六行诗《远和近》来分析所谓"朦胧诗"的。应该怎么认识、分析《远和近》，不是这里讨论的话题，对这篇文章，不论是否同意其中的论点，也要承认它是一篇严肃的评论。江萌肯定《远和近》，是有论有据的，认为诗中的"看"，是有沙特眼光的，他是这么分析的：

> ……我在"看"的时候，是通过一个主体的"我"的计划去看世界，把外面的事物按照我的计划作认识，作安排。我在"被看"的时候，会感到踌躇不安，因为我被判断，被规定，被纳入一个他人的世界秩序之中，被当作工具加以利用。"他人冻结我的可能性。"我们都愿意做主体，而不愿做客体。两人相看的时候，冲突便产生了，因为两个存在都争取做主体，要把对象变为客体。如果我承认他是主体，我就会"感到他的无限自由"，他"非我所能够认识，他在那里，无距离之可言而无法可及"。
>
> ——《存在与虚无》法文版

论者由此引申到康德（Lmmanue Kant，1724—1808）的道德律上的分析，是否与作者创作意图、作品原貌完全相符？自然值得讨论。但是，评论是从肯定存在主义来肯定《远和近》的立场，毫不朦胧。如果认为它"评价恰可"而言下之意诗已"走向世界"，同样值得讨论。

台湾远流出版社出版的林华洲诗集《澳南悲歌》，附有《夏潮论坛》对诗人的访问录。最后有这么一则问答：

> 问：三十三年多来，海峡两岸的中国人分别在两种不同的政经制度下各自发展，不同的社会形态和发展阶段必然有不同的文学成就，请问有什么看法？
>
> 答：虽说不同的社会造就不同的文学，但因为都是在相同的文化传统之下使用相同的文字创作文学，所以在"如何写"的这一点上应该没什么大的差异，有差异的应该是"写什么"。不过，这种推论和事实却有些出入，尤其是关于诗的这一方面的情况，本来，诗是最具有民族特色的文学形式——只要看看诗之难于外译以及外国诗论之不适用于中国诗可以得到说明，所以，两边的诗在形式上应该十分近似才对，事实上是两边的诗竟然比两边的小说乖隔得厉害。至于成就方面，有一种说法是：小说，台湾优于大陆；诗，大陆领先台湾。小说的状况我不确切知道，诗方面则确乎如此，比如骆耕野的《不满》，用字之精当准确——包括辞义的正确和韵律的适当——意象之丰繁厚实，思考之缜密周全，结构之平衡完美，放之台湾，可谓无出其右者。我想，台湾之所以不及，在于三十多年来新诗发展的主流一直悖离了中国伟大的韵文传统，对治之道当然是尽速回头和这一伟大的传统接榫挂钩。

要说江萌的观点、倾向不朦胧，林华洲就更不朦胧了。他是不把《不满》看作"朦胧诗"的，这一点与大陆一般读者和部分评论的看法一致。但是，内地许多选本又千方百计把它圈进"朦胧"的圈子。过去，有位台湾诗人还跟我赞扬《不满》有"风骨"这一点，怕也不是"朦胧诗"之长。大陆诗界各种复杂的情况，林华洲也无法得到完整的资料，仅仅从一首《不满》，来论大陆诗，也就难以论得全面。

诗，确实难译。英国现代诗人艾略特（T. S. Eliot, 18888 —1965）在《诗歌的社会功能》中说过，"没有任何一种艺术能像诗歌那样顽固地恪守本民族的特征。"因为，"诗歌是语言的艺术，哪国的诗人不论他是什么派，也得用一种语言表达他的诗情。所以，诗歌对于和诗人同族并和诗人操同一种语言的人所具有的那种价值，对于别的国家的人来说，是不可能有的"。对于必须通过另一种文字来鉴赏我们的诗，要他的评价完全符合原作所传达的艺术，也是极为困难的。当然，好的诗在翻译过程中遭受的损失再大，也不是不可翻译。诗要走向世界，这可是一个大关。台港和世界各地的华人作家，有不少是自己来译，如台湾痖弦的《盐》就是这样。香港舒巷城的第一本诗集《我的抒情诗》，中英对照，也是他自己译的，其中有的作品，甚至是先用英文写，再由自己译成汉语的。评论家许觉民（1921—?）、李子云（1930—2009）上西德讨论中国文学，在欧洲访问了四十天，拜会了当地所有可以看到的汉学家，正值海外在议论"新诗潮"的时候，我也询问过他们在另一方听到的反映。他们也是蹙着眉头，然后谈到了语言对新文学走向世界的阻隔。他认为，人家读不到我们的作品，忙着估计它产生的影响，未免操之过急。为了当代文学走向世界，当务之急，还是要着手切实解决好作品的翻译工作。李子云讲到某个"新诗潮"作者说："他总共就是那么一个自印自销的小册子，印了几百册，影响对世界又可能有多大呢？"可以肯定说，没有传到国外的作品，并不等于不好。应该说，好的作品，首先是在于它能够走进我们人民心灵的世界，但不是像有的人所设想的那样"走向世界"。目前，不论作品好不好，不论哪种风格流派之作，都等我们为它们走向世界去做更多、更具体的工作；要是只顾使虚劲，自我陶醉，怕这种精神状态本身，也是"新诗潮"走向世界的距离。如海外的诗人，看到大陆报上的消息，说某某在外讲学成功，为文化交流做出的贡献时，他们就会以现场见证人的身份说些现场的笑话。好像某某有一次"讲学"，场上除了工作人员，真正的听众才六个人。这与内地报道得太认真的"隆重"之"盛况"相距太远，就成了笑柄。这很不利于建立宣传的信誉，也有损讲学者本人的形象。几年前，遇到还没回台湾的余光中教授，他讲到有的人过分"热闹"，有的人不应让他们寂寞时，特别指名说了冯至和卞之琳，说他们为新诗的成熟、发展作了不可磨灭的贡献。他联系到台湾新诗论战前后的情况说，世上没有可以完全抛得开传统来作诗的后来者。有的声称不要传统的，其"波特莱尔以降"的东西，也是波特莱尔的传统；不要我们的新诗传统，就是要另一种传统。

海外华界的文化人遇过不少，他们这个看法很一致：目前大陆新诗的情况，正和二十年前台湾"现代诗"兴起时的情况一模一样。有幸遇到一些当年台湾"新诗论战"的过来人。比起他们，我甚至感到惭愧，他们是很注意大陆的有关报道，是真格的在研究这边的诗潮。戴天说到《文艺报》七月十二日有关"新诗潮"的报道，他们也看了，同时这样对我说："二十多年前，我们也曾那么想过，甚至说的话，几乎同上面说的都一样，而且，当时还是很真诚地想着，这是为了诗，可以挽救诗；结果，历史嘲笑了我们的天真，甚至顽冥。诗，有它自己的道路，任何人，哪怕以感动上帝的好心，想改道给它一条捷径，也到不了诗的天国。要是另有心计想把自制的枷锁冒充花环套在缪斯脖子上，那更是这个时代某些特有的封建、专制！"现在旅居美国的张错（1943—），见了我也说："由于那时候台湾的现代诗晦涩难懂，甚至根本不可能懂，有的离现实太远，也没有什么内容，有的是文字游戏，因而导致一场新诗论战。"

其实，与创作不着边际的"理论"，说是对艺术科学的探索，不如说它是伪科学。由于长期搞的"左"的那一套，人们对此逆反的心理、异常的现象，都是对"左"的报复。没有什么可怪的，更不必以逆反心理来对付前一种逆反心理。但是，由此形成某些异常的诗歌现象和理论，还是应该作具体分析，不能说它是可以理解的，也就一定正确。一些热闹的现象，总是要在热闹之后，经过历史证明它的功过得失。如果我们的新诗目前的某些状况，真和台湾二十年前的诗界近似，是否有什么必然的原因？是否可以设法避免它重演呢？

"想要避免它，它也重演过了！"这位台湾作家，善意地笑笑，幽默地说着。

我是既自嘲又解嘲地笑笑。世界如此之大，诗的信息也无计其数，我们怎么光晓得不"新"的"新诗潮"，却视而不见上述的，包括戴天之见的"信息"呢？

一九八六年十月三日于成都"锦江"

（原载《华夏诗报》一九八六年十二月第十一期）

战地聊诗

——在"老山诗会"上的发言

很不容易，大家走到一起来，匆匆地来，又要匆匆地去。此时，同在前方一线的诗友聚于一起，很想多聊聊。昨天，躺在床上，刘松林到我那儿，我想跟他多说几句话，但（车祸）带来胸口的伤痛，还痛的不行。没有办法，非常遗憾，内心的热情，已无法外化予以表达。不过，这点伤痛，不算什么，既上前线，留它作个纪念，也无悔。车翻在并不窄的路段，可战事所需的军运，却挤得它太窄了。

世上，不受客观条件制约的人，大概是没有的，不受客观条件制约的诗，大概也是不能产生的。有时候，它在文学上的局限性往往是它的特点。所以，我们的老山，当然也有它的局限性，但是，这也可能是我们老山诗的特点，就是特定的历史地理条件制约了它的特点，我是这样想的。

刚才谌璐同志说了，不要把我们的诗停留在反映论的角度，艺术方可能成为艺术。列宁也说过："艺术并不要承认艺术作品就是现实。"这是他在《哲学笔记》里说的，原话是不是这样，我记不清楚了。他不否定反映论，只是要求反映的生活，不弃艺术有自身的特点，不是奴性地模拟生活。我们现在的人很不喜欢毛（主席他）老人家的讲话，老人家晚年也有不让人喜欢的地方，但他有的话，永远是真理。他不是让我们走出生活，是要艺术"源于生活而高于生活"，只有源于生活又高于生活的，它才是艺术。若不源于生活是不可能高于生活的，这点是绝对的。昨天，我就想跟武耀庭说这个话，他若没有生活的话，没有那种漫长等待的体验，绝对不会想到"胡子都那么长了/命令怎么还没有来？"这两句话说得很白，但是说得很有味道。诗，不是哲学家在书斋里头苦思冥想所能得到的，是生活中很自然的现象。"既然冬天来了/春天还会远吗？"它翻译出来的时候，前后两句译得不是很整齐。但，哲学意味很浓。

闻一多先生在《诗与批评》中说过："诗到底是什么呢？谁能说明诗是什么呢？谁能决定诗是什么呢？"他这几句话有点太诗化了，经不起科学地推敲。他无非让人体味每一首真正的诗，都应该有他自己的个性，都不是能用一个框框所能解释的。因此，从这一点说，想用一个很简单的概念来说明所有的诗，很难，甚至不可能。闻一多还说："诗的标准就是批评的标准，人们在发现不是诗的时候才知道什么是诗。"谌璐也发现了什么不是诗，但也应该从它发现什么是诗，才能说明诗是什么。

诗是一条广阔的，通往各种人生的大道，有时又难免像我这次遭车祸的道路一样崎岖。

我个人，很"政治"，也很讨厌诗表面张扬某些政治概念的"政治化"。而诗又是不可能不是政治的，因为我们的生活本身就充满了政治。朱（增泉）主任来参战，要打仗，他就瞒着家里，对女儿说他不是来打仗。这就是充满在生活中的政治。他的女儿，他的夫人不一定是老山直接参战的战士，但她们同前线的感情是紧紧相系的。所以，在写这场战争的时候，有人写"战争让女人走开"，它只可能指战争现场的某一角，其实，这里不仅有女兵的部队，这场战争也让很多女人走到老山来，不是用脚，也是用心走来。

所以，不能把这些事看得太简单，写战争，依然要写到战场以外的许多人与事，这并不是走出战争，恰恰是进入了、理解了战争。这样说，不是说你（指谌璐）讲不要写战争，我不是这种意思，不知对你的话是否体会有误？

不能表面地看，不写老山就是走出战争了。老山会折射出很多东西来，你们主任（写的诗）就是一个很好的例子。从天上的龙，到家里的女儿，从洞穴里的元谋人，一直写到现在，都不是老山的事，但它本身恰恰是战争的反映。

我们说，反对奴性地模拟生活，并不是说不要生活。（朱增泉同志插话：昨天，在炮兵群那个诗会上，刘章老师讲了一句话，有些诗是对以前的反思。比如说"文化大革命",经过这段痛苦的经历,回过头来思考那段历史,才写了很深刻的诗。那么,我回来想了,那个诗,也是产生于生活,产生于那段生活,只是经过了较长时间的沉淀,但它还是跟基本生活相联系的。不知道我的理解对不对?)非常对!(朱增泉:所以说,刚才谌璐那个问题,你不要担心老山诗会随着老山作战的结束而结束,不可能,你可能一辈子都会写老山诗,在老山你学会了写诗,这段生活经历,对你这辈子写诗的影响是磨灭不了的。)

苏联卫国战争,作家不断地写,四十年了,我们最早看到的那些《日日夜夜》《恐惧与无畏》,到西蒙诺夫(К. М. Симонов,1915—1980)写的《生者与死者》和有些反战情绪的文章,再到《这里的黎明静悄悄》,到现在,又有更新的作品。而且,每次都掀起苏联文学高潮。苏联这几十年间的军事文学高潮都写卫国战争,还有一点,就是表现大墙。作者有直接参加了这场战争的,后来一些三四十岁的中青年作家写的,就可能不完全是直接的体验。而且,我好像是在去年的一篇文章里说了,我说老山这场战争会结束,但是,还会有人写这场战争。因为这是一场非常特殊的战争,假如将来所有的档案文件都能够解密,要写小说,恐怕更有意思。但,那恐怕不是一首短诗所能完成的任务。那时写诗的角度也不会是现在这个样子。

我感到,现在我们还没有把这场战争,完全变成自己的,变成诗的。有时,还有"绿色的梦呀""十八岁的雄性呵"什么的,这种模式,有时还能找到相同的语言,相同的构思,多多少少还有那么一点东西在影响我们。(朱增泉同志插话:让我们的思想、情感、思考进一步走进这场战争。)那样的话,可能把它写得更实在。"实在"可不是说我今天早上八点钟吃饭,九点钟开会,我想你也不会有此误解。

其实,文学现象终究是种社会现象,这是没办法的事。远到屈原,近到我们的老山,可以天上地下,什么都说,结果它依然是一种社会现象。但丁(Dante Alighieri,1265—1321)写《神曲》,也依然是一种社会现象,他有写在地狱门口的两句话:"凡是要进来的人/都把希望关在外边。"这不是一种人生体悟么?没有它,但丁是写不出这两句诗的。现在我不知道怎么评价了，苏联特瓦尔多夫斯基（Д. Т. Твардовский）的《乔尔金游地狱》，那也是一种社会现象，不就是借一种反战心理，写他怎么在阴间访问死了的人么？世上哪有什么阴间，谁也没有看过它。但是，他就是通过他对战争和死者的访问，写到他们在列宁格勒怎么惨死，它不可能是地狱里的故事，只是反映出作者厌战、反战的主观心理活动。这是外国人的东西，对不对是另外一回事，但它绝对是真的。有时候，一个可能是很荒诞的意象，但是，它又是出于最真实的体验。上海有个小青年叫王小龙，他拿过一本诗给我看，希望能给他出。他那本诗里有一句话，我感到这孩子真是天才。我也在多处多次谈到它。他写自己在产房外，听到老婆为生不出孩子在哭时，他的第一句话就是："咳，/我现在才知道/男人也会生孩子！"这句话很荒唐，世上绝对没有哪一个男人会生孩子，但它又确实是句最真实的诗！是他感觉到自己老婆在产房孩子生不出来而痛得他为之切肤的那种感觉，才会在产房外有这种体会。

有些文学作品看来非常荒诞，但它可能是很真实的一种心理表达；至于它通过什么途径反映，这是次要的。我们现在有的将它所以如此的方法、观念分开，简单化地将其再现心理活动的手法说是"象征主义"，有时在反对象征主义的时候，又不指明我们主要是反对象征主义的一些哲学思想。所以，老是无终无了地吵。若无"隐瞒自己的观点和意图是可耻的"胸襟，老像演"三岔口"那样摸黑式的争吵，又有什么可以吵呢？

诗的道路非常广阔，是个任飞任游的天地，是绝对非常非常个人化，个性到只是"这一个"的艺术。它，是为艺术的，也是为人生的；没有人生就没有艺术，没有艺术，那人生，也不是为人生的艺术。为了我们"老山诗"的兴旺，我们今天聚在一起，还要心能拢在一块，不仅为诗，而是干好任何事，都要同心同德，团结一致。但为了我们每位的"老山诗"都是诗，各人的艺术个性还必得"分开点"；该拢又拢不到一块，该分又无法分得开，在任自己奋飞的天空不去飞，一条非常广阔的诗道，也会把它挤得像我遭车祸的山道那么窄。艺术本来是很"自我"的，"自我"作为艺术创作的个性，一定是一个"自我"表现的过程。但是，我们现在所说的反对"自我表现"是一种特殊的概念，是指那种把"自我"当作我们天地中的唯一，这肯定是该反对的，因为世界不只是你一个人的，那么一点点"小男人"或"小女人"的哀愁就能代替这个世界么。我常常举一个例子，人家反对"自我表现"的时候，我就说："砍头不要紧，只要主义真。杀了我一个，自有后来人"。这也是非常"自我表现"的诗，绝对没有任何一个理论家，即使他不是革命的，也不敢说这是错误的。所以，谈了半天，可不可以自我表现，还是要看你"表现"的是什么样的"自我"。因此，这不是一个艺术概念，是个社会学的概念。

任何社会，没有哪个不是以统治阶级的意志为统治意志的，美国也是一样。假如你的"自我表现"，在社会方面是逆统治阶级意志而行，任何社会，对你都要持批评态度。我们这个社会是人民群众当家的社会，就看你愿不愿站在这一边。广阔的人生，广阔的艺术，"站在这一边"也不是只叫你在诗里头喊"万岁"这类口号。

相对地说，我们的战士要纯洁一点。有些大学生，不太了解西方，想当然地以为西方一定很自由。我们身为还在执行战斗任务的军人，自身的生存状态就在说明，世界不到大同之日，不论国家、地区或个人，相互之间还存在差距、利害、冲突时，各自为维持其代表某种利益的秩序，不可能无其规矩方圆，无条件地任其各自绝对的"自由"。尤其存在失业，还有饥饿者时，更是这样。虽然我们执行任务时饿几顿也是常事，但生计失去保障时的饥饿，自由也是奢侈品。有人老回避谈政治，谈阶级，可人生的常态就是这样。

这跟讨论诗一样，有的不是艺术问题，而是社会学，有人偏偏不愿说穿，说透它，这点我是很有意见的。因为艺术的争论是一种社会现象，它必然要反映到哲学上，甚至是政治上的争论。但现在我们明明是政治争论，又非要说是艺术争论，这就没办法，我是经常为此感到没辙。说破了，仿佛在影响团结，因此，就无法说。

有些争论，本身就是一种社会学，当然要涉及意识形态。

（武跃庭同志插话：我提一个问题，就是诗的韵的问题，我到现在没有琢磨透，这很糟糕。没韵吧，感到念起来不上口，我曾经看过几本书，关于诗词格律的。诗，应该有韵，最近应该怎么看？）

我们现在新诗所处于的，正是台湾二十年前所经历的情况。我们过去都是二四二四，用他们格律诗派的说法就是 ABAB，这种韵律太简单、太腻。但是，现在人们又感觉到，目前这样"自由"地写，不但没有语言的美了，音乐的美了，就连语言的通顺都不过关。台湾经过二十年折腾，又要求新诗回到韵文的常规来。我们是不是也会返回来？这个，我不知道。理论不是算命先生。我想，诗的语言要有音乐性的这一点，大概还是肯定的，要韵律、要节奏是肯定的，否则不是上品。有些诗，我也可以说它是诗，但不是上品，绝对不是上品。有的人主张诗是涌出来的，这是对的。有的人主张诗是作出来的，这要看怎么说，从另外的角度来讲也是对的，就是说，涌出来以后还是要修饰一下，还是要"作"一下，对不对？是不是现代生活还会让我们的人再像"新月派"那样，或像卞之琳先生那样的一定要几个音步，那么雕琢，就怕不一定了。但是，人们慢慢会注意到，诗需要音乐性是毫无疑问的。因为这是诗的一个特点，一个要素，你否定这个，本身就失去了诗的一个因子。

（武耀庭：周老师还是喜欢有韵的诗？）

我喜欢的，不单是看它是否有韵，但一定是有音乐感的诗，语言有音乐感，韵是音乐感的一个组成因素，单纯的押韵，有的韵押得顺口溜似的，听来很难受。我也不同意把西诗的那套简单地移植到中国来。它的跳韵、跳行，不太符合我们中国人的习惯。但有一点是可以肯定的，一定要上口，因为现代化的诗集不仅印成文字，有些还是磁带。人家生活节奏很快，是在厨房里做饭时听诗。所以，看来那疙疙瘩瘩的语言，读都读不顺，绝对不是优点。西蒙诺夫的《等待着我吧》，就是来来回回重复："等着我吧／我要回来的／但你要仔细等／等着我吧／等着凄凉的秋雨／等啊　等到热天来到了／等到没有人等我的时候／为相信我还存在／你还要等待。"他就是用这种节奏，构成一种凄美的、缠绵的感情。所以，没有什么绝对的东西，成了一种模式的艺术，本身是不符合艺术规律的。我写了几十年，经常也有这种情况，所以说，写诗为业的毛病就在这里。

　　诗是要读得懂的。但一个"懂"字的概念，包括很多理性的东西。要求一个理论家可以这样，要求一个读者，大概不必如此。读者读诗，只能求出那份能感受到的，不一定要完全说个什么道理，作出理性分析。（朱增泉：那也是懂。）是呀，那是一种懂的形式。所以，有时说到"懂"，可能是个更高的要求。这是我的一个想法。因为现在这事争论得很厉害。有人写诗，就存心不叫你懂，说"我是写给一百年以后的人看的"，你写给一百年以后的人看，现在写它干什么？就像刚才张老师讲的"非非诗派"的宣言一样的。"非非诗派"的宣言就有一句："我们死都不怕，还怕活吗？"这不是废话么！（笑）

　　我很注重作品的思想性，又是一个非常反对庸俗社会学的人。我们有些人，从庸俗社会学的角度非要你说明点什么，非要举个什么（倾向性）标志性的旗，实则都是图解什么。这一点，我难认同。诗，还是要含蓄，照革命导师所言：观点越隐蔽越好。有人说"不要写实"，但真实还是作品的立足点，但不是那种奴性模拟的"实"。洛尔迦有首很有名的诗叫《不贞之妇》，我不是去表扬它的内容，他写一个人找一个吉卜赛女人野合的整个过程，写得很美，不是那种挑逗性的东西，结果它就能够留下来。他也有很虚的诗，像"在远方/大海笑盈盈/海是牙齿/天是嘴唇/不安的少女你卖的什么/要把你的乳房耸起？/先生，我卖的是/大海的水/岛里的少年/你带的是什么/和你的血混在一起/先生，我带的是大海的水……"就那么几句，但它也能留传下来，这种诗能重新验证你对生活的一种印象。所以，有时候虚也是为了更好地实。这一点，有时候我们很难做到，有时会"实"到荒唐。我就读过这样一首诗：农民都富裕了，每个农民都抱一台彩电，结果坐到船上的时候，超重了，船翻了，大概是寓意满船幸福载不动吧。（众笑）

　　我们现在的人很讲究"意象"，我们老山诗人也很讲究它，有的，熟练于此。但是，我要重复到原来说的问题上，不希望硬性地去说明什么，但还是希望它能让人感受点什么。台湾前二十年的诗，不能说有些句子不漂亮。但有的时候，"有句无篇"，每句话很漂亮，但构不成整体，没有宏观的东西。现在有些追求意象派的东西，有时就有这个问题。

艺术个性，一定是排他的；但是，我们诗人一定是团结的。世界上所有的文化，不光是诗，一切的一切，没有根，不能成长。但是诗没有创造的话，就会失去诗自身，这是很辩证的。可是现在被很多理论家说得非常玄乎，很绝对，不辩证。而且，如果我们讲艺术个性是排他的，结果我们的人也是排他的话，你也看不起我，我也瞧不得你，搞成一团团，一伙伙，那就太糟了。所以，我又重复到原来的话上，艺术上大家走远一点，大家的心，都靠紧一点。（鼓掌）

附记：

一九八七年十一月十一到十三日，在老山战区，三五一二六部队举办了"老山诗会"，十二月，该部在战地铅印的诗报《橄榄风》全文刊载了该部刘翔整理我在诗会发言的这份录音记录。此处收进的，就是这份记录，作者并在此感谢刘翔同志。

——作者

（原载三五一二六部队前线诗报《橄榄风》
一九八七年十二月第七期）

走向二十一世纪的中国诗歌笔谈

——致《文艺报》

近日，贵报陆续出台有关新诗问题的报道以及有关意见，引人注目。人们虽然嘲讽写诗的比读诗的多，关心诗的，同样多，有点生活经验的人也都明白，诗的问题，绝非仅在于这一文学形式的自身。为此，参加笔谈说几句话，并非个人与新诗有过半个世纪的诗缘，而是当前的文学之中，最需要帮助的，还是新诗。诗是文学中的文学。没有一个时代，诗不盛，会有她文学的全盛。那首只有三句话的《一碗油盐饭》：

> 前天，
> 我放学回家，
> 锅里有一碗油盐饭。
>
> 昨天，
> 我放学回家，
> 锅里没有一碗油盐饭。
>
> 今天，我放学回家，
> 炒了一碗油盐饭，
> 放在妈妈的坟前。

当代颇具实力的小说家刘醒龙（1960—），多次提到过这九句诗给他的启迪，甚至影响了他一生创作道路的故事，很能说明这点。对此，若从《诗经》讲到盛唐，都太遥远，过来人都可见证：随着丙辰清明的"天安门诗歌"和一九七九年《诗刊》的"诗歌座谈会",是直接影响过十年动乱之后的文学复苏。

目前,新诗问题何在?怎么可能那么复杂和严重呢?明眼人看着本应属于常识范围之内的事,却被折腾得那么复杂,几成玄学,它在这样那样的旗帜下,总有一个不会醒的噩梦,偏偏热闹在愚人节的狂欢之中。

时至今日,虽然欺人者首先依然需要自欺,被欺者,却不能不正视愚人狂欢的背后,是新诗沉重的危机。有人情绪化得离谱,说新诗正要消亡。有人出于维护新诗之好心,声势不凡地举起新诗繁荣的大旗对阵,为此,引起诗的兴与衰的争论,自然激烈。

现在好了,大家对诗的懂与不懂的问题再次提出以及对所谓"经典"而持的异议,似乎又可以和一九八〇年有关"朦胧诗"的争论接轨了。当年由一首诗的所谓"朦胧"而引发的争论,它的来得突然,发展迅速、影响广泛,当时谁也无法料及。争论双方,缺乏理论准备。开始的争论,就混乱在"朦胧"与"晦涩""含蓄"与"朦胧"这些词语的基本概念,各说各的,对不上茬。传统与创新之间属于常识的辩证关系,那些名人教授谁也不糊涂,在争论中却各执一词。有次,我见双方的头面人物你站起来说一句,他又站起来驳一回,从头到尾,不是你不同意我,就是我反对你,不屑,也没有什么理由好讲。虽然有些抬到桌面上的话,似乎也是讲理,总的还是极端地情绪化。更甚者,竟能以诗玩出政治诬陷的把戏,我是深有感触,深感其痛。

新时期"拨乱反正",我以自己一点历史唯物的态度,除了找到"左联五烈士"之一胡也频未出版的诗稿,也设法找到徐志摩、戴望舒等尘封多年的诗集。这二位,在新诗运动中本应有其历史地位,由于过去诸多历史原因,却被封藏,我在卞之琳同志帮助下定选目,在上海得到巴金同志的支持,到成都找到他侄子李致同志,才得以在四川出版。也算对新诗状况的某种"拨乱反正"吧。当时,它们一印再印,很好理解。书跋也事先"提醒今天的年轻人不要走到另一个极端"。不幸而言中的,倒不是不成熟的年轻人的某些幼稚,而是那些新潮的旗手太懂得市场，开会、写文章的"炒"作，实为"炒"自己。一九八三年秋邓小平（1904—1997）提出"反自由化"时，"作协"一位支持他们的头面"著名评论家"，见人就说："徐志摩、戴望舒就是周良沛捧出来的！"竟然找到中宣部有关负责同志告我一状。好在以历史唯物、辩证唯物为其哲学基础之政党的文艺领导，对告状者晓以"周良沛是历史唯物的态度"，我才免受一灾。我想，我一个周良沛有资格捧得出徐志摩来么？真是太抬举我了。我只好笑这种"评论家"会这么无知地"玩"文学，也会"玩"自己。当然，风一过，这种人不仅依然故我，且是变本加厉地"自由"，不然也显不出这些"玩"家"玩"的水平。当然，徐志摩、戴望舒的历史与自身的局限显然，他们也深受西诗影响，但也不会撒下什么"新诗（思）潮""西化""自由化"的诗种。然而，世上没有什么比这更容易做的事，就是胡说八道的诗之"理论"以及写些叫人看不懂的分行文字。对于名利心切，想摘"诗人"桂冠者，有"理论"的支持配合，拉稀似地写下来，自然立竿见影。那些云里雾里，自诩洋派则"开放"的"理论"，听一些真正研究外国文学的专家讲，那也是一些自欺欺人的胡凑。我自己正是卞之琳同志所说的，"通过不负责任的翻译"，以为那种"七长八短的分行"就是"外国诗"的"一般诗读者"，仅以对它的"七长八短"之直观感受发言，并以历史唯物的态度出版那些尘封的诗集而已，是对是错，都扯不上"自由化"。

　　幸好，"反'自由化'"的那档子事，没闹太久。否则，那些"玩"家之"玩"性，是不可能藏而不露的。其实，不"反'自由化'"，诗界争论的斗嘴以及它失去理性的"自我"，与"玩"家的谋略之心，不说它与"反'自由化'"一脉相承，也不绝缘。如此这般，不论是"自由化"，还是偏见的情绪化，自然无法将争论引向学术、理论，也争不出水平。此时，客观阐述继承与创新的辩证关系，严肃批评后来成了"告别革命"之前奏的"我不相信"，本应特别看重。可是，在当时那种气氛下，也全被他等"我不相信"地扫到一边去了。那种谁也说服不了谁的争吵，看似不了了之，实际上也是了不了地遗留下很深的后遗症。

　　过去，由于诸多原因没有认真贯彻落实"百花齐放"而出现的诗弊，如诗风的单一，甚至一些"配合"任务、图解政策，有的不只是艺术粗糙，恰恰是伪诗泛滥成灾。坚持创新，继承传统，既是都能认同的原则，就该达成共识，才好免于在搅浑水之中去争吵。否则，情绪化也定简单化时，坚持传统的同志，也就不至于被另一方利用读者对过去诗弊反感的心理，误，或诬为"守旧""落后"。为此，一方一股脑地挨棍子，一方树起自己的旗帜，俨然成了"经典""权威"的"旗手"。正常人难解他们灵感式的出尔反尔，前后矛盾，对诗的历史和现实极不负责，给诗坛抛出一些弄得思想越乱越好的"经典"语言。

　　在此，借"西化"之词，不如说反传统者，其时如以"扩张自我"绑架舒婷一样，穆旦也被绑架，尊为反传统而"现代"的"大师"。穆旦，五十年代我在天津同他有些往来。这是一位很有修养，才华横溢、勤奋、刻苦，做学问认真，对自己要求很严的好同志。他早期，尤其是晚期，写的、译的诗，都能显示中国新诗的水平。此生难忘的，是他特真诚、很动情地给我谈到他在"西南联大"和远征军中写的不少诗时说，一是基本上是受外国诗的影响而有很大模仿性的作品；二是语言、表达就像翻译的东西，远远脱离群众，年轻时可以自赏，现在自己看得都很惭愧。这些话，也是穆旦的自谦律己，并非那些作品完全不行，但诗人对待自己，还是有个基本的科学态度。可是，现在解读穆旦的先生们，恰恰着力张扬诗人自己要摆脱，晚年确实摆脱了的弱点。用以为诗的西化作误导的样板。这真是穆旦的悲剧。有位穆旦"联大"的同学和好友近日来信，气愤现在怎么可以这样"玩"诗？其感叹，确实令人深思。

　　由此，读者面前，闹不清真伪的诗也就不少，虽然"假诗"不像"假酒"，喝下去要人命，可人家不读、不买，并不犯法。而且，在出诗这么难的情况下，北京有家大出版社向一位诗人约稿，当然，出版社也不是奔着他的诗，而是奔着他不一般的现职地位去的，这位同志跟我说："出了没人看，出它干什么？"他也怕自己很真诚写出的诗，在市场与假诗混在一起，也受冤于读者的白眼而谢辞了出版社的好意。情况如此，不论说得多么好听，新诗又可能崛起到哪里去？其实，识别诗的真伪，并非没有客观标准。因为真正的诗"都应该是诗人一次新的艺术创造，是自我，也是诗的一次崛起"，它也就一首一个样，为此，有时确实像闻一多先生所说，真诗也不是那么好说清楚它是个什么样的，但从具体作品，又是不需要借助任何"理论"，完全可以自然而然地从第一感觉就识出它的真伪的。读者所以说闹不清"真诗""假诗"，是读诗、爱诗者还不可能不受到那些泛滥成灾的，各种在极其特殊条件下"炒"成"权威"的"理论"影响，并半信半疑地为它与自己对诗的直接判断对不上号而尴尬。所以，我在《诗刊》编委会就讲：一般地说，总是刊物发什么，作者就写什么。对于一般初学写诗者，除了想适应刊物更方便刊出其稿件外，他们常将刊出的作品当作一种水平在仰视，视为范本在学习。今天，由于泛滥读不懂的诗而陷入诗的困境之同时，其实就有很多读得懂，还写得很好的诗在编辑手上发不出来，或者作者知道发不出去，束之高阁才如此。

记得《诗刊》创刊时，不仅主编，具体编辑也是有经验的诗人，三四十年代，他们经历过冯至同志所说的"西方文学二三百年中各种流派顺序产生的成果在短时期内"一齐潮卷来的阵状，经受过反动派文化围剿的战斗。不赶潮，有自己的主见，也能统一思想办刊。真以"百花齐放"的刊貌赢得广大群众。现在一切都在变，情况不一样，但也不是完全没有可继承的刊风。

旧事重提，是误导人者，非常懂得狠抓他们占有的课堂、讲坛、刊物来张扬他们的"理论"。据报上消息，人家就是将自己的选本作为传授文学"新思维"的教材的。仅就《诗选》选目看，选家要选自己喜欢的诗，并向人推荐、推广，别人对此的意见，也同样是根据自己的好恶提出的。此中，并非无有是非，但个人好恶终究是个人好恶。可是，列为"经典"者，不是什么"权威"可以封赠的"金钥匙"。若靠尼采（Nietzsche. Friedrich，1844—1900）式的权力意志来圈定，也无经典可言。

一个时代有一个时代的文学。一九五七年五月八日，上海《文汇报·笔会》刊出过一首《洗礼》：

> 如果是真正的战士，
> 就不怕炮火的洗礼，
> 当敌人藏在自己心里，
> 可惜常常把这一条忘记！

这里若不特别说明，它是今日文坛大家熟知的王蒙（1934—）所写，谁也无法猜准它的作者。它，不仅无法在王蒙后来的诗集里找到任何一点相近之处，就是从他的小说里，也看不到当年作者写它的影子。它写于"反右"之日，与王蒙改革开放崛起于他重头的《活动变人形》完全是两副笔墨，可"反右"之日，这首《洗礼》，非王蒙，是别人写不好它的。不然，很"现代"的穆旦，在十年动乱中写的《黑笔抒颂》："努力建设，你叫作'唯生产力论'/认真工作，必是不抓阶级斗争……"这样的诗，就不可思议了。这里，我还不能将它同历史上那些曾经有过"旗帜和炸弹"效应的作品等同来看，但它还是在追求那种气势和风格。若是硬要每首诗都得是"旗帜和炸弹"，自然荒谬，可是，在今日的改革开放中，谁像在过去的人民解放事业中写出具有"旗帜和炸弹"那样激历斗志的诗，则被视为可耻，似乎犯了罪似的，肯定同样错误。无怪战前倾向唯美的诗人闻一多，抗战时却那么热情赞扬田间街头诗的"鼓点"，这正是他学者之大，诗人之真的风采。在人民打江山，创立新中国的年月，不论还有什么遗憾，也如鲁迅所说，"决不如诗人所想象的那般浪漫""需要各种卑贱的，麻烦的工作"。但是，革命的文学，若以"告别革命"的态度去看，哪里还有什么"经典"？

此时，拉出不仅不能代表李季，反而是他较平淡的《正是杏花二月天》，则不知何意了。同样，以最大的篇幅醒目于《今夜你为何不来与我同居》之类的东西，在群众的眼里，怕也不能显示"前卫"的辉煌，甚至可以问：这就是诗么？还是诗的经典么？无怪公刘同志刊于八月四日《人民日报》的《且慢经典》，很多人都找来读议，就是他说出了广大读者的共同看法。虽然公刘自谦，说自己不够经典，但在这个格（标准）内的"经典"是否真算"经典"？各人不是没有自己为人为诗的标准。就是够了这个格的，就此也要考虑自己是个怎样的格了。这里，且不谈什么社会主义、精神文明，孔老夫子都会说："《诗》三百，一言以蔽之，曰'无邪'。"也并非将诗仅仅看作一种分行形式。

今日诗坛，似乎有的人说什么就是什么的"最高指示"，也能叫一帮人溶化在血液里地去赶那个潮，一浪一浪的，倒成了诗的"主旋律"。冷眼静观，确实好笑，同样，令人深思。要是照着那套"新思维"来"治"诗，绝不会比解体前的苏联用于治国的"新思维"好。可是，这套"新思维"用以教学，父传子，子传孙的，学子有几代，跟班一大帮的在折腾，虽然它受群众冷落，同样也有浮华的热闹。有了这种热闹，又何须问你懂不懂？就像"今夜你为何不来与我同居"这样叫你懂得不能再懂的东西，也是叫人懂得生畏之际，就更难懂得捧家的莫测之心了。

无怪有些当年唯恐诗给广大群众读懂了，诗就会掉价的先生，如今也为诗因此陷入深谷表示"极大的忧虑"，并大谈"汉诗"的传统继承问题。是的，从《诗经》起，祖先就留给我们一份丰厚的诗的遗产。而且，卞之琳同志说的"千百共同奠定的用白话写诗的道路"，也是我们需要继承的新诗传统。二三十年代，冯至、戴望舒确实为唐宋词"悲哀写得那么可爱，离愁别苦都升华为感人又迷人的辞句"所迷醉。可是，冯至一次"北游"艰苦的现实，也幻灭了那份迷醉，以后的诗里也就看不到那些影响。戴望舒最初在这份影响中写的《自家悲怨》《妾薄命》之类的东西，用艾青的话说，"留着一些不健康的旧诗词的很深影响""只会产生不好的作用"。他若没有后来的《灾难的岁月》，也就没有今日诗的戴望舒，那些东西，也不会作为对戴望舒整体研究的资料之所需而有留存价值。他最好的作品，是在日军的狱中写的《我用残损的手掌》，说实在的，这首诗里不仅看不到唐宋诗词的影响，在诗艺上，还是很熟练地运用了西诗的现代技法。诗的成功，重要的，还在于作者能完美地将语言、技巧服务于诗人在铁蹄下的神州之胆、赤子之心的表达。是首富有艺术魅力的爱国诗。是新诗的宝贵传统，若排除它，更忌讳谈思想，谈倾向，叫人还沉醉在那些"写得那么可爱"的"悲哀"之类的诗行里，那么，它不仅不是走出困境的出路，还是又一个陷阱。

为此，情绪化地说诗将"消亡"，终归是个人的情绪，但这么再折腾十几二十年，对有光荣传统的新诗运动之阻碍与延误，也绝对是对诗的犯罪。虽然，今后完全可能有人以他的意志并权利，写出一部与新诗运动面目全非的《新诗史》。而新诗运动的历史本身，还会照历史本来面目竖立在此段的计程碑上，将这时各自的精彩的表演定格于此，供人观赏。别的，都让时间来讲话吧！

但是，对于活着，对此有话可说的人，也不能老等着别人出来说话。一说话，难免得罪一些人，得罪的可能还是朋友、好人。可是，闷着嘴也不行。还是应该大家来说，才能把这些本来很清楚的是非在给搅混之后，再予澄清。《文艺报》是中国作协的机关报，我想，她是可以靠大家把问题说清楚的。

一九九七年九月九日

（原载一九九七年十二月九日《文艺报》第一一八二期）

就诗歌问题答
《文艺理论与批评》记者问

田　力（本刊记者，下称"田"）：良沛同志，您是诗人，又是诗评家，还是诗选家。我们注意到，海外有的诗评，是以您编序的《中国新诗库》中的资料，以校正过去传讹了的史实。最近，我国诗坛一位举足轻重的诗人的《诗选》，就是您编的，影响很大。前些时候，还读了您新出的一本"军旅诗选"——《硝烟中的常春藤》，我们都很喜欢。

您对我国诗歌的发展现状是很关心的，也是比较了解的。近来，诗坛出现了一些令人关注的现象：一方面，广大诗歌爱好者、甚至是一些功力深厚的诗人，都反应"读不懂"新诗；另一方面，曾以鼓吹"新潮诗"而崛起的几个诗评者，现在对这类"崛起"的诗，也大为光火……您最近在《文艺报·走向二十一世纪中国诗歌笔谈》中说："诗坛这多年都有个不会醒的梦魇，总热闹在愚人节中的狂欢。"是不是就是指这一现象？

周良沛（下称"周"）：这是一个不可能简单地以"是"或"不是"所可以回答的问题。但我所讲的，又确实与它有着太多太多的牵联。"懂"与"不懂"的问题，实际上只是近年来新诗的许多问题积重之下的一个爆发点。为此，也请允许我在这个问题上多啰嗦几句，我说这多年有个不会醒的噩梦，总热闹在愚人节中的狂欢，正是其中有个"愚"人和被"愚"者的悲剧，它是"五四"后的新诗运动之中，持续时间最长的一场噩梦。

应该说，诗，若写得没人懂，等于没有写，不存在，自然是作者的悲剧。但"懂"与"不懂"的问题，怕不是评定诗的主要标准。

顺口溜好懂，可它并不是诗。能懂的，也要它首先是诗才行。诗，自然是具有诗思之诗美，并具相应的艺术方式所表述之作品。人说，诗品出自人品，诗总是和诗人相连的。所有的道路都是向诗人开放的，只有一条死胡同，它只挡在非"诗"的面前。现存的，某些不能懂的，还多是似"诗"非诗的分行长短句。新时期由此之争，始于对杜运燮同志《秋》的所谓"朦胧"，如"秋阳在上面扫描丰收的信息"这样的诗行所引起的。批评者认为"信息不是一种物质实体，它能被扫描出来呀"，而有"令人气闷的'朦胧'"之感。我们，有的对现代诗艺比较生疏，更习惯过去不少太多共性的作品，读来顺当、溜刷，凭诗的浪漫直抒胸臆，很容易找到读它的感情对应。"现代"诗艺，一旦以它的"陌生化"（defamiliarization）来到眼下，致力于"陌生化"的艺术由人看到它的"陌生"，也是天经地义的事，由此从自己的直觉说它"朦胧"也仅仅是说了它"朦胧"而已，也是好理解的。有时，对原来不习惯的、审美趣味不同的作品，也该有个适应过程。同时，从文学的普遍规律来看，创新，总是艺术的生命，真正的诗，也总会带给人一种艺术的新鲜感。千诗一面，绝对是反艺术的后果。但，创新，也是灵感与劳动相结合的灵馨儿，并非每次都能成功，会有失误和失败。只要不是玩诗者的杂耍，对于真诚于诗的艺术探求，不要求全责备，卞之琳同志一九七八年秋访美讲学的英文讲稿，针对新诗的浅露与"朦胧"就讲到"新诗的创作确实存在从一个极端到另一个极端的现象"。"朦胧"是对过去太浅白的"反动"，八十年代末，汪国真的流行，又是对"朦胧"的"反动"。卞先生当时预见性地说道"可是一种不良的倾向也露端倪，这也是不容否认的"。虽然当时他只指出"在外表上翻视觉花样"，并没有提到晦涩的问题，但从总题上提出"不良倾向"的问题，也是不幸而言中了。当不少读者，尤其是年轻读者对于前一"倾向的反动"之"朦胧"表现出浓厚兴趣之际，有人登高一呼，摇旗招兵，以"现代意识"，不是"多样"，而是"多元"为其号召，于是，比《秋》"朦胧"多少倍，为朦胧而朦胧，为玩诗的晦涩难懂之长短句，反而大量逆向"崛起"走到"另一个极端"的现实，也就自然出现面前。此事，竟有大报将其定位于"完成了肯定'朦胧诗'的历史地位"放在头条，黑字标出。这，也提示我们：新诗的懂与不懂的问题，虽非始于今日，但在今日，无论从思想、方法，若仅就某些篇章的晦词涩句看它，无视于其中推波推澜者的"理论"和煽情作用，乃至成为一股诗潮，是对历史极不负责的态度。

新诗的"懂"与"不懂"的问题，早在二十年代，就有人很有针对性地提出来了。《语丝》五卷一期有篇短文《难懂的诗》，署名"愤世"，显然是哪位作家的化名，总共只有二百字，全文如下：

听说李金发先生底诗，是不大容易懂的；这自然是因为诗意深远，超乎常人所能理解的程度以上之故。可是小子不敏，把他老先生底《食客与凶年》看了一点，似乎有几处连句子都写不大通的，宜乎他底诗，高深而不易领解了。既然如此隐晦难懂，那么，他底诗的美妙，伟大，自不待再费口舌了！何况他是刮刮叫的某国留学生，可这可不是他底诗的保证么？这样看来，虽然是连句子都不大通的，我们的李先生却仍不失为现代中国的一个大诗人；——至少也是一个诗人。①

其中说到"超乎常人所能理解程度以上"而让人不懂"之故"的作品，尽管中外古今都有，但在这里，显然是反讽。同时，将那句子都写得不大通顺的奉为"中国的一个大诗人"之秘密，点拨为："他是刮刮叫的某国留学生，这可不是他底诗的保证么？"这，真是一针见血，将诗坛某些人物的心态点在点子上。不想，七十年后，对"不懂"的长短句推波助威者，也是以"洋"头卖狗肉，作"诗的保证"，这真是历史向我们开了一个大玩笑。

这些言必称艾略特、里尔克和超现实主义（lesurrealisme）者，由于多数念这个经的，并不能用外文读原作，许多场合只能是他等高贵的装饰。非常有意思的是，国内真正的有关专家，反而不是这样。

---

① 《语丝》一九二九年三月十一日五卷一期。

其实，艾略特的《荒原》将那个社会象征为荒原，就是社会批判。可惜那些师爷们是从来不提的。艾略特的诗之难懂，有一点酷似李商隐，用典冷僻、出古入今，用词也有些怪僻、晦涩，宗教境界、把握短暂与永恒的企图，凸显了他张扬的玄学派（metaphysical），为此，哲学辩论和说理方式往往淡化了诗的抒情。尽管他的诗名很大，对他作品的尖锐批评也未少于对他的赞扬。可他笔下的形象具体、准确，思想和感情融合，用联想和暗示为联系。虽然用词怪僻，他的 *Burnt Norton*《燃烧的诺顿》开篇 "Time present and time past／Are both perhaps present in time future，／And time future contained in time past. ⋯⋯" 这样的文字，我小学刚毕业的孙子，他都可以把这一段读得下来，虽然他的年纪不可能理解其诗义。这点和我们那些佶屈聱牙读不懂、念不顺的分行文字还很不一样。而里尔克不论受他自身和时代的多大局限，但，他将从不被人注意到的事物都能用文字表现，无所不能地入诗，用冯至的话说："使音乐变为雕刻的，流动的变为结晶的，从浩瀚无涯的海洋转向凝重的山岳。"① 仅从这一点看，那些文理不通的"诗"句，怎能与它相提并论？他在《给一个青年诗人的十封信》中提出的"走向内心"，自然与他在那个社会的世纪末情绪有关，却是为他战胜孤独提出的，他用以否认社会实践意义的"理论"，绝对错误，他《布里格随笔》的"诗是经验""并不像一般人所说的是情感"，对于宣传"现代艺术"的"重知性"者来说，那"经验"又是能离开社会实践从天而降的么？"内"在的经验，只能由"外"转化而来，这都是常识。若没有别的原因，言必称里尔克、艾略特所说的里尔克、艾略特，又还剩下多少他们自身的原貌呢？

　　"超现实主义"，若从它的代表性诗人艾吕雅（P. Eluard, 1895—1952），尤其是他在西班牙内战和陷落的巴黎所写的诗篇，从"一朵受伤的玫瑰变成了蓝色"到《饥饿训练成的孩子》"老是回答：我吃！／你来吗？我吃！／你睡吗？我吃！"怕是找不到这些言必称超现实主义的任何相契处。但勃勒东（A. Breton, 1896—1966）从超现实

---

　　① 《冯至选集·里尔克》，四川文艺出版社一九八五年版。

主义运动初期曾鼓吹文学"要为革命服务"到写出《超现实主义宣言》，要"纯精神的自动反应""不受理智的任何监督，不考虑任何美学上或道德上的后果"，倒可能成为今日国内以示新潮者的行动指南，他等为自身的崛起，确实不计后果。然而，不同社会都有不同的道德和美学标准，而"现代主义"，尤其是了解了它在西方社会出现的社会原因，明白它表现思想的叛逆、艺术的畸形，正是畸形社会的真实写照，合理存在，也具一定的揭露和批判，何况，它的特征，也因人而异，用一个统一的框框去套它，难以实事求是。为此，也就没有理由采取完全排斥的态度。但，要是多了几个如此以推销"先锋"（advantgarde）在推销自己的人，也必然带来诗的灾害。他等，不考虑背弃我们民族传统的美学和道德的后果，倒反成其理论背叛的自觉，问题也就来了。他们大量的诗作，由于作者不识外文，多是从海外华文，更多是从港台一些"先锋"的二手货，有的还是以当地的三四流的水货作范本，怎么可能"崛起"到哪里去呢？

同是读"不懂"的诗，若将李金发和现在某些弄潮儿相比，情况还是不同。李金发在《食客与凶年》的《自跋》中讲自己如此的初衷，是想将中西诗艺"试为沟通，或即调和之意"，可是，在创作实践中，也陷入了自己所批评的"一意向外采辑"，食洋不化，不中不西，非驴非马，完全成了对他本意嘲弄的苦果。抗战时，他一旦明白过来，尽管艺术上的问题仍然没有解决好，可再写《亡国是可怕的》，也就不难懂了。他见桂林《国文月刊》有沈从文"隐约对于周作人之为汉奸，加以谅解"的文字，就毫无奴颜，以民族大义写了他的《从周作人谈到"文人无行"》。晚年飘零海外，说其少作是"弱冠时的文字游戏，"对追随自己的后来人之作品，他认为"辄不忍读下去，因为又是丈二和尚"！对自己，反省深刻，他这番话，是"文革"刚刚结束，《参考消息》有关李金发逝世的一则外电上作为他临终前的遗言留下的。

然而，有趣的是，这些年醒目于"崛起"之读不懂的分行文字，恰恰是李金发埋葬了他的少作之后，从它墓穴"崛起"的。并公开大声宣称，他等的诗就不是写给当代人，而是给百年后的来者看的，以示其"超前意识"的"先锋",军事用语,则比喻为"前卫"。本来,一部中外文学史,诗人和他作品的价值被后人发现、肯定之事,不乏先例。我国人民奉为"诗圣"的杜甫,就是一个最突出的例子。可是,这位以"饥寒之身永怀济世之志,处穷困之境而无厌世思想"的诗人,可没写过不叫别人懂的诗。冯至抗战胜利之际在《杜甫和我们的时代》中说:"一个过去的诗人在百年后,甚至千年后,又重新被人认识,又能发生作用,在文学史是数见不鲜的事,人们把这现象称作'某某的再生'。所谓再生,按照情形的不同,有的由于'同',有的由于'异';前者是一个时代的精神在过去某某诗人的身上发现同点,起了共鸣,后者是一个时代正缺乏某某诗人的精神,需要他来补充。"① 后来,尤以与白居易齐名,并称"元白"的元稹,入朝前,有长达十年的贬谪生活,官场的人生感悟,使他明显地接受了杜的文艺思想影响,对杜推崇备至。他与白居易联手倡导了"新乐府运动"。学杜又能变杜,力求平浅明快,为杜写的《墓系铭》"诗人以来,未有如子美者"的评价,对扩大杜甫的影响,是良性互动的作用。杜诗身后迟到的影响,不是他生前曾写过同时代人读不懂的诗,恰恰是后人从他那沉郁顿挫的诗风,迟后才深切感受到诗翁通到人心的诗情。

唐代另一位诗人李商隐,其隐晦之风,有人认为是受魏晋诗人阮籍(210—263)因"嗣宗身仕乱朝,常恐罹谤遇祸,因兹发咏,故每有忧生之嗟。虽志在刺讥,而文多隐避,百代之下,难以情测"② 之诗风的影响。他的一部分"无题诗",有些诗中之意不便明言,或托意在有无之间,《四库全书总目提要》说:"注其诗者,凡数家,大抵刻意推求,务为深解,以为一字一句皆属寓言,而《无题》诸篇,穿凿尤甚。"读者为此也读得越来越糊涂。

今日这些读不懂的长短句,是否也似阮籍或李商隐,有"不便明言"之处呢?这不应泛泛一概而论。若属个人隐私,应该尊重;若为社会、政治原因,就得看具体情况了。不过,不论怎么"不便明言",

---

① 《冯至学术精华录·杜甫和我们的时代》,北京师范学院出版社一九八八年版。
② 善井:《昭明文选》卷二十三《咏怀诗》。

写诗者总是想让人知其意才写它的。李金发的诗之所以读不懂、孙席珍先生就说他"中文不大行""中国话不大会说，不大会表达，文言书也读了一点，杂七杂八，语言的纯洁性没有了。引进象征派，他有功，败坏语言，他是罪魁祸首"。① 早在三十年代，苏雪林（1899—1999）在论述李金发时就说"颓废派与象征派同出一源"。② 似乎李的"象征"实质上是"颓废"。也许生活之中的颓废者在明白人的眼中，确实是胡言乱语不知所云者，但"象征派"的代表人物波特莱尔是个很颓废的人，诗思清晰，大量写的十四行，不会混淆阴韵和阳韵，形式规范，是遵照古典规律写的现代诗。跟李金发是两码事。重要的，是根据李金发自己事与愿违的诗歌主张来看，恐怕还是孙席珍所作的分析更符合他的实际情况。五十年代，创作处于黄金时期的聂鲁达谈《含混与晦涩》时就说，不能把想说的表达得明白的人，不是真正意义上的诗人。严格地说，他们那种分行文字也不宜称为"诗"。八十年代，冯至同志就不同意《中国新诗库》收入《李金发卷》，他认为那不是诗。我既同意它不是诗的说法，但又不能撇开它，还得作为新诗发展过程中的一种文学现象的史料存库。当前，读不懂的分行文字，不敢说每个人都是"中国话不大会说"的，但在书面表达上，除了极个别以此故作高深，不少人又确实是使用不好母语所致。何况，初学写诗，一开始就接受那种认为"文学就是要通过破坏普通语言交流的方式，使每日耳闻目睹的事物变得离奇古怪，将读者失去的接受新鲜刺激的能力得到恢复"的所谓"陌生化"，且一味突出这一"艺术手法"的特征时，后果自然如此。尽管如此，也无须对此诗艺采取排斥态度。但，对于少经世故、浮躁于急功近利的年轻人，天真地视此为写诗诀窍的真传，夺取桂冠之捷径，搞这种"现代艺术"还不具这种"现代"艺术的修养，自然会把这种诗艺原来对语言的"偏离"（deviations）而不知"偏离"到何处去了。

如此这般，只是一例。指导思想不提"建设"，不想"继承"，

---

① 孙席珍一九八一年四月二十五日在中国社会科学院文研所现代文学讨论会上的发言。

② 雪林：《论李金发的诗》，一九三三年七月一日《现代》三卷三期。

只是一味要求"破坏"，如野蛮的征服者将他所夷为平地的城乡当他胜利的伟绩。那么，本来可以借鉴为我所用的现代诗艺，却被这样败于它反诗之所为了。

不是提倡作家要学者化么？从三十年代初开始，西方一些对此作文学试验的，就是些学者型的作家。他们的创作已超出了形式主义范围，已将韵律等形式影响到语义、语音、句法层次上的整个语言的组合。哪能光是"破坏普通语言的交换方式"，把它弄得支离破碎组合成中国人认不得、念不顺，不知是否还可以说是"中文"的中文呢？若将它作为普遍的写诗技法，作为描红的蓝本推广应用，随之，笔下生造的词汇，不通的文句，每每皆是，加上一套从不提生活与创作关系的"理论"之误导，一味"走向内心""私语化"地想说什么是什么，天上，地下，东一句，西一棒的，从诗的神、形，都被它恶性地非诗化，此时，对于讨厌以社会学谈诗者，真想去欣赏它的纯艺术，它的艺术又何在呢？这样不断破坏下去，哪儿还有诗呢？又何必求你懂它呢？

应该说，有些称其"朦胧诗"的，确实是个很大的误会。艾青说到北岛只有一个"网"字的《生活》，说他读不懂，不如说他是懂了它之后，担心作为语言艺术的诗，一旦将诗与诗题成了谜语和谜底的语言游戏，则无艺术。由此说艾青不支持"年轻人"者，倒是没有读懂艾青。因为"生活"等于"网"，比不屑"朦胧"者之前的新诗更是一览无余。海外学者黄维梁①在"尝试拨开朦胧的迷雾，一窥其面目"时说："北岛的《生活》一诗，内容只得一个'网'字。这似乎很新奇。其实，此诗的内容、主题、意象，一点都不新。陶渊明在千多年前写的《归田园居》，有'误落尘网中，一去三十年'两句。社会、世界、生活就是一张网。北岛这首诗，连形式也不新。美国诗人荷伦达（John Holland，1929—）的《A one-line poem》一诗，内容就只得'universe'一字。荷伦达这首诗，形式源于希腊的一行诗（monostich），可说很古老了，自然，北岛的《生活》并不费解，不

---

①　黄维梁：《香港文学·揭开朦胧诗的面纱》一九九〇年一月第六十一期。

晦涩。它之所以被称之为朦胧诗，倒使人觉得费解；它之被纳入《朦胧诗选》一类新时期作品选集，似属偶然，或由于幸运。"① 其实，这既非"偶然"，也非"幸运"，海外学者，要了解当时"朦胧诗"的背景，就知道它必然是当时那一诗潮的宠儿。到了后来被推崇到"经典"的高峰，再往下，《今夜你为何不来与我同居》，从标题就一览无余了，是明白得赤裸裸的挑逗。至于有些写什么《月经带》的，不只浅露，是血淋淋的目不忍睹了。目前，那种读不懂，读了，"自我"也找不到"一种感觉"而叫戏剧家沙叶新（1939—）反有"一种课堂里被老师提问而回答不出的感觉，或是一种勒令开除中国作家协会的感觉"的诗，他列出一例：

> 我怀念骑着你唯一的乳房翻阅黑夜的日子。独一无二的月亮，你巨大的车轮碾过我的思想，压挤出一道道月光。美丽的白色恐怖。温柔的独裁无可抗拒的一党独大。独轮。单母音。单杠。单轨。单轴。单色印刷。单趾动物。单散花序。单翼飞行。单神论。
>
> ——《独轮车时代的回忆》

若从当中"白色恐怖""一党独大""单神论"这些词语看，也许有所指，又有"不便明言"之处，作者在某种特定环境下的苦衷，可以理解。对它找不到"一种感觉"，也是无奈。它是港台的作品，是另一种社会状况下的产物。不好硬性相比。但，它对大陆那些新潮派的影响，毋庸讳言。如大陆"新潮"的代表人物舒婷，她崛起之日的诗，并不朦胧，也不难懂，可近日发表的诗，受这些影响的烙印更深了，也可以为那类之所以"读不懂"的 长短句，提供一个寻其原因的参数。

---

① 《文学自由谈》一九九七年第四期。

母　语

手指在下午三点半的暮色里

浑水摸鱼

语言却不肯此时上岸产卵

最走红的诗人

旧友新朋四面包抄

连浮游词藻都一网打尽了

你逼电脑低低呻吟

阵什么痛……

　　　　　　——《诗刊》1997 年 5 月号

它并不深奥。八百年前，宋代词人辛弃疾（1140—1207）《采桑子》的"少年不知愁滋味""为赋新词强说愁"，已是说尽了这种创作心态的名篇名句。不过，在此，应是"强赋新词愁无词"了。虽然并不深奥，若将它作为正常的汉语来接受，读不顺的文句，故意将明白的事说得糊涂和神秘，是在玩诗。是以汉语作的西式文字游戏。"逼电脑低低呻吟"时，是无诗可作强写诗的悲剧。目前大量业余作者如此东施效颦之作，也是这样赶"潮"所致。并非都有"不便明言"之处。但它却是一种"不便明言"的理论号召之下的产物。那些翻来覆去讲的"现代意识"，从来没人见他等干干脆脆，明明白白阐明过自己起劲宣传的这一概念，它和新诗运动八十年间历次提出的"平民意识""时代精神"等的区别何在呢？报上有人提出质疑，同样不见谁站出来理直气壮地答一声，再要问这又是为什么，只好由人自己去找"一种感觉"了。而"多元化"之"元"，自然不是"多样"的"样"，也不是国际上常用的"多极"之"极"，而是指性质不同的本原之物质和精神的那个"二元论"的"元"。它作为哲学上的是非，不去讲它，用它舞棒诗运，驱动本原的多元，就很难找到对诗本身的共识。出现目前这种状况，也很自然，也就不仅是"懂"与"不懂"的问题。

田：确实，诗歌发展正处于低谷。尽管写诗的人很多，诗人们也各自树立旗帜、发表宣言，但始终没有产生出辉煌的代表作品，更没有出现诗歌创作的真正繁荣。新时期以来，特别是近这些年来，诗歌发展没有形成自己的时代特色，难以见到体现出我们这个时代民族精神的力作。其中的原因，您是如何看的？对于诗歌的现状，有何评价？

周：很高兴，从此提问，我已感到我们对诗已有的共识。这让我想到自己一九九一年春，为一个集子《自序》中的一段话：

> 这几年，为诗诊病、开方的英雄不少，治百病的万金油，代药的鸦片都有。诸葛林立设坛台，八方都在借东风；各打各的旗号，货色却没什么不同；今日以这个主义招摇，明日有那个花样崛起；一阵风一阵风的转，一个个、一个个都患流行病；叫着"自我表现"还在"流行"中淹没了个性的自我；标榜"创新"却"创"得一阵风的只有模式一个。不论这些新招的优劣，也不说那些意见有无可取之处。用这种新的模式反对那种旧的公式化；用这种"淡化"摆脱政治，反对那种图解政策；用这种含混与晦涩反对那种一览无余的"明朗"；用这种散文化反对那种形式的单一……凡此种种，就是不提生活与诗的关系，加以无条件的全盘西化，全盘否定传统，即使过去的诗有千般病症，这也是误诊。

鲁迅说过，石在，火种不灭。同样，人类不绝，诗绝不灭。诗，永远是和人类的生产劳动和社会生活同在。如今，一提"生产劳动"，有人又要认为这不能作诗的话题，还是过去"工农兵文艺"的一套。可是，诗与歌，都始于劳动，这是常识，是谈诗的 ABC，现在有些问题，还恰恰出在忘了 ABC 上。我们今天不论进入到怎样现代的社会，利用数码科技可以闹得人糊涂的一二三的数字也是劳动（当然不只是挥锄敲锤，自然包括脑力劳动）。它持续高效和形式转换的过程，没有生产，没有商品，也不可能有任何经济活动。因此，不论它的表现形式多么令人眼花缭乱，诗的发展中的问题，也仍然没有离开它起源时的因果。从《诗经》看，谁也没有简单地去表现劳动生产的过程，而是更注意由此引发的生产关系和社会生活。我所以采取这种太不时髦的表述方式，是我想，即使有一天我们今日认为的"诗人"一个也不见了，农民在生的艰难之中，也要自然而然，会从胸中涌出"七月流火，九月授衣，一之日觱发，二之日栗烈……"那被抽丁赶去打仗的男子，仍会呼出"既破我斧，又缺我斨。周公东征，四周是皇。哀我人斯！亦孔之将？"这样真正的诗歌。这些"原始"的歌，今日某些"经典"，也是无法与之相比。因此，对新诗前途的悲观，没有理由。

可是，讲"诗绝不灭"，并非保证它的发展一定一帆风顺。遇险阻，坠低谷，并不奇怪，为此担忧，也很正常，但首先要有正视处于低谷的勇气，才能走出低谷。

我们有些对新诗情有独钟，一生都与诗的命运结合在一起而令人敬重的好同志，总是要将自己对诗的感情代替对新诗目前现状的评价。也就难于实事求是地面对现实。玩诗者还乐于借此作护身的遁词。被认为"一石激起千层浪"的周涛的《新诗十三问》所引发长达一年的争论就是一例。周涛是位作品很有特色的诗人。尽管他散文写得比诗名大，散文的名气倒离不开他诗的修养。《十三问》也不是理论文章，正话反说，嬉笑怒骂，一家之言，大可不必当作新诗运动结论对待。如："一、新诗兴于本世纪初，现在到了本世纪末了。新文化运动以来公认合乎历史潮流的'诗界革命'，是否应该到了重新研究总结成败得失的时候了呢？ 二、新诗是怎样诞生的？这个婴儿究竟有没有连结于民族文化之母的脐带？随着它渐渐长成少年，人们是不是发现它越来越像异国人了？……"这里也不可能将《十三问》全文录下，顺序从这一二两问来看，不论它对不对，只要不存偏见，都不会否认它提出了值得思考的问题。何况，他后来还说自己所以这样，是为"争诗的生存权、争诗的影响力、争诗的发展和地位"呢。① "作家代表会"期间，他跟我说，自己最终还是要写诗的。"那现在为什么不写呢？""足球没有一个公平的裁判，这场球还踢得下去吗？"说

---

① 《绿风》诗刊一九九五年四期与《星星》诗刊一九九七年二月与四月号。

了这，他再也不说别的了。可这句话，点到问题的要害。判断诗的价值观念和是非标准全搞乱了。好多有成就的资深作家，说现在什么叫"诗"都弄不清楚了，别的还有什么可说呢？今日，从三十年代的左翼诗以降，到新中国成立后三十多年间，似乎"诗"无"崛起"的救世主之前，都为新诗的"断层"，一概面临扫进历史垃圾之危，在特定的历史条件下，有不少人接受了这种影响并加入了鼓噪的拉拉队。因此，我也想问你，什么是"体现出我们这个时代民族精神的力作"呢？抗战时艾青的《向太阳》《火把》，臧克家的《老马》，田间的《假如你不去打仗》，后来李季的《王贵与李香香》，石方禹（1925—）的《和平的最强音》，李瑛的《一月的哀思》等，要都在"断层"里，那么，今天你还希望什么样的"时代民族精神"，又怎么能够在诗中表现它呢？要是你要的"时代民族精神"还管用，"现代意识"又怎么崛起呢？你认为"没有形成自己的时代特色"，人家以"现代意识"为中心的特色已在筑成自己的钢铁堡垒了。它"炒"得那种"泡沫"文化，是非凡热闹（是热闹，不是繁荣）！若论是非，你讲是非，我就谈"多元"，目的就在于不让人讲是非。这当然是彻底的虚伪。不然，他若没有他的是非观，又凭什么把过去几十年的新诗都扫入"断层"呢？所以，在您提出这些问题前，我也提问一声：你认为当今应该用何种观点和立场作出回答才是适宜的？尽管谈观点、立场已被人认为保守、落后，甚至是可以破口大骂的"左"。但，它又是绝对无法回避的现实。论是非，各自总得有个立脚点。二十年前，台湾为"现代诗"的"波特莱尔以降"所"横的移植"出现的，也是诗的晦涩难懂而引爆震惊四海的"乡土文学论争"。本来，它就"文学来自社会，反映社会"，明确提出文学的"西化"是"文化上精神上以西方的附庸化、殖民化"以警示。不想，有些平日以"自由主义者"自居的学者，为此就狂呼"狼来了！"——是中共的"工农兵文艺""假'乡土文学'之名，贩卖'阶级文学'的毒素"①

---

　　① 台北《仙人掌杂志》一九七七年七月第五期与一九七七年八月二十日《联合日报·副刊》。

之"狼来了!"二十年间,维护这一论争本义的文化工作者,又无法避免与假"乡土",以"本土"代之的"台独"的文学论争。此种不以人的主观意志为转移之变所变化的文学,逼得人无法不讲观点、立场了。以此纳入我们的话题,不请您先回答我的提问,我也无法作出你需要的回答。

田:在新诗的发展中,先后有一些年轻的作者,提出了诗歌要与传统决裂的口号。其中,有的说艾青已是历史的陈迹,要趁他还活着的时候把他的牧歌送进火葬场,还有人讲,一九八六年以前中国就没有诗人。对于这种割裂诗歌历史,抛弃诗歌革命传统的倾向,您以为如何? 对于新诗的发展与诗歌革命传统的关系,您又是怎样看的?

周:同志,在此,我先提醒一句,人家说要把艾青的牧歌送进火葬场的话,已"过时"了。八十年代,早有人提出:"Pass,北岛(1949—)、舒婷!"对他们师爷、师兄、师姐筑好的诗殿都要付之一炬。不过,也有浙江的青年诗人程蔚东在上海《文汇报》上呼出:"别了,舒婷、北岛!"他说:

> 你们曾经朦胧,我们也跟着朦胧。但不久我们便突然发现,我们朦胧什么呢? 你们不相信一切,你们又并不是不相信一切。你们为迷路的蒲公英朦胧,你们为远和近的争执朦胧,你们发出的声音是奇特而勇敢的,也许在沙龙里有你们市场,或者在不谙市面的学生中能够再朦胧下去,一进入了现实生活,我们便发现你们太美丽了,太纯洁了,太浪漫了,于是我们忍痛割爱。别了,舒婷、北岛,我们要从朦胧走向现实⋯⋯也许你们手中的鸟高雅而且优美,但老是飞在高高的空中,我们仰望得脖颈已经发酸。文学总是在老百姓中活着,我们宁愿做平民诗人,也不要成为贵族作家。别了,舒婷、北岛!

"与传统决裂"的口号,"五四"时期的年轻人,在"传统"二字前加个定语,大声疾呼"与封建传统决裂",是勇敢的壮烈。今天强调继承传统,绝不该成为维护保守、落后的污垢之借口。然而,诗坛的

"先锋派"，是无一例外地，无任何前题地都呼出这统一的，实质上是虚无主义的口号。近年，我还看到有人在"引进"一个海外老"现代派"之有趣的操作过程。本来，这位先生一九八五年出版的书上都说"一旦反攻大陆的号角吹响，随着王师百万跨海平魔"，爱国不分先后，对此，自然不必抠旧伤疤。但介绍他的教授，反而"此地无银三百两"地说他不反共，人家是以"非纵的继承"，主张"横的移植"出名，介绍他的教授偏说人家是主张对外合理借鉴，不忘传统。这，真把人看蒙了。这位教授，平日以讲授"先锋"而知名，但在此项"引进"操作之中所说，和他课堂推销"先锋"之论点，判若两人。本来，观点的转变，也是人类进化的必然。我国新文化运动中，有开拓性贡献的美学先行者朱光潜（1897—1986）先生，新中国成立后为摒弃研究中的唯心史观，刻苦、乃至痛苦的态度，令人敬重。就是不同意他早期那些唯心论述的唯物者，也无法否认他那怕是唯心的，也是很严肃的学术著作，不同意，也值得认真阅读、研究。截然不同于那些换个场合又变个脸的"文化"人，心本"先锋"又身穿唐装以包装。现在叫嚣不要传统的言论，也不是那么容易在公开场合听到。泛泛表态式的，对此说上几句正面道理，也同样不能说明什么。可是，需要说明的是：我们继承传统，决不排外。只有对外来艺术合理、认真地借鉴、"拿来"，才可以更好地继承、发展传统。不"西化"而否定传统，也不只讲传统而排外。

　　其实，用汉语在写新诗，又叫嚷全盘否定传统的人，这本身就是绝妙的讽刺。他用于书面的汉文本身，就是民族的发展进步而创造的民族文化传统的结晶。诗，用艾青的说法，又是"文化母亲众多儿女中的一个骄子"。运用这一形式本身，就是运用先人对这一形式创造、发展的文化传统。它是历史的客观存在。比起《诗经·关雎》，你可以写床上戏，突出感官刺激，比老传统"先锋"多了，也否不了它是诗的老祖宗。唐诗宋词已是我们民族千年来的文化乳汁，抗战的烽火，曾使战前倾向唯美的闻一多都播鼓，把诗传单撒向大江南北，飞落人心……这，是为你"先锋"到"与世界接轨"就可以篡改的诗史么？

　　"与世界接轨"的叫响，倒底是"先锋"的推进，还是传统的后院起火呢？是幸，还是不幸呢？亚洲的一场金融危机，连西方的经济学家都说它"不是'亚洲价值观'的产物，而是西方价值观在亚洲运用不当的产物""资本主义是西方社会文化和宗教本性的产物""亚洲资本主义陷入危机，部分原因是，固有的传统文化和输入的经济价值观互不相容"。要控制世界，已不用坦克、潜艇、核武器，"他们的工具就是市场、政治、技术和消费胃口难以满足的人民"。不用一枪，就能"实现了希特勒从未实现的目标"而拥有"殖民地"。① 几句话，开阔思路，对不懂经济，也不掌握经济信息的人，从不用武器的战争，透视胎生经济的文化与宗教，让人还不敢忽视诗的作用。

　　马克思在《不列颠在印度统治的未来结果》中曾说过："野蛮的征服者总是被那些他们所征服的民族的较高文明所征服。"② 一场西方价值观运用不当所没能造成的颠覆，固然与东方悠久的文化有关，但，今日征服者强大的经济反作用于文化的现实，并不同于马克思一八九三年所说的情况。传统文化若被一味"破坏"，内部的"西化"若能完全得逞，那么，在它文化的废墟上，再谈它能抗衡外来经济、枪炮的文化优势，已是痴人说梦。想用诗去接轨者，若知人家也想穿堂入室铺轨来，又当如何？

　　诗的传统，对于语言艺术的诗，语言自然为载体。报上发表北京大学一九九七年开学典礼上谢冕老师的讲话，他要求中文系的学生，读《诗经》《楚辞》等都不允许通过今译，要读原文，不知是否也有这个意思。中国用汉语方块字写的新诗，除了思想的合一，怕是无法与另一种分行之语"接轨"的。可是，诗的表现艺术，无论中外，为诗就要是诗的诗质所定，又是不谋而合的相通。如有些人爱说的"象征"（symbol），不论西方最早用它作为解读《圣经》的方法，还是作为用一种事物指代另一种事物的词语符号，还是作为波特莱尔的"象征主义"思潮。我国也是古已有之。correspondances，最早译为"契

---

　　① 美国一九九七年十二月一日《洛杉矶时报·亚洲同资本主义文化病毒作斗争》及一九九七年十二月七日《香港虎报·公司的老战士能统治世界》。

　　② 《马克思恩格斯全集》九卷二四七页，人民出版社一九六二年版。

合"，目前流行的，称之"通感"，古人李商隐的"蜡炬成灰泪始干"这样的诗句，就有它。梁宗岱也是以《诗经》的"昔我往矣，杨柳依依，今我来思，雨雪霏霏。行道迟迟，载渴载饥。莫知我哀，我心伤悲!"就有"物我之间""各存本来的面目"，在"物我相看既久，或猝然相遇，心凝形释，物我两忘"①，也是"象征"的成功运用。辛笛又以李商隐的《夜雨寄北》的"时空交错"，卞之琳对西诗某些书面分行转行的排列方式，也认为可以从古典词曲中找到例证。凡此种种，举不胜举。这些问题，有的早在二十年代就提出来了，毫不新鲜。在此说这些话的，都是学贯中西的真学者。没有半个"假冒伪劣"。像梁宗岱，是法国为之国葬的大师瓦雷里的亲授弟子，辛笛是与艾略特有直接交往的诗人，这些话，由他们来说，在目前，起码比某些伪学者更权威。但，同是"通感"，杜甫用来与波特莱尔写女尸为"Etoile de mesyeux，soleil de ma mature"（眼中的星星，人之本性的太阳）又截然不同。不同的民族，不同的语言、文字，显出自身文化特征的表述方式，必然迥异于别的民族。若以教师爷教给小弟子仅仅像马戏的小杂耍一样在耍，自然不伦不类。若故意要以破坏汉语的纯洁性以示其"洋"时，传统的载体摧毁了，还从哪里讲传统。"传统"，民族传统不要，"革命传统"之"革命"又哪有存身之处? 然而，新诗本身就是由"文学"而"革命"的产物。开创时就有"诗体革命""平民意识"等口号的提出，从思想到形式，都是与百年的民主革命和社会主义革命互动。从郭沫若的《女神》到《天安门诗歌》，中间是一大串诗人和作品的名字。我在《冯至评传》中写过这么一段话:"呼唤时代精神，是每一个历史转折时期，出自人民大众的，民族感情的，而不是行政部署，配合任务的，对她必然热烈的呼唤，如'五四'、如抗战，如丙辰清明，很容易产生并为人注意而流传的作品，它往往是偏重于直抒胸臆，乃至有力的呐喊，有时，甚至需要坚实有力的口号。就在外国，如韩战、越战，美国那些一部能印百万册的反战诗集，也是这样。这是出自时代自身对文艺不容怀疑的

① 《诗与真·诗与真二集》外国文学出版社一九八四年版。

功利性，是任何人、任何力量阻挡不了的，谁要阻挡它，决不可能像事后以所谓新的审美要求来说三道四那样轻松，他在群众眼里，只能是道义上的犯罪。国难时期，人民见谁来这一套，只能视为不可救药的文化汉奸之所为。这样说，绝非提倡今天也都得那样去写诗。何况，它也有它值得总结的教训，就是它百分之八百的成功，文学任何形式的'克隆'也是文学的自掘坟墓。那类作品，历史的定位与历史的局限同在。历史，你可以对它有不同的看法，又绝对无法和不容改变。有些作品必然随着历史的过去而过去。这是极为自然的现象。实在没有必要以作家良好的自我感觉为中心，想去左右文艺发展的规律，改写文学史。"三十年代左翼写"国防诗"很活跃的诗人任钧（1909—2003），当时也有人认为他的诗太白，近日翻到一九三八年七月一日的《文艺阵地》，他的一首《悼知堂老人》：

最初，风闻老人已被害死，
我曾表示深深的悼意；
为什么不应该呢？——
因为他曾是思想界的先驱，
新文化运动的前辈。

后来，听说老人还安居在北平，
我又不禁感到欣慰；
为什么不应该呢？——
因为他曾是思想界的先驱，
新文化运动的前辈。

现在，如果老人真的投降了"皇军"
（我希望永远不会有这种事体！）
那就只好重新表示悼意；
为什么不应该呢？——
因为他已经"无疾而终""不死而死"

虽然他曾是先驱和前辈。

这首诗写得直白，作者几本诗集都没收入它，可能看它为贴近时事的应景之作。我们若要时事入诗、还是不要急就而粗糙。但在六十年后不少人对周作人"投降了'皇军'"是那多理解的温情时，这首诗的切入点，倒让我读出点味儿来了，"先锋"的崛起，并没有使它过时。

这样说，并非把它当作什么诗的精品和"经典"。却不难看到作者在六十年前，比之今天某些以鼓动一种倾向导向诗的非诗化者，头脑还更清醒，起码知道怎么去追求诗。

其实，世上有什么样的人，就会有什么样的诗。革命者不绝，诗的革命传统也一定不绝。八十年代我到边防阵地，战士们完全是自发地，无师自通地写得红火的"猫耳洞诗"，震惊诗坛。一本他们自己的诗集《镌刻在焦土上的诗行》，开印八万，后来一再加印，都是争购而光。有位那时才开始写诗的朱增泉同志，不是买书号，不是搞包销，现在已正版出版了五本诗集，印数都不低，比起某些"走向世界"的人物所自印、签名售书、堆在家里，来了人，见人一本的诗集，就风光得多了。诗人赵恺九十年代有首写新四军彭雪枫将军的长诗，很动人，对革命传统的浩然正气是有力的艺术传扬。可是，包括平日看来并不那么新潮的评论者，对它也是谨慎地沉默，它也就未能得到前者的风光。事情很复杂，诗歌运动中无法避免有些非诗的因素。这里，一定得补充一句，我并不认为坚持革命传统，一定得写革命历史题材。推动历史前进的改革，也是革命。一个人在日常生活之中的人生态度，从小见大，无不显见。时髦"告别革命"时，说一九八六年之前中国没有诗时，诗的民族传统与革命传统，更是他等看不顺眼的障碍。他们以"现代意识"为旗号，又想不露真面目的各色反诗的表演，不论它变化什么包装、口号，它能有这番气候，是要请社会学家来讲的。

但，人类不绝，他们赖以劳动，包括诗的劳动的生存以及他们越过进化向前的革命不绝，那么，诗定不绝，诗的革命传统也一定不绝！不绝，就要发展，就会发展。若也运用市场机制，又像现在许多经济纠纷那样，置诗于不公平的"竞争"，那么，她还没有投进市场，已被置于死地，真被历史扫进了"断层"，那么，我们坐在这里讨论这个话题，同志，你不感到很阿Q，很可笑吗？

　　田：现在有人认为我们这个时代是缺少诗意的。在技术文明与功利主义日益强大的今天，诗歌的任务是什么？诗歌如何体现自己的本性？这恐怕是新诗作者及其作品很少思考的问题。因此诗歌脱离时代、脱离生活、脱离人民关心的问题，更多表现的，是仅限于个人私情的小天地，就使诗歌发展陷入了窘境。您对摆脱这种尴尬的境况，有什么好的意见？

　　周：我完全同意您对新诗"陷入窘境"所道出的原因。这个世界，谁要想教人怎样写诗，实在可爱，但大家看到名之为"诗"的已不是诗了，探讨原因，很有必要。时代不同了，不同的时代就该有不同的诗。不过，无论科技的发展怎样改变我们的生存环境，文学始终还是"人学"。新时期，徐迟同志名闻四海的特写，写的科学家陈景润、蔡希陶等，作为"大写的人"之"人"的形象，说它在中国已深入到亿万人的心中，是一点也不过分。可他晚年，把他懂得的高科技写到作品里，读得人是云里雾里，就大不如前了。《诗经》里写到的生产，当然是很原始的农事活动，但，民间诗人在其中，是写人的精神和社会生活。过去，有些作品，以戏剧、小说为多，一些生产与技术改造的过程描写，看得索然无味，就是忘了文学的任务。科技、经济发达的美国，诗人惠特曼应该说是表现工业社会人的精神力量最热情的歌手。他以生命的歌与刚发明运用的电结合为"带电的肉体"这一意象，极富他诗之特点的色彩。乐观，也带有空想色彩地歌唱和呼唤"民主"。公认为是他诗风最好的继承人桑德堡（C. Sandburg, 1878—1967），就更直接写到工业社会的劳动者，乃至有"under his ribs heart of people""肋骨下是人民的心"这样的诗句，若将"rib"在英语中的多意，在"肋骨"外同样也指鸟的羽翮、桥的横梁，还可以更丰富阅读的想象。他的成名作《芝加哥》写到工人蔑视人们对他们的轻视之粗犷豪迈，是颇具魅力的形象。但，他与最早介绍到中国的美国作家德莱塞（T. Dreiser, 1871—1945）相比，后者小说中深刻、真实表现劳动者背后深刻的社会本质，表现它的繁荣背后，是失业、饥饿、贫困、社会贫富对立献在繁荣的祭坛之牺牲品的现实，就会感到桑德堡给人的遗憾了。

从域外到国内，这些作家的得失，都可以帮助我们思考怎么在高科技和物质文明下写诗的问题。

在现代社会的功利主义之下，物质与精神文明的，甚至可以更直接地说它与严肃文学的矛盾，百年以来，一直是个困扰文学的难题。今日，美国比惠特曼时代不知"发达"多少了。却再没有出现杰克·伦敦（J. London，1876—1919）、马克·吐温（M. Twain，1835—1910）这样一大批在世界有影响的作家。从杰克·伦敦那本看得到作者自己的影子，写出信奉"捷足先登，强者必胜"的原则，跻身到上流社会，偏偏在势力、市剑面前破灭幻想而自杀的《马丁·伊登》，就是这种矛盾在那个社会不可调和的深刻揭露。原苏联的文学，完全就是另外一个样子，是不同体制下所辉煌的不同的文学。

今天，我们社会的经济发展很快，事实证明，它并不会联同文学发展，但，它也不可能离开民族文化的本性飚升。上述的经济危机，外国专家不是早已说过："亚洲资本主义陷入危机，部分原因是，固有的传统文化和输入的经济价值观互不相容。"

作家体察它，是需要有一个调整自己文化心态的过程，需要一些时间。更重要的，我们的市场，不同于西方自由化的市场。真正的社会主义，是要缩小、消灭贫富差距的。经济是基础，不同的存在，对一时在巨变震撼的恍惚之中找不到诗意的人，也该是暂时的吧！

针对您的提问，用文字对仗作答，自然是"贴紧时代，深入生活、同人民共呼吸，走出个人小天地"。在我们当中，它既是真理，又是套话。不过，我想，有件事，您也一定注意到了，那就是报刊有雷锋到美国，在"西点"安家的报道，它是很具震撼力而令人深思的新闻。美国，想以此弥补"这个国家经济和政治传统的道德基础"之"公共文化"，是否奏效，再观实效。但，雷锋的精神家园，本来是在我们现在的生存环境，这是谁也无法改变的事实。为弘扬雷锋精神，贺敬之的长诗《雷锋之歌》，家喻户晓。十年动乱，周恩来总理卧病还念记着这首诗和它的作者，也很能说明它在人们精神世界的影响。它，可以说是"时事入诗"一型的作品。古代有的名篇也有这样写成的。杜甫，可说是我国最早以时事入诗的大师。前人说他"独就当时所感触，上悯国难，下痛民穷，随意立题，尽脱去前人窠臼"之《三吏》《三别》，就是摆脱过去以诗作时事之弊，而将自己"上悯国难，下痛民穷"之情在"时事"中深刻动人地表现出来。新时期，也不乏因时事入诗而写成轰动一时的"问题诗"的，但"问题"一了，诗也了了。可是《雷锋之歌》不同，它有李白豪放之风，又能随杜甫"就当时所感触"切入到更高的，表现我们时代理想的精神境界，表现了某些人认为"缺少诗意"的时代之时代精神的诗意。前面，讲到新诗融汇了各路诗人之长所形成的传统，就包括这样的创作经验。新诗今日的窘境，固然有部分是新的情况下的新问题，然而，有的问题，难道不是捧着金饭碗要饭而陷入的窘境么？我们不再说套话了吧，所有的道路都是为诗人开放的，怕也不能明令，不让谁进死胡同吧！

田：影响诗歌创作的因素很多，诗人自己的诗思、诗感，诗悟如何，直接关系到诗歌的成就。您对目前诗人的水平有何评价？

周：由您所问，我想，写诗也能"持证上岗"多好！中国作家协会入会的基本条件，就是要出过两本书。可是，当有些有价值的学术著作出不来的同时，有钱就能出"书"，这"书"是个什么样的"书"就很难说了。"企业家"交了钱可上"硕士班""博士班"，有职有权的，还可以叫秘书代为听课，也必然要代考，既有曝光的，也有"平安无事"的。《光明日报》八十年代在头版发过一则巴金谈评奖的几百字，不知什么原因，以后再也没有在他文集再现。其中就说到一次新诗的大奖，评委选自己，影响不好。要说，评委就那么几个人，选自己就让他选呗。但他们还有三姑六婆、亲爱者。甚至为某人病了，要给个奖以示安慰的都有。是完全与文学无关的市场交易。大家都如此"多多关照"，这奖又能说明什么呢？听图书发行的同志讲，为此读者也渐渐滋长一种逆反心理，把有些获奖作品与"炒"作的广告一视同仁，弄得也不好卖。然而，有一首许多人看了都不知所云的所谓"诗"，国外竟然有人据它改编到舞台上演。不知所云的所谓"诗"，怎么编成一台戏，很难想象，大概是以当中的"强奸""手淫""反动口号"之类的情节为主导编成的吧。这绝不是赏"诗"，是演政治。国内谁都不知道这出戏是怎么样的，他的上司也不例外。可是，外来的"信息"却叫某些人吃惊。当然，也许与此人还得过海外一再声明它们反共信条的社团一项大奖有关，马上予以破格提升。比起《人民日报》文章上说的《且慢"著名"》来，满天飞的"著名"是虚的，这样有为其所需的市场（不论它是什么样的政治）的，才是实打实的"价值"。为此，像周涛说的，没裁判（且还说"公正"的裁判）的球赛，这场球怎么踢下去一样，诗又凭什么来论它的"水平"呢？

本来，作品的水平，就是诗人的水平。新时期，新诗在拨乱反正时发出的时代最强音，已足以说明我们有一支高素质的诗人队伍。不过，我们还应该学习海涅（H. Heine，1797—1856），他对宗教、哲学、音乐、绘画、戏剧、文学的论述，不仅学识渊博令人叹服，而且对克服消极因素，以民族文化的积极因素促进德国革命，有一般枪炮所不能有的理论威力。他的诗歌也不是一般的诗的水平。今天，当新诗处于低谷，我们也不能将这份原有的潜力化为乌有。

若说"先锋"要因人而异，诗人的水平就更是因人而异，有时一个人还要因时而异。前面引到一段《母语》，它的作者成名之作《致橡树》，恰恰"成"于前者的"败"点上。诗，重要的是构思和语言，它的构思不算独特，甚至同过去有些译诗有过相近之处。但它爱情独白的语言，清丽、雅逸，对于在十年动乱听多了帮腔帮调的读者，它的清新、亲切感，在当日既是赢得读者的重要因素，在今日也恰恰对比出作者后来创作的问题。一位老诗人看到报刊披露这位作者已不愿提她早期作品的心态时，对我说，如果她没有《致橡树》《祖国呵，我亲爱的祖国》，我们还承认她什么呢？这一问，问得真好，不过，作者显然要以新作展示她另一种"审美"价值的水平，为此，她也有权求得以另一种观念的认同。若以她前后迥然不同的作品论水平，那么，就有以何种文艺思想看水平的问题。在"先锋"又"多元"的诗坛，新诗"现代意识"之克隆，并不比过去图解政策的诗弊有所淡化。有的尽管用了不少晦词涩句，也是某些意识赤裸裸的图解。它的"泡沫"现象，也是被人用来展示"水平"与"繁荣"的。因此，就不可能离开不同的文艺思想看作品的不同水平、价值。

本来，我更愿多讲点艺术，痛心这些思潮所导致非诗化的恶性癌症之蔓延，话已到此，再讲别的，也就不能不考虑，我们现在是哪一"元"的文艺思想成了实际的导向呢？

田：我国是有悠久历史的诗国。当前的诗坛作品太溜，好诗少，平庸之作多。对于一个民族来说，应是一种文化灾难。诗歌发展的这种状况，令人忧虑。那么，您认为，要发展新诗走上健康之路，我们应该从哪些方面来做出努力？

周：随着新诗问题成了目前的一个热点，我注意到，有要建立新的诗体之呼唤。针对目前一股新诗形式的"自由"而异化到失去诗的自身特征，语言不仅没有音乐性、节奏感，而是发展到了念不顺的恶性状况，这时提出新的诗体之建设，有它的实际意义。然而，百花齐放，自然包括诗的形式多样，不论是一窝蜂的恶习，还是某种"意识"排他的一统，格律诗都应有它的位置。同时，它也不应排斥自由体诗。但"自由"的，要"自由"到已无诗形时，也不该当诗来论。五十年代，有过一场规模较大的讨论，诗的数量不算多，但写得精致，也很有影响，是绝对非常懂诗的何其芳同志，其间是大力提倡"现代格律诗"的，但没有取得什么实效的事实，还是一份经验教训。同时，据海外报刊报道，内地又有一种要与过去八十年的新诗划清界限的办法，有另立门户的"中国现代汉诗"。这个又是"现代"又是"汉诗"的诗，又是怎样的诗呢？我听日本朋友说，他们上学时读的李白、杜甫，就统称"汉诗"。一首张继的绝句《枫桥夜泊》，古日语好的朋友所读的版本，就完全是汉字，只是读法不同，诵读起来，也是抑扬顿挫，优美动听。一般学校的课本，也是"姑苏城外的寒山寺"，汉字加个日文"の"字。"夜半钟声到客船"也只是在语法上将主、宾、谓改为主、谓、宾或动词、副词的日文。不是当代流行的日语。不然，就是古汉语今译，都要变味的。既然如此，它怎能和

"现代"接轨呢？若对外"接轨"了，是否也要人家更新观念，将李、杜所属的"汉诗"之名废了，或加个定语叫"中国唐时现代汉诗"？"现代"二字，照"崛起"论，它可是反传统的，但照中国新文学史的界定，"现代"却是囊括新中国成立前的左翼、抗战、解放区的作品的，它们既被"崛起"论早已扫入"断层"的"腐朽"，"现代"二字于此，又是"崛起"论者所愿么？若它是"一九八六年以前中国没有诗"的分界标志，那它就是个思想，乃至政治界限了。若只是名称上如此标新立异，想这样玩得诗能崛起，那它也就是诗所不振的根子之一。若有"英国的英语诗"大概还可以，尽管有"美国英语"，乃至直呼"美语"的也有，但称"美国的英语诗""加拿大的英语诗"也不错，但若叫"日本的日文诗"，只能啼笑皆非。这些东西，丝毫无益于诗的振兴。

任何时候，任何情况下，生活还是创作的唯一源泉。创作的素材、题材，尤其是诗的这种文学样式所需要的激情，都只能来自诗人对生活的深情。可是，从生活里看到什么，感受到什么，表现什么和怎么表现，自然也有个艺术技巧问题，总的还是"思想"在生活积累为作品丰厚的积淀中，艺术才能为它的深刻而深刻。诗，拒绝说教，也同样拒绝非理性的歇斯底里。哲学家，其形而上也不是完全可以摆脱形而下的，作家和诗人，若无生活，也无法形象思维地思想。大诗人多是思想家，有的有不亚于他们诗句的学术论著。有的不一定用学术著作论述了他之所想，但他们留得下来的诗，也一定是表现了较深刻的人生感悟之"思想"。新诗中有两首很容易记忆的诗，除了前面多次讲过的，卞之琳一九三五年写的《断章》，还有韩瀚（1935—）一九八〇年写的《重量》——

> 她把带血的头颅放在生命的天平上
> 让所有的苟活者都失去了——重量！

它是众多纪念张志新的诗作之中，最令人难忘的一首。作者完全抛开烈士被杀害过程的细叙，或"浪漫"地、直抒胸臆地以时事入诗，用太史公对死得重于泰山与轻于鸿毛的警言，形象地用"生命的天平"富有喻意地表现出来。这首诗，在各报转载之中，还有另一种书写排列形式：

　　　她把带血的头颅，
　　　放在生命的天平上，
　　　让所有的苟活者，
　　　都失去了
　　　——重量。

若以它与前一种书写排列的方式论是非，已近无聊。重要的，在它对烈士的悼念，已从思想上升到生死观的人生哲思作了凝练和凝重的表达，前面不是讲"水平"嘛，这也是从诗的"断层"里闪光的水平。

　　这首沉思性的诗，激情动人，如艾青的名句"为什么我的眼里常含泪水？因为我对这土地爱得深沉……"，它的内容，已散发诗的芬芳。那些内容贫乏、思想苍白的诗，主要就是缺此而引发了诗的贫血症。

　　同志，你说得好，讲了"健康之路"的"健康"二字。诗的"贫血"，就是要深入生活、健康地提高作者思想修养以增强诗的造血功能。程蔚东说得好："文学总是在老百姓中活着！"要诗能服务于人民，就不能不要它加上"健康"二字。不然，人家在宾馆里吃喝玩乐，也是以"现代意识"更新观念地以此在"生活"，是另一种需要的"思想修养"，以此写出的许多新潮诗，它也是满天泡沫飞的"繁荣"。在高唱"人人都献出一点爱"时，"思想倾向"，已是忌语。但老百姓、人民大众当中的诗，我想就得从您说的"健康"二字开始，以健康的心态，去生活、去思想、去写作。这一基本问题解决不好，满天飞的泡沫，转瞬即逝。

　　田：我想，接下来就有一个无法回避的问题，就是要繁荣社会主义的诗歌艺术，确实存在一个标准问题。近来，我国文坛关于"经典"的讨论，实际上也与这个问题有重要的关系。您在《走向二十一

世纪的中国诗歌笔谈》中说了一句很透彻的话：革命的文学，要以
"告别革命"的态度去看，哪里还有什么"经典"？在新时期的诗歌
与创作评论中，这一问题的表现如何？它反映了什么倾向？

　　周：在谈这个问题之前，请您注意一九九七年十二月十七日《光
明日报·文荟》上有位刘明银的，谈选家从"沙里淘金"的"砥砺
的'经典'和为文学的精神"时说：

　　　　对当代文学进行经典性的审视和总结，这是第一次，这样的
活动由谢冕来做似乎天经地义，然而这第一次的热闹和冒险，谢
冕是早有预见的，这好比是给活着的人写墓志铭，写完了要给被
写的人去审订，好话自然好说，坏话就要冒相当的风险。其实那
被写了墓志铭的人大可不必这么紧张和不冷静，如果你还有为不
中听的墓志铭愤怒的力气，大概就还有可以继续创作的能力，拿
出新的作品来改写你的墓志铭，岂不更好？哪怕你看不到新的墓
志铭了，但你大可不必担心你的大作得不到承认，即使不是谢
冕，总会有人为你补上光辉的一笔，使你的巨著在历史深处永放
灿烂的光华，因为谢冕从来就没有标榜过他是唯一的经典代言
人。是他第一次用"经典"的方式为当代之作量了量身高，肯定
以后还会有类似的测量，只要你真的很高，或将来会长高，慌什
么呢？

由这位要伙着替人写墓志铭的先生如此一说，似乎对"经典"有过不
同意见者，全是一帮吃不到葡萄喊葡萄酸的家伙。这倒恰恰暴露了说
此话者的阴暗心理。不难看出，除了你伙同吹喇叭、抬轿子外，文化
专制，党同伐异拿着的棍子、帽子，就是不让人说话。可惜，可能洛
阳纸贵，至今没有看到该书，只从报上看到议论特多的一份选目。最
早对它提出异议的，是诗人公刘的《且慢"经典"》，他虽然没有达到
入选"经典"十四首的最高纪录，在非新潮派者之中，还是选家从沙
里淘金为他淘出不少金的诗人；接着更引人注意的，是作家韩石山的
《教我怎么敢信你——致谢冕先生》，韩石山他教过书，写过小说，又

做学问，出版了《李健吾传》又在写《徐志摩传》，唯独不叫"诗人"和"诗评家"。这篇短文可是认真做学问的心血，对照了两部"经典"后找出它的"硬伤"，直率、尖锐地就做学问的态度提出了批评。同时，《文汇读书周报》用整版篇幅小字排出，编者"以期引起讨论"的《当代先锋诗十病——兼向谢冕先生求教》，经打听，作者是位埋头辞书研究的学者，也非诗人。从文章看，比起那些以"先锋"唬人者，他对"先锋"是认真研究做学问的。诗人邵燕祥致信作者道：

　　我不懂自然科学，但凭直感和常识，自然科学对于从事科学试验和探索的人不是全无要求的。且不说想从"崎岖小路"攀登"光辉顶点"需要具备哪些必要的素质，倘缺少必要的文化知识的准备，则"试验"和"探索"之始就是注定没有前途的。我又想起八十年代初，刚刚睁眼看世界诗歌的中国，开始介绍欧美意象派，这里就收入到一位还没摆脱所谓"帮腔帮调"的作者来稿，附信自称他的创作完全符合意象派的原则，他早就在写"意象派诗歌"了，类此情况，除了自为妄人，还有什么办法呢？

　　这些想法，也不是今天才有的，但因我不可能花时间大量占有材料，细致分析，认真论证，而遽尔发些感想式的议论，不加区别，恐在刺那少数吃诗歌饭的混子、骗子（此外还有棍子，容易识别，姑置不论）的同时，伤害了不少真诚地写诗特别是写先锋诗的中青年朋友。今读大文，您对于那些"抛开西方'后现代批评'和'后殖民批评'理论本身强烈的批判精神，只禅贩它们的一些话语皮毛，来误导诗人，吓唬读者"的诗论的批评，我以为是中肯的。而且仅从篇末附录的参阅文献，便可知您所取的严肃认真态度；您不是持某一流派的立场，而是作为超越集团利益的评论家，关注在诗，我想即使不同意您的意见的诗人，也会体会您的一番苦心。我希望此文能公开发表，哪怕引起争议也好，如能认真讨论，没有非诗非文学的因素，例如权力的干预或"搅和"，则不必要求结论，讨论本身就会促使人们作进一步的思考，有利于活跃学术空气，有利于今后的诗创作。①

这样的态度，不能说不宽松、宽容、宽厚，且是为了学术民主空气的酿造。若有人为它涉及一些具体问题"对号入座"，且大动肝火，又是学者风度更靓的表现？在这种人面前，什么"苦心"也无用。这更提醒我们，在讨论之中，不怕意见分歧，却不能不严防"少数吃诗歌饭的混子、骗子（此外还有棍子，容易识别……）"又在他等极力赞赏的"破坏"之中，造成他们需要的"极动人的景观"。

"经典"，过去是用以泛称宗教的经书和古代儒家的经籍。白居易《苏州法华院石壁经碑》"佛涅槃后，世界空虚，唯是经典，与众生惧。"除信徒以对宗教的虔诚，想以经典弥补世界的空虚。无神论者，对文学作品的"经典"，也是视其可以传世而近于"与众生俱"的文学作品，法国批评家圣·柏甫（C. A. Saint Beuve，1804—1869）还写过《什么是"经典"》一文，他说：

> 真正的经典作者是丰富了人类心灵，扩充了心灵的宝藏，令心灵更往前迈进一步，发现了一些无可置疑的道德真理，或在那似乎已被彻底探测了的人心之中再度掌握某些永恒的热情者；他的思想、观察、发现，无论以何种形式出现，必然开阔宽广、精致、通达，明断而优美；他诉诸属于全世界的个人独特风格，对所有的人类说话，那种风格不依赖新词汇而自然清爽，历久弥新，与时并进。

在西方，有人既可问"既然历史尚未终结，我们怎么知道古希腊艺术会有永恒的艺术魅力"，有人也就请珍视它在不同时代和不同地区流传了两千多年都受到欢迎的事实。对"经典"的解释，从来都有不同意见，也不是毫无客观标准。无论怎么说，在人们观念里，入"典"者，就是具有某种典范意义的作品。这个谢冕教授圈定的"经典"，

---

① 《文论报·邵燕祥致钱玉林》一九九七年十二月四日第三九八期。

由于它还有个一九四九至一九九六的年限，就可以看作近五十年的经典大系。可是，这期间的中国新文学运动的历史，并非文学"新潮"史。这"经典"，也非"新潮"或是别的，有它特定内涵的"主义"和流派的"经典"，于是，有的同志问小说中怎么没有《青春之歌》《红岩》等一批在新中国影响了几代人思想感情的作品？有的文章开出不少作者认为是产生过积极作用，有过"轰动效应"而没有入选的诗作名单。

凭个人兴趣的选本，唐代不选李、杜的，也是有的，这既不妨碍它的存在，李、杜也不需要它来标出市场价格。编者不论张扬什么样的"审美性和民间性立场"，不知它，也无妨；怎"张扬"，都由他。可历史，是任何人，盖世英豪或混世恶魔都无法改变的。既要它的名分定格在文学大系式的"经典"上，这经典就应该是新文学运动半个世纪凝成的文化结晶，是民族文化之民族精神的体现。读者也就同样有权看它是否名实相符。就是不读新诗的人，也要从它圈定的目录，看它怎么反映共和国历史的精神全貌。为共和国流过血流过汗的人，此生对某些不尽人意之事可能意见不少，若将与他命运相系的历史庸俗化，乃至篡改，歪曲得不成样子，也是无法忍受。何况这些年，国际风云变幻，解体前的苏联，就是从有些文艺作品否定历史，开始埋下一些解体的定时炸弹。

西方叫嚷他们的进军不用别的，只要在他们占领的市场，想法子叫人们"能喜欢摇滚乐和麦当劳就行了"。当此话成了他们现实的凯歌，就不能不细看此中非刀枪的刀枪效应。

这一"经典"，出版广告是列为"工具书"的，若以它为"工具"，就不像一般选本，不能凭个人兴趣、好恶所为。多年已不写诗的老诗人沈仁康（1933—）呼吁"诗人，首先把自己的灵魂打扫干净，还诗歌一个净洁的形象"时说：

　　诗人应该有一个真善美的灵魂吧！但有不少对某诗人杀人，宣传得比真善美诗人更起劲。报纸报导，某诗人因犯罪而被枪决了，灵魂如此污浊，能是"诗人"吗？鱼龙混杂到如此程度，有

时，"诗人"成了普通百姓讽谕的代名词了。等而次之，公然叫嚷"我再强奸你一次"的流氓声音有之……①

沈仁康所说的杀人犯，已为千夫所指，"经典"却不乏其诗，如此"躲避崇高"，正是不考虑道德后果的邪恶。以它体现"新思维"的报导，特别提出它选了崔健的歌词。它当摇滚乐唱唱，是另一回事，相比将茅盾（1896—1981）打入另册，将摇滚乐《一无所有》作为文学运动的文化结晶，那就看日后是谁替谁写墓志铭了。

由于八十年代之前，大陆还不可能公开、大量出现"先锋"诗，选家既不愿空白了"先锋"，也撇不开有些旧人，如我讲过的《正是杏花二月天》，从诗风、水平，都无法作为李季新中国成立后的代表作，选家若看中它是情歌，它也不是一首写好了的情歌。闻捷的《吐鲁番情歌》刚出来时，读者确实是在诗的生态不平衡而久违情歌，对它有过几天惊喜，很快，就感到它所受伊萨科夫斯基（М. В. Исаковский，1900—1973）的影响太明显，读者对闻捷的热情也转向他那些内容更厚实一些的《天山牧歌》等。就是京派作家汪曾祺（1920—1997），偶尔有点新诗，也是自成一格。他一九五七年送给《诗刊》的一组《新春》，其中原本包括以下这两行诗的——

　　　　斧头砍过的再生树
　　　　战争丢下的孤儿啊！

徐迟嫌它受庞德与意象派决裂后的旋涡主义（vorticism）影响而送回了他，后来发表在同年四月一日上海《文汇报·笔会》。汪曾祺这两行诗，作为语言艺术，还真是用周作人所说的"古已有之"地将两个"有点共通的地方，所以用来起兴"，将孤儿与砍伐的再生树对映起来，不论说是"象征"还是"起兴"，倒是可懂的诗。它，起码是解放后最早出现的探索性的作品，但是，"经典"一旦成了"先锋"，

① 《诗刊·从弹钢琴到诗人创作》一九九七年十二月十日第三四三期。

且是决定某种圈子的"先锋"。别的，能作配衬的，都很少了。

为此，选《独身女人的卧室》一组可以高达十四首，水平怎么也不会高于前者的李小雨（1951—2015）、梅绍静（1948—）等当代女诗人的作品，就不是此处所需的"女性文学"了。

同样，梁小斌的《中国，我的钥匙丢了》，选家以它表现了一代青年的迷惘取胜，但在同一时期，同样能反映当时一批新人的思想状况和创作水平，读者欢迎，内容也较积极的，如杨牧（1944—）的《我是青年》，叶延滨（1948—）的《干妈》等一批新人新作，人家却一首也看不上。

港台诗，更有它地域、文化特点的，应该是他们的乡土诗，同样，连当花瓶都不够格。

有人为它"九〇年代风起云涌的新潮小说无一人选"等问题提出的批评，很有意思。"新潮"也是"先锋"吧，该是一家，也就以为这是"在具体操作中有所妥协、迁就"①的结果，哪里知道，在此"先锋"也得是某种圈子的"先锋"。

所以，不论用了多少陪衬、装饰，选目都强烈地表现了它的思想倾向。

由此，进步的、左翼的，在"告别革命"时，还有什么"经典"？提出"告别革命"者所言的"革命"，是以一副观世音的姿态，别有用心地将革命等同暴力、战争、流血所吓人的恐怖去推销他的"告别"。他们眼里，不用枪炮就可得殖民地的经济战，不知是否就是他告别前者之所获？人类于历史长河中的进步果实，都不是从天而降，得付出巨大的劳动、智慧乃至流血为代价的。过去抛头颅洒热血的能人志士，并非是宣扬"告别"者所说的傻瓜。人要没有理想，坐在沙发上喝着咖啡谈"告别"，也与现代养殖业中一眼看不尽的畜牲无别。去年十月在长沙举行的一次谭嗣同的研讨会上，国外来的哲学、社会学的多位学者都一致表示，"告别革命"把国父孙中山和谭嗣同、鲁迅都否了，要替袁世凯、周作人翻案，是"哗众取宠，讨好

---

① 《文艺报》一九九七年八月三十日第一一三九期。

西方的殖民心态"，他们无法接受而不能不反对。谭嗣同，是与近代
"诗界革命"的代表人物黄遵宪一同办"时务学堂""南学会"的，
且不说他是"戊戌六君子"之一的受害者（当然是要流血、杀头），
他抨击封建专制及其纲常，没有民主革命精神，不可能有那种大无畏
的气概。

> 为人进出的门紧锁着，
> 为狗爬出的洞敞开着，
> 一个声音高叫着：
> ——爬出来吧，给你自由！
>
> 我渴望自由，
> 但我深深地知道——
> 人的身躯怎能从狗洞子里爬出！
>
> 我希望有一天，
> 地下的烈火，
> 将我连这活棺材一齐烧掉，
> 我应该在烈火与热血中得到永生！
>
> ——《囚歌》，四川人民出版社一九七八年版

这是在重庆中美合作所渣滓洞集中营楼下第二号牢房墙壁上发现
的叶挺同志的题壁诗。将军惨遭国民党反动派的迫害，以诗言志，与
诗同在，诗的历史又怎能与中国这样的历史无关呢？

正义与邪恶，生与死之间，从狗洞爬出求生者，他是狗还是人
呢？和平年代，中国人民纪念南京大屠杀，正是不愿再重演历史流血
的悲剧。可是，难道不忘国耻，也可以在"告别革命"中记取么？

新诗的光辉，是与人民同命运、共呼吸而同在的。对历史的尊
重，也是对诗的尊重！今日，明天，民族的奋进，都不能没有理想精
神。不讲"社会主义"，讲孔老夫子要诗"无邪"，讲"道德真理"，

总该无所忌和惧吧。是条好汉，拍拍胸脯，比羞羞答答好。不然，表现社会和人的诗，只有梦呓和床第之间的游戏，还能有诗么？在此谈诗，若不流于无聊的清淡，要没这点精神，有点是非，还能争鸣，又有什么可谈呢？

感谢这一"经典"，由它论及的是非，将沉寂在大家心头多年的问题提了出来，都能冷静、客观、严肃对待，并警惕思想、艺术引向歧途的理论导向。个别扬言以此要为别人写墓志铭的狂妄之徒，只要我们国家不会变成一个他们为之翻案的袁世凯重来，成为一个不要民族传统，否定人民历史的"先锋"政权，那么，想为别人写墓志铭者，也许写的就是自己的墓志铭。新诗队伍真正的力量，才会在它处于低谷之中表现出来，开拓新诗发展的道路。

田：您上述看法，听了很受启发。诗坛出现以上令人担忧的现状，正如您的文章所说，"不可能不受那些泛滥成灾的各种'理论'影响"的误导有关。您还说，要是照这套"新思维"来"治理"诗弊，绝不会比解体前的苏联用于治国的"新思维"好。这话，既形象，又深刻，您是否就此再谈谈？

周：以上七个问题，其实都是从不同侧面回答了此一所问。"新思维"，是从报纸公开报道北京有大学以《经典》作文科教材，让教授和学生都从它的"新思维"对新文学运动中的作家与作品有了一个不同于过去的认识。这无非是近年沸沸扬扬的"重写文学史"的口号付诸行动，以一项"大工程"的告成，在世人面前展示其行动的威力。

"文学史"当然可以有不同的写法，有不同的版本。但不同版本，也不该是谁的"克隆"，应该是对某些史实，有新的材料补充，提出新的看法。但，你的"美学原则"可以另撰历史，可历史却无法选择那"美学原则"对历史的虚无。人们为此激起一波又一波的愤激之情，显然是为如此推翻历史，篡改历史。新诗，乃至整个文学、文化，都是随着中国的民族主义革命和社会主义革命而运动的。新文化运动的过来人，和对它严肃认真的研究者，怎么也无法容忍将茅盾打入另册，嫌鲁迅的作品在孩子课本上多了，恶于为打他入另册的前奏。过去，由于"左"的影响，有的地方只注意左翼文学，对名之"非主流"文学活动注意不够或忽视，使史的面貌不完全、欠科学，成了左翼文学史，当然需要对它修正、补充。但要站在右翼的角度，或把它写成新文学的右翼史，同样只好请能接受它的，和主张如此的人出面，让广大群众向他讨个说法好了。

　　不过，那些人从未拍拍胸脯，明明白白，干干脆脆说个清楚。"朦胧诗"的"不让人明白"的理论之"朦胧"实践，只是在某种气候下"不便明言"的一种包装形式。不然，不论弄得多么神秘莫测，实际上又一味张扬"新思维"和"现代意识"者，他们对诗实际操作于"躲避崇高""淡化意识形态""告别革命"，等等，还不够他们"自我表现"吗？只有一点，就是他们在欣赏自己"反"这"反"那时，对诗的神、形俱被破坏得丧失殆尽之事，却闭口不说，反而在弄得诗已非诗的"极动人的景观"里，大谈他们诗的崛起。真是自欺欺人又欺世盗名！

　　钱玉林先生归结当代"先锋"带给新诗厄运之十条为：

> 韵律全无，美感消失；
> 枯燥无味，"哲理"成灾；
> 感情冷漠，远离现实；
> 杂乱拼凑，无帅之兵；
> 故作神秘、崇尚怪诞；
> 唯洋是尚，伪体横行；
> 坐井观天，大言欺世；
> 批评失范，假话成堆；
> 自我封闭，狭隘单调；
> 主义至上，真诗消亡。①

---

　　① 玉林：《新诗的厄运与当代先锋诗——兼向谢冕先生求教》，一九九七年十二月四日《文论报》三九八期。乃文中提及十月四日《文汇读书周报》玉林先生《当代先锋诗十病——兼向谢冕先生求教》的修订稿，原先提的十病，归纳为十个小标题，此处引文即出自此。

这套将"真诗消亡"的"理论"与手段，过去的唯美主义者都不是这样干的。这不都是很强烈的意识形态之所为么？这些骗子要不"告别革命"，还真是亵渎了"革命"！

他们"淡化意识形态"的口号提出，恰恰是极其虚伪又特强烈的意识形态之所为，要别人"淡化"，无非是便于他等的意识强化得可以长驱直入。诗坛如此之弊。正是"新思维"治诗的恶果。说它不会比前苏联用于治国的"新思维"好，只是它还未能崛起到可以伸手夺权乱国，但它对人的影响从而影响到家国之事，也不能漠然视之。近日，听到议论有些人物，被他们热衷加盟的海外某公开重申办社的"反共"信条之"先锋"社团，也公开了他们的加盟者，为此，加盟者埋怨被该社"出卖"之懊恼，人们自然热议这些加盟者。他们到底是被"出卖"，还是另有内情，咱不清楚。但它总在说明那些人的"纯艺术"之不"纯"，太虚伪地附属政治。从贵刊一篇《夏日闲话》，间接知道张继小说《乡选》的故事，在那财大气粗的老板已是乡里"一号人物"，在乡选中要求自己亲自出任乡长，让政府成为他手下所属的分公司那样，唯他是命时，虽然党委利用民心没让他得逞，也很无奈。

小说是讲基础对政权的影响，意识形态的作用呢？在我知道了周边金融风波之因果后，也无需再多讲什么了。可是，以"新思维"作文科教材的新思维运作，如果真是市场竞争的结果，无话可说。若是任其很风光地闹得诗已非诗，我们一边还起劲地叫诗的"二为"，那么，这些话又说给谁听呢？如若不记取教训，不按艺术规律办事，以为多鼓励"题材决定"，图解正确的意念的作品，就解决了导向问题，恐怕就给"新思维"的滋生提供了条件。

对不起，对不起，拉拉杂杂说了这么多。因为集中议诗弊，难免也像《乡选》表现出那种无奈和沉重。我永远记得，在"猫耳洞内，几十种诗报、诗传单就在人们手上传递着、朗读着、评议着。这些原来写在纸烟盒上、罐头标签上的诗，并没有想到会这样在战地长上翅膀。让闷在洞里的人望到她在生命的骄傲与自由之中，飞翔在心灵高空"的情景。虽然他们笔下一时还看不到真正的经典，但诗的兴衰还决定于他们。对诗的前景，我充满信心。即使照"新思维"治得没有一行真正的诗了，我还是那句话，新的《诗经》还会在普通人的劳动和生活中产生。不过，若要等到"新思维"将诗夷为废墟后再来收拾，代价也太惨重了。

田：谢谢您接受我们的采访！

周：也谢谢您和编辑部的同志们，提供了一个这么好的机会，让我同读者谈心！

（原载《文艺理论与批评》一九九八年三月第七十期）

读吴晟

一

有庸才当诗才，也就有天才被埋没。

这种事实上的不公，现实中往往就是这样不公地存在；虽然诗人的才华并非闪现在诗行之外的光环，而才华洋溢的天才之作，未被权威或是社会认同之前，就是一字不易，也可视而不见。于是，得到承认甚至捧场的，既有珍珠，也就会有混珠的鱼目。

诗人吴晟，在台湾诗坛"现代热"时，不趋时髦，坚守自己归属于草根的信念，实实在在生活，默默踏实探求艺术，写人的生活和生活中的人，清醒地完成了诗人所以为诗人的一项重要课题，也是完成自己为诗为人的最高诗的价值。

傲不趋时，谈何容易；无人首肯，理有固然。

吴晟的诗，不易埋没。台湾"第二届现代诗奖"，吴晟获胜。从这项由华侨捐赠而设立的诗奖，人们才认识到"乡土"的价值。诗人余光中（1928—）讲："等到像吴晟这样的诗人的出现，'乡土诗'才有了明确的面貌。"颜炳华讲到大家"发现这位写'乡土诗'的诗人"后，环顾诗坛，深有感触："诗人的美名、桂冠，不应属于那些即兴式的，除了咏叹私己情感之外，别无关心的诗人。而应归于那些反映现实、抓住时代感觉的诗人——真正的诗人。"周宁评论吴晟时讲："我们不会忘掉真挚地蘸着血写诗的人；我们不会忘掉将人类坚韧生命力如此具体表现出来的人；我们不会忘掉将拙朴本性，在诗中凝成一种气质的人；我们不会忘掉在诗里揭露了庄稼人生存心象的人……"

当"现代诗"在台湾自认为划时代的"再革命"中而成了消失了诗的"革命"后，这时，人们双眼一亮：原来眼前的"乡土诗"

就是诗的新大陆。

二

吴晟，本名吴胜雄，一九四一年生。出身农家，从小从事农事，尝尽辛劳。读初中二年级的时候，就开始写作和发表诗作，是一个早熟的少年结下的不成熟的涩果。他误信自己写诗的天才之偏狂，以泛滥成灾而无法节制的创作冲动，置功课于不顾，大肆制造分行抒写。同学潜心功课，他却沉迷文学，学业近于荒芜。他曾有过这么一段自述："初三那年，一个下雨天，我父亲专程来八卦山下的学生宿舍找我，父子两人在泥泞的路上一面走着，一面讨论升学问题。父亲几乎下跪了般苦劝我能及时回头。讲到最后，一直低着头的我，感觉父亲的声音有点异样，抬起头望他，才发现父亲的脸面，不知何时已是满满的泪水。那是一张多么愁苦的脸，一张对儿子的前途近乎绝望的脸。他痛心，正预知了写诗将会遭遇一连串不顺遂的现实折磨，也预言了我将在艰苦的心路历程中，受尽永无休止的折腾。"高中毕业，吴晟还是执着地追求诗。父亲骑车在车祸中不幸去世。他内疚于有负父亲望他学成的愿望，更想用笔墨写出父亲克勤克俭、热心公益和他代代生根之土地的形象。

吴晟升入省立屏东农专。家境穷困，又必须在印刷厂打工，给机关、学校送货维持生活。在遭受各种官腔、白眼之中，默默承受屈辱。吴晟在《工人手记》中说："有阴沉的脸色压迫而至，有咆哮灌向耳膜，有家人焦灼地索求接济的限时信，凄冷地刺激着我淌血的心。惶惶然，戚戚然，但一切终究必须忍耐，忍耐啊！这个民族传颂了数千年的苦难的美德。"诗人认定的"美德"，也使自己认命。在《也许》中写道："正有一只伸自未知的大手／永远覆盖着答案"，以至于读者难辨它是出于悲痛还是漠然：

　　所有未发生的

　　也都不会发生

　　枕着不因谁而响的潮声

且容我就此眠去

——《空白》

这样感受的生活，诗行中就出现诗人的感情阴影；这样的生活，使他深深融合在生活底层。切切实实的生活，与梦幻绝缘，教人更懂得生的艰辛与意义；人生的磨练，也是对诗的磨练。

有助于认识、研究作家，所对作者经历的了解，用于吴晟，尤为重要。他的许多作品，几乎就是诗人经历的本事。而他的经历又是与下层民众共命运的经历，于是，他也就不是"除了咏叹私己情感之外，别无关心的诗人"。

如果，诗人命运的坎坷在诗行中有时流露出悲凉之情使人黯然，那么，他认为："诗人不是技工，不能专谈技巧""重要的，应是如何交出良知，接续数千年的民族命脉，并将这个时代真实的声音留下来"的追求，使人振奋。他说：

> 今日我们的诗坛，不乏矫意的田园诗人，他们写农人荷锄高歌，写炙人的太阳多么温煦，写水田仿似柔柔的地毯，而不识锄重累人，烈日灼人，谷芒刺人，不识天灾与虫害。水田更是走也走不尽的艰辛路程。
>
> 变化节奏急剧的现代社会里，各种现象的激烈对立，互相矛盾、互相冲突，性向扬善隐恶的民族性，又使我们不忍注目丑恶的一面，甚至连发出声音的勇气，亦因惯于沉默而丧失。年轻的诗人们，如何腾越这种危机，如何在这充满私心，追逐私欲的时代，忍过诸种精神拷问的困境，将身躯推入真实的现实社会，去了解，去关爱，将这一代的声音，真切地烙印于历史的一页，应是今日诗人的最大课题。

当日台湾，这些已是人们最初接触文学所接受的诗教，却是对"现代诗"甚嚣尘上的"再革命和现代化"的真正的革命。

三

台湾"现代诗"的"再革命和现代化"，虽然先于大陆鼓吹新诗"现代倾向"的"崛起论"，两者却有异曲同工之妙。"崛起论"的影响当然不应低估，但它毕竟不像"现代诗"统治台湾诗坛达十年之久。

崛起于五十年代的台湾"现代诗"，拾起西欧"波特莱尔以降"的残梦所作的"再革命"，也是拒写"溶解在内心的秘密"之外的世界，抛示醉语、梦魇、不可索解的潜意识、闭锁自我的孤独、苦闷，绝望于自设的精神陷阱。

讲诗的"视觉效果"，强调形式的作用而走到极端。搞的"句构和逻辑的切断""诗的空间性"等表现"技巧"，已不再是服务于内容的表现，成了"现代诗"的目的。但是，反语法、反逻辑的"技巧"和反理性、非逻辑的内容又是互为因果的。语言的"营造"成了文字游戏，晦涩的诗风，成了拒读者于诗外的沟墙。

远离青年、民众以及知识分子的"现代诗"，自绝读者。但对它理论基础的摧毁，还得归于一九七二年的"新诗论战"。从关杰明对港、台"现代诗"深入的批评开始，那"文学的社会性""文学的民族性"等问题的提出，正是宣告"乡土文学"向人们走来。

"现代诗"鼎盛时，忘了有读者对它怀疑、厌恶，有昧事实；说它处于被批判的位置就失去全部市场，也非真相。对那些一开始接触诗，除"现代诗"还不知"诗"为何物，也不知新诗传统是什么的文学青年，"现代诗玄而又玄的诗学"还严重地束缚他们手脚，同时，在没有另一种真正归属民众的好作品能取代它时，论战者也不能取得自身理论的彻底胜利。

一场论战之后，诗风新旧交替，"现代诗"的影响还没摆脱，另一方注意写得明白易懂，还不可能建成自己新的诗风。不见"现代诗"的废墟上矗立自己新诗的大厦，总不是为"乡土文学"论战的战士之心愿。这一现实，使新诗处于很尴尬的境地。正如"五四"时的"新诗革命"，针对旧体诗的形式束缚，反其道而行时，常常陷于无有形式的境地，"白话诗"之"白话"，也就"白"到像白开水似的"话"。这里，有吴晟和蒋勋的作品拿出来，读者才相信台湾新诗走出"现代"的胡同，还是"柳暗花明又一村"。台湾诗史上的这些经验教训，对研究大陆目前的新诗运动，不失为可鉴之镜。

在这里，讲吴晟，也不能不讲蒋勋（1947—）。

当"新诗论战时"，远在法国的蒋勋，支持了批评"现代诗"的一方。诗人绿原有"异国是爱国主义的培养基"的名句，像大多数留学生一样，受到爱国运动影响的蒋勋，漂泊异域，更明白从外"引进"的"现代诗"的"国际性"何在了，更无法用它寄托自己对家园梦萦的怀念。这样，他的诗，就可以看作运用批评"现代诗"所建立的哲学思想所创作实践首先获得优异成绩的诗人。

这里，讲了蒋勋，更不能不讲施善继（1945—）。

当年，施善继在诗坛一出现，在台湾诗坛有其特殊地位、极负盛名的余光中，即刻予以的赏识，为他第一本诗集《伞季》写了万言评介《撑起，善继的伞季》，说："善师者师其意，不善师者袭其句。施善继，是近来引人注目的一个名字，他的作品显然不属于袭句、集句的一群。他的几篇最好作品，已经有一点'独立宣言'的气概。"一些"现代诗"的名家，也知道自己的追随者若只是鹦鹉学舌，并不能将其"现代"延续下去。于是，施善继也成了"现代"之中最看好的新的一代。而他为"扰攘的时代"之"扰攘"要撑起荫凉的"现代"之伞，也就不同于那些完全拒绝内心之外的世界之"现代"。评论家萧萧认为只要他的一首《标示土》，就"可以使施善继三个字留存诗史中"。但在论战之中，施善继还处于生活较艰困的状况，更无法跃居到中产阶级之现实，使他很自然，也很快接受了这场论战的积极意义。于是从他的——

伞季不论在冬在夏

我总系念伞下的你的感觉

让我撑永爱为春

永爱为秋

……

——《月方方》

就突变地写出了这样的诗——

你

幼年的台湾，

一千七百万分之一的台湾，

要不断学习、用功、努力，

健康成长的台湾。

你幼年的中国，

九亿九千四百九十九万分之一的中国，

要不断奋发、精进、向上，

抬头挺胸的中国。

——《小耕入学》

诗人这一突变，在具体的行文中，肯定还有不少待完善的诗风，受到的，也是意想不到的突然的欢迎。读者的电话、书信以及跑上门来的鼓励，使他从"现代诗"的"伞"下第一个奔向"乡土"的诗人行列，他所接受的，也就不能仅仅看作是对他个人的热情。虽然不能简单地以特定背景下的轰动效应等同对作品的评价，但彼时的这一切，也太能证明读者对"现代诗"之厌恶，并为诗人在台湾新诗找到一条新路而分外的热情。

　　但是，这时能够对台湾评论所说的"一群蜗居都市的诗人，把从西方支借过来的感情，灌水泡汤，意想游戏"的"现代诗"，作出有力的回答和批评的，就是根植台湾现实生活的乡土诗。这点，吴晟又是先行。

　　读者完全可以希望吴晟写的题材再扩大，也可以希望他个人的情思与家国之忧表达得更深沉，但他描写自己置身的活的世界，同以

"自我"为唯一的诗的世界，毕竟是两个截然不同的世界。这是诗的解放，诗人的解放。

我是把他的作品放在这样的位置点赞。

然而，当新文学运动遇有困境，每出现一个转折，无论由于文学运动本身，或是社会思潮带来文学运动的转折，定有弄潮儿出现。对他们的作品，又无法不把它作为先行的"尖兵"而作评价。

既是把它摆在这样的历史位置，当然是历史地看它，这就不再是就作品论作品，也不能摆脱作品论诗人。

四

台湾省"中国现代诗奖"评审会对吴晟的诗给予这样的评语："诗风朴素，自然有力，以乡土性语言、表现时代变化中的愁绪，真挚感人。"

诗人给孩子写的《阿爸偶尔写的诗》说：

> 孩子呀！阿爸偶尔写的诗
> 无意引来任何赞叹
> 也不必凭藉任何掌声
> 和我们每天在一起劳动的村民一样
> 对深奥的大道理，非常陌生
> 又欠缺曲曲折折的奇思妙想
> 只是一些些
> 对生命忍抑不住的感激与挂虑

若将这当作吴晟的代表作，必然忽视对吴晟诗歌艺术全面的了解；如果不能从这平实的语言，体味出诗人论诗的坦率与深沉，也就无法研究吴晟的艺术。

台湾新诗"再革命"的年月，吴晟也曾"非常虔诚的苦读现代诗"，但他比较自觉地从反对"现代诗"的哲学思想开始，拒绝了它的理论。以不能抑制自己的那份"乡下人的固执"，为适应自己思想感情表达的需要，"竟越写越平白"。诗人自叙道："我对诗的关心，实不如对人、对社会的关心。"认为朴素、自然，用生活中的口语写"比较实在，比较自然，比较能表达像我这样平凡人的平凡思想"以尽他对诗的本分。

获奖评语"表现时代变化中的愁绪"，恐怕还不是诗人的感激与挂虑之情的概括。

吴晟把他最初的诗题名为《泥土》，并非仅仅由于自己生长在农村。我们看到诗人借"牵牛花""不安的注视""寂寞的寻找原来在阳光下奔跑""在阳光下流汗"的"囝仔郎"和"少年郎"时，他们却早已"蹲着在小小的电视机前""涌去一家家的工厂"，让牵牛花在乡土上寂寞地寻找他们，并不安地问道"哪里去了?"这里，诗人以牵牛花托喻自己的惋惜和不安之情，正是诗人的身心都属于泥土。他知道"每一粒稻谷/是多少的辛酸结成"（《水稻》），他"不挂刀，不佩剑/也不谈经论道说贤话圣/安安分分握锄荷犁的行程/有一天，被迫停下来/也愿躺成一大片/宽厚的土地"（《土》）。真正的大地之子，连自身也是大地的一大片泥土。

如果只是就诗人某首诗或某几句话来看，也许很容易误为一种农村小生产者对土地的感情抒发，可是，联系到诗人别的作品来读，就明白诗人笔下的"泥土"二字更深的含意，有时是祖国神圣的象征。

诗人有首《美国籍》，而且连着写了几首合成一组《愚直书简》。顾名思义，诗人是对许多学成去国的亲友直书直言。有些人因各种原因加入外籍，一般地，是没有什么可非议的。内中复杂情况，也不是几句话可说清楚的。但是，"对我们几个弟妹不成器/既叹息，又生气"，只是因为他们"只愿在自己的家乡/默默地工作，勤奋地流汗"而抛乡而去，则又是另一种情况了。于是，诗人痛心地道：

是的，我们都令你失望
甚至令你感到羞耻
正如艰苦地养育我们长大的
中国这块蕃薯土地

不能带给你光彩和荣耀

于是，诗人对当年"一再约定/要为被殖民过的/受尽欺凌和屈辱的/中国这一蕃薯土地/争回尊严"的同窗好友，今日"负笈远赴异邦/漂泊多年之后，踏回岛上""竟也忘了/这是我们自己的土地/并且迷茫地唱着/我不是归人啊我是过客……"由此，诗人问道："你有什么理由，放逐自己呢？"

从诗人痛心之音，我们可以掂出他所写的"泥土"二字的分量啊！

可以假设，吴晟并没有自觉到从"泥土"这一形象构成和赋予它一个总体思想；但是，从它推展出去，它又连接上许多新的大陆。世上有哪位作家的思想、艺术，不是在不断地充氧而趋于完善呢？

吴晟虽然不像蒋勋，是从反对"现代诗"哲学思想的基础开始，但对创作，生活毕竟是泉源，以来自生活的诗，对付远离生活的梦魇，是找准了武器。任何一个人，一个诗人，当他能够和广大的劳苦大众生活在一起，也就使自己的认识接近真理，接受真理。

诗人七十年代初"给连上共事一年的资深弟兄"写的《一般的故事》，说这位"凄苦的瞻望"家园"已悠悠二十余年"的大陆兵——

当你们的怀想，幽幽涌起
我总望见
一幅美丽而忧伤的版图
在你们为烽烟
薰了又薰、烤了又烤的脸上
纹络而出

他在这二十余年的眺望中——

攀过这山，还有那山
涉过这水，还有那水

　　　　磨破这双鞋，还有那双鞋

　　　　二十余年永不停歇的眺望啊

　　　　日落后，在你们酸楚的眼中

　　　　涔涔着无从传递的泪

　　　　日落后，所有历史的哭声

　　　　倾进你们的酒瓶时——

　　　　将千万言语酿成沉默酿成寂寞的酒瓶里

　　　　犹如举着山川河，你们举着杯

　　　　饮你们浓浓的乡愁

　　　　饮你们绵绵密密的怀想

　　尽管有人"急于切断和这张地图的血缘关系"（《蕃薯地图》），可是，从人们举着的酒杯里，我们已经可以看到，台湾的回归，是不可阻挡的历史进程。

　　通过那"无从传递的泪"，诗人的笔墨，深深地感染了我。

五

　　吴晟过去自编的诗集，都是按题材分辑，评论家认为：看他的作品，还是应该按创作的时序为序，有助于理解诗人思想艺术的发展。

　　吴晟与我，虽被海峡相隔，但从中国新诗史的划代分段来讲，我俩还是同代诗友。虽然不曾见过面，一旦人民要求两岸"通邮、通商、通航"的愿望得以实现，也将为我们提供相见的机会。目前，除了从这一些海外的作家，听他们讲到认识吴晟的直接印象，更重要的，是这本诗，介绍了诗人跟我认识。从它，我看到诗人真挚的心灵，平易近人的诗风。作为一个有不少亲人与我隔海相望的内地文艺工作者，读着这些诗，为之动心，为之沉思。

　　诗行中展现了一个复杂的社会背景，致使诗人平实、明白的诗里也有一个复杂的世界。

　　如果只看他说"不用炫人的皮鞋/垫高自己/乡下长大的孩子/喜

欢厚实的泥土"（《爱恋》），就不会把他拒绝"文明"的心境作出绝对化的理解。要能再看他"向那些用谎言和权势/随处污染我们社会的大人"宣告要"爱护家乡"时，孩子问道"我们的社会为什么有这么多垃圾"（《劳动服务》）的情景，就好理解他对所谓的"文明"污染社会的疾恶之情了。由此，也不会把他写下的"文明"太实化为"皮鞋""电视机"而予以实看了。

诗人常常以"小草"自况，又说"我们是卑微的""我们是骄傲的"（《野草》），要坚持"非关自卑或自傲的自尊"（《阿爸确信》）。可是，生的艰困和心境的苍凉，使他竟会想到"所有的路均已陷成断崖"（《终结》），说"一束稻草的过程和终局/是吾乡人人的年谱"（《稻草》），"吾乡的人们，祭拜祖先/总是清清楚楚地望见/每座碑面上；清清楚楚地/刻着自己的名姓"（《清明》）。由此去看，这已是诗的宿命了。

无怪诗人常有一种凄清而凄凉的感情。他迎友而写的《临》，副标题就是"最难风雨故人来"，《日落后》对妻子的独白是："即使，循例的做爱/也是这样凄凉/靠近我吧！靠近我吧/既然不能决定自己/又不能相忘，让我们以生命中的/余温，互相取暖"。

诗人在《收惊》《不要哭》中先后问孩子："在你们小小的心灵上/也背负了什么委屈和恐惊吗/孩子呀！宁静的睡梦中/为什么常常惊呼啼哭？""是这世界庞大的黑暗/侵入你的梦中/惊醒了你吗？孩子呀！你是不忍听到阿爸/对这世界庞大的黑暗/无力的叹息？"

我们要是希望诗人看到光明，确实还不应忘记诗人身处于现实中的黑暗。他写的《含羞草》"不是羞，而是怯""一到谁的声响迫近/便紧紧摺起自己/以密密的、小小的刺/卫护自己"，这不能不看作他的人生体验；《兽魂碑》里那"一面屠杀，并要求和平""一面祭拜，一面恐惧你们的冤魂回来讨命"的屠夫，正是现实之中活的阎罗。为此，当夜闻狗吠，诗人才说：

　　传说，狗在子夜厉叫，必有什么事将临——
　　你们也有不知怎么排遣的寂寞吗

你们也有不知怎么抗拒的恐惧吗
你们也有什么发现
急于警告吾乡的人们吗

汪！汪汪！汪汪汪！
深夜里，你们隐忍不住的叫声
一声比一声焦急而凄厉
徒然扰乱吾乡的沉睡

一切，不都安静无事吗
除了你们的叫声
一切，不都安静无事吗
多疑多痴的你们，也去睡吧
安安静静地睡你们的吧

你们到底忧虑什么？
你们到底望见什么？
那都只是莫须有的幻影啊
不要再叫了
你们隐忍不停的叫声
徒然惹人厌烦

　　诗人强作镇静，恰恰提示了内心在"庞大的黑暗"中的寂寞与恐惧。他也从现实中懂得"太多的眼泪会使你认不清自己该走的路"。虽然上一代人教他："在刀枪和强权之前，说真话，是要遭殃的"，他还是这么教子：

孩子呀！阿爸多么希望
你们有什么话要说
就披肝沥胆的说出来

不要像阿爸畏畏缩缩
　　　　——《不要说》

在没有玩具的环境中
辛勤地成长的孩子
长大后，才不会将别人
也当作自己的玩具
　　　　——《成长》

可惜的是，没能读到作者在八十年代的近作。沿着这条道路发展，我相信我们可以读到诗人更有积极意义的作品。

诗人教子"要细心阅读/阿妈写在泥土上的每一步足迹/不是诗人的阿妈/才是真正的诗人"。摆对了生活与创作的关系，是吴晟获得乡土诗的成就之根本。对吴晟的具体作品，读者也完全有权根据自己的兴趣进行选择，也可以提出更高的要求。但是，针对"现代诗"的远离生活、远离大众的痼疾，"乡土诗"为净化诗风的历史意义，会由作品自身的价值留在诗史之中。

生活是创作泉源的真理，是不变的；生活千变万化所表现的丰富和广阔，对前进中的诗人又海阔了天空。有志的作家，都知道在诗海诗空搏浪、翱翔，充实自己，发展自己。

隔海相望，愿与吴晟共勉。

　　　　　　　　　　一九八三.　十一.　十五 北京朝内

附记：

这是十六年前，台湾还未解除戒严时，作者辗转从欧美到手的台湾文学作品中读到吴晟，并为某出版公司编选了吴晟的《诗选》，写了以上这篇书序。不想，该公司某董事的夫人，代夫施权，虽因对吴晟所属之台湾而对其选题有兴趣，但对散文的乡土观、"不开放"大为不满，要求作者大删大改。既无"乡土"，何言吴晟？古人不为五斗米折腰，今日作者还无断炊之忧，何须折腰趋时？于是，选稿任其处理，此序则留书柜。不想，一晃竟有两个抗战的时间之久，有台湾友人知有其文，并同意文章的观点，虽然我也深知当年对台湾诗坛、对吴晟的了解太表面，有违与内地治诗的"新思维"，但当年还毕竟有这份勇气和热情，支持对岸的乡土诗，也就将它取出过后发表。

一九九九．五．四　昆明翠湖

（原载台北《人间丛刊·复现的星图》二〇〇〇年秋季号
和《台港文学选刊》二〇〇〇年十二月号）

令人深思的命题

　　当今，为新诗所遇的各种问题困惑时，读到刘士杰刊于《文艺报》《华夏诗报》，访问老诗人辛笛而写的《"九叶"诗人辛笛主张——现代主义和现实主义的结合》，后改题《辛笛的诗：兼美中西，臻为化境》刊于《香港文学》。为它非常适时地为我们提出一道必须严肃认真深思的课题，一时广为关注。作为现代主义和现实主义的两种"主义"，它不是一般的艺术、技艺问题，自然有各自不同的哲学基础，怎么结合？能否结合？就不是一般的问题了。

一

　　刘士杰讲到辛笛一些融汇中西诗艺的事例，很生动，对于需要以创新沸腾生命的诗，墨守成规，无异自毁。然而，创新无法空中造楼，既要继承传统，也需吸取各方营养。中国新诗本来就是受西诗之影响的产物，自然无法拒西诗。包括对"前卫"（advant garde）的现代主义（modernism）之借鉴，只要能成营养剂的，同样需要充分吸收。时代在变，诗也该变。如很不同于"九叶"之"七月"诗人绿原，新时期在国外写"怀念分离的朋友们，愿他们把月光当邮袋"所表现的"联想"，就不像过去的白话诗，简单地以联想用做比喻出现。月光当邮袋的联想，很新鲜，再想想李白的《静夜思》"举头望明月，低头思故乡"而为绿原的联想之再联想，就感到它又新鲜又传统了。就是今日的流行歌曲，唱武则天"冰冷的烈火，水火的融合"，也用了过去外国常用于宗教色彩的诗，近年国内有人也列为"现代"手法的矛盾修辞（oxymoron），使它在流行中通俗。那唱火的《涛声依旧》，"时空交错"在"带走一盏渔火让它温暖我的双眼／留下一段真情让它停泊在枫桥边……今天的你我能否重复昨天的故事／这一张旧船票能否登上你的客船"之情，更是唐代张继《枫桥夜泊》传下的诗链。但它用于表现变化了的现实，也必然变化其表现方法以相契于变化了的现实。此种情况，中外一样。正如不久前辞世的当代著名画家巴尔蒂斯（Balthus，1908—2001），这位不为变化了的现实，因人而异的，公认的"具象画家"，为表现他所看到的事物背后的真实之存在，其"具象"也常是"变形"地"写实"。仅从技法看，和过去传统的"写实主义"也有很大的不同。

想想，德国作曲家马勒（G. Mahle，1860—1991）用孟浩然（689—740）、李白（701—762）、王维（701—761）等人的六首唐诗谱写出他不朽的《大地之歌》；布莱希特（B. Brecht，1895—1955），既从中国词曲的借鉴创造了一种节奏不规则的抒情诗，也改编过中国的元杂剧上演，他戏剧的"间离法"，则是从中国戏曲的启发而来。外国朋友是如此地吸收中国传统文化，从它无比地丰富了自己，却非改变自己文艺之民族属性的"脱胎换骨"。一个中国诗人，不论他想搞什么"派"，若也有着这种传统情绪，极为自然，否则，他是"诗人"，却不一定是"中国的"。

二

"五四"后的新诗，出现过被列为"象征主义"和"现代派"的诗。对它，我在多处说过，"我查了查法国拉胡斯百科全书（Lerousse encylopetique），上面没有这则辞条"。《辞海》，"目前总是一部权威工具书，上面也没有'现代派'一词，说'现代主义'一词只是十九世纪下半叶以后资产阶级文学艺术各种颓废主义、形式主义的流派与倾向（黑色幽默、未来主义、达达主义、超现代主义、抽象主义等）的总称"。"英国的百科全书上的'现代主义'，则是指十九世纪九十年代至二十世纪初天主教会内部出现的哲学、史学和心理学理论重新解释天主教的传统教义。"和我们现在于文艺上所说的"现代主义"，风马牛不相及。这就要我们更加注意这样的事实：它们各自派中之派，主义中的主义之间，区别已那么大，再到因人而异的人，更是千差万别。中国新诗中的"现代派"，反复旧事，无甚新意，过去确实是理论上的瞎搬弄，只能视为开始的幼稚吧。李金发，他"试为沟通"中西诗艺之想，可谓不坏，但创作实践，还是不自觉地融入了破碎语言，混乱表现的魔阱，被朱自清先生列为"象征派"的冯乃超、穆木天又恰恰是倾心音韵之美的作品，他们与李金发的反差，是讽刺性的冲突，也可以看到这派"因人而异"之相"异"处有多大。被朱自清先生列为"象征派"，后来大家更习惯称他为"现代派"的戴望舒，西方学者认为从他身上根本找不到与传统决裂的"现代"因素。更不宜为此做文章。

"现代"的"意象"派，是美国研究日本文学的专家，从中国诗的一份注释稿，经庞德（E. Pound，1885—1973）以他自身从中有种独特的感悟所转译出版的《中国》（古诗集）所来。他的长诗《诗章》，其中就用了九章写孔子的哲学、伦理等。在中西诗歌的沟通上作了不少努力。他的"意象"之说和李金发中西"沟通"的主张不可能相同，但李金发有句无篇的分行文字，和庞德那种重直觉，以之间没有形容和联系之意象的独立，倒让人在二者之中，看到不少相似之处。

过去，国内读者所读到的，译介过来唯一的，庞德"意象"之作的 In a station of the Metro——《在弥特罗车站》，也被人说得有些腻畏。从诗人非马译介的庞德，可以看到，作者并非先验地事事句句为意象而意象，如他的《伤风败俗》——*Immorality*：

> Sing we for love and idleness,
> Naught else is worth the having,
>
> Though I have been in many a land,
> There is naught else in living……

从非马译的"我们为爱情及闲散欢唱／其他的都视若粪土。∥虽然我到过不少地方，／生活里更无别的值得一顾……"来看这半首诗，写得怎样且不管它，表达方式却毫无疑问是直抒胸臆的。"意象派"

也跟任何理论和实践一样，若走到一个极端，走不下去，必然出现难以自圆其说的实践与理论的脱节。庞德的意象经典也不例外，《伤风败俗》"意象"的诗意，反过来译成中文，也味同嚼蜡。外国朋友从他的审美角度热心于此，怎么感悟唐诗之"意象"的奥秘并发挥了他的独特处，不得而知。即便与原诗有很大出入、变形，也是必然。若变成了另一种"主义""出口"在外，并在异域已本土化的东西，一旦"出口转内销"，再简单地生搬硬套，难道我们也该不问源本，把人家受到某些条件的局限（如不懂中文），乃至"发展"而出的一些缺点，反而当作宝贝捧回来么？

三

　　刘士杰访问的辛笛，与"现代派"经典诗人艾略特是先后同读于爱丁堡大学的同学，他与这派不少真正的名家都熟。是老一辈健在的诗人中，可以大谈"现代派"的长者。从"因人而异"，对莎士比亚（W. Shakespeare，1564—1616）不以为然，对雪莱（P. B. Shelley，1792—1822）、拜伦（G. G. Byron，1788—182）看不起的艾略特的《传统与个人才能》看，他又主张作家不能脱离传统，但要像催化剂那样能够变化传统。因为传统的文学方式不符合"当代历史所呈现的总的绝望和无政府主义状态"。

　　当然，不同的内容要有不同的艺术，可是，在此，艾略特还是在"总的绝望"中吧？此话的后半句自然也可以做出其他的文章，但辛笛，也有些异于这派的"主义"之处。以他为代表的"九叶"诗派，都从这方面吸取了营养，更是不争的事实。

　　"九叶"中，"现代"气更浓的，才华横溢的名家穆旦，他写过不少好诗，但目前"炒"作他的，却更看重"他的最好的品质却全然是非中国的"。[①] 为此，对他"非中国的"所倾注的热情而引发的"穆旦热"，为了不伤害人生坎坷的穆旦，也就不好，不需要多说什么了。偏偏它还是有人热"九叶"的一个不可忽视的"热点"。实际也

---

① 王佐良：《一个中国新诗人》，北平《文学杂志》一九四七年七月第二卷二期。

成有损"九叶"的"冰点"。

"九叶"诗，比新诗其他流派的作品，有受西诗影响更浓的质感，西诗，并非全是"现代派"，是看不上雪莱、拜伦的。"九叶"同仁，除了普遍有西洋文学的修养，有的旧学根底也很深，辛笛就是这样。他和戴望舒有许多相同处，要说他是"现代派"，若也遇到 Erogory Lee 那样的外国学者，我想，同样会说他"不是西方文学上所说的那号'现代派'，作为西方现代派所表现和传统的'那种决裂'，在他身上，首先就无法找到那种'前卫'性。"十多年前，我为《中国新诗库·辛笛卷》写序以及这次他自己接受刘士杰采访，都同样说到他一九三七年"自伦敦北归"时写的《再见，蓝马店》："鸡啼了/但阳光并没有来"，店主送客时——

　　　　——送你送你
　　　待我来举起灯火

　　　看门上你的影子我的影子
　　　看板桥一夜之多霜……

　　在那个年月，我不知那老牌帝国的首都是否也有点油灯的马店，小河之上的桥是否也是"板桥"？在那现代化的都会，虽有跑马、赛马，节日里还有豪华马车的车轮在仪仗中滚出它古典的风雅，但黎明时牵马上路的凄清，却让人想到唐代诗人温庭筠的《商山早行》"晨起动征驿，客行悲故乡。鸡声茅店月，人迹板桥霜……"在此，同样用我十多年前所说过的话，辛笛的《再见，蓝马店》几乎是它的"现代"口语化。

　　"板桥霜"的语境，已将异域的乡道回复到中国古典化的诗境。无独有偶，说来也巧，戴望舒那为叶圣陶称许"替新诗的音节开了一个新纪元"的《雨巷》，"……仿徨在悠长、悠长/又寂寥的雨巷，/我希望逢着/一个丁香一样地/结着愁怨的姑娘……"之诗句，卞之琳也说它是南唐中主李璟的《摊破浣溪沙》"春鸟不传云外语，丁香空结雨中愁"之"稀释"。他们二位对前人的"稀释",绝非对前人简单的重复、模仿,恰恰是同样的民族文化审美心理在前后相隔千年之间的诗之对应。这样的诗人,无怪外国学者不同意将他列为西式的"现代派"。辛笛早期有首《航》,也是他的代表作之一,一直被看作"印象主义(impressionism)风格"的,那"风帆吻着暗色的水/有如白蝶与黑蝶"的光、色对比,确有印象风格的绘画效果。但它细描匀抹的笔触,又恰恰是这派绘画所不屑的。就某一点给它定性,并不科学。运用色彩对比的,如王翰《凉州词》中一句"葡萄美酒夜光杯",光色对映,斑斓眩目。再如杜甫的《蜀相》:"映阶碧草自春色,隔叶黄鹂空好音",这种两行句构对称的古典格律,总是极为自然地出现这种对比。当代人写到这种格律也如此。如毛泽东《有所思》的"青松怒向苍天发,败叶纷随碧水驰"中的"苍天""碧水",正是色彩鲜明的对比,毫无"印象主义"的"现代"色彩。就是百姓平日常说的一句大白话:"这姑娘说话真甜!"它从听觉转化为味嚼之所感,不是也很符合"通感"的"美学原则"么?

从这一见于日常口语之"通感"看,它既可以神秘于"以象征手法为中心的诗歌新艺术",又毫不神秘地"现代"于百姓平常生活中。并非"现代"所发明,更非它的专利、专用之技艺。无怪喜欢和研究苏东坡、李白、杜甫等经典诗人的南斯拉夫诗人彼德洛夫(A. Petrov,1938—)说:"他们是古典的,也是现代的!"听来矛盾,并不矛盾。不论现实主义还是现代主义,不论千年前还是千年后,诗的某些技法,也正是为适应,同时也为各自所需的表达(包括他的"主义")之行为方式的必然。所以那些"现代"技法之品牌,早已见它运用于我国千年前的古典诗词,后来者,如庞德,才那样直言自己受益于唐诗。为此,诗人为了诗就是诗,哪怕对唐诗一无所知,完全出自他的"创新"者,也是想将自己的感受,在整体符合艺术的规律中表达为诗,也就自然而然地与之契合。

四

记得,二十世纪八十年代中,诗坛的争论和"理论"都很热闹时，听到各方都还认同、尊重的学者钱锺书（1910—1998）先生跟两位与他同住一所大院的诗人，针对那些此时热闹于"现代派"的人物说："外文都不认得几个，还大谈'现代派'，只能是骗子!"此语一出，振聋发聩，虽未公开，也只能由钱老这样的大家来说，一般读者只能看他等天花乱坠，讳莫如深。钱老精通多种外语，深知语言对语言艺术的作用和微妙。任何一种外来的语言艺术，若不懂其语言，却夸夸其谈地推销、移植这种主义者，和我们多数只能从译诗感受和借鉴其艺术的读者来说，确实不可能是一回事。所以，我们也只能从用中文写的以及有关资料的译文来读，来讲"现代"。

过去有人说，诗是不可翻译的，对此，若绝对化了，难免偏颇。我读过一首非马译的 Notning to save——《无可挽救》，作者是以小说《查泰莱夫人的情人》等著名的劳伦斯（D. H. Lawrence，1885—1930），同是"意象派"的一位重要诗人。

There is nothing to save, now all is lost,
But a tiny core of stillness in the heart
Like the eye of violer.

无可挽救，什么都完了，
除了一个静寂的小核在心头
如紫罗兰的眼。

作者可能是写一个爱的许诺或好事的幻灭后，却没有失去的希望，其背景有点"朦胧"，可原文与译文语言的表达还是清晰、明白的。再译，也还是这个意思。对原文无损。若它也算有神秘色彩于"意象"的诗句，也是明朗的"神秘"。"胸有成竹"直译为胸口有竹子，当然是笑话，完全可将"做事先有成算"的意思译出，但，它与苏轼"画竹，必先得成竹于胸中"所赋予原词语的文化渊源就无关了。对于用些声与意相谐的词语之诗句，不同的语言就不可能找到相同的声韵。如李清照的《声声慢》之"寻寻觅觅，冷冷清清，凄凄惨惨戚戚"，用了入声韵，并用叠字和双声字表达急促的节奏，凄厉之情，且不说用别种语言，若另一个人也能写出，李清照也就不是中国文学史上的李清照了。

然而，作为语言艺术之"现代主义"自身的思想基础，却是以反传统的文学体裁和文学主题以动摇社会的文明与文化基础所呈现总的绝望和无政府状态的。它虽说不满足浮面的描述，但也排斥对客观世界的表现；以暗示、隐喻、象征、联想等技巧和思想知觉化的方法，追求梦境、幻影，和神秘于抽象的瞬间；表现人之意识的流动以及人的内心奥秘。它打破传统句法叙述的连续性和一致性，放弃规范的表现方法，用支离破碎的语言以取代传统为之诗语的规范、流畅、诗意。所以说，那些不能读原文，还夸夸其谈"现代派"者为骗子，正是这个道理。

由于西方所指的"现代时期"（Modern poriod）之时限之可变；由于"现代主义"的特征之表现往往因人而异；由于破碎的语言和反传统的种种混乱正是表现其社会秩序的破碎和混乱，因此，在西方，它是有其社会基础的存在之反映，不该是我们过去所习惯的，一概持否定态度的，简单粗暴所对待的"主义"。

正是它的特征表现往往因人而异，"反传统"若不反到艺术创作的基本规律，只是摆脱某些不合时宜的条条框框，有意识地进行他们有过的"创新"，那么，它也就不是统统失败的尝试。辛笛同志，包括其同仁尊其为兄长的"九叶"诗派，对此诗艺的有益借鉴，明显坚实了他们的创作实践。

再如突破题材禁区而为之的"前卫"，文化专制下，其意义也不全是负面的。

诸如此类创作的具体事例不胜枚举。它以破碎的语言，混乱的方法动摇社会的文明与文化基础为呈的绝望和无政府状态，正是它种种艺术主张的哲学基础，它艺术的对应与回环，也是自身的思想目的和艺术需要。它和两次大战，尤其二战后，西方现代社会矛盾日益深化所造成人们心理上的失望、悲愤相系。这一时期，哲学思潮的悲观哲学、精神分析学、潜意识理论、直觉主义的反理性之压抑、重直觉与潜意识，对它思想倾向和艺术特征，都有直接的重大影响。它对那种社会秩序作出如此失望、悲愤的表述，正是反映论的反映。虽是不太积极的人生，也不是只有消极作用。对该怀疑、该否定的秩序所产生"永久的怀疑"，有它不可忽视的作用。反之，若正常的秩序也被那样搞乱、破坏，还抛在传统文化的废墟上炫耀，那么，它扭曲的歪像之丑恶，则是这种艺术自身的写照，也就无法离开社会学来谈它了。

为此，一旦作为一种"主义"的"现代主义"，要它和"现实主义"（realism）"结合"，已似痴人说梦。

为什么呢？

早在三十年代初，"象征"得出名的穆木天，早就有他"象征主义的手法，我们是可以相当地应用的"时，他从自己创作历程总结的教训，已有反对二者"结合"之说："象征主义，虽然对于旧的社会是一种否定的文艺，然而，那种暴发的绝望的表现，如不像维尔哈伦（E. Verhaeren，1855—1916）那样向着新的秩序走去，（则）是引导着那个主义的依随者达于毁灭的田地的。"[1]　穆木天所说的"新的秩序"，则是他后来接近了工人运动的，首先是他的心理秩序。

每一种诗，都是一种人生。

按照生活本来的样式如实地加以精确细腻描写的创作方法，它提倡客观、冷静观察、表现现实生活。自一八八八年恩格斯致玛·哈克奈斯（M. Harknesa）的信中提出"除细节的真实外，还要真实地再现典型环境中的典型人物"，为现实主义奠定了坚实的理论基础。比之古希腊"按照事物本来的样子去模仿"之"模仿"，已是新的艺术境界之升华。在不同地域、不同民族、不同历史时期、不同阶级之文学艺术的创作实践中，它一直是文学艺术上一大主要思潮和创作方法。别处的事，咱不好说，可我们编成于春秋时代，绝大部分也是采风而来的民歌，在编汇成集之前，在民间不知流传了多少年月，是我们的诗之母。闻一多认为，从《诗经》看到社会，从《楚辞》可以看到

———————

① 穆木天：《什么是象征主义》，见一九三五年七月生活书店出版的《文学百题》。

个人，读到诗人的个性。但我们的诗毕竟是从它开始的。它三百零五篇，不论编于《风》或《雅》《颂》；不论运用赋或比兴的手法；不论是男女相悦之词，或揭露那时政治的黑暗和混乱，人民受苦受难、遭受压迫；都不可能使它也艺术地"现代"。《颂》等，虽然对于研究当时的经济制度和生产情况提供了重要的资料，但从诗的角度看，最有价值的还是《风》，后人写作《国风》，加上这一"国"字，从我个人的感情来讲，自己就很自然地看它为我们民族的诗之母所扬起的一面永远飘扬的旗。不论开篇的"关关雎鸠，在河之洲；窈窕淑女，君子好逑……"或"相鼠有皮，人而无仪；人而无仪，不死何为？"虽然多是直抒胸臆而抒情的咏叹，不像小说散文那样有叙事性的细节，而一字一句，都是从实生活进出之悦，之愤，怕也无法将它们排除在写实之外。何况小说散文的写实，也无法不包括心理活动的写实。再如《七月》"七月流火，九月授衣。一之日觱发，二之日栗烈。无衣无褐，何以卒岁？三之日于耜，四之日举趾。同我妇子，馌彼南亩，田畯至喜……"我不知当时是否有类似"叙事诗"的说法，或今日的《国风》研究者是否也将它们划在当今所说的"叙事诗"之范围研究，可它自始至终朴拙地叙事之写实，是毫无异义地当属于现实主义创作方法之作。对《国风》，只是我的文学启蒙，没有专门研究，也不了解在此一研究领域对此有个怎样的说法。从一个读者阅读的直觉所感受到的，它大多篇章，基本都可列为写实之作。为此，在视它为诗之母的前题下，也可以说，现实主义正是我们民族诗之母的摇篮。之后，杜甫的诗、关汉卿的戏剧、曹雪芹的《红楼梦》等，也突出地表现了我国现实主义的文学传统。在文学艺术史上，它虽然和浪漫主义一直并行为两大思潮和创作方法，实际上，它却有更实际的影响力。

　　然而，新时期出现的"前卫"作者，大概没有什么可以让人能记忆的作品，那一"新诗是从我开始的"豪言，却是新诗史所不能漏记的一笔。它非常鲜明、强烈地表达了为"现代"者要在过去传统的废墟上建立以其哲学思想为基础的诗之王国的主张。一个从零开始拓展它业绩的"主义"，不仅无视，而是要以其"前卫"精神，将它之前为诗之思想和艺术的传统一扫而光而称快。然而，现实主义在中外文艺史上，都是横贯其中宽广的源流，它的分量，绝非一个普通的砝码可以平衡的。当否定、横扫传统的力量压来，它也必然处于对立的正面。若要这对立的双方"结合"，从何"结合"起呢？怕不是一厢情愿的事吧！何况，即便兼有多种并不对立的"主义"之艺术因素者，如雨果（V. Hugo，1802—1885）的作品，并不缺乏"典型环境中的典型人物"，但历来的史家、读者都从他艺术和思想之解放而浪漫的理想光辉，看作它主要的特征，奉雨果为浪漫主义的经典。

八十年代中，诗界就有"以象征手法为中心的诗歌新艺术"的叫嚷。并 ABCD 地列出象征、视角变幻、变形、通感、虚实结合，等等，作这"新艺术"的具体品牌。但它所说的这些"新艺术"并不"新"，更非"新"于"现代派"独有。早在十八年前，辛笛给香港作家也斯的信就以李商隐的《天涯》"莺啼如有泪，为湿最高花"讲"象征暗示"手法；以《夜雨寄北》"君问归期未有期，巴山夜雨涨秋池。何当共剪西窗烛，却话巴山夜雨时"讲现代的"时空交错"[①]；再如唐代的常建（生卒不详）之"山光悦鸟性，潭影空人心"，也是"视觉变幻""虚实结合"的；岑参（约715—770）《白雪歌送武判官归京》的"千树万树梨花开"，正如张渭（生卒不详）的《早梅》"不知近水花先发，疑是经冬雪未消"，将雪满枝头或梅绽枝头所错位的直觉，予以"表现"而不是"再现"，也是很"现代"的。

然而，即便同一技法，用于不同的语言，用于表达不同内容，按照生活的样式如实地加以精确细腻描写的方法，同那随着表现绝望、无政府状态所呈现的语言破碎，表现混乱的技法，也常混乱于莫名而化为莫名，乃至异化时，结果，定然出现另一种艺术兴味。所以，这些技艺在成其为之"主义"的哲学基础而表现时，那本为"主义"的"现代主义"和"现实主义"，是无法"结合"的。

但，诗所以为诗，总求每有创新；而写诗者要常写常新，又绝非易事。新诗运动的八十多年中，每当一种创作的主流思潮普遍化而创

---

① 见上海一九八三年五月十九日《文学报》。

作手法也趋于其中一些"样板"式的普及化时，往往同时出现技艺贫化的窘境，一些陌生的，常是外来艺术的出现，人们看惊了，在借鉴，被模仿，都极自然。朱自清讲到李金发时说："许多人抱怨看不懂，许多人却在模仿着。"朱先生所说的"新"，是"新材料也是的，新看法也是的，新说法也是的；总之，是旧诗里没有的，至少不大有的"。① 朱先生说的"旧诗"是旧体诗，这里不妨泛指过去的诗。他所说的"新"，重要的，还是指思想内容等出得了"新"，才可能考虑用什么合适以其出新的技艺。过去。"九叶"中的穆旦，早期部分"全然非中国的"，虽用中文，语言也是目前海外称之的"译文体"的作品，正是他的模仿西诗某些偶然为之的"克隆"，是他走向成熟过程之中难免的幼稚、败笔。新时期，在长时期的封闭之后，有人又像当年"模仿着"李金发那样，又对穆旦本该作为教训的某些败笔之"西化"的"主义"之作而"克隆"，这已是那等而下之所谓"创新"的闹剧加悲剧了。

如前所述，它绝不会是两种不可能结合的"主义"之混血儿。简单地捏合它们用以"结合"的理论，实在有些理论贫化的悲剧色彩。

（原载二○○○年三月十九日《文艺报》）

---

① 朱自清:《新文学大系·诗集序》上海良友图书公司一九三五年版。

薪与火：新诗与传统

"新诗有无传统"，本是一个常识性的话题，一般正常情况下，不大容易提及，如今这么严正提出，正是有人严重忽视、否定、践踏它，才激发人们为捍卫新诗传统的道义，随之批判的理论，理论的批判到位。但它也很可怕地反映了新诗运动在此无情的倒退，对此有种难于摆脱的、深度的悲哀。但诗坛并未沉睡，诗人并非个个糊涂，乃至堕落。

问题的严重性，需要足够的清醒。

朱子庆同志所说的"痛苦的事情"，正是对诗坛无视、践踏传统的残酷现实所痛苦于无奈的表达，深深震撼，说痛人心。他例举的"哥哥成了家里的害群之马/我真想杀了他"这么两句话，掺水到近三百字，分为十一行的《当哥哥有了外遇》，它有哪一点像诗，又跟诗有什么关系呢？竟然入选为《二〇〇二年中国年度最佳诗歌》，凭这，还说什么诗理？

现象可悲，并非个别，我们还不能不正视它为一种"主流"现象。

这里，"主流"二字所以加上引号，是真正的主流，还是新诗的广大读者和作者？他们疏远、冷淡新诗的现实，本来就是对诗坛诸多不正之风的严重抗议。他们，像朱子庆这样无奈的，也非个别的，很少有说话的地方，说了，人家不打你两棍子就算好了，哪能听你的。那些握有"话语霸权"的，有阵地，有讲坛，有导师，有弟子，自我中心，抱伙成团，阵容壮大。

他们，正像钱锺书老先生所说，ABC 都不认得几个，作为语言艺术，竟然可以大谈"现代派"；

他们，自视"前卫"，占山树旗，自然藐视，乃至对抗传统；

他们，既是"告别革命""躲避崇高""警惕壮烈"，民族文化、道德传统，全面否定，还谈什么新诗传统？若容它存在，实际上是否定大家自我存在的理论基础，退出新诗的历史舞台。

不论他们怎么说，怎么做，传统都是客观存在；无论古诗、新诗，它的出现、存在、发展的过程，本身就是民族文化传统在一定历史条件下的必然。那些否定新诗传统，自己还写新诗，也愿，或爱别人称自己为"诗人"者当明白，为新诗人所写的新诗这一形式本身，就是诗的传统所形成的产物。从诗经、唐诗、宋词、元曲，一直到新诗之诗的形式之变化，既是传统的发展，也是传统的继承。《庄子·养生主》："指穷于为薪，火传也，不知其尽也。"薪尽火传，前薪尽，火又传于后薪，火终不灭。这已是一切一切的生存、发展之道。《孟子·梁惠王下》："君子创业垂统，为可继也。"这一"统"，也是要将可以薪传下去的，一脉相承。新诗也不例外，它总有一个根。因此，不论谁怎么"前卫"，他可以否定一切，哪怕他自身是个野杂种，也不可能无他实际的血缘，成为孕育他生命的本原体。以创新视为自身生命存在的文艺，乃至科学，无论它怎么千变万化，同样有它的源，它的根。虎和猫是多么不同，谁也无法否认它们是同科的动物。

诗无定法，却有章法，有它成为一种文学形式的特征。有人美其名的"多元"，也就可以无视章法，张扬他们以诗当手纸的好恶，自然要将《当哥哥有了外遇》之类的货色列入"年度最佳诗歌"为其所谓"诗"的标杆。以泛滥他们的伪诗以及诸多反诗的论调。如此这般，哪有真的诗之存息之地？

世上肯定没有无游戏规则的游戏。任何一场牵动世界球迷的明星足球对抗赛，若无赛规，比赛则毫无意义，任人胡来，也无从论谁的高低、胜败、真假。当今，正是那些有话语霸权者，在很大程度上操纵游戏规则，否定新诗历史延续、积累下的规矩方圆，为此，它自然难于运转于诗运的行动，负面的影响却以它的歪门邪道在不小的范围（若说它成为一时的"主流"现象，"主流"二字当加引号）所坏事时，朱子庆正反映了诗运问题之现实的深刻性。

这场议论是由郑敏教授同诗评家吴思敬的"对话"引起。我没看过"对话"记录、整理、印出的文本。更无法确定它是否郑敏原意最确切的表达。她是"九叶"诗派的中坚。"九叶"的长兄辛笛，旧病缠身，很少动笔，她则以八十高龄仍能保持创作活力，实属难得。一九八一年前，当《九叶集》还没出版，诗坛也没"九叶"诗派之说，我有幸与"九叶"中的大多诗人，尤其是早逝的穆旦早已相识，所以对这一诗派的诗人和作品还不陌生。郑敏写诗，始于抗战时的"西南联大"，直接受影响于教她德文、讲里尔克的冯至同志。也是冯至读了她的新诗习作而选荐到香港《大公报》，让读者最初从那儿认识到她。许多能直接从德文阅读里尔克的，常常感到他对语言从未雕琢而发挥到极致的高度掌握，从抽象中看到具体，从具体中看到抽象的事物赤裸裸之原始本貌的功力，常有"不能企及""不能描述"之憾。而里尔克关于诗的名言，正是"诗是经验"。虽未见他正面论述传统问题，但他强调对创作至关重要的"经验"，无论是讲生活还是艺术的实践积累，都不能说它与"传统"不搭界。对"九叶"的穆旦、杜运燮较有影响的奥登（W. H. Auden，1907—1973）所说的"'世界未承认的立法者'是描述秘密警察，而非诗人"，怕还是想到诗人为人，为诗，是堂堂正正，可以公开的"立法"者吧。那影响过，也直接与辛笛有交往的艾略特则说："一件新的艺术品被创造以后，其影响无法不追溯到在这之前的一切艺术品，它与现存之不朽杰作的相互间，形成了一个理想的秩序。"我所以抄录艾略特的这段话，正是不少自封为"现代派"，而以此否定传统者，太需要知道以上这段有关传统的论述，正是出自他们也认同的现代派大师。"九叶"正是一个有此学养的人群，所以在《九叶集》的书序中，才有对"九叶"他们"认真学习我国民族诗歌和新诗的优秀传统，也注意借鉴现代欧美诗歌的某些手法"之认定。我清楚地记得，二十世纪八十年代初，郑敏有次和我谈到俞平伯的新诗时，我更多是重复闻一多、朱自清谈俞诗的论点，还是说它没能"摆脱（旧）词曲的记忆"。然而她却提醒我，新诗与"现代"艺术的结合，最早是从俞平伯开始，并形成新诗传统的。听来，真是耳目一新。俞老先生早期的《小诗呈佩弦》《到家了》等短诗，笔墨的随意性，加以节奏、意象有些跳跃的弹力，当年有人看它的"神秘""艰深难解"，现在加以想想，还确有郑敏所说的那个味道。尤其前两年看到一则有关某个"诗会"的报道，说到郑敏在会上批评某些"后新诗潮"者既不懂"现代"，又糟蹋传统所喷发的义愤，给我留下了特深的印象。今日乍听她说新诗"到现在没有自己的传统"，真是弄"蒙"了。不知是否也是在那种话语霸权下的无奈，还是这位懂，且精于外语，并以外国文学研究为专业，有外国诗研究之专著，确实有资格、有权威论"现代"的学者女诗人，不知是否以此在向读者出其不意地玩一场"现代"游戏？

总之，由此引起的议论、批评，必要而且及时。否则，面对这些大是大非，若无人挺身而出，仗义执言，那么，这些本来属于常识性的，自然也是意识形态范围内的问题，有关人士都听之任之，普通百姓的你我，睁着眼看到诗运在那种话语霸权下受挫，我怕不是像朱子庆那么无奈，而会沉沦于无望的悲观。

（原载二〇〇〇年五月四日《文艺报》第二一八八期）

穆旦漫议

一

奇人奇才的穆旦，认识他时，是二十世纪五十年代，他刚回国，看什么都很新鲜，也太陌生，议论诗时，静心地听，很少开腔，又绝非对这个世界的沉默。那时，我只是二十出头的毛头小伙子，在当时的诗坛，对这位新中国成立前虽被视为"左翼"，新中国成立后又被看作"非主流"的诗人和作品，一无所知。那时，他还不到不惑之年，按现在的界定，还算"青年"。不是读书时那么瘦长，也没发胖，是位英俊潇洒，有"明星"风度的"帅哥"。可没有演艺界人士常有"亮帅"的浮躁，是有学养的文静、深沉，偶尔说诗，语惊四座，洋溢对生活的热情，对诗的真诚。随着时光而去，对有些问题，他若有与过去完全不同的看法也不为怪，但他所说到那些已成历史的情况，同样也是变不了的。初看此人，彬彬有礼之际的浅笑，几乎容易误判他是一位写甜甜的情诗之浪漫派，但他那与此迥异之作，我却读到幽奥的艰涩，苦难的深重……

新诗迄今，创作现象之复杂的诗人，莫过于穆旦了。

一生与诗相依，并不多产，到他去世前的五十九年，都很寂寞，身后，被一股思潮捧为诗的"现代主义"明星，似乎为他又热闹出另一片诗的新大陆。

对"现代主义"，绝不能简单、粗暴，以先验的好恶来论穆旦"现代主义"的诗。若因这一"主义"为其舶来而视为解救中国新诗陷于过去的"左"所带来的困境之上帝时，穆旦又当"现代"标准件在橱窗展示和风光，更非诗人之幸。

他是位学者型的诗人，新中国成立后译介外国名家名诗的成就，是"五四"后首屈一指的。为新诗表现方法拓展门径，推进诗艺之认真、刻苦、执着，十分可贵。不论生前寂寞，身后轰动，论其成败，都是一个新诗几十年中不可忽视的、独立的存在。

近年，穆旦"轰动"都"轰动"在他的"现代"上。一九四六年，穆旦的同窗好友王佐良（1916—1995）在昆明"西南联大"论述穆旦所说的"他一方面最善于表达中国知识分子的受折磨而又折磨人的心情，另一方面他的最好的品质却全然是非中国的"① 这句话，只拿出后半句"全然是非中国的"来说，就不知何意了。对只讲诗的"横的移植"，反对"纵的继承"者来讲，这自然是他们所追求的最高境界，可从另一方面讲，作为语言艺术的诗，若诗的质地与作者所用的母语（所以这么说，是穆旦也用英文写诗）之母性相佐，那么，就更无法讲其艺术个性了。张扬此说，不论出于什么考虑，这样对穆旦，从实质讲，从纯艺术讲，是褒是贬呢？

毋庸讳言，中国新诗就是在外国诗的直接影响下催生的。几十年间，从一开始，也逐步形成了自己的传统，然而，对外来艺术的借鉴，是个永远不会结束的课程，不是趋同、模仿、同化，而是从中不断丰富、强壮得自己更有自己的个性。由于自身与西诗的渊源，穆旦创作旺盛的四十年代所受的外来影响，虽有英国教师讲的叶芝（W. B. Yeats，1865—1939）、里尔克、艾略特等有关"书上找不到的内情"以及对"语言精细的分析"，主要的，还是奥登，为他刚刚"写了充满斗争激情的'西班牙，一九三七'"，同时，看重他是"左派"。照王佐良所说，穆旦的"五月""……报上登过救济民生的谈话后，/愚蠢的人们就扑进泥沼，/而谋害者，凯旋着五月的自由/紧握一切无形电力的总枢纽"，这"最后两行，那概括式的'谋害者'，那工业比喻（'紧握一切无形电力的总枢纽'），那带有嘲讽的政治笔触，几乎像是从奥登翻译过来的。"② 穆旦有代表性的《春》，其中讲到爱情的关系死于"太亲热，太含糊的俯顺"之"太亲热，太含

---

① 佐良：北平《文学杂志·一个中国新诗人》一九四七年七月第二卷二期。
② 佐良：《一个民族已经起来·由来与归宿》江苏人民出版社一九八七年版。

糊"，就是奥登作品的一个篇名。如"子宫"一词，除了讲生理、医学，从古到今，在中国不见入诗。虽然有人说它在外国诗里常见，但百年来译过来的那么多外国诗，一般读者也难读到。穆旦在这些地方，确实是像"现代派"那样，以此标新。他无忌地像奥登"在战争时期""背离自由而使自己受到束缚／有如女继承人在母亲的子宫里"，《诗八首》中，也是"水流山石间沉淀下你我／而我们成长，在死底子宫里"，这对于忌讳，起码是不习惯见它用于诗的作者和读者，还是颇具布莱希特戏剧之中的那种"生疏效果"。布莱希特所以如此，是防止观众和舞台上的一切引起感情的纠缠，以致影响观众的批判态度，而不是要他们简单地接受舞台上所表现的现实。穆旦诗的"生疏效果"，是否有意于此，不得而知。但从弗洛伊德（A. Freud，1895—1982）的精神分析学那里的生殖观派生出来的子宫意识，是否定生命的意义和价值，但又主张人生的求乐、唯实、无矛盾的境界，是"与母亲在性的方面合为一体，或安息于她的怀抱之内，或最终到达了死的城堡，子宫内的毫无紧张的涅槃境界。"① 它为资本主义制度下的厌世观，提供了理论根据。穆旦的"我们生长，在死底子宫里"，自然不能说是弗洛伊德的生不如死的思想之再版，但他那"在无数的可能里一个变形的生命／永远不能完成他自己"的观念，总该说它还是那些"现代"意识的产物。要谈"现代"，这才是"现代"的基础，把某些"现代"技法的借鉴视为"现代"的真谛，本末倒置。

二

四十年代，有《穆旦论》说穆旦有"历史的自然主义看法与超越的自觉精神"，是"会引起惯于中庸之道的中国人的反感"的诗人。论者称那是"中国布尔乔亚时代"，说"新旧传统在他心里的交战也正是布尔乔亚时代的较健康的意识与落后的传统意识的交战"。② 其中，将半封建半殖民地社会虚拟为"布尔乔亚时代"，只能是虚拟，

① ［奥］弗洛依德：《精神分析引论》，商务印书馆一九八四年十一月版，第九页。
② 《中国新诗》一九四八年九月号。

过去的中国要有个资本主义时代，那么，中国百年的历史都当重写了。

　　穆旦的诗，乃至当时的中国文学，肯定也会是另一个样子。"布尔乔亚时代的较健康的意识"可解读为"民主个人主义"，倒是在那个时代高层知识分子间较普遍的意识状态。过去，说穆旦"对于中国新诗写作的最大贡献""还是在他的创造了一个上帝"。尽管他有的诗也表现某种宗教情怀的境界，即如上述讲到他写的"子宫"之"子宫割裂"而出生的（我），"是初恋的狂喜，想冲出樊篱，／伸出双手来抱住了自己"，又"永远是自己，锁在荒野里，仇恨着母亲给分出了梦境"这样写性、写母，似乎也可从弗洛伊德寻找某种契合。但寻找这子宫的秘密，与原始宗教探寻生命之谜，也完全可以出于同一的原始情怀。但穆旦创造的"上帝"，从他创造诗的氛围所感知的，还是"民主个人主义"的"民主""个人"的追求，执着而自信，自信而执着的广博、崇高的景象：

> 飞奔啊，旋转的星球。
> 叫光明流洗你痛苦的心胸，
> 叫远古在你的轮下片片飞扬，
> 像大旗飘进宇宙的洪荒，
> 看怎样的勇敢，虔诚，坚忍
> 辟出了华夏辽阔的神州。
>
> ——《合唱》

从放眼远望浩浩空阔的宇宙天地，到歌颂自己"自由而活泼的"肉体："我歌颂肉体：因为光明要从黑暗站出来，／你沉默而丰富的刹那，美的真实，我的上帝。"完全是叛逆旧传统，自我解放的精神状态。它很容易让人想到美国民主诗人惠特曼，尤其这首《我歌颂肉体》，无法不让人想到惠特曼那著名的《我歌唱带电的肉体》。虽然过去也有人为他叛逆旧传统而泛"现代"地将他纳入"现代"，但惠特曼精神之质在诗的反映上，又绝对是浪漫主义的。然而，一直被认定为"现代"的穆旦，此时的"个人""民主"，到后来要求他于集体、纪律、大至有人可以数出它多少不是之处的"人民民主专政"，相对于当时的半封建半殖民地的社会形态，它总是一种新兴的健康向上的精神力量，正如百年前大洋彼岸的惠特曼处于同样的思想位置。为此，两者在此的诗情，乃至表述的相近，极为自然。但，不同的语言于语言艺术中，起码得从不同的语言规律，极为自然地显出各自的相异。可是，穆旦讲"现代"的"知性"自觉，和他写作的艺术惯性作用，他泛起的浪漫情怀，并不作浪漫的直抒和宣泄，仍以他思想的"现代"定向"现代"的艺术处理。诗人备受推崇的《春》和他那"充满了爱情的绝望之感"的《诗八章》，其语言、结构，正是如此构成的——

> 蓝天下，为永远的谜迷惑着的
> 是我们二十岁的紧闭的肉体，
> 一如那泥土做成鸟的歌，
> 你们被点燃，却无处归依。
> 呵，光，影，声，色，都已赤裸，
> 痛苦着，等待伸入新的组合。
> 　　　　　　　　　——《春》

那声色光影的赤裸和组合，那二十岁的青春撩拨着"无处归依"又点燃的火，正以奇峭的意象可触，用玄思的暗示予以意会，是颇具"现代"特色的艺术。《诗八章》"从这自然底蜕变底程式里/我却爱上了一个暂时的你/即使我哭泣，变灰，变灰又新生/姑娘，那只是上帝玩弄他自己"，也是作者那一阶段中语言最清新的作品之一。这种情诗，没有一点在情诗中常见的浪漫情调，作者认为"爱情的关系，生于两个性格的交锋，死于'太亲热，太含糊'的俯顺"之观念，对于那时多数中国人还陶醉于"夫唱妇随"之幸福观，它，自然太"前卫"（advant garde）。

　　然而，诗人不可能只有"肉体"的世界，惠特曼笔下的肉体写到性和生殖，比穆旦就不知要"前卫"多少，可是，要没他的《大路之歌》，也就不是今日文学史上的惠特曼。这"大路"（open road），直译一点，是前面"展开的路"，正如过去我们唱着"我们走在大路上"，是充满一个时代的自信和豪情的歌。

当攸关民族存亡的民族解放战争的战场延伸到已没后方的后方，空袭警报、通货膨胀、抢购、饥饿之声的凄厉，动荡威胁生存的警号，与政权腐败所造成的社会问题持续到疲倦而灰心的斗争，以穆旦这个逃到大后方的大学生，还难叫他只写《防空洞里的抒情诗》。

他投笔从戎，征途崎岖。出入枪林弹雨，走过异国山村小镇，在布满死亡陷阱所暴发的山洪和丈深的泥淖，在失去阳光又弥漫神秘烟瘴的大森林里，前行者倒下的人尸、马骨，就是眼前的路标。一路饥渴难忍，若是止步即毙……

此时，未成白骨的死亡，是已无生的力量又疯了的生的意志，是他与死亡肉搏的勇韧，穿越了生命的又一时空……

在印度休养，又为过饥之后的过饱而几乎死去的穆旦，饱尝了时代的苦难，无怪他《控诉》说："这是死。历史的矛盾压着我们，/平衡，毒戒我们每一冲动。/那些盲目的会发泄他们所想的，/而智慧使我们懦弱无能。//我们做什么？我们做什么？/呵，谁该负责这样的罪行：/一个平凡的人，里面蕴藏着/无数的暗杀，无数的诞生。"

这一"控诉"，可以对应《潮汐》："看见到处的繁华原来是地狱，/不能够挣脱，爱情将变成仇恨。/是在自己的废墟上，以卑贱的泥土，/他们匍匐着竖起了异教的神。"他是这样竖起反叛的旗帜而发出"爱情将成仇恨"的誓言。然而，"智慧使我们懦弱无能"，终究是生存的无奈。若摘章引句地看他"幻化的形象，是更深的绝望"，乃至他"充满了罪过似的空虚"之"沉默"，那么，作者不是非理性，恰恰是以"现代"的"知性"所表现出受"存在主义"哲学影响的作家常表现出的这种生态状况。浪漫情怀的穆旦，成为穆旦的"现代"艺术一样，可以看作他艺术的丰富与杂芜。

何况，"存在主义"本无一个统一的说法，彼此大有差异。有将它与神学融合起来的；有主张投身到改造社会活动之中的萨特（J－

P. Startre，1905—1980）；有演化为法国一个文学流派的，则纳入"现代主义"的框框。笛卡尔（R. Descates，1596—1650）的"我思故我在"的命题被存在主义改造为"我在故我思"地为其所用，扬弃二元唯心论观的"我思"，与"现代"所要的"知性"之所"思"，并不相斥。三四十年代有不少作品所以反映出这一"存在"的思想状况，倒不是先从西方哲学的命题所做的答卷，而是人们对待现实生活所"存在"的反映，也是这一哲学在神州的生存土壤。何况，穆旦尊重的两位老师冯至和闻一多，冯至是当时介绍这一哲学在国内的先行；闻一多是欣赏、鼓励冯至对它的介绍。

"存在主义"的思想基本是消极的，在特定的社会背景下，它促使人们思考人生的意义，提出重视和研究人的本质、尊严、自由以及不合理的社会现象，对于怕"残酷的哲理"织上"锦绣的天空"，怕"充满意义的糊涂"，将"丰富变为荒原"①的穆旦，又不全是消极的。他从"歌颂肉体"的人之自身开始，研究"鼠穴"里的生物，竟是"我们的父亲、祖父、曾祖"及"多少古人借他们还魂"之物，这个有点异味就"逃跑"，不论什么是非"对错"，都是"啃噬，啃噬所有的新芽和旧果"的"不败英雄"，就在于"有一条软骨"。这一求生态度，加之它为曾祖、古人的亡魂，就可看作它为国民之中的劣根性的艺术曝光，自然是思想深刻的犀利。"饥饿在每一家门口"的《饥饿的中国》，作者为灵魂饥饿的孩子愤愤不平地说："因为历史不肯饶恕他们，推出/这小小的空虚的躯壳，向着空虚的/四方挣扎。是谁的债要他们偿付；/他们于是履行它最终的错误。"历史的错误，加诸新一代人债务；债务的偿付，又是错误的延续，几乎是个不会结束，带着宿命阴影的饥饿。作者已悟到，这是癌化而不能不动手术的社会秩序，然而，"荒年之王，搜寻在枯干的中国的土地上，/教给我们暂时和永远的聪明，/怎样得到狼的胜利：因为人太脆弱"之如此所想，其刚烈的血性，终于无法替代"残酷的哲学"对事物的认识。

然而"痛苦的问题愈在手术台上堆积"，希望"从里面出生的弟

---

① 穆旦：《一个战士需要温柔的时候》

弟，一开头就开始"的希望，不能说不好，可在这里，笔力也像作者所说的"人"那样，"太脆弱"。

　　　从至高的虚无接受层层命令，
　　　不过是观测小兵，深入广大的敌人，
　　　必须以双手拥抱，得到不断的伤痛。

　　　多么快已踏过了清晨的无罪的门槛，
　　　那晶莹寒冷的光线就快要冒烟，燃烧，
　　　当太洁白的死亡呼求到色彩里投生。

　　　是不情愿的情愿，不肯定的肯定，
　　　攻击和再攻击，不过酝酿最后的叛变，
　　　胜利和荣耀永远属于不见的主人。

　　　然而暂刻就是诱惑，从无到有，
　　　一个没有年岁的人站入青春的影子，
　　　重新发现自己，在毁灭的火焰之中。
　　　　　　　　　　　——《三十诞生有感》

虽然他在追求"现代"的"知性"，又无法不被自身的艺术感觉所掌握，亦觉亦幻的"火焰"，是在毁灭中"重新发现自己"的"火焰"，又是在"火焰"中重新发现自己"毁灭"之火。不情愿也情愿，不肯定也肯定，"太洁白的死亡呼求到色彩里的投生"之"投生"，是火中凤凰的再生，是"呼求"一出生就成功之一代人的希望。然而，比哲学残酷的现实，是留下无数希望与绝望的问号，在否定中肯定了人的价值，又在肯定的破灭中否定了现实。是矛盾的心态，世态的矛盾。

　　诗人唱道："虽然生活是疲惫的，我必须追求/虽然观念的丛林缠绕我/善恶的光亮在我心里明灭/自从撒旦歌唱的日子起/我只想园中那个智慧的果子/阿谀，倾轧，慈善事业/这是可喜爱的，如果我吃下/我会微笑着在文明的世界里浏览/戴上遮阳光的墨镜，在雪天/穿一件轻羊毛衫围着火炉/用巴黎香水，培植着暖房的花朵/那时我就会离开亚当后代的宿命地/贫穷，卑贱，粗野，无穷的劳役和痛苦……"这《蛇的诱惑》已不是《圣经》中古老的故事，不是伊甸园里魔鬼撒旦变成了蛇所诱惑人吃的禁果，已是现实之中远离祖国的苦难"用巴黎香水"培植暖房花朵的安闲逸乐。但吃禁果者所得到远离苦难而付出的人格代价，自然是在"鼠穴"作"有一条软骨"的"不败英雄"。作者对不合理的社会秩序也希望"酝酿最后的叛变"，那么，离开亚当子孙，去对血腥统治的媚态，正是最最无耻的背叛。中国知识分子"富贵不能淫"而安于清贫的硬骨是可敬的，是作者对人的本质、尊严的理解。可和亚当子孙永远在一起的，是太久、太深的苦难，前面等待自己的，依然是劳役、痛苦、贫穷……，又似宿命的归宿……

　　奥登曾经特指战场的伤兵说："真理对他们来说，就是能受多少苦"；穆旦在"成群的死亡降临中"呼叫《活下去》时，就是"请看黑暗中的我们正孕育/难产的圣洁的感情"。在胡康河谷九死一生的体验叫他写成的《森林之魅》，完全是以"现代"的知性，毫不动情地欢迎人们把"血肉脱尽"，进到那代表死亡的"森林"。作者则以西方所说的代言人（persona）的角色现身，如进入舞台，代表生命与死亡对话。对着河谷上的累累白骨在为"要活的人们的生存"时，《祭歌》道："没有人知道历史曾在此走过/留下了英灵化入树干而滋生。"全诗的气势深沉、悲怆。诗题《森林之魅》的"魅"，是歌唱死亡的魅力，是"一个梦去了，另一个梦来代替/无言的牙齿，它有更好听的声音/从此我们一起，在空幻的世界游走/空幻的是你血液里的纷争/一个长久的生命就要拥有你/你的花你的叶你的幼虫"。作者在苦难中做梦，梦的幻灭又让他更懂得苦难。

　　读完他厚厚的一本书，其中最厚重的告白，仿佛生来俱在：就为承受苦难，如同背负宗教的原罪，在作佛门完善自我的修炼。在生死两极，找他存在之"魅"，而挣不脱的苦难，又似驱不开的宿命。

哦，灾难深重的祖国，坚韧在苦难中的人民！

三

作者认识的局限明显；作者对"小资产阶级手势"的非议并非与这一阶级绝缘；作者想在"现代"的"知性"中冷眼观世，又惧怕"残酷的哲学"使其"知性"失去哲学的深根；作者不是解放人类的先锋战士，穿越死亡的血汗还能明白无误地表明他爱国的忠诚；作者没有吹响时代的号角，一个乐段的和声也是一部时代交响乐中的组成；他袒露的内心矛盾、感情的弱点并非圣洁，毕竟又是一个时代的某种人生的存在；它不是那种特定的，明含贬义的"自我表现"，表现自我的意义又能与民族命运的忧患交织；于是，苦斗的悲壮凝为诗的壮美，苦难磨灭不了灵魂的尊严又是光辉的生命。

硬要说穆旦诗达到"不可企及的高度"，是哗众取宠，他诗的个性和艺术的表达，有别于他人又具有别的人所无法取代的诗性，也是一种诗的高度。

可他的价值，也须从比较中得出，若以它和当时为时代的"鼓点"之诗比高低，厚此薄彼固执地坚持，就是偏见、愚蠢、错误；为此，要求别人写得跟穆旦一样，穆旦也就失去他自身的意义，若以穆旦取代时代诗的"鼓点"，竖为诗的旗帜，怕也不是真正爱护穆旦，也是诗的不幸。

闻一多论述田间所说的"鼓点"，并非专指田间，而是指一个时代所需，群众所喜爱的诗风。除了部分一味求"通俗化"而失去审美特征者，那个时代一些战斗性、大众化很强的作品，对于只讲"现代"而不齿于它的无知者，同样无法抹煞它的存在和价值。

于此，穆旦独特的人生感悟找到自己独特的艺术表述，是一优势，同样，若与抗战烽火中的鼓声相比，也要比出它带根本性的弱点来。

他们都已过去了，当年没有条件使二者能相互取长补短，后来者能从中取长补短提取全面的营养时，若厚此薄彼，只能导致诗的生态畸形……

艾略特有过这样一段话："假如我们研究一位诗人，撇开了他的偏见，我们却常常会看出：他的作品中，不仅最好的部分，就是最个人的部分也是他前辈诗人最有力地表现他们不朽的地方。我并非指易接受影响的青年时期，乃指完全成熟的时期。然而，如果传统的方式仅限于追随前一代，或仅限于盲目的或胆怯地墨守前一代成功的方法，'传统'自然是不足称道了。"① 这段话，不论赞成或不赞成"现代派"的，应该都能接受。对于穆旦，传统诗词的影响对他甚微，没有传统的包袱。对异域诗艺的研究、借鉴、移植之刻苦，是他这一时期诗风的形成与成就之取得的一大保证。他探索的认真，精神之可嘉，并不等于他创新探索的每一具体结果都必须肯定。从泛"现代"，包括"存在"等"主义"之消极，不该忘记，但穆旦将这些"主义"用于肯定人的价值与否定不义的统治以及不合理的社会秩序为其"现代"的哲学基础之艺术效果，又绝不是消极的，所以也就有了他可以肯定的"现代"。有的评家偏偏撇开以此构成的思想基础，尽力以技法、语态、语构的西化而张扬其"现代"，实在是本末倒置。

穆旦四十年代的诗，虽用母语所写，但他听课、课间练习，到从军当翻译的工作用语又全是外语，语言环境影响他母语之纯净的西化，虽是弱点，也应理解，但不是诗的优点。八十年代初，徐迟为国家要"现代化"误提"现代化与现代派"的说法，穆旦已早于他四十年就在自觉实践，并致力它的"彻底化"时，中西不同文化观念所撮合表达的一致之晦涩，乃至模仿的生硬，同样可以理解。但它是问题，不是优点。

五十年代，我不止一次听他亲口当着好几个人讲，他拿着自己过去的诗，请他教授的南开大学外文系的学生看，这些学生和他写这些诗时的年龄不相上下，也学外语，喜爱文学，且爱读诗，都坦率得可爱地对他讲：他们读得头疼，读不懂，不知所云。他们表示自己喜爱的，恰恰是现在有的评家用以和穆旦相比而看作不入流的作品。这对穆旦的震动太大了。他不怪自己的学生，而是反思自己对奥登等的模

---

① 艾略特：《传统与个人才能》，卞之琳译，上海译文出版社 2012 年版。

仿之过，怨自己不了解人民群众。相信一个时代有一个时代的诗。他愿多读点当时年轻朋友反映新生活的作品，由此多思考些问题之后再动笔。

这是一位真正的诗人为人为诗之所言。在场的无不为他人生的坦荡和对诗的真诚所感动。他新中国成立后公开发表的头首诗《葬歌》中"你的千言万语虽然曲折，但是阴影怎能碰得阳光"就是这一思想的反映。一位我们的诗友、同志，要投入新的生活而葬下旧的自我之《葬歌》，无论有什么不足之处，都是好事，都该欢迎。他说："就诗论诗，恐怕有人会嫌它不够热情；/对新事物向往不深，对旧的憎恶不多。/也就因此……我的葬歌只算唱了一半，/那后一半，同志们，请帮助我变为生活。"这里，随着人生所变的诗风之诗行，仍有他写作的考究和精细。然而，希望同志们把他那一半《葬歌》"变为生活"的心愿，不仅未被得到尊重和实现，反而在一场政治运动中，连同那些莫须有的罪名，也成了加害于他的一份材料。这种亲痛仇快的做法，自应加倍反省，不让重演，但也不能将穆旦对自己诗的不足所做出的深刻反省，也要来个"翻案"吧。

穆旦自释的《还原作用》道："那是写我在旧社会里，感到陷入旧社会泥坑中的失望之情。""表现在旧社会中，青年人如陷入泥坑里的猪而又自认为天鹅，必须忍住厌恶之感来谋生活，处处忍耐，把自己的理想都磨完了，由幻想是花园而为一片荒原。""诗的难处，就是它没有现成的材料使用，每首诗的思想，都得要作者去现找一种形象来表达；这样表达出的思想比较新鲜而刺人。因此，你必须对一些乱七八糟的字的组合，加以认真的思索，否则，你不会懂它。"① 由此来看诗的文本——"污泥里的猪梦见生了翅膀，/从天降生的渴望着飞扬，/当他醒来时悲痛地呼喊。//胸里燃烧了却不能起床，/跳蚤、耗子，在他的身上粘着；/你爱我吗？我爱你，他说。//八小时工作，挖成一颗空壳，/荡在尘网里，害怕把丝弄断，/蜘蛛嗅过了，知道没有用处……"从这九行，可以看到作者为"不用陈旧的形象或浪漫而

---

① 王佐良：《一个民族已经起来·由来与归宿》，江苏人民出版社一九八七年版。

模糊的意境来写它，而是用了'非诗意的'词句写成诗"① 所费的心机。可是，要是没有诗成三十多年之后看到作者对它的讲读，只凭梦的翅膀去猜想，结果肯定与创作的原意风马牛不相及，若以作者的讲读对照去看，哪怕面对"新鲜而刺人"的文字之组合，最后相互的应证，怕也只能看它为"现代"式的图解之作。

四十年代激得天怒人怨的《通货膨胀》，他写来却是"无主的命案，未曾提防的/叛变，最远的乡村都卷进/我们的英雄还击而不见对手/他们受辱而死；却由于你的阴影"。这，就不知是"现代"的象征，还是作者对通货膨胀，以弗洛伊德式的自我精神分析的写照。这与同属"九叶"之杜运燮的《追物价的人》写"物价已是抗战的红人/从前同我一样，用腿走/现在不但有汽车，坐飞机/还结识了不少要人阔人/他们都捧他，搂他，提拔他/他的身体便如烟一般轻……"两位"九叶"，同写物价，很不一样。轻烟的意象，物价飞飞飘飘的涨；有艺术效果，更有社会效果。在此，无意在两"叶"之间比高低，但两位"九叶"写的同一题材的不同效果看，又不难看清穆旦有时为"创新"纳入"现代"所被"现代"之所累所苦，结果，一番苦心，事与愿违。

四

从另一个角度看，穆旦既无法把这条路走宽，也没走到绝境。他不同时期的变化，值得研究。战前，十六岁时的《两个世界》，写缫丝女工为人编织锦衣华服在创造美，却在厂里受尽磨难，丢下嗷嗷待哺的孩子在家之惨象。她们"繁华原来是地狱"的苦叹，正是被奴役的丑和双手创造的美之对比。接受在地狱似的的苦役，眼前还是"美的世界仍在跟踪、眩目/但她惊呼，什么污迹染在那丝衣的"视幻以及响起的孩子哭声。它既是女工苦思的现实，也在时空交错地看到现实的另一角推近读者的视角。它集中、对比地变幻觉为视觉，以跳跃，对比的意象揭示矛盾冲突，倒不乏艾略特被人比作"蒙太奇"式

---

① 王佐良：《一个民族已经起来·由来与归宿》，江苏人民出版社一九八七年版。

的诗法。若将"现代"仅仅看作这类技法，那么，穆旦的"现代"似乎并非从学奥登始，有点无师自通。但也明显现出文字、表现的粗糙、幼稚。抗战之日，相对他的少时少作，十九岁的穆旦已早熟了：

　　　黑夜里叫出了野性的呼喊，
　　　是谁，谁噬咬它受了创伤？
　　　在坚实的内里那些深深的
　　　血的沟渠，血的沟渠灌溉了
　　　翻白的花，在青铜样的皮上！
　　　是多大的奇迹，从紫色的血泊中
　　　它抖身，它站立，它跃起，
　　　风在鞭挞它痛楚的喘息。

　　　然而，那是一团猛烈的火焰，
　　　是对死亡蕴积的野性的凶残，
　　　在狂暴的原野和荆棘的山谷里，
　　　像一阵怒涛绞着无边的海浪，
　　　它拧起全身的力。
　　　在暗黑中，随着一声凄厉的号叫，
　　　它是以如星的锐利的眼睛，
　　　射出那可怕的复仇的光芒。

这首放在作者处女集开篇的《野兽》，是穆旦诗的开始吧。有人说它是模仿布莱克（W. Blake，1757—1827）的《老虎》之作，而那"老虎！老虎！你金色辉煌"是作者摆脱十八世纪古典主义束缚以歌谣体写的诗，近似中国儿歌轻快地"两只老虎，两只老虎，跑得快，跑得快"的情调之歌唱。同时，里尔克脍炙人口的名篇《豹》也不妨设想对穆旦产生过影响。但那有"伟大的意志"的豹，在"千条栅栏"内"目呆目惊"的写照，是诗人迷惘、彷徨、苦闷于人生的咏叹。是一代人对现存社会秩序之心态，所以赢得读者赞赏。穆旦的《野兽》

与之相比，不仅无"模仿"之迹，倒反显出它独立的存在。它题为《野兽》，没有明指是虎或豹，成于一九三七年十一月，正是"七七"卢沟桥事变之后，中国人民展开了全面抗战之日。中国，是个伟大的国家，当时，由于执政当局的腐败无能，对日本的侵略一再让步，也被外国人称为"东方的睡狮"。全面抗战了，睡狮怒吼了——"随着一声凄厉的号叫/它是以如星的锐利的眼睛/射出可怕的复仇的光芒"，不仅是穆旦以积极的人生投入了诗，开始了诗，而且，艺术上，竟和他此生最后的成熟那么相近，语言凝练、浓缩，却张弛有序，主体形象已成整体的象征，又不是"象征主义"的，没有以"现代"对语言的"破坏"而陷于语言表述的晦涩，深刻的内涵，全以沉稳、明朗的语调呈现，一些"现代"所忌讳的直抒胸臆式的抒情，完全是作者寻求作品表述之所需而自然而然的神来之笔，与刻意"现代"所追求"现代派的特别'现代味'的东西"相比，诗的丰富却不杂芜。

对此，多说几句，是它从正负两面，为新诗运动的发展，提供了不少可研究的课题。若视此为穆旦的全部，则不可能认同穆旦于此中的反思。十年动乱，反思"文革"，作者又会这么写诗：

> 您写的倒是一个典型的题材，
> 只是好人不最好，坏人不最坏，
> 黑的应该全黑，白的应该全白，
> 而且应该叫读者一眼看出来！
>
> 您写的故事倒能给人以鼓舞，
> 要列举优点：一、二、三、四、五，
> 只是六、七、八、九、十都够上错误。
> 这样的作品可不能刊出！
> ……
>
> ——《退稿信》

这样近似打油之笔，出自过去"追求现代派的特别'现代味'"者之手，几乎不可思议，又极为自然。过去，他这高层知识分子学养的思维、行动方式，自然包括审美趣味的惯性作用，用了多大努力都没能消除与普通百姓的距离。此时随着他们之间的贴近点，他又有了另一副笔墨。就具体作品而言，《退稿信》这类打油之作，无须推崇。也该允许作者以此作他另一新的探索，在人生的坎坷中，逐步探寻、完善自己和自己的诗。此一诗人新的诗之资讯，对研究他很有意义。

穆旦晚年与人谈到自己诗的主张道："要使现今的生活成为诗的形象的来源。""诗应该写出'发现的惊异'。你对生活有特别的发现，这发现使你大吃一惊（因为不同于一般流行的看法，或出乎自己过去的意料之外），于是你把这种惊异之处写出来，其中或痛苦或喜惊，但写出之后，你心中如释重负，而不是一首不关痛痒的，人云亦云的诗。所以，在搜求诗的内容时，必须追究自己的生活，看其中有什么特别尖锐的感觉，一吐为快，然后，还得给他适当的形象，不能抽象说出来。当然，这适当的形象往往随着内容形成，但往往诗人也得加把想象力，不能抽象说出来。给它穿好衣裳。所以，最重要的还是内容。"① 这些关于生活与创作，形式与内容等创作规律的话题，由任何一位作家从自身创作经历去再加体会，都有一番新意。

他还说，写诗"要把普普通通的事，奇奇怪怪地写出来"。② 普普通通的事，在他自己说，就是"小人物之歌"。"在一般小人物中，大概共感是很容易的。从小人物的观点看问题，大概结论差不多。小人物不自高自大，目光平凡，不愿对事物吹嘘和美化，其结果，自然是贬多于褒。"③ 这里，"小人物"三字，若放在某种评论的概念中，无须多商榷。但在十年动乱之中，针对他自己四十年代的作品而言，于是，这"小人物"也正是相对于那时的"大人物"，是"五四"诗的平民意识。同时，他后期译介的名诗，对自身的影响也很深。拜伦

① 郭保卫：《书信今犹在，诗人何处寻》，见《一个民族已经起来》，江苏人民出版社一九八七年版。

② 郭保卫：《书信今犹在，诗人何处寻》，见《一个民族已经起来》，江苏人民出版社一九八七年版。

③ 樊帆《新港·忆穆旦晚年二三事》一九八一年十二月号。

（G. G. Byron，1788—1824）、普希金等，以与奥登完全不同的影响在更强烈地影响他。如《唐璜》：

> 听到惊叫声，唐璜立刻跳起来，
> 一把托住海黛使她不致栽倒；
> 接着从墙上摘下剑，怒冲冲地
> 就要惩罚这不速之客的侵扰；
> 蓝勃洛直到现在都没开口，
> 只冷冷一笑说："只要我一声叫，
> 立刻就有千把刀子亮在这，
> 小伙子，不如把你那玩艺收起。"

这种戏剧场面，经穆旦一译，行家感到如同读拜伦原作一样了。若说诗人的建树最后体现在译本里，那么，穆旦去世前所写出的，最后的，也是他此生最好的几首诗，也同样不容忽视那不同于奥登、拜伦等对他的影响的作品。如《冬》，那"我爱在淡淡的太阳短命的日子／临窗把喜爱的工作静静做完"的黄昏，生命那么从容，毁誉淡泊由之，将一个知识分子在那特定历史背景中的人生、艺术进入化境。语言一反过去为"现代"的涩重而清新、厚重；格律摆脱了过去西诗格式的框框，反而更严谨。如若不是以人，以"主义"划线，穆旦在此艺术追求所达到的艺术境界，远非他原本追求的那种意义的"现代"。这样的艺术，完全是在那特定的历史环境中，不便公开言"现代"，又不自觉的不能不为诗之所为。然而，为诗与为"现代"之"主义"，不可混为一谈。在轰轰烈烈的全民抗战的大潮中，穆旦之"现代"，既不是脱离生活，远离时代，躲在象牙塔里写的诗，也不是以诗人的社会责任和艺术追求对立起来的标语口号。从他已经出版的诗作看，多数还是有社会内容的，不少还是他部队生活的直接反映，同时，他也确实是精心于艺术，自觉于"现代"，没有流于标语口号，避免了一般化的创作。从那时的整体诗运看，它对那时疏于艺术的标语口号诗，自然是种冲击，是对诗失落于艺术予以的补充和较正。但

是，他那时对旧社会的不满、失望，精心、还是真诚地要将它化为
"艺术"时，火热、壮阔的生活，往往也被他"艺术"到一个比生活
原貌狭窄，感情过浓于知识分子气的文字天地。虽然可在书斋、讲坛
品味，比之当时另一种产生于我们民族的苦难和斗争，又投入到民族
解放战争中的诗，就有它明显的局限。这一点，不论善于言辞者怎么
去说，都是无法更改的历史，是战前的唯美主义诗人闻一多也折服的
事实。因此，如若一味地以"主义"的标签论诗论人，先验地以它划
线论艺术的得失，就无法在肯定穆旦中期，也是在他创作高峰期，自
觉于"现代"而开拓了他的诗路时，同时能正视他以牺牲自己艺术个
性为代价，俯顺这一主义和某些偶像之所累、所亏。

　　正视这一事实之后，再看穆旦后来写《冬》"仍有那无可企及的
诗才"时，评论者自身才不会为标签所束，为"主义"所累。过去对
穆旦的"现代"，一直予以鼓吹的王佐良此时也说，看到穆旦这位
"当年现代派的特别'现代味'的东西也不见了，没有工业性比喻，
没有玄学式奇思，没有猝然的并列与对照，等等。这也是穆旦成熟的
表征，真正的好诗人是不肯让自己被限制在什么派之内的，总要在下
一阶段超越上阶段的自己"。① 这话，虽未涉及诗人的人生态度等问
题，由王佐良这样的人来讲穆旦和他的"现代主义"，绝无偏见。穆
旦也恰恰是由此，不为"现代"所困，而是从诗本身寻找自我完善的
道路，才迈开了他的诗步。

　　由于诗人五十年代开始，主要精力用于翻译，诗写少了，但他译
诗为诗之所得，正找到诗的自我完善之路。一九五七年写的《葬歌》，
已经可以看出诗人在追求形成新的诗风之努力。当时有人错误地批评
它写知识分子改造的痛苦是抵制改造，其实这正好表现了脱胎换骨的
蜕变过程之真实。《三门峡水利工程有感》写三门峡水"只因为几千
年受到了郁积/它愤怒、咆哮，波浪朝天澎湃/但也终于没有出头，于
是它/溢出两岸，给自己带来了灾害……"这，不仅没有流行的空泛
的赞词或标语口号，反而赋予了黄水性格化的描写，丰富了作品的内

---

　　① 　佐良：《一个民族已经起来》，江苏人民出版社一九八七年版。

蕴。这是他诗风转变的轨迹。他那"现代"的"知性"也随着人生更深体验的深化，并用新的诗风在表现它时，才是它的思想、艺术魅力。

诗人去世多年了，生前在一次《停电之后》，"突然，黑暗击败了一切，/美好的世界从此消失灭踪/但我点起小小的蜡烛，/把我室内又照得通明；/继续工作也毫不气馁，/只是对太阳加倍地憧憬。

次日睁开眼，白日更辉煌，
小小的蜡台还摆在桌上。
我细看它，不但耗尽了油，
而且残流的泪挂在两旁；
这时我才想起，原来一夜间，
有许多阵风要它抵挡。
于是我感激地把它拿开，
默念这可敬的小小坟场。"

如果这确实是生活的纪实，一经成诗，它的意义，也就远远超出这事实本身了。它是穆旦写《冬》的同一时期的作品，是诗人最后的诗，也是他四十年诗的发展、变化、完善自己所开出的花。抗战时，穆旦以巨大的热情赞赏艾青。肯定艾青说的"语言在我们脑际萦绕最久的，也还是那些朴素的语言"之后，讲"这些话是对的。我们终于在枯涩呆板的标语口号和贫血的堆砌的词藻当中，看到了第三条路创试的成功，而是此后新诗唯一可凭藉的路子"。[①] 穆旦后来也是走这条路，虽然由于各自的人生不同，他不可能也举起《火把》，但他也不再用"我缢死了错误的童年"这样的语言来表述他的"知性"，而是写"友谊，是一件艺术品"来抒唱人生。若承认诗是语言的艺术，就无法看轻这一步。以穆旦与诗的渊源，自然可以称他为"现代主义"

① 转引自杜运燮：《穆旦译著的背后》，见《一个民族已经起来》，江苏人民出版社一九七八年版。

诗人，但是，若要用这一"主义"概括他创作中不可忽视的"成熟"于晚期的作品，那么，它恰恰已在疏离"现代"。就是穆旦最喜欢的奥登，从他早期作为英国青年左翼作家领袖到二次大战后皈依宗教向右转，作品浓厚的宗教色彩与他早期在西班牙战争中反战的篇章相比，判若两人的手笔。这都是无法撇开的事实。同样，穆旦前后的变化，虽然不需要用"左""右"这样的政治概念来区分，但若忽视他这种变化的意义，用一个统一的标签为他盖棺，那么，评论的导向让人所看到的，就是一位不完整的、不真实的诗人穆旦。

（原载《文艺理论评》二〇〇一年一月第八十七期，
香港《诗网络》二〇〇三年八月第十期修订稿）

诗歌之敌

这个标题，是鲁迅先生发表于一九二五年一月十七日《京报·文学周刊》一篇杂文题的借用，而先生又是从日本《学灯》一九二〇年九月第二四卷九号春日一郎的论文题之转用。可见，百年之间，每当诗歌的发展出现问题时，尽管所指之"敌"因条件的变化而变化，但它对每个时期的诗之现状，都提出同一个很严峻的问题。

一

诗人，真正的诗人，诗是他的宗教，是一生与之相依为命的精神之神。他们不愿听到，看到，也怕相信一个回避不了的现实：尽管盗用诗的名义所作的叫嚣闹遍他等所"走向的世界"，但以此制造的诗之垃圾也堆积如山。其中所谓的"诗人"，一周写的比"五四"后的名家一生所写的还多，以假冒真，败坏新诗声誉，在读者心中早已坠入可怕的低谷。

问题何在？笼统归结于中国大陆还不成熟的市场经济之浮躁，若非为当事者开脱，就是无知。不论市场经济还是别的什么经济，它一旦融入黎民百姓过日子的社会生活，文学艺术家是无法抗拒它的诱惑而创作的。早在北宋，张择端画的《清明上河图》，正是表现宋代商业经济较发达时，与贫困者的辛劳所对比的奢华逸乐之浮华，然而，恰好是画家的不浮华才画下它供后人认识的浮华。"五四"后长期的市场经济，我们作出的不同选择，可能由于各自审美趣味，乃至思想倾向的不同，但各自都可以找到自己所认同的诗人和作品。郭沫若的"啊啊！不断的毁坏，不断的创造，不断的努力哟/啊啊！力哟！力哟！力的绘画，力的舞蹈，力的音乐，力的诗歌，力的律吕哟！"正是中国人民推翻了最后一个封建王朝，新兴的阶层登上历史舞台《立在地球边上放号》；徐志摩的"轻轻的我走了，/正如我轻轻的来，

/我轻轻的挥一挥手，/不带走一片云彩"的飘逸悠然的情调，正是大革命失败，军阀混乱的年月，超然于优裕者的梦。要说市场化，莫过于美国，同样处于初级阶段时，它就出现过惠特曼等彪炳世界诗史的诗人。从他的诗题 For you Democracy、The song of open road——《为了你呀，民主！》《大路之歌》等就可以看到作者作为一个民主主义者，在他乐观的开拓中，为其理想于新大陆的放声歌唱，成了那个时代"全新和全民的雄辩的表现"。他那冲决了格律限制的诗体，运用得比过去谁都得心应手，气势壮阔、热情豪放，为自由诗争得与格律诗分庭抗礼的地位，使他个性解放的呼喊成了其诗体解放的必然。要说郭沫若是受其诗的影响，不如说中国晚于他们的民主革命，将两国先后七十年的诗人，也先后同于民主思想和泛神论而形成的诗之契合。桑德堡（C. Sandburg，1878—1967）是位继承惠特曼诗风，弹着吉他唱民歌、朗诵诗，富有社会性，较平民化的诗人。他广泛吸收民间文学和群众口语，又结合意象主义的某些特点，更具本土色彩。他那写芝加哥静静的，不知是睡去还是醒来的港口"The fog comes/on littie cat feet"（雾来了/用小猫的脚步）之经典名句，并未被市场经济的浮躁俘去，恰恰是丰富了他们的诗。就是影响"九叶"诗派而"现代"的奥登，"九叶"同仁也不喜欢奥登晚年浓厚宗教色彩的作品，而是选择他赴马德里支援西班牙人民反法西斯斗争以及抗战时期到中国台儿庄战场写的一组十四行；是他既在马克思主义影响下，又结合弗洛伊德精神分析学分析当时市场经济秩序下的人们心理和道德问题之新内容、新技巧。某些自视为"前卫"者的偶像艾略特，对其受象征派、玄学派的影响，以联想、暗示、宗教冥想为联系的诗句是不太好译。有人也特别为译文的晦涩而张扬它的"深刻""玄妙"，误导年轻人以此为诗的追求。艾略特后来虽然有以宗教求解脱的情绪，但他重要的作品《荒原》《四重奏》，就是将自身的生存秩序视为"荒原"，表达他对存在的怀疑和幻灭以及对现在和未来的空幻感。它们恰恰是作者在资本市场的社会生活所积淀下的深思和反映，为后人提供了认识。

　　他们的英国，正是市场经济的世界。他们作品的内容与艺术，也无不与身处的那种经济秩序有关。他们各自不同的艺术，是百花齐放，不是五花八门。是诗的花，不是招摇过市的广告泡沫的基础。

如今，社会的演变，已将我们的诗人和诗章卷入市场经济。不论愿不愿意，都须面对。但市场规范的道德、文明，往往为趋利于市场者的打杀而殆尽，自然浮躁。但它绝对无法淹没诗，否则，上述辉煌于市场的诗之大家，早该胎死母腹。然而，市场的浮躁完全可以写实于文学，并为表现市场的真实而使文学深刻，却非浮躁诗人之必然。只怕诗人将自身和诗委身市场而市场化，以诗外功夫浮躁于名利场，诗也由此被出卖在他的精神荒原，那么，坠入低谷的诗之声誉，又该让我们作何种反思？

二

事实上，一个应该引向更深思考的问题，往往又不能不回到问题的根本：诗是什么？

过去，针对庸俗社会学以诗配合任务、图解政策而异化了诗所提出的"诗就是诗"之说，一度被看作忽视诗的意识形态作用，有"为诗而诗""为艺术而艺术"之嫌。"说'诗就是诗'，难道诗还可以不是诗么？"此一问，问得真好，正因为有的"诗"不是诗，才有"诗就是诗"之说。你可以说诗是"旗帜和炸弹"，但要它是诗之后，才有诗的旗帜和炸弹；你可以说诗是"风花雪月"，也要它是诗之后，才有诗的风花雪月。不论你是什么，若你不是诗，就不必把你的"什么"当诗来论，这是天经地义的事，然而，正经事被不正经地解读为不正经时，就不免黑白不分了。

南京《扬子江》诗刊设有专栏，请广大读者对公开发表的诗作提出是否算是诗的质疑。它有助提高读者对诗的鉴赏力，为当前的诗症开方抓药。栏目名为《我读不懂》，显然是从负面看它。然而，有的诗之好坏、真假，并不完全取决于读者对它一时的懂与不懂。由于读者同作品所表达的生活以及与它思想、艺术的深度有距离，乃至作者可能就在表达他认识的不确定性，可能还有多面性，形成意象、结构的繁复，模糊了读者阅读习惯的表达方式，也可能一时读不懂，一旦读懂了，从接受美学看，反而有"柳暗花明又一村"的喜悦。这点，我们应切记开初讨论所谓"朦胧诗"的经验教训，它由一首诗的误读所引发新诗运动七十年来规模最大的一场争论，影响有正有负。今日诗坛的某些问题，不少都是它的后遗症，被人巧立名目，另加佐料的"炒"作所扩延下来的。回头再看当年被视为"朦胧诗"的先行之食指（1948—），其人，其诗，全不"朦胧"。那个圈子公开声称已"pass"的舒婷，也无法"pass"她是"朦胧诗"出山时的代表人物地位。她一点都不"朦胧"。若认真思考她创作之不足乃至问题，帮助她更上一层楼，那么，她的问题也不再"朦胧"。

　　然而，争论"朦胧"中某些简单、不理性、无理论、学术讨论非学术化，在嘴舌上所热闹出的某些主张，也是一点都不"朦胧"，但，却不乏攀着争论"朦胧"，极其煽情造势鼓吹"朦胧"而"著"了"名"的学者、教授，一时之间，他们也铺天盖地地推出一批为"朦胧"而"朦胧"，"朦胧"得莫名其妙的诗之"现代"，或是以写床上、月经带、生殖崇拜、找人同居等明白得不能再明白，以明白作性挑逗的"明星"占去读者的阅读空间，教他们别无选择，瞠目结舌，如此接受事实上的诗之这般"崛起"。现在，读者既已指出它"脱离诗的本质"，栏目名称也就可以从他所说的"读不懂"和指出的"脱离诗的本质"相联，栏目定名的含意就可以更明确了。

　　这里，还是引用一些已经公开发表，非圈内之人的意见吧。

　　早在一九九六年一期《大学生》，骆爽文对诗坛崛起的明星海子，已指出他——

　　　　……大多数诗是一个狂人的梦呓，他像一位面粉大师一样，将他惯用的"凤、太阳、王位、麦子、水、马"之类词汇，随意地揉搓起来，他对传统的反叛并不是重构新的语言和思维系统——他构建的是一堆语言杂碎。比如：

　　　　　　四月的日子　最好的日子
　　　　　　和十月的日子　最好的日子

　　比四月更好的日子

　　像两匹马　拉一辆车

　　把我拉向医院病床

　　　　　　——《不幸》

　　灵魂像山腰或山顶

　　四只恼人的蹄子

　　　　　　——《美丽的白杨树》

　　粮食用绳子捆好

　　贾宝玉坐在粮食上

　　　　　　——《太平洋上的贾宝玉》

　　猜谜还有谜底，他们的诗歌表现了什么，他们自己也不知道。从这个意义而言，这是一件不大不小的"皇帝的新衣"。而海子的朋友、校友、同乡对海子过分的吹捧，则是对高校学生的一种误导。

骆爽文忘了，"过分的吹捧"者，岂止同乡、同学，还有更具权威性的人物在他背后，才有如此效应。但他对"皇帝的新衣"之所视的敏感，区别诗与非诗的鉴赏力与剖析，都有助于认识这些当代红星。但，在这群星中，也有"对传统的反叛"，就在于"重构新的语言和思维系统"，并顽强表现的。近年在新潮中风头正旺的公众人物于坚，云南社科院的专家蔡毅在《文艺报》第一八〇〇期（1997.4.15）对其代表作《0 档案》的批评，就说它"把语言拆解为一些碎片，用表格、物品清单等琐碎方式把单人床一张　写字台一张　去痛粉二十包　感冒清一瓶　利眠灵半瓶　甘油一瓶　零散的丸药……"以及一句句单个句子或词组排列、拼凑堆积成万言长诗。

它的另一种拼凑，则如——

　　那一日　他们　同班男生　全是十三岁　涌进来/学校男厕　墙上画着禁止的一切　好多动作　手淫这个动作　强奸这个动

作　梅毒这个动作　海洛因这个动作　坏的这类动作

　　手淫是最初的动词　男人的入场券　手粘乎乎　立刻完事温度正好　尝到了那种小甜头……

无论从哪方面看，这若叫诗，从孔老夫子编《诗经》起，就该当作混帐行为！

三

这里，又得回到复杂得似乎难以说清，其实还是常识性的问题：诗是什么？

这，无须说得道理多深奥，它往往是读者从文本一眼就可悟可辨的事。然而，真正的诗人和他的诗，必然非常个性化，加以诗的形式又为作者提供了感情、想象、技艺之野马的无限空间，天马行空，一人一个样。若用些条条框框简单地比量，往往会闹笑话出洋相。过去于此的教训，切莫忘记。但是，诗也不是不可知的。

你可以反对《通书·文辞》中的"文以载道"的"载道"使文学意识形态化，然而，怕它陷于意识形态者的此种心态，何尝不是一种意识形态的表现呢？若以"载道"误读为说教、概念化，那么，陆机（261—303）在《文赋》中的"诗缘情"之情，也是可以乐而淫，哀而伤，情滥而不可取。然而，诗不"载道"，总不能拒绝"吟咏情性"，否则，也就无从有诗了。可吟咏情性时，也同样无法拒绝"言志"。无论"道"，还是"志"，一旦成为真正的诗之所表现，它也同样是非常个性化的，才是诗；"道"不同，"情"不同，也可能为意识形态之不同而不同，但同样也可能为泛情、空洞、说教、一般化而同样无法谓之真正的诗。

对诗，白居易（772—846）在《与元九书》中曾形象地概括为"诗者：根情、苗言、华声、实义"；现代的何其芳在《谈写诗》中说："诗也是现实生活在人类头脑中的反映和加工的结果，不过这种生活是一种更激动人的生活，因此这种反映和加工就采取了一种直接抒情或歌咏事物的方式。而诗的语言文字也就更富音乐性。在过去，中国和外国的诗差不多都是一种有格律的韵文。"

从古至今，世间巨变，人们对诗之本质的认识，并没有多大变化。孔子（前551—前479）的《论语·阳货》中说的"诗可以兴，可以观，可以群，可以怨"的社会作用，还是千百年在社会生活中的客观存在。古人"温柔敦厚"的诗教，张扬儒家的不反抗精神、中和之美的诗学，很多时候是不合时宜的，但他"《诗》三百，一言以蔽之，曰：'思无邪。'"之"邪"，每个时代都会赋予它不同含义，过去它专指礼教规范，同时也是以它要求内容的纯正，和现代人艾青在《诗论》所说"凡是能够促使人类向上发展的，都是美的，都是善的；也都是诗"的观念能够接轨。并没有，也不可能随着摇滚乐的轰响增加它的倍频而报废。

所以说了一堆看似"多余的话"，乃是有人，还有"名人"，对群众视为根本不像诗的分行文字有所偏爱，吹捧有加。

虽然西汉哲学家董仲舒（前179—前104）在《春秋繁露》中提出过"诗无达诂"之说，那也是针对作品的多义性和不确定性而不必强求解释一致所提出的。如李商隐（约813—约858）的《无题》"春蚕到死丝方尽，蜡炬成灰泪始干"，又有必要确定它只能是对爱情的讴歌么？多少代人对理想追求的生死不渝，不是同样借它抒怀么？

在需要振兴新诗时，对作品的多义性和不确定性不必强求解释一致。但伪诗也像商市的假酒、假药那样横行时，我们对此又可以无动于衷么？

为此，回头看新潮作者有代表性的分行文字，若硬要给它戴上诗的桂冠，不是对诗的亵渎么？语言艺术，若弃语言之艺术和母语的纯洁于不顾，若谓之"诗"，那么，只能是诗的垃圾！

比之"对传统的反叛并不是重构语言和思维系统"中而能"重构"者，以其思维定向看，于坚自然比海子高一筹。他反叛传统的思维系统，如他排下系列"去痛粉"类的药单，那"木箱一只（系旧肥皂箱）内有　棉衣一件（压底）　旧军装两件/旧中山装两套　旧拉（链）（夹）克三件　喇叭裤一条（裤脚边已磨破）……"之类的清单，几乎通篇皆是，也是很明显地对诗的传统"反叛"得不再可以称之为"诗"了。当然，其中也有不少同样开出这么系列清单的政治"档案"，也就无法不说它是有关政治的。对此，若说作者无有他的意图，真是低估了作者在新潮中具有代表性的价值。在明白得不能再明白的外露之中有其内藏，说来，自然是个有关意识形态的话题。

　　这里，还是集中讲它非诗化的问题吧。中外古今，所以是诗者，都是内容与形式缺一不可的语言艺术。如"梅毒这个动作"这样的短句，是话都没有说顺的语言，怎去谈它的语言之"艺术"？讲"思无邪"也不是要讲道学，但津津乐道地写十三岁的男生在男厕"手粘乎乎""温度正好""尝到了那种小甜头"以及"青春期"那"一种骚动的温度""一种乱伦的温度"之心态陶醉，若非处于塑造典型环境典型性格之细节的必须，这般自我陶醉写来所谓的"诗"者，就算"诗人"，那么，收容所里不知可以拉出多少少年嬉皮士者可称之为"诗人"。可惜，他"乱伦的温度"，没有细写，否则，也是新诗八十多年的第一笔，是中外古今的诗坛之最。虽然如今的自由诗不一定要用韵文，但也不能比散文还散文，比口水化还口水化。肯定惠特曼式的自由体冲决格律限制的积极意义，并非说他每一笔都达到理想境界，但他并非"自由"得胡来，如他的名篇《为了你呀，民主!》——

> Come I will make the continent indissoluble
>
> I will make the most splendid race the sun ever shone upon,
>
> I will make divine magnetic lands,
>
> With the love of comrades,
>
> With the life – long love of comrades.

若译成另一种文字，自然无法保留原文节奏的乐感，也就无须引出译文。但从它书写的排列形式，也可以看到他连续运用同样句法结构，以语句对称、排比、重复等格律的因素，已被他吸收于"自由"得起伏有节奏，如波浪汹涌的长句，之间的停顿，已如回环往复的咏叹。我国将自由诗的形式发挥到新的高度之艾青，如他的成名作——

> 大堰河，是我的保姆。
> 她的名字就是生她的村庄的名字，
> 她是童养媳，
> 大堰河，是我的保姆。

它虽然不是韵文，若非拉开舞台腔来朗诵，念来平实、亲切，且有一唱三叹的韵味。他短短二十行的《手推车》，上下两节书写形式的对称，几乎近似格律。而他主张"散文美"，写来绝不散文化的长诗长句，其澎湃的激情冲击波，卷动读者的心潮浪浪相推，虽然没有明显顿挫、抑扬，但能融合读者心律的颤动。在诗的形式上，诗人确已"自由"出他的水平。

由此，《0 档案》与之相比，不论内容、形式，全是非诗化的伪诗、假诗。没有创新，无诗的生命；但"创新"所"创"出来的诗，总得保有所以是诗的这一文学形式之相对的共性与通性，才谓之诗。否则，毫无章法，任意胡来，没有任何测评的客观标准，无有任何可以与诗的类比之处，那么，又何必定要跻身于诗，要人认同它为诗呢？

然而，从蔡毅掌握的资料所批评它的"非诗化"中知道，居然有人夸它"风格不同凡响""能够拯救诗歌""为九十年代中国最为奇特的诗歌景观"。若如此"拯救"中国新诗，新诗只能被它催命而死得更快！最近，有他参加悉尼一个诗会的消息，走出去进行诗的国际交流，没有什么不好，诺贝尔奖的故乡请他去，若还请上领奖台，大家都会祝贺的。其中若有什么纯属个人性的事务，别人也无须知晓，但报纸上说他是中国唯一的代表，言下之意，他是唯一代表中国的头号诗人，这就太离谱了。其实，对方请了大陆不少人，只是别人不能不考虑可观的机票和会务费，难以成行。对他，别人只能说"有钱，有来头"，什么"来头"，不清楚。媒体如此炒作，也是不一般的来头！这一"来头"，自然是诗外的，许多非诗因素之组合。在市场上用它"炒"作，并不为怪，但作为直接评价诗的高低之标准，则欺诗太甚！此人刚出道时，有些作品，还表现了一定的生活气息，我也肯定、鼓励过；但提出的一些劝告，在那有来头的诱惑背后，已是他抗拒批评的资本，听来逆耳。这里需要特别说明的是：对于参与炒作者，无须多言，情况复杂，很不相同。贩假的，也可能是造假的受害者。目前，抛开诗，以非诗的态度对它者且不说，而国外固守冷战思维者，你批，我则吹，何况，此人招摇之功不可轻视，他所在之地的四家报纸，一夜之间竟齐步炒作《0档案》列在"牛津出版社"的《牛津》系列招摇，以此抬高身价。经向"牛津"直接查询，"牛津"不仅没有，连想都没有想过他们所不知的《0档案》。此中不仅看到如此炒作者的人品，他也是确实看准了大陆某些挟洋自重的官员会挟洋而动，怕失去扮演伯乐的机会，旗手也就难举起这杆旗。对此，诗坛不可大意，上当受骗接受它的导向。近日，一桩虚构答问《接受西班牙杂志四问》的骗局在《华夏诗报》曝光，更是典型的挟洋招摇的丑闻。本来，西方各路诗艺，可以积极"拿来"。鲁迅先生说："我们要拿来，我们要或使用，或存放，或毁灭。那么，主人是新主人，宅子也就会成为新宅子。然而首先要这人沉着，勇猛，有辨别，不自私。没有拿来的，人不能自成新人，文艺不能自成为新文艺。"但，那些挟洋而为，只能一边倒的，此时又能"有辨别，不自私"么？

四

闻一多说："谁能大胆地决定什么是诗呢？不能！"它有最广阔的生存空间，才能百花齐放。"诗无定法"，并非没有章法，闻先生"测度诗的不是偏见，应该是批评"的名言，这批评，既指一时可以成为诗之导向的某种批评，也可以是经过实践检验的真理面对这种导向的再批评。

毋庸讳言，过去既有诗的兴旺，也存在诗的封闭。从"天安门诗歌"掀起的诗热与涌出许多年轻的新诗爱好者和作者时，一旦开放，眼花缭乱，囫囵吞枣，一时良莠难分和不分的情况都是有的。精湛、健康、新的艺术，或稀奇古怪，花里胡哨，甚至乌七八糟的东西，在那特定时期，对不同的人，都能耳目一新。此时涌进来的，即使是从国外来的，也有华人用母语写的，更多来自港台的，它既给人母语的亲切，又有来自另一种与自己所在的社会完全不同的生活所带来的新鲜感或陌生感，对人的印象和影响都蛮深。然而，当时它进来的渠道太有限，拥有这些资料的人也不多，选择的余地很小。有时，是有什么就塞来什么，加以评价廉价、普遍地捧场，市场看好，就不愁没有人推波助澜。他等并不提倡瓦雷里称道"更坚固的质地和一种更精巧更纯粹的形式"的波特莱尔，是借"波特莱尔以降"的"现代""象征"，贩一己之私，大量炮制恶质劣变的分行文字。对"拿来"不能"沉着、勇猛、有辨别、不自私"者来说，它对健康诗风的污染，如同另一些可输入诗的营养一样，同样需要认真对待。

这事，即使完全从负面讲，过去讲他等所为之的"港台化"，也是错误的。他等从负面"拿来"的，同样是为海外真正的诗人所不屑，在当地提不上口，不列流之辈，是一伙同样玩诗造假，玩市场的家伙之所为。这些不同地区、不同时期的诗之浊流，此时此地以"现代"方式"时空交错"地汇聚为一股不小的潮流，来势不凡，造势鼓噪，树旗结帮，一时之间，已是诗的主流现象了，不可等闲视之。

他等能如此地"玩"得转，有它的历史条件。借助读者对过去一些"左"的做法之逆反心理，推波助澜，确实有对过去"左"的惩罚因素，但，被人借此所导向的后果看，已不是诗的问题。

前面提到的"冷战思维"，是二战后世界分成两大阵营对峙之思维定向。几十年过去，随着柏林墙的推倒，以为可以消解它的愿望，正是事实上的天真。世纪之交，透露出美国中央情报局的《中国十诫》，海内海外的报刊都有刊载，应该不会有假。对其"西化、分化中国"的具体措施就有"要利用所有的资源，甚至举手投足，一言一笑，来破坏他们的传统价值。我们要利用一切来毁灭他们的道德人心。摧毁他们自尊自信的钥匙，就是尽量打击他们刻苦耐劳的精神"，"尽量用物质来引诱和败坏他们的青年，鼓励他们藐视、鄙视并进一步公开反对他们原来所受的思想教育，特别是共产主义教育。为他们制造对色情产生兴趣的机会，进而鼓励他们进行性的滥交。让他们不以肤浅、虚荣为耻"，等等，和这些年搅得诗坛乌烟瘴气的"消解崇高""不屑于表现丰功伟绩"等类似的口号，不是接轨得很好？过去，海外洁身自好，固守书斋执着于艺术的朋友，谈到诗，总不愿沾带意识形态问题，对此，我不太理解。看了这《中国十诫》，想到他们处于常常被"不以肤浅、虚荣为耻"的意识干扰时，我又不能不十分体谅这些朋友。其实，与意识形态保持距离的心态，也是出于意识作用，但总是温和的。然而，为人为诗的价值观念的道德之心，被如此的意识横扫时，在这诗坛，还有什么诗的标准和要求可规范诗呢？还有什么事，他等不能做呢？闻先生测度诗应该是"批评"的名言，为搞乱诗所以是诗的一些基本观念时，他等很有实力地想以此种"批评"推广他们非诗化的准则，并取得人们的认同而以此"测度"诗时，那样的"诗"还是诗么？

无怪人们指责"新诗，你堕落到何时?"呼吁"请停止自杀!"

五

记得有种诗的"主义"，其宣言是："我们活着都不怕，还怕死吗"，这与诗何干？若是隐喻，是政治隐喻；解谜，只好另请高明。可是，这些年，除了露骨的诗之政治主张外，诗的"主义"多到无以计数，其宣言不是一样地不知所云，就是千篇一律地莫名其妙。说的全与诗无关，用的又是诗的名义。一伙一伙，实为同类，又各有"主义"，各有旗帜。说是受"影响"，欠妥，他等很熟练市场操作。被利益驱动之"利"，是名利，还是政治之"利"，说不清楚，可一拥而上，争得头破血流的好看，则是不争的事实。凡此种种，除了对诗的伤害，与诗何干？宣言、旗帜，冠冕堂皇言诗之处，一旦成了他们"主义"的创作范本，不仅荡然无存，有的还恰恰是非诗乃至反诗的反讽。以此造势，以假乱真，成为诗的活动之主流，对我们泱泱诗国的广大读者之诗心，伤害很深，对许多爱诗、学诗的年轻人以此所作的误导，很不道德。对于诗，和为诗者来讲，有什么问题会比非诗和反诗的问题更严重的呢？为此，可以讲，它也是历来的"诗歌之敌"之最，是最危险之敌!

这路毁诗的"英雄"，虽然各有山头，互不相容，遇其通弊，必然一致。如听人讲传统的继承，必然火冒三丈，通力联手，恶毒攻击。表面泛泛而看，似乎是虚无历史，其实不然。有些诗人和作品的历史地位，是诸多历史条件形成，不仅是一个文本的问题。今人可以有不同的看法，但无法改变历史。如《诗经》，闻一多说它是集体创作，不像《楚辞》，前者只见时代，后者就可以看到个人，读到艺术个性了。认识极为深刻，绝非否定《诗经》所为我们诗之母的地位。何况，颠倒黑白，只是摇摇鹅毛笔，就是能调动三军，历史也不能任人篡改。它本是常识问题，若作具体了解，问题就多了。

如柯岩《周总理，你在哪里?》竟然有人能够以一句"你在哪里"，说是"剽窃"王洪涛的《莉莉——写给抗战中牺牲的小女儿》：

> 我跨过千座高山，
> 叩问每一块岩石，
> 你说！你说！
> 我的莉莉，她在哪里？

真是欲加之罪，何患无辞！洪涛在世，也不会误认这是在抬举他，同意借他来伤害自己的同志。柯岩的——

> 周总理，我们的好总理，
> 你在哪里呵，你在哪里？
> 你可知道，我们想念你……

这是在"四人帮"的专制高压下，人民失去心爱的总理痛不欲生的呼唤。它是中国处于历史的转折关头，是"四人帮"倒台的前奏，由此引发"天安门事件"所发出的人民和历史的声音。接着，李瑛的《一月的哀思》公开，都是我们新诗诗人和"天安门诗歌"的历史呼应。诗写得怎样，想褒想贬，乐山乐水，无权干预，也同样更改不了它在那重要的历史时刻，被千万人传诵的历史。诗的，乃至政治的异见者，借此抹黑栽诬，也是必然。要是以过去谁用过"你在哪里"那么几个字，就可以栽诬为"剽窃"，照此说，汉语的"你在哪里"，乃至洋人说"Where are you"都将犯"剽窃"之罪而忌，那么，他见母亲也跟别人一样叫"娘"喊"妈"，别人为此也可以喊他"小偷"了。这类相互吹喇叭、抬轿子而谓之的诗坛"名人"者，不能不怀疑他到底坐下来读过多少诗，又懂什么是诗？毛泽东（1893—1976）的《七律·人民解放军占领南京》中"天若有情天亦老"七个字，是唐宋名家名篇中曾多次互为借用的再次借用，是这一特定形式古典的风雅。古今大家，以其学养，博览经史，融会贯通，借句用典，信手拈来的潇洒，又该栽以何种罪名？聂鲁达的名篇《在我的祖国正是春天》，其中回环往复贯穿其中的诗句"什么时候，什么时候啊"，作者是很自豪地说明它是智利民歌的借用，这能降低还是升华诗人的世界声誉呢？无怪有些原先还同情他们的海外侨界也常在当地报刊感叹他们造成的"空前混乱"。这种诬害别人"剽窃"者，不论出于何种目的，仅从学风讲，也是糟得不能再糟。上诉法庭，名正言顺。对此，早在八十年代，听香港有人批评他们的祖师爷之如此的《新"文革"》，对我的震撼，终生不忘。而那些"新'文革'"中的"造反派"，对此不仅充耳不闻，更是"横扫一切"，加紧"造反"，制假贩假，欺行霸市，花样百出。怎么"变脸"，也一目了然，他等在读者面前大大贩卖的假诗伪诗，照市场规律，不是自掘其墓么？

六

近期，有山西长治沈万科向《扬子江》投书，说到一位叫余怒的八行诗《一家人的主题》：

沉闷里流出水，
墙里墙外，结满荔枝。

一家人穿着棉衣，
手拉手，抵挡着一个胖子。

荒凉已经饱和，

一个儿童蜷缩在很大的山上。

他在山上，等着胖子下山，

同时等着幽暗。

我琢磨半天，企图读懂它，却枉费心机。"沉闷里流出水"之后，怎么会"墙里墙外结满荔枝"？这是变戏法吗？"一家人穿着棉衣"，这显然是冬天。但突然又"手拉手，抵挡着一个胖子"。从隐喻去猜，可能是这家人在冬天都想"减肥"。不然，抵挡胖子干什么？"荒凉已经饱和"，这句能懂，但"一个儿童蜷缩在很大的山上"，又不懂了，这孩子怎么突然跑到"很大的"山上去了？他在山上，等着胖子下山，那胖子是开头出现的胖子吗？那儿童除了等着胖子下山"同时等着幽暗"。这就是《一家人的主题》。诗固然不能一句一句解释，但整首诗总该让读者了解作者总体意图吧。像这样写诗歌，实际上在戏弄读者，戏弄语言。

这样天书似的分行方块字，也许可以完全不用理会，所以完整地引下沈万科这段话，实在是它可以帮助我们看到读者以怎样的耐心解读它的痛苦。说它"戏弄读者，戏弄语言"，在另一处还说它"败坏了诗的形象""并把探索引向歧路"，正是点到要害。

这些年，读者对新诗的疏远、冷落，正是对此最强烈的抗议。可是，人家依然故我，变本加厉。但它"脱离诗的本质而又能公开发表"，并在某大刊"二〇〇一年新诗大联展"亮相，自然是对此风的摇旗呐喊。构成新诗制假贩假的"一条龙"服务，起了很坏的作用。听有的编辑讲，这类东西，他也读得莫名其妙，不喜欢；不发，又怕别人嫌自己"保守""赶不上形势"。然而，大伙都这么跟风，恶性循环的效应，只能助长伪诗的邪气。在他等扩展的阵地上，许多本来还不错的新诗作者和爱好者，一开始就被那些阵地上的样板作品所诱，为追新潮之时髦，自己爱诗之心和诗情被扭曲、异化在那种套套里，完全陷入非诗化之表达。这，已经是那些旗手在打新诗细菌战，或说，更像百年前的侵略者，是侵略诗苑的鸦片战，以鸦片毒害烟民而占领鸦片市场那样，同样占领诗的市场，是诗的犯罪。

当今，新诗、诗人，正像有的杂文所说："'一级作家''一级编剧'，几乎成为一个嘲笑文人的贬义词。"《瞭望》周刊五月二十一日有文章透露，南京大学一名"博导"不久前对自己的学生说："别称我'教授'，现在的'教授'一分钱能买好几个。"那些对诗人没形诸文字的议论，比这就难听得多。为什么这样？不就为职称等等都在学术腐败中越来越假了吗？假烟、假酒，尤其假米，更有假药，是消费者眼中的过街老鼠，至于以诗谋私，制假贩假的腐败，已使今日诗坛遭受前所未有的诗灾，它也该是过街老鼠，忧诗者大可不必为它在读者心中落入低谷而忧。千千万万不齿于假诗、不齿于诗的垃圾，弃之扬长而去的读者，正是泱泱诗国的诗民之诗的品格，该为他们骄傲、为他们冷落诗的垃圾鼓掌。由此，不同风格、不同流派，乃至不同思想倾向者，只要相信自己追求诗的真诚，那么，为诗的良心，为诗的真，都可求诗之大同而存非诗之异，携手打假，让新诗重展鹏翅。

鲁迅先生在他的《诗歌之敌》中引了法国查理九世常说的一段话："诗人就像赛跑的马，所以应该给吃一点好东西。但不可使他们太肥，太肥，他们就不中用了。"这自然是指他豢养的御用文人而言。对于趋利而造假诗者，恰恰相反，市场之利吃得他越肥，他就更贪。从中吃到不少甜头，才一时之间，不可一世。虽然发现上当的读者日多，对它不屑一顾，怕也不能只止于此。为了对付诗歌之敌，掐断造假者吃肥吃贪之路，是否也该像市场管理机构那样，打假销假，大造声势呢？这是该列入议事日程，好好考虑的问题了。

（原载二〇〇一年十月二十五日《华夏诗报》（节录）、二〇〇一年第六期《扬子江》诗刊（节录）、二〇〇二年三月《文艺理论与批评》第九十四期、《中国文学理论批评二〇〇一文选》，作家出版社二〇〇五年五月版）

诗的理想与"标准"

——"五月诗社"成立二十周年学术讨论会上的发言

从近期《译文》郑体武先生所介绍的资料知道，斯大林（Stalin. Jeseph，1879—1953）是位"秘密诗人"。既是"诗人"，总是有诗被读者所知晓者，从何"秘密"？这里得首先声明一句，怎么评价斯大林，这里不作任何涉入。二十世纪三四十年代，他作为一代风云人物，是不争的事实。青年时期，一八九三至一八九六的三年间，斯大林用母语写的诗，格鲁吉亚经典作家恰夫恰瓦泽（А. Г. Чавчавацзе，1786—1846）曾将它列入中学必读书目，有的认为它可与法国兰波的作品媲美，是绝无仅有的，也是不争的事实。当年，这位格鲁吉亚山城农奴的外甥，洗衣妇与鞋匠之子，曾经为当上神父发奋读书的虔诚者，是与后人所知晓的斯大林不一样的，是知晓斯大林者所不知的诗人。难怪，他投身革命斗争后，绝不让人再提到他与诗之事。一九四九年他七十大寿前夕，贝利亚（L. P. Beria，1899—1953）授意翻译出版诗集向领袖生日献礼，遭到严令严禁，停止翻译。很显然，他不愿自己的诗因为那时的地位，为非诗的原因而产生另一种轰动效应。这一点，还不能不承认这是他真正的诗人气质。至于之后他闭口不谈写诗的"当年事"，研究他的学者柯秋科夫的解释是："十九世纪末的俄罗斯，资本主义得到迅猛发展。八十和九十年代，从本质上说，是反诗的年代，人们忘记了它永恒的价值，鄙视诗歌，急功近利，金钱至上。这一点，有个事实可资证明：费特自费出版的诗歌杰作《夜晚的灯火》根本卖不掉。关于诗歌，当时的精神主宰托尔斯泰就说过这样一句话：'写诗无异于扶着犁铧跳舞'。聪明早慧的斯大林清楚地意识到，从事诗歌创作给人能带来的不光是荣耀，还可能有耻辱。"正像此刻在猖獗的拜金、拜物教所嘲讽新诗和诗人一样，在那也是"从本质上说，是反诗的年代"，其中有人炮制的

"诗"，多是伪诗，受之鄙夷，更属当然。除那些炮制伪诗者，严肃、真诚于诗的，不仅要理解，也要无奈于此而愧疚读者。这一点，当年的斯大林"早就有了切身体会——他不愿以此妥协，他要告别诗歌，要去同世界性的耻辱作斗争。"

这里所说的"世界性的耻辱"，我想是指社会性的丑恶，这也可以说，为了世界有个诗境、诗美，这是他不用笔写诗时的诗之行为。虽然无须人人都得如此，但它确实是为诗的理想。由此，说到诗的标准，真、善、美的追求，也该算个标准吧！

然而，面对这样一则诗的故事，想到有的讨论所谓"诗的标准问题"时，仅仅讲"应摒弃二元对立，要多元化"，这是否在反对诗的意识形态化时又太意识形态化了？既从意识形态作哲理化的表述，它又是怎样的哲学呢？

对于历史唯物、辩证唯物者来说，对立统一的规律，并非以个人意志为转移。古人说过："谓一元者，太始也。"这"元"，是个哲学概念，与我们平日讲"丰富多样"之"多样"，是两回事。哲学上的"二元论"，则认为世界有两种独自独立、性质不同的原本（即物质和精神）之学说。由二元再怎么多元，不得而知。若借用我国所坚持的国际关系准则，对本来就不同，乃至对立的"太始"之"元"的不同国家、不同民族之不同文化，为不干涉别国、别民族内部事务而相互尊重各自价值观念时强调的，对等的"多元"之"元"，要是以此不同"元"的价值观来看共同瞄着的诗，并想以此取得相互认同的"标准"，就不知是表述的混乱还是故作文字游戏了。

故作高深的含混之表述，也许就是要人从含混中明白，从明白中又让你糊涂。我们所以讲诗的题材、风格等的多样化，用流行歌曲的唱词说："外面的世界很精彩，外面的世界很无奈。"既然存在决定意识，不论怎么"精彩""无奈"，反映到文学中，应该，也必然丰富多样，无光、无色、贫庸、贫乏的，不是诗。而"多样"和"多元"却不是一个概念。"多样"应该是"百花齐放，"强烈的人文关怀，强烈的艺术民主与它的包容与宽容。我十二年前于人民大会堂纪念《在延安文艺座谈会上的讲话》发表四十八周年时，就劝年轻人别借着“时髦”将两者混淆了。有些总怕一讲意识形态就会破坏艺术之“纯”者，恰恰就会以此耍出许多意识形态的花样来。概念错位，存在与精神对立，那么，写出来的分行文字，它只能像梦呓，这也是诗思离开唯物的取向所唯心的必然。小圈子里的知音可以自赏、陶醉，但在一般精神正常的读者来看，只能叹息它对诗的糟蹋。好心的同志常为诗坛五花八门、光怪陆离的现象焦急不安是好理解的，但我们毕竟还没到要像斯大林那样，必须“拒绝诗”的境地。虽然，拜金的势头同样是反诗、侵蚀诗歌生存的力量，不可等闲。虽然，新诗理明道正的健康力量被削弱、对于不信二元论者，广大人民群众生存的存在，毕竟不是拜金的存在，无奈前者时，也可以，也必然你行你的道，我走我的路，完全可以在诸多困难之下，争取在公平合理的竞争中，为振兴新诗，再作贡献。

广东《华夏诗报》、“五月诗社”多年坚持诗的理想之耕耘，影响在海内外不断扩大的事实，是很有力地说明新诗的绿洲之扩大的可能性。世界之大，无奇不有，广东也不可能例外。但新诗的歪理邪说，在这里显然没有什么市场，它一出现，理直气壮地与之公开的辩论，总是迎头而上，扬眉吐气，增强了广大读者坚持诗的理想之信心。然而，困扰我们的，是这一经验目前还难普及。许多地区新诗的环境，还是有心计者起初得胜于群众对过去“假大空”异化了诗之正常的逆反心理，再经营他等的“新潮”，它也同样不正常地异化了那些人的诗之理想，扭曲了他们正常的审美心理。

在那个圈子里，二十多年的活动惯性，也在形成他们的“传统”。艾青当年所指出的，明为要崛起年轻人，实际是在“崛起”自己的“评论家”，有的，即使排除其个人目的，总的还是浮躁于诗、浮躁于学术之外，完全不了解、不能切近诗的实际而陷入认识的误区。最终，自然也有出于学术良心，在实际的教训中能自省者，但无此就无其“权威”者，也必然一条黑路走到底，成为扬着他们旗帜的旗手。那些被其引导开始自己所谓的“诗”之活动者，二十多年也以此生根，要回头是不容易的。他们都是受害者，我们没有任何理由可以简单粗暴对待。

每当电视上播放那些五音不全，鬼吼鬼叫的歌星浑身扭得台下的发烧友疯狂时，我不难明白人们在现代化式的烦躁和郁闷中需要释放和宣泄的情绪。有些年轻人怪怪的分行文字，又何异于他们此时之举呢？然而，留于白纸上的黑字，还确实不能简单等同、随那现场释放、宣泄的情绪而去。

诗，自然是感情自然流露出来的，所谓"灵感"，许多时候，实际就是那种现场的激情。写诗者，为人为诗，下笔时若没有诗的自觉，没有文化的自觉，就不会有诗的理想，不会有丰富想象的翅膀放飞诗的梦。它对浪漫主义以及声言要"放逐抒情"的现代主义者都是一样的。诗的荣誉，除了包括读者、社会对作品各种形式的热情表达，从实质上讲，更多的也体现于这种诗的理想和责任。否则，一味地"跟着感觉走"，这种"感觉"，常常可能物化、异化为"诗"之纯生物式的需求。若演唱会上没有乐音，台上台下只求宣泄的嘶吼，再到那声称"我们亮出自己的下半身，男的亮出了自己的把柄，女的亮出了漏洞，我们都这样了，我们还怕什么"的"下半身写作"者，他等说这是"通往诗歌本质的唯一道路"，不了解它，就"根本没有资格来谈论现代诗歌"者的出现，确实给我们带来太多太该思考的课题。有的说，根本无须理会这一伙人，不然，你一批评，他哗众取宠而引起轰动、出名，恰恰正中下怀，中其奸计。

当然，与流氓谈诗，不仅对牛弹琴，还亵渎了诗。但绝不能因此掉以轻心，这些年，这些人的这一套，一直不断花样翻新又万变不离其宗地以其反诗、伪诗之论对诗坛恶性的污染、干扰，对那些不谙世故，执着于诗的初学写诗者越出谈诗范围的教唆作用，对社会生活的道德挑衅所扩张的影响，不言而喻。网上作者卢江良先生称它为"一些淫棍""一次次深度的手淫""是这个时代诗歌的悲哀"，乡里有句老话："人不要脸，鬼都害怕！"对此，该说什么，又找不出词，却能深深感受前面所说的这伙"淫棍"强暴于诗之"耻辱"！

本来，对于一个真正的作家，是不存在什么可写、什么不可写的问题，重要的，在于你怎么写。惠特曼也写下半身，他是连同上半身作为人的整体之生命力而歌颂，波特莱尔则是以《恶之华》的"恶"

在落笔。情爱若不同性爱结合，世上也就不需要两性的婚姻关系了。但这"下半身写作"，是将它看作人世的唯一，以它取代社会、时代、真、善、美等一切有意义的，自然包括对诗本身的攻击而疯狂反诗，光以"把柄""漏洞"展示其兽性的发泄、感官的刺激。若说这也是"人性"的展示，没有任何道德规范的所谓"人性"，正是对人性，对社会，对诗的恶性污染和败坏。

回过头来，再讲那套摒弃二元对立，专讲没有任何前题，又"多元"于各有"太始"的每一"元"，若无对其不同"始"于源的哲学认同基础，自然无法取得认识的一致。若讲"多元"又不承认它这讲"下半身"的一"元"，倒反失之"公平"。既然"多元"，你持你"这一标准去批评它，也是无理的"；既然各"元"都有存在其"多元"之理，那么，对此也就无是非可言；"以正确的舆论引导人"之"正确"，同样无从谈起。真像"下半身写作"者所言："我们都这样了，我们还怕什么！"否则，要有不同意见，不论从极"左"还是极"右"，他还不用棍子敲你，反说你是"棍子"或"僵化"，你还能不被妖魔化？

生活多样，诗定多样，若以任何框框套套去套住它，只能扼杀诗。诗无定法，并非艺无章法。不仅是诗，一切的一切，都是这样。我国亿万球迷，若无赛规予以吹哨的"标准"，那个球是无法踢得个个心动并为之狂热的。

诗也是这样，从内容、形式到整体的构成，若无共同认同的诗之界定，"多元"到谁爱怎么就怎么的无政府状态，那么，有文权、诗权，有阵地者掌握这个"多元"，无论倾斜于庸俗社会学的"假、大、空"标语口号，还是"开放"到只要展示其下半身，都是诗的灾难，都是明显的教唆，只能危害社会，从诗的理想看，自然是反诗的。

诗的荣誉，诗的理想。若与反诗者各为一"元"，那么，他们当然可以理直气壮地举起他们的旗帜，明白无误、白纸黑字说他不需要"来自唐诗宋词的所谓诗意"，叶芝、艾略特、里尔克等"都已经腐烂成什么样子"，认为"只有下半身，才能给予诗歌乃至所有艺术以第一次"，也是"唯一的"推动力……那么，我们怎能摒弃二元对立，在一起能用共同的语言来论诗寻诗，并能和谐地共同繁荣新诗呢？

这，本是常识问题，此时此地，要回答它，可要大学问。正如可以推翻哲学对立统一科学精神的那股势力，一伙伙纠缠一起，强词夺理，掩人耳目，乃至可以成为一时的主流现象。但为此所以尴尬的状况，总得面对，只要有足够的耐心，总会看到前面想翻哲学对立统一的科学者，再被对立统一之律推翻，听到实事求是的那一"元"，给大家有个说法。

（原载二〇〇二年九月《五月诗笺》第一五八期）

施蛰存与新诗及 "《现代》派"

一

今年，施老百岁，人到百岁，仍能"老来瘦"，思想敏捷，文笔如故，实在不易。去年，我陪同一群敬仰他的海外学者到了他上海愚园路的居所拜访，他因为听力有点障碍，说话嗓门特大，语声朗朗，谈笑风生，是他的大喜，也是文艺界的大喜。他这百年，是部中国活的新文学史。他说自己"一生开了四扇窗子。第一扇是文学创作，第二扇是外国文学翻译，另外则是中国古代文学与碑版文物研究的两扇窗子"。① 新诗创作，自然属于泛义的文学，但上世纪三十年代由他所主编的《现代》而形成的诗人群"《现代》派"以及它在新诗运动中的影响，恐怕又该看作它的另一扇又大又亮的窗子。

我清楚记得，一九九三年《中国新诗库》前五卷上市不久，突然收到施老只有一句话的便条夹在信封里邮来，说看到了《诗库》，他要加入。一时，我还不知道该怎么回答。

千页、大卷、精装的《诗库》，始终以每人百页左右的单本小册子为基础，以十人一卷辑成。三辑出得有些影响，有点规模，销路也不坏后，长江文艺出版社才请我依照"五四"后诗人出道的先后，顺序编为十人一卷出版。编书时，我早已想到施老，可是，当时所能找到他的新诗创作，无非十几首，难以成卷。何况前五卷上市时，后五卷也早已齐稿。为此，无法打破原先约定俗成的一些规范。我还能说什么呢？只好沉默。虽然后来见面，他也再未提过此事，不知为什么，我反而更固执地认为，他是很在意此事的。

然而，不论他是否在意，首先我自己就很在意。近年，不少热心

---

① 《新文学史料》季刊二〇〇〇年十一月第八十九期。

的同志要我将《诗库》中百多万字的每位诗人各一篇书序整理两大册，张罗出版，要找新诗有关的资料，它翻起来，总比那十卷本要方便得多。虽是好心，目前市场经济，对这种不一定能赚钱的书，总得考虑再三，困难诸多。事难办成，我也感激。可是，我还是相信同志们认定要做此事的意义。因此我也说，若此设想能付诸事实，我需要另外写进两位对新诗的发展有过重要影响的人物：一是战前一九三二年以主编大型文艺刊物《现代》而产生了新诗中"《现代》派"的施蛰存；一是胡风主编以"七七"事变爆发全民抗战所命名的《七月》所围绕它的诗人群"《七月》诗派"。《诗库》虽然难尽人意，目前毕竟还没看到其他类似的套书出版。为此，不难听到海外来人或来电，告以他在某某名牌学府和研究机构的藏书中目睹到《诗库》之事。我想，哪怕只有一个人得益它的资料写出一篇有影响的研究论文，那么，上面由于缺少施老、胡风资料的缺口，肯定容易为它导致论述的缺口。这点，不论史学家将《现代》如何定位于新文学运动，都是这样。

《现代》，是不容忽视的。

二

过去，个人很难，几乎是不可能看到一份完整的《现代》，为此，对它不论有什么说法，都只能听着，很难分辨。新时期，找《现代》不难，但，不知是无知还是偏见，或是出于某种需要，有些新诗研究者，常作权威状地将二十世纪三十年代从《现代》所衍生的诗人群，简单、粗暴地等同西方的"现代主义"（modernism）诗派。

为此，施老给我讲到《现代》有代表性的诗人戴望舒时，是郑重又郑重地告我：对这一诗人群，只应写作"《现代》派"，而不是"现代派"。

不难理解，过去对"现代派"是一概简单的否定，视为对社会现存秩序的文学叛逆，自然是任何正统于现行统治的政治和道德规范者所无法接受的。然而，在它生发的异域，正像马雅可夫斯基（B. B. Маяковский）所说，应该像"倾覆一只酒杯"那样，倾覆那种种社会和它秩序之"叛逆",则一定不能对那不俯顺、协调于它哲学思想基础所出现的文学现象。至于其中某些具体作家之怪异所异化文学的问题,更要具体问题具体对待。因此,彼时彼地,不论在哪种政体下,执政者对它政治叛逆的现行,必然有个政治态度。为此,虽是某些文学的表面现象,却不容它意识形态之政治对待。此时此地,我们又何必将它混淆于政治来谈文学呢?

何况,《现代》于"四·一二"反革命政变后的上海创刊,要谈它的"现代",当时刊名只包含"现代性""现代化"的意思,不能无根据的胡想胡说。更重要的是,"《现代》派"与"现代派"本来就是两码事。《现代·创刊宣言》中说:"凡文学的领域,即本志的领域""因为不是同仁杂志,故本志并不预备造成任何一种文学上的思潮、主义或党派。希望得到中国全体作家协助,给全体的文学嗜好者一个适合的贡献"。因此,这个"《现代》派"绝非有违办刊宗旨的"思潮、主义、党派"的组合,只是围绕《现代》诗刊的一群较稳定的作者群之代称。

我有幸在二十世纪五十年代认识"《现代》派"中两位很有光彩的诗人,一是戴望舒,一是徐迟,后来还有金克木。那时,戴望舒已去世。是胡乔木(1912—1992)说了话,徐迟帮艾青选了他一本《诗选》交人民文学出版社出版。在这一过程中,我开始接触、认真读了他的诗。他和徐迟及《现代》的诗人,都懂一种乃至数种外语,外国文学给他们的影响与营养是明显的。若说"五四"时期白话诗大多是在摆脱旧体诗词的影响而大白话于口水话和形式的严重散文化,那么,戴望舒则没有经过这一阶段。他开初不仅用的是旧的词藻,也为它表达了感伤于情绪的灰暗。随着新诗渐渐摆脱它开创期胡适《尝试集》型的,那一稀薄了作为语言艺术的艺术的"白话"后,戴望舒已可以直接将他对西诗的学养与我国旧体诗词源远流长之传统接轨。他那"撑着油纸伞,独自/彷徨在悠长,悠长/又寂寥的雨巷,/我希望逢着/一个丁香一样地/结着愁怨的姑娘……"之"雨巷"。卞之琳说它"读起来好像旧诗名句'丁香空结雨中愁'的现代白话版的扩充或者'稀释'"。艾青说:"'雨巷'就其音韵讲,近似魏尔兰

（P. Verlaine，1844—1896）的《秋》"。叶圣陶则称许它"替新诗的音节开了一个新纪元"。虽然卞之琳说它"一种回荡的旋律和一种流畅的节奏，确乎在每节六行，各行长短不一，大体在一定间隔重复一个韵的一共七节诗里，贯彻始终。用惯了的意象和用滥了的词藻，却使这首诗的成功显得浅易、浮泛"。然而这种"浅易""浮泛"的成功，却被广大读者所认同，并称他为"雨巷诗人"，其中可以令人深思的问题就多了。但等戴望舒写出《断指》，并扬言"诗不能借重音乐，它应该去了音乐的成分"，《断指》那"关于他'可笑又可怜的爱情'我是一些也不知道。/他从未对我谈起过，即使在喝醉了酒时；/但是我猜想这一定是一段悲哀的故事，他隐藏着，/他想使它跟着截断的手指一同被遗忘了……"以及艾青欣赏其《村姑》的"村里的姑娘静静地走着，/提着她蚀着青苔的水桶；/溅出来的冷水滴在她的跣足上，/而她的心是在泉边的柳树下……"的那种"有节制的潇洒和有功力的淳朴"，已有个巨变，这种变化本身，总能说明作者本人并非一成不变的。那么，"《现代》派"这一诗群，若想有个一统的诗规、诗观、诗风，又谈何容易。

当年，有位叫路逾，后来笔名为路易士的文学青年，他在《现代》一九三四年五月一日五卷一期发表过十二行的《给音乐家》，九月一日五卷五期有首"我将饮烦忧之泉/以持续这个生命吗？/没有光辉和暖气的！//把血来施舍吧：/留着给谁呢？/花底命运难说了//其与魔鬼搏斗，/或是凿地而居，/该是取择的时候了"这样九行的《时候》，也就是说，总共有二十一行诗在《现代》不显眼地出现过。当然，作品和作家的大小，绝不能以行数计，而他这二十一行诗，并未带给《现代》哪怕一小点亮点。为此，自然很难将他看作《现代》的同仁。但他一九四九年到台湾后，既认宗《现代》，又以"领导新诗的再革命，推行新诗现代化"而张扬他的《现代派的信条》："一，我们是有所抛弃并发扬光大夺取包了自波特莱尔以降一切新兴诗派之精神与要素的现代派之一群。二，我们认为新诗乃是横的移植，而非纵的继承。这是一个总的看法，一个基本的出发点，无论是理论的建立或创作的实践。三，诗的新大陆之探险；诗的处女地之开拓；新的内容之表现；新的形式之创造；新的工具之发现；新的手法之利用。四，知性之强调。五，追求诗的纯粹性。六，爱国、反共、拥护自由民主。"

这是一个知性很强，以其理念的自觉所宣称的"现代派"之自白。他和施蛰存的"《现代》派"南辕北辙。除了从外表的字面看，"创新"之说还有它们的相似之处，联系到其他五条，考虑它怎么"创"，"创"什么"新"的问题，则该另立议题。那只讲"横的移植，而非纵的继承"，则是全盘西化。作为语言艺术的诗，此时的汉语，用于非中国之情的人与事的表达，怕只能成为译其"西"之汉语的文字符号。很难谈什么语言艺术。尤其他"反共"的宗旨，是公开化的政治，很强烈的"知性"，不论站在什么立场，从正面或负面看这一"政治"，它都是一般讲"纯艺术"者所反感和不齿的，因此，声明了"反共"，若再说什么"诗的纯粹性"，就太虚伪。这怕也是当年的路易士改名纪弦之故吧。不论是量化的质变，还是生存条件的变化使它袒露得更彻底，都是这样。

这个插曲，更能说明施蛰存之《现代》与《现代主义》并不是一回事。同时，不论对路易士有什么看法，对他作品怎么评价，他那"现代派"在台湾几十年，不论从正面或负面看他的影响，都是无法不面对的。

一九三五年，施蛰存为路易士诗集《行过之生命》写的《跋》，说到他开初把手帮路易士"改削"诗作，对方也很虚心，希望改了能留下在《现代》发表。于是，施蛰存感到："他如果愈愿接受我的意见，则他的诗将愈不是他自己的了。因此，在以后数度晤谈中，我总小心地避免对于他的诗发表意见，不得已的时候，我也只得从他作诗的路径上寻搜疵病，而不再用一点自己的主观了。"① 由此，既可看到施老年轻时也是同样地尊重别人，尊重他人的艺术个性，并未想将自己手上的《现代》形成"任何一种文学思潮、主义或党派"之实实在在的行为。同时，从当时的白纸黑字看，施蛰存从一开始就明白自

---

① 施蛰存：《行过之生命·跋》，上海未名书屋一九三五年十二月版。

己和这些人并非一路人，起码从诗来讲，是这样。虽然当时无法预测后来各人会走得多远。海峡两岸恢复往来之后，路易士回忆抗战时在香港见戴望舒时，"两个人之间的友谊，却渐渐地疏淡下来"的原因为："他（戴望舒）对左派过分敷衍，颇使我不满意，而我和杜衡誓死保卫文艺自由，也未能得到他的谅解。"① 若说，讲"纯文艺"者常常视"政治"如同水火，那么，如此讲政治者，对分歧于他的政治者，自然不只是"疏淡""友谊"，讲诗的"现代"，同样话不投机，没有共同语言。

　　然而，迄今为止，七十年来，读者仍然将戴望舒看作《现代》诗人群中的代表性人物。

　　我也是在二十世纪的十年动乱中，现实使我对书本上的历史唯物主义不能不运用到独立思考时，对过去看作"非主流"，乃至异己的，包括徐志摩等"新月"派的一大批诗人予以重新认识。对戴望舒，也不满足五十年代的那点看法。当七十年代末有条件考虑出版他的全部新诗创作的《诗集》时，我需要从他的女儿和朋友，对他有更多的了解。

　　虽然，首先想到的是施老，身在北京，方便找的，还是望舒去世后寄养了他老母的冯亦代及好友吴晓铃、金克木、卞之琳等。但相见、相谈不是那么方便那么多的施老，却让我知之甚多。《戴望舒诗集》出版后，有段时间，我也待在上海，施老和巴老（金）都住华东医院，他们在一幢楼里隔几间房，倒难得碰上一回，我倒反而可以两头走。平日登门拜访，对于他们，可能是打扰，在医生不让他们看书写字时，倒可以海阔天空。远在读中学时，施老就与望舒、张天翼、杜衡、胡秋原组织过"兰社"，出版四开旬报《兰友》。一九二三年，他与望舒同入上海大学中文系，并与丁玲、孔另境等一些后来活跃于文坛的左翼人士同班同级。三年后，他又随先到震旦大学特别班的望舒一同学法文，加上杜衡，三人又办了个小刊物《璎珞》，三人还同时加入了中国共产主义青年团。"四·一二"后，大家都上了黑名单，

① 纪弦：《戴望舒二三事》，《香港文学》一九九〇年七月第六十七期。

三人又以施老松江老家的一间小阁楼作为政治避难所。此时，不可能，也没办法到上海街头散发革命传单了，只能利用各自所学的外语，读和翻译外国作品。后来，翻着身上的革命色彩比他们更显眼，也是半个公众人物的冯雪峰的加入，他们又办了个《文学工场》，革命的味儿也浓了。雪峰到来之前，曾写信向他们求援，说有个落入风尘的女子与之相爱，需要四百元为之赎身。为成全雪峰的好事，可叫他们煞费苦心，后来知道这笔钱是革命所需而编造的故事，同雪峰也更亲密了。后来办的《无轨列车》以及为此所开的"第一线书店"，被当局以"宣传阶级斗争，鼓吹共产主义"警告停业，又改名"水沫书店"继续开业，并请了鲁迅和雪峰编套马列主义文艺理论，但随着书店的期刊《新文艺》被迫停刊，书店停业，也被迫中止。直到张静庐请施老加入现代书局，主编《现代》，施老也是"请望舒选编新诗来稿"。人的一生，在整个青少年时期，有能够这么始终在一起生活、学习、事业、工作，乃至革命，都在相互支持、患难与共的知己，就是有血统关系的亲兄弟，也未必能如此。相近的经历、教养、素质，注定了他们长期支持、合作的基础。

虽然新文学史上把施老划在以心理分析见长的"新感觉派"小说作家中，记得过去曾有人说过，在恋爱的人都是诗人，也就是说，人在真情和激情中，都有诗，何况他还确实写过一些诗呢？《现代》三卷一期有则"现代书店"促销图书的广告"你爱五月吗，/梅子黄熟的季节？//五月，五月，/浪漫的季节，/劳动者抬头的季节，/女性觉醒的季节，/国耻的季节，//所以，五月，应该是/读者的季节……"我不敢肯定，也没问过，这则广告词是否出自他的手，但从它突破一般广告的形式、套话的"创新"以及借此说到劳动者的解放之思想倾向，都不可能与主编，即使不是遇到常人所说的恋情，同文学的恋爱，对他也是永远的，加以与那么执着于诗的望舒长期相随相守的施老无干系。《现代》创刊号推出了望舒的四首诗，二期就有施老以"意象"为题的"意象抒情诗"，又介绍了英美意象主义（imagism）这一诗的流派。两者是有效有趣的对应：

答应我绕过这些木栅，
去坐在江边的游椅上。
啮着沙岸的永远的波浪，
总会从你投出着的素足
撼劝你抿紧的嘴唇的。
而这里，鲜红并寂静得
与你底嘴唇一样的枫林间，
虽然残秋的风还未来到，
但我已经从你的缄默里，
觉出了它的寒冷。
　　　　　　——戴望舒《款步》
　　　　　载一九三二年五月一日《现代》创刊号

横陈在菜市里的银鱼，
土耳其风的女浴场。

银鱼，堆成了柔白的床巾，
魅人的小眼睛从四面八方投过来。

银鱼，初恋的少女，
连心都要袒露出来了。
　　　　　　——施蛰存《银鱼》
　　　　　载一九三二年六月一日《现代》一卷二期

当然，若从 image 这个单词看，也有形象的描绘之意，几乎可以广泛地看作一切文学艺术的特征。但它成为一种文学流派的"主义"，这"image"自然特定化了。可是，就是英语非常普及之地，也不可能要求读者都去读英美意象派的原文原著，何况，你"意象抒情诗"已是施蛰存用汉语写的"意象抒情"，本国读者自然是从你以母语所下功夫的"意象"看它在本土的形态。从上述转引的两首诗看，语态、语

构都有较明显的西化痕迹。但他们既不像意象派先驱的庞德
（E. Pound，1885—1972），反对诗人个人之情卷入，仅以意象构成明喻
或隐喻，多以意象并置（juxtaposition）或意象叠印复合（superposi-
ton）的手法以构成。看得出来，年轻时的施老，确实是想突破新诗
从胡适式的"自由"到徐志摩等"新月"式的格律，外加李金发式
的"象征"为新诗运动已难再往前走的困境，跃到比前人更高一个层
次的"自由"和那并非"音乐至上"的另一种象征。藉英美的，似
乎更接近休姆（T. E. Hulme，1883—1917）那种题为《日落》（The
Sunset），诗行却写芭蕾舞演员"Displays scarlet lingerie of carmin'd
clouds"（显示如胭脂红般之云尘的猩红内衣）之"意象"，也更想找
到自己为新诗发展的一个突破口。这确实不是最佳选择，又是他自己
所处的文学环境所只能作出的选择。既是参有自己不少想法的选择，
也就不可能是生硬的模仿、简单的移植。虽然不是浪漫派式的抒情，
但也不是不动声色的客观。《款步》"虽然残秋的风还未来到，但我已
经从你的缄默里，觉出了它的寒冷"以及"火柴""蠢蠢然一次次地
燃烧着，而又一根一根地消失了"的那种为枉然耗费了爱欲之燃烧的
叹息，都是诗人个人之情的介入。就是《银鱼》，作者也无非借它隐
喻"初恋的少女"，在袒露少男的恋情。正因为有作者之情介入，虽
然在"意象"上下功夫，情也必然成为串起它的线，不是简单的意象
并置，支离了汉语单词所分离的单项表达，破碎了读者习惯得到的完
整印象。何况，施老笔下，也不只有这种《银鱼》式的诗。《祝英
台》的标题就是民族化的。工厂烟囱之煤烟升起的《桃色的云》，待
女工下班涌出铁门时，乌云酿成的暴雨就要来了，要说这一"意象"，
二者双向并列的对映，它已是一般读者都能意会的，接近民族化的
审美。

再如同一时期金克木《古意》的"妾薄命，笑啼难"和戴望舒
的《妾薄命》的叹息，则是太东方化的诗思。二十岁前后的徐迟，诗
是写得较洋的。二十世纪八十年代初，他还将国家要现代化的口号，
简单地同文学上的"现代派"挂起钩来。有他诗的童心，老来的天
真。施老的"意象"诗对他的影响，远比对戴望舒深。他早年追求

"现代"的创新或随意，有时会"新"得怪，随意得不是自如而是随便的无序。但他认真于"意象"之象而深邃其"意"时，则另有诗趣。如他的《隧道 隧道 隧道》——

> 我，掘隧道人，
> 有掘隧道的正午的，夜的。
>
> 既非古生物学的研究人
> 岩石学亦非主修
> 层位学呢，亦非我的途径。
>
> 我只是掘着隧道而已
> 不及黄泉，毋相见也。
>
> 左传第一章
> 而这，又是近世恋爱的科学化。
>
> 弯弯曲曲的隧道，
> 晦涩的文字的隧道。
>
> 构成金属矿床的恋女的心，
> 得由矿物学家，
> 凭了等高线的详细地图去开采的。

这里，如"有掘隧道的下午，夜的"，文字真如翻译过来的洋人说官话，可看完全诗后，似乎作者正是要追求某种特定的效果而采取了这种行文方式。若无对"意"的深掘，这种没有节奏、韵律之美的分行文字，疙疙瘩瘩怕比散文还散文。但"意"在表现爱的追求，以掘隧道之难，誓以"不及黄泉，毋相见"之心的这一"掘"进，作者精心的"意象"，都成了整首诗整体的象征而表现为一种永不退步的精神力量，虽是追女友。若无偏见，从诗艺看，它还是构成了令人回味的诗趣。

三

施蛰存主编的《现代》所呈现的这些诗的现象，有的文学史家常说它是戴望舒的影响所及，这，不符合实情。徐迟本人是很尊重，也是学习望舒的，但两家诗风的迥异，这也是文学之所以是文学的必然。诗人没有艺术个性，也难称之为诗人。这也是"五四"后将许多文学社团简单地称为一个文学流派的弊端。施老不仅不强说，反而极力甩开别人要加于《现代》的流派帽子。但从主编同诗人们的关系看，还确实存在一个以戴望舒为代表，团结在《现代》的诗人群之事实，目前称他们为"《现代》派"，也算得体。

然而，《现代》刊登的其他文学样式，包括近年一些研究者感兴趣的"新感觉派"小说，《现代》几乎是它在国内唯一的生息地，也没见谁把它和《现代》挂钩命名。若这么做了，肯定会乱成一锅粥。它的版面上，有鲁迅、瞿秋白、茅盾、郁达夫、叶圣陶、冯雪峰、巴金、老舍、张天翼、沈从文、叶灵凤、苏雪林、周作人、胡秋原、穆时英、苏汶等作家。徐志摩去世，《现代》纪念；丁玲在上面发表小说，她遭国民党绑架，《现代》仗义执言声援；鲁迅不仅有纪念五烈士《为了忘却的纪念》及杂文，就是他的《论"第三种人"》，也是在《现代》由施老推出的。有些人将"第三种人"与《现代》混为一谈，真是熬稀粥了。类似上述的人与事，《现代》该跟谁抱团结伙，或划线成派呢？若编者发表什么作者的作品就是什么派，那么，主编已不是编家而是盟主了。施老在一卷六期"编辑座谈"中发表过这么一段话：

> 我自己的创作，取的是哪一条路径，这在曾赐读过我的作品的人，一定很明白的。但是我编《现代》，从头就声明过，决不想以《现代》变成我的作品型式的杂志。我要《现代》成为中国现代作家的大集合，这是我的私愿。但是，在纷纷不绝的来稿中，我读到许多——真是可惊的许多——应用古事题材的小说，

意象派似的诗。固然我不敢说这许多投稿者多少受了我一些影响，可是我不愿意《现代》的撰稿者尽是这一方面的作者。

施老当年一句"意象派似的诗"之背后，已说明它在形成一种诗的新时尚。固然，任何时间也少不了以迎合主编口味提高自己稿本发表率的作者，更重要的，还是前几种白话、格律等时尚流行得叫人乏味了，《现代》上的新诗，无疑给他们提供了新的选择。因此，在这种条件下所产生的影响之事实，已是历史性的，不论从哪个角度看，都得承认，都得面对。

施老"不愿意《现代》的撰稿者尽是"写得像自己一样的作者，确实显出他为文学，为办刊之不一般的高度和眼光。文学作品都要成了一个模子里的工业产品，也就没有文学；与此同理，每个时期所兴趣的时尚，最终又必然成了扼杀自身的刽子手。看得出来，主编编发乡土诗人苏金伞，编发走出《新月》的格律、苦心炼句的臧克家等人的作品，正是想摆脱版面上太"像自己"的这种境地，但又没能摆脱。不论主观，还是无意，他还是有自己对诗的一个较为宽松的标准。那就是："《现代》中的诗大多是没有韵的，句子也很不整齐，但它们都有相当完美的肌理（texture）。它们是现代的诗形、是诗!"①针对早期白话诗之"白话"常常陷于浅白而提倡诗文应有的"含蓄""诗意不能一读即了解""混入一些古字或外语"之特征，它明显反动当时流行的《新月》之诗风。从这一点讲，它在当时还确实有点"前卫"（advant garde），同时，这些诗表达的生活和情感面较窄，多回旋于个人的咏叹，也是致命的弱点。在过去肯定是贬义，当今则是很时髦的褒奖，它们也太多的"小资情调"。

从上到下，从主编到《现代》有代表性的诗人，到版面上偶尔露面的一般诗作者，他们各自多有自己的艺术个性和行文风格，表述他们上述的共性或相近点时，也有各自不同的方式，但从根本看，又有它同一的本源体。包括程度不一的弱点。读者才从《现代》上的各项

---

① 《现代·又关于本刊的诗》一九三三年十一月一日四卷一期。

文体中，独独分离出新诗来，给它另立门户。

如上所述，它确实不是任何一种"文学上的思潮、主义或党派"，又因主编的各种关系，形成了一个团结在《现代》周围的诗人群，所以只能称"《现代》派"。它的"现代"，与后十几年出现的"九叶诗派"为自己定位于"现代"之"现代"，从诗实与诗理讲，都不应混为一谈。

然而，施老那五首诗的"意象抒情"，当时所产生的影响，始终远远超过作品本身的意义，这也就是今日所以要说"《现代》派"之故。

作为一种时尚，它也会随着时光的流逝，不再为其时尚，也就那么过去了。但它为新诗运动某一阶段中的发展状态，也同历史永存。

若说这群诗人那时写了那样的诗，那么，八年抗战出自诗人对生活的感受，却叫他们写出了另一种全新，不同于自己过去的诗。这时，不论入侵的还是反击的炮火，都无法让谁那么悠然于个人的内心，在书斋炮制那些想挽救新诗下坡的设想，毕竟只能作点工艺性的点缀，涉及诗风等等的诗观，最终还是回到其观念之思想上来。这时，一个民族的人民解放战争，只要不站在敌对营垒，其中任何一位为诗者，即使不自觉，可能是被动地受其洗礼、客观存在所变化的人之思想感情，自然包括诗观和审美趣味，也必然与时俱进吧！徐迟"最强的声音是什么？老百姓的声音，最强的声音"。金克木将汉奸汪精卫比作"乌鸦"，说它"仗黑夜勉强藏身，到天明免不了现出原形"。戴望舒突然以那"新的年岁带给我们新的希望"燃发他全新的精神，但达到他思想和艺术高峰的，还是他被敌人捕去后所写的"我用残损的手掌""粘了阴暗"及"血和灰"的手指触抚号子里的牢土时，却感到有只"无形的手掌掠过无限江山"。那隐喻于整体的象征，"现代"于心灵的写实，不仅是诗人个人，也远远超出抗战时那多呐喊的口号和颓废于旧时之呻吟的新诗珍品。正如施老所说："思想性的提高，非但没有妨碍他的艺术手法，反而使他的艺术手法更美好、更深刻地助成了思想性的提高。"①

---

① 施蛰存：《戴望舒诗全编·序》，浙江文艺出版社一九八九年五月版。

　　施老本人也是这样，一九四二年他在厦门大学写的"我期待着/什么？我不知道。/我仅仅以期待/让我的日子鲜活……"此时，他与望舒远隔千里，音讯全无，但诗同此心，与那"新的年岁带给我们新的希望"则有异曲同工之妙。更妙的，还是他一九四四年写于长汀的《卖梦》——

　　　　黏一条红纸在电灯杆上，
　　　　有人要出卖他的噩梦，
　　　　谁读了谁就是买主，
　　　　他该受到不祥的应验。

　　　　但没有人相信，
　　　　他真会代人受罪。
　　　　读过后嫣然一笑——
　　　　除非他自己做了噩梦。

　　　　卖梦者也不会轻松，
　　　　明知书破了也未必大吉。
　　　　自己欺哄也是徒然，
　　　　或许反增加一份忧郁。

　　　　我也出卖过一个——
　　　　不是噩梦，而是温馨的绮梦，
　　　　为的是，当我一觉醒来，
　　　　它给我莫大的苦痛。

　　　　我不黏红纸，亦毋庸书破，
　　　　只怕许多青年会来争吵。
　　　　我却要挑选一个合格的买主，
　　　　他必须能禁受烦恼。

但愿我的苦痛，
成为他的幸福；
我要用锦囊封裹，
郑重地叮咛交付。

但是我徒然费尽心机，
昨天才把它卖掉，
当晚它又翩然回来，
不想已摸熟了归路。

他没有望舒狱中诗的思想之高，也是施老诗作思想最积极的。作者将侵略者入侵的灾难写作一个"噩梦"。长夜漫漫，急于摆脱"噩梦"，而它"已摸熟了归路"所摆脱不了的沉重、焦虑。作者借往各处黏张红纸条卖梦（或恶运）的旧习，以表达于灾难中的心情，是艺术的、深刻的。它以口语的自然流动，用那古老的旧习作切入点，将作者很复杂的心境，融入作者隐喻式的现代艺术感应，正如他对望舒后期诗之所言：思想"反而使他的艺术手法更美好"，艺术手法"更深刻地助成了思想性的提高"。它确实是那灾难岁月中的诗之精品。可惜，由于战乱以及后来的诸多原因，诗界的人，绝大多数都没看到它，自然谈不到设法推荐、推广。

　　二十多年间，我与施老，不论书信往来或促膝谈诗，他都很少谈自己，然而，我却不糊涂。他的有关资料，他都交给了自己的研究生应国靖，当时从应先生那儿知道，施老的诗，能找到的，只有十三首，基本是从《现代》复印下的剪报。一九八三年，胡真同志主持湖南出版局时，约我为当地人民出版社编了一套每本一个印张、十本一辑的《袖珍诗丛》。第一辑开印一万，重印加了一万四千二。反映和效果，都难得。我想，施老这十三首印这么一本不正好么？不论怎么评价这十三首，它都是研究新诗不该缺的资料。若篇幅不够印满一个印张，加点有关资料，对不熟悉过去这段情况的年轻人，有助于阅读。不想，《诗丛》出了两辑，人事变化，无法继续。这十三首诗也寄回给应先生。还好，施老直接写给我的信中，附有他专给小册子写的《〈纨扇集〉小引》，去年整理旧信时找了出来。此时，华东师大出版社编印他的《文集》时，出版家自然记得他同时是诗人。编审刘凌同志和《文学报》来了内容相同的信，说他们各自都是受托于施老。为施老对他们有言：要找我的诗，去找周良沛好了。然而，除了他一九八四年元旦寄了十五首是他回松江老家翻旧物找出来的，其中有些还是在《现代》发表过的诗外，并不像他自己所估计的，"可以有二十五至三十首光景"①，不过老人的记忆真好，照他所说，在胡适编的《现代评论》上，很容易找到他的《古翁仲之对话》《明灯照地》。由此可知，他对自己的诗，虽不多说，还很在心。那首《卖梦》，是在十年动乱刚过，大力对知识分子落实政策之际，我在北京朝内大街一六六号"人民"和"人民文学"出版社那还搭着一些帐篷，书、资料狼藉的大院所捡到的一张破碎的旧报上看到的。它没有报名和出版地点与日期。问了施老，他记得是抗战时在福建厦门大学任教时写的。发表它的是当地一家"小报"，也不记得报名了。《期待》则是找资料时在《中国诗艺》之偶见。相比之下，我更看重他抗战期间的作品之价值。他"发表在湖南、江西、福建的报刊上"②的，目前仅找到两首刊于福建的，他记得在湖南衡阳还发过一首长诗，施老去信，我还当面求助过居于长沙的"七月"诗人彭燕郊，一直无结果。刊于赣南的诗作，应该同当时在那里报界的李白凤有点关系。二十世纪八九十年代之交，为《诗库》我曾与李白凤家人有些接触，但他家生活长期不得安定，李白凤的相关资料都无存，别的就更顾不上了。仅从衡阳的一首长诗看，估计那段时日的作品数量，绝不会少于战前。若有条件，有熟人，请当地的年轻作者跑跑大小图书馆以及有关部门，以我们体制，通过组织渠道，更易办事，会有存档的"小报"原件可找。如此为后来的研究者、读者，提供施老一份完整的新

---

① 施蛰存：《北山散文集·致周良沛》，华东师范大学出版社二〇〇一年十月版。

② 施蛰存：《北山散文集·执扇集小引》，华东师范大学出版社二〇〇一年十月版。

诗全集，不是没有可能的。

去年拜会施老，海外学者的目的，就是要亲眼目睹《现代》的主编亲自讲《现代》，自然少不了说诗。然而，我单独去见时，他已不提文学之类的事了。人上年纪的常情，怀旧之情特浓，往事记得很清，现实反而模糊。他津津有味地讲起六十年前昆明小西门的马家牛肉馆，和从云南大学出来吃宵夜的昆明点心、过桥米线以及旧货摊上用不多的钱可以买到的清瓷、古书和出土文物。他没有讲他在当时的散文中写到今日依然名声在外的人物，却反复打听在外早已销声的云南作家马子华，不厌其烦地询问马子华这几十年的生活状况，为这位比他年纪稍小的滇人却已去世的长叹中，似乎要把他与这位先生相交的往事全掘出来。为此，我反而很固执地想到施老自己的过去，想到他过去的诗。不论他自己怎么想、别人怎么看，诗是有记忆的，历史是有记忆的，世间人事，人易忘记，时间会冲淡，历史会显现出来，却更清晰，更确切。

二〇〇三年七月十二日于翠湖

（原载《庆祝施蛰存教授百年华诞文集》，
上海古籍出版社二〇〇三年版）

请还诗的清白

我同意昨天主持人的话，不要在一些常识性的问题上纠缠，理论要讲，多联系实际。抬头也见大会布标："从'非典'的辉煌诗篇看诗人应承担的社会责任和时代使命"！我多年不写诗，不敢冒充诗人，不知能担当什么使命。

当前，新诗在群众之间的声誉被伪诗之泛滥、张扬所株连，让人痛心。老一辈亲闻目睹过新诗与民族的沉浮、兴亡相系的历史而认识了新诗，以他们与新诗相依之情，一听到有些人用尖刻的口气讲"新诗没人看了"，就像战士那样，以真诚于诗的正直，总有一股保卫、振兴新诗之义愤，以泱泱诗国的新诗留在记忆的光辉作他予以论辩的武器，抗击这些歪论。这种义愤十分可贵，所持的武器，应该是有战斗力的。但问题毕竟无法像在战场解决得那么干脆。要扭转这种局面，需要更艰巨、更细致的持久战，有赖大的文化环境的改善，无法仅靠主观能动性。很明显，它是社会精神综合症的一个病灶，对它治疗，需要综合互动。

说"没人看了"的"新诗"，是指他在今日的现实之中所大量接触到的、被炒作、被相互吹捧的一些所谓的"新诗"。这个必须加引号的"新诗"二字，从形式到内容，完全被人掉包了。古人说"诗无邪"，那些专往邪处写些下三烂、性宣泄，还有公开叫嚷"下半身写作"的，不是谁不"开放"，也不是谁超前或"前卫"，而是那些在道德底线以下，人们难于忍受的东西，已非人所以谓之人的鄙劣感情之张扬，正是"无邪"之"邪"，得意于它的，正是无耻！常言道：人若无耻，百事可为。尽管有像拉客叫春要人与她同居的东西有人列为"经典"一样，群众一看就明，不得不"呸"它一声"流氓"。拿出来念，也要污染会场空气。它正像现在盛演的新编历史京剧《狸猫换太子》，不论是否有宫闱的内幕和阴谋，读者心中诗的天使，一旦被掉包成一支剥了皮的狸猫在他面前展示，不厌恶、不骂娘，已很有绅士风度了，还能说什么呢。在特定的历史时期，它得胜于历史变革中的某些负面因素而得以张扬、泛滥，乃至成为表面看来已像主流现象时，读者看到那支剥了皮的狸猫被叫作"新诗"时，读者若是没有今日这种对它的态度，倒该看作反常。

为此，我想借助各位的诗名，向社会呼吁：

还我新诗的清白！

到此，我想岔开来说点别的。八月二十三，《文艺报》二一四〇期，用了四开近乎整版的版面，刊发了河清同志的《应当绞死建筑师？》，这个标题是作者对法国建筑师兼记者特莱蒂亚克（P. Trefiack）的专著《应当绞死建筑师？》的借用。特莱蒂亚克本人并不完全否定现代建筑。但这二十年巴黎看到国家图书馆设计得像个四脚朝天的桌子，被人称之"死书的坟墓"，财政部大楼像军事"掩体"，镜面玻璃墙建筑像"麻疯病"那样蔓延……严重破坏了巴黎原有的典雅景观与审美趣味。对此，怨声载道，怀有仇恨，作者才写了这本书。书名《应当绞死建筑师》之后的问号后，书的第一页就有回答："当然应当。"后来还有位叫佩纳克（D. Pennac）的记者进一步提出："应当用断头机砍掉两个建筑师中的一个头！"由此可以想象此事所激起的民愤。河清同志再用这个书名写文章，是对中央电视台新大楼中标的建筑方案所表达的中国人的感情。他对方案中"歪歪斜斜的几何块结构"，对于地震安全不顾，那"曲角悬室，完全是挑战自然的重力原则"的，那"酷似一个曲着头，两脚瘫地的小儿麻痹症患者"的"歪门"之"歪"，正是有悖于中国文化审美精神。这种建筑极易损坏，间不久的维修费可能超过它的五十亿的建筑费不说，它带给中国建筑界"极坏的样板作用"之后果，更是不堪设想。为此，河清同志以不亚于特莱蒂亚克的激愤，写下这篇同名文章。

此事，与诗似不搭界，可是，我却从它为新诗受到非常强烈的震动。它多像新诗目前所面临的境况啊。如果说，河清同志的批评，是设计方案中标之后说了出来，并能找到地方让他公开发表，也是今日民主空气的一个标志。那么，这种民主对诗坛是否就不存在，或多余呢？要说，诗的问题远比建筑业严重，"绞死"几个新诗的刽子手，更是"当然应该"。但对制造批评取消论，任何批评一皆骂为"棍子"，自己则可以放任张狂者来说，他等同样应该懂得，这"绞死"，只是从舆论上批得他理屈词穷而无回手之力。否则，他明知这是文学语言的比喻，同样会同你胡搅蛮缠，请白宫写到人权白皮书里去。然而，他等反诗、毁诗的行径，在诗的法庭上，肆无忌惮，甚嚣尘上。按市场公平竞争、更甭说民主的原则了，这又合理吗？

若说中央电视台新楼中标方案的"曲角悬空，完全是挑战自然的重力原则"之负面效应一目了然，但它盖成之后，总还有可以暂时住人的房屋之功能。而现在那些伪诗，反诗的文字游戏，则无任何正面功能。我读了近日某刊头条的一组无标题诗。如"一把刀从词典里飞出来/进入他血红的嘴巴/我微笑着 开始流血"。还有"孟夫子 诗无敌/风流天下闻/但在教科书中/这作者 只是/……等"。再有"老太监一生中/最害怕的就是别人说起下半身/就像图书馆的馆长/在噩梦里/发现所有的书/都变成了草稿"。

诗，为语言艺术，为文学中的文学，任何天才，有再好的"主义"，成了"诗"，总要有人可感可悟的诗思和诗形。然而，它的语言不是散文化，而是比散文还散文（这不是提倡"豆腐块"和押韵就好）；文字没有必要过于雕凿，并非无须推敲，起码要有表达的准确，使之简洁、精练，或进一步要求它形象、意象化；诗情喷射，笔墨自然、随意，更非随便乱来的鬼画符，或作神经质的胡言乱语。这种文字，不说诗的韵律感，连通顺、流畅都没做到。若是初学写作、初识文字，不能苛求，被捧为某方代表性的人物之大家，这些为诗的起码要求都做不到，别的，也就无须多说。我捧读再三，不知所云。从中得不到任何一点思想、艺术的启迪，哪怕纯技巧、唯美的美感都没有。也许当中有高深的哲理、隐喻，不是我这样的，在它面前已属于老朽、诗盲可读懂的，那么，让欣赏它的某些老外和那些为它捧场的教授去解读吧。

这类人物，哪怕一生下来上帝就是要他做"诗人"的天才，他要写诗，同样是要他挤出来的是奶，不是臭烘烘的拉稀排泄。有一首说到"图书馆"，它与太监是比喻关系，两者有什么必然的联系呢？图书馆自然多名著、经典，作者梦到它全是的手稿，肯定身价百倍。北京潘家园旧货市场，名家的一封短信的手迹，已经可以卖到四百元了，为此，我倒希望在座的名家，给一些（包括我）无法畅销的人多写点信，随之晚景可能凄凉时，能卖它糊口，这也是行善啊。要将它和太监的下半身扯在一起，真是罪过，阿弥陀佛！

一个世界，也像流行歌曲所说的，外面的世界很精彩，外面的世界很无奈。有人无论怎么写都不为怪，但从此诗的作者简介方才知道，有两个大学出版的《中国当代文学史》，都曾"列专节"，还作教材以介绍这位先生的。"专节"怎么写，孤陋寡闻。但从上述三首诗给人的总体印象，总该对他在当代文学的影响有个总体的把握。有些人，在他们小圈子里的那点影响，也一直在相当大的范围内有很尖锐的异议。这些写"史"编教材的教授，稍有点治学的严肃性，都不至于此。泱泱诗国，以这样的东西作为新诗样板向我们青少年进行诗教，接受它，受害；看此为样板，还能看得起新诗么？

二十年前，有人狂言"新诗是从我开始的"，遭到一致的谴责，近日又有不甘寂寞的叫嚷"新诗是没有传统的"，同样激起众怒。新诗的传统，就是她历史发展过程中所形成的，对她的继承和发展也常是同步的。谁都没有将传统与现代永远置于对立的冷战地位。今日还被人称之"诗人"者所运用的新诗之形式，不就是传统所形成的么？没有传统，不就是要将传统夷为废墟，这还不是变着花样说"新诗是从我开始的"么？然而，新诗八十多年的历史不是可以假设和更改的，若诗主说什么就是什么，无异推行诗的霸权。那些诗界诸侯大谈"多元"，以否认新诗以她发展过程的经验教训所形成众所认同的方圆。可歌德十四行中的名言"在限制里能显出能手，只有规律能给我自由"的诗的辩证法，丝毫没过时。能使人疯狂的足球，若没有赛规，谁也疯狂不起来。眼前，各位来自海内外各地，由于各自的生活经历与环境的差异，不仅诗观、哲学观、政治观都无法相同。但是，若对诗无有一个相同或相近的看法，大家也无法在这里坐到一起来。

无有规则的无序，读者再宽容，也只能敬而远之。

　　河清同志认为电视台新楼建筑方案所以中标，是投票的中国建筑精英思想"西化"的恶果。"西化"二字，在此有它特定的媚外的含义，绝非排外的口号。新诗就是在西诗的影响下所产生的，强调新诗传统和民族性时，同样不忘"拿来主义"。但是，在经济全球化的迅猛过程中，包括西方许多发达国家，也越来越关注与民族和国家主权为一体的文化主权。要是那些伪诗，文学史都忙于为它树碑立传，还不是媚外者看外人嘴脸为此所做的"秀"？它的价值观，正是他们口头上反对文学的意识形态化而又做得特"铁"的意识形态。近日，报上有"批评界总在趋炎附势"之说，它所言的趋势者，该是那些视民族文化为垃圾者吧？二战胜利不久，杜勒斯（Dulles. W. Allen，1893—1969）就在他的《战后国际关系原则》鼓励他要演变的国家和地区的"文学、戏剧和电影都来表现和颂扬人的最鄙劣的感情，我们要千方百计地支持和鼓励，往那些人的意识里灌输崇拜暴力、色情和叛卖行为的思想，简言之，灌输崇拜各种不道德行为的所谓艺术家"。为杜勒斯都称之"所谓的艺术家"，也就是伪艺术、伪作家、伪诗人，为他等树碑，确实正中杜勒斯下怀。

　　不是危言耸听。杜勒斯"要在国家管理部门制造混乱"的预言，在我们诗坛的思想混乱中确实悲剧性地看到了。它危及民族和国家的文化主权与安全的状况，十分复杂。由此，用剥了皮的狸猫偷换诗的圣洁天使之事，也就不怪了。由此，也不能不呼吁：

请还新诗的清白！

　　　　　　　　　　　　　　　（原载二〇〇四年二月十一日
《太原日报·双塔周刊》第二六四期）

关于"诗与政治"答蔡毅

蔡　毅： 当今，既有人视政治为文学之敌，也有人将诗歌极力往政治上引，说法混乱。你在诗会（指"第十二届（惠州）国际诗人笔会"）每人三分钟的发言中，有场颇为热烈的有关"诗与政治"的争论。快散会时你也上去说了三分钟，掌声热烈。现在不会有三分钟就按铃的时限，是否可以对此多说几句？

周良沛： 若从诗来讲，它与政治的关系，应该是个极为简单的问题。若具体到有关人士借诗为名，卷入政事、政潮，或是诗人高平所说的"诗坛太监太多"的太监，拿它说事，它就很可能是个永无止境的话题。这点，京剧现代戏《红灯记》就是最好的事例。这出戏可以推进的空间还很大，不是无可挑剔的"样板"。但过去和现在，都受观众热烈欢迎。近日看它"青春版"的直播，台上每唱一段，台下都是热烈鼓掌。十年动乱中封它为"样板戏"，成了不容大家对艺术选择的剥夺，是张扬奸贼乱国的亮相锣鼓。它本是被奸贼所掠去的，许多有才华的艺术家之艺术财富，又被奸贼用以张扬、宣泄他的淫威之排场。我多次讲到，那时我在大墙内，它几乎是大喇叭送给我唯一的世外之音，我也随之学唱。开牢门提审叫我"周良沛"时，我也唱"狱警传，似狼嚎，我迈步出监……"看守大吼："你反动！"我也大吼："你不让唱'样板戏'才反动！"阶下囚也有借此出口闷气的心情舒畅，是荒诞之日的荒诞剧。但在特定的时空下，许多同志听到它，则联想它为"样板"之日的白色恐怖而反感它，是很好理解的。随着时光拂去当年强加于它"政治"的意识形态之霸权后，观众看到的，则是它原有的艺术光彩了，此时，对它自然是另一种态度。类似之事，诗坛也有，张永枚同志写于十年动乱之中的《西沙之歌》，新时期初，没少挨"批"，可是近年还不是少量地重印，南海的舰艇和守岛的哨所，随处可见。纪念新中国成立六十周年，它还被评选为六十年间的"六百部优秀出版物"之一。这可是六十年间许多热闹过、畅销过、还有许多名人的"名著"都挤不上的宝座，是不可无视，不可不深思的文化事件。对此，若单从诗论它，是永远都说不清楚的。艺术如此陷于政事的折腾，搅腾一次，就是二三十年啊。在此，当此说诗还另要说"政治"时，切忌纠缠于政事、政潮，或以诗坛"太监"之话语来说它。

时下，听到这一类的议论也不少。多是因为新的创作之中好的、有可读性的作品太少，疏离了广大读者，同时出版和读者都在排斥诗（只讲新诗，旧体诗词很火）时的某种极其复杂的情绪之宣泄。西班牙伟大的民族诗人费德里科·加西亚·洛尔迦（F. Garcia Lorca，1898—1936 年），也是巴勃罗·聂鲁达（Pablo Neruda，1904—1973 年）极为推崇的一位国际诗人。由戴望舒、陈实直接从西班牙文译出他的《诗选》，原著、译本，都是经典。然而，出版社总编签发，发行部门却抢先声明：拒绝印行后的发行。为此，书的印制，自然搁浅。总之，凡涉及"诗"者，情况比这好者，不是没有，不多。这是社会的文化病态，单纯从诗来讲它，是说不清楚的。但要遇到什么传媒需要积极配合的事，诗是真的来得最快的，因为真的诗人的激情是容易，也需要以此燃烧的；同样，假的诗也是来得最快的，你不是就是要"宣传"嘛，他把你想"宣传"的内容、要领，用最直接的口号或类似口号的豪言壮语分行排列，加以"押韵就好"就炮制出来了。在真的诗可能还没有它来得快时，它为传媒之呕需的饥不择食可解燃眉之急的"特供"，则构成它与传媒的特佳关系。报刊与出版也为它大开绿灯。对此而有的情绪，很好理解；以此展现的诗之水平，是对诗的不公；以此主张"纯诗"，无法治此时症；以此所议的"诗与政治"是否找准了题目，也可质疑。持对立态度的，可以列举一些所谓的"政治诗"在政治生活中鼓舞斗志的积极作用，并宣扬作者以社会责任感和良知、道德力量为它的基础。双方的支持和反对，多是情绪化的表态。

从诗的角度看，这么讲"诗与政治"，常常是离开诗来谈政治，所以它已不是诗的议题。

以诗学的基本概念、原理、规律看此种争议的 "诗与政治"，亦非理论问题。

鲁迅先生的《三闲集》，收有他一九二八年答冬芬的一封回信——《文艺与革命》，其中有段名言：

> 一说 "技巧"，革命文学家是又要讨厌的。但我以为一切文艺固是宣传，而一切宣传却并非全是文艺，这正如一切花皆有色（我将白也算作色），而凡颜色未必都是花一样。革命之所以于口号、标语、布告、电报、教科书……之外，要用文艺者，就因为它是文艺。

先生此处所说的 "革命文学家"，自然是讽刺那些伪革命、非革命和那根本不懂革命又以 "革命" 自炫者。若将 "革命" 二字换成 "政治""宣传" 二字，也完全适用于此。先生的 "一切文艺固是宣传" 之 "宣传"，是统治阶级的思想就是统治思想，中外古今，概莫能外。人民当家，统治思想是人民的意志；资本所运作的社会秩序，统治思想自然是资本的意志。恩格斯（F. V. Engels，1820—1895）所说的 "国家作为第一个支配人的意志力量出现在我们面前"，为 "免遭内部和外部的侵犯"，"保护自己共同的利益"，谁也无法不让它们以文艺作 "宣传"。"宣传" 若要有它 "宣传" 的功能，"之所以于口号、标语、布告、电报、教科书……之外要用文艺者，就因为它是文艺。" 要用诗者，就因为诗就要是诗。马克思（K. H. Marx，1818—1883）、恩格斯宣传共产主义的前景并不是像有的歌词 "就是好来就是好"，而是说 "失去的只是锁链，他们获得的将是整个世界"，何况是诗呢？"政治" 和 "宣传" 同它拉上关系时，这 "政治" 和 "宣传" 千万不能自闭。被誉为新中国新诗 "常青树" 的李瑛同志有首十几行的《睡莲》：

从慵懒开始

从娇羞开始
静静地睡在水的眠床
怀满腔温柔和纯情

有一个眯着眼的符号
是一副甜甜的笑容
太多的思绪酝酿成梦
太多的梦描绘人生

小心，不要把它惊醒
轻轻，切莫出声
否则，它忽然睁大眼睛站起来
失去它生命里全部的美
世界将因此大哭失声

若在战争年代，未经历这多世事，我不一定能接受它。可是，今日任谁正视周围公平、正义、道德失衡的酸痛，见流行于写"下半身"的分行文字而恶心时再读这首诗，则很容易接受它的"宣传"。这不是指那拙劣宣讲教条的文字，而是指它真、善、美的表述，它无疑是对立于假、恶、丑泛滥的精神屹立。那么，它正是"一切宣传却并非全是文艺"时所具有宣传力量的文艺。

以此为例，上述"诗与政治"所争议的"政治""宣传"，都是特定环境之下，诗的某种特定现象的特指。否则，世上的一切，除了具体到作者的生活积累不够，体悟不深，表现能力的不到位，不能将它表现好，有哪样是诗所不能表现的呢？人类社会发展到今日，又去哪里找"世外桃源"呢？按说，出家人是六根清净的，可和尚还分处级、科级，怎能远离红尘？正如鲁迅先生所说："身在现世，怎么离去？这是和说自己用手提着耳朵，就可以离开地球者一样地欺人。"

既然不论你持何种诗观，要搞何种诗的"主义"，不管以写实、象征、外化、内化又纷呈得怎的不一样，诗都离不开大地的生活而获得生命。若我们对诗中的 "政治" 不予自闭，那么，除了 "特定环境之下，诗的某种特定现象的特指"，正常情况下， "诗与政治" 不是诗的命题。早期新诗中，如郭沫若在日本借《炉中煤》写他 "眷念祖国的情绪" 一句：

> 我为我心爱的人儿，
> 燃到了这般模样！

真是刻骨的相思。刘半农在伦敦隔着大洋遥望祖国时：

> 天上飘着些微云，
> 地上吹着些微风，
> 啊，微风吹动了我的头发，
> 教我如何不想她！

这种思念祖国的感情，不能不说它是爱国感情，现在谈 "爱国"，不可能与 "政治" 无关。对郭沫若其他的作品，读者也有过不同意见，可是从来无人对这当中的 "政治" 有什么议论。抗战时田间的街头诗《假使我们不去打仗》：

> 假使我们不去打仗，
> 敌人用刺刀
> 杀死了我们，
> 还要用手指着我们的骨头说：
> "看，这是奴隶"。

要说诗的宣传，它就是 "诗传单"。每当民族危机，国难当头，这类言志的诗，是震撼人心的。如夏明翰的 "砍头不要紧，只要主义真"，从《四五天安门诗抄》的 "欲悲闻鬼叫，我哭豺狼笑，洒泪祭雄杰，扬眉剑出鞘"，到叶挺的《囚歌》：

> 为人进出的门紧锁着，
> 为狗爬出的洞敞开着，
> 一个声音高叫着：
> ——爬出来吧，给你自由！
>
> 我渴望自由，
> 但我深深地知道——
> 人的身躯怎能从狗洞里爬出！
> 我希望有一天，地下的烈火，
> 将我连同这活棺材一齐烧掉，
> 我应该在烈火与热血中得到永生！

　　这样的题材，加以直抒胸臆的方式，真是政治得不能再政治，宣传得不能再宣传。虽然在狱中不允许作更多的艺术推敲和加工，但它将人与革命者的尊严和选择，同屈膝投降与苟安者出入的狗洞之意象强烈对比，给人极其强烈的印象和震撼，过目不忘。后来，纪念张志新烈士，诗人韩瀚将烈士殉难的本事完全撇开，对死者的敬仰化为哲思的表现："她把带血的头颅放在生命的天平上 让所有的苟活者都失去了重量"。它开初发表时，就是这么一行一句，将它点断为四五行的，是后来者所为。这些诗的浩然正气，正是与"人生自古谁无死，留取丹心照汗青"一样悲壮。这些诗，从未听人质疑它与政治和宣传的关系。在我们现存的生存秩序中，每个时期都有不少这类顺时性的作品，最后留下来的也不可能多，有的既无法达到前者的经典性，又正因为它的"顺时"，在现时也有过它一定的现场影响，自然应该予以历史唯物的评价。但，说明作品价值的，最终还是作品的文本自身。至于具体作品败于它的题材、思想倾向、艺术表现力所不能到位的分行文字，并不在它只有"标语口号"的"政治"和"宣传"。写农村生活的，如一九四八年默涵在香港批评臧克家这样的大家所写农村的"大粪香"，不论作者要怎么表现"五四"时诗界的"平民"意识，"大粪"怎么可能"香"呢？所以默涵说它"是知识分子的矫揉造作"，是"虚伪的"。再如"性"，也不是不可入诗，波特莱尔（C. Baudelaire，1821—1867）在忧郁了他的巴黎，为其所见的 Les Fleurs du Mal（有译为《恶之花》的，这里译它为《不吉祥的花》）写了性、同性关系等。中国新诗中，如过去视"性"为"唯美"的邵洵美，他将性爱与情爱同样视为人世间美好的事物，以意象之象征予以诗性的美化。这和赤裸裸地写"下半身"，写床上，不堪入目还拿大奖的下流诗完全是两回事。对此，都是将作者的思想、兴味的恶劣，从诗里分解出来批评，没有谁把它搅和在诗里，拟出一个"诗与性"的课题来议。

　　诗是没有什么不可写的，任何东西写成诗，都是作者生活感悟、思想倾向、审美趣味、灵感的激情等多种因素融为一体的艺术。于此之外，外加给它的任何形式、内容的标签，都是诗的寄生物，与诗无关。外加于诗的说教、图解之宣传，是庸俗社会学借诗体有直抒胸臆之功能而"宣传"为标语口号所异化的"诗"。该拿出来说的，是庸俗社会学，是有负于诗的作者，写的非诗之分行文字所陷于失去诗的困境所应有的正视。不存在，更不是"诗与政治"所派生出来的问题。乱点鸳鸯之害，难免为一些乱象衍生出有违诗的基本概念之"理论"。否则，任何具体作品中的具体问题，都可以拟下诸如"诗与粪""诗与性"等问题来，它是诗本身所该承担的吗？问题的问题，都该从"一切文艺固是宣传，而一切宣传却并非全是文艺"，"要用文艺者，就因为它是文艺"，所以，从诗派生出来的议题，定要以诗的精神予以反思。

　　蔡　毅：你发言中"不要让诗被政治强奸"令大家印象深刻，应当怎么细读？

　　周良沛：政治，以民主革命先行者孙中山所言：它是大众的事。若按现行的规范界定：政治是经济集中的表现，是阶级、政党、社会团体和个人在国内和国际方面的活动，在有阶级的社会，它表现为阶级关系和阶级斗争。若以此而论，那么，不仅是以上我个人所说的，就是以上所提到的"诗与政治"之"政治"，都是胡说八道。我那么说，则大逆不道了。然而，正因为是从问题之提出所对"政治"二字的借用，正像鲁迅先生在前面所说到"革命文艺家"的"革命"二字一样，是反喻，实际上，是指"庸俗社会学"。口头语言不同于书面文字，此处加了引号的"政治"二字，则无法以语音明确标出，深以为憾。您提到"强奸"二字，是因为我认为，真正的"都是作者生活感悟、思想倾向、审美趣味、灵感的激情等多方因素融为一体的艺术"，是诗人与之水乳交融的、地久天长的爱情；任何外加于它，除了是侵蚀它的寄生，有时，不知一时为何种所需，被庸俗社会学所误导，无视艺术规律，又正面以"政治"之名，以说教、图解所予以的强力插入，无异于是对它原本地久天长的爱情之强暴。先贤有言在先"比喻是跛脚的"，此处，不知我是否跛脚得厉害？

蔡　毅：您看近年诗坛，是形势大好还是问题很多？新诗远离社会生活，也被读者疏离，这已是不争的事实。有人"以丑为美"，肆意践踏诗美与诗歌传统，泛滥的坏诗、非诗，已是不小的力量在败坏人的胃口和污染文化环境，似乎没有引起应有的警觉和抵制。有的反而受到吹捧、奖励，这也是新诗繁荣的必由之路和难免的阵痛？

周良沛：您放宽了我答话三分钟的时限，报刊却只给五千字的篇幅。而且问题太大了，泛泛地发些议论当然可以，但太大的题目，少说几句，无法深入。

你所说的那些问题，恰恰不是"没有引起应有的警觉和抵制"，而是诗事随世事之变，随社会经济状况的变化所变，话也不能照常规去说了。当调剂经济运作之市场的交易，一旦成了浸入到社会生活各个领域的价值观和行为方式时，被资本运作的市场，自然不能认同你的核心价值观，何况，还有人借此扩散人们对过去极"左"和庸俗社会学的逆反情绪的后遗症，以化解诗美、诗的传统，以至于整个社会的伦理道德的力量，以"崛起"他们的意识形态的话语霸权所自由于诗的代言，在这种情况下讲诗，已不是可以离开上述的社会生活而能说得清楚的事了。文艺思想的混乱，或具体于诗的诗潮，也是此时的思潮，有时还是主流现象时，既不是批评的放弃，但客观条件的不成熟，期望一时能以弱势的批评予以解决，也不太实际。我们老年人，白内障是常见病，半明半瞎时，还不允许做手术，非得让它混浊了整个眼球内的晶状体，才能揭除，也才好揭除。今日诗坛的问题，恐怕也得要有一个解决它的时机。因为它不是个别人的，或局部的现象，是这个时代大背景下的思潮之诗潮。

"贫穷不是社会主义"，以经济建设放在首位的正确性，毋庸置疑。然而，"物质的最高产物"是精神，但精神并非物质本身。这些唯物的基本观念，恩格斯早在一八八六年已予以阐述。有了"精神"，才有文学。但，人在不同物质的天底下，不同的精神，不是都可以附和执政者所倡导的"核心价值观"。疯狂的消费所刺激的物欲所孳生的拜物、拜金的迷信，痴傻了无数的人。唯我的自私，损人不利己的道德沦丧，寻求感官刺激的精神之空虚、颓废，大面积地传染精神艾滋病，必然动摇一个社会的信仰基础。意志消沉所无所不为的堕落，以至于贫富差距拉大造成的"笑贫不笑娼"的文化环境，沉沦的，已不仅是沉沦者自己。"以丑为美"等等的病态审美，既能以"核心价值观"予以批判的眼光，也需要我们有勇气承认"存在决定意识"所存在的正负两方面的情况。对诗坛的乱象和丑态的警觉及抵制，需要诗坛健康的力量在社会张扬正气之中得到更广泛的支持，才有根治它的基础。那些乱象、丑态是依附资本的。资本，包括它意识的本能膨胀、扩张，是很疯狂、野蛮的。政府遏制房价，北京立即标出三大"地王"，完全是无视政府的疯狂。海外，有的还是亲华亲共的传媒披露这一情况，说这些"地王"本来还要在"人大""政协"的"两会"期间对着"秀"的，这已不是"无视政府"，而是欺人太甚了。离开这样的"存在"，关在书斋讲这种种的诗之乱象、丑态，管用吗？温家宝总理在"两会"记者招待会上讲："中国的现代化绝不仅仅指经济的发达，它还应该包括社会的公平、正义和道德的力量。"诗所存在的问题，也只有随着这些社会问题的综合治理，才有可能得到改善。前面讲到现在所提出的"诗与政治"时，我认为不应将二者缠在一起谈，此时此事，又非绑在一起说不可，不应该矛盾吧？

"石在，火种不灭"。诗，是与人的存在共生的，没有任何理由可以悲观，不过，这些年为之折腾所耗废的文化资源，和写诗、爱诗者从生命中所付出的时光也太多、太大、太可惜了！

就说到这里吧！

（原载二〇一〇年七月二十日《世界日报》）

艾青百年

今年是艾青百年冥寿，新诗也将百岁，两个百年，是诗人长寿的诗之生命，与新诗史的华彩篇章之叠加，是新诗史宏观的广阔和具体到个人之细微的组合。百年纪念之中，有称艾青为新诗之"诗圣"的，言之有理。

新诗虽然始于胡适的"尝试"，他却没有"尝试"出可以传下来的创作文本，他是新诗开路的碑记，不是新诗水平的标高。他以"诗体解放"的主张所推广的样板，恰恰是丢弃了诗之体，使之陷于散文化的诗之劣变，影响不好。过去对徐志摩，简单化地贴些阶级标签，缺乏历史唯物的态度，新时期有人推他为新诗成就的首席代表，也不是实事求是。朱自清说他"让你觉得世上一切都是活泼的，鲜明的"。茅盾说他"是中国文坛上杰出的代表者"，又说他的作品"圆熟的外形，配著淡到几乎没有的内容，而且这淡极了的内容也不外乎感伤的情绪……"当代评论家对他任何的推崇都无需否定，但屈原、杜甫的诗，若不是与民族命运与共，有更多的担载，只像徐志摩"轻轻的去了，正如我轻轻的来"，中国的诗史、通史，就不是现在这样说屈原和杜甫了。

郭沫若的《女神》优于《尝试集》；从真正诗的意义来讲，它是新诗开路的纪念碑。近年公开的丁玲日记有"主席称郭文，有才奔放，读茅文不能卒读。我不愿表示我对茅文风格不喜，只说他的作品是有意义的，不过说明多些，感情较少。郭文组织较差，感情奔放。"毛泽东对茅盾的作品，在这里完全是以个人的审美趣味，不以领袖发表政治化的看法，他听戏，也是喜欢高庆奎（1890—1942），以其嗓音高亢于质朴中的劲拔，并不跟风随俗地南麒（麟童，周信芳1895—1975）北马（马连良1901—1966）关外唐（韵笙，生卒不详），保持他独特的审美趣味。他对郭沫若，是极力推荐郭的《甲申三百年祭》，此处对郭的诗文之评议，不论是否认同，都有他对文艺的真诚。中肯，确切。《女神》宣泄狂飙突进的精神，迸发飞扬蹈厉的气概，是飞扬那个时代的精神。《女神》后，一九三六年他说："我高兴做个'标语人'、'口号人'而不一定要做'诗人'之说"，不无遗憾。诗人在"九·一八"后，全国全面抗战前夕，身为诗人，要投入民族解放战争而作如此的呐喊，精神可贵。但将这种政治热情取代艺术规律，或将艺术规律以此政治化地异化了诗，必然陷入鲁迅先生所警示的"一切文艺固然是宣传，而一切宣传却并非全是文艺"之窘境。只能随他去做他的"标语人"好了。

这一点，伟大的民主斗士闻一多先生，晚期也是如此。牺牲前的几首口号诗，很难说它是诗。虽然丝毫无损他人格的光辉、诗的光辉，还得承认这是他诗的遗憾。

能被鲁迅先生誉为"中国最为杰出的抒情诗人"者，除冯至，已不会有第二个人。抗战时在香港坐鬼子的地牢写出一组《灾难的岁月》者，除戴望舒，也无第二个人。后者，早期走了些弯路，在他成熟、闪光时，奈何苍天不假以年。冯至在他受到鲁迅的鼓励和赞赏后，去了德国多年，抗战前夕回国，德国文学和歌德研究的成就，已分散了他新诗创作的光辉。

如此来看艾青，绝非艾青可以取代他们各家之长，但他又确实占天时地利之机，成就了自己诗的一生。

现在的评论，常常是以他一九三三年在狱中写的《大堰河——我的保姆》作为他诗的开始，其实，最初点燃他诗的灵感的，是早一年在巴黎参加"反帝大同盟"写的《会合》，这是在国外的中华儿女义愤于国内"九·一八"事变的民族危机所"会合"出的诗。这一开始，也似艾略特（T. S. Eliot, 1888—1965）的《荒原》始句：Time present and time past/are both present in time future（现在和过去都孕育未来）。艾青回国后，在上海举办的"春地画会"的会议中，来了几个租界巡捕房的密探，就将他和另外十二位美术青年抓走了。抓人是莫名其妙的，放了其他的人，独独留下他和江丰（1910—1982），也是莫名其妙的，不知巡捕对他俩为什么如此青睐？

　　生存环境对他如此的安排，教他也主动紧握"拿法国大元帅的节杖我也不换"的那支法国诗人的"芦笛"。在狱中，"为了它是在痛苦的被辱着/我将像一七八九年似的/向灼肉的火焰里伸进我的手去/在它出来的日子/将吹送出/对于凌侮过它的世界的/毁灭的咒诅的歌"。此种命运的安排，将他的诗一开始就发誓要和攻打巴士底狱的巴黎人一样，和被凌侮者一道呼吸。

　　当年，不乏比他更自觉于此者，为张扬"平民意识"的"普罗"，反对象牙塔里的"为艺术而艺术"的大众化和此中现实的"政治"，最主要的，左翼的"中国诗歌会"是有组织，有人马，声势浩大地推广了他们的诗歌理念，也确实热闹了一时，但没有留下什么作品。对此可以反思的问题，应该不少。

　　理论的正确，没有实践的成功，理论也是泡沫。正确的政治，若要正确于作家的创作，是不能以它的正确而无视对艺术规律的尊重，将那些理念直述表达为一些标语口号。这在当时判断文艺的最高权威——毛泽东的《在延安文艺座谈会的讲话》也说"缺乏艺术性的艺术品、无论政治上怎么进步，也是没有力量的。"艾青不一样，他对时代是以"我爱它胜过我曾经爱过的一切/为了它的到来，我愿意交付出我的生命/交付给它 从我的肉体直到我的灵魂/我在它的前面显得如此卑微/甚至想仰卧在地面上/让它的脚像马蹄一样踩过胸膛"的，所对民族的、大众的真诚来写他的诗的。这不是说其他的，哪怕呼标语口号的就没有真诚，但他们忘了一切"宣传"并非就是"文艺"。何况，艾青始终是"人家嘲笑我的姿态/因为那是我的姿态呀/人家听不惯我的歌/因为那是我的歌呀"，坚持了独家的"这一个"的艺术个性，和那必然千人一面的口号，泾渭分明地显出他对艺术的真诚，为此，他按艺术规律写出的作品，必然焕发艺术光彩，有它读者的口碑，作品则有推广、流传下去的生命。

　　从一开始，艾青的诗多采用自由体，作为语言艺术，艾青放下画笔改用诗笔时，也不可能一开始就达到后来的高度。即便他的成名作《大堰河》，一开始"她的名字就是生她的村庄的名字"这样的行文、

仍然感到生涩和欧化。人近中年，他写出《雪落在中国的土地上》
《北方》《我爱这土地》《吹号者》后，提出了"诗的散文美"的主
张。一九八一年《诗论》的新版前言说的"《诗的散文美》一文，最
后的版本原已抽去，现在经一些朋友建议，又补充进去了。"从旁建
议者，我就是一个。他说"诗的散文美和散文化，有时是不好说清楚
的"，我则认为，经过十年动乱，旧书新出，还是保持它的原貌为好，
包括出版《文集》，也该收进《吴满有》。不同的意见，由后人去议
论吧。他接受了意见。补充了这么几句话："强调'诗的散文美'就
是为了把诗从矫揉造作、华而不实的风气中摆脱出来，主张以现代的
日常所用的鲜活的口语，表达自己所生活的时代——赋予诗以新的生
机。"看到时下非诗、伪诗的泛滥，也有以艾青过去"散文美"的提
倡做他们散文化的遮羞布，我则不能不更强烈地想到他晚年清醒于
"诗的散文美和散文化"的分界线。评论工作轻薄地以"散文美"做
"散文化"的烟幕弹，只会为新诗摆脱当前群众不卖账的困境雪上加
霜，实为文化犯罪。"散文美"不是什么深奥的理论问题，是所有的
读者可触可及的语言之诗态。作者运用语言的功力，必然共生于作者
诗的智慧和思想境界。如"为什么我的眼里常含泪水·因为我对这土
地爱得深沉……"不论它书写的方式怎么"散文化"，它震撼人心的，
都是民族情感的诗美。再如《手推车》，不论它文字组合排列的方式
怎么"散文化"，但它前后两节情感、内容之对映，如两节收尾的
"彻响着/北国人民的悲哀"和"交织着/北国人民的悲哀"，其内容
又与形式的完全对称，很自然掺进了一种格律效应。凡此种种，就是
艾青自身若不在具备上述条件的诗氛下，这种"散文美"也不是能
挥笔而就的。他晚年有些作品，包括我也无法不将它列为艾青标志
性作品的《光的赞歌》，一开始"每个人的一生/不论聪明还是愚
蠢/不论幸福还是不幸/只要他一离开母体/就睁着眼睛追求光明"
之"散文化"，这与它以其大师的气度所构思之诗性的哲理，这与
它新诗名篇之名声，极不和谐，是不小的遗憾。而那些佶屈聱牙、
乃至文字都不通顺的，也有评论冠以"散文美"的桂冠者，已无维
护民族语言纯洁性的基本坚持，更不容借此糟蹋诗，歪曲艾青诗的

理念。

这位以《火把》《向太阳》《黎明的通知》到《在浪尖上》《红旗》《光的赞歌》铺就他人生新诗之路的诗人，他擎起的诗之"火把"，能为后来者照亮他们前行的路，这是九十三年新诗运动中并不多见的诗人。徐迟称艾青和马思聪（1912—1987）是文化界两位"国宝级"的人物，既包含徐迟对他们二位的感情，也是以他们的作品而论。

在我们生活的体制下，不，在任何体制下，恩格斯（F. V. Engels，1820—1895）所说的"国家一旦成了对社会的独立力量，马上就产生新的意识形态。"它可以远离物质基础，采取哲学和宗教的形式。中外古今，概莫能外。"统治阶级的思想，就是统治思想"嘛，在我们新的共和国，这些书生、文人，大多就在所设的意识形态的专门机构，在它的体制下，需要你的适应，或以"统治思想"制约你，都是正常的社会现象。世上既无绝对的真理，再怎么议论此中的是非，那就看你怎么可以拔着自己的头发离开地球再来说吧。所以一九四二年艾青的《了解作家，尊重作家》所引李白的《与韩荆州书》中的"生不用封万户侯，但愿一识韩荆州"之语，为朱（德）老总所见，他劝艾青到底层、到劳动人民中去寻知音（韩荆州），以消除文人的清高在边区的寂寞。其实，后人以此看李白是难于免俗，"但愿一识韩荆州"是想求官。艾青具体之想，不好猜揣。他听了朱德所劝，下去了，尝试写了一些更具普及性的大众化的作品。怎么评价这些作品，并不重要。对于一个作家，这样的生活体验，绝对是有益的。但是，开国后文坛人际关系的不正常，风气的不健康，确实挫伤了他的积极性。人无完人，金无足赤，他也可能有这样或那样的不是，再大的大师，也不能说没有败笔。如新时期香港回归前，他写香港是"殖民的私生子"，在港岛文化界是掀起了轩然大波，感到伤害了港人的感情，是作家下笔缺少政治的考量。可是，上世纪五十年代，如他的《女司机》，写得太浅，无疑和他的诗名不相称，但写女司机"逛的是大街/住的是客店"则政治化地批他将劳动者写成游手好闲，有辱劳动人民本质；写到崇祯在景山自尽的古槐，也政治化地被解读为同情亡国之君；写到北京蓝天的鸽哨，则指是有闲阶级的闲情逸致；到海岛写了渔村的民间传说《黑鳗》，则被质问怎么不写守岛的卫国战士？听来啼笑皆非。

以一种需要大力宣导的核心价值观鼓励作家于其创作实践，就是公开打出"思想改造"的口号，也无可非议。今日如此开放，为了适应客观不断的变化，也是需要自觉于没有任何政治压力的思想改造。而当年的文艺批评，都是具有政治压力的一言堂，无怪艾青这样的大家写了不少好东西，不仅不能拿出来发表，连给人看，都得谨慎又谨慎。我跟徐迟有幸读到他这么一批手稿，包括《外滩》等，尤其是万行长诗《哈同花园》，写英籍犹太冒险家哈同在上海怎么先贩运烟土，后以贿买巡警和地痞流氓配合，强迫农民搬迁，贱价收买地皮，以地产膨胀了他上海的洋行，骄奢淫逸、挥金如土，是一部冒险家在"冒险家的乐园"的发家史。若将当年的《哈同花园》放在今日，现实意义很强。若承认诗是语言的艺术，这正是艾青语言艺术的高峰期。这时他写的《黑鳗》，自然算不上他的代表作，也可以看到他摆脱了早期语言欧化之弊，干净、纯清如一泓清泉，又似翡翠，透明并不见底。《哈同花园》不仅有这样的语言特质，艾青年轻时穷在巴黎物质的天堂所见资本扩张、压榨下的罪恶以及那些荒淫、贪婪到无耻的傢伙，不论他是羡慕，是忌妒，是愤恨，他都看得真切、深切，用来写那些冒险家，都是神来之笔。我常将它与拜伦（G. G. Byron, 1788—1824）的《唐·璜》，普希金（A. C. Пушкин, 1799—1837）的《叶甫根尼·奥涅金》相比，这些外国的诗文，很少没有男女之情的描述。若《奥涅金》中连斯基的那种纯情，更是我这样的读者眼中之爱情，那么，唐璜在风月场中玩世的放浪，在我这样的读者眼中，则是此时中国的"乱搞男女关系"的"分子"了。我不知道艾青在生活的情场，该说他是胜将还是失败者，但他在其中的体悟是很丰富的。写新诗的大小诗人无以计数，不同的人生、不同的诗人多的是。但，从新诗最早的"尝试"并张扬"平民意识"，到以批判资产阶级生活方式为新的共和国意识形态的主旋律，即使以此为诗的，也是浪漫主义式的直抒胸臆的怒斥，可还没有第二个诗人有机会能将自己这方面的生活积累，通过对冒险家荒淫无耻的揭露表现出来，而且写得这么深刻动人。可惜啊可惜，无须对"表现工农兵"的方针有任何疑虑，但"表现工农兵"仅仅写他们荷锄、挥锤、扛枪的形象，未必就是对他们最好的歌唱。工、农、兵，若都切断与外界的联系自我封闭，那又是怎样的一个天地呢？《白毛女》的故事，若无黄世仁就完整不了，类似"哈同"这样的题材，由此是否只能从负面看它呢？贪婪吸血，好逸恶劳，致以纵情声色，绝对是相左于工、农、兵的另一族群的生存方式，若不屑于它、否定它，让人对由它所构成的社会秩序"产生永久的怀疑"，这不是从另一个角度筑固了工、农、兵体制之政权么？这些道理也不是谁异想天开，乃是马克思主义的常识，却被某些自诩为马家信徒的庸俗社会学所弄糟了。而且还有一套以手中之权所筑固、扩散，并逼使别人就范它的势力。弄得这位非常有自己的艺术主张（写出的这部作品，足以证明）很有个性的诗人写了这么好的诗竟然不敢拿它出来。这应该不是个人的悲剧。十年动乱，他家齐白石等的藏画，一幅都未受损，这些诗稿却被彻底销毁了，这就更不知道是何种悲剧了。画可以卖钱，是好事，诗不卖钱，既是它的悲哀，但它也可以无价，以艾青与《哈同花园》而论，起码是可以这样讲的。诗坛这么一位天才，有些自负，应该是可以宽容他的吧？那时他一副怀才不遇的愁容、怨愤、颓伤，事后也可以作为一种世态吧。一九七九年春我们在上海时，看他的年纪、精力，请他重写万行长诗的可能性已是零，只有敲边鼓请他重写《外滩》，他也写了，可是当年看这些洋大款留下这些坚实的建筑，艾青对它写实又赋予哲思和象征的艺术感觉再也找不回来了。灵感若不转化为文字留在纸上，总是稍纵即逝的。我等只好为此事所留予诗的遗憾仰天长叹。

没有遗憾的人生是不存在的，历史上的任何大人物也不例外。想到过去的憾事，倒反而感到逝去了的时光之真切。今年艾青百岁冥寿，他一九九六年走后，离开我们也十四年了。《新青年》一九一八年一月开始发表新诗也将百年。人百年，老矣；诗百年，正青春；艾青百年长寿，诗的艾青还正年轻。

　　看电视播放年轻人朗诵"为什么我的眼里常含泪水？因为我对这土地爱得深沉……"听他唱着对祖国的恋歌，看艾青还是写作它时的二十八岁吧！此时对他百岁的庆贺，我无缘，也无精力出门参加更具礼仪的座谈、盛典，则闭门以此时的随想随笔，诚挚我的怀想、思念！

　　（原载香港《文学评论》双月刊二〇一〇年八月第九期）

文化的伤痛

——漫议文学奖的评选

一

九月，看到《文艺报》公布"鲁迅文学奖"的候选名单，大喜。这是中国作家协会提高评奖的透明度、公正性、民主精神之提升的体现。过去，尽管大家对评选有过不少意见，可是，一切都在与时俱进，这样，不是很好嘛。然而，跑了许多书店、书城，将《文艺报》上公布的诗集书目照单买书，却没有看到，更无法买到一本。就是过去已经获奖，已从此奖获得定评的作品，在这泱泱诗国，同样不见出版家张罗出版，扩大发行，使有此需求者受惠。这个很具体的问题，不仅是我，也是无数读者（因为书店不卖诗集不是个别、局部的现象，更不是什么秘密）都曾遭遇过的。短时间内，要大家都能像得到一份学习资料那样，不是得到，只是看到它，都很不现实。其中所涉及出版、发行，也不可能不涉及新诗本身的问题，这不是我这样的读者所能弄明白的。而且，主办单位对评奖急切的好心，已顾不得，也无法选择由时间和历史评定有口碑、众望所归的作品。由此公布候选书目，想请群众先行检验，发表意见，无疑是走群众路线，发扬民主，继承光荣传统之所为。可是，如前所述，这些作品，群众不仅无法"检验"，是想看看、学习学习，都踏破铁鞋无觅处，怎么可能享受到既是动员他们参评，又是身负历史重任行使这份民主权利所赋予的话语权呢？反过来，评奖的，又怎么可能听到、听取群众的意见呢？但是，这些作品一评上奖，依照当前流行的做法，可能马上有人称之为"经典"，食人间烟火的芸芸众生，根本无法一窥其如此神秘而不知在哪个神山仙境之貌，由此"增加评选的透明度、公正性"这样的话，只能事与愿违。嘴上说说而已，读者还是普遍读不到这种可能根本一本都没上市的书。过去，艾青的《大堰河》是自印，却迅速传开，影响飙升，然而，现在有书号的诗集，可能只印了一些送亲友，却不为人知，送去评奖，是很不严肃，很不负责的。有的，评委认为它有普遍推广的指导性而以评奖推荐，读者和出版社还不买账，不认同它的"指导性"，评奖评出这种后果，应当深思。

本来，文学作品的价值在作品自身，不是什么奖的光环可闪耀的。世界之大，不同的人，不同的文化背景和生存环境，对文学的要求不可能统一，因此，绝对的"公平"也是不存在的。任何文学奖，都是一种价值观的弘扬，一种文学兴味的引导。因此，既是"鲁迅文学奖"，则要有鲁迅精神的坚守；既是评诗，则要它是诗。若无符合标准之作，宁缺毋滥。无获奖者的"暂缺"，中外都有，并不为怪。过去评出的诗集，其中不缺"经典"，也是可读的诗集，如今却没有得到它应有的影响，反被那些读者所反感的作品所淹没、株连。本想弘扬的价值观和对文学兴味的引导，此时也很难说它有多大的效应。当旧体诗词的市场不断扩大时，在大多读者心目中，不是全都不值得读的新诗，也都受此株连，声誉日下。人说"读诗的没有写诗的多"，冰冻三尺，也非一日之寒。这样，评奖与操办单位的权威性，自然受到质疑……这种文化秩序的反常，文化生态的失衡，仅以主观愿望所操办的事，结果又能正常么？这些问题不设法解决，那么，评奖的目的何在？是为评奖而评奖，还是为获奖者送去香港名人捐赠的五百万奖金，以扩大内需的消费呢？

二

有人提出"鲁迅奖"的"猫腻"，且不说它。但《文学报》提出先公布评委名单，让群众先评议评委的措施，倒不失为一个不错的办法。但是，要评委先接受群众的评选之民主，恐怕很难办到，在当今评奖运作的模式下，能当评委者，不一定能接受它。但这一提议是有道理的。因为评出来授了奖仍然争议很大的作品，事后透出的内幕，都是因为评委的倾向，甚至个别到单个人的一己私念所操纵的结果。这一期的《文艺理论与批评》讲到上届新诗获奖的于坚，是"把语言拆解得支离破碎，并洒满一地，但这满地的语言碎片到底又要建构什么，有什么意义呢？文本失去了召唤，空洞和零散阻碍了阅读"。若承认文学，尤其是"诗是语言的艺术"，那么，于坚这样的分行文字，将它当"诗"看，都是罪过。这里，且不说骂鲁迅者得"鲁迅文学奖"的荒诞，更不讲书中的"淫诗"败坏了道德的堕落，仅以这种非诗的语言讲，怎能吹得天花乱坠，并获大奖呢？有报披露：它是有人操纵。

若过去一讲政治就是"左"，那么，这可是讲艺术啊。从报上公开的情况，它在全国所留下的负面影响与迫于对此的批判，至今方兴未艾，且趋于深入、深刻。同时，我想，若讲"鲁迅文学奖"要讲"鲁迅精神"也要忌讳，那么，则无理可讲了。如此来看，山东章丘绣惠镇的高级教师韩庆梅为于坚的"脏本诗集"污染孩子心灵写出《救救孩子》的呼吁，全国"人大"对此所作的批示，不讲政治，也该有它清洁道德的责任吧。然而，谁还理你呀！

目前，报刊上还有多少文章等待作家协会对此有个公开的表态呢，若对此无需理会，依然故我，而且有些做法，显然是反民意而行，影响很坏。无怪于坚才敢公开说："一九四九年以来到现在，文人大部分处于一种被国家敌对怀疑的状态。"别的，我们不知道，他的"现在"和"状态"不是春风得意么？他代表哪路文人？这又怎么不激起群众的反感呢，操办者对此没有个说法和交代，大家怎肯罢休呢。

以后评奖，若还是以这种文艺观，还是靠那么一些人操盘，那么鲁迅奖，没有鲁迅精神的坚守；评诗，不看诗，是讲关系、靠活动和作者的身份、级别，或变相的暗箱操作别人说不清的因素去评，又会有怎样的结果呢？

三

今天，要说明我买不到这些可能是新诗之"经典"的情况，是鼓起了很大勇气的。因为十年前大张旗鼓宣传全票通过的鲁迅文学奖的诗之首奖，我也是买不到。后来是《诗刊》从中精选推荐了其中的几首诗,才得见其庐山真面目。同时,读者哗然。南京《扬子江》诗刊主编黄东成同志和我交换了意见后,请我写了一篇千字文。不想十几天后发表出来,大家支持我"说了真话",也收到北京的法院传票,获奖作者告我侵害了他的"名誉"。正常的文艺批评,我无需害怕,也没有想到这已经不是过去我所习惯的那种生存方式的年代了。对此毫不在意,没有管它,也没有找律师,也没上北京,写了份答辩书寄去就算了。不想,海淀区法院一审判我败诉。这样,我才请了律师在中级法院上诉。中级法院的法官很好,认为内中若无其他的"缘故",显然是错判。但他们还得照顾上下相互间的关系,很为难。对方也明白将正常的文艺批评作为侵害"名誉",说不过去,就纠缠文章中说了出版社的书店"从未卖过"它这四个字。缠了一年,我也磨蹭出癌症来了。若不是离休,在几十万手术医疗费面前,我只好等死。事情调停过去后,很多人,包括中国"作协"的领导同志都收到一封从海淀区寄出的信,揭发此书作者身为某传媒人事部门的长官,获得这个首奖,也是安排了此中帮了忙出了力的有关三位先生的亲属进他属下工作所做的交易。这就不是诗的问题,是腐败案;就是不立案,也不能当评奖的传统。

今年六月,安庆的国际诗人笔会,还传出有人掏几十万也是请有关人士"打点"拿奖的事。我非纪检干部,没有条件,也没有资格去查证,即便有些夸张、渲染,也非空穴来风。因为当时南方的报纸就有所披露,却未引起关注。在市场经济发达地区,视一切都是买卖,也许更为正常。倒反是我这样观念落后的人很难理解:花几十万买个奖,是不是有毛病呀?不想,人家指出的,倒是我的毛病,因为获奖者得奖,这是地方当局的精神 GDP,同样是政绩,除了再给他一笔奖金,分给他一套房,几十万都捞回去了,再给他评个高级职称,往后,好处捞不完。

类似之事,传闻不断,好戏连台。

这一届评奖才开始,一时"跑奖"的热闹,真是非凡。一些非诗、伪诗,依然涌动,不甘寂寞。有的还不是本人,是机关单位找人活动,自然也是为他等的精神 GDP。撇开道德的审视,评奖在各方如此急功近利地浮躁，是它"互动"之"动"中，不少人可以假奖肥私，大捞好处，这能不腐败么？这能不留下后遗症，成为文化的伤痛么？

这就不能不从现有的体制来看评奖的弊病了。

十年过去了，过去说到一本诗集，凭一句"从未卖过"，就有告上公堂的闹剧，最近又有通缉采访记者的新版重演，一时舆论哗然，才迫使当地立即撤销了通缉令。同时，也有领导到法院上告批评他的下属为"诽谤""高检"当即公告："批评领导不能算诽谤"，在国家民主的进程下，愿这种闹剧不再重演。

但买不到诗集，已经成为时下文化秩序的常态，对于一个可以见证新中国新诗的发展者来说，无法不为此忧心。这两年，对诗的评价之高的，莫过于白桦的《短歌与长诗》了。中国"作协"的顾骧由此在报上誉白桦为"反文化专制"的战士，老诗人屠岸对它更有全面的论述。既然书是有名堂的出版社出版，我登门找到社长、总编，和十年前找到长江文艺出版社的门市可谓异曲同工，社长是连样书都没有看到过。我也只能深憾而归。在我之前，已经有很多人像我一样去要过书了。此话不仅私下说说，就是公开，白桦也不至于去告我，我说的不仅是事实，还是说此书的洛阳纸贵嘛。

十年过去，同样买不到"作协"希望群众对它发表意见的诗集的市场，依然一样。不论怎么说，一切的一切，都应该千方百计振兴新诗，使群众像过去那样，视诗为文学中的文学，为它奋发精神，有利于精神文明和物质生产的建设，也使新诗在社会生活中有它发展的生态。但是，当它成了失去大多民心和被误解的文体时，评诗，若无令群众惊喜和震撼之作，他们是不会说"OK"的。若以一些非诗化的分行文字与平庸之作，还要说是献给群众的文学鲜花，群众不是阿斗啊。

对此，读者的议论不断。笔者此文，本来是想通过组织反映意见，于九月写给"作协"领导的一封信所改写的。无官无名的群众之意见，想能得到答复、考虑，自然太天真。若能那样，之后，全国舆论的态度就不是这样了。《国际先驱导报》的记者就不会如此提问：

"如此饱受质疑的评奖，为何存在得如此理所当然？而愈加趋于官僚化的'作协'体制，可否有改革的可能？"

难怪得奖的名单公布后，一夜之间，全国南北的报纸，不议它的，很少。对车延高所谓"羊羔体"的意见之集中、激烈，无非它获奖成了当局导向性的"样板"时，大家对新诗的意见又无处可说，自然首当其冲地成了承受这些意见的载体。所以说它"首当其冲"，是与它同上金榜的，虽然也是买不到他们的诗集，但从一些评介的引诗看，并非都比"羊羔体"好。有些分行的口水话，在今日新诗需要走出低谷振兴时，想当然地以为以其奖定能成弘扬思想、审美的"样板"价值，未必能有正面效应。

"作协"主席铁凝著文，以"得不到批评的人最后会失败"回答各方的质疑时，"作协"的发言人则是依然老王卖瓜。但是，在这次选择了"更加娱乐化的方式'包装'作家，像明星一样走过红地毯"的颁奖仪式之后，《人民日报》的署名文章提出"走上红地毯的'鲁迅奖'如何走过质疑"之忧时，若当事者无忧，依然老王卖瓜，完全摆出一副精神贵族的架势，那么，大家问过"如此饱受质疑的评奖，为何存在得如此理所当然"之后，这里是指新诗，而非泛指"作协"，但新诗这一摊子的"愈加趋于官僚化"和愈加趋于小圈子的运作，是否也当问一声"可否有改革的可能"？

二〇一〇年十一月改写

（原载《华夏诗报》二〇一一年三月十五日第二三二期）

文化贪腐

　　文化乱象，有目共睹，有的就是腐败、堕落。正像目前的腐败问题，贪污的赃款越来越多，贪污分子的职位越来越高；新诗，乃至今日那些污浊的文化腐败，与它连理。

　　存在，决定意识。

　　时下，人欲横流，贪腐风炽，贫富差距拉大所衍生的社会丑闻和悲剧，早已见怪不怪。从根本上讲，有时缺乏勇气正视的，包括握有文化话语权的某些能量膨胀的族群和圈子，他们以其自身的腐败所污浊于文的呈现，也反作用于存在；其潜移默化，又同那些丑恶现象互动，由"潜移"而外化、张扬、膨胀为社会公害。

　　为此，若责怪我们诗人未尽天职，不对！我们有生活的阳光和阳光诗人，是坚决抵制这种乱象的。这里，应该特别感谢那些敢说敢当，批判诗界歪风邪气，坚持"百花齐放"的诗报诗刊。但是，他们缺少公共或行政资源，同属弱势群体。他们的所"说"，已是普遍的公众舆论，可是，人家腻味、讨厌，能奈他何！

　　本来，对不同的意见有不同的看法，包括固执己见的对抗，都属正常。然而，对正确的，乃至针对某些常识性的错误所提出的意见，一概不理，也成常态。从个人来说，你不理我，我更不理你。可是，首先这不是个人之间的事，那样，倒把此事庸俗化了。再者，这些民意、人心，为什么在这个共和国，即便不予重视，怎无一花、一家、一席之地，然而，那些对诗持有话语霸权，能与民心、民意抗衡的，一时之间，何以能成现实之中的诗界主流现象呢？这，才是问题的核心。

　　高平有诗说过，诗人曾大声疾呼"将军，你不能这样做"，为各种不正之风"举起森林般的手，制止"，却被更有话语权的、缺失民主精神的手所"制止"了。这一"制止",自然是对腐败文化的邪气之放任、纵容,实际上是支持,形成了以邪压正的意识形态。在这个体制下,此一很不正常的状况所以能正常,正是它能为那些庸官和为官不仁的贪腐分子的乌七八糟,辅以大行其道的舆论气氛,则大行其道。然而,那些乌七八糟的东西,不可能"思无邪",不可能表现人间之美,自然与诗背道而驰。

诗,作为语言艺术,对于那些破坏我们母语的纯洁性,对于这一文体的基本规范也全然不顾的非诗、伪诗的蔓延、泛滥,已不是诗坛之内,而是对泱泱诗国,龙的后人的民族感情的深度伤害。对此,海内海外,血肉同胞,无不摇头长叹,或为子孙的不肖开骂。因此,它也早已不仅仅是诗坛之内的一个有关诗的话题,实际上是与社会生活中那些不健康因素的相互影响、污染、腐蚀的文化之癌细胞。这,岂容等闲视之?

任何一种体制,为其政权的崛起,都得先有舆论开道。大讲稳定的政体,若忘记打下今天这个天下的经验,此症不治,也不应忘记科学地予以应有的研究、关注。

今天,与腐败互为依存的文化毒瘤如此顽强,自然是有从中获利的既得利益者,它在西方推行"一体化"的意识形态领域,也有国际的知音和支持者,才能闹得如此热闹。因此,它就不是一个就诗论诗的问题。它涉及审美、道德、政治,以至于治安的方方面面的循环、互动所外化的形态和事态。这一问题,山东章丘绣惠镇的高级教师韩庆梅为于坚的"脏本诗集"污染孩子心灵呼出《救救孩子》之声上书中央一事,从某个方面讲,是比什么都具体、尖锐、深刻地道出问题的实质和严重性。可是,批示下来,也像当前房地产问题一样,口头拥护的,私下抵制,向上级应付一下,对群众根本不做任何交代。它也像房地产,涉及财政收入,有的人,即便没有受贿,也与它有关、有染,并不干净。要他们整顿这些乱象,很难。对此,该负其历史责任的,谁也推卸不了。何况,发诗、颁奖的思想、艺术、审美等示范性的误导所酿成的后果,罪责,谁也无法一推了之。

那些被误导所时尚于诗坛者,以其破坏母语的纯洁,以其非诗、反诗化之怪所引人为怪，也不为怪。教训惨重。他们，不乏自以为是者，但是，除了少数有他理论的，乃至政治的自觉，更多的，也是这些思潮与诗潮之灾的受害者。也像我们少时初学写作，人和诗都稚嫩，不是跟风，也是以发表、获奖的作品当成学习的样板，希望自己内心想表达的那点诗情，也能随后以求同样得到报刊、诗界所认同的方式罢了。我们没有理由与之对立，推往绝路。时至今日，我们对问题有了新的认识，不应再囿于个人的文本之例，忽视它对新诗运动整体的危害。其严重性，是"五四"以来前所未有的，应该团结一心，共同探讨怎么走出那非诗、伪诗的绝境，再振兴新诗。

今天，阻碍新诗健康发展的势力，在我们现存的社会秩序中，谁也不会留下什么露骨的话柄，如讲评奖标准，紧跟上级，还可以道貌岸然。操盘起来，就是另外一回事了。他们，有的还写诗，或写过诗，当"经典"满天飞的时候，说它都是"经典"，不敢苟同。但他们自己写的和操盘张扬、推广的，完全排开思想倾向不论，仅从表述方式看，和那些非诗化的伪诗，并不相同，似乎要他学习、尝试自己所推广的那套，虽趋时可还没有能够如此时尚的"本钱"。这，再也明白不过地道明了他们之所为，并非由于自己的认识、偏见、乃至某种固执的坚持有关，实际上都受制于人事关系，或某种利益构成的利害。这种虽然与诗的、审美的无关，但它又是以诗的名义大行其非诗、反诗之道所聚合的小圈子，其中的内情，自然不是局外人所能摸得到的门道。但我们从公开的传媒得知，最恶劣的，当然是受了贿，拿了钱的。它不仅在个人之间，而是恶劣于资本直接进入新诗运动的"搅和"，使运动劣变。

资本之能，正是人们常说的"有钱能使鬼推磨"，自然也不难推动文化秩序的这个"磨"。如评职称、加入中国"作协"，要以出版过两本书为条件，有人一个月之内出三五本书都不成问题，什么垃圾都可以塞进去滥竽充数，有钱就能出，别的还能难得住谁呢？我还遇到过这么一件事，一九九六年在中国"作协"活动中心，有两位女作者找到在我房里聊天的周明义同志要求出书。问她俩为什么不找名气更大的某某出版社，她俩迟疑了半天才说，找到那家谈了几次，最后某人摊牌是：出书好办，先上床吧！事已如此，还说什么呢？

权如此，钱如此，权钱相通，钱能通神呐！此时，谁要统一他的认识，没门！你有你的价值观，我有我的价值观，不论谁对，我要张扬我的理论或是作品所表现的价值观，理所当然。何况，像商业广告，明码实价，卖版面的"服务"，正是交易的是非。请来诸多有"出场费""红包"的各方相关人士，不论"研讨""首发"，来捧场的，"明星"熠熠，是盛大的新诗堂会。有风雅的大款，捐钱慈善新诗，但人事安排得听他的，否则抽资，于是，相关人士，躬身受命。此时，资本掌舵，组织原则、意识形态，无奈于它。这一点，南方的报纸指名道姓所说到用钱买奖之事，不是头一回，是公开的秘密。但主办单位有人一脸正经地出来声明：对此不排除追究法律责任！虽然我可以相信发言人不涉及贪腐，要拍拍胸脯，为评奖过程所涉及的那多人事写保票，若不是同伙，以"保"为"包"，这种人恐怕就是科学家在试管中尚未成形而能落入红尘的试管婴儿。否则，世上哪有自身绝不可世故，又绝不能不懂世故的作家和文化人！

我们的母语，真是这个世界最伟大的艺术。大家常讲当今诗界发诗、颁奖之"猫腻"。这"猫腻"二字，可真是用神了。它既可以包罗万象，又是许多可以悟，却难以言传的事。如受贿（包括性交易），乃至请客送礼、吃吃喝喝、暗箱操作之事，除了从传媒得知，若要捉"奸"，除了纪检部门，读者无法办到。何况，问题之所在，也不仅是送钱、拿钱的事。其腐败的内容、形式，同样"丰富多彩"。二十多年前《诗刊》的评奖，巴金就说过：评委评自己，不好。《文汇报》五月二十日头版头条在社论的位置登了一条社评《文学评奖被"小圈子"垄断了？》，最后的问号，是能以问代答的。文中说到"小圈子"里的人，为评奖、分奖、领奖、颁奖之热闹，就是文化癌变的腐败图。

不论何人，在何种场合，不论是否受贿、拿红包，还是为"小圈子"、为酒肉关系，为有违诗的、正常审美的种种与诗无关的社会、道德所行使他发诗，颁奖的话语权和投票权，不论追究不追究法律责任，也是学术的腐败、道德的沦丧。

本来，好作品获奖，无非是它的思想、艺术原有的价值征服评选者的惊喜所铸成的金牌；现在，全被颠倒了，非诗的分行文字，一旦"猫腻"获奖，反被如此确立了它的诗的价值。读者，冷眼旁观。有关人士，地方长官，则奇货可居，它也成了"政绩"中的软实力。大笔一批，奖金是二三十万，房子、职称，像天上掉馅饼，若在仕途，升官又发财。浮躁于讲实用的风气中，拼命往那个圈子里挤的，自然少不了。名利场的竞技、游戏，与圣洁的诗，本来风马牛不相及，能够奢望它有利于诗的生存和发展么？名利场获胜的"猫腻"，不能与外人道时，群众的质疑之声也越来越响亮，也是玩此游戏者越来越得意，游戏规则也操盘得越来越得心应手，腐败也更"成熟"在其运作之时。本来，果熟坠地，事物的终结也在于它的"成熟"。不过，此事是否也会如此，也像房地产一样，那就看可以管此事的人物和部门，能否管得住它了。否则，新诗走出这段沼泽地，不知尚需多少时日。

这个局面，是人家利用本是调剂经济运作工具的市场交易，成了侵入社会生活各个领域的价值观和行为方式后，那些诗坛经营名利场的既得利益者，哪能善罢甘休！所以再乐观，也须正视。它有一定社会、经济基础，涉及许多同是受害的青年作者，不可简单、粗暴解决。何况，其中许多"猫腻"，仅我们所知道的这点，也够"黑"，够腐败，够堕落了。但对它，总体还是盲点。它严重影响新诗健康发展的现实，不能无视。若无人敢承担责任，又愿对号入座，施他"不排除追究法律责任"之威，我想，只能越闹越热闹，越闹越丑。是吓不倒任何一个大头百姓的。

由此，要让新诗摆脱九十多年未遇的困境，就是要有针对它目前所滋生的种种腐败的对策。

海外对大陆的许许多多，诸如房地产等问题，答案都是：不清除腐败，别的问题是无法认真、彻底解决的。新诗今日面临的，是同样的情况。不过，这里首先要声明的是，对于能够甘于寂寞的有志者，他们藏之深山，传之后世之作，肯定会有，不过，不仅不可能成为主流现象，而且眼前种种的腐败，肯定要挤压它生存的空间，使一些本来可以传之后世之作，反而可能藏于深山而被湮没。

为了新诗的美好未来，为了新诗运动的健康发展，不清除诗界目前的腐败，说别的，都是多余的！

二〇一一年六月十三日于"南通诗会"

（原载二〇一一年十一月十日马尼拉《世界日报》）

"海派诗人" 邵洵美

　　诗坛一股写"下半身"的喧嚣，让文坛以写"性"为时髦者不乏其人时，让人又想起二十世纪二十年代一位笔下往往不乏性之隐喻的诗人邵洵美（1906—1968）。那个年代，他的"开放""前卫"，作为公开的文字表述，在那十里洋场，也是惊世骇俗的。无人公开支持，则不乏道学的鄙夷。比之时下写"下半身"的，它又毕竟写得不下流，不乏唯美色彩。前人有称他为"唯美诗人"的，是否合适，可以商榷。若从他主持出版的用料、装帧设计的总体追求看，确实不乏"唯美"色彩。但纵观其诗，人世之间，哪怕唯美到绝境，也不能囿于他的那副笔墨之篱，所以我顺着前人称其"唯美"之后，从目前的"海派文化"看，他当年诗艺之开拓，当是之前的"海派"诗风探寻之先行，后来者不论是否认同此间的传承，仍可商榷，但"海派"作为地域于其文化演变之过程，是无法摒弃它的地域概念和历史沿革在当年所吹的海风。但它与目前所时尚的"海派文化"仍然有别，是沿袭解放前既是时尚，又有旧日十里洋场的声色之遗韵者所言。今日重提，无需过誉，它粉脂太浓，与一般读者大众有其不小的距离。同样，可以对他作出不同的评价，可是，持历史唯物观，它也是不容无视的一种存在，是研究"海派文化"一份不容忽视的史实。

　　过去，对他介绍很少，了解不多，除二十年前我编选《中国新诗库》有他家属之助及他最近出版的多卷选集，加以目前能找到的资料看，他的艺术跟他的人生一样，都很复杂。

　　邵洵美，祖籍浙江余姚，生于上海。原名邵云龙，幼时家塾后，在"圣约翰"这所除国文外都用英文教材的教会学校就读，教育环境对他的影响颇深。一九二五年初，他赴英国剑桥大学，读经济系。课外自学英国文学，醉心英语诗。结识了徐志摩、徐悲鸿等朋友。若知二十世纪三十年代结束军阀混战，蒋介石要为自己树形象，请徐悲鸿作肖像画，对此严拒随即逃出南京的徐悲鸿，此时和回到上海后，先后为邵洵美画过两张画像，也就可以想象他在异域与同胞之情。可是，不到两年，家遭火灾，加以老祖母抱曾孙心切，又催他完婚，祖母望曾孙，新娘更是他久恋的表姐盛佩玉，于是，他中止学业，急急返国。

他一九二七年的婚礼，一时成为上海滩的时髦话题。他，祖父邵友濂，清末官至一品，曾出使俄国，后任台湾巡抚等职。盛佩玉的祖父即邵洵美的外祖父盛宣怀，是清末洋务运动的中坚。因邵洵美过继给伯父邵颐的关系，按谱系，李鸿章当是他的叔外祖父。好姻缘，连着豪门官府的荣华富贵，自然非同一般。当年，邵洵美读到《诗经》中《郑风·有女同车》一节时，一眼瞥见"佩玉锵锵"四个字，又见另外一句里有"洵美且都"四字，不禁拍案叫绝。"洵美"意为"实在美"，以洵美对"佩玉"贴切极了。于是改名"洵美"，以名寄情。此门婚事，在十里洋场，自有门当户对的热闹，但也另有一说。鲁迅曾在《拿来主义》讲到："我们之中的一个穷青年，因为祖上的阴功（姑且让我这么说罢），得了一所大宅子，且不问他是骗来的，抢来的，或合法继承的，或是做了女婿换来的……"有人牵强，以后者影射邵洵美，影响很大。今日看来，无法认真。

邵洵美回国后，娇妻相伴，一直忙于读书、写诗、作文章、编杂志、办书店。江湖之上，交友日广，蔡元培、叶公超、徐志摩、胡适、邹韬奋、潘光旦、罗隆基、曹聚仁、林语堂、闻一多、方令孺、陈梦家、徐悲鸿、刘海粟、郑振铎、赵景深、施蛰存、钱锺书、张光宇、丁悚、鲁少飞、谢寿康、张若谷、曾孟朴、沈从文、夏衍、斯诺夫人以及与C.C头目陈立夫、陈果夫、黑老大杜月笙、国民党元老吴稚晖、李石曾都有过从；同C.C干将张道藩拜过把子，与刘纪文等有交情，是左、中、右的，江湖式的广交。郁达夫说他家是"座上客常满，樽中酒不空。"他是"钞票使得完，交情用不光"。他有钱，有气派，但不放荡挥霍，无有任何不良嗜好，甚至不跳舞。手头宽裕，济人之困。徐悲鸿、蒋碧微夫妇在伦敦两人合用一份留学公费，手头拮据，他施以援手。二七年回国，有张道藩及另一同学要同行，他将自己的头等舱票，换了三张三等舱票。回国后，唐槐秋等朋友一到沪上，必在他家落脚，食宿全包。左翼作家胡也频被国民党秘密枪杀，丁玲处于绝境，徐志摩帮她把一部分书稿介绍给中华书局，杯水车薪。于是邵洵美交千元给沈从文，沈才得以陪送丁玲回到湖南。一九三三年萧伯纳访问上海，在宋庆龄寓所设宴招待，萧不吃荤，就是他在功德林要的一桌素菜。席上有宋庆龄、蔡元培、鲁迅、杨杏佛、林语堂和邵洵美，是邵洵美买单。这是邵洵美第一次见鲁迅。正遇下雨，很冷，邵洵美见鲁迅站在屋檐下，像在等车，脸冻得发青。便立即邀请鲁迅上他的车，一直把鲁迅送回寓所。

然而，老朋友刘纪文一九二七年四月出任南京特别市市长，邀请他去当秘书。只干了三个月，他就弃官而归，"你以为我是什么人？是个浪子？是个财迷？是个书生？是个想做官的？或是不怕死的英雄？你错了，你全错了；我是个天生的诗人。"为诗人者，是否一定是惊世骇俗之人？怕不一定。但他写的诗，在当时，有的还确实有些"惊世骇俗"。如《蛇》——

在宫殿的阶下，在庙宇的瓦上，
你垂下你最柔软的一段……
好像是女人半松的裤带
在等待着男性的颤抖的勇敢。

我不懂你血红的叉分的舌尖
要刺痛我哪一边的嘴唇？
他们都准备着了，准备着
在同一时辰里双倍的欢欣！

我忘不了你那捉不住的油滑
磨光了多少重迭的竹节；
我知道了舒服里有伤痛，

我更知道了冰冷里还有火炽。

啊，但愿你再把你剩下的一段
来箍我箍不紧的身体，
当钟声偷进云房的纱帐，
温暖爬满了冷宫稀薄的绣被！

对他的诗，众说纷纭，有人读了《Z 的笑》，以"啊你蛇腰上的曲线已露着爱我的爱了"，便向邵洵美发难："'曲线'怎么就可以'露着爱我的爱'了？"郁达夫说："邵洵美是个很好的诗人"。柴树铎说它"有声，有色，有情，有力"。陈梦家看"洵美的诗是柔美的迷人的春三月的天气，艳丽如一个应该赞美的艳丽的女人。"沈从文认为："以官能的颂歌那样写成他的诗集。赞美生，赞美爱，然而显出唯美派人生的享乐，对于现世夸张的贪恋，对于现世又看到空虚。"因此，邵洵美获了一个"唯美主义诗人"的称号。从这首《蛇》看，说它"以官能的颂歌"，唯美、空虚、实用他人生的享乐于"夸张的贪恋"，大概是不错的。

他出刊物、办书店，娱人悦己，无意谋利，留学时，便有效仿英国的北岩爵士办出版的抱负，出自己的书，为朋友出书。

自一九二八年到一九五〇年的二十二年中，他先成立"金屋书店"，后是"上海时代图书公司"，再是"第一出版社"。为上述朋友以及巴金、老舍、潘光旦、陶亢德、章克标、张若谷、滕固、朱维基等一大批朋友出了书。《生活》杂志与"创造社"、上海"新月书店"的善后事务，他都出过力。但自己计划的《自传丛书》和《新诗库》没有全部实现，深以为憾。

他先后办了《狮吼》《金屋》月刊、《时代画报》《时代漫画》《时代电影》《文学时代》《万象》月刊、《论语》半月刊、《十日谈》旬刊、《人言》周刊、《声色画报》，达十一种之多。还接手办过《新月》《诗刊》。一九三四至一九三五年期间，他同时出版的刊物有七种，每五天便有两种面世。亏损累赔，负债经营。妻子盛佩玉晚年回忆办出版无资本，要在银行透支，透支要付息。将她的一些钱也支了出去。首饰陆续投入当铺，总是一去不归。有人笑他做生意像作诗，目的在抒情，不在乎家产的流失。卞之琳为此说"赔完巨万家产"，"衣带渐宽终不悔"。

　　时代巨变，他也从"唯美"到"现代"，到直面现实。伴随"一·二八"事件，他及时创办《时事日报》，唤起全民抗日热情。一九三八年至一九四〇年期间，他与之前结识，为她取了中国名字项美丽的美国女作家艾米丽·哈恩（Emily Hahn），于一九三八年九月一日创刊了《自由谭》月刊，即 Candid comment Chinese Edition，署名项美丽为编辑人、发行人，具体工作全由他完成。他以各种化名为《自由谭》写了许多犀利的短论，揭批日寇的暴行和汉奸的无耻，高声呐喊"抵抗是唯一的出路……和平是出卖国家与民族……凭了汪精卫在'艳电'前后的种种言论与举动，可以相信他也一定做得出卖国卖民的勾当"。在复刊的《时代》上发表《容忍是罪恶》，呼吁"要抵抗，要革命。有革命才有进步。"他支持出版的《老舍幽默诗文集》中就有《救国难歌》《长期抵抗》等作品。他的五弟邵式军任伪苏淞皖统税局局长，当了汉奸，派人送来五千大洋，拉拢他附敌，他严词拒绝，还以《几个卖掉灵魂的律师》予以揭露。一九四四年上海宪兵队长冈村适三通过投日的熊剑东多次游说他，企图利用他与重庆政府的老友联系，谋求"中日议和"。他依然故我，坚守民族气节和做人的尊严。

　　以《大公报》记者身份活动的中共地下党员杨刚，当时隐蔽在上海霞飞路项美丽家中。他带来毛泽东在延安发表的《论持久战》，邵洵美立即将项美丽译成英文的译文，放在《直言评论》（《自由谭》英文版）连载，并加按语推荐："近十年来，在中国的出版物中，没有别的书比这一本更能吸引大众"。称它是一部"人人能了解，人人能欣赏，万人传颂，中外称赞"的作品。同时出版单行本。一九三九年一月二十日，毛泽东专门为英文版写了名为《抗战与外援的关系》的序："上海的朋友在将我的《论持久战》译成英文本，我听了当然是高兴的，因为伟大的中国抗战，不但是中国的事，东方的事，也是世界的事……"邵洵美亲自译成英文（以前误传为杨刚译）列在书前。英文版印了五百本，一部分由杨刚通过中共地下渠道发行；另一部分由邵洵美夜间开车，与王永禄一道冒险将书塞到霞飞路、虹桥路一带老外寓所的信箱。项美丽的德国朋友，时为德国驻沪实习领事的Peter Wolf 也参与过这一冒险的投送。《自由谭》后来也因上面的抗日言论，被迫停刊。

抗战胜利后，他曾出任《见闻》时事周报总编。复办《论语》半月刊，尽管经济拮据，仍咬牙负债经营。一九四九年春，国民党败局已定，达官贵人纷纷出逃。《论语》发表了《逃亦有道》讥讽当局。文章刊出，受到警告。到第一七七期，《论语》终未逃脱勒令停刊之厄运。

其时，胡适来访，并为他定了两张赴台机票。邵以不忍离开家人与工厂为由婉谢。叶公超得悉，说服海军用军舰带邵家的人与机器一道迁台。他也谢绝。他自信自己的为人，鬼子来，他没逃，自己中国人来了，逃什么？

一九四九年五月二十四日，上海解放。时为市委宣传部长的夏衍，为他曾出版《论持久战》英译版登门拜访。他印书有自己的印刷厂，还有全国只此一台的，德国进口的彩印机。刚解放时，北京要成立新华印刷厂，因出版《人民画报》缺少先进设备，夏衍希望他"割爱"。尽管他很舍不得，最后还是同意了。不久，夏衍和周扬问邵有何打算，他想到复旦大学教书。政府代为联系，学校表示欢迎，但根据邵的学历，在复旦只能任二级教授。邵觉得自己在高校的朋友都是一级，他抹不下面子，不愿屈就，闭门写作、好在让出的那台彩印机得了一大笔款，又激起他扩办书店的热情。一九五〇年元旦，全家移居北京，想在京设"时代书局"分店。不久，《人民日报》批判时代书局的出版物中有这样那样的错误，上海新华书店随之大量退货。资金严重亏损，无法运营。

好在他兴趣广泛，百无聊赖，喜篆刻，忙集邮。收藏不少十分珍贵的邮品。但是，一场无妄之灾，他再也无法活在他的梦里。历史上江湖式广交的人际关系之复杂、黑色，可谓"反动"的人物，他不仅说不清对方的事，连自己与对方的干系也不知怎么"交代"。当年和这些人的过从，江湖的豪爽、义气，叫他也不明白对方和自己。不过，当时视为"现行"的，是一九五八年，他经济窘迫，在香港的小弟邵云骧又患重病，无钱求医，他便用英文笔名 Pen Heaven 写了一封信，托叶灵凤在香港发给项美丽……请她签张支票转账到香港给弟弟救命。信被有关方面截获，有人暗示他该向组织交待历史。为赶译《一个理想的丈夫》，再加上过去的事太复杂，牵涉朋友太多，他觉得须认真、好好梳理，等译完书再向组织说明。孰料，两天之后被捕，罪名是"历史反革命"。蹲了大狱。二十世纪六十年代初，上海市委宣传部长石西民与译文出版社的周熙良进京开会，时为中宣部副部长的周扬问起邵洵美的近况。那时党正在调整落实知识分子政策，周扬说："如果没有什么问题，也不必了。"一九六二年四月释放。可是，入狱后，他患上了肺源性心脏病，原有的家已四分五散，他只有在已离婚的大儿子家，与妻子盛佩玉分住沪、宁两地，由儿子、女儿分别赡养。家人问他狱中情况，他只字不提，只说"我是无罪释放的。"有关方面安排他为出版社译书，以稿费维持生计。可是"文革"一来，又成了问题。诚如施蛰存所说："洵美是个好人，富而不骄，贫而不丐，即使后来，也没有没落的样子。"贫病交加，仍常念自己的诗句："诗还不能就这样地结束"，身陷牢狱，也不愿邋邋遢遢，无发油，每天用刨花油将头发梳得整整齐齐……他自嘲，"相称便是美"，"或者是个痴子，或者是在做诗"。他年轻时写诗成集的《天堂与五月》后重编为《花一般的罪恶》（上海金屋书店，一九二七）与《诗二十五首》。译有拜伦的《青铜时代》、雪莱的《麦布女王》《解放了的普罗米修斯》、凯斯凯尔夫人的《玛丽巴顿》等，一直在重印。一九八八年，上海书店据上海时代图书公司一九三五年四月版的《诗二十五首》影印再版。

对于这样一位诗人，一般情况，其简历，用这三分之一的篇幅已足矣，然而，他的诗很难，也不宜按字解读，为此，反而希望以对他自身的了解来读他的诗。他出身前清豪门，不能说身上无此烙印，却不是一个遗孽；他喝洋水，在洋绅士中长大，却无洋奴的奴颜；撒尽千金为"人情"，在各种不同，甚至是意识对立者中间飘逸，是现实常常难以超脱的超然；不论环境怎么变幻，"富不骄，贫不丐"，思想永远自由；既可傲于入侵的鬼子，不屈淫威，不被利诱，可谓铮铮一铁汉，其勇敢冒险，如向"老外"送《论持久战》，似乎又是浪漫的传奇。然而，为情所致，匍匐在"裙腰下"陶醉感官刺激，自由纵情，升华自由，无翅能飞，无栅可囚；风度翩翩，风流倜傥，像他所说的夫人那样"似仙似神"。贫病交加，仍活在"诗还不能就这样地结束"的诗句里，人在阶下，也怕仪表失尊，穿戴整齐，每天用刨花油梳理头发……这样一位诗人，不管别的，对此不妨将他当首诗读，也以此读他的诗。

一位诗人，一生仅留二十五首诗，不能说多，但诗所以是诗，并不以量取胜，千古绝唱，一句胜过一筐。然而，他这些诗，若不恰当地被过高估计，他自己也不会同意。

称他"新月派"，作为志趣相投的一伙，是不错。但他加盟《新月》月刊，时为停刊前夕，徐志摩死后。"新月书店"迁沪，亏空太多，要招新股，他是拍拍胸脯，关了自己的金屋书店一人独资撑"新月"的。他诗集中的有些诗，在"新月社"一九二三年底挂牌前，早已写出。那时他连胡适的《尝试集》都不晓得，从诗的渊源看，说他是"新月派"，有些牵强。

称他"唯美诗人""社会主义"，无论怎么看待"唯美"，在此都与他无关。他不像爱尔兰的王尔德（Oscar Wilde, 1854—1900）是国际上此一流派的旗帜。而且他与王尔德是很不一样的"唯美"，有中国特色，且是中国近百年的新诗运动中的独一个。他的诗集题名《花一般的罪恶》，似乎不是热衷王尔德，是心仪波特莱尔。波氏诗集也是题为 Les Fleurs du mal，前人译为《恶之华》，今人照旧，只是将"华"字现代为"花"字。原文直译，确切的，是《不吉祥的花》。比利时法语诗人维尔哈伦（E. Verhaeren, 1855—1916）称它为"发光的毒品"，是病态的"行巫弄魔"，"变态的，以凶残为快"。此处的"凶残"二字，恐怕只能理解为冷漠无情。邵洵美还不是这样，他的不是"毒品"，也不"变态""病态"，也不可能那么"发光"于历史的长河。他那《花一般的罪恶》，显露了诗人的心理矛盾。那不符合其时"道德"眼光的"性"之《罪恶》，他对它又是无限的自恋，才谓之《花》。他在"花"上所下的功夫确实"唯美"。如《风吹来的声音》——

我不相信，我不相信，这风吹来的声音，
第一我现在仍是和以前同样地年轻。
你不看见吗，与樱桃一般颜色的嘴唇，
仍将我这两行白玉的牙齿包得紧紧？

在这红红的卧堂里，啊，还睡着个美人，
血霞色的屧儿，血霞色的上身与下身；
朋友啊，尽你有几千个柳下惠的忍耐，
怕难逃，怕难逃，这小小舌尖儿的勾引。

不讲我端正的鼻子，或是能言的眉心，
也用不到将闪婴的星星比我的眼睛；
也用不到将这一颗颗酒涡去比陷阱，
也用不到将我的头发去比乌云、黄金；

也用不到说我的手像春笋，脚像红菱；
也用不到说我的胸脯像小鹿般欢欣；
也用不到说我的活泼能使你们尽情；
且静一静心，看我整个儿的似仙似神。

一百个灵魂，一百个灵魂要为我沉沦；
一百对羽翼，一百对羽翼要为我折尽。
火炽的心窝，你便烧死，你也得来投奔；
不必布什么迷阵，怕你不走这条路程。

啊，谁说人间真会有第二个怪物妖精，

敢叫我手掌中的、裙腰下的，囚奴占侵？

去，去，休将你的口蜜造出甜香的宫廷，

我不相信，我不相信，这风吹来的声音。

对他审美的情趣，不论是否认同，他确实把自己老婆"美"得"似仙似神"。形式是颇严谨的格律。过去标点符号不占格，它是很整齐的方块。是诗的形式美者一大追求。朱自清将"新月"划为"格律诗派"，邵洵美在此诗美形式的呈现，又是颇"新月"的。

他那既是"花"又是"罪恶"的诗，是《新青年》一九一八年刊出"白话诗"所开始的"五四"新诗运动后不几年写出的，其时，他可以不晓得《尝试集》，但"打倒孔家店"，反对旧礼教，尤其具体的反包办婚姻，提倡自由恋爱之风，是知识青年最关切的，影响最深的。邵洵美不可能无视无动。但他无有挣脱"包办"之苦，是写他早已"自由"之乐，并涉及到"性"。陈梦家讲它"艳丽"，取其"艳"字，则谓"艳诗"，有贬义，是对男女之事笔墨失度的嗤之以鼻。

从当年之议，到今日的写"下半身"，仅从字面解读，是写了"性"。当社会需要，小学生都得修有关课程，诗界若谈性色变，无疑病态。马克思（K. Marx，1818—1883）、恩格斯（F. Engels，1820—1895）《论费尔巴哈》说，"人类历史的第一个前提无疑是有生命的个人的存在"，而且"每日都在重新生产自己生命的人们开始生产另外一些人，即增殖"。它是人的生存原生形态，若无勇气面对，能是真正的、彻底的唯物论者么？今日肯定孔老夫子思想家、教育家之尊，并非否定"五四"反对他封建的纲常之理和孔孟之道。若以伪道批判写"下半身"，那倒是今日的反动了。恩格斯在《家庭、私有制和国家的起源》中"以性爱为基础的婚姻"之解读，是"现代的性爱，同单纯的性欲，同古代的爱是根本不同的……它是以所爱者的互爱为前提的。"否则，"权衡利害的婚姻……往往变为最粗鄙的卖淫"，从目前所见，写"下半身"的，多为公的，不见母的，是"最粗鄙的"嫖娼，无异高级脊椎动物多妻制或成对配偶，"都只许有一个成年的雄者"一样，都为现代文明、伦理道德所不齿。

"性爱"，是性与爱相融，"性欲"只为动物本能兽性的发泄、欲的满足。从社会学、伦理道德讲，另有文章。仅从诗讲，粗鄙的兽行，欲的粗暴和满足所自喜自狂其过程之乐的张扬，连同被它所用的文字皆已龌龊。相比之下，如上述之《蛇》，这里的《牡丹》——

> 牡丹也是会死的
> 但是她那童贞般的红，
> 淫妇般的摇动，
> 尽够你我白日里去发疯，
> 黑夜里去做梦。
>
> 少的是香气，
> 虽然她亦会在诗句加进些甜味，
> 在眼泪里和入些诈欺，
> 但是我总忘不了那潮润的肉，
> 那透红的皮，
> 那紧挤出来的醉意。

此处以情爱所写的性，是这一"性"中有"爱"，才有诗的抒情。前面有言，"他的诗很难，也不宜按字解读"。然而，"牡丹"从它"童贞般的红"到"透红的皮"，全是性的隐喻。似那"在宫殿的阶下，在庙宇的瓦上"所"垂下你最柔软的一段"的"蛇"之象征，不论它写得怎样，水平怎样，总是和那种血淋淋地写"下半身""床上功夫"的大不相同。它所象征的，现代所说的"做爱"，这个"做爱"二字，可能是从外文转译过来的一个词，从一部电影的字幕看，它为 make love，将两性的交合分解为爱（love）的操作（work）过程，这倒有对它解读的智慧。上述的《蛇》《牡丹》等，诗人予以诗美的象征，应是"性"的 work 于 love，不是表现"欲"的粗鄙可比。

这里讲邵洵美，如上所述，是他为新诗迄今于此的唯一，所以将这些八十多年前的分行文字出土，是时下写的"下半身"败坏了诗，是为诗者不能忘——"诗无邪"。

此时，想起邵洵美，是他有不应忘记之处。即便对他论以历史唯物、辩证唯物，也是阶级观的哲学基础。既然邵洵美是新诗发展中的一种存在，为忠于历史本来面目，《中国新诗库》收有《邵洵美卷》。在此，为同样的原因，对于中国新诗之历史有兴趣的朋友，作了如此的介绍。

（原载二〇一三《香港日报》三四七期）

下篇

一封迟迟发出的信

周良沛同志：

　　我是你的诗歌的一个热诚的读者，也是一个诗歌习作者。像学走路的孩子一样，想奔向目标，但总是跌跌歪歪。一开头，我以为诗要形象，我错误地理解为就是堆砌形容词和比喻，后来，读艾青同志的诗，又认为要追求朴素，又把诗写得枯燥无味，我到现在也没有走上正道。我很希望你能就这个问题谈谈你的看法。此信，不知《鸭绿江》能转到否？你能答复否？我的心悬着！

　　致

敬礼

云　海

一九八〇年三月十日

云海同志：

　　《鸭绿江》转来了你的信。我一是不知道要谈点什么，二是搞创作，我感到最好是以作品来说明自己。但，你和编辑部的诚意，又使人感动。去年，有人在福州某些大学生手上见到我过去给其矫同志的一封信，已用油印翻印出来。说是有助于他们对其矫同志作品的研究。这两年，有些朋友的秘藏和落实政策发回的稿子陆续回到手头，当中这类信稿，我也就随来随整理，纪念诗友间的情谊。这封谈《春天》的信，二十多年前，也是当时的艾青在作家协会老挨那些大人物的批，小人物天真地以为，写点这样的能予以支持的涂鸦文字，在重提"百花齐放"时，有个期刊发了稿，因为我们所知道的原因（反右）又抽回了。再次拿出来，既是为了该纪念的纪念，兴许也能间接回答你的问题。很对不起。

　　顺祝

好

　　　　　　　　　　　　　　周良沛
　　　　　　　　　一九八〇年五月十日于广州

附：关于《春天》的信①

　　《春天》出版的时候，我正在一个小镇，由于这本诗集的来到，房里挤着好几位爱诗的朋友，大家在一起谈着您的诗和目前诗坛状况。回忆、激情、朗诵，使那间房子充满诗的音响和气氛，教那些来喝茶的朋友也忘了叫我煮茶，虽然是七月，穿得很少的朋友也忘了外面下着在昆明还带着寒意的雨……

　　今夜，我从那小镇到海边来了。冬天的风和海浪都这么凛冽、凶猛，海水像狼嗥似的吼声，随风一阵阵地抨击窗玻璃，从房屋的震动中，我感到潮水仿佛就在冲刷墙脚似的。我关在自己房里，虽然感到不安，却又感到海的气魄。大海，辽阔汹涌的大海！不知为什么，就在它猛烈的冲击声中，我想起了您的诗，想起了《向太阳》，想起您的诗每次带给我内心的激荡，于是，披起大衣冒着狂风走过一排很长很长的海员宿舍，把您的作品全借了回来。一拿起《春天》，就想到诗集所以题名《春天》，《后记》说："这是一个伟大的时代。可以说是人类解放的曙光期。对于我们祖国来说，是一个辞别了严冬的，刚刚进入初春的时期"之歌唱。想道：

　　　　雪落在中国的土地上
　　　　寒冷在封锁中国呀……

　　从它，我看到作者和读者都不再生存在寒冷封锁着的国土，更不

---

　　①　此标题为编者所加。

需要含着泪去爱她。诗人可以为她放声歌唱，唱着欢乐的颂歌。

生活是诗的泉源，不同的时代，诗人唱出不同的歌。假若说，您从前的诗常常流露出知识分子的忧郁和狂野的激情，那么，现在所表现的情感就更朴素、开朗了。是诗人的感情随着历史前进而升华的诗情。

历史，多情，又无情；有多少风流人物是它的选民，又有多少渣滓被它扬弃得那么干净！诗歌的历史不算短，过去又有多少李白、杜甫？写诗的也不可能个个成普希金，就是这些诗歌伟大的代表，也总产生于千百个伟大的诗群。过去有诗说过："你没有吻过的女人，你能叫她亲爱的？"

壮丽的史诗，源于伟大的时代；伟大的诗篇，又能照亮时代的未来。

有出息的诗人，总是与时代共呼吸，时代灼热的呼吸，正是诗歌的强音。

在您的组诗《南美洲旅行》中，我感受到这种"呼吸"。这组诗，我喜欢。我认为，要把我看到您的另一篇手稿《大西洋》包括进去。现在大家谈到这组诗已发表的篇章，总是很自然地提到《维也纳》《他睡了》《一个黑人姑娘在歌唱》给人印象更深的三首诗。《维也纳》，把几个国家分割、占领比作"一个患了风湿症的少女，面貌清秀而四肢瘫痪。"

　　像一架坏了的钢琴，
　　一半的琴键发不出声音；
　　维也纳，像一盘深红的樱桃，
　　但有半盘是已经腐烂了的。

维也纳的形象和悲哀，是这么深地触动着我的心。这个曾养育了莫扎特的国家，如果她的儿子在世，一定不会费心去设计舞台上豪华的、婚礼的歌剧场面，而要谱下祖国的悲哀之曲。是的，《魔笛》《费加罗的婚礼》都应该谱成歌剧，而且它也胜利地跨过历史和舞台，但对一个有良心的艺术家来说，祖国分裂和被害的痛苦，一定比"爱情这奇妙的感情，我也弄不清，心里充满热情，有痛苦，又有欢欣"这样的诗句，更能激发他的创作激情。正像您所说的，他铜像前面的喷泉喷出的已不是水花，"而是奥地利人民的眼泪"。那个为人所熟悉的作曲家坐在圈椅上沉思的铜像，也被您所描写的雨以及"街上灰白色的水光"带进那难捱的、"阴冷的时间里"。它内在的波动，使我无法平静。

另外那两首诗，我都背得出来了。《他睡了》：

> 兄弟啊，快醒来，
> 你睡得多么沉。
> 你的确也太累了，
> 天气又是这么热。
>
> 但你也该醒了，
> 时间已经不早，
> 天快亮了，
> 太阳要升起了。

想到这首诗，我就想到那次与你同往南美的萧三同志，他给我讲，那天，你们是在智利最后一天的旅程，因为飞过大洋要段很长的时间，半夜就到达喀尔的机场。非洲的七月那么热，黎明前的机场还那么冷清，一个兜售蛇皮钱夹、皮包、皮带的手工艺工人，失望地不见旅客来买他用热带蛇皮作的工艺品，疲倦了的等待，使他就在候机室的过道上最冷落的一角睡着了。昏暗的灯光照着这位年轻的黑人黝黑而健壮的肌肤。路过非洲，想买点纪念品，机场的商店却尽是些美国货，失去非洲的乡土气息。于是，你们走近这位黑人，为了一片面包，他已经熬了一夜，睡得很熟。你们不忍心叫醒他，可那极精致的、黄的、绿的蛇皮所散发着热带森林气息的工艺品，又诱使萧三同志试探性地喊他一声，一个法国人见你们为难的样子，微笑地说："他睡了！"接着，你也就很快地写出了这首诗，它发表后，有天谈到它，萧三掏出那个漂亮的皮夹，说："艾青写的就是这个黑人！"脸上可掬的笑容，是他沉浸在动人而亲切的回忆里。他的情绪感染了我，让我更好地理解了这首诗。

它让我感受到的，远远超过这个故事本身的意义。诗前《题记》是："在候机室的过道上，靠着墙边，一个年轻的黑人在睡觉，一个法国人走过，看了他一眼，说了一句：'他睡着了。'脸上露出微笑。"你把那个法国人说的"他睡了"作标题，使我总看见人们对这黑人的微笑和亲切表情，想到那个法国人说这句话的神态。您轻轻地、柔声地、像兄弟一样地看见他"睡得多么沉"，却又在唤他醒来，您设身处地地感到天这么热，又"的确太累了"（是为了面包啊），虽然您没有这么写，又可以看出您想让他再睡一会啊。在残酷的种族歧视的社会，这种深切关注的心情，表达了一个中国人，一个我们的诗人把这种感情献给他，写来又多亲切，多可贵，是何种意义啊。假若您在这首诗的第一句就唤他"兄弟"还不能被人理解的话，那么在我读完了四句之后，就知道这"兄弟"二字的分量了。

有些过分敏感地"分析"这首诗的"主题"，认为它唤黑人醒来是一种象征，是要他们站起来！"要他从无权、痛苦、受凌辱的地狱中像巨人似地站起来！要他在这争取自由与解放的烈火般的年代里，捐断锁链站起来的"的象征。我不知道您的意图是否如此，有一次我甚至还想当面问问您。不管怎样，我想：判断一个作品，论据不是立脚于作品的形象本身，无限地推测、臆想。不管出于锦上添花的"善心"，还是给人抹灰的歹意，一样的大可不必。诗歌也像音乐，有时也是"此时无声胜有声"，有些只能意会难以言传的，正是作品深刻之所在，不能只从外表，更要找到内在的思想艺术之内核。

一首《他睡了》，朴素无华，平易又深刻，像晶莹的水晶石体，一切袒露在外，一切又丰盈、坚实地包含内中。写得一清二楚，又留有余味让人咀嚼。

对于朴素、平易的美，并非我们每个年轻人所能懂得。有些东西所显示的"技巧"，无非是些华词丽句，到后来用一两句富有"思想"的"警句"（这已算不错了）点题就完了。不是刻意追求生活和形象的真实。笔下只有些"天空明朗""花儿开放""旗帜飘扬"以及"伟大呀""歌唱呀"这一类空洞的颂词,这些东西到后来"诗人"自己都玩厌了,却还用它来维持自己诗人的桂冠。而我,也曾在创作上追求朴素、平易,往往是粗朴、简陋;透过平易焕发的艺术魅力,确实需要很大的功力。

朴素,是真正的美。它是深刻平易的外表,是美的魅力浅露的微笑。它与浅薄而哗众取宠的伎俩相对,非雕虫小技之辈所能及的。

这种美,您过去的作品虽然也有,今天更有它另样的新鲜。《一个黑人姑娘在歌唱》,是为了她白色的小主子,虽然心里很痛苦(一切痛苦,都因为她是个黑人姑娘),为了服侍小主人催眠(他凭什么要她服侍?)却要唱欢乐的歌。这,这是多么不平的事啊!这个现象本身就是一种控诉的力量。您反复地运用对比,深刻动人地反衬了种族歧视的罪恶:

> 一个是那样黑,
> 黑得像紫檀木;
> 一个是这样白,
> 白得像棉絮。
>
> 一个多么舒服,
> 却在不住地哭;
> 一个多么可怜,
> 却要唱欢乐的歌。

种族问题是阶级问题。通过这种对比,就更鲜明、尖锐。

有人说,您是位共产党员,却用怜悯的态度来写这种生活。这是不太公平的。过去,您写了《巴黎》,写了《马赛》,可是您只咒怨马赛的饕餮,说巴黎像"患了歇斯底里的美丽的妓女",那些诗虽然也有它的光彩,与《南美洲旅行》还是不同的。像《黑人姑娘在歌唱》,若诗人不是以饱满的政治热情在控诉,又怎能尖锐地揭露出来?

是的，诗歌的历史上，也曾有过这样的史实：法国一八三九年五月十二日的起义失败后，巴尔培受审并被判死刑，维克多·雨果写下了他的《光明与黑暗》（*Les Rayons et jes ombnes*）中的第三首：

给路易——菲立浦国王

于一八三九年七月十二日死刑决定后

为了你那像鸽子般飞翔的天使，
为了这龙种婴儿，温柔而脆弱的芦苇！
再开一次恩吧，以坟墓底名恩赦，
以摇篮底名恩赦！

七月十二日午夜

这时的雨果，才是他自己在《光明与黑暗》的序言中说的："在对人民的溺爱中，没有丝毫对君主的憎恨！"

您的诗，要说和雨果请求恩赦的诗一样，那它不可调和的对比从何而来？听朱丹同志说，这首诗经杜鸣心（1928—）谱曲在音乐会上演唱，有人听得流泪是有道理的。假若有人见这首诗没有充满惊叹号和打倒殖民主义的口号而说它是怜悯的歌，那就由他说去；我倒觉得，这首诗要是照他那么写，倒是诗人的悲剧。

由这批评，我也想到您另一首没有收入《春天》中的长诗《黑鳗》。听说是有人见您从海边回来写的是《黑鳗》没有写海防战士，则质问：这是为什么？它同样教人想问，你问的是什么？不懂创作甘苦的人是不会懂得作家在该（假若说这个"应该"是合理的）写什么的时候，还有愿写什么和能写什么的问题，即便后者与前者的距离该归"罪"于作者，那在这种距离无法一时消除之际，怕只有停笔。其实《黑鳗》这种民间故事并没有什么不好。即使有什么问题，也不该借它来做文章。中外都有终生献身于民间文学采写的作家，在那种批评家的眼下，这种人大概是不容存身的。干涉作家选择题材的自由是粗暴的，有个时候还蛮流行，真要不得。

　　我这么说，并不认为这些诗已完美无缺。不，有些篇章，读者完全有权提出更严格的要求，希望您的全部作品保持高水平的平衡。

　　这点，我和许多同志的意见是一致的：您的诗，量没从前多，有的比从前写得好（尤其是那些至今未发表的手稿），但也有些败笔。

　　像这样的诗：

　　　　是的，和平不是我们的假期，
　　　　我们从斗争取得胜利，
　　　　为胜利要继续斗争。
　　　　我们知道：隔着海洋，
　　　　满怀失败的仇恨，
　　　　敌人在窥伺我们——
　　　　他们以阴沉的注意，
　　　　等待我们疏于戒备的时辰。
　　　　我们要永远永远警惕，
　　　　永远准备着——粉碎敌人任何挑衅。
　　　　　　　　　　　——《我想念我的祖国》

　　　　贩卖战争的商人，
　　　　名字叫做艾奇逊，
　　　　离开美国到欧洲，
　　　　进行可耻的阴谋。
　　　　　　　　　　　——《可耻的旅行》

　　　　杨家有个杨大妈，
　　　　她的年纪五十八，
　　　　身材长得很高大，
　　　　浓眉长眼阔嘴巴
　　　　……
　　　　　　　　　　　——长诗《藏枪记》

您说过：一首诗没有新鲜，没有色调，没有光彩，没有形象——艺术的生命在哪里？

可是，问题又在哪里呢？

像您这样的诗人，也免不了凑些应景之作，流于空泛的议论。

马雅可夫斯基和当代的聂鲁达都是爱发议论的，就是你的《大西洋》，当中许多议论也动人、精彩。

有人说，没有形象就没有诗，一般地说，这是对的，但也有不完全的一面。裴多菲的"生命诚可贵，爱情价更高，若为自由故，两者皆可抛"的名句，它具体的形象又在哪里呢？这种曾经鼓舞过多少人战斗的诗句，就是对诗史无知的人也不会否论它是诗。

诗歌，它的车子应该是形象和思想的两个轮子互动着前进。

诗歌，可以和允许发议论，但诗首先应该是诗。它是闪光的思想，但不是理论；它是议论，但不是空论。有些应景作品的发表，它们的创作实践，仿佛就是对后者的提倡。

《藏枪记》中杨大妈的肖像，不讨人喜欢。它的语言，使我对比地想到《一个黑人姑娘在歌唱》：

　　在那楼梯的边上，

　　有一位黑人姑娘，

　　她长得十分美丽，

　　一边走一边歌唱。

语言朴素、自然、纯净得真像从语言的酵母里提炼出来的酒精。它和《藏枪记》的语言一样上口，排列上也保持同样的整齐。前者却陷入一般说唱词模式的泥坑。

书的《后记》，讲到"想试验以民歌的风格"来创作。你的"试验"，正是误服某种理论给新诗开的药方的后果。什么是"民歌风格"的新诗？我说不出那套诗论家的理论来。作为一个读者，我感到《一个黑人姑娘在歌唱》，它在语言和叙事的方式上，都具我们民族气派。过去那些说唱词的程式化语言，倒有些油滑气。更不能以它作为检验诗是否具有民歌风格之标尺。混乱的理论，带来创作上的混乱，使你这样老练的作家，也无法免受其害。这该怪谁呢？

艺术上，任何时候都只能"百花齐放"。任何风格、流派的提倡，不论它的理论具有多大的权威性，它的威力，只能在实践其理论的作品于百花中所具有争妍的魅力，决不是赋予它一花独放的权利。一花独放，只是万花凋零的悲剧。一个诗人，叫他"放"出花来，他是茉莉，只能开茉莉；他是夜来香，只能开夜来香，让所有的花树开一种花，就什么花也没有。《春天》中收了一首《有朋友从远方来临》：

> 一早上我就歌唱，
> 像树上的鸟儿一样，
> 这支歌多么柔美，
> 流露了无比的欢畅……
>
> 为什么我这样高兴？
> 唱来唱去一刻不停？
> 不是为了别的事情，
> 有朋友从远方来临……

一读到它，我就记得您写过这样的诗句：

> 悠长的黑夜，
> 把我抛弃在失眠的卧榻上时，
> 我只会可怜地凝视着东方，
> 用手按住温暖的胸膛里急迫的心跳，
> 等待着你——
> 我永远以艰苦的耐心
> 希望在铁黑的天与地之间，
> 会裂出一丝白线——
> ——《黎明》

　　沉默而严肃地期待着一个命令，

　　像临盆的产妇

　　痛楚地期待着一个婴儿的诞生

　　　　　　　　　　——《吹号者》

前后所写的两种等待，不尽相同，放在一起一比，则显出前后明显的差距。

　　很多读者，常常用这种对比来讨论您的创作。有人怀疑这是否是才华和技巧问题，是否是受了一些流行的、坏的理论的影响所致，不然，过去已形成的风格、个性，怎么都在近作中消失了？已达到的成绩却没有巩固下来？

　　只要再翻一遍您的诗，就不会怀疑您的才华和理智。我，从中感到真正的问题是诗人的艺术在思想的束缚中不能展开。

　　教条，出卖风格、个性以及创作的严肃性；是审美水平的降滑器。

　　生活深处才有珍珠，生活的海面，只有浪花的泡沫。

　　记得《文艺报》有过一个座谈会记录：您说自己看见工商业改造的时候，走到街上只见锣鼓喧天，还看到一些商人，除此以外就再也看不出什么名堂来，过几天就听说北京市已经进入社会主义了……我看过你从上海外滩的建筑，那么形象、冷峻地透视出帝国主义在我国统治罪恶的手稿《外滩》，也看了您以哈同的发家史写出帝国主义对我国侵略、掠夺，长达万行的长诗手稿。它不仅为我提供了少有的艺术享受，对我们年轻人，也是帮助我们认识帝国主义侵略的活的教科书。可是，那些指责你笔下在写资本家，就是不愿为工农兵服务的歪理横行的气氛下，那么好的诗，不仅不能出版，就是私下给人看看，您也不愿了。您难以振作。我把这些事和那个发言记录拉在一起来讲，是有人能以那个发言做出许多文章来，却不知您自己也为这些事磨钝了对生活新鲜的触觉而苦闷，您不满自己，不满自己的创作现状，不满造成这种现状的现状。

这些情绪，怎么阻隔了诗神与您的拥抱啊！

我相信您能振作；相信那些使您不能振作的因素终归会消散。您在"作协"理事扩大会上，说过去是值不得留恋的；但很长的一个时期，我们都曾以您的创作视为诗坛的骄傲；它不该成为包袱，却值得珍惜，难道它不能作为今日一个好的起点吗？

我相信，您不会使读者失望的。

我，就是一个对您满怀希望的读者。为此，我拉拉杂杂写了这些，自己也不知道写了些什么。横竖现在天开始亮了，渔船成队地出海了，海上的日出是非常迷人的。我不知道这个红日是否还会激起您从前《向太阳》一样的热情？现在，不管太阳向你滚去，还是你向太阳奔来，尽管你把太阳写得那么多，那么好，只要再看到她，你一定会发觉太阳里还有没写完的诗……

我们跨进一个新的时代了，新的时代要有新的歌，我相信定会听到您对她的歌唱。

　　　　　　　　　　　　　　　　　　良沛敬上
　　　　　　　　　　　　　　一九五六年十一月六日—七日
　　　　　　　　　　　　　　　　黎明于塘沽新港

（选自《灵感的流云》人民文学出版社一九八三年版）

含蓄与晦涩

读完了你寄来的诗，又无奈地合上了它。

我到过你的家乡，美丽的藏族草原。绿草中如花盛开的帐篷前，滚动珍珠似的羊群中，那嘹亮、动人的歌声，令人倾倒。它真像珍珠一样明明亮亮，像流水一样悠悠清清，以它思想的深度、形象的鲜明、想象的丰富，叫人一读难忘。然而，当中有些歌，若无音乐的力量，仅译出词，真像喇嘛诵的经文，除了"佛"懂，人是不能懂的。宗教的鸦片污染了它。

记得，我看到你第一首诗时，激动不已，原稿在掌中都被手汗捏湿；然而，今日放下你这些近作，又无法摆脱忧心。

你过去的诗，像前一类民歌，现在的诗，也中了同样的毒，晦涩难懂。

创作不是一条平坦的路，会遇坎坷；我也知道，你能克服这些缺点，走上宽阔的大道；可是这些问题，我又不能不多加思索。

听人说，你的诗愈来愈难懂，我有些不信，可是对着这次寄来的诗稿，我又不能不承认这个事实。

想到晦涩，记起第一次学习摄影，因为焦距不准，使眉毛与鼻子几乎都难以分辨。一个人在相纸上想认出自己的形象都很困难。

列夫·托尔斯泰（Лев Николаевич Толстой，1828—1910）在《复活》里借一个贵妇人索菲娅·华西列芙娜说："没有神秘主义，就不会有诗了；没有诗，神秘主义就成了迷信；没有神秘主义，诗就成了散文。"托翁，通过对她怕见阳光，在半明半昧的光影里忸怩作态的描写，说出的这段话，是绘声绘色地写出这个精神空虚的没落阶级所对诗的创作要求。晦涩（当然她不仅是要求这一点），不管是受何种影响，自觉或不自觉地都是服务于她的美学趣味的。

艾青说："晦涩由于感觉的半睡眠状态产生的"。巴勃罗说，是

"特殊阶层的表现形式，一种由于企图超人一等的欲望"所产生。

"现代主义"者因为要表现那种"特殊的意念"，也常常"特殊"到令人不懂的地步——晦涩。

晦涩和明白是对立的。

引起诗人创作冲动的，总是一种想把自己的感受、思想表达出来，告诉大家的欲望，可是，读到这些如读天书的诗，不是诗人的悲剧么？

尽管诗人可能也想告诉人们一些有益的东西，而诗，毕竟不是药和医生，人们虽然知道药苦或开刀的痛，为了有益健康是无法不去忍受，诗，怎能叫人先忍受其痛才受益呢？

我读到你寄来的这两首诗，说得坦率些，就有些像吃苦药：

　.

　　　云像羊角弯弯，
　　　扣结成长长的彩练。
　　　我的牧鞭一响，
　　　震得彩练飘闪闪。

　　　云像羊角弯弯，
　　　扣结成晶亮的彩练，
　　　我的鞭梢打住它，
　　　叮铃当啷响震天。

　　　金灿灿的云练，
　　　来自太阳出的东边。
　　　是谁铸的呀，
　　　太阳升起的海面？

　　　如果我是个匠女，
　　　就用这金灿灿的云练，
　　　筑一条向东的走廊，

铺在茫茫的空间。

扶着走廊的栏杆，
告别可爱的牛羊和草原；
越过叠叠的峰峦，
走向东海港岸。
……

　　　　——《筑一条向东的走廊》

为和平而凝的夜空多么美妙，
蓄养的星该永远是那么和好，
它们自来都是悠闲而欢愉地高照，
可今夜的光色何以焦躁地照耀？
夭逝的流星往地上送着隐秘的噩耗。

一颗陨石把潜伏兵突地惊动，
它飞落是替天上的众星传送：
地上的星——片片杨树的银叶，
今夜有无情的子弹把你们穿通，
若果无法幸免，还要给血染红。

为和平而生的、如狮群的士兵，
（被人）推崇的将军可亲可敬更可信，
他有更比星儿美丽的眼睛，
在夜战的阵地上越显得光明，
从而可以妙知战斗打响后的喜讯；

千万座准星依据它的光芒在转移，
希望就循着第一颗弹道追击：
在弹着点，在浓密的杨树林里，

在降旗簇举的峰尖岩底，

都漫溢着胜利，胜利在漫溢！

——《夜战》

当我把这样的分行文字和你过去写的那些朴素、动人的诗放在一起时，我很难过。

这两首诗我看了又看，想了又想，仍然一点也没看懂。它像梦呓，像一个醉汉在眼花缭乱时看到一切都在晃动、变形的印象；总之，一切都很混乱。

前一首诗，似乎很整齐、很流畅，联想广阔。而一个人的联想总得和生活给他的印象很自然地衔接，因此，除了作者，它也应该被一般人所能理解。藏族民歌里有首诗写到一个穷困的女孩子看到晚霞便像看到一块发亮的绸缎，因而想剪下一块来缝衣服，联想很动人。用晚霞比作绸缎给人一个很鲜明的印象，想剪下它来做衣裳，更表达了一个穷人想饱暖的欲望。而你，却由云想到羊角，羊角扣结起来像个彩练，沿着它去找情人。这样说来，可能还能让人明白一点，若从上述引下的文本看，真是越看越糊涂。诗之联想、比喻的新颖，出自特定的环境，假若这首诗也是这样的话，那么，作者却没有予人信服的形象，让人同意作者的表达。同时，作为一首情歌，你没有突出一个牧人思念爱人时的高尚情操，却把全诗陷入文字的魔障。

若说《筑一条向东的走廊》看不懂的话，后面的那首《夜战》就更看不懂，充满神秘。

你说的"星"象征什么？为什么它又在"送着隐秘的噩耗"？为什么"千万座准星依据它的光芒在转移"？为什么它又"把潜伏兵突地惊动"？

这颗星，在诗行始终来回出现，成为一种不可捉摸的象征。它甚至会告诉杨树叶子："今夜有无情的子弹把你穿通，若果无法幸免，还要给血染红。"

这颗星，它是好，还是坏的象征呢？说好，为什么又要"千万座准星依据它的光芒在转移，希望就循着第一颗弹道追击"？说坏，你为什么又写道："为和平而凝的夜空多么美妙，蓄养的星该永远那么合（和）好"？

有些晦涩的文字，还可以让人猜揣，而它给人猜揣的余地都没有，连一般晦涩中的那些若隐若现的真情也不见。

这首配上《夜战》的标题，只能联想到那些神怪和剑侠小说中的斗法。尽管当中你也写了"将军"和"如狮群的士兵"，那又能给人什么印象哩？

诗，这样写下去是危险的。

笔下的生活，若连自己也没有一个明确的印象和概念的表述，只是沉湎在"感觉的半睡眠状态"，是无权动笔的——作者自己都不明白，自然不能明白地告诉读者什么。而我们的文学，不管怎么说，读者那怕只为消遣，也不会像《复活》中的贵妇人所需要的那种神秘主义，那些虚幻的印象。

但是，还有人把晦涩当作深刻，认为别人不懂的地方就是诗之微妙和深奥处。这种被巴勃罗称为"企图超人一等的欲望"，正是有闲阶级可怕的阶级偏见和阶级优越感。晦涩是把诗人和广大人民隔开的一堵厚墙，更重要的，晦涩不是一个正常人对生活观察后正常的感觉，因此，它不可能被广大的、感觉正常的人所能理解。

晦涩的诗是孤独的。

晦涩的诗人，当他有那超人一等的欲望时，他就被广大的、"低他一等"的人民所抛弃。阶级偏见使他们不能成为同路人。

长久沉湎于晦涩者，是没有及时得到应有的批评。反而以它看做高格调的"含蓄"。

晦涩和含蓄应该有个分明的界线。

不久前，有个刊物讨论诗的特征时，有人是以含蓄视为诗的主要特征，认为作品的诗意就在于含蓄，已似形象对于文学艺术那样重要。

此说，显然还没有完全明白诗是什么。应该承认，诗是需要含蓄的，也无需过于夸大它的作用；把"含蓄"和"回味"这两个字联想起来，依照习惯，总易想起一些为了几行像谜语似的长短句，用长长的指甲抚着诗卷，终日在书廊前徘徊、思索，摇头晃脑的吟诗者。在还没有懂得它的时候，他却忽然若有所悟地咂着嘴啧啧叫好。于是，他把这时开启心灵的诗之"思索"当作纪念性的时刻，意味深长、回味无穷地陶醉。这种所谓"含蓄"带给人"回味"的感觉，不一定是所有的诗都需要的。

含蓄，不是使诗成为谜语。

含蓄，不是吞吞吐吐，说半句留半句。

含蓄，不是羞羞答答。

含蓄，也不是含沙射影。

必须像猜谜一样才能懂得的诗，是晦涩的诗。

说半句留半句的作者，迫使作者创作的，一定不是内心激情冲激的快乐与痛苦，没有流泻不尽的心语要诉说。在内心干涸或是不很丰富的状况下，只有用耍花招的办法，像魔术师由一个空箱子里变出一个人来，使得读者"感动"于惊奇。让读者从他那未说出来的半句话里看出他的"绝招"、噱头。

一首诗，写到一个青年向少女表白的时候，少女一声不吭。年轻人的话愈说愈炽烈了，而诗的最后一行还是

　　　她一声也不吭。

她不吭，是否微笑了哩？是否摇头或点头了哩？是否心也在激动？当然，不一定要少女回答"我爱你"或说一个"不"字。作为爱情的故事，它必然是男女双方的事，但是她唯一的形象都是"一声也不吭"，已经近乎木偶的画像了。她在全诗中没有任何行动，别人的行为对她又没有任何反应，那她在作品中又有什么存在的必要哩？是的，她要说的话，早被作者当作半句留起来了。可是作者却不知道自己的诗已经很空了，再把一句话中留下半句，不但不含蓄，却更空洞。

一些有着孩子似的纯真的诗是朴素动人的。它不同于那种人为的羞羞答答。它太像老寡妇出嫁故作害羞所盖上的盖头，让看新娘子的

"不识真面目"时愈想等新郎揭开它，才好看个究竟。此中故弄玄虚者，却不知一个三十八岁的女人还装作十八岁的少女一样天真、忸怩时，不仅不美，反而恶心。

有些人，偏偏把它解释为含蓄。因此，当有人像聂鲁达、马雅可夫斯基那样写政论诗时，就往往被这些人骂作"不是诗的诗"。这暴露了他们看法的问题。他们主要的论点，也是指责那些诗已失去诗的主要的东西——含蓄。

含蓄，不是什么神秘的东西；一首诗，它有很丰富的蕴藏，饱满的感觉使你感到里面永远有着汲取不尽的容量，那才是诗的真正的含蓄。

你还记得那些诗吗？

> 为什么我的眼里常含泪水？
> 因为我对这土地爱得深沉……
>
> 　　　　　——艾青《我爱这土地》

> 我还是爱我那寒冷的小国家，
> 即使是祖国的一枝树根。
> 如果我必须死一千次，
> 我也愿意死在那里，
> 如果我必须生一千次，
> 我也愿意生在那儿……
>
> 　　　　　——聂鲁达《伐木者醒来》

艾青的诗，写于一九三八年。那时，我们多灾多难的国土上，人民被压迫、被剥削的血泪悲剧惨不忍睹，看它，只有眼含泪水。

聂鲁达的诗，却表达了这么深的爱。一个虽然是"寒冷的小国家"，若能生千次，他的选择也决不会是别的地方。尽管国家"小"和"寒冷"，然而这是他的祖国！他的儿子不爱她谁爱她？

这么几句话，表达了多少东西啊！这样的诗，即使能背诵它了也不会减少对它的兴趣。每当你另一次记忆它，就会给人一次新的思索和激动。

所以要选这两首诗来说明含蓄，因为它又是明朗的。

有些诗评，老是把那种画出荒凉的图景，却没写出"荒芜"二字；表达满腹幽怨，却不写一个"怨"字的诗定位于含蓄，或者说，没道人老，却说头白；不说人坏，却说狼心，才是含蓄的。作者所引以说明"含蓄"的具体例子我们会同意的。若依此才谓"含蓄"，又无法认同。照此分析：仿佛含蓄就是指东说西。对此如此的评说，也使人陷入晦涩。

杜甫不说长安荒凉无人，而说"城春草木深"（《春望》），形象的"荒凉无人"，不是在说理，这是科学和文艺的基本区别，并非含蓄与非含蓄之分。

若只要是形象的就含蓄，那许多晦涩的诗也并不是没有形象，更不缺乏各种各样的隐喻。

从上述所引的两段诗来看，含蓄也可以明朗。古诗"床前明月光，疑是地上霜，举头望明月，低头思故乡"。不是很明朗，一目了然么？可是游子在外，思乡时那种恍惚、复杂的心情，人们常说的那种"未尽之意"，不都包含在这复杂的精神状态中么？因此，含蓄是诗的内在的深刻性，是内在的丰富的蕴藏。

含蓄可以给人的"回味"，绝非对着"谜语"徒劳地消耗时间，和有闲者因为无聊，利用它打发了时间后的轻松、愉快。它是人们从作品感染后必然产生的思索，是对作品描写的故事、人物的命运，以及所提出的问题之所想。并在思索的过程中渐渐占有它。

这种思索，绝不是对晦涩的猜谜。

这种思考，更不同于有闲者对它的"玩味"，像他们永远自我陶醉地品着一首与自己有着同样感情的诗。有时干脆是因为无聊的缘故，像他们"玩"着既玩腻了又很欣赏的姨太太。

我们说到阅读之后对它的咀嚼，或情绪感染的兴奋、怅然，正是自己心灵从作品感到所获的充实或消化它的过程，不是什么"会意而不可言传"的精灵在作怪。假若人们有"不可言传"的感觉，那是人从作品感性之所获还不能很快地把它系统化成理性予以认识，或是心灵的充实、激情，不知从何说起。那些将含蓄神秘化的，不可理解，是唯心地释诗。

　　不知最近影响你的，是读了什么样的诗和诗评。诗陷入晦涩不是好事。我们国家有多少诗的爱好者，他们有着许多事要做，没有闲情像猜谜一样地来读一首诗，他们希望作者以美好动人的事物和强烈的感情，明确无误地感染他们。我们，应该照着他们的愿望来鼓励自己向前迈步。

　　祝你写出更多明朗的诗来！

　　　　　　　　　　　　　　　　　　　一九五八年春节

　　　　　（选自《灵感的流云》人民文学出版社一九八三年版）

风格问题

　　好久没有读到你的新作。

　　有次和海澄师在一起碰到一位"名"诗人，他突然问我："你记得他的哪首诗？"他问得这么突然，我也一时哑口。我知道，这位诗人诗名很大，是诗随人显，不是人随诗好。老师说："何必勉强给自己糊顶诗人的帽子；做些别的工作，也许还能发挥他的作用，不知道他本人考虑过这个问题没有？"今天，想到这几句话，我就想到你。虽然你没让自己做个"诗人"，总是专心于自己的工作，可是你过去业余写的诗，许多都是叫人读了难忘的。

　　因为有人说你写得太像惠特曼，最近，我找出你的诗和惠特曼的《草叶集》来读。当我将它们放在一起时，我感到他们没有读懂惠特曼，也没有仔细读过你的诗。高尔基（М. ГорьКий，1868—1936）说："有些批评家看书很不细心，不会看，甚至不明白所看的书。当然，这不但只是关于我的书，而是批评家的一般缺点。青年作家受他的害处是不浅的。"高尔基所指的这种批评家，今天还没断子绝孙。批评家对作家，应该像对自己爱人那样的了解，知道她的思想、兴趣、愿望，知道她喜爱的色彩、声音，知道她，比对自己的了解还深一步，才能从作家写下的每个字里，找到它与他之间的精神和生活的联系。

　　假若，从个别现象来看，郭老的《在地球边上放号》不也像惠特曼的诗么？假若你为了加深某一种印象，也常常重复使用一组词，使用同样的句法结构，这种情况，在我们民歌中也是找得到的。今早，我就听见一个饲养员在隔壁唱：

　　　　看看妹嘛，脸似银盆面似霜，

　　看看妹嘛，眼似杏仁柳眉长，

　　看看妹嘛，……

　　只为抬杠，什么样子的例子都是可以找得到的，那是抬扛，有必要么？

　　惠特曼是特别喜爱乔治·桑（George. Sand, 1804—1876）的。从表面上看，乔治·桑那种女作家纤丽、幽婉的调子，与惠特曼大气磅礴、粗犷有力的风格不仅无相同处，反而是巨大的反差。可是，他却认为乔治·桑"是世界非常需要的——为了使世界不陷在罪恶里。"因此，我们又找到他们主要的共同点——民主精神。

　　当然，一个人的文学同情问题是有趣的，一个人对某些作品的喜爱也不是偶然的，有时包括巨大的思想意义。"五四"后，为什么有些人只从泰戈尔的《新月》仅仅继承了一些唯美的东西（其实也是对泰戈尔的误读），有些人又选择了被某些人认为"不是诗的诗"——惠特曼式的调子和形式呢？当时，人们选择他的那种形式、调子，是它和大革命汹涌澎湃的革命浪潮太适应了。那时，革命的诗人想摒弃一切旧的思想、形式对新诗的束缚（尽管有些偏颇、过激），从内容到形式进行诗的革命。由此，把惠特曼当作先行者，喜爱，甚至模仿，也很自然。郭沫若在《革命春秋》中有一段话很能说明这个问题。他说："我的短短的作诗的经过，本有三四段的变化，第一段是泰戈尔式，这段时期在'五四'以前，作的诗崇尚清淡简短，所留下的成绩极少。第二段是惠特曼式，这段时期正在'五四'的高潮中，作的诗崇尚豪放、粗暴，要算是我最可纪念的一段时期。第三段便是歌德式的诗，不知怎的，把第二期的热情失掉了，而成为韵文的游戏者。"郭沫若在此是很充分地说明了惠特曼在当时的积极作用。

　　巴勃罗·聂鲁达也是喜爱惠特曼的。他的《伐木者，醒来！》与惠特曼的《大路之歌》那种对美洲传统的民主精神的歌唱，那种广阔的胸怀，宏大的气魄，海阔天空、遨游四海的诗质是极其相似的。这两首诗都是不朽之作。这两位诗人气质上的相似并没有妨碍当中任何一位成为独特的、有风格的、使作品失去鲜明个性的诗人。

早上，偶然翻到这么两首诗：

现在生命旺盛、充实，肉眼可以看见，
我，国家八十三周年时正好四十岁，
向你们，一个世纪或多少个世纪以后的你们，
尚未出世的你们，我在寻求你们。

你们读到这些诗时，肉眼可见的我变得不可见，
现在是充实的，肉眼可见的你们，在领会我的诗，在寻求我，
在梦想着要是我能和你们在一起，成为你们的同志，那你们会多快乐，
请想象我和你们正在一起吧（不要太肯定我的不在，我现在正和你们在一起）。

上面这首是徐迟同志译的惠特曼的《现在生命正旺盛》。下面这首，是冰心同志译的泰戈尔的《未来世纪》：

饶恕我，未来的一世纪的姑娘，
如果在我的自傲中，
我幻化出你在读我的诗，
月亮同时也用沉默的细雨洒满我的空隙。
我似乎感觉到你的心的跳动，也听到你的低吟，
"如果他今天活着，而且我们遇到了，他会爱我的。"
我知道你对自己说：
"让我只在今夜在我的晾台上为他点上一盏灯吧，
虽然我晓得他永远不会来。"

看了这两首诗，我感到他们多么相同，又多么不同啊！
我感到，一个作家只有体现了时代精神的力量时，才能鲜明地表

现自己；

没有个性的人，在生活中是不存在的，没有个性的诗，在诗坛并不少见；

风格，是事物本身面貌；

风格，又是作家对描写对象的情感色彩，这种色彩，正是作家思想与美学趣味的艺术体现；

风格的独特，正是作家对生活的感受，对艺术理解的独到；

风格的多样，是人们精神世界的丰富多彩所致；

风格的形成，是作家成熟的标志，不是"学"来的。

年轻时的施巴乔夫（Степан Петрович Щипачёв，1898—1979），身边常常带着一本惠特曼的《草叶集》。那时，有许多东西阻碍他倾向现实主义。他在一篇自述中说道：

> 特别是我对惠特曼天真的模仿。在我当时看来，现实生活中的小事情实在太简单了，不值得写入诗章。我企图在诗歌中写出一种"宇宙人"，而不是身旁活生生的人——

> 看！
> 地球
> 是我手指上的一只指环；
> 而太阳，
> 我用它来遮蔽我的头。
> 我生长，我发展，
> 我听见
> 那宇宙的声音：
> "一切忙于你，哦，人啊！"

这种做法，正像诗人自己所说的，是天真的。

诗的风格，是诗人笔下的血肉，不是可以东抓一点、西挪一点的拼盘。匠人、没有志气的作家是不可能有风格的，他们无法把自己的个性带到艺术中来。在我们"百花齐放"的诗园里,牡丹虽好,独有此花,那也跟沙漠独有风沙一样单调。新诗在它的发展过程中,出现过不同的社团,如"创造""湖畔""新月""现代"等诸多诗人不同的诗,当中有的是花,有的是野花闲草。然而,此处我们所指的诗苑,开放的是"百花齐放"的花,也就必然有花所以谓之花的共有的基因,它不仅不会模糊、丧失风格,倒是我们应有的人生态度,若离开这种基础,谈风格,谈形式,就很难找到共同的语言。

这里,我还要说我想到的惠特曼和我想到的艾青吧,因为我和艾青都喜欢惠特曼。艾青和惠特曼并不是生在一个时期,但诗的才华都是被民主思想所唤醒的。艾青也喜欢惠特曼,在新诗中,他运用诗的语言、形式,成就都是较高的。他写的"大堰河"是个土生土长,道道地地的中国农妇,他没有让凡尔哈仑、兰波、惠特曼对他的影响使笔下的人物成为约翰小姐或汤姆士太太。有人说他这个时期的诗调子有些忧郁、不健康,有消极因素。是的,他有些诗确实写得忧郁。像《乞丐》:

> ……伸着永不缩回的手,
> 乌黑的手,
> 要求施舍一个铜子,
> 向任何人
> 甚至那掏不出一个铜子的士兵。

还有《北方》中的那个"孤单的行人","在风沙中困难的呼吸",在那"蒙上一层揭不开的沙雾,那天边疾奔而至的呼啸带来了恐怖,疯狂地扫荡过大地"的北方啊,都写得忧郁啊!假若,他的《我爱这土地》"为什么我眼里常含泪水,因为我对这土地爱得深沉"能解释这些诗共同的思想,那么,这种"忧郁"正是诗人对不幸的祖国深沉的爱!这跟惠特曼对摧毁奴隶主的信心产生那种明朗、欢快的调子是根植于同一种民主革命思想。有才能的诗人,由于不同的个性,在这同样的思想基础上又产生风格不同的诗。有人说:后来的艾青是矛盾的。那就是：解放后他写了些出色的诗篇，又写了些与他过去的诗名不相称的作品。具体按题材来分，好的自然是指那组反映和平运动的《南美洲旅行》，差的是那些反映当前社会主义建设时期的生活，像《女司机》之类的作品。前者，是他被民主思想所唤醒的诗的才华在继续焕发，光彩夺目；后者，是歌唱他不熟悉的人与事，自然写不好。在民主主义思想的领域内，他诗的翅膀可以自由飞翔。高尔基在《个性的毁灭》中所说的惠特曼，是"从个人主义和无为主义开始，很快便走向社会主义，宣传积极行动，越来越响亮地号召个人与人类结合"。但是艾青，当我们读到他的《女司机》之类的作品，简直难和"大堰河"的作者联在一起。在民主革命时期，他思想的力量——民主主义思想成了他艺术成就的根源；时代前进了，原来的思想又成了发挥他诗的才华之桎梏；艺术上的起伏，正是他思想起伏的对应。不是什么"矛盾"现象，倒是符合逻辑的创作规律。艺术是严峻的，谎言不能代替。记得《火把》里，唐尼所追求的，对光明朦胧的憧憬，只是她带回家的，作为象征光明的——火把。这首诗写得很好。那种对光明朦胧的憧憬也勾勒出了小资产阶级知识女性的面目。对作家受到时代的局限所留下的缺点，也不应要求过苛。他表现抗战时的民主圣地——延安之"野火"，也只是

> ……
> 把你的火星飞飏起来，
> 让它们像群仙似地飘落在，
> 那些莫测的黑暗而又冰冷的深谷，
> 去照见那些沉睡的灵魂，
> 让它们即使在缥缈的梦中
> 也能得到一次狂欢的舞蹈
> ……

这里，朦胧的象征，使苏醒的力量真像"沉睡的灵魂""缥缈的梦"。将《火把》和《野火》放在一起，那个对真理只有朦胧向往的唐尼，

好像正是作者本人。是的，当希望未成事实前，它是不具体的，当人们向往未来，那作为未来的象征在作品中的出现也是能鼓舞人的；可是当人们跨过了一个时代，过去了的"未来"已成现实，生活本身已是具体的、活生生的，比象征更有力，那时，还用象征来代替生活具体的描写，就显得虚弱了。

你爱惠特曼，你也写他那种样式的自由诗。有个时候，你立志"改了洋腔唱土腔"，这，作为对诗的探索与追求，寻求更能表达自己情感的语言与形式，无疑是有益的。但是，单从形式上来解决大众化的问题，也难同意。车尔尼雪夫斯基（Николай Гаврилович Чернышевский，1828—1889）早就说过："把形式与内容分割开来，就是毁灭内容本身；反过来也是一样，要是把内容和形式分割开来，也就意味着形式的毁灭。"进行曲是外来的形式，聂耳（1912—1935）改造了这种形式，郭沫若也写过"惠特曼式"的诗，可是谁能说《义勇军进行曲》和《女神》不是我们民族的艺术呢？

"土"与"洋"的问题，不是你的诗所存在的主要问题。正如同志们所指出的那样：你不该为了强调下放锻炼的意义，却把它和机关生活对立起来，说是在办公桌上消磨青春。你见汉江重浊的雾，却联想到列宾（Илья Ефимович Репин，1844—1930）的油画《伏尔加纤夫》。汉江的雾色我也见过，像今日仍然可以看到"萧瑟秋风今又是"一样，可是，从另一个角度看，又是"换了人间"，你看到雾，却没有用思想透视这场雾景，眼睛反被浓雾迷蒙了。毕加索（P. Picasso，1881—1973）画那么多鸽子，作者是把他对当代许多重大问题的态度都放在鸽子的形象上，从那只安静的鸽子到后来那只振翅奋飞的鸽子，我们看到他对和平的态度，看到和平运动的发展。徐悲鸿（1895—1953）画的马是"竹批双耳峻，风入四蹄轻"的英爽俊拔的风度，他所刻画的马的性格，又是"所向无空阔，真堪托死生"的豪迈忠诚的性格。他画的马没人骑、没人牵，是奔放不羁的野马。但他画的《九方皋》例外，有人问："这匹骏马为何反而带上了缰绳呢？"他说："九方皋是识马者，马亦如人，愿为知己者用，不愿为昏庸者制。"这是他在"同流不合污"的旧社会一句意味深长的话。一只鸽子、一匹马是这样，一片雾，自然也是这样。被雾蒙住了眼，正是自己思想的弱点。

你过去的诗，有许多是惹人喜爱的。那些人说你写得像惠特曼，是没有仔细读过你的诗。是的，你也像惠特曼那样，想一下把握广大的空间，用宏大的气魄，让生活在诗行里闪开最大的幅度。你说你写诗不仅是写你一时一地看到的图画，而是用整个一生来写，事物与事物的联合，直观与记忆的对应，使诗的容量更加增大，构成有力的艺术概括。像长诗《悼念斯大林》《厦门》就是这样，熟悉你的人会知道这才是你写的诗，你写的诗就应该这样。同时，你的诗也有那种难以断定的、有规律的韵律，却很注意朗诵的效果，运用行内的反复，同样的句法结构，也会别开生面地获得韵律上的统一。这是否就是区别不是"土"腔的"洋"腔呢？值得研究。云南著名的民歌《小河淌水》就是自由诗。我在昆明温泉连燃公社的一个生产队的食堂门口，就见这么一首民歌：

> 大青山来草儿青，
> 男女积肥鼓干劲，
> 多挣工分多存钱，
> 存好钱来好结婚。

我采风整理发表的一些民歌，不少同志都说好，可是纪录的原始材料比发表的要多得多。不是无暇整理，而是整理了也拿不出来。这里顺便抄一首：

> 流水啊，你再清，
> 都在牛皮船下；
> 女人啊，你再能，
> 也在男人胯下。

这两首民歌，一新一旧，都一样，无法说好，形式何用？即使不存在这些问题，诗体的统一，也会使诗窒息、单调。普希金的"真正民族性"，赫尔岑（Herzen. Aleksander, 1812—1870）说"高到不能再高的民族性"的普希金，"很少模仿俄罗斯歌曲的语言，他表现的是自己脑子里所产生的思想。"我们的诗歌，只要根植于社会生活的土壤，风格应该多样。有人喜欢玲珑剔透、清淡隽永的小品，但没有雄健有力的作品又怎么行呢？我们人民丰富的、无穷无尽的那种精神的美，必然要有与它相适应的、丰富多彩的形式来表现。毕加索说："怎么能更好地表现我们所要表现的东西，就怎么画……"

我们呢？怎么能更好地表现我们所要表现的东西，就怎么写。

我们在进行前人未能进行的事业。

新的时代，新的事，新的人，需要新的语言、新的形式的表现。

新的形式，新的语言是要通过不断的探索、尝试才能成功，并且随着不断的变新要不断地发展，不可能有个固定的框框。

尝试，不是一下可以成功的，会有个曲折的过程。新的东西，总是在人们还不习惯的时候来到的，往往会遭到习惯势力的抗拒——

格林卡（M. I. GlinKa, 1804—1857）的歌剧，最初有人说它不是音乐；

凡高（V. V. Gogh, 1853—1890）那远远走在时代前面，有强烈的个性和形式上独特的追求之作品，最初也有"行家"说他不会画画；

惠特曼的诗，最初有人说它不是诗。

你在诗歌上所做的各种新的探索，即使不能对它的成绩作出评估，也不能否认探索的必要。

你的腔，真"洋"么？这一点，我还保留自己的一点看法。我感到，从精神上看，你的诗倒有不少中国气派。你对生活的感受、表达，与我们艺术传统是神似的。《回声集》中的《乡土》是你较早的作品。当中那位老人，暮年贫病交加，彳亍独行地奔回他日思暮想的乡土。中国农民对土地的那种眷念，加上老人逃荒在外，听说家乡已解放更急于回乡的心情是多有特色，多么深沉啊。当故乡遥遥在望，他身体不支，抓了把乡土才倒下。这把乡土，使我想到许多从沿海地区卖到海外去的苦力、华工，他们远在外洋，总带撮乡土在身，这正是我们中国人表达情感的方式啊。当我读到这样的情景，心都被诗人捏疼了。这位老人，不是加利福尼亚庄园里的农民，更非苏联集体农庄的庄员，是个道道地地土生土长的中国农民。我想，看一首诗，假若不从这些地方，又从哪里区分它的"洋"与"土"呢？读《瀑布》，也是这样——

> 从千万悬崖的高处，
> 从流云绕着远树的天空，
> 倾下你发白的急流，
> 在半壁变成寒冬的飞雪，
> 以惊心骇目的速度降落，
> 而后粉碎在突出的岩石上，
> 迸散为云雾般的水珠飞扬，
> 于是以雷霆万钧的力量，
> 在莫测的深潭上发出震撼山谷的巨响；
> 鹰隼不敢飞近，
> 山岩为之颤栗，
> 带着水汽的凉风，
> 猛烈地在树梢和草叶上吹动。
> 啊！你强壮灵魂的歌者！
> 啊！你高山深谷的英雄！

这真有"疑是银河落九天"之势，是一幅中国水墨画。它和那几首《桂林山水》都看得到你与我们民族传统艺术的联系。不大的篇幅，正像过去的大师，几根线条，就绘出瀑布巨流的气势，谱出它震天的声响，或用几笔，勾出远山近水画面远近层次的深邃、劲秀。这里，我不能用几个字概括，却能感到它鲜明的风格，迎面扑来灼热沸腾的激情。若说这当中有什么和惠特曼相似之处，那也是某些气质上的相似。

我们也确实有些洋腔洋诗，却没有受到应有的批评。那些诗，小伙子像俄罗斯青年在姑娘窗下拉响手风琴歌唱、挑逗，或是我们从未见过的夜莺在诗行中唱夜歌。这像我见过的某些穿乌克兰花边衬衫、长靴、背着手风琴骑在单车上的"土"（请允许我借用这个字）小伙子，无法让我叫他哥萨克一样。有些诗，不是风格、气质的近似，而是人物性格、生活、画面是马雅可夫斯基或伊萨柯夫斯基作品的再版。这样的诗，编辑倒是有责任让它少和读者见面。

今日，我想读你的诗，正是你的诗别具一格。你写海，写得很多，总把海和士兵联在一起。你不像某些人，把海写成梦幻，也不像有些人，对着汹涌澎湃的海拖长声调在赞叹，你那些海的歌，调子就像黎明的海上钢似的青色，如海疆的前哨，庄严、磅礴；你那些海的歌，叫我这海上的人既感到亲切，又感到新鲜，你这样写渔家女的笑声——

　　　　当她在笑，
　　　　人感到是风在水上跑，
　　　　浪在海面跳。

我听过这样的笑声，却从来不知道把它表现得这么新鲜、妥切。我只能说，你生来是写诗的！

当我想到海，就想到你五年前说要乘兵舰来岛上看我。当时，我一听到舰艇的破浪声就跑来沙滩上望你。可是，一直没望到你，就像这两年望不到你的新作一样。也许你在熟悉另一种生活。灼眼的诗采，动人的作品，产生于深刻的思想力量，更要根植于丰富的生活土壤。知道一点半点就动笔的人，是不能掌握材料，而要被材料所掌握的。因此，除了些素材还是些素材，哪能看到什么诗采、风格？你没写（也许是写了放在抽屉里没拿出来），心田却是春天大量吸进雪水的泥土吧，准备让种子一扑进自己怀里就让她开花、结果。

我盼望读到你的新作。

我这些伏在病床上写的话，也许和我的身体一样不健康。说错了的，请指正。

良　沛

一九六二年八月于新寺

附记

上面这封十八年前写的信，福州有人在去年油印了它之后，也就传到了海外。信的抬头虽然是写"××同志"，海外熟悉诗人的读者，一眼就看出：这是我当年给其矫的。于是，香港有位作家来信，摘引了其中的一节——

> ……"土"与"洋"的问题，不是你的诗所存在的主要问题。正如同志们所指出的那样：你不该为了强调下放锻炼的意义，却把它和机关生活对立起来，说是在办公桌上消磨青春。你见汉江重浊的雾，却联想到列宾的油画《伏尔加纤夫》。汉江的雾色我也见过，像今日仍然可以看到"萧瑟秋风今又是"一样，可是，从另一个角度看，又是"换了人间"，你看到雾，却没有用思想透视这场雾景，眼睛倒被雾迷蒙了……

这位作家指出我这段文字表现了当年教条主义的观点。出自某些"棍子"之口不足为怪，出自诗人的朋友之手就不应该了。他问我，这封信若在海外向其矫同志的读者公开发表，我是否可以删改这一节？

历史就是历史，白纸黑字俱在，我既不愿、也不能改它了。为了说明自己一贯正确而篡改历史，那只能成为一个人更不光彩的历史。海外的作家也不太理解，教条主义或极"左"思潮泛滥时，以它作"棍子"者当然可恶，就是我，作为诗人的朋友，又不是智者，也不可避免要受到这些思想的影响，也突不破时代给我认识的局限。

从艺术上看，尤其是诗，描写景物的色彩常常是诗人内心色彩的写照。所以我举了"萧瑟秋风今又是，换了人间"的词句为例。"帘外雨潺潺，春意阑珊"，总是"罗衾不耐五更寒，梦里不知身是客"

的心境所感应的景物情调。"孤舟蓑笠翁，独钓寒江雪"那种清与静的意象，既是柳宗元在特定环境下的感受，也是他静观人世的人生姿态吧。过去，有人见花飞花落而感怀身世落泪，我在新民歌中就读到过"花儿落了，果儿熟了"这样以抑制不住的喜悦为迎果熟而道花落的诗句。

《雾中汉江》是其娇同志在一九五八年的作品：

> 两岸的丛林成空中的草地；
> 堤上的牛车在半空运行；
> 向上游去的货船
> 只从浓雾中传来沉重的橹声，
> 看得见的
> 是千年来征服汉江的纤夫
> 赤裸着双腿倾身向前
> 在冬天的寒水冷滩上喘息……
> 艰难上升的早晨红日，
> 不忍心看这痛苦的跋涉，
> 用雾巾遮住颜脸
> 向江上洒下斑斑血泪。

当年读到它时，我正遭受到不公正的待遇，已与社会生活完全隔绝，在极小的天地里生活，也只知道为自己受冤而不平。即便如此，当时看到亩产万斤的报道，还是天真无知地笃信不疑。个人虽遭不幸，也为这一系列的"大好形势"所鼓舞。过了多年，生活的窗户为我打开，我才知道浮夸冒进的所谓"跃进"带来种田人没饭吃的真象。今日，在祖国砸烂"左""右"的桎梏，在自我解放的大道上飞奔时，实事求是的路线使我们能再以回顾那段历史，对它再作认识时，重读《雾中汉江》，看到那群从诗行中走来的纤夫，正是在那特定的艰难的历史时期拉着我们的历史向前的人民。现实是严酷的，"赤裸着双脚倾身向前，在冬天的寒水冷滩上喘息"的纤夫，使红日也以雾遮面，

"向江上洒下斑斑血泪"。现实的严酷又非绝望的现实，纤夫毕竟是"千年来征服汉江"的征服者。

诗的力量，恰恰在于它表现出作者当时对现实清醒的态度。轻信浮夸之词，才把它看作诗人的内心色彩与现实分道的裂痕。而它在艺术上的魅力，恰恰是描写景物的色彩与诗人内心色彩对现实的统一。在哈哈镜里看惯变了形的现实，对反映生活的艺术来论艺术，只能是哈哈镜里的艺术。可叹的，是在那个时候，这并非我个人的悲剧！

当年，我写前面那封信时，只是就诗人的《回声集》《回声续集》《涛声集》而言，虽然也提到《雾中汉江》，总的来说，还是就这三本诗论诗。诗人以后的作品，在艺术上作了多方面的探索，也就向我们提出了更复杂的问题，需要专题研究。但是，从个人的艺术趣味和思想水平来讲，当诗人着重表现对事物感觉的抽象时，我更喜欢诗人过去那些更多一些写实意味的作品。

一九八零年十二月四日

（原载香港《中报》月刊一九八二年九月号）

矿　藏

一

这些事，有时还在记忆中沉浮：我那年老秃顶的国文教师，半闭着极度近视的眼，自我陶醉地讲"春风又吹江南绿"改作"又绿江南岸"之后，"绿"与"吹"仅一字之易，就春意落笔，诗意盎然；他也讲贾岛（779—843）骑驴月下，想到"鸟宿池边树，僧推（敲）月下门"之句，怎么比手势，一再推敲；欧阳修（1007—1072）《画锦堂记》首句，原来是"仕宦至将相，衣锦归故乡"，送稿使者已过百里，他还打发人去添两个"而"字……

语言，诗的原素，炼就诗的钢铁的矿石；

语言的准确性与形象化，是"言志"的重要手段；

诗的色彩是雄词奇句，低弦高歌，相配相间而成的图画；

诗的音乐是语言的节奏、音韵构成的交响；

展开有些诗叶，诗意袭人，行文行云流水，色彩浓淡相宜，节奏有急有缓，错落有致。有的，每字都掷地有声，铿铿锵锵；有的，一唱三叹，娓娓动听，抑扬顿挫，丝丝入扣……

可是，当自己磨砚试笔，总感受到落笔之难，写下的几笔，像"瘪三一样"。那时，我确实像才开蒙，掌握文字的字与字，词与词，句与句，总无法权衡它的轻重，无法找到联系它们的桥梁……掌握语言的艺术，需要长期的、艰辛的劳动，犹如取得珠贝，就得深入海的底层，在珊瑚之间游泳。这个海洋，就是生活……

二

人们每日都用大量的语言表达他的思维活动，诗的语言，总是产生于这些生活的口语之中，正如酒精提炼于酒，但酒比酒精，又含了更多的水。记得马克思说过："语言是思想的直接现实。"这就是说，凡是能想得到的，语言都能表达出来。

但诗的语言，不同于散文语言。它更精练、和谐、更富韵味、更有节奏感。

有位知名的诗人写了一首《献给志愿军》，发表在一九五四年一月号的《人民文学》上，其中有这么一段：

> 心在手捧上，
> 心在一个人口里，
> 心先违了心的教……
> 场面这么好，音调这么嚓
> 我们也曾听过报……

这段诗，为了押韵，"听过报告"被省略为"听过报"，这怎么叫人读懂呢？恰恰与作者的愿望相违，破坏了语言的和谐与优美。本来，写得通顺，这是一个多么低的要求。用文字塑造艺术形象，尽管不是一件容易的事，但是从这位诗人过去不少成功的作品看，也不该写出这么一段拙劣的文字。所以如此，显然是作者后期一些错误的诗歌主张所致，这种语言的"提炼"正是歪曲。高尔基说："从口头语的原素中，舍弃了一切偶然的、一时的、不确实的、紊乱的、发音学上歪曲了的、因种种原因和根本的'精神'——即和一般民族语言构造不一致的部分"① 而这种不确切、紊乱、发音学上歪曲了的语言，有时甚至常在耳边过，但是感觉麻木，也就习惯了。

作为"复杂的精神和生理过程的成就"，托尔斯泰在《致青年作家》道："语言，它的每字每句，都应该反过来准确表达复杂的精神和生理过程"；

作为"一切思想与事物的外衣"，高尔基在《论写作》道："语

---

① 高尔基：《论写作》，人民文学出版社一九五五年版，第三至五页。

言，它何止是外衣。在诗歌中，它是灵魂深处的心声。"

有时，一字、一词，都看见时代的呼吸。有段时间，我曾回井冈山去，当写到毛泽东同志，总是习惯地写作"毛主席"，但是一个老赤卫队员就经常纠正我，告诉我何时是称毛主席的号"润芝"，何时"称毛委员"，何时是称毛"（党）代表"，何时才称"毛主席"。当诗中互称"同志"时，他都告诉我，应改为"同志哥""同志姐"，加个"哥"和"姐"字，当年军民之间水乳交融之景和这片战斗的土地的乡土气呼之欲出。

有一次，我写到一个被红军俘虏过来但又没改造好的兵油子，在闲游浪荡地唱支小曲时，我只能让他唱些《打牙牌》《十送郎》之类的东西。他们很快回忆起一个小调，叫我填上：

> 南面来的女学生，
> 嘴上叼着哈德门，
> 我想向她讨支抽，
> 又怕难为情。

> 南面来的女学生，
> 手里提着自鸣钟，
> 我想问她几点钟，
> 又怕难为情。

当时，这肯定是首坏诗。女学生的形象，实际上是披着学生外衣的野鸡之类的东西。但从三十年代新旧交替的时候，以小市民的眼光看女学生、自鸣钟、洋烟卷（哈德门）是多时髦、多摩登的玩意啊。一个不知羞耻的兵痞反复在自我陶醉中唱到"又怕难为情"，正好是绝妙的自我讽刺。这种小调，换成任何人唱，都是不伦不类的，由他唱来，却十分贴切。

"人用衣装，佛用金装。"思想与事物切身的外衣，是千针万线缝就的。

三

　　文学的语言，特别是诗的语言，绝不允许模糊、含混；仅仅是准确，也不一定是诗的语言；准确的数字、公式、论断，只是"科学的诗"；"艺术的诗"则是生动的艺术形象建造的宫殿；诗的语言要求自然、朴实、单纯。

　　在西藏，我记录过这么一首民歌，表达一个人的忠贞、信念：

　　　　白碗打碎了还是白的，
　　　　牛奶泼在地上还是白的，
　　　　活着，我的身子是洁白的，
　　　　死了，我的骨头是洁白的！

这种情感、气概，何等动人，无尽的深情已溢于诗外。比之"人生自古谁无死，留取丹心照汗青"的名句，毫不逊色。

　　另外，从一篇通讯中看到两位非洲朋友上井冈山，有人劝他们戴上草帽时，

　　　　一个说：
　　　　不，我喜欢太阳，
　　　　特别是井冈山的太阳！
　　　　另一位说：
　　　　是的，这颗太阳的光，
　　　　已经射向非洲！

谁能说这不是诗的语言？它包含的隐喻，远非一般分行抒写的"诗"所能及，真是光彩夺目，响当当的。封建帝王李煜的《浣溪沙·红日已高三丈透》中有"酒恶时拈花蕊嗅"一句，赵德麟的《候鲭录》卷八中说："金陵人谓'中酒'曰'酒恶'，由知李后主诗云'酒恶时拈花蕊嗅'用乡人语也！"

当然，不是一切日常用语记录下来都能当诗，泥土里既会长杂草，但鲜花不根落泥土绝不会开放。人们新鲜活泼的口语一经提炼，能更准确、简洁、明朗、响亮而动听，是高尔基说的"美的语言"。它绝非口语的对立，恰恰是它的提炼、净化的结果。

我们要求的简洁、自然、单纯，既非原始、更非装腔作势。

几乎所有的兄弟艺术都反映出这个问题。托尔斯泰后期的《高加索的囚徒》是儿童都可以读懂的。齐白石的画也是愈成熟愈简洁，都是由简到繁，又回复到简。自然，前期的"简"只是"简陋""简单"，后期的"简"，实质上是"精"的同义语了。它由沙淘出了金，用矿炼就了钢。

因此，能做到简洁、自然、单纯，是一个人思想犀利、艺术上成熟的结果。

只有这样，他才能看准事物的本质，一语道破；

只有这样，他才能由形到神，用字不多，绘声绘色。

我自己深有体会，由于思想不敏锐，又缺乏艺术的感觉，莫说写诗，连说句话有时也难免啰嗦、干瘪。我在赶街时见鸡蛋多，就说："今天鸡蛋真多，从街头到街尾，都摆满了。"社员却说："鸡蛋今天把街都压断了！"我见地里的草旺了，就说："杂草没有锄，长得比玉米还高，肥料的养分全给它吸去了，玉米都萎黄了。"社员却说："杂草把庄稼吃了！"我啰啰嗦嗦说了一串话，比不上人家那么一句说得明白。把街"压断"的"压断"二字，把物的丰富感表现得多充分、多形象，这比"春风又绿江南岸"的"绿"字下得一样有力。至于中外古今的名诗名句，更是以形象的生动、语言的韵味、凝炼，抒发了诗人的感情，艺术地再现了诗人要展示的意、象，赋予形象深刻的内涵，又深掘出它的隐喻、暗示——

　　桃花乱落如红雨
　　　　——李贺《将进酒》

　　砌下落梅如雪乱，

拂了一身还满。

　　　　——李煜《清平乐》

都是写落花，桃如红雨，梅似雪乱，让我们看到桃与梅的色彩，更有它们在"落"的动态。

　　　既然冬天来了，

　　　春天还会远么？

　　　　——雪莱《西风歌》

　　　生命诚可贵，

　　　爱情价更高；

　　　若为自由故，

　　　两者皆可抛。

　　　　——裴多菲

这些隐喻、议论，把我们对人生的思考有力地推向新的高度。

　　"五四"以来的新诗，语言上又有自己的特色：

　　　我为我心爱的人儿，

　　　燃到了这般模样！

　　　　——郭沫若《炉中煤——眷念祖国的情绪》

　　　假若我们不去打仗

　　　敌人用刺刀

　　　杀死了我们，

　　　还要用手指着我们的骨头说：

　　　"看，

　　　这是奴隶！"

　　　　——田间《假若我们不去打仗》

这是什么样的语言啊，它把藏在人们心底最深处的心声，好似揭露隐私似地撕剥在人前，人们的心灵也为之可怕地震颤。它那灼人的热情，真像郭老眷念祖国的情绪似的，是"燃到了这般模样"的"炉中煤"。

它又仅仅是原始的口头语么？不，它是加过工的语言，是更纯粹的语言，是语言中的语言。

四

文学艺术是最忌单调、平庸、千篇一律，它不能表现出丰富多彩的生活，反而窒息了多彩的生活。不同的作家，不同的人生，引进不同的风格入诗圃。为了显示自己的"风格"，决不能写得奇奇怪怪，甚至哗众取宠。有人就是这样，落笔纤丽的，写到昂奋之处，也如怨如诉；笔触粗犷的，写到哀怨之处，也有雄赳赳气昂昂之概。他们知道风格是作家对描写对象的情感色彩的表现，却不知道风格不能离开事物本身的面貌，又从中反映出作家对描写对象的情感色彩。有志的作家，懂得这点。贺敬之的《桂林山水》是这样的语言：

> 情一样深啊梦一样美，
> 如情似梦漓江的水……

同一个作者，在另一作品《雷锋之歌》中，又是一个样子了：

> 我写下这两个字：
> "雷锋"——
> 我是在写呵
> 我们阶级的
> 整个新一代的
> 姓名；
> 我写下这两个字：

　　"雷、锋"——

　　我是在写呵

　　我的履历表中

　　家庭栏里

　　我的弟兄。

　　同一个诗人的手笔，却能如此不同。两个作品的完成，相隔了相当一段时间。时间的推移、作者情感的变化，肯定是要影响语言、风格的。但更重要的，还是决定于内容、主题。否则，作者的《放声歌唱》写在《桂林山水》之前，为什么和《桂林山水》之后的作品《雷锋之歌》的语言风格又如此一致呢？有人曾讥讽那是"楼梯诗"，是马雅可夫斯基式的外来货。有的由此而给新诗判了不少罪：结构松散啦，语言杂芜啊，等等。首先要承认确有一些粗制滥造的所谓"新诗"败坏了它的名声。但这种评论，不公。其实只要多读几首好的新诗，熟悉新诗的发展史，就知道这不是新诗本身的罪过。

　　对此诗弊，提出多向古诗学习，是个办法。

　　古诗能传下千百年，语言是千锤百炼。继承遗产，自然不仅为此。"古为今用"，既从艺术，也要从思想、认识着手。利用它，发展它，决非复制和简单的模仿。

　　有人为了学习古诗语言的精练、韵味之美，干脆来个"文言入诗"。

　　是现代的口语不够用么？比起过去，现代的语言是更发展了，更丰富了。在新诗走向广场、走向田头，提倡朗诵的时候，此种半文半白的诗，因为文言插入口语中的突兀，因为文言与口语的距离，不仅朗诵起来听不懂，就是阅读也别扭。

　　有位中学教师跟我讲过："我看，现在的诗人好像文化都不高。""怎见得呢？""这些诗我都翻了翻，还没我认不得的字。"有人也许以为这是编的笑话，但却给我提出一个令人深思的问题。过去有种诗，既非义深，且非艺高，就爱选用一些冷僻的字眼和生造的词汇来欺弄读者。当然，并非一切难懂的诗都是坏作品，能雅俗共赏，更是好诗。学习古诗的语言，是借鉴，不是替代，干脆以"简练"的文言文代替新诗用的活鲜鲜的口语是行不通的。一位今日仍负诗名的老作家，解放战争中写过一首诗，第一句就是"音机传捷报"，"音机"二字下面加了注解："音机乃收音机也。"这，是精炼还是累赘，不是一目了然么。

"押韵就好"，显然不是我们的诗歌主张；但诗的语言，在韵味、节奏、和谐感上，比散文应有更严格的要求。

有篇写抗联八女投江的故事，其中有这么一节：

> 一个风雨凄迷的黎明，
> 大队鬼子跟踪紧紧，
> 一心消灭这群"女魔"，
> 有的是猪狗不如的士兵。

为了凑韵，本来二、四两行应该写在一起或将内容并成一行的，却硬被拉长、割裂开了。这是韵文，却不能算诗的语言。同院的一个孩子，念到这样的韵文——"大妈今年五十八，浓眉大眼阔嘴巴，土改送儿去参军，自己生产干劲大"——我们也不能承认它是诗啊。反之，有的政论，却看得到诗。如马克思、恩格斯在《共产党宣言》中说，"无产者在这革命中只会失去自己颈上的一条锁链。他们所能获得的却是整个世界。"

不论它是散文还是政论，都是最美最美的诗。这段文字，把无产者在革命中渴望和将要得到整个世界的欢悦表达得淋漓尽致。这种美的语言，不是任何人为的奇词丽句所能比的。它是真正的诗的语言，尽管它不是前面引的那种韵文。

韵律、节奏，是诗的语言重要表现手段，但绝不是检验诗的唯一准则。徐志摩写过一首纪念"三·一八"的《梅雪争春》，他纪念的是志士的鲜血，却写得十分艳丽，当我们把这个诗题和他所写的鲜血放在一道对比对比，就感到其中诗的韵律、节奏，是对读者不能容忍的戏弄。马克思说："谁要是经常亲自听到周围居民因贫困压在头上而发出粗鲁的呼声，他就容易失去美学家那种善于用最优美最谦恭的方式来表达思想的技巧。"① 徐志摩认为任何事物在他笔下，都可以从形式的美中得到诗，却不懂得在此，他却扼杀了诗。形式的美，只是给诗的遗体扮成一具艳尸。他习惯于"我挥一挥手，带不走半片云彩"那种轻飘飘的语言，用来描写奴役的劳动，正是作者的自我讽刺。就是马克思所说的"粗鲁的呼声"，也并非不要美学家"表达思想的技巧"。交响乐中常用不协和音，准确地表达主题规定情境的雷雨前的郁闷、个人的不幸、非正义战争的炮车行进……被这种破坏了和谐的不协和音呈现的意境、情绪、气氛，恰恰是美学家表达思想的最大技巧。作个"押韵就好"的匠人是很容易的。前面那首《八女投江》的那种韵文，只要有点掌握文字的能力，极易拼凑。这决不是反对押韵，是应该把韵律、节奏、内容，作为一个统一体来发挥语言艺术的功能。智利有首民歌：

什么时候，
什么时候啊，什么时候，
什么时候，
我才能与你重逢？
……

这与郭老的《湘累》一样，"泪珠儿快要流尽了，爱人呀，还不回来呀！我们从春望到秋，从秋望到夏，望到海枯石烂了，爱人呀，还不回来呀！"行内的反复，平行句与同样的的句法结构，犹如诗人内心情感的回荡与波动的面貌本身。在此，作者找到了自己的节奏、韵味，选择了与它的节奏、韵味和谐一致的语言。"诗言志"，志，自然是指思想，我们又为什么不能用它来解释上列现象呢？

　　既然"诗言志"，就该充分调动语言为之抒豪情、寄壮志，又以"志"赋予诗的魅力。这，不仅它是事物的外衣，还是灵魂的光芒。诗的灵魂，就像传说中丹珂的心——是一团火焰，永不熄灭的火焰。

---

① 马克思：《摩塞尔记者的辩护》，《马克思恩格斯全集》第一卷第二一〇页。

泰戈尔在《孟加拉风光》中说过："有些傻子以为韵律是一种字句的体操或戏法，目的只求得群众的赞赏，这是不对的。韵律的产生像一切美在整个宇宙中的产生一样。思想引进轮廓分明的范围里，给有韵律的诗句以一种感动人心的力量，含糊的不明确的散文就做不到。"值得注意的，泰戈尔是印度人民之中享有很高声誉的思想家、学者。但他的诗创作不乏唯美主义的因子，中国新诗之中的一个流派，就是以泰戈尔的诗集《新月》为名的。他的诗的语言之美，既非某些打着他的牌子、模仿他的"诗人"所能及的，也非那些写作《写诗 ABC》的"学者"的"理论"所能概括。老实说，泰戈尔与徐志摩笔下的涟漪，都与我们今日的呼吸相距太远。但读泰戈尔的作品，无论对认识印度人民的生活或艺术感受，都能受益。可是，当我还是一个很落后的青年时，光从文字、技巧上看，我也不同意一些人对徐志摩的赞语。他的作品，对我们大有借鉴作用，在思想上、艺术上都不能简单、笼统地肯定和否定。只有具体问题具体分析。作者在《一小幅穷乐图》里，对一群捡垃圾的也在"穷乐"，对一群不幸者，那种不可容忍的冷漠，甚至是在玩赏他们的痛苦，更难接受。照泰戈尔的话说，他还没把"思想引进轮廓分明的范围里，给有韵律的诗句以一种感动人心的力量"。徐志摩也有他的思想，而我们所要的，是代表每个时期的先进思想，所以他那套被某些人欣赏的"技巧"，正是以韵律作"一种字句的体操或戏法"而已。

我很喜欢涅克拉索夫的《伏尔加河上》，也喜欢杰出的原苏联作家法捷耶夫（A. A. Fadeyev，1901—1956）一段评论它的文字：

　　……让我们回忆一下涅克拉索夫一篇有名叙事诗《伏尔加河上》。这篇叙事诗有个地方是用感叹句子开头的，这个感叹句恐怕不是每个读者都能立刻在情绪上接受的："哦，伏尔加，过了好多年，我又来向你问候！"

　　但我忽然听见呻吟声，
　　我的视线就投向岸上。

几乎头垂到脚上，

盘绕绳索，

穿着草鞋，沿纤河，

一群拉纤夫在爬行，

他们均匀的送葬似的喊声，

在静寂里不可忍受的粗野

可怕的响亮

我的心儿颤动。

哦，伏尔加河！……我的摇篮，

谁曾像我那样爱过你？

　　读到这里您就不由得想感叹一声："哦，伏尔加！"您由衷地感到需要这个声调：隐藏在诗里的潜流占有了您，并把诗人的情感传染给你……

　　可惜，我们不能读到原文中涅克拉索夫优美的语言，也不能引下这首长诗的全文。虽经转译，仍然没失去它的光彩。"哦，伏尔加，"这不是"在桥上看风景"的人所能接受的，它揭示内在的诗意，没有用一般人所喜欢的"诗的语言"。这种平易的，却是出自内心深处的呼声，把诗人与故乡的河流、被奴役者的爱，都在这深情、辛酸的呼声中并发而出。郭老的《湘累》也是这样。开头反复地出现"你还不回来呀"，把作者思念祖国、亲人的情愫，把爱、怨、愁，交织一起，爱得痛苦才呼了出来："还不回来呀！"这句子的反复，情感的回荡，使作者辛酸的爱也在我们心中千回百转。我们读到"哦，伏尔加……"，"还不回来呀！……"也就被它所表现的特定情绪所冲击、占有。

　　每个字，要有它的分量，让每个字饱含着爱，饱含着恨，蘸着血，蘸着泪。成为言辞准确、明朗和响亮动听的美的文学语言，以赋予我们要表现的事物、思想以活的形态。

　　节奏，在波浪中，有时是慵倦地拍溅海岸，有时是潮水呼啸在急促、险恶地翻滚；节奏的变化，是作品的主题所特定的思想、气氛的变化之变化。把节奏的"美"，就范于机械地行进中，在豆腐干的形式里原地踏步，是形而上学的，是唯美的。只有掌握活的语言、心境的节奏，让它汇成滔滔的诗浪，读者才不可抗拒地卷入它的旋涡，随之沉浮，和它欢腾、呜咽、歌唱……

一九六二年 于石将军

（原载一九八〇年八月《文艺论稿》创刊号）

乐外随笔

又看到《霸王别姬》。台上，叱咤风云的英雄战事失利，受汉军重围逼近的项王，他听到、感到四面唤起楚军离心思叛之心的楚歌，是比刀枪更无情的威胁、刺伤着他。"力拔山兮气盖世"的英雄也已气短，弹泪别姬，辛酸地笑道："天之亡我！"而自刎乌江。

记忆中不乏类似的故事。抗战初期，进关打内战的东北军，在战地听到我们部队唱彻凄切、愤怨的张寒晖（1902—1946）创作的《松花江上》，便持枪跑到抗战的队伍。

有的知识分子，也在震天的抗日、流亡歌曲中走出象牙塔。

有的被捕之后，严刑拷打之下，坚贞不屈，问他为什么能这样，他是想起我们人民，我们民族，也想起许多激励英雄情绪的歌曲……

音乐啊，音乐的力量有时是不可抗拒的。

门德尔松（J. L. F. Mendelssohn Bartholdy, 1809—1847）说："歌德起先不要听贝多芬（L. V. Beethoven, 1770—1827）的乐曲，但终于不得不自动让步，听了《C小调交响乐（第五）》的第一部分，感到奇异的影响。但他不愿流露出来，聊以自慰地说道：'并不动人，只使人惊愕罢了。'过了几分钟又说：'疯狂，虚张声势，使人想到房子要塌了'。到晚餐时，他还非常怅惘，直到我们再提起贝多芬为止，于是他开始向我询问、探究。我看出他真的给激动了。"

比起列夫·托尔斯泰那样易为音乐感动的人，不易多见。听说，他只要一听到音乐声，就不得不注意地倾听下去，当他倾听自己喜爱的音乐时，他就会情绪激动，会感到喉间堵塞，甚至还会哽咽啜泣，眼泪直流。音乐在他心中激起的感情是一种无端的感触和激动，有时音乐违反他自己的意志使他激动甚至痛苦，这时他就会说：

"Que me vent cette musique?"

（法文：这曲音乐究竟要怎样？）

音乐，是什么啊？

它，是内心的诗，是诗的心理学，是哲学的暝想。正如诗歌是内心音乐的倾泻，是生活在文字中找到音乐的表现，是交响乐揭示的矛盾，引起的冲突的情感激荡，能抒情，且奔放……

据说，交响乐在德国第一次演出时，人们以为音乐厅外风至雷响，担心没雨具回家要挨淋，等台上音乐一停，大家望到外面万里无云，风和日丽。这时，人们才恍然大悟，原来刚才的雷雨都来自台上管弦的音响……

从这段故事，有人持有这么两种意见：一，当交响乐一出现的时候，器乐的组合，就显出了很大的音量；二，它以表现的自然音响这样逼真，使这种形式能很快地被人接受。

前者，言之有理；后者，不完全对。若它成理，舞台上的各种音响效果不是全都可以称作音乐么？若音乐家要谱出寂静的气氛、人的沉默，不是多写些休止音符就万事大吉么？有人问贝多芬：

"请问，你用什么表现沉默？"

"十六只定音鼓。"

这就是回答。是的，定音鼓一响，并没打破沉默，而是更加沉默。许多交响乐，表达事态爆发前的沉默、雷雨前的郁闷不都是这样的么？柴可夫斯基（Пётр Ильич Чайковский，1840—1893）的《一八一二序曲》，不是用鼓声让我们听到拿破仑的士兵在进攻失败后，军队步伐声的远逝和消失么？那种沉寂比真正的沉寂更加沉寂。

一次诗的朗诵会上，听到朗诵土耳其诗人希克梅特（N. HiKmet，1902—1963）歌颂一位姑娘——一位反法西斯女英雄卓娅的长诗。当朗诵者念到这位女英雄被害——

绞索套上了，

——这样的少女，她该套上项链啊！

这时，朗诵者是用极柔和的、充满梦幻和纯真的情感色彩念完后一句的。从诗艺上讲，绞索与项链间的联想对比，是比用千百个对暴行的"抗议""愤怒"更深刻的愤怒！绞索代替项链这是生活中本来的、美的事物的毁灭，这是法西斯丑恶、本质的暴露。朗诵正是抓住了这一构思的特点，才做如此处理的。海涅（H. Heine, 1797—1830）说过："优秀作家表明自己时，很少通过他所写下的，却是通过他所摒弃的。"这是美学的哲学，绞索对比项练，正是出于切齿之痛，像鼓声的击响，反而击出了沉静无声的沉默……

过去，认为诗歌接近音乐艺术者，是它以情绪感染取胜。古代诗人，精通音律，现代的诗，尽管不是依谱吟唱，也有人说："不懂音乐，怎么可以写诗呢？"所谓懂，并非对音乐的音调、和声、复调及各种复杂的技术全得学会，所以要懂，正是要了解，并利用两者共同的特点，各擅胜场。

至于情绪，当它动人地表现在诗歌和音乐中，你一触及它，它就要震入到人的心灵深处，因为，它流泻在诗笺和线谱上，就是诗泉在一个缺口冲击而出的喷射……

罗曼·罗兰（R. Rolland, 1866—1944）想构成一本音乐性的小说和诗篇时，考虑到这种音乐性的"魅力和危险都在于它基本上是诗的，这样，言情小说成了对话体的抒情赋，描写憎恨的小说以激昂的颂歌姿态出现；抒情味渗透了一切，笼罩了一切；但正如南国轻柔的蓝天和神奇的光明，只有诗的氛围才能体现理想的生活——十全十美的生活……"这种对罗曼·罗兰的小说可能产生"危险性"的音乐性，正是诗的魅力。巴赫（J. S. Baoh, 1685—1750）说"音乐是一种交谈"，而诗歌，则必须是倾心的交谈。这，就决定它基本上是抒情的，就是叙事诗、讽刺诗也是这样的。叙事诗，若只是韵文故事，那就是叙事而不是诗了；讽刺诗，任它怎么泼辣、犀利，也总是想抒发想伸张的真理之情。

在器乐中，常听到小提琴奏出抒情的慢板，若非出于阶级偏见，把诗意仅仅放在淡、雅上，鼓声和战争同样能表达音乐的诗意。冼星海（1905—1945）的《第二交响乐》（神圣之战），把卫国战争的正义、壮烈，正是史诗似地表现出来，他把用作"哲理诗"的交响乐，注射了新的血液，里面引用《国际歌》那种坚定、号召的音调，激奋的情绪，正是我们时代的诗意啊，比《梁祝协奏曲》，小提琴唱得如怨如诉，一往情深地写出楼台会之情，又是另一番诗意。

在我们现代的交响乐中，引用了不少声乐曲，《三大纪律八项注意》的出现，使我们听到红军进行的步伐……作曲家运用了群众早已熟悉的音乐语言，使听众更易领会自己的创作意图。然而 1（Do）2（Re）3（Me）4（Fa）5（So）……这么儿个音符，不是编织过许多喜怒哀乐之音么？为什么组成 | 2. ̲3̲ | 5　　5 | 3̲.̲ ̲5̲　3̲1̲ | 2— | 就能确立为红军的形象呢？是原来的歌词给人的提示，还是音乐形象本身具有的说服力？正像我们用的汉语，有人用诗的形式写出来却是散文，有人并没有分行抒写，也是诗。

音乐诉诸听觉，为什么没有人把孩子的哭声、成人的吆呼也当音乐呢？

假若，诗歌只靠"语言的音乐感"构成，那么，顺口溜怎么没人叫它作诗呢？一些写得好的，并不押韵的自由诗倒是真正的诗呢？

我们最早的诗教"诗言志，歌永言"，除了指出这两种艺术的目的，实际上也道出了它们共同的艺术特点。"志"与"言"，是思想感情吧，假若不把思想情感都概括成理性的东西，以它原始的、纯真的、赤子之心地出现，它大概就是人们所说的情绪与气质之类的音符。

正因为如此，正如塞缪尔·泰勒·柯勒律治（S. T. Coleridge，1772—1834）所说："出自内心的，也就能进入内心。"所以，自然容易动人。反之，曲调尽管"新"谱出来，也似曾听过；诗篇尽管刚刚刊出，倒像早已读过，结果，也就比什么东西都更惹人讨厌。写意的图画也是这样，画得好，寥寥几笔，传神而简练，深远的意味常常透于纸墨之外；反之，则像鬼画符，不知所云。这种"情绪"之类的东西，有时是较抽象的，照目前的术语讲，该称"虚"吧！

"虚"，容易深，也容易空。

"虚"，可能是从生活作出的，往往达到形而上的美学品格之抽象，显出艺术更高的境界，它既有较高的概括性而区别于"实"，但又必须根植于实。

《连斯基的咏叹调》，在普希金的诗、柴可夫斯基的曲中，都是这位忧郁的诗人——高尔基称作"多余的人"之性格的最后完成。诗、曲俱动人。但是，作者要是不在前面让我们知道连斯基的遭遇，这番"咏叹"，怕就成了无根之萍、无病呻吟。屈原的《离骚》，表现一个苦闷灵魂的追求与幻灭时，是上天下地，骑龙使鸟，想象的驰骋，心灵的颤动，神话的穿插，使诗情浩瀚而深沉，"长太息以掩涕兮，哀民生之多艰"之情，使人声泪俱下。但是，当中要不夹叙许多他与统治集团的矛盾，"何方圜之能周兮，夫孰异道而相安"的心情，那么，长篇的抒情，则无处立足。

音乐作品，拆开来就是那么几个音符，有时就不免被某人说得"虚"而又玄了。门德尔松说："音符具有和文字一样明确的意义，虽然这意义不能译成文字。"但是，偏偏有人大胆地把它译成文字。白居易的《琵琶行》，除了那段对琵琶演奏的描写，作者的感叹，歌女身世的叙述，实际上是把这段琵琶曲译成文字了。列夫·托尔斯泰以《克洛伊采奏鸣曲》作为书名的小说，当中用了多少篇幅对这首奏鸣曲作了细腻而动人的描写。就是当代的何其芳，听"郿鄠戏"也听出了"女孩子卖钱，男孩子没有裤子穿"的乐句。这些音乐，所以能译成文字，正是它用的音乐语言，和其他艺术一样来自生活。不然，瞿希贤（1919—2008）和其他音乐家谱曲的《蝶恋花》，在"万里长空且为忠魂舞"这一句后，都不约而同地运用了舞曲和戏曲式的拖腔来表现嫦娥起舞、飘飘欲仙之态呢？诗歌的"现代主义者"有时（是"有时"）所以无法理解，正是把他们想表现的"特殊意念"放在生活和现实之外，他们的笔墨不消翻译也是文字，然而那种意念"特殊"得离开人们正常的精神状态太远，结果弄得难以看懂，只好当梦呓。

相反地，看过影片《黄河大合唱》之后，倒不如听唱片过瘾。一位观众出影院的时候说："我想的《黄河》不是这种看图识字式的！"

这位同志说得对，影片上为图解歌词而出现的画面，使冼星海、光未然共同创作的《黄河》的形象，被这种烦琐的——看图识字式的图解肢解了。

> 我站在高山之巅，
>
> 望黄河滚滚……

诗歌、音乐在这里所展示的气势、意境，是我们民族崇高、庄严的气概，在赞颂的旋律中回荡。若是烦琐地、自然主义地、"看图识字"地拍些高山、浊浪，就把原有的诗情简单化、庸俗化了。记得卓别林（Charlie Chapllin，1888—1977）创作的影片《城市之光》，一开场用了个拥挤的羊群的镜头，然而紧接着出现工人鱼贯地进入工厂大门的场面，这样，电影大师用笔不多，却含意深刻地告诉了我们工人在那个时代的命运、处境，内在地、本质地揭示了这一场景的意义。影片《黄河大合唱》正是缺少这种功夫。虽然这是电影，也告诉我们怎么从诗与歌的角度表现生活。

有些乐曲，没有听懂，行家告诉我：主要是不熟悉当中的素材。

有些乐曲中引用大量声乐作品，我熟悉，也听懂了，却味同嚼蜡。这些歌曲，不仅可当素材引进来加以深化，就是原样唱一遍，也会唤起心灵深处最宝贵的记忆，溅起心潮的浪花。像聂耳、冼星海的歌，唱到它就想到壮丽伟大的民族解放运动，想到自己与它的联系，想得很远很远……将它当素材引进音乐，无可非议。不过，诗人若把没有消化的素材，形成材料的堆砌，不是呆板、公式化，就是大杂烩。这种诗、这种乐曲，自然无法新鲜动人，

素材的运用，本身就是创新的过程，素材本身，也该是弦歌动人的沃土。

真正的艺术，真正的哲学，都该是时代精神的精华和形象化，把某些素材用进来和表现出去，无此功夫，素材还是素材，没有创造，也就没有艺术。

同时，为了听懂一首交响乐，必须让人先熟悉作曲家用的素材，

这样，对听众的要求无异过分。它虽然不像某些文字游戏，存心不让人懂，但在一定的程度上，还是向听众关门。

古典作品，有它时代的局限性；外国作品，有它民族自己的音乐语言；我们的现代作品，假若只让人见演奏家在乐池摇头晃脑地拉得弹得很有劲，却不知所云，这就大成问题了。

可是，为了让人听懂，难道只有用《三大纪律八项注意》才能表现红军的形象么？就不能为这么一个有深刻意义的形象创作新的旋律么？何况这首歌是利用旧军歌填的词，原来的作曲者在艺术构思时，根本不可能是为红军创造英雄形象。

将它引进乐曲可行，绝不是唯一的，或主要的办法。描写性的交响速写、交响音画，从生活中直接汲取形象的办法，比引用声乐曲的办法好。记得鲍罗丁（А. П. Бородин，1833—1887）的音诗画《在中亚细亚草原》，长笛奏出的风声，拨弦拨出骆驼与驼铃的摇晃和他们单调寂寞的行程……不需要群众事先下什么苦功，也自然可以听懂。它的素材、语言，就是生活本身，不需要借助第二手材料"加工""组织"，转个弯来让人联想。它捕捉的形象直接唤起人们生活的记忆，又非单纯的拟声（若像刘天华（1895—1932）的《空山鸟语》那么拟得好也不是坏事！）让生活升华为艺术，又回到生活中来，像诗歌那样，像高尔基说的那样："必须吸取一切，又把一切交还给生活，交还给人们！"

贝多芬说："当我回顾我的作品时，我似乎感到自己只写了几个音符。"他的不少作品，正是反映了这种纯净的风格。

诗，自然不可能用几个字凑成一首，但是这种音乐的纯净，不仅是个人的风格，而应作为典型的概括、语言的凝炼、结构的严谨而构成真正好诗的条件。

诗歌，不管有多长的篇幅，描写了多么重大的主题，写得好的，都应该是纯净——并不简陋；丰富——并不繁杂。它很像变奏曲，总是万变不离其宗——主题，然而又常常顺势而下，在不知不觉中，变奏出新的曲调，这样，主题明确，又利用变奏丰富了主题。否则，只求千变万化，必然杂芜紊乱；陷于千篇一律，必然呆板僵化。

有些歌词，常用副歌，有些短诗，也反复用些叠句以具点题的作用。长诗，尤其是叙事诗，既不能像小说选用大量的情节来表达主题，也不能舍弃这种手段。于是，就要求少而精，要求在不多的情节与细节中达到高度的概括和典型化的程度。正像贝多芬那样，只用几个音符。

梅兰芳（1894—l961）回顾他的舞台生活，在表演上有这么三个阶段：少—多—少，第一个少是做不出身段来，第二个多是学了些身段而滥用，最后的少就是精了。

舒伯特（F. Sohubert，1797—1828）的弦乐重奏《鳟鱼》，在水流清朗的泼溅声中，鳟鱼的主题时隐时现，然后加以变奏、发展后，又是鳟鱼在水中自由自在地游。

主题，像树干，假若没有叶子，它哪像树呢？假若没有枝干，叶子又长在哪里呢？

写诗，照例"主题——变奏"这种方法，既放得开，也收得拢。

是的，"变奏"这个词太好了，它确切地要求在某一个前提下的充实、变化、丰富；只有在统一中得到变化，在变化中求得统一，才统一得和谐而不呆板，才变化得单纯而不杂芜，纯净得丰富，丰富得纯净。不妨想想，假若长廊的柱子雕龙画凤，漆红描绿，卢沟桥的桥孔大小不一，花样翻新，那是美还是丑？

贝多芬说，我的作品，似乎只写了几个音符……

有的学者说，诗所以为诗，是它的语言具有音乐性。却缺少这样的说明，音乐的特征，也包含它应有的诗性，真正的音乐同时也是诗。小夜曲、艺术小品，有人会从它舒缓的节奏，淡雅、飘逸的情调感受它的"诗意"，对合唱，群众歌曲，就未必愿意承认它有诗意了。贝多芬的《第九交响曲》，冼星海的《黄河》不是史诗式的么，诗意，不单是流云、玫瑰、爱情织成的花环，是生活、热情、理想的光辉的颤动，它就像音乐本身的魂灵一样存在于它的每一个音符中。

好的音乐，同时是诗；

好的诗呢？当中必有弦歌。

写新诗，大概没什么人翻词谱了。然而主张"戴镣铐跳舞"的，还是不乏其人。"戴镣铐"，也就是要经得起格律诗所提出的种种苛求。有人提出建立格律的主张与办法时，不是叫写成字数相等的"豆腐干"式的诗，就是写成音步相同的豆腐块。

这套死的公式，可惜不能解决诗创作中活的韵味与旋律问题。

诗的音乐性，绝非单纯的押韵问题；形式上的方块诗，还不一定有和谐的节奏感。

没有曲调、节奏的变化，也就没有音乐；一个公式，产生了再伟大的乐章，其他的音乐也会陷入这个公式衰亡。

郑律成（1918—1976）的《解放军进行曲》与黄准的《红色娘子军连歌》同是进行曲，前者刚健、雄伟，浩浩荡荡之势正如雄师百万的步伐；后者在同一的基调里，又有作曲家黄准（1926—）本身一样健康富有生命力的女性所特有的刚柔相济的调子，它选用了商调式的调性，二部回旋式的旋律，与她们在五指山行进，在深山翠谷中的回声一样。施特劳斯（J. Strauss，1825—1899）的旋律，总把人卷入华尔兹，此位作曲家毕生致力于圆舞曲的创作，每首乐曲都给人不同的情趣。贝多芬、舒曼（R. Schumann，1810—1850）、舒伯特，等等，一时无法计数，都是世界著名的作曲家，他们把各自的风格、个性带进乐谱时，首先是带进多样的人生的多样的乐音。生活多样的音响，必然要有多种的曲调、节奏来表现。

正是这样，有了李白（701—762）豪迈、奔放的调子，又有李清照（1084—1151）那种冷冷清清的、哀婉的叠句，有郭沫若的《女神》，也有闻捷的《吐鲁番情歌》。

从华尔特·惠特曼到卡尔·桑德堡，他们的诗都没有明显的、容易断定的韵律，可是内在的韵律表达得非常和谐、动人。为了表现资本主义兴起的城市与乡村，表现大规模工业生产的工人阶级，凡尔哈仑怎么也用了这种节奏，又和他所表现的内容如此和谐呢？

假若我们都愿承认灵感的泉源是生活，那么，孩子的雀跃与老人拄着拐杖的步子，情侣们在林荫道下散步与战士急行军的旋律决不会是一样的。

这就是生活本身提出的另一套"公式"。

葛炎（1922—2003）为影片《南征北战》写的一段乐曲令人难忘。当敌人败北的时候，出现了国民党的党歌，那首要求平民百姓唱得"庄严"，听了都要立正的歌，用溃退时狂乱的节奏表现出来，正像把一件完整之物抖散开来，把外在的"庄严"感碎灭了，听了令人深思。这种节奏，是作曲家从生活中透视出来的。

为此，我问自己：一些凄清的场景，为什么要采用响亮的脚韵？一些短速、急迅的动作为什么不用短语短句，却为了音步与字数的整齐而拉得很长呢？

冯至的十四行，郭沫若的《在地球边上放号》，马雅可夫斯基的"楼梯"式的诗，兰波的《彩色十四行》所采用的形式，正是取决于它的内容和诗人的情感色彩，为自己的脚找到合适的鞋穿。有胆识的诗人不仅要懂得这一点，也要充分利用这一点，所以贺敬之在同一个时期，既用"楼梯"式写长诗《雷锋之歌》，又用近乎古典诗歌的格调写《桂林山水》。若把郭老的《在地球边上放号》改成冯至式的十四行，正像用军号奏小夜曲，用六弦琴弹军歌。

但是，为了表现一定的内容，总要一定的形式。

民族化，正是民族特点在社会生活中的真实性、典型性不可缺少的因素，因此，让生活反映到艺术中来，就不能不注意我们的民族特点。

战后，"十二音体系""偶然派"，等等，他们认为这是原子弹的时代，原子弹的爆炸声是没有调性的，因此现代的音乐既不要什么形式，更不要什么民族化，这种观点的荒谬是明显易见的。

然而，把民族化仅仅理解为形式问题，把歌曲写成戏曲化、民歌小调化的东西，把诗歌写得半像唐诗半像宋词，半像民歌，都是有害的。它使我们的艺术离开了人民群众的斗争与生活的源泉，来解决创作问题。

我给回乡的几个中学生念过几首不文不白的"新"诗，上面许多与现代口语距离甚远，古奥生僻的词汇，不仅使他们听不明，就是看也看不懂。古字古词，使他们很自然联想到许多与他们生活相隔很远的、木版书上描叙过的情景。当然，我决不同意把民族化与通俗化之间划个等号，以精神贵族的态度，"赐"给一些廉价的、顺口溜之类的东西，来应付打发群众。但是，民族化的目的又何在？不是为了更好地把艺术交还群众，更好地服务于人民么？

这正是有人认为光未然与瞿希贤作的《全世界无产者联合起来》有些"洋"气之故吧！这首气势磅礴、豪迈壮阔、充满革命气概与自信的曲调，对外国形式有所借鉴，也没用民间曲调，但它表现希望全世界无产者联合起来共同对敌的愿望和政治责任感，正是作者抓住了时代精神，经过概括，凝练成感人的音乐语言。说它不民族化，是不能叫人同意的，当它一出现，就受到普遍的欢迎，又说明什么？

把聂耳的《义勇军进行曲》与黄自（1904—1938）的《山在虚无缥缈间》比一比；把星海的《黄河》与三十年代在十里洋场的流行歌曲比一比；把瞿希贤的《全世界无产者联合起来》与黎锦辉（1891—1967）的《蝶恋花》比一比，哪是时代的声音？哪是民族的声音？我想，这个问题是不难回答的。

若把诗与歌都当歌唱，还是"声为情投，声情并茂"的好，西欧的美声派却是：第一是声音，第二是声音，第三还是声音。形式总是服从于内容的，形式的改革正是为了深化内容的表现。每个时代，每个阶级，既要有它的思想内容，也必然引起形式的变化。过去，没有社会主义，也不存在怎么表现它的问题。然而，它又毕竟是扎根我们民族土壤的现实，当艺术要表现它的时候，既是传统的继承，也必然是传统的发展，否则，也就不是社会主义艺术了。把诗行的排列方法来断定是否民族化，正像单纯从发音方法断定歌唱是否民族化一样。

歌唱的民族风格的掌握，是很难精确地用谱记下来的，非要歌手充分掌握那种感性的气质与色彩；音乐创作，不仅要求陈叙方式的民族化，更重要的，是音乐思维方式的民族化；写诗，要像普希金，"并不在于描写俄罗斯农妇的衣衫，而在于表现人民的精神"。正因为这样，马雅可夫斯基用同一形式写的诗，列宁却赞赏他的《开会迷》，又非常反感他的那一首《150,000,000》；正是这样，郭小川的《向困难进军》，贺敬之的《雷锋之歌》，石方禹的《和平最强音》，谁能说不是我们时代的、民族的诗歌呢？

有人说："歌是诗的翅膀。"诗歌只有插上音乐的翅膀才能四处传扬。

人们要求：诗歌与音乐重新结合。

可是，它们分离了么？

过去，民歌叫"风"，不正是它能歌唱，一唱开，就像风一样飞飘么？

从鲁迅称的"吭唷吭唷派"到制谱作词的宋词，都是要吟唱的。今天，在兄弟民族地区，一些行吟诗人，在马上，在骆驼上，拨动琴弦，一路吟唱，所至之处——草原、沙漠、山野，一路都抛下他们的歌，歌，真像风一样地飞散啊！

莫扎特的天才妒嫉跟另一位艺术家分担他的作品，他要诗歌在歌剧中"应该绝对作为音乐顺从的女儿"。可是在他一七七八年十一月的书简中又说："我老想给一出双重性乐剧作曲，其中并无唱词，但有朗诵，而且音乐要像必不可少的咏叹调，有时要参入音乐伴奏的说白，那样就会产生卓越的印象。"

天真自信的莫扎特，不知道在产生这种想法的时候，是否还要诗歌作为音乐顺从的女儿？是否想到那种"卓越的印象"产生于诗还是歌？音乐是诗的翅膀，还是诗歌是音乐的魂灵？还是二位一体？

声乐体裁由于和诗歌的结合，内容的具体性突出了。然而善于表达音乐构思的器乐曲也决不是内容不具体的。贝多芬运用交响乐表达自己思想的才能是不会有人怀疑的，然而在他的《第九交响乐》却用了席勒的诗加进大量的合唱，这又是为什么呢？

诗和歌，像对热恋的情人在拥抱，我们哪个有权力叫它们对立呢？

一九六五年五月 于石将军

（选自《灵感的流云》人民文学出版社一九八三年版）

灵感及其他

一

这些事，尽管过去很久很久，我也无法忘记。

那时，我还是个孩子，偶尔顺手翻到一本涅克拉索夫（Н. Н. Алексеевич，1821—1877）的《俄罗斯女人》，就再也无法把它放下，一直很激动地从第一行读到最后一行。然而，一合上书，那些激情仿佛凝冻了，身子用力地抵在墙上，突然"哇"地放声哭了起来。我也不知道自己为什么会这样，而且哭得那么伤心。

当时，我是把这本诗当作悲剧的。在沙皇黑暗的王国里，受难者是正义的、善良的，个人的苦难比幸福更美。于是，我就被黑暗的王国的一线光明所照耀。俄罗斯女人焕发的理想的光辉比拉斐尔的圣母像上的灵光更辉煌，使我看到为之晕眩，心灵为之震颤，叫我哭得那么痛快，笑得那么痛苦。

假若，孟姜女以她忠贞的爱情，使她哭倒长城的故事能广为流传；那么，俄罗斯女人——伏尔龚斯卡娅公爵夫人——走到荒凉、寒冷的西伯利亚，抛弃个人的一切权利、幸福，去到丈夫——一个成为"国事犯"的十二月党人——跟前。

> ……情不自禁地在他面前，
> 跪下去——首先把镣铐送上自己的嘴唇
> 然后便和丈夫拥抱亲吻……

这副被她吻过的镣铐，叫我激动了又思索，思索之后更为激动。

我是说不出什么理由，可是我很固执地认为这是诗，是好诗。

近来，翻到有关资料，知道《俄罗斯女人》的"伏尔龚斯卡娅公

爵夫人"是诗人根据《马列利亚·尼可莱耶芙娜·伏尔龚斯卡娅公爵
夫人札记》一书所写的。据 N.C. 伏尔龚斯基讲:"涅克拉索夫不懂
法文,至少为了了解原文起见,我就应该翻成俄文读给他听,而且还
在送来的抄本上作了很多注释,费了三个晚上,才把它读完。我记得
有一天晚上,尼可莱·亚历克赛耶维奇曾好几次跳了起来,说道:
'够了够了,我不能记下去了!'便跑到壁炉跟前,像小孩一样抱头大
哭起来!"

当我读到这段文字,回想当时感到诗的东西,其实就是涅克拉索
夫那时从眼泪奔出的感情所迸出诗的火花。

这种感情不仅是一部成功的诗作的良种,又是诗人内心爱憎的
镜子。

一八二五年秋天,普希金完成了《波里斯·戈都诺夫》。他对自
己高声朗读了一遍,都为当中自己的感情感染得拍手高兴地叫道:
"啊呀呀,普希金,啊呀呀,你这个狗崽仔呀!"

当我们自己学习写诗的时候,尽管每次写完它,大多只能在废纸
堆中找它的归缩。然而,只要自己不是装腔作势,为作诗而作诗,一
般地,总是被恼人的欢喜,被折磨人的激情,就像母亲分娩一样,催
出了自己的诗。那时,我总是不解地反问自己:

"诗啊,你是什么种子啊,怎么不能在我内心那无风浪的一角落
土、启航啊!"

在心海激溅的浪花里,情感的狂澜后浪推着前浪,诗帆就在其中
乘风前进。气势磅礴、宏丽渊雅、深沉动人的诗篇都是这样扬帆
而来。

假若说,孩子是母亲爱情的结晶,那么,诗就是诗人感情的
结晶。

没有感情和感情不浓的诗作,就像怪胎和犯有恶性贫血的婴儿,
不夭折也会枯萎的。

许多人说,诗是语言的艺术,语言就应该是它的第一要素。

从一个普通读者的角度,许多大师的名句、诗行感动我的,是诗
的情感,是诗人与时代共呼吸的诗愫,是唤起人们美好向上的情绪。

我也很固执地认为，构成诗的最重要的东西（我不知道应该叫它第几要素）还是这种感情。这样，丝毫也不抹杀语言的重要性。《金史·文艺传·周昂传》有周德卿这样一段话："文章以意为主，以言语为役。主强而役弱，则无令不从。令人往往骄其所役，至拔扈难制，甚者反役为主，虽极辞语之工，而岂文之正哉？"。同时，他又说："文章工于外而拙于内者，可以惊四筵而不可以适独坐，可以取口称而不可以得首肯。"许多大师，总结他们的创作都有这样的经验之谈。歌德说："没有感情也就不存在真正的艺术。"哈代说："诗人根本不注意不能打动自己感情的事物。"柯勒律治说："出自内的，也就能进入内心。"当然，诗歌也像歌唱和表演艺术一样，能"以形传神"以力求达到"形神兼备"才好，若求"形"而失"神"，确实是削足适履了。

我们生活在一个诗的时代，周围充满向上、激动人心的情绪。且不说当代的风流人物了。我见过一个孤苦无靠的大妈，当她有一天推开门见解放军睡在屋檐下，从知道城市解放到政府安排她管自来水，每天，她见城市在建设，新的风尚在怎样形成，和旧社会对比之下（她在那个社会活了大半生，不能不这么比）总是惊、喜、激动。一天，我见到她，顺口说了一声："一天都放得哗哗哗地——"她答道："响得好欢啊，跟唱歌一样！"这，是她内心深处迸出的诗，是她对新社会深刻的爱。这大妈虽不是诗人，但她内心不是具备了某种诗的素质么？虽然她发表不了诗，但她和人谈到今昔之比，出于肺腑的激情之语，恐怕也该纳入鲁迅先生所说的"吭唷吭唷派的诗人"。

抒情诗，名以"抒情"，当以情为主，就是叙事诗，也是抒情的。散文的产生，也是出于情的。一八八〇年五月二日屠格涅夫（И. С. Тургенев，1818—1883）到列夫·托尔斯泰的住地雅斯那雅·波良那的时候，托翁的妻子索菲亚·安德列耶芙娜·贝尔斯问他为什么现在不写作了，屠格涅夫回答："我已经是个完蛋了的作家。我告诉您，我现在是什么也不能写了。以前每当我构思写作的时候，总是被爱的狂热激动得发抖。现在这种情形已经没有了，我已经衰老，既不能爱，也不能写作了。"

是的，不能爱，怎能写作呢？感情，对于散文都这么重要，对于需要更强烈、更集中表达感情的诗，自然更加重要了。何况，屠格涅夫的小说，它绝无诗的韵文和排列形式，但他小说内核的诗质，任何人读它，都似读诗，这倒是许多被正经称之为"诗"的分行文字所缺乏的。

静水投进一个石子，溅激水花；激起情绪的，总是心灵某种情绪半睡眠状态的震动，或是敏捷感受印象的情绪。这种震动，这种感受往往是借助些微的刺激而引起的。

一个革命诗人，听到工人运动有了新的发展，推开窗户又是阳光又是春天，和风吹来，他激动地呼唤："春天，哦，春天，苍白的春天！……"

一个逃亡国外的革命者，偷过边境回来，当他站在山坡看到祖国的山水、自己的人民、袅袅上升的炊烟，他奔到故土的河边，掬了一口水饮下："好甜啊！……"

这时，要我们也在那个境地，心灵纷纷而至的，一定是同样的诗情……

这种情绪，人们常爱称作——灵感。

二

灵感也常被人和狂喜混淆起来。

是的，不管敏捷感受印象的情绪，还是迅速理解概念的快感，不管创作时思路堵塞而又为某种启发而突开，还是陌生又新鲜的印象异样的涌来……这时往往是狂喜的，就是悲痛也有在笔下倾尽而后快之感。但是它绝非一阵狂喜而过使文思枯竭的歇斯底里的过程。"灵感"表现的激动，是一个人探索时得到发现，难题得到解决的正常心理状态。可是，某些影片经常是用一连串神经质的，痉挛的动作表现这个过程，令人难忍；一些过去的诗论，也常把灵感当作从天而降、玄而又玄、怪而又怪的精灵，叫人不可捉摸。

不论对与不对，我是倾向有"灵感"之说的，有时，"灵感"二字却被人偷换了概念。

不要把灵感放逐到唯心主义的沙漠，也不能让唯心的幽灵披上称之"灵感"的画皮。前者，是作为诗人创作欲望、行动表现形式的说明；后者，是作为主宰诗人创作的，没来由的、不可捉摸的精神游戏。在现阶段，确实还有必要区别后者的冒牌，我姑且称之为所谓的"灵感"。

若诗人的感情是心底丰盛的泉水，喷射口涌喷的飞珠若叫灵感，也不能因它喷出得像银花，就说那飞洒的不是水，同样，诗人的热情也不全等于灵感。酒精是酒提炼的，但它毕竟不是酒，酿酒是要用水的，最后，酒与水还是同样的形体，却有质的差别。感情的冲动与创作上的灵感有别，后者是认识上、对把握描写对象表达的艺术自信的质的飞跃。把所谓的"灵感"作为写诗必需的感情以外的东西，对学习写诗，接受诗歌都是有害的。实际上也有这样一种人，企图用烟，用酒，用个人的安适来"培养"所谓的"灵感"。其实，个人神秘化的安适，远离了沸腾的生活，失去了创作的泉源，偏偏就会失去、断绝"灵感"。假若，那时还有可供作家写作的"泉源"，那只可能是作家本人毫无意义的自我表现。

任何时代的，只要是个真格的诗人，他们必然是确有所感而写的。但，有些作品表现出来的，泛泛的"热情"却无法打动人心。

当然，感动不了诗人的事物所写成的文字，自然感动不了读者；可是，有的感动了诗人，写出却感动不了读者的诗也不止一首两首啊！

假若说，读了那种情感虚伪的诗像看到不忠的女人那么不愉快，那么，泛泛的热情（或是借用别林斯基（В. Г. Бепцнскчч，1811—1848）的话，叫做"饱胀得令人疲惫不堪的热情"）表达在诗行中，也像交到一个浮夸、轻飘的朋友，无法知己。

我相信这当中有技巧等问题。但是情感是否健康、真挚、强烈、集中，绝对是个更重要的问题。

我常记起裴多菲（Petofi Sandor，1823—1849）的一首短诗：

你吃的是什么，大地，你为什么这样渴？

　　你为什么要喝这样多的眼泪，这样多的鲜血？

一首诗，仅仅这么两句，读过一遍，再也无法忘记。它使人激动，更叫人深思。是它用了反拨的语言？是它用了"眼泪""鲜血"概括旧世的苦难？这也许能算原因之一。然而，人民过去在无尽的苦难中，经诗人这么一问"大地"，读了之后的启示，引起情感的波动，叫人是无法忍受旧世重扼下的命运，从不平的现象里找到一条出路。它提出了一个严重的社会现象，提出了剥削与被剥削，压迫与被压迫的问题。史诗之可贵，正在于它写出人们关心的问题与事件。这并不是说只能写"尖端题材"。而这首诗，不仅是写了"血""泪"，而是用"血""泪"所写。谁都可以明显地看出作者难以抑止的、从胸腔迸发出的怨愤，它感人的力量，也正是它情感灼人之功。有些诗，看来似乎"热情沸腾"，读来却冷冷冰冰。记得过去读过一位诗人的诗，当中对农民一再说："我是爱你们的呀，我可不像那些人，见你们挑大粪就捏着鼻子呀！从你的锄下，我闻到你泥土的芬芳啊！……"

　　这"诗"尽管用了那么多"啊""呀"之类的感叹词，可是表现的热情正是道地的无情，不是由衷之言。它没有揭示两者命运与共的情感，因此，表现出来的，不是虚伪也是浅薄，自然无法动人。假若，人的情感在诗歌里不是蕴含在情与事的活动的逻辑力量之中，强烈，却不歇斯底里；纯净，却不简单。那么，见人在街上点头，问好也该成诗了，何况"你好"的"好"字后头，照有些人的惯例，不是可以加个惊叹号以示情感的强烈么？

　　记得齐白石在世的时候，他认为识他画的当数艾青。有次我问艾青要怎么识别齐老的妙笔。艾青认为："齐白石的画，是位大师画的，又像一个孩子画的！"此话，够人回味。齐老笔下的虾，须和脚似伸似蹬，如在水中悠然自若；齐老笔下的鸡，破壳而出，潮湿的绒毛似展未展的双翅间，人们看到它想飞升的梦幻。它，正像我孩提时第一眼看到、认识的世界一样新奇。当我到了年纪的时候再看它，从造型的技法上看，自然是大师之笔，从观察、表现生活的角度看，还为它唤起我孩提时天真的梦，见到一颗"赤子之心"！这虽是谈绘画，也是谈诗。抒情诗要求出于直觉的语言，正是出于直觉的实感。列宁的《哲学笔记》有段黑格尔（G. W. F. Hegel, 1770—1831）关于"绝对观念"的话：

> 老人讲的那些宗教真理，小孩也能说，可是对于老人来说，这些宗教真理包含着他的全部生活的意义。小孩也懂得宗教的内容，可是对小孩来说，这种宗教内容的意义只是这样一种东西，即全部生活和整个世界都还在它之外。

列宁把这段话说成"绝对的比较"！

诗，是诗人对生活了解的概括，也是这个孩子全部生活和整个世界之外的理性——他的童心。

不要强调诗的抒情性，便排斥理性。

应该允许诗文发议论。中外古今的诗人不少是爱发议论的。不说那些包含丰富人生经验的史诗了。一首短歌，也是这样。

> 砍头不要紧，
> 只要主义真，
> 杀了夏明翰，
> 自有后来人！
> 　　——夏明翰《绝命诗》

这样的诗句，时间的流逝，丝毫没有流逝它的光辉。它让我们看到共产党人伟大的英雄气概。

> 安得广厦千万间
> 大庇天下寒士俱欢颜。
> 　　——杜甫《茅屋为秋风所破歌》

这是议论么？是！

它抒情么？很抒情！

过去，总是说写诗抒怀。夏明翰有宁抛头颅要争真理之志。杜甫在贫苦的熬煎之中望后人能安居乐业的善心，为什么不可以将此怀抒一抒呢？当这两者达到完美的结合，谁又能够分辨，谁又有什么必要分辨它是抒情还是说理呢？

我们反对议论，是反对概念化和口号的堆砌，并非反对诗人对生活作出评价，以及对人生严峻的批判。但丁（Dante Alighieri，1265—1321）、莎士比亚（W. Shakespeare，1564—1616）是在长篇史诗中夹议夹叙，雨果的《惩罚集》则整整一组都是这类的诗，它们，都是我们诗歌的丰碑。为什么前者苍白、空虚、飘浮，后者恰恰相反，让人一读难忘呢？这正是它根植于饱满的热情。

试想，杜甫的《茅屋为秋风所破歌》只写道——

> 布衾多年冷似铁，
> 娇儿恶卧踏里裂。
> 床头屋漏无干处，
> 雨脚如麻未断绝。
> 自经丧乱少睡眠，
> 长夜沾湿何由彻。

从这里下去，"安得广厦千万间，大庇天下寒士俱欢颜"之句，不正是出于肺腑？不正是茅屋为秋风所破，漏雨不绝，布衾冷似铁时油然而生的愿望？若看收尾"何时眼前突兀见此屋，吾庐独破受冻死亦足"之句，更见它人道主义的思想。若没有前面秋风破屋的情景的描写，这样的议论，就像无根的浮萍，飘浮、无力；若没有这样的议论，仅仅一副秋风破屋之景，就不能把这思想揭示、对照得这么深刻。只有这样，相互辉映，才恰到好处。

感情啊，感情！若没有感情，纯哲理是不能成诗的。

<h2 style="text-align:center">三</h2>

可以说，没有感情是写不出诗来的。

不同的人，有不同的感情。就是同一个人，情感也因时因地引起各种不同的变化，有时是千头万绪、复杂、矛盾……

好诗，总是根植于纯净、高尚的情感。这样，才能激励人们向上，才能尽到诗歌的社会职能。那些腐朽的、没落的情感只是精神的鸦片。

过去，有人见花开花落，便无病呻吟；而诗人徐迟下放到果林，雨后，见万树花开，便在下放日记写道：

> ……在我这果农眼里，它不仅是花，而是果实，是丰收了。

我们都记得过去在解放区看《白毛女》总是台下哭声一片，呼口号要为喜儿报仇的情景。可是最近在一篇短文中看到，一个新中国成立后生长起来的少年，因为缺乏有关教育，在看到黄世仁威逼喜儿的时候，竟说："多逗趣！"

诗歌，不能没有感情，但它是以思想为基础的，是对社会生活的反映。

理智，是诗歌情感的调色板；情感，是理智在诗叶上怒放的花。好的诗，应该是两者完美的结合，使感情成为理智开闸后奔腾的活水，使理智成为情感的果实。

没有理智的基础，奔放的感情不羁地狂野，是疯子，是歇斯底里的狂叫，是作品结构的紊乱。

理智若不能化为童年的天真，是情感的僵化、灰色的面孔、冰冷的说教、刻板的公式。

艾青的《大堰河——我的保姆》是在这样的环境下写的：那时，他因为"叛逆的画"关进牢房。在阴暗潮湿的监狱，他头抵在一个巴掌大的窗孔上，望着外面雪花大片、无声地落在地上，把外面罪恶的世界盖得洁白。只身在狱，更使他想到与人民深刻的联系，想到哺育了他这地主儿子的农妇，想到她：

> ……含泪的过去了，

> 同着四十几年的人世生活的凌侮，
> 同着数不尽的奴隶的凄苦，
> 同着四块钱的棺材和几束稻草，
> 同着几尺长方的埋棺材的土地，
> 同着一手把的纸钱的灰，
> 大堰河，她含泪死去了。

这样的歌，对当时身处水火之中的农民，在其精确的描写中表达了无可怀疑的、深切的同情。作者出身于非劳动人民家庭，由于迷信，在作者出生后，算命的算到他养不活，所以从一个富裕人家送到一个僻远山村的贫农家里寄养。这保姆，在没有妇权的社会，卑贱得连个自己的名字都没有。"她的名字就是生她的村庄的名字"。由于教养之恩，两个身世不同的人却建立了血肉联系。作者为"叛逆的画"关在黑牢时，牢外白雪纷纷，牢里漆黑一片，牢洞里反射进来的一丝暗黄雪光，就是大大的光明。这使作者想到牢墙隔断了他所渴望的生活，想到纷杂的人世。叛逆的画有"罪"，是那个世道容不得他生的信念，容不得诗人对千万终生在凌辱中度过的大堰河的信念。牢是黑的，信念是光明的。血肉的情感，使一个当时还不是诗人者，不得不用笔墨来倾诉他对大堰河的怀念与热情。这就使一个才开始写诗的人，塑造出一个动人的农妇形象，有很大的艺术魅力，留在读者的记忆，留在新诗的宝库。

假若，我们不排斥灵感，不"把它放逐到唯心主义的沙漠"，那么，在今日的生活里，想靠那种神经质的冲动和狂热写作的所谓"灵感"，结果，只能适得其反。我们熟悉的诗人郭小川，一挥笔就无法收拾，通宵达旦，忘其所以，第二天毫无所谓，精力充沛地照常上机关办公。有时熬几个夜，不仅没有倦容，倒像添了光彩。另一些诗人却不一定倾向于这种灵感式的写作。艾青、徐迟，都睡得早，起得早，天一亮就写东西，饭后就再也不动笔。艾青还常常在近似倦容的沉思中，突然抓起纸笔，记下闪光的意象，或抓起写了多时的旧稿删改。一首成功的作品，常常产生在经久不衰的热情与持续的劳动中。

生活的一点启示和思想的闪光所激起的创作灵感，正是这种热情、劳动以及艺术上的刻苦、认真，才使灵感的一切闪光在诗行里固定下来，在艺术上表现出来。诗人，也只有永远向着生活，热爱生活，才能保持旺盛的创作热情。凿开它的每个喷射口，都飞溅出灵感的雨花。屠格涅夫"既不能爱，也不能写作了"的话是对的，反过来，即使现在还不能写诗，若能爱我们人民、时代、生活，也就开始有了诗的素质。

一九六五年冬 于石将军

（原载《江城》一九八〇年七月号）

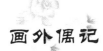

画外偶记

　　过去，有人说："画是无声的诗，诗是有声的画。"诗与画，是联体的。

　　各种艺术都有各自的特点，各自在自身的发展过程中，总是尽力吸取、融合其他艺术之长。苏轼（1037—1101）《书摩诘蓝田烟雨图》谓"味摩诘之诗，诗中有画；观摩诘之画，画中有诗。"摩诘，乃唐代诗、乐、画无一不专的王维（701—761）之号。蓝田辋川乃他笃信佛理，后舍其住宅为清源寺的隐居之别墅。他的山水诗，历代推崇，无论壮丽山河或田园小景，皆有意境，人评"笔综措思，参与造化"，《旧唐书·王维传》谓"云峰石色，绝迹天机，非绘者之所及也。"苏轼也有为他题画之诗。此处难见他的画，可读他的诗：

　　　　寒山转苍翠，秋水日潺湲，
　　　　倚仗柴门外，临风听暮蝉。
　　　　渡头余落日，圩里上孤烟。
　　　　　　　　　　——《辋川闲居赠裴秀才迪》

　　　　空山新雨后，天气晚来秋，
　　　　明月松间照，清泉石上流。
　　　　　　　　　　——《山居秋暝》

　　　　荒城临古渡，落日满秋山……
　　　　　　　　　　——《归嵩山作》

这些诗都能让人看到一幅幅画。中国画，画上题诗，好诗好画，相映生辉。齐白石的《不倒翁》：

> 乌纱白帽俨然官，不倒原来泥半团，
> 将你忽然来打破，通身何处有心肝？

这不是画的说明词，而是一段独立的好诗。画上乌纱白帽的小丑，诗中道破它是没有心肝的泥团，是对贪官污吏摇而不倒的反动统治的辛辣讽刺。

诗与画，犹如诗与音乐，可称孪生兄弟。画与诗的语言一样丰富，画与诗的表现手段同样多彩。主要活动在十世纪中后期南唐画院的待诏顾闳中（生卒之年不详），表现一个被皇帝猜忌的官僚在无可奈何的心情之下，纵情声色的《韩熙载夜宴图》，以分段的、有连续性的情节刻画韩熙载。宋代张择端（生卒之年不详）采用传统手卷形式，散点透视，兼工带写，线条遒劲老练的《清明上河图》，是展现广阔的生活画面的长卷。画上是运载米粮的大船从河上来，是街衢中络绎不绝的驿车和骆驼队四面走或歇，酒楼茶店、虹桥街市、苦力、行僧，以及通过商业活动和市民层的各种忙碌活动，歌颂了北宋汴梁的富庶和繁荣。罗丹（A. Rodin，1840—1917）的雕塑《巴尔扎克》，不知哪种解释更权威。我只从一张影印的照片间接看到这件艺术珍品。它一入眼帘，我就感到，只有这个样子才是《人间喜剧》的作者，既是伟大的现实主义作家，又是反动的保皇党的巴尔扎克，他不可能是另一个样子。罗丹把他塑造成蜷缩在一件沉重拖地的大氅里，一头乱发，向后倾着身子，慵倦、颓伤、绝望地仰望苍天，仿佛有所怨尤地对着没落的、又与他保持千丝万缕联系的资本主义社会。从他眼神里看到绝望，也许是他正视到《人间喜剧》中的现实，在他的嘴角不知是将爆出嘲弄、无奈的笑，还是长吁短叹之声仍有惋惜他自身阶级的衰败，把他作为伟大的现实主义作家，又是保皇党的双重性的矛盾饱和状态，刻画得极为深刻。它和南宋梁楷（生卒年代不详）的《李白行吟》，正如豪宕不羁，嗜酒自乐的画家本人，用不多几笔，就勾出太白独有的傲岸不羁的神气，这是一个姿态，是人生的一瞬，却从一瞬表现了一生。

诗与画的表现形式，不论有什么差别，都是这么善于表达意境。有些诗句，一闭上眼，仿佛就可以想象它形成图画的构想、线条、色彩、光影来；有些画，纸上的一山一水、人物的一个神态，仿佛可以从它呼出诗来。

过去，有人画"野渡无人舟自横""芦苇丛中泊孤舟"，芦丛、野渡，一派萧索，画景正是诗的原意，沉沉暮气，也是封建社会的时代气氛。但是，"抽刀断水水更流"，如果硬是画上抽刀断水的场面，岂不把李白在不合理的封建社会的不满和无法排遣的苦闷变成滑稽可笑的形象了么？

这种情绪、气氛、意境，如果要以另一种艺术语言解读，也只能以那种艺术形式来体现和丰富它的内涵。简单的、以图解求其"真"，实际得到的却是"假"，使艺术不再是艺术。

对描写对象，要求表现得具体、真实，这是现实主义的根本要求，诗画都是这样。

京剧《一捧雪》中的汤勤辨别《清明上河图》的真伪，就很有趣。一说汤勤向严世蕃说："这不是原作，你看画中麻雀的脚却踏了两排瓦片，哪能有那么大的雀？"一个图中四人掷骰子，其中五个骰子都是六，另有一个还在转动中，其中有一人紧张地张着嘴巴在喊"六"！汤勤便说："开封人喊'六'应该是嗫着嘴发音，现在却是张嘴叫'六'，名师哪能如此疏忽，定是伪作！"

这种求"真"的精神，确实可嘉。可是，我们不只是要求生活上的"真"，更要艺术上的真。否则，有些写意的画，或以象征手法（是说象征手法，不是"主义"）的诗，都会因为不符合普通实际生活的"真"而被放逐到现实主义之外。

在农村，有的人家就像贴门神一样把根据《蝶恋花》词意画的彩画贴在门上。这种农民的心理是很好理解的，他不再需要骑虎执鞭的秦琼、敬德给他看门，但他并没有完全摆脱相信命运的旧习，于是这种画就成了这两种心理转换、衔接的寄托之所在了。

　　　　我失骄杨君失柳，
　　　　杨柳轻飏直上重霄九，
　　　　问讯吴刚何所有，
　　　　吴刚捧出桂花酒。

　　　　寂寞嫦娥舒广袖，
　　　　万里长空且为忠魂舞——

画面上安排的是嫦娥在云天起舞，迎接杨、柳二人飘飘升天。看见这，仿佛又像幼时看见外国传教士散发的耶稣复活、耶稣升天的翻版画片。为国为民献身捐躯的烈士是永生的，他们活在生者的心里，活在我们永恒的事业中。但绝不同于死后转世，灵魂升天的宗教欺骗。

　　结果，对原作图解的"真"，恰恰成了乱真，歪曲词意的效果。破坏了原作深沉的情感、超脱的意境。但是，有另一张画，不见嫦娥，不见杨、柳，画面上是节日晚上，欢乐的人海，尽在夜的朦胧中。火树银花，彩色的雨，金色的云，喷溅的激情，无尽的诗——布满大半个画面的节日焰火飞溅与闪烁中，后面的人民英雄纪念碑闪现了，它的底座和顶部淹入烟花的云烟，反而给人高大、深远的实感，它不像古画中的楼台亭阁，浩渺的烟波，显出楼亭的虚幻，它是更庄重、雄奇地屹立着……碑上金光闪闪的题字"人民英雄永垂不朽"清晰可见，可是，画家在右角题上——

　　　　忽报人间曾伏虎，
　　　　泪飞顿作倾盆雨。

我不知道怎么评画，明显的，画家也是在极力表达词意的真，用实的形象表现原作"虚"的诗幻。画笔抓住原作"虚"的真髓，又还给原作"虚"的本相。结果，这种真，就比那种图解式的"真"更真。

　　在别的情况下，即便是图解式的画，效果也不一定这么坏，遇到《蝶恋花》这样的词，"虚"的诗意图解成具体的实景实物，以实代虚，最后只能那么糟。

《蝶恋花》原题是《游仙》。从屈原的《远游》开始，《游仙》都是讲神仙的事。这类词，都是作者与仙家游玩，借游仙，把自己的牢骚拿到天上去发。这曲《蝶恋花》自然没有牢骚可言，所以毛泽东有这样一段话："……这种《游仙》，作者自己不在内，别于古之游仙诗。"毛泽东把他的《游仙》改作《答李淑一》，正是说明词里只讲人，不唱仙吧。

有人在解释这首词时，认为它"一方面把人神化了，另一方面把神人格化了，这种表现手法，革命浪漫主义的成分是很重的。"

若这首词的成功真的在于它"把人神化了"和"把神人格化"了，我就不知道说这话的人，是否考虑自己的话对此词是褒还是贬？

不能说文艺作品中出现了神话就有违唯物史观，这是常识。过去的文艺批评家说《伊利亚特》是属于现实的，并不是没有看到这部史诗有很多神话成分，而是它的内容还是那时希腊人经常接触到的生活。不同于《奥德塞》描写的水乡异岛、山妖蜃女。

我们知道，世上确实无神。人世的灾难若要等待神来拯救，那是人民无力自救的悲剧。人若成了神才可敬，他也只能成为神座上的偶像，不可能成为人们生活之中活的力和自己爱戴的英雄代表。他头顶的光环，只能成为囚他自身的魔环，他离开尘世，离开大地的生活，只会远离人民受到孤独、寂寞的惩罚。不是让人敬，最多令人畏，不是人民自己杰出的代表，只是冥冥之中的救世主。

烈士的永生，就是生在我们每日的事业中。

他们的永生，不是灵魂转世升天。"把人神化"这种褒词无异于宣传新的宗教。

原作"杨柳轻飏直上重霄九"，只能，也只应该是作者对英烈崇高精神境界之艺术表现，诗化的精神，丝毫也不存在人物的神化。

烈士永生，浩气长存。今日天安门前节日的焰火，星火珠溅，火树银花，迷人的景象，就是"忽报人间曾伏虎，泪飞顿作倾盆雨"啊！

这是大地的生活，不是天上的幻景。画家只应该画出其中的诗，不能图解得诗失去画。

诗，在艺术上既有画的种子，也有音乐的种子。

写意的中国画，追求的是意真，而不是单纯的形似。当代画家李可染（1907—1989）、石鲁（1919—1982）笔下的陕北农舍、三峡峭壁上的房子，建筑师一定是通不过的，但是展览厅的观众都从中感受到三峡与陕北的诗趣。

音乐，即使是无标题音乐，也都有它确切、具体的内容。也有这样的情况，在哪几小节里可以找到木管模拟的鸟鸣，或是竖琴表现的潺潺水声……但是，要理解一部音乐作品的内容，只能从乐曲整体的构思表现到左右了你情绪的旋律中去探求。任何天才的文艺批评家，若想把它分解成 Do、Re、Mi 说明什么，Mi、Re、Do 说明什么，结果是什么也不能说明，最后一定要说明什么，那也只能说明批评家的荒谬。

诗，可以写得很"实"，具体到像小说散文一样的描写，有的也常常写得很"虚"，接近音乐，近乎一种情绪的表现，着意表达作者所要实现的诗的境界。

过去，古典的评论也要求绘画"气韵生动"。东晋画家顾恺之（约348—409）就提出过要"以形写神"。是的，画不要求形似就没有绘画。气韵的生动，必然形似。但是，仅仅形似，却不一定能"写神"、传神。罗丹说的"只满足于形似到乱真"的地步，也不一定传神，我想，正是上述情况。正如这位大师所说："有了内在的真理，才开始有艺术。""在艺术家看来，一切都是美的，因为在任何人与任何事物上，他锐利的眼光能够发现'性格'，换句话说，能够在外形下透露出内在的真理；而这个真理本身就是美的本身。虔诚地研究吧：你们不会找不着美的，因为你们将遇到真理……"

画家不找真理，必然被美抛弃。

雨果在形容巴黎圣母院的建筑高度时，说"量一量巨人的大拇指，就等于量了它的全身了！"这种语言，自然包含作者一定的热情和寓意，但总有点玄虚。可是在追述圣母院的历史时，他也像在《悲惨世界》中谈"方济各修道会"一样，连篇累牍地作了编年史似的精心考证，但也有些烦琐的、近乎自然主义的描写。只要不是盲目崇拜，读到这些章节是无法喝彩的。

过去，我只知道从浪漫主义的作品中去看奇人、奇事、奇境。后来又见人在理论上从卢梭（J. J. Rousseau，1712—1778）借来他所说的三种倾向，认为浪漫主义倾向崇拜个性、感情、大自然。维克多·雨果说："浪漫主义，多次被人误解，就全面来看，它真正的定义是：文学的解放，新的人民，新的艺术！"一八三七年，他为诗集《内心的声音》作的自序，仿佛是对前者的解释和补充：

> 诗人……有责任把政治事件——假若值得的话——提高到历史事件的高度。为此，他应该将这种冷静的目光投向他那时代，而将历史投向过去；为使自己不至受骗于幻觉、虚幻的海市蜃楼、暂时的临近，他应当就从现在起，使一切成为远景，一会儿缩小，一会儿增大……

这段文字有点晦涩。照我的理解，他的"文学的解放，新的人民，新的艺术"，就是在文学解放的热情中写理想，为了这一目的，可以进行艺术提炼（增大或缩小）。

从我们能读到的雨果作品的汉译本看，雨果的创作确实是他的文学主张的实践与体现。

有人说"理想"这个字就含有想象、幻想的意义。因此，有人就以为可以想入非非了。据雨果的有关资料讲，有一部没译过来的他早期的长篇，就是追求情节的离奇、怪诞而没有得到成功。《悲惨世界》所以使人一读难忘，就在它既有具体生动的现实主义的描写，又有浓郁的浪漫主义色彩。对于一味追求奇人、奇事、奇境的作品，我们这一代人，一般恐怕都很难接受。

我国古代没有"浪漫主义"的提法，但是有浪漫主义的作品，屈原就是杰出的代表。"帝子降兮北渚"，他就召湘夫人自天降来；"闻佳人兮召余，将腾驾兮偕逝"，他就想象与湘夫人会见后，怎么共同生活。《东君》尽管着力描写旭日丽空云霓辉映的形象，却还以"举长矢兮射天狼，操余孤兮反沦降"，影射秦对楚的侵略和人民的复仇心理，深化了作品的内容。但他的《国殇》在沉痛地祭念阵亡将士中追述战斗与勇士们宁死不屈的意志，手法则完全是写实的，另有一种刚健质朴的风格。积极的浪漫主义总要根植于现实的沃土，二者常在一个作家身上，甚至在同一部作品中相辅相成。

李贺的《梦天》，他从冷雨恍惚见月宫玉兔的清泪，到天上见月亮也被雨滴湿了，"老兔寒蟾泣天色，云楼半开壁斜白。玉轮轧露湿团光"。他从天上望地下，见九洲只是九股烟，"一泓海水杯中泻"。整个诗的想象不能说不大胆、丰富，但是，他丝毫不像《咏七夕》，虽写天上事，却道儿女情，忠贞的爱情，是人所理解的。而《梦天》中的景象却神秘，近似谜。杜甫同样写梦，《梦李白》却集中为社会对他的不平而呼喊"冠盖满京华，斯人独憔悴"，这是杜诗的一贯写实手法。

新的时代新的人，有理想、有抱负、胸襟阔大、高瞻远瞩，既有理想，还是勇于将它付诸实践的英雄。

有人把凡是提出过理想的作品，如《茅屋为秋风所破歌》里提到"安得广厦千万间"就是浪漫主义作品。如此划分，凡是严肃、有意义、更有愿景的作品，大概都可划为此例。浪漫主义作家写的"理想"，不是以作家的愿望提出，而是以理想当现实在笔下表现出来的。

由此，想到围绕《蝶恋花》的画与评，我不能同意把这首词说成它的人之神化和神的人格化而成的革命浪漫主义。

可能就是这种理论的作用，在提倡革命现实主义与革命浪漫主义相结合的创作方法时，出现了很多不是牛郎请社员帮他耕田，就是七仙女到跃进的纺织车间惊奇今日纺织女工手比她巧。一首歌唱"丰产"的"民歌"是这样的：

谷子壳儿当船摇，
谷子杆儿好撑篙，
三吊谷子不算多，

一个粮仓装不了，

百人吃了三十天，

还剩两吊没吃掉。

不论创作意图怎样，事实上成了精神不正常的人的梦呓，成为政治浮夸风的"艺术"表现。有的为了显示自身的力量，竟要"一脚把地球踢翻"。真不知道作者将自身置于何地，又想说明什么。马雅可夫斯基也有"我要把旧世界推翻，像倾倒一只酒杯"的名句，那是表达无产阶级改造世界的豪情壮志。目的不同，效果也两样。前者是胡言乱语，后者是诗。

那些诗，确实可以说是表现了"神的人格化"以及"人的神化"。而且有的是人神难辨，令人看了啼笑不得。那些超人的"英雄"，可以无视一切左右乾坤的神人，只能是持有英雄造时势的唯心史观者才能创造出来。

十月革命后，苏联出过布洛克（А. А. Блок，1880—1921）的《十二个》，据说这是一位俄国颓废派诗人革命后写出的现实主义和浪漫主义结合的作品。当中有不少精确动人的描写。但是，作者把十二个遭白匪富农杀害的革命者和基督十二使徒交叉起来写，把完全不相干的内容硬给撮合起来，把为共产主义理想就义的烈士视为宗教的殉道者，叫人读了郁闷。作者这样写，损害了他自己所描述的革命英雄。鲁迅早年向中国读者推荐这一作品时，就指出过这个问题，说它虽是十月革命后的新时期出现的作品，但它仍然是旧思想的产物。

马克思有句名言：

使死者复生，

是为了赞美新的斗争！

将"泪飞顿作倾盆雨"的词意画出天安门节日的晚上焰花飞溅的迷人景象，是把原作烈士永生在我们当中的词意表达出来了。"赞美"了

"新的斗争"，也"使死者复生"了。另一种将原作借用神话中的人物烘托英烈崇高的精神境界，作为"人的神化"和"神的人格化"，冒认为"革命浪漫主义成份"的，在画笔下，自然只能是宗教画。

　　就这样，我看着画，想到诗；想到诗，看着画……

一九六六年"八一"于石将军

（原载一九八〇年二月十五日《美术研究》季刊创刊号）

也谈新诗的形式问题

一

　　几位年轻朋友，把他们自认为以"现代"手法写的诗给我看，担心自己不能掌握运用所谓"现代"诗的形式。首先，我自己就不知道"现代"的诗是有什么固有的形式，离开诗的内容谈诗的形式，更不知从何说起。

　　朋友从海外寄来的诗集中，我看过一首《祭》，用的是这样的形式：

杂草山上

谁愿惊醒这荒凉的寂静

来奉献花束纪念爱

的青春　以及

焚枯的

古之偶像

的图识

穿黑衣　以

暗自低泣的未亡人

竟以手绢轻拭泪水的脸

引驻过客

　　诗名为《祭》，诗句砌成坟墓的形象，若写首"白菜"岂不要把诗句砌成白菜的形象才了结么？若是这样，摄影师可以把诗人完全送进坟墓。

　　文学，是语言的艺术。诗的语言，需要经过声音与形象的加工。声音的加工，使语言有诗的韵律（不是单单押韵）；形象的加工，稍有常识的人，怕都不会误认要像《祭》这么作吧。

　　"五四"后，有的非常值得尊敬的诗人，也提倡过"诗的建筑美"，把并非视觉艺术的诗，要求像对绘画一样。他们自己的创作实践就证明了这种理论的脆弱性。当大家无法承认宝塔诗是诗的时候，也就无法承认它是有任何价值的理论。

　　徐志摩是讲究形式的，这位唯美主义者，要他不讲形式也办不到。他的作品，今天仍未失去对我们的借鉴作用。我也多次以他的《庐山石工歌》为例，说明它在形式上的"建筑美"，恰恰成了叛逆它思想内容的美学效果之教训。过去，我们批判这些唯美主义、形式主义诗学时，总是笼统地归罪于"新月派"；把它作为诗学的建树时，则归功于闻一多先生。就以闻先生一九二七年写的《飞毛腿》为例：

　　　　我说飞毛腿那小子也真够别扭，
　　　　管包是拉了半天车得半天歇着，
　　　　一天少了说也得二三两白干儿，
　　　　醉醺醺的一死儿拉着人谈天儿。

这种凑字数形成方块的"建筑美"，若不以人论事，要得出个实事求是的结论并不太难。我们若要人们以对闻先生后期作为民主斗士的敬仰，以对他早期唯美诗学的迷信，即便没有什么个人目的，这种思想方法也不可取。

　　这里，不妨引段艾青同志在一九三二年写的《透明的夜》：

　　　　"酒，酒，酒
　　　　我们要喝。"
　　　　油灯像野火一样，映出
　　　　牛的血，血染的屠夫的手臂
　　　　溅有血点的
　　　　屠夫的头颅

油灯像野火一样，映出，以及
我们火一般的肌肉，以及
——那里面的——
痛苦、愤怒和仇恨的力。

油灯像野火一样，映出
——从各个角落来的——
夜的醒者
醉汉
浪客
过路的盗
偷牛的贼……

"酒，酒，酒
我们要喝。"

这样的诗，若以《飞毛腿》那样富有诗的"建筑美"的形式来表现，这群醉汉、浪客也一定在"建筑美"的宫殿里，在形式的礼仪中有王子的风雅了。

形式的不同，从不同的美学趣味出发，是不同的艺术境界。

诗，若要形式上的统一格式，决不可能有诗的"百花齐放"，无论在思想或艺术上，都是这样。

今日探讨诗的形式问题时，史上这样的诗例，是该深思的。提倡"现代格律诗"的何其芳，是以自由诗体的《夜歌》赢得诗名的，他在解放后写的《回答》，并没有因为格律严谨而免于读者对诗人的失望。写诗考虑形式问题时，这是不该忘记的。

二

诗的形式，若不是作为表达思想与生活的手段，反被成其俘囚，那么，形式只会产生形式主义。一部文学史，可以找到无数例证。

列宁在《哲学笔记——黑格尔逻辑学一书摘要》中讲过：

> 形式是本质的。本质是有形式的。不论怎样的形式，
> 都还是以本质为转移的……

文艺，是生活的镜子，形式，必然随表现的生活内容的变化而变化。我不知道那几位年轻人说他们以"现代"手法写的诗的"现代"形式是什么样子，更不敢胡乱猜揣。它，决不可能是旧有形式的再版。一个民族的诗歌，形式上长时间没有变化，正是诗的艺术得不到发展的不幸现象；但是，若它是离开我们一切传统的诗的形式，从另一个世界空降的怪种，也是不可想象的。

有位诗人，为报刊多登了自由体的诗，就认为他所说的"民族形式"的民歌体的作品没有得到应有的重视而不平，逢场疾呼，我就不知道他所说的"民族形式"的歌体，是种什么一成不变的形式。

> 遍山羊群是奴隶主的，
> 软软的牧鞭是奴隶主的，
> 牧羊姑娘是奴隶主的，
> 唯有牧场上响起了悲歌
> ——才是自己的。

谁能说这不是一首彝歌？不是一首彝娃子的歌？其中的忧愤情绪，对长期在压抑中又初醒的精神状态，倒是恰如其分地具有历史的真实性。谁能说它不像古彝歌伴以月琴的一唱三叹、叠句回旋而否认它是彝歌？不是曾为奴隶，不是在觉醒的娃子，是唱不出这么深沉而愤慨的歌。这与娃子觉醒前对命运的悲叹是贴切的。若以古彝歌的形式低咏，深切的悲愤，在一唱三叹中也成了哀怨的叹息。低回旋复的旋律，也适于表达忧伤重重的诗情，但碍于表达撕人肝肠的控诉。形式成为内容的羁绊，就不能不另辟途径。尤其是生产关系发生根本变革，表达生活感受的艺术手法与审美趣味也必然随之而变。为了寻求

与新的内容相适应的形式，旧的形式必然被改造，被淘汰；新的形式也随之产生。"五四"后，以至于开国后，每次思想解放的形势下，总是大量涌出自由体的诗，当中还有很多好诗。就是五十年代末的新民歌，尽管对它有不同的评价，当中不少也是诗人的作品和真真假假的"民歌"汇在一起，也很难叫人从中选择例证，但有一点是明显的，它们在形式上也无法拘于五言、七言，而趋向新诗的半格律体。这些情况，引人深思。

新中国成立后，对新诗的讨论，数对形式问题争得热闹了。常常有这样的情况，对新诗的发展，在缺乏勇气正视思想束缚了诗时，就在形式问题上纠缠。以建立"现代格律"为新诗寻求发展的出路，结果也只能为这种理论敲一台出场锣鼓而收场。

不能一谈形式就是"形式主义"。形式从属内容，也反作用于内容。世上毕竟没有无形式的内容，像不可能只有形式没有内容的新诗一样。就是"不拘形式"的"自由诗"，本身也是新诗中"不拘形式"的一种形式。只要不是形而上学和搞形式主义，为新诗的发展，对形式问题作些探讨，也很必要。

三

从古至今，乐府、五言诗、七言诗、词、曲到"五四"后的新诗，一部诗史，也是诗的形式发展史。作为语言的艺术，语言是随社会的发展而发展变化，新的社会生活，使新的词汇大量应运而生，必然相应地涌进反映生活的诗里。过去，多单音词，现在就多双音词，还有三音、四音的词汇。一位老翻译家就讲到过去"沙龙文学"中的笑话："沙龙"是法文"客厅"的音译，实质上是有产者消闲的场所，他们认为有伤大雅、"俗"字不合上流社会的不得入诗。贵妇爱玩狗，"狗"字却不得入诗，于是，在不得不提到"狗"这种动物时，只好煞费功夫，编成另种"高雅"的表现方式，写为"忠诚可敬的帮手"（de la fidélité respectable soutien）。

今天我们的诗，尤其是直接产生于人民口头的歌谣，就不可能这样。我们要求文学积极地反映丰富多彩的现实生活，就要求诗歌从形式到内容同样要丰富多样。过去，虽说唐兴诗，宋兴词，然而，过去的诗人，往往五言、七言、词、曲同时写。当中有擅长运用某种形式，却无专攻一种形式，以此代彼的。新的形式形成，只是园圃花增，使诗人有了更广泛的选择自由，获得更多的表现生活的手段。从旧体诗词到自由诗，其变化也反映了这样的事实：每种新的形式出现，比之过去，它给语言的容量和回旋的余地愈大，为表达更深广的内容创新，形式也在探索前进中提供了相对的自由。狂飙时代，狂飙式的时代精神，就要求摆脱一切形式的束缚，奔放而豪壮地歌唱。

"五四"是伟大的。但也受当时历史条件的限制，有些问题不能解决或解决得不好。不少新诗，摆脱不了翻译诗的影响。人们要求新诗走向广场，面向大众，也有权要求新诗的形式能符合或接近我们民族的欣赏习惯。鲁迅先生就提出过："要有韵，但不必依旧诗韵，只要顺口就好。"① 提倡顺口，并非"顺口溜"似的顺口。语言音调节奏的和谐，使诗有优美的韵律，比之单纯的押韵，就需要更大功力。今日的读者——青年人是崭新的一代，对新诗的内容和形式，都有更严格的要求，也就要求对旧有的形式有新的突破。前面我提到几位向我提出"现代"诗的形式问题的青年。若把他们的意思说明白点，我想"现代"诗，要么就是指"现代派"的诗，要么就是以"现代"泛指当代新诗。若是指后者，它也许会有普遍采用、保持暂时稳定的某种形式，要寻求一种现成的、固定不变的形式，现在和未来都不可能有。何况我说的那种普遍采用、保持暂时稳定的一种形式也还没形成呢。有一点是可以肯定的，为了表达更新、更多样的生活之所需，要有更丰富的表现手段时，又使新诗对形式的探索，打开了广阔的天地。

各种探索，各有天地，更不能以个人的好恶论成败。若想定出纪律，采用统一的形式，或预定"现代格律"为新诗的主要形式，实际上是某些人对形式问题的专制思想反映，任何时候，任何地方也行不通。宋词所反映的生活内容，比之新诗，不知狭窄多少。不少都是才

① 《鲁迅全集·致蔡斐君》十三卷，二二〇页，人民文学出版社一九八一年版。

子佳人的叹息。但是，并不因为李白首创了《菩萨蛮》，后来者也只限填此调方谓"词"。以后，发展的长调小令，使词牌增多。并无人因此说苏东坡的《念奴娇·赤壁怀古》、李清照的《声声慢·重阳》、李后主的《浪淘沙》因词牌有异于《菩萨蛮》就排斥于"词"之外。西方的诗人，并非都写十四行体的。李季一九四二年写的《王贵与李香香》与一九五八年写的《当红军的哥哥回来了》都是采用"信天游"的形式，在写这两部长诗之间，作者同样写的陕北革命故事《报信姑娘》，却没有用陕北民歌的形式。要研究，当中会有不少学问。同一个李季，前后写的诗也不可能统一于一种形式。离开诗歌发展的现实，想要用方块字写诗的形式都就范于"现代格律诗"的乌托邦里，就更不现实。

四

有人见新民歌摇头，谈新诗也"不敢恭维"，怨新诗的内容"庞杂"、形式上结构不"严谨"，句子长，难记忆，不像旧诗词那样经得起"品"，说来道去，只有唐诗宋词好，要么，不是拜伦就是雪莱高。

新诗的历史短，它在形式上的完善过程远未完成，和千百年来传至今日的经典作品相比，这本身就极不科学。

新诗所以是新诗，首先是在形式上是对旧体诗词的背叛。两者相悖之物，怎么去比呢？郭沫若是新诗旧体都来的，试将他的《骆驼》写成旧体，《满江红》写成新诗，都会将它们现有各自的诗意、题材败坏。因为它们就是从两种不同的内容到两种不同的形式，各自有不同审美要求之作。

从具体的新诗作品看，某一篇有这样或那样的缺点毫不为怪。就是上面例举的古典大师，有时也免不了有败笔。但从新诗所以称之"新诗"，它反映的生活内容要丰富、广阔得多，比之"小桥 流水 人家"这样的"单纯"，它就该"庞杂"，正是为了结构进不单纯的内容，也就无法"严谨"在绝句、小令对新诗形式的窒息之中。

新诗是旧诗的背叛，新诗作者同样喜欢李、杜、苏、辛，他们，确实是那时代诗的杰出代表。生在当年，没活在今天，正是他们的不幸。今天的新生活，比之唐宋，为他们提供了更多诗的题材，更浓郁的诗意，将唤起他们更大的诗兴。以他们的天才来表现今日复杂丰富的社会生活，他们对诗的形式的丰富和发展，肯定会弃旧创新作出贡献，证明他们是真正的诗的天才。

拜伦，马克思认为他夭折得是时候，否则，他开始走向反动的苗头会把他可以骄傲的诗的天才葬送得更彻底。然而，马克思却十分惋惜雪莱的早逝，因为他走向社会主义的诗才，完全可以成为诗的明星，任何天才的才华，都只有在先进的思想中发光。比之持本红皮书就可以视作"红党"而加以迫害的黑夜，朝辉比明星更光彩夺目。何况，他们之中的任何一位，首先是诗人，并非以诗的形式上的创造而得诗名的。《三别三吏》就在于《三别三吏》，并不在它是五言或七言，《唐·璜》就在于《唐·璜》，它的价值并非取决于十四行。单一夸大这些作品在艺术上、以致形式上的美，耐"品"，从某种意义上讲，是贬低了它们。

新中国成立后，有人写过十四行，那只是偶尔巧成十四行，或排列上稍加调整凑成十四行的自由体诗，缺乏十四行体真正的特点。冯至过去的"十四行诗"，因为作者精通外文，相信他对这种诗体的运用是较熟练的。他的《十四行诗集》，对我们从汉语了解这种诗体颇有帮助。其中，有的只是在字数上排列整齐，并不押韵，有的句子还没断句，为了排列的整齐就转行，有的，韵押在转行的转折处，有的是头韵非尾韵，读来，很难习惯。这组诗，不少令人难忘的篇章。其中，有的很精炼，有的为了适应形式压缩得有些晦涩，把许多充满诗才的构思，在有限的空间窒息了。这种形式，若只是照到我们现在看到的这种样子，与我们欣赏习惯相距甚远，一般读者难以接受。

马雅可夫斯基用的形式，俗称"楼梯诗"，这种形式移植过来，读者并没有表示欢迎。马雅可夫斯基早期是位唯美主义者。他的诗，每句每词，都照"楼梯"式分行排开，既按诗义，又充分调动了他所运用的语言之音乐性。我们有人学此式，并没有注意汉语的特点，每分成一个"楼梯"阶，往往只是朗诵上顿、歇的标志。有的等于音乐上的着重符号——＞，几乎全篇都要声嘶力竭才能读完。有人也很快放弃了这种形式的尝试、移植。

今日的诗，当然应以新诗为主。旧体诗词形式的艺术，对新诗既有借鉴价值，可新诗若形式复旧，也就不为新诗了。要当"改组派"，像裹了又放脚的女人，总还是小脚女人走路。有人写些不文不白的句子，用七言又不合旧体的平仄、对仗，说是新诗，又没点新诗的气息，内容和形式都不伦不类。这种办法，只能告诉我们：在形式的探索上，新诗只能闯自己的路。

柯仲平，远在"创造社"时代已有诗名，也深知过去新诗在摇篮时的缺点。一位诗人，由于诗人的责任感，力求自己的作品能与人民进一步结合，才致力于新诗形式的民族化。晚年，他在西安，希望自己健康好转后，能带着"冬不拉"走遍天山戈壁，做个行吟诗人。让诗从人民中来，又回到人民中去，这个愿望极好。可是他的"场面这么好，音调这么嘹，我们也曾听过报"这样的诗句，只能当作我们为一位自己所尊敬的前辈在新诗形式的民族化的实践上的悲剧而叹息。我们完全理解诗人于形式创新的心意，我们也不得不承认他这首次试验的失败，也可惜没能看到诗人总结失败的教训后，为实践自己的主张作出新的尝试。柯仲平对诗的形式民族化的主张及实践上的教训是值得重视的。他已经不是简单地要求退回五言七言的形式，也不是要像"现代格律诗"那样讲求音步的相等或对称，宽容到可以像自由诗那样，只要求可以吟诵，朗朗上口。本来，这不是苛求，这样好的主张，当形式主义地来实践，就成了我们所知道的这种结局。"嘹亮""报告"这样的双音词简化为"嘹""报"，也就出现了"音调这么嘹，我们也曾听过报"这样的诗句。削足适履地寻求诗的"音乐感""民族化"，结果，一面"音乐化"了，一面语言自身的完整、乐感却遭破坏；仅仅留下押韵单字的"民族化"，损害了我们民族语言的纯洁性。

我常想，每个民族的诗歌，是否都有它一成不变的民族形式呢？十四行体，虽然杨宪益（1914—2009）同志考证，我国古已有之，但从今日我们的欣赏习惯看，还无法把它当作我们诗的民族形式。拜伦的《哀希腊》、勃朗宁夫人（E. B. Browning, 1806—1861）的《十四行诗》和密茨凯维奇（ Adam Mickiewicz，1798—1855 ）的《克里米亚十四行》俱是诗史上的名篇。普希金为"俄罗斯的百科全书"的《叶甫盖尼·奥涅金》，若不是考古的态度，该把十四行列为俄罗斯还是斯拉夫的民族形式呢？

"五四"后有成就的诗人，如郭沫若、艾青等，受美国民主诗人华尔特·惠特曼的影响绝非偶然，是他们当时民主革命的要求之神似必然的貌合。如郭沫若的《立在地球边上放号》、艾青的《大堰河——我的保姆》并不难指出它们在语言和形式上受外来影响的地方，可是，任何人想排斥它们在新诗的成就之外，否认它是我们民族的诗萃，怕也办不到。

国家与国家、民族与民族之间，文化的相互影响无法阻挡。今天有康藏公路，千山万水之隔，拉萨也仍像远在天涯。古代，无有今日的交通、通讯条件，仍然要吹去长安的风。藏家的男女老少，对唐代的文成公主无不敬仰，给他立寺供香，就因为她带去了盛唐时的进步文化。藏语中的"琼"，有人译为"青稞酒"，我倒认为它是藏语中外来的汉语。过去古汉语中"酒"就是"琼浆"。酿酒本身就是随文成公主带去的工艺，藏语的"琼"正像汉语从"sofa"音译为"沙发"，英语从"叩头"而音译为"kotow"一样。仓央嘉措（1683—1706），这位只活了二十三岁的诗的天才，他的诗无疑是藏族文学最灿烂的一页，它在形式上不同我们所看到的藏族民歌，显然受了唐诗的影响。

> 要是不相见，
> 我们不会相恋；
> 若不相恋，哪需忍受
> 这般相思的熬煎！
>
> 我要随了她的心意，
> 今生就要与佛法绝离；
> 我若去云淼空寂的庙宇，
> 又要违背她的心意！

它既非绝句，又融合了绝句的形式；它没有藏族民歌比兴的传统形式的结构对称，又不难看出诗情于传统比兴式的吟咏。当时藏族受到外敌入侵，仓央身受迫害，人民非常珍视和发扬藏王为文成公主播传的唐风。对文化修养极高的仓央，这种影响也是明显的。就是西班牙和南美的行吟诗人，据有的文章介绍，他们有的歌，也类似我们绝句的形式。这种形式，也许是各自形成，不谋而合，也可能是相互影响的结果。要深究，我也不知道怎么考证。

马克思在《不列颠在印度斯坦的统治》中告诉我们：一个强民族如若征服一个比它更文明的民族，结果，征服者也只会为被征服者同化。进步的、科学的、文明的东西予以的影响，只有汲取，挡，是挡不住的。有时不可避免地夹进一些坏的、有腐蚀作用的东西，也只有通过比较、认识、批判，使它淘汰下去。

中外古今的优秀文化，无产阶级，是它唯一合法的继承人，却不是复古主义者、世界主义者和门罗主义者。

五

也许可以再说一遍，新诗所以称之为新诗，首先是对旧体的形式背叛。

新诗的形式，只可能在新诗自己已形成的基础上求发展，绝非某种体裁、格式的定型。

作品的民族气派，首先决定作品所反映的生活、思想、感情是否具有民族气派。

一个碧眼金发的女人，谁也不能因为她穿了绣花旗袍就定夺人家为汉人；清末民初，拜伦、雪莱的诗，也是译成五言七言，无论《哀希腊》或《西风歌》因为出现在面前是旧体，就能是我们民族的诗么？过去的《打牙牌》《十八摸》之类的娼妓文艺，全系糟粕，能够因为它沿用了过去传下来的形式，就承认它有民族气派么？写夜莺在歌唱，男女在苹果树下拉着手风琴谈情说爱的诗，硬说是描写今日中国的农民，别人只好摇头，仅靠形式，无法使它具有民族气派。

　　三十年代"现代派"的诗，过去有人说它是"西方没落诗派的变种"，是"新月"的继承。它的代表人物戴望舒，后来在鬼子牢里写的：

　　　　我用残损的手掌
　　　　摸索这广大的土地：
　　　　这一角已经变成灰烬，
　　　　那一角只是血和泥；
　　　　这一片湖该是我的家乡，
　　　　（春天，堤上繁花如锦障，
　　　　嫩柳枝折断有奇异的芬芳）
　　　　我触到荇藻和水的微凉；
　　　　……

一个诗人，受了刑，用残损的手掌在牢底摸索到诗人心中整个祖国，一直到"是太阳，是春"，是"带来苏生"的"永恒的中国"！这种用血和泪写的诗，读了无法不动容。思想艺术所达到的水平，已成新诗宝库中的明珠。强烈的爱国主义精神，决不可能为它用的是自由诗的形式，就没有民族气派了。相反，他早期的诗，例如：

　　　　你问我的欢乐何在？
　　　　——窗头明月枕边书。
　　　　　　——《古意答客问》

不仅语言充满旧词藻，其中表达的情绪、意境也是旧诗词中常见的。他这类的诗，可以看到诗人对中国文化很高的素养，却没有现代人的民族气派与民族风格。这样的例证，可以再次说明，诗的所谓"民族形式"的某种固定的体裁、格式，是不能对诗的中国气派起保证或催生作用的。离开诗的思想内容，就形式论形式，难免误入歧途。

六

　　新诗在"五四"出现时，基本上都是自由诗。李大钊、鲁迅、郭沫若、胡适、沈尹默、刘半农、俞平伯等，在那个时候，全是写自由体的新诗。我们可以举出惠特曼对郭沫若的影响，后来的艾青受了凡尔哈仑的影响。但是其中不少诗人也接受过拜伦、雪莱的浪漫主义诗情，却没有写十四行。郭沫若在《我的作诗的经过》中说过："在我自己的作诗的经验上，是先受泰戈儿诸人的影响，力主冲淡，后来又受了惠特曼的影响才奔放起来的。"思想的解放，因为诗情的奔放而需要惠特曼，而写自由体的诗啊！以为诗是最好写的，自由诗只是散文分行的人，就该知道，郭沫若在写《女神》的时期，不是没有押韵的技术，形式拼成"豆腐干"的本领啊！

艾青，是新诗创作成就很大的一位诗人，是坚持新诗创作的创作年龄最长的一位诗人。他的主要作品，形式上多是自由诗。他的成名作《大堰河——我的保姆》中接下去的"她的名字是生她的村庄的名字"这么一句，语言结构欧化，不能说是民族化和大众化的。可是自由诗的形式，随着以后的创作实践，他就用得越来越活了。例如诗人在一九三八年写的《手推车》：

> 在黄河流过的地域
> 在无数枯乾了的河底
> 手推车
> 以唯一的轮子
> 发出使阴暗的天穹痉挛的尖音
> 穿过寒冷与静寂
> 从这一个山脚
> 到那一个山脚
> 彻响着
> 北国人民的悲哀
>
> 在冰雪凝冻的
> 在贫穷的小村与小村之间
> 手推车

以单独的轮子

刻画在灰黄层土上的深深的辙迹

穿过广阔与荒漠

从这一条路

到那一条路

交织着

北国人民的悲哀

手推车，在这里就是北国人民在那个时代艰难而又坚毅向前、进行生
的探求的形象。形象是鲜明的，诗情是饱满的，诗人对人民的同情是
深沉的。虽然没韵脚，但节奏明显，从排列上表现了诗情的律动感，
即便不分行也是诗，从前后两段的对称，还显然有格律的因素。但
是，艾青多次讲，他写诗运用的形式，是按题材的内容需要和自己习
惯的手法来的。看看他的《给乌兰诺娃》就明白了：

像云一样柔软，

像风一样轻，

比月光更明亮，

比夜更宁静——

人体在太空里游行；

不是天上的仙女，

却是人间的女神，

比梦更美，

比幻想更动人——

是劳动创造的结晶。

这首一在《人民日报》刊出，首先受到称赞的诗，真是不需要旁人对
诗本身说些什么了，但细心的读者，将它和《手推车》一比，就可以
从中悟出按内容的需要选择形式的重要了。不同的形式，表达了不同

的艺术境界，若按一种固定的格式写诗，能写出好诗么？

这两首诗所以能写好，也是艾青按照自己所习惯却非单一而多样的手法来写，才会有艾青这种既是独特的、又是从内容到形式的多样、且富变化的诗。一旦不能如此时，艾青这样杰出的诗才，也不能施展。长诗《藏枪记》失败的原因，也在此。例如：

> 杨大妈问：
> "你可看见我家小虎？"
> 李大娘说：
> "灯火缭乱看不清楚。"
> 杨大妈问：
> "什么时候他们回来？"
> 李大娘说：
> "恐怕要一年半载。"

要说明诗人在当时的文艺教条下形成这首诗的因果，不是在这里用几句话可以说清的。就诗论诗，从上面列举的诗句里，它在艺术上已看不见艾青自己，也就是诗人不能按自己的表现要求和习惯写作时的后果。

以艾青的成就所总结的经验，可以作为我们认识诗的形式问题的一把钥匙。

那几位青年朋友问的"现代诗"的"现代形式"若是有的，那就是为了适应表现更新、更丰富的生活内容而出现的诗的新形式。按照人们往后提高的审美趣味和要求，根据表现的需要所出现的形式。

虽然目前没有出现，也无法猜想它的形状，但是，只要它能出现，就是好事，是我们新诗在发展的标志。

它必定产生于无数创作实践的成败中，也要经过分娩的阵痛吧！为艺术认真的探求，就是既艰辛又伟大的开拓！

（选自《灵感的流云》人民文学出版社一九八三年版）

诗与生活

——在两次座谈会上的发言

一

这次，我们诗歌作者学习访问团，从零下五度的北京飞到二十五度的广州，不仅地理气候不同，生活情调也不同，我们住在沙面，感到南国风光的旖旎不是有大榕树，而是有榕树下那些大胆而自然的少男少女。我们看到从原始的刀耕火种而一跃进社会主义的黎家；看到警惕而安静的要塞；看到为了那无边无垠的三叶树林，四处在培训的割胶手。我们在海南的黎寨，几尺的距离之间，既有一排里面有缝纫机和单车的新砖瓦房，也有低矮船形的茅屋，我们见个很小的孩子，在没有烟囱的屋里的地灶边生火，火烧不着，他就顺手从房顶上抓了把干草，尽管在那里将留下一个进风漏雨的洞。我们在毁平的海瑞墓前，听说前些年有些人来供香烛，还有目不忍睹地抬着海瑞遗骨游街的惨状。仅仅是我们特地去看了几堆刨散的坟土，当地的老少就依依不舍。这时，我们看到了现实，还认识了历史。

没有一个人否认生活的多样与复杂。

任何一个人都说文艺创作应该是生活的反映，还着重讲：诗歌对生活的反映，应该是最敏锐的。

可是，我们的诗创作有时自觉或不自觉地背叛了生活。

对生活的背叛是犹大，背上十字架的，往往是被背叛者的出卖。

我们尝够了"三突出"桎梏的窒息，也有痛绝它的义愤，可是，有时也会有不习惯摆脱桎梏的自由。

题材的狭窄，艺术风格不能多样，正是自己留下一些还没回炉的镣铐。当然，也不能天真地认为，文化专制主义的幽灵，也已在地球上断子绝孙。

我们到了上海，看了舞蹈学校的芭蕾，表演的美，全是四肢舒展的艺术。

我们也听了上海杨浦区少年宫孩子们的合唱，歌声的美，全在朴素自然中表现了童心的天真。

生活与艺术的关系，尽管是老生常谈，正如真理被无数实践检验过后，绝不能就此不需要人们从实践中再次证明它战胜谬误的力量。

它能成为一个诗人创作生命的细胞、音符、调色板，只有永远、不断地在生活实践中真切、具体地认识这些老生常谈。

诗歌是从多样的生活、多样的人生而来，也应该从四面八方回到多彩的生活中去。

走在前面的诗人早说过："我生活着，故我歌唱！"

一九七九年三月三十日，于上海虹桥警司招待所

二

有天，门外有四个孩子，抱着各自的洋娃娃在为它们会餐。餐桌上的"山珍海味"都是各色花瓣和树叶，甚至以小石子代作"花生米"。孩子们为他们的洋娃娃分食的时候，非常认真地在那里评议这份多了，那份少了。多的那份又抓去添给少的。一个大人在旁边看着，就加以指点了：

"又不是值钱的东西，分多分少不一样？"

"噫——"几个孩子不约而同地睁着大大的眼睛看着这个大人。那眼光是个大大的问号——对事情能这样吗？

后来，有个洋娃娃搞脏了。一个孩子就用肥皂给它擦脸。一下，擦得过猛，这孩子抱着它伤心地找到妈妈：

"妈妈，它的脸给我洗破了！"

看到这，我半天也说不出话来。人们所说的"诗人的感情"，怕就是这种真而纯的孩子似的心。

诗歌，是和虚伪绝缘的。

真正的诗，必须是诚实者的心声。

目前，不仅是诗，而是整个文学艺术，都受到假、恶、丑向真、善、美的挑战。

有人讲："诗集不好卖呀！"在出版会议上，有人提议少出诗，以免亏本。有的编辑也讲："新诗只能在刊物上作点点缀，多了，读者有意见，诗稿也就来得更多，编辑更应付不开了！"

可是，当新诗只能在刊物上起点缀作用，或者说，作文艺的"花瓶"时，我倒认为，读者对它这种冷遇，恰恰是最公平的待遇。编辑老为那些帮腔帮调开绿灯。它没人看，罪在新诗吗？

我没有把诗的功能看得那么狭窄，认为它仅仅是简单所谓配合任务或者赶时髦搞点"伤痕诗歌"，那倒恰恰是诗歌本身患了"流行感冒"。写诗的人，都知道这样一桩历史，西班牙的法西斯大独裁者弗朗哥（Franeisco Fronco，1892—1975）打进马德里的时候，他指使法西斯分子在格拉那达（Gronodo）枪杀的第一个人，是位行吟诗人——洛尔加。他没写过一句反弗朗哥的诗。他歌唱天空、海洋、爱情、风情，艺术上接近安达鲁西亚的民歌。他写的《不贞之妇》，道学先生看了还要捂住眼睛，可是他的歌有唤起了人民美的、向上的、热爱生活的善心。对于一个法西斯的刽子手来讲，他就是一位最有威力的政敌。

艾青的《在浪尖上》用了尖锐、辛辣的语言，形象而又直接地控诉了"四人帮"倒行逆施的种种罪行。去年十月二十六日在北京的朗诵大会上传出后，反应相当强烈，读者给报刊的信就讲："我使劲拍掌，手都拍疼了。这诗说出了亿万人民心里的话，说得深刻，问得有理、有力。"诗人另一首《光的赞歌》，歌唱真理的磅礴气概，得到深刻有力的表达。奇特的构思，深沉的诗情，都熔铸于"光"的灿烂多姿的形象之中。从周口店到天安门，历史的长河中，真理之光在前指引，生命之火熊熊燃烧。深刻的哲理，在这时成了最高的诗。任何一个眼睛没瞎的读者，都不会说它没有配合四化就与当前的政治无关。

从洛尔加到《光的赞歌》，都告诉我们，对诗歌创作的政治作用不能看得太狭窄、太短见。

诗以及文学艺术，真实是它的生命；谁也不会说，假话也会真实。

有人有此论调：对讲真话也要分析，真话也有错误的话，甚至是反革命的话。

这是混淆视听。真话并不等于真理，若真话也有错误的话，难道假话反而可以正确的么？它只能是百分之百的错误，不仅是错话，甚至是阴谋诡计的毒箭。

我们的民族语言，值得每位文学工作者骄傲。它是无比丰富的艺术。若利用它的丰富性作文字把戏，只能看作我们民族的另类。有点常识的人都知道，马克思和马尔萨斯（T. R. Malthus，1766—1834）都不姓马，与马寅初（1882—1982）先生绝非家门。可是在错误地对马寅初的所谓"新人口论"打棍子时，就问他："这两个马，你到底姓哪个马？"在这时，这个"马"字，就成为对马先生政治恐吓的语言了。我们今天提倡讲"真"话的"真"字。有人虽然不敢公开再打起"不说假话办不了大事"的黑旗，却又在"真""假"二字上玩把戏了。

前些日子，碰到一个"四害"横行，全民受灾，他却写了不少"莺歌燕舞"，粉饰太平的诗者。大家因此对他颇有议论，称斥论两地品评，说他一贯说谎。他感到受不了，做出一副被人误解的痛苦模样，当众要求为他不好的名声平反。一再声称：对说假话，也要作分析，要大家相信，人们指责他说的"假话"，当时确实是出自内心的真话。

本来，这是再清楚不过的事，今天一再提倡说"真话"，就是针对林彪（1907—1971）叫大家说假话而来的，讲假话带来了国民经济的混乱和倒退，造成数量惊人的假案、冤案，唯心主义在各个领域猖獗盛行。正当需要拨乱反正时，有人却提出对说真话进行"分析"，值得研究。

三中全会号召我们要恢复党的实事求是的光荣传统。实事求是就是要说真话的"真"字之真义。诗的"真"，就要看诗人的真情。

因此，我们所说的真话，就是实事求是的话，它反映了客观事物的本来面目，符合客观真实，永远是不会错误的。任何假话，不论危言耸听或花言巧语，都是百分之二百的屁话。

由于那些大话、假话、空话的泛滥，使我们文学艺术的现实主义也遭到一场浩劫，我们有权利、更有勇气恢复它。有人讲："你们说现实主义就是不要浪漫主义，不要两结合！"好大一顶帽子呀！目前，即使有谁对"两结合"有不同的看法，也要允许人家讲话。可是当革命浪漫主义成了"四人帮"说假话的代名词、成了浮夸风的帮凶后，着重指出恢复现实主义的传统，怎么就叫不要浪漫主义，不要"两结合"呢？想抢棍子打人就抢棍子诬人作乱，真是"四人帮"的阴魂不散！我不懂理论。但我相信：没有现实主义，革命浪漫主义就没有形成和发展的基础；它与浪漫主义相结合的创作方法也找不到结合点。政治上的"拨乱反正，实事求是"，就是文艺现实主义有力的政治保证。

这两年，一批突破思想禁区的作品所以能受到读者意想不到的欢迎，就是现实主义地表现了一些生活的真实。有人称之为"伤痕文学"。从个人的兴趣，我对它没有多大热情。以题材作为文学分类的提法值得商榷。若以此法，我们大概还有"抗日文学""土改文学""三反""肃反"等"文学"了。这种种"文学"的命名，恰恰不能从文学上说明它思想、艺术上的任何特点……但是，任何一个愿自己的作品能与群众结合的作家，自己的艺术才能都能从读者对它的热情中得到丰富、扩大。

不是专门挑剔，也无法讳言它的缺点和不足。有位外国人在评论中国传统戏曲时讲道："中国人似乎对浪漫气氛和离奇情节的喜爱甚于现实主义，这一特性鼓励了深受戏剧程式影响的矫揉造作和过分夸张的表演风格。"我以为这个评论戏剧的观点，同样适用于文学。后来的一些所谓"伤痕文学"的作品，有的情节的离奇和刺激效果的追求，使作者放松了对生活准确、细致的描写。削弱了作品应有的思想深度与艺术魅力。有人说，写"伤痕"要写得血淋淋的才深刻。我则认为：深刻的作品也有血淋淋的，但血淋淋的东西并不一定深刻。这样说，正是听人评论这些作品时咂着舌头讲："深刻、血淋淋的！"因此，读者反映，这些东西看多了，也就看到一个新的框框套套。这是很深刻的批评。单纯追求情节的离奇，不是离奇得荒诞，就是追求离奇的雷同。高尔基说普希金笔下的奥涅金、拜伦笔下的唐璜，以致扩大到散文上的皮巧林、奥勃洛莫夫等，都是文学上"多余人"的典型，甚至说它们是同父异母的兄弟。可是，作家笔下这些人物的共性，并没有影响到他们个性的生动性；人物的共性并没使作品陷入情节的雷同；个性的生动，却使它们每一个都成为光辉的典型。这才是真正的文学！

十年动乱，个人、家庭、国家，都从一个平日几乎不可想象的、曲折的、甚至是离奇的，却是严峻的故事中过来。人们有了伤痕，也是它在我们民族、历史上的烙印。作家，不仅可以写，还应该把笔下的事件提到史诗的高度来写。帮助我们以致人类，从正反两面来总结它的经验。有人说它是"向后看"的文学，我说向后看正是为了向前进。因此，读者虽无权对作家情节安排的离奇与否提出意见，但可以要求作家，不能为追求情节的戏剧效果，放松了对人物的刻划与创造。

总之，它的不足可以弥补，却必须发展才能完善。绝不能因为孩子在穿开裆裤，就掐死在摇篮里；也不能因为它有这些问题，我就不对它叫好。在这个城市生活的人，大概都看过排长队争购《作品》，请四位民警维持秩序的情况。我问队列中的人为什么如此？他们回答也干脆："上面的作品写得就是像那么回事。哪里跟那些吹牛扯谎的东西一样？"

读者在"实事求是，拨乱反正"的政治方针下，是要求作家们以现实主义回答他们对艺术"真"的渴求。一批描写十年动乱的作品，所以受到意想不到的欢迎，首先就在它说了真话，看了大快人心；若讲缺点，也是物极必反，恰恰是揭得缺乏深度。有的也确实表现出一些不健康的趣味，是对文化专制主义的惩罚。"四人帮"倒了，这惩罚现在落在我们头上，令人痛心。我们只有更好地揭批"四人帮"，不仅是理论，而是要有更好的作品去满足人们健康向上的审美趣味。绝非骂声"小市民"可以了事。有人为了表示自己"立场稳"，说这些读者不是工农兵，真是自欺欺人了。第七期《文艺报》的读者来信，谈他们为什么爱读《作品》，不就是一位工人么？

有人说这些作品"揭露了阴暗面"，是"暴露文学""丑化了社会主义"。

我们看林彪、"四人帮"是最凶恶的敌人，只有无情地揭露它，才像个中国人！说揭露了它就是"揭露了阴暗面""丑化了社会主义"，不正是把这伙叛徒、特务作为我们党和国家的正统代表么？江青不就是他心中未登基的女皇么？这种接过"四人帮"的棍子打人的人，口口声声问别人的观点何在，他是什么观点，不是一目了然么？

这种人，杀气腾腾地责问别人是什么立场？为什么我们打在"四人帮"身上，偏偏痛在他身上呢？令人深思！

什么叫"暴露"文学？具体到这批所谓的"伤痕文学"，它揭露"四人帮"又是暴露什么，犯了什么天规戒律？人民的意志在人民的国家，在道义上是真正的、最高的法。谁触了这个法，只会给人民扫进历史的垃圾堆。

具体到具体作品，歌颂和暴露又怎么分呢？我们看了许多写张志新的作品，那算"歌德"还是"缺德"？张志新，是在特定又特殊的历史条件下，表现了难以想象的大无畏英雄气概的一位了不起的人物，它是我们这个时代的骄傲。有才能的作家，可以用自己的实践来证明，笔下不揭露"四人帮"的凶残、无道，谁能树得起张志新的英雄形象来？为了揭示一个有着高度的党性原则的共产党员死在名为"无产阶级专政"的枪弹下的悲剧意义，还不能不指出法制不健全的弊病么？有的宣传材料由此总结出"思法治国"的人民愿望，五届二次人代会上制定了"以法治国"的措施，这对任何一个爱国心没有死灭的人来讲，又有什么不好呢？

我没有看过《炮兵司令的儿子》，从评论中看出点故事梗概，知道它讽刺了嫌贫爱富、想与有地位的人家攀亲的、爱虚荣的小市民心理。这种人，在现实中不仅有，还不能凭空说瞎话，说它仅是"个别的"。有人打棍子，就说这是偶然、个别的生活现象，是不典型的，因此又是"丑化"新社会。最近有辩护文章就说：不典型的也可以写。写这文章的同志，其用心之好、勇气之大是令人感动的。但这种答辩，实际上是在承认前者在典型这一科学问题上所制造的混乱所进行的答辩。典型不是平均数。马克思的经典理论上在哪里说过典型必须是多数呢？可能剧中的人物的典型性没有被作者挖掘、表现出来。"这决不能说它没有典型意义"。因此，这篇文章的命题不该是"不典型的，也可以写"，而是即使人物的典型性还塑得不准确、充分，并不等于人物没有典型意义。

这并不是什么深奥的理论，东拉西扯，还不乱套？

可动乱，一乱十年，文艺能不乱么？

得贯彻"双百"解难，贯彻"双百"也难；提倡写实，又叫防"自然主义"；叫讲真话，又说真话也可能是错误的话。总之，现实主义与自然主义，左和右，真和假，各打五十大板，实质是干挠拨乱反正。这时，这种貌似公正的人物，既在保护"左"的思潮，又从极右的方向企图拉后腿，不让我们前进，让我们对错误路线带来的灾害逆来顺受，束手待毙。

我们每个人，以各自不同的经历，甚至是很曲折、艰难地走到文学这条路上来。几十年间，不论搞业务或专业，生命为文学所倾出的热情，也使它同我们建立了无法割断的血肉联系，它将永远与我们的呼吸同在。我们有些诗人坐过自己的监狱，那时，条件是艰苦得不能再艰苦，同样坚持写作。那时不可能为什么名利，甚至考虑到生前也不可能发表，没有和读者见面的日子。为了怕招来麻烦，写好了还得把它藏起来。可是他还要写。那时他写作在令人痛心的地方，笔下写的可是最美的所在——可爱的祖国、可爱的人民，壮丽的山河以致个人的爱情……它不仅表达自身对生活的信念，在满眼肮脏的时候，他若不能创造出美的形象作为自己精神之所在，连自身活下去的勇气都不能保证！这就是为什么文学是文学，诗人是诗人。正因为这样，文学本身也不允许我们在形形色色的欺骗面前受骗上当。我们的园地能再荒芜十年，我们有限的生命，也许就等不过这十年。文学是人学，人活着的时候，才能为人学做点可以和应该做的事情。

消极的，旧浪漫主义的作品，可以描绘出许多虚无的幻境，绝不能印证某些僵化的脑里所跳出圣男仙女的地方就是文学的伊甸园。拉斐尔的圣母虽然头上也画上光环，马克思告诉我——它所以能够流传下来，一直被人喜爱，是他把圣母画成一个普通的人，一位真正的母亲。今天，我们还不像拉斐尔，要离开周围形形色色活生生的人，在教堂画壁画，去臆造一尘不染、高大又高大的"英雄"，如此，实际上是在新的条件下再次向大家贩卖"三突出"的破烂货。是江青的《纪要》的幽灵在大家面前徘徊。我们几乎要困死在那个死胡同，刚走出来，还能再钻进去把自己留下的这口气憋完，憋死才甘么？若我们的诗，只允许再写"诗报告"，就不是为诗集的销路发愁的问题，而是需要大家背上喷雾器，去各地喷洒政治消毒剂。

为此，我想到那个为洋娃娃分食、洗脸的孩子。诗人就是应该以那样纯而真的心，向着生活、感受生活、表现生活。

诗人打开心灵的窗户向着生活，人们就从诗与歌里，看到生活向他打开的窗户！

一九七八年八月十六日，于昆明红星剧院

（原载一九七九年五月二十日《上海文学》第二十期）

采风杂谈

　　藏族大爷掀开他的楚巴①，露出胸前的伤疤，他说，这是一支歌曲：

　　那是一九三三年，荒年又加苛捐杂税，草原上四处响着《老鼠歌》。这支歌，以耗子的形象影射残酷的掠夺者。一次，官兵进庄逮住了年老多病、行动不便的大爹。他们用毒饵，用酷刑逼供，他忍痛不吭。问他为什么抗粮，他颤巍巍地爬起来，用手撑起上半身，缓慢、坚决地说道：

　　"我用歌声回答你！"

　　　　从星星没有落下的早晨，
　　　　耕作到太阳落土的晚上，
　　　　用疲劳翻开一锄锄泥土，
　　　　见太阳升起又落下山岗……

　　　　收的谷子粒粒是血汗，
　　　　耗子黑夜统统都搬光，
　　　　天大的冤枉有谁知道啊，
　　　　累死了，只剩下自己的辛酸。

　　　　我们的皇帝他不管，他不管，
　　　　我们的朋友只有月亮和太阳；
　　　　耗子啊，可恨的耗子啊，
　　　　什么时候你才能够死光！

---

　　① 楚巴：是一种没有长袖的外衣。

歌声将止未止，"砰"的一声，他就在枪声中倒下了。他按住伤口，把血染的楚巴撕开；为了这，他还要唱——

> 耗子啊，可恨的耗子啊，
> 什么时候你才能够死光！

在拉萨，总希望找到一本有关仓央嘉措的传记。仓央嘉措，是六世达赖，藏族的大诗人。他的情歌家喻户晓，人人能诵，可是他一生颠沛流离，遭到种种迫害。僧侣贵族极力反对他的爱情，在重重压力下，他偷偷与情人幽会，离愁别绪之际，他只能吟下几曲，惆怅挥别。后来异族入侵，他遭废黜，另立傀儡称达赖。人民同情他，反对异族干涉他们宗教生活的横暴。当时，异族的统治者拿这些情歌作他的罪证，说他是假达赖，并将他囚禁。仓央不食不眠，仰头长叹，寄语情人，情诗哀婉凄楚，守卫不忍听，不敢看，终于帮他逃出。他亡命新疆，辗转境外，以后生死不明……关于仓央嘉措，除了这些传说，几乎找不到一本传记。

在八角街的一个藏经摊上，偶尔发现一本《仓央嘉措传歌》，真是喜出望外。通过口译，我立刻落笔准备记下他的生辰、籍贯以及立达赖的过程。可是没有如愿，翻译是这样译出的：

> 长络腮胡须的老黄狗，
> 心比人还伶俐，
> 你不要告诉别人啊，
> 我天黑出去，归来已天明……

"这是他偷出布达拉宫去幽会写的诗。还有——

> 默想喇嘛的脸，
> 它无法在我心中显现；

　　　不想我的爱人啊，

　　　她又占去我的心田！

我打断了他："这本传歌不是他的传记吧！"

　　"不！这本传歌是用他的作品说明他自己！"

　　哦，艺术家比史学家更深刻地让我了解了仓央。即便考查到他的生辰、籍贯又能怎样哩？

　　上圭山，向导是位年轻漂亮的小伙子，口弦弹得好，有副好嗓子。我们在密林策马而行，林中一路抛下他快活的歌声。黄昏，快到撒尼寨时，姑娘清脆响亮的笑声逗得小伙子放声歌唱起来。于是一唱一答，你歌我和。田野青翠，微风徐来，雨后的水珠明晃晃，亮晶晶、滴溜溜地滚在阔叶上，正像珠滚翠盘，也像珠喉婉啭之音；脚边山溪碧绿幽清，直流而下，潺潺悦耳，流动之声似断非断，如"公房"幽会的口弦声，神秘、幽清，悦耳动听，无声胜有声。此时，青山雨后，绿绒绒地，歌声一起，在山谷荡流又回旋，歌声虽落，又似绕梁不绝，悠悠不逝。男音答歌，女音恍惚犹在，歌缠歌，曲绕曲，难分难解。这是多么优美的环境、多么动人的歌声啊！坐骑也像懂得人意，昂奋地朝女声传来的方向疾奔，小伙子便在上面快乐地颠簸……

　　入夜，小伙子在寨上安顿好我们。白天听熟了的那个女声又在外面歌唱了，他蹑手蹑脚地想摸出去，我在门口挡住了：

　　"告诉我，是什么秘密？"

　　他"嗤"地一声，爱情使这大胆的小伙子报以羞怯的笑，乌黑的眼珠格外闪光。

　　"你的女朋友在这里，怎么瞒着我们，不带我们去看看？"

　　"我还没见过她哩！"

　　我简直被他说呆了，这是开什么玩笑啊。

　　"可是——"小伙子懂得我的想法了，两颊绯红。"哎，可惜你没听懂，白天我是什么都唱了，两个人——都了解了。"他作个手势，真有无法形容之苦："唱得心都唱出来了！"

我放他走了，也懂得了诗歌魅力之所在，这正是他们的倾心之言。记得在丽江玉龙山下，在执行婚姻法之前，许多不甘买卖婚姻束缚的男女，常常用调子哭诉自己的不幸。有时男女遭遇相同，苦水越吐越多，两人越哭越倾心。他们以晶莹的雪山为坚贞的爱情作证，欣逢走到绝路又遇知音。因为各有所属，生不能做夫妻，却愿死后同穴，双双殉情。于是，以天做帐地做床，缠绵一宵便双双自尽。老人很怕听到那种殉情的歌——《游悲》，他们认为它不吉利，更怕子女听了敢逆父命，有所不测……歌哟，它能叫人敢于抗争、牺牲，还不能逗开青年的情窦？就是向导这几句话，也引起我对创作上的思考。许多话，尽管有人讲过千百遍，总没有自己一次严肃的思索来得深刻。我这么想着，也不知道想了多久。站在窗口的老刘回过头来喊我：

"他们来了！"

他们，自然是指向导和他的姑娘。果然，男的持火把，女的羞涩、妩媚地低着头弹口弦。夜风扑得火把半明半灭，人影如酒醉似地飘飘而来，远处、近边，都是这样的火光，都是一双双人儿。该分手了，姑娘昂起了头，身子直起来靠在泥墙上，两眼犹如火花四溅似地闪光，直愣愣地看着向导。就这样，你一眼，我一眼，一眼一眼地结下不解之缘。好容易，向导在难舍难分之际走了几步，又很快地踅头了。小伙子无奈地徘徊又徘徊，最后又弹响他的口弦。口弦，撒尼男女都会弹。他们谈情说爱的时候，有时双方一句话都不说，全靠口弦传情达意。知音的人，就能从那娓娓动听的口弦声，译出他们的爱情誓言和即兴创作的情歌。那恐怕是世上最微妙的音乐了。

"口弦在唱什么？"我拉过一个撒尼同志，请他赶快替我译出来。

"甭译了，译了反而会破坏我对它的想象！"老刘颇有感触地说道："好诗是不用译的啊！"

好诗，在某种情况下，对某些人无需翻译同样能懂，但广为介绍的、兄弟民族的诗和歌，还必须经过翻译、记录、整理。

戴望舒说，好诗是不怕翻译的。这有一定的道理。好诗，不像一些文字游戏，那些表面、形式上的东西，一译就像泡沫破灭。好诗是以鲜明的形象、深厚的感情构成的，即便译笔差些，也不易把它译掉。但是，好诗没有好的译笔也无法不受损。前些年，毛主席题书鲁迅的诗赠给日本朋友，这首诗只是把文言译成白话，臧克家与沈尹默（1883—1971）都各持己见，汉语本身都这么难译，何况要译成另一种语言呢？

新中国成立初期，采风全靠通司口译，再记录、整理，有时，一首叙事诗只能记下一段散文故事，"整理"之难，可想而知。有一次，译到一首情歌，在女方见男方求婚时，通司口译："你莫急躁冒进啰！"我苦笑苦思，才把它译作："你又何必太急！"尤其一些短歌，歌手即兴的东西又多，采了几首，大同小异，不知是口译欠准或是另有原因，既不能整理成几首诗，又难把它糅在一起。《阿诗玛》的整理，动员了不少人力物力，后来顾全诗的完整，还不得不进行一些补写、增删，像讨论创作似地听取意见再作修改。这也是在一定的历史条件下，作品与口译水平所带来的。就是没有这些条件的限制，苏联的《伊戈尔王子出征记》也靠了许多学者、院士来去假去芜，存真存精的。过去，条件所限，这么做是因为幼稚、摸索；现在和未来，再这么做，是为了整理工作的水平再上一层楼。

新中国成立前，福楼拜（G. Flaubert, 1821—1880）的《包法利夫人》在中国有个译本，书名译作《玛丹波娃丽》，它是法文 Modame de Bovary 的音译。汉字不是没有"夫人"二字，何必音译"玛丹"呢？假若通篇这么音译，别人不是只能看天书么？何必要所谓的"译"它一番呢？

那是译外文，其教训对我们采风同样重要。译傣诗，"姑娘"音译"普哨"，作得俏皮的还写作"小普萨"，大妈音译为"米涛"，吃饭只该音译"金好"了。这么通篇音译下来，不比"玛丹波娃丽"好吧？有时，一行诗几个注释，注文先说明它是音译再注明语义，有此必要么？本来就是请你译成汉语，你还这么转个弯，实在有些卖"关子"了。过去，看到写出的"大菁树"，还当是亚热带的什么特殊的植物，亲自一看，才知道就是榕树。藏诗里的松耳石，看看实物，才知道是翡翠石。可是在不了解它的时候，随着诗里的民族色彩，也只有把它想作民族风光中的奇树怪石。把诗句能够传达的东西，反而模糊和神秘了。

有人问我，为什么把大家讲的《玉龙第三国》的"国"字，在我的诗里却写成"戈"字？回答这个问题，我就想到那本《玛丹波娃丽》。起先，从译者选用"波娃丽"三个很艳丽的字组成的一个名字，自然该是一个女人的名字。知道法文之后，才知道它是指某人的夫人，而"波娃丽"哪像个男人的名字呢？假若能进一步知道 Bovary 是个老实、可怜的老医生，真难和他的形象合在一起啊，因此李健吾译作"包法利"是较妥的。我要把玉龙第三国的"国"字改译"戈"字，是因为第三戈是指仙界似的境地，丝毫不包含社会、集团这种概念，尽管是译音，这个"国"字却很容易招致对它的误读。我整理纳西族另一首长诗《游悲》，题目也是音译，意译应作"殉情的歌"。但那一带纳、汉杂居，汉族和过去的整理本都采取音译的办法，为了尊重这种习惯，我也照例而行。过去，音译，有的写作"尤北"，有的写作"忧悲"，前者，这两个字拼起来突兀拗口；后者，容易误为意译，因此，我选了《游悲》这两个字，它既同音，色彩也较暗淡，和内容的调子也一致。有人认为这是标新立异，而我，对此是经过慎重审思的。

为了"真"，追求它思想、语言、结构、色彩的表达，是一场思想的搏斗。要消解自己与作品在情感上、认识上的距离，将冷漠化为拥抱，理智化为童真，不要失去采风者对作品应有的情感色彩；又要似法官的审视，看金里怎么有沙，假怎么乱真。为了这些，思想的搏斗总是那么激烈……

要想攀到民歌思想、艺术的高度，每步路障，采风者都须击倒；

识别民歌思想、艺术花纹中的斑驳时，总要与近视、与色盲苦斗；

采风，眼要尖、要准，整理也绝非照单字翻译。

民歌，有人视其白璧无瑕；人民性差的，就是"冒牌货"，不算民歌；这番推崇、维护民歌的好心，罔顾事实。

民歌也像其他文学作品一样，是存在的反搾，现实未进入理想境界前，是免不了有些乱七八糟的东西，怎么认识、对待、反搾它，自然是个问题，有时还可能是个大问题，但不是否认它的客观存在。非人民性的东西。不论是时代局限，或是封建、迷信等思想残余的污染，它毕竟还是民歌。就是新民歌，有时也有一些与现存政治秩序的核心观念相左和一些不健康的情调，都不为怪，都是现实的存在。在西南边境一带，随着传教士带来西方文化的渗入，这种情况就更加复杂。有个青年记录了不少东西回来，里面就有不少是稍加改动的圣歌，甚至是彭斯（Robert Burns, 1759—1796）的诗。有个青年很喜欢他在藏族地区收集到的这么一首诗："长夏里，生着一枝玫瑰，孤单单地吐芳蕾，没有一个再来追随，没有一个再来抚慰……"当时我告诉他：这不是少数民族的歌，而是道道地地的爱尔兰民歌。

若说此中的真伪还不难明辨，那么，有些已经化成思想毒汁的东西就太可怕了。在傈僳族，解放初期我就听到过这样的歌："中国啊，你实在好，就是我不知道！"听得我半天都说不出一句话来。这是多悲痛的歌啊，唱得悲痛，听得悲痛，这里有与祖国切断的情感的苦痛，也渗进了洋奴思想。这样的诗，它复杂，它矛盾，也并非绝无仅有的一两首。这样的诗，怕是不能原封不动地介绍给读者吧！

诗，人们都说它是文学的最高形式；在民间，它有时却是以文学最低的形式出现。

有些没有文字的民族，为了便于记忆、传播，将自己民族的历史、传说和一些知识编成韵文，作口头教材，代代相传。古罗马的一些战斗故事也是这样的。维克多·雨果给露意丝·索莱的信说："《伊里亚德》是什么？小说。"何其芳在论述到诗的性质时，就说它是不包括《伊里亚德》这样只是韵文故事的作品。

兄弟民族有些长歌也是这样。从盘古开天辟地一直唱到近代，是韵文，不是诗。（恕我在前面借用了这个"诗"字）这种"诗"，作为文化调查，作为研究这个民族的文化、历史，是很有价值的资料。但，是否一定要把它分行排印作为诗介绍给大家，甚至以行数之微巨作为衡量诗的价值标准呢？值得研讨。记得萧三同志有次这么说："苏联有些少数民族，战后很骄傲地说：'在十月革命后，我们文学发展得有散文了！'这些民族，是把散文视为比上述那种乃至传授一些生活知识的韵文之所谓的'诗'的更高的发展……"它，自然和我们现在所说的"诗"不是一回事。要是把吃饭、分娩等知识用韵文排起来就叫诗，确实把一件很严肃的工作做得太不严肃了。

　　是诗，才可能整理出诗来；是诗，又不一定能译出诗来。
　　我曾试图从形式上来解决这个问题，只是白费心机。
　　纳西语里不少外来语——汉语。有时半听半猜，还是懂几句。有次，歌手见房里有三个人，这首歌的第一句就唱成这样：

　　　墙上画麒麟，
　　　我们三个人……

前后两句，毫不相干。它不像"信天游"，前后是兴、比的关系。照当地人的念法，前五个字只是后五个字的拟声字，声韵很美。这样照抄下来，不成了文字游戏么？若如此作诗，既没有可能，更没有必要。

　　我问歌手为什么要这样唱？他说《东巴经》就是这样。这显然是宗教文化给予的影响。这夜，我听他把歌唱下去，就听到许多这样的拟声字和衬字、衬句以及许多不必要的反复。听了很久，也记不下几句有意思的话来。

　　过去，有人绘声绘色地想说明一些民族诗歌的规模，就是说它要唱多少天多少夜才能唱完。乍一听，很有道理，实际听听，才知此种说法并不全面。既然是歌唱，吟咏之间，一个拖腔所延续的时间比朗诵一句诗的时间不知要长多少，因此，用唱的时间来计算诗的篇幅是不太科学的。

在圭山撒尼区，听人用口弦伴唱那首较短的《阿诗玛》（说短，也有二百多行，不过比起现在出版的本子是短得多了）。一声"呜"，一声"喂"，都是凭歌手的中气无限地延长。"唉罗唉""筛罗筛"这样的衬字也占去很大的篇幅，有时还把这些衬字放在句前，以代主词。杨放和朱德普整理的那首短《阿诗玛》是传神的。它是照原来的唱法所作的书面排列，很像自由诗，但没有把唱时的衬字加进去，只是在衬字的位置空格空行，结果就像自由诗的形式。如果译成汉文还把那些衬字衬句照抄下来，既失去拟声托韵的效果，念起来也觉得突兀、别扭，夹在句间，诗句的语气就有被切断之感。在这种情况下，不求诗意、语言的完整，而求形式的相似，无疑是本末倒置。

若能两全其美，当然最好不过，经过翻译，若保留原形式的"民族化"有困难，应该努力追求思想、诗意的完整。

一

> 高高山上一树槐，
> 手攀槐树望郎来；
> 娘问女儿望什么，
> 我问槐花几时开。

这首歌，四川有，河北有，云南也有，是大家熟悉的民歌《雨不洒花花不红》中的一节。过去，人们叫民歌为"风"，风，既南吹，又北刮。

尽管它四处飞扬，还是有自己的故乡。

考古那样考证，没有多大的必要，听到有些争议，还是很有意思。有人说"它不像四川民歌那么火辣、俏拔、诙谐"，有人觉得："北方姑娘似乎更粗朴、大方些，诗中的人倒是有些昆明姑娘文静、腼腆的样子……"谁说得对，不必急下结论。这样研究、鉴定，倒是可能找到它的故乡的。

民歌，虽不署名，还是有作者的。《东方红》叫民歌，它不是李有源写的么？它被人称为民歌，是它用我们民族熟悉的语言、形式。当然，这种情感、语言、形式，不是一成不变，是发展的，就像嫁接为良种的果木，总根植于泥土。

（原载一九七九年九月《民间文学》第一一六期）

关于《一个和八个》

今年一月，丁力（1920—1993）同志在"西苑"诗歌座谈会上，为郭小川同志的长诗《一个和八个》不能和读者见面而呼吁时，他手上拿着后面已经缺了几页的打印稿，是"作协"一九五九年供内部"批判"印发的，也是目前能找到的唯一珍本。丁力根据当年作协党组在内部印发这份诗稿的情况看，推断它是小川同志五九年写的作品。

"这是一九五七年写的。草稿是'五一'休假和补假的两天时间内写成的！"我把这一事实慎重地告诉了他。

"这是留下来的唯一的一份打印稿，后面几页不见了，没有落下写作日期！"

"但是，我是他的初稿的第一批读者！"

"哦？你能告诉我——"

这事，本来我是有日记的，可是，这些本来可以作为史实的材料，一位好心的朋友怕成为查我与"文艺黑线"关系的"罪证"，在一场浩劫中把它毁了。可是，我还记得，一九五七年《诗刊》创刊后的几个月，新诗在翻身，诗人扬眉吐气，大家心情是说不出的舒畅。那年端午节，《诗刊》在南河沿政协俱乐部举行一个很大的诗会。虽然解放后没有再把端午定为"诗人节"，但是那天，诗人们都是把它当"诗人节"来庆的。而且，发出邀请的时候，还告诉我：已向中南海发出很多请柬。这就是说，中央的领导同志也会参加这个诗会。因此，除了北京的诗人，我清楚地记得，方纪同志就是特地从天津赶来的。艾青同志，那时上昆明接聂鲁达去了。正在北京访问的加拿大诗人华莱斯（J. S. Wallace, 1890— ）却来了。会上首先由他本人朗诵了自己的诗。以后，由许多演员分别朗诵了当时报刊上得到好评的新诗，俞平伯老先生依谱唱了他填写的新词……诗会是在很微妙的气氛中进行的。桌上的粽子、糖果几乎没有动过。朗诵是在既热烈又焦渴的心情中进行，大家都在激动地等待，希望总理、陈老总，甚至还有更多的中央领导同志到来，和我们谈诗。想着他们的渊博、健谈以及豪放、洒脱地纵论诗词及天下的情景……结果，等到所有的节目都进行完了，大家才低声地传说，当晚中南海有外事活动，首长不能来了……

大家是带着不满足的心情离开会场的，现在想起来，也许正是在这种心情下，小川同志当晚才高兴要把他自称为"偷偷写的、藏在抽屉里"的《一个和八个》读给我们听。

那时，街上几乎没有行人了。北京初夏的夜晚，繁星闪烁、清风送爽。我和萧三同志走出来时，小川同志已经在北池子口邀了几个诗人到他家去喝茶。碰到我们，萧三同志还准备把可能睡着了的外国朋友叫醒、话别。我就跟着小川同志邀好的方纪、徐迟以及晒得黝黑、穿着草绿色衬衫、刚从西沙回来的蔡其矫同志一起步行到沙滩。

那真是一个迷人的夜晚。当时我是一个正在学写诗的青年，我面前却是四位各具风格、很有成就的知名诗人。车马、行人稀少的大道，诗人们并肩阔步，谈诗歌，论人生。我感到脚下就是诗的大道，面前就是诗的人生。内心充满幸福的喜悦，生活，多好啊！

也许小川同志早就作了一个玩得尽兴的计划，一到沙滩中宣部的宿舍，他就给徐迟、其矫同志家里挂电话，叫家里人别等门了，他们就在沙滩过夜了。他最后又对我说：

"夜里的国际列车也开了，你回不成北戴河了！"

"我是海滨来的，我希望多读到你的《致大海》，比起《致青年公民》，它更是诗！"当时我也不管辈分大小、得罪人，话就这样开始了。

"不对！开始我也是这样想，它（指《致大海》）写的是我一些真实的感触，人家同样有意见呀！"

"一篇东西叫谁都没意见，怕是不可能的！"

"唉，你还不懂得这些！"

其实，我早就知道有些人在背后议论，说小川的《致大海》，总是很突出地在写"我"；在《致青年公民》受到青年们的普遍欢迎时，文艺界有人也是嘀咕同样的意见。这些意见，从来不见写成公开的文字。我却没有想到小川同志会这么认真地思考和对待它。

诗里的第一人称"我"，是否一定就是作者本人呢？这个"我"，不仅不和集体对立，可以是个复数，是集体的代词。这本是常识。这个圈内，并非大家都缺乏常识，却常常提出只用常识就可以回答的问题。

诗人若是只会写"我"，是不能成为一个诗人的；可是，诗人的笔下若是根本没有"我"，那恐怕就不是真正的诗。这个问题的提出，引得几位诗人几乎是慷慨激昂地争说他们一致的想法。

"我念首诗给你们听！"小川在大家兴高采烈中自己主动地提了出来："我偷偷写的，藏在抽屉里！"

"好哇！"徐迟同志以很低的声音说道，他由衷的微笑，却似声调强烈的喝彩。

说"偷偷写的"的"偷偷"二字，自然是戏言，是在当时很多人爱在报刊披露自己庞大的创作计划时，他默默地、埋头苦干的成果。可是，在他激动得有点慌乱而找不到钥匙时，我明白他把诗锁了起来——"藏"着它的意义。

"叫什么？"

"《一个和八个》！"

"高尔基的《二十六个和一个》嘛！这一个人一定是个好人，被侮辱被损害的人！"

"这一个，是个强者！小鬼，别胡猜，听我念了再说！"

在当时的诗人中，像小川同志那样体格强壮、精神充沛的人是少有的。他讲话的声音也充满朝气和活力。可是，在他读自己的诗时，显然不是一位出色的演员。缺乏对情绪自控的力量。在深沉的感情中，常常出现割断诗句的顿、歇，而且常常借用手势来表达他要加强的语调，借助手势让我们接受他的诗情。他写的故事是窒闷的，他表达的诗情是深沉的，他掘出的思想是深广的，他展现的画面是严酷的，他的笔头敲在我们心头溅起了火花……

那时，我们还不像经过这十年动乱一样，自己就在冤案中折磨得死去活来。但是，刚刚结束的"肃反"运动，运动中冤了好人的事还不可能轻易地从记忆中消逝。被审查的同志能正确对待的行为是令人钦敬的，由此带来心灵的创伤，总是人生抹不去的烙印……许多同志，也有像长诗的主角王金一样被俘的历史，因为找不到旁证而不能下结论，却没有听过像王金这样，反而有证，说他被俘后又受敌人派遣重新打入我们队伍。一身清白，却只能忍受各种特定又特殊的条件造成受诬、受害带给自己人格的凌辱与痛苦，有口有理，却不能辩解、也不容辩解、也无人听他辩解。我认识一个老同志，因为类似的问题，曾经带着脚镣跟着部队军法处行军，却没听过一位革命者与八个奸细、土匪在一起判决时，敌人突然的袭击使得无法行刑，而这位革命者却在激烈、残酷的斗争中使人看清他革命者的本色……

这是艺术。诗中这些强烈的戏剧性的情节，只能是经过诗人加工的艺术。

小川同志念完之后，大家长久地沉默。他歇了一阵又问一声："怎么样？"大家依然不吱声。终于，三个诗人一个接着一个地说"好！""好！""好！"

"你呢？"小川同志冲着我问。

"我？"我茫然地抬起头来："我还没有从你写的故事中醒过来！"

大家都笑了。

是的，除了长诗戏剧性的情节和人物吸引我，当时我自己也在尝试长诗创作，写现代的、革命的题材。当时，《一个和八个》对我的借鉴作用，是越过《唐·璜》《欧根·奥涅金》的。于是，我几乎是贪婪地想吸收它、融化它。

问他有多少行，几时写的？

他说，那是"五一"节，带补一天假，是两天三夜写完的。看稿纸，是八百行，加上每页添写的部分，估计有千行左右。

为了学习，我准备拿过手稿来看。他说稿纸上画得乱七八糟，我看不清楚。他只有用每个星期天看一遍，想到一点又改一点，思绪常被时间隔断，可能有的地方都不连贯。

这，也许就是他念得还不是那么顺畅的原因。稿纸上添写的部分，都是他每个星期天苦战的成绩。从"五一"到端午，中间的每个星期，他都把心思全绞在这部诗上。事后都把它锁起来，保存好。

连作者本人，我面前的四位诗人，都是富有人生经验的。他们对老苏区的反 AB 团、到一九四二年的整风讲到新中国成立后的历次运动，从无产阶级专政的历史教训到自己周围的人们各种各样的命运与遭遇，都有自己的想法。

小川同志很亲切而流利地讲到许多部队的番号与根据地的名称，说出《一个和八个》的情节出自他在哪几个地方采访到的材料，当中的每个人物，都可以找到生活的原型，是以真人真事为基础的。

长诗动笔的日子——一九五七年"五一"，是有道理的。那天黎明，处处都在广播中共中央关于整风的通知。正确处理人民内部矛盾，有了很明确的政策思想。诗人从党要在全民中整风的气魄看到我们党、我们国家欣欣向荣，充满朝气和力量，看到我们正在一条康庄大道上前进。正确的政策，是总结了国内国外、当前和历史的经验教训而来。诗人从眼前回顾历史走过的险路，是肯定现在。尽管以后情况的发展也有过较曲折的阴暗，几位诗人确实是由当时的现实唤起自己为祖国自豪的感情之阳光而回顾从前，这不是恋旧或是摆脱不了旧的阴影，是珍惜新的生活，为它来之不易而不忘记过去战士的、创业者的感情。当时我在重读改得很难认的手稿，记不下当时他们所说的原话。但是，我相信诗人们谈得投机的话题，也就是作者创作的动机。

自那以后，我跟许多人谈到这部诗稿给我的难忘印象。却不见它和读者见面。直至今年，我才知道这么一部好作品，二十年前却在作家协会十二级以上的干部内进行过内部批判。既然给了它批判的待遇，自然就有各色各样的棍子与帽子。今天，好容易公开发表了，是好是坏，读者自有眼睛。

可是，现在发表的修改稿，比我们读到的初稿，篇幅已经扩大到两千行了。初稿，一开头就是九个人在行军路上押着走着。从路上每人的形态以及每人的历史、特点，运用小川式的排句反复对比，使每个人物很鲜明地凸显出来。对比上的跳跃、转换，看得感情特强烈，色彩很鲜明。这是叙事诗，完全像作者五十年代创作的许多抒情诗。人物关系、故事情节都在对比、倒叙中就交待过来了。那样，就没有现在这一稿的前四章。

我看，这两稿各有千秋、还不能肯定二稿就一定比初稿好。后者，在情节、人物的交待上更清爽，前者却诗味更浓。

改成后来的这个样子，明显是受了方纪和其矫同志的意见影响。那夜，到第二天凌晨四点了，才想到应该睡，大家就睡在地板上，我还听见他们和小川同志讲到这首诗的修改问题，要他加深、加细王金的描写（初稿中，前半部王金都不出现名字，都是"这一个"作代词），情节要交待得明白，更有说服力，写得更强烈一点！最后一点，效果倒不一定和动机统一，前几点，使作者确实花了不少功夫，每章每节都迸发作者对生活的热情、融化于创作的勤奋与艰辛。

当时，我们提出《一个和八个》应该揭示其"一个"的悲剧所酿成的原因；这不是小川同志能接受的，他也没有那么改；我们虽然那么提，也知道在当时没有什么作用；所以如此，不知道是否也适合用这个套话表述：是受到历史的局限。

今天，离它写成的日子又远了，又是一个新的历史时期；应该可以不受那种历史局限了，才能"三年早知道"地说道那种局限；有了不受那局限之幸，才深感受那局限之不幸。

对这部长诗的艺术分析，应该、也必然有专家来做。但是，一个这样偶然的机会，却给我上了一堂永远不会忘记的诗的艺术课。

从《一个和八个》到《白雪的赞歌》《深深的山谷》，有心的读者不难看出，作者尽力在摆脱"我"的再现，尽量用情节说话。开始这种尝试的第一个作品——《一个和八个》，有些情节的安排和描写，几乎近似韵文小说。若这当中没能发挥作者政论和抒情、抒情和叙事相结合的独特风格和特长，那也是当时某些人不负责任的议论留给作品不幸的烙印。其实，作者避开写"我"了，有人仍然指责《白雪的赞歌》《深深的山谷》有这种"情调"和那种"情调"，就是这部未拿出来发表的《一个和八个》，当时同样不能幸免棍子的光顾。因为那时帽子和棍子的型号太多，要什么样的就有什么样的，以打棍子为能事的先生，就可以随心所欲了。

今天，《一个和八个》所以感动我，不是因为作者避开了"我"，恰恰是从中看到它再现了"我"。从作者对生活的思考到作品中人物、情节安排的大胆与新颖，我都看到作者对生活，对艺术极其严肃认真的"我"。

诗，以至于一切艺术，作者若不摆进"我"，是不可能写出动人的作品，甚至根本构不成艺术作品。尽管也有人以此搞个人"精神扩张"和唯我表现，却不能是非不分地对待。

我跟小川同志个人接触太少，在他这部深刻的作品面前，我却认识了这位不平常的诗人，一位令人钦敬的"我"。

我，不能不怀念他。

《一个和八个》是部读过就不能忘记的长诗，它的作者，自然是位见过就难忘的诗人！

一九七九年九月二十三日凌晨三点

（原载《长江》双月刊一九八○年第一期）

答《诗刊》问

问：请谈谈你在受到不公正对待的岁月里，是怎样坚持写作的？

答：现在，我还留有几张六八、六九年关在单人囚室时，用节约下写"交代"的墨水写在手纸上的分行字迹。那里，经常突然袭击地搜查，哪怕找到一个字纸头，我就得又受一次罪。当听到咬牙切齿地问："你还要写？"我不是没有勇气，而是没有气力回答，但我确实是——还要写！

这两年，我发表了些过去写的诗，也是特意要"交代"当时"还要写"的"罪行"。我有长达二十一年的时光是在受压中度过，其间写的诗，又常被当作"复辟思想"的铁证，成为批判的"黑靶"。现在，读者读到那些诗，就明白那些以整人为乐者强加于我的"复辟思想"的特定含义了。

在昏天黑地的日子，冰冷的铁窗上，眼前总闪幻着往昔生活的光彩。内心愈来愈强烈地激荡着生活留给我的全部美好的记忆——从先辈告诉我的人民最早的起义者、盗取天火的普罗米修斯、长征路上的风雪与先烈，到江南的烟雨、牧笛，或是山村的炊烟、月下的跳月、广场的斗牛……有一次，忆及亲友炉边夜话、冒雪往返、依依难舍的送别，竟使我在下了绝念时添升了对生的希望。不然，一个人常受镣铐、绳索威胁，是不想活的。既然活着，不在稿笺上留下自己对生活的爱恋，思想无异锁于镣铐。

当时批判我的诗是"复旧"，有"今不如昔"的感情，正是这"昔"日生活的光彩烛照出封建法西斯专政魔窟的黑暗。每次批判，上纲上线，都得上挂刘少奇，对我，还得挂上艾青、聂鲁达，叫"黑线""黑帮"。我因"死不认罪"，常被揪到台子上批斗，有时也把我的"黑诗"抄在饭堂的大字报上"示众"。可是，每当夜间见人秉烛边抄那些诗边说"真黑真黑"时，我却为别人替我提供了发表阵地而感到说不出的高兴。我——还要写！在有意义的追求中，冒险本身也能给人快乐；在生的阻力中，前进可以意识到自身生命的活力！

中美《上海公报》发表后，我逐渐与海外各地的亲友取得联系，他们在外面的报纸上看到过有关我的文字，总是焦虑不安地要求我详述自己的情况。后来我才知道，当时他们还以为那些复信是冒名者的笔墨。于是，我一封一封信地写，从我小时寄养在教堂，每晚在烛光辉煌、高大又寒森的"圣堂"，我望到神圣的圣像以致恐惧的心理，写到长大参军后日夜奔袭走着路还打瞌睡的情景，写我当时所在的山村的山溪白云，写怎样见到七十多岁还没进过城的老牧人，听他哑着舌头讲："同志，香油炒洋芋丝好吃格！"或是冒雪买菜、生火煨肉、独自寻乐过年的情景，等等。我从不掩饰当时物质贫乏的窘困，从中反而看出我们对生活的信念。这样，海外亲人对我也就放心了。去年二月，我也终于盼到给我落实政策的日子。这两年，外面来去的人多了，有看过我家信的人，还说"你还怪'正统'呢！"

去年，香港发过我一首《要求》：

> 我求你，求求你，
> 不要再爱我！
>
> 想起过往的温馨，
> 如今都像刀割，
> 虽然远隔千里，
> 千里不隔你我，
> 难舍难分或情断意绝，
> 对我都是同样的折磨，
> 别了，永别了，我背过身去你就走，
> 就让我在这罪恶的渊薮里沉没！
>
> 正是爱得固执，才要一刀两割，

因为囚徒的爱情也龌龊；

若旧梦缠人、旧情难断，

怎忍让你和我一道沦落！

只要能让你上天堂，

我甘愿为此下地狱；

漆黑的地狱，血红的炼火，

正是我那爱的歌；

愿我焚于火，焚于忠于我的誓言，

只要我的爱依然洁白！

我对你最后的请示，

只求你不再爱我；

我知道你会允诺，

因为你还爱我！

友人问："你'要求'的是谁?""希望!""哦，跟郭沫若的《炉中煤》一样，是假托!"这是我在五九年写的，那时，领导上一见我的申诉，不需要做任何调查研究，就严斥为："你又在翻案!"这首诗，正流露了我的脆弱与惶惑，从反义上说，我不再需要希望，正是自己对希望不曾绝望。我反对粉饰生活，可是一个人在生活艰困的时候，要焕发起勇于生存下去的力量，心灵中不能没有对美、对生活的热烈追求。当时我若是连写诗的勇气都失去了，又怎么能产生活下去的力量？艾青在《诗论》中讲道：

在未经解放的时代里，苦难比幸福更美。

苦难的美是由于在这阶级社会里，一般的幸福者是贪婪的和一般的受难者是善良的这个观念产生的。

假若记忆不错的话，艾青同志在一本"平明"版的《诗论》上，用铅笔作过一些增删，上引的这几句话旁边，还添了这么点意思（我记不得原句了）：由于苦难，受难者对美的追求更强烈……

问：你喜欢音乐与美术吗？它们对你的诗创作有过什么帮助没有？

答：舞蹈教育家陈锦清（1921—1991）有一次问我："你们光讲诗与音乐、美术，怎么不讲跟舞蹈的关系？"我答："诗的抒情性，就是舞的可舞性！"诗情画意，不仅是诗、画，也是音乐舞蹈共同的艺术种子。这些艺术，各有不同的语言，陈述方式也不一，但这些艺术所以称之为艺术，就有它们的共性，以此看到相互的相异，正好互补长短。这样，诗对音乐的学习就不单单是为了语言的音乐性（有人可以更狭义地把这看作押韵技术）。音乐在"织体""配器""和声"上的本领，与写诗的结构、表现、情绪与色彩的点染是同一套学问。贝多芬既可用木管拟出鸟鸣，也可以以紧促的敲击声发出对命运的叩问。前者"实"到只是音响的模拟，后者"虚"成人生最深的哲理。若他的音符只在模拟自然音响，任何一个口技匠人就可以替代音乐大师贝多芬了。但是，没有鸟鸣溪流的欢歌，对大自然陶醉的幸福，表达人生寻找美的情怀之旋律，就无法构成。

我写诗，就怕既"实"不下去，又"虚"不上来。有时"实"得只能就事写事，意境不开扩，无内在的深度；"虚"得不是生活更高的概括，而是光秃秃地"空"得"虚"。联系到绘画，国画中的大写意、小写意，以最简练的笔墨做到道地的传神，在似真非真之间，让人感到比"真"的更"真"。象征手法，新诗过去的好诗，不少早有成功的运用。若将象征手法搞成"象征主义"，写出别人看不懂的诗，以示高深莫测，看到老的，乃至有成就、有威望的诗人不投赞成票，反骂"老傢伙，保守"的青年也大有人在。当然，也有被"帮"诗毒化太深，要求写得一览无余，看到不合"帮"腔的"诗法"，就大骂"现代派！"对这些先生，跟对前者一样：只能深表遗憾！

问：你感到当前新诗的创作有什么问题？

答：对当前新诗的所谓"问题"，我不懂；我知道大家头痛的，是不少出版社不肯印诗。这是要敲脱我们的"饭碗"；对诗人，既是泄气的事，也应看作鞭策。

不出诗，据说是出了卖不出去，亏本；现在，长篇也不好卖了，到底是什么问题？值得好好研究。

新诗的名声真的那么不好？为什么会"名声不好"？

我到书店，也看了那些摆出来的诗集，就是这两年出的集子，由于我们出版的周期长，收的也多是过去的作品，有的，甚至是"四人帮"倒台之前发的稿，不是帮腔帮调，局限性也很明显。好诗，自然可以跨越时间；诗，若写得只能起新闻稿的作用，活该短命。好诗，就像窖藏的名酒，时光的流逝，只能升高它的价值。但是，那时能公开拿出来的作品，不受"帮"腔"帮"调影响的，也出不来。今日出版，虽然可以删去一些与现行政策不合调的地方，去掉一些授人以柄之处，但是，全诗面貌却是无法改观的。一位老作家翻着一本诗集对我说："你看，从头到尾，大部分是'红白喜事'的应景之作，叫谁买？"我，哑口无言。"红白喜事"也不是写不成好诗的，俄国诗人莱蒙托夫就是为悼念普希金写《诗人之死》而成名的。但是，若无感硬造情，遇"喜事"就挥笔，甚至一个领导人为某个会议题词也得凑热闹凑几行，全为应景，自然难有艺术生命，人们对它毫无兴趣，实不为怪，尤其一些至今还在造神的诗，我们若对人们厌恶它的心情不理解，也就不配再写诗。

这样的分行文字无人光顾要怪新诗，是无知；把今日许多有生气的诗，跟它捆着绑着一道估价或判罪，实在是严重的诬陷！搞出版、发行的，写诗的，都该共同谨防那样的鼠屎落进我们的汤锅，提高新诗在读者中的声誉。

春天，有人编选这三年的优秀诗作时，通看了这三年的《诗刊》，颇有感触地讲："有些当时叫响的诗，现在还耐读，叫响又叫座；有的当时叫得愈响，现在怎么愈不能看呢？"

当时所谓"叫响"的，主要是当时诗人有突破思想禁区的大勇之作，它有反响，本身就是一首诗，那时叫响，很自然，今天也该充分估计它曾起过的历史作用。当时一句突破禁区的口号可能像号角，事后，若在艺术上仍是一句口号，那么，它比起三中全会、五中全会的公报来，一时"叫响"的思想锋芒早已失色。若有锋芒的思想没有在艺术中成为艺术，到这时候，它也就像完成了历史任务的角色一样必然退出舞台。一时的需要并不等于作品的水平。时间对艺术的选择，还是要求艺术作品首先是艺术，这是值得我们深思的。过去，我们的选本过多选这样的诗，海外的读者看了颇多议论，因为是选本，人家也就以此代表我们国家的文化艺术水平。去年秋冬一次国际笔会对我们新诗的议论，值得我们考虑。

听前几年出过诗集的同志讲，当年发诗稿，任何一点抒情的东西都要剔出来，说是"个人主义"的玩意儿，非干巴巴的、帮腔帮气的东西不要。在那种历史条件下，这一切都可以理解，也不必再说它。至于当年有些这样把关的同志，今天除了参与数落新诗之外，是否也还可以为新诗的繁荣出一把力呢？

有的事，出了问题，纯从理论上看，并不难解决，可是在实践中出于众多其他的因素，还不是凭讲理论可以解决的。对我自己来讲，诗创作的问题，重要的还是实践；同时需要能切实际的理论指导。现在，不少诗评缺乏理论，缺乏对问题的探索与具体分析，多是对人对事的一张简单的表态书。更可怕的是起哄，说好，就要起哄捧得人们再也不愿看才罢休，一说坏，就要起哄打得愈批愈香，香得盛名之下，其实难副才了结。

一九八〇年"五四"于广州东山

（原载一九八〇年七月十日《诗刊》第一三四期）

读《鱼化石》随笔

　　去年，二十多年受够磨难的老作家丁玲（1904—1986），也是为了落实政策，跟我同在一月十三日回到了北京。她才离开的山村，一场浩劫，许多共同战斗，同过生死的战友，不能通音讯，比我才离开的劳改队还闭塞，同志间无法知生死。只有互愿马克思能给不幸的、受难的战友保平安。有天见我，她向我问到艾青同志。除在《人民日报》读到《在浪尖上》，对艾青一无所知。可她深知艾青，一提笔就不可收拾。她要我再介绍一些艾青发表的新作，我首先读了这首《鱼化石》：

　　　　动作多么活泼，
　　　　精力多么旺盛，
　　　　在浪花里跳跃，
　　　　在大海里浮沉；

　　　　不幸遇到火山爆发，
　　　　也可能是地震，
　　　　你失去了自由，
　　　　被埋进了灰尘；

　　　　过了多少亿年，
　　　　地质勘察队员
　　　　在岩层里发现你，
　　　　依然栩栩如生。

但你是沉默的，
连叹息也没有，
鳞和鳍都完整，
却不能动弹。

你绝对的静止，
对外界毫无反应，
看不见天和水，
听不见浪花的声音。

凝视着一片化石，
傻瓜也得到教训：
离开了运动，
就没有生命。

活着就要斗争，
在斗争中前进，
当死亡没有来临，
把能量发挥干净。

现在，忆起丁玲老太太当时听我介绍了这首诗，手托额头在椅上沉浸于《鱼化石》所引起的沉思，细嚼每字诗味的神态，我是深受感动。老一辈作家相互间对作品的尊重、认真的态度，正是他们之间最深沉的同志情。停了半晌，她高兴地放声笑道："这是写艾青自己嘛!"

突然，我也由此想起一九五七年的"五四"，在艾青当时所住的豆腐巷九号小四合院里，我读他那现在诗稿已焚，无所依据的《外滩》和写哈同的发家史的长诗。当时我也刚刚读完《唐·璜》，从个人兴趣讲，我更喜欢艾青的这首长诗。起码是在表达的方式上，我更易接受。那早，电话不断，都是大专院校为纪念"五四"请他去演讲的，他都托病回绝。后来索性请高瑛代接电话了。当时，我纳闷，知道这些文学爱好者都想看看自己的诗人，为什么不能答应这些要求呢？

"你小，不懂事，现在很复杂，我们也闹不清是什么集会，去说一通算怎么回事呢？若说是聚众闹事，我们说了真话反而说不清——"

既不愿说假话，说真话又反而说不清问题时，只好沉默。

在真话说不清，还可能招来横祸的年月，我对说真话的人总是持有敬意的。后来，报纸上说他对文学青年粗暴无礼、关门不见，也是在真话说不清时很时髦的假话。

现在回想起来才明白，当时许多受冤的老作家，绝不像我的天真。听说有人准备就三十年代"左联"时的问题发言时，雪峰（1903—1970）同志就劝阻："三十年代的事，千万别提，提了要闯祸的！"不想这些正直又顾全大局的作家，问题没有提，祸却不能免。

一九五八年春节，收到艾青同志题签的新版《诗论》，我就在"我生活着，故我歌唱""最高的理智的结果，使诗人们爱上了自然与坦白"这样的句子下划下红道，我相信诗人是言必信的。

以后的二十年，诗人也像"鳞和鳍都完整，却不能动弹"的化石，"看不见天和水，听不见浪花的声音"。但他另一方面又恰恰相反，不是"绝对的静止，对外界毫无反应"。今天我们看到他这本《归来的歌》，不管是当时藏在心里或是写在纸上的诗，都是诗人对外界强烈的反应。它逆向证实了诗人的人生，发言权的剥夺，并不能禁锢思想。

所以说《鱼化石》"是写艾青自己嘛"，不无道理。但是，确实有块两指宽长的褪色鱼化石放在他卧室的窗台上，那是鱼骨的化石。但是，艾青同志却由它想到抗战时在延安枣园林伯渠同志的桌上看到的一块大鱼化石。那是有人在陕北乱石沟里发现，拾来送林老的。它保留着鱼鳞和鱼的色彩，保留它在游时的鲜活动态。三十多年前对它的印象，艾青同志一直没把它写成诗，却在自己经历了一场人生的风暴后，由窗台上那块买来的小化石，想到林老桌上那块大化石，并把它写成我们看到的这首诗，这自然是件有意味、却是不难解释的文学现象。

　　罗丹说过："对于我们的眼睛，不是缺少美，而是缺少发现。"这里这个"美"字，换个"诗"字，或在此作"诗"字的同义语来论诗也是恰当的。在抒情诗里，对诗的发现，往往是诗人对自己的发现。去年春天，我们很多诗友有次愉快的海南之行。在兴隆看到神秘果，知道吃过它，酸甜苦辣到嘴里都是甜的。当时除了我，几乎人人都为神秘果写诗。许多人赞美它化苦为甘的奇功。胡昭（1933—2004）的诗却说：

　　　　为了说出一点真情
　　　　我们曾赔上身家性命
　　　　咸的泪水冲洗过的唇舌
　　　　只能把生活品味得更真

他要"甜就是甜，苦就是苦"不管红果绿果，"都休想麻痹我们"。艾青又用反拨的语言问道：

　　　　要是我们不知甜、酸、苦、辣，
　　　　活着还有什么滋味？

诗人的人生"只有尝尽了悲欢离合，才知道什么是幸福。"晓凡（1932—2012）的《告别神秘果》是今年四月写的，诗人也认为吃了它忘了苦是欺骗，才反问："吃到（它）你是得福还是得祸"？

　　　　告别时不得不认真地想：
　　　　前半生吃没吃过神秘果？

同株神秘果，一同看它，一同写它，却表现出这样不同的诗情。他们，各自是从自己的真情实感出发，即便同时写同一个题材，也因感受和修养不同，作品可能有深浅、精细之分，可"撞车"的题材不一定是"撞车"的诗。各自抹不平的特色，正是不同的人对同一个描写对象有不同的发现与感应。初学写作，真实的诗情缺乏表达的手段，诱发人动笔的作品也很容易成为单纯模仿的对象，才会雷同、重复，否则，一同描红，还描不成一个样子。

这样来看《鱼化石》"在浪花里跳跃"，在"火山爆发"或"地震"中"埋进了灰尘"，多少亿年后"依然栩栩如生"的鱼，就很自然联想到有首《你就是你》中"时间的刀斧，也不能把你弯曲"的艾青。

真的诗，不论自觉不自觉，诗人也不可能摆脱自己内心的披露，哪怕是内心的秘密，一经成诗，也只能是公开的秘密，绝不是晦暗的隐喻。否则，决非好诗，甚至不是诗。

因此，了解情况的，从这首《鱼化石》，对作者的遭遇可以引起许多联想，阅读中，必然有对作品的再创造。但是，即便对作者一无所知，也不会读不懂它。用艾青同志自己的话说，他"写的是大白话"。对化石实体的描写是具体的，是可感触的意象。

从"动作多么活泼，精力多么旺盛"开始，到"当死亡没有来临，把能量发挥干净"，这首《鱼化石》毫无晦暗之处。诗人用自己的作品实现了他《诗论》的主张：

> 用可感触的意象去消泯朦胧暗晦的隐喻。诗的生命在真实性成了美的凝结，有重量与硬度的体质；无论是梦是幻想，必须是固定。

当"诗可以写得让人读不懂"的提法引起激烈争论，我以为，读了这样的话，这样的作品是有益的。

在广州，几位中山大学的学生因为我说了句"诗还是应该写得让人看懂"就声辩：过去的作家和现代的青年在美学趣味上有条不可逾越的鸿沟。我就问："你不是因为心里有话憋得才想写诗么？人家要看不懂又不知道你要说什么？又怎能成你的知音呢？你写诗不是无病呻吟，自怨自艾，自我欣赏吧？"他们再没吭气，也决不是服气。

　　在昆明，一个类似的场合，一位兄弟民族作家当场将我一军：
"你有的诗我就看不懂。"可惜，他没有具体指出我的哪些诗他看不
懂，我也无法为此作检讨。不言而喻，他是赞成诗写得别人看不懂
者，首先，我决不为自己写过有人说是看不懂的诗，就赞成诗应该写
得让人看不懂。由于自己的艺术功力太差，有时不能把自己的感受变
为可感触的意象，成为"固体"，毫不奇怪。这和追求晦涩朦胧不是
一回事。

　　诗写得能"懂"和"不懂"，有客观标准，不是凭个人好恶、欣
赏水平为转移。若诗盲看到诗瞪眼，就不在此说之列。王蒙
（1934—）在《关于〈春之声〉的通信》里说，一位文学教师竟问小
说中的"电子石英表""三接头皮鞋""结婚宴席""差额选举"到底
是什么意思？它们之间有什么关系？"能有什么别的意思呢？这位教
师虽然看了两遍，愈看愈不懂"的责任，怎么也不能叫《春之声》的
作者王蒙来负。

　　去年三月在上海，对来访的朋友、记者，我见艾青多次讲到当前
出现的那些看不懂的诗，说不能助长此风；新诗今日正在接受新的考
验，用此道为新诗找出路，正是走进死胡同。当时，我还不太理解这
么说的意义。也有人讲，诗不懂，主要是群众的水平问题。艾青答：
"目前，我这样的读者还不算诗盲吧？我也读不懂。"

　　仅以读者的水平把诗分为"懂"与"不懂"两类，千万个读者
有千万个标准，最后也就等于二者没有界线。一般人所指的看不懂的
诗，就是指缺乏可感触的意象之作，这类作品，作者也偏重讲人生哲
理，结果成了朦胧暗晦的隐喻。不怕作者有多么深奥，即便写虚渺的
梦与幻想，也"必须是固体"，成为"美的凝结"和"有重量与硬度
的体质"。否则，作者思想或笔下的恍惚，自然只能让读者恍惚，甚
至不知所云。

　　艾青说："有首诗，题目有两个字，为《生活》，正文只有一个
字——"网"，——我就看不懂。"

　　他说的这首连题和内文总共才三个字的作品，是北岛（1940—）
所写，正当他以《回答》当红的时候，艾青此说，自然免不了诸多议

论。有些年轻人，不仅不知道艾青在抗战时也是一只诗的"火把"，有的也不知道艾青为何许人也。这也无关紧要，"百花齐放"嘛，有不同的意见，绝非坏事。我考虑过有人替这首诗作的解释：生活是张罗网。且不说这样看待生活是否合适，首先在于作者的这种观念要写成诗，却没有用诗的方式进行表述。"网"作为一个独立的形象，作者却没为读者将诗题引向这种联想的必然，架好思想和艺术的桥梁。同时，作者是否同意这个"网"字就是罗网与陷阱的意思呢？不论什么原因，作者不点头，解释者也怕不能自信自说的权威。有的作者是有牢骚要发，想抨击时弊而又不愿明言，才形成艺术上的晦涩。

经过一场动乱，新的一代，是"思考的一代"。思考，必需，也可贵。有苦闷，有追求，对诗也会另辟途径。诗的通向，有千万条路，走进死胡同，是通达不了诗。从诗学看，晦涩，不是诗的追求。"诗言志"，晦涩，就言语不明，读者，难从它悟作者之言。诗情，应该永远是鲜活的，写成诗，只能是以可感触的意象成为美的凝结，成为固体，让鲜活的诗情在固定中永现它可感触的鲜活状。就像鱼成了化石，多少亿年之后，还像艾青同志看到他的化石鱼，依然"动作多么活泼，精力多么旺盛"。

真正的诗，即便"埋进了灰尘"，多少年后，在"岩层里发现"，也是"依然栩栩如生"的。

晦涩，不是诗的追求；它和标语口号一样，不论表现形式多么不同，最终都会失去诗。

有些同志，也是探索，写了点这样的诗毫不为怪，更没有什么可责怪的。这和那些不论出于什么动机，鼓励、助长此风者则大不相同。尤其今天新诗向前遇到困难，这不是用理论为我们开路，而是引向绝境。

目前，对这些问题的争论、分歧，双方明明实有所指，却偏偏不接触具体作品来讲。甚至双方同时使用相同的词句，却各有玄机。如，一方说千万不要写看不懂的诗，就是明指晦涩朦胧、不知所云的东西。另一方赞成写看不懂的诗，却不会同意"看不懂"就是不知所云。如"要允许创新""提高群众的欣赏水平"的提法，光从字面看，也不该有什么非议。不以具体作品剖析、交锋、阐明各自的观点，各家的所褒所贬，也就没有什么实际意义。

今日读《鱼化石》，似乎也读到一点诗学，在此记下点随想，也是对当前一些问题的讨论之联想。

一九八〇年十月十二日于云南饭店

严肃的游戏

一

最近，有位蒙古族作家问云南一位搞图书资料的同志：

"你们云南那么多民族长诗，在出版汉文本之前，有他们本民族的文字版本么？"

"没有。"

"这，太不严肃了！"

办事不严肃，难免不做游戏。

只要看看这些民族长诗的封皮，大多是作家协会昆明分会组织的云南民族民间文学调查队整理的，看看序言，他们跋山涉水寻歌之艰辛，从成十成百卷的原始资料中怎样存真去伪地工作的科学态度，有时还没看那感人的长诗，就先为整理者这种献身于民族民间文学的精神所感动了。如此整理出来的作品，在出版汉译本之前没有本民族的文字版本就说"不严肃"，这几乎要让人怀疑这种说法本身是否"严肃"。

但是，整理工作的科学态度，绝非以整理的形式架势所以"科学"的。因此，这位蒙族作家的批评还不能简单地予以否定。

现在整理的这么多长诗，一摆出来，就是既成事实的成绩，返回来研究整理工作上的问题是否严肃、科学，问题的提出，有人就要看作大逆不道了。

王松同志在云南《民族文化》创刊号上写的《〈葫芦信〉通讯》就给我们研究整理工作揭了一个盖子。王松同志讲：

……一九五八年，我到勐海深入生活，认识了当时勐海的副县长刀振纲，他原是勐遮土司的兄弟，因为兄弟不和，他被迫搬到勐遮的夏贡去住，实际上又成了夏贡这个小街的头人，大概就是因为这个原因吧，他比较接近我们。其实他是个书生，曾经去过泰国、缅甸读书，对傣族的经书、唱本都有些研究。由于这个原因，我曾劝他把《葫芦信》写成唱词，他似乎也有兴趣，不过后来就忘了。大概只过了几个月，他竟把《葫芦信》的唱本拿出来了，……不久，云南民族民间文学调查队到了西双版纳，并且把刀振纲根据民间流传的故事创作的长诗，当着民族民间叙事长诗收集去了。此后的情况，我就不太清楚了，据当时一些有关同志对我说，那个整理本，就是根据刀振纲的本子整理、加工的，这就向我们提出一系列的问题了。究竟该怎样来看待这部长诗《葫芦信》呢？能把它作为傣族古典长诗来研究吗？它是创作，还是民间文学？

这当然是创作，就像汉族作家白桦根据傣族民间故事《召树屯》写的长诗《孔雀》一样同属于创作；就像傣家赞哈康朗英写新生活的题材《流沙河之歌》一样属于创作。王松同志问"它是创作，还是民间文学？"并非他本人分不清这个界限。显然，《葫芦信》成了"著名民族长诗"的既成事实，不仅成了习惯，改口说它是创作也太难。对于参与弄虚作假的人，这就戳了伤疤，会引起人事上比学术上更复杂的问题。

二

对《葫芦信》的问题，王松同志的文章已经说明得没有必要再作任何解释和纠缠了。王松同志说："我考虑到，如果现在再不把《葫芦信》的来龙去脉说出来，势必还会以讹传讹，对民族民间文学，尤其是对傣族文学的研究工作，会造成不良后果。"后果，也是"既成事实"了。但怎么会"以讹传讹"呢？虽然不是当事人，也不是不可理解。一九五八年作家协会到昆明分会印的内部资料《葫芦信》的题头是这样排名的：刀正刚口述，陈贵培翻译，冯寿轩记录。一九五九年九月云南人民出版社精印精装的《葫芦信》就是署名"云南省民族民间文学西双版纳调查队搜集整理"。附记也有具体的人名，翻译者：陈贵培、刀文光、刀向平、刀新平；整理者：冯寿轩、陈贵培、李良振、陈通林。

> 在我们西双版纳辽阔的勐遮坝子
> 住着九万多人
> 居民的竹楼有一万多座
> 有一条小河静静地流过坝子中央
> 宫殿盖在魔鬼山的周围

到了五九年的本子就是这样了：

> 从前在辽阔的勐遮平坝
> 居住着九万多勤劳的傣家
> 这里长着五谷和仙果
> 一年四季有开不败的鲜花
>
> 清清的南卡河流过坝中央
> 万幢竹楼绕着披雅山
> ……

后者，虽然译得比前者顺口。但是往下去，押韵的功夫都顾不上使了，就是开头"居住着九万多勤劳的傣家"，比原来"住着九万多人"是作了不少"加工"的。"勤劳的傣家"几个字，完全是外族述说傣家故事的口气，不是一个歌手在民族的自信中咏唱本民族古老传说的语态。其实，过多的"加工"，并不能给整理者记下功劳，效果适得其反。但是，既然刀正刚是原诗作者，一经这么折腾，自己的诗就成了民族长诗的口述者，是不是哪天白桦同志朗诵他的《孔雀》，这里也有必要马上出现一伙《孔雀》的整理者呢？

在全国第四次文代会上，云南组不少人多次提到陈贵培同志，一再提到他译傣诗的贡献，甚至说到许多译笔几乎等于他的创作。可惜他过早地去世了，无法从他那儿知道更多有关《葫芦信》的"整理"细节。比起整理上欺世盗名的英雄，这位甘作无名英雄的同志还是值得尊敬的。但从民族长诗的研究价值看，他那"等于创作"部分的译笔所付出的辛劳，我是并不感谢的。这样一来，真真假假，就闹得人更糊涂了。

三

是的，个人可以不感激翻译上的"加工"，但我还不敢说"加工"是不允许的。

因为，长期以来，"整理"二字，似乎就没有一个明确的概念。

整理兄弟民族的诗歌，通常有这么几个过程：听唱——口译——记录——整理加工。有时，一个唱词，因为口译的文化以及汉语的水平不同，译诗的准确、形象上的差距很大。整理加工就更考人的思想艺术水平。最近有本发行量很大的美国翻译小说，是马格丽泰·密西尔的 Gone with the wind，直译是"随风而去"，傅东华先生只取 wind 广义的字义，译作《飘》，有"飘扬""飘逝"之意，影片则从故事着眼，又译为《乱世佳人》，这其中有没有出入和创造呢？这还是对着白纸黑字译，口头诗的口译可能、甚至允许的差距能有多少，就更难说了。

云南人民出版社一九六〇年四月出版的《阿诗玛·序》，介绍过这样的情况：

> ……由于《阿诗玛》是长期流传在撒尼族人民口头上的诗篇，在故事结构上，在描述的或详或略上，都有很大的差异，有的这一部分过分繁琐而另一部分过分简略，有的则是有头无尾，或中间缺乏联系。面对这些不同的材料，要确定一个恰当的主题，并根据这一主题安排故事发展，选定作品的结构，是一件相当费力的工作。

……整理这样一部叙事诗，要能保持其特有撒尼人民的艺术风格，确是件相当困难的事。整理者在这方面虽然用了不少苦心，但确也发生不少问题。整理人说，在二十份材料中，有十九份是口述经翻译笔录的，其中只有一份是先以撒尼文字记录下来，然后进行翻译的。这样，再加上整理者亲自动手新增加了许多段落和句子，有的是属于一般修辞上的润饰的，有的是属于合并的，有的是属于创作的。而问题也多数出在这些地方。既然是整理，就不能一字不易地塞给读者，但如"创作"过火，就势必损害了撒尼人民口头创作的特殊风格。

有趣的是，"创作"二字加个引号，说明是过火的创作，是有问题的所谓"创作"。那不过火的"创作"之再创作，是不是还算"整理"呢？创作就是创作。能恰如其分地表达出作家所要描述的民族生活、所显示出的民族艺术风格，是上好的创作。以此要求任何一位作家任何一部作品，都是可以的。但是这份情况说明和整理经验，恰恰混淆了创作和整理的界限，并没有明确两者之间的区别。或者人们只能从中得到这样的结论：《阿诗玛》是一部吸取了大量民族民间故事，以民歌为素材创作的长诗。

正因为界限不清，"整理"的含义也就任人解释，各行其事了。既可以把过火的"整理"当作创作，不过火的创作也就可以当作民歌；既见报刊揭发剽窃民歌当创作者，也就有以创作当"民歌"的甘于寂寞者，《葫芦信》就是一例。听有的编辑讲：下面有些作者，因为新诗流年不利，作品很难发出去，常常创作"民歌"投来，有些纪念日还没来到，这些作者就创作了庆典抒怀的"民歌"了。因为标上"民歌"二字，发表的"命中率"就高，作品的身价也高。这正是新诗的悲剧，也是民歌的悲剧。

为此，我也想过，《红旗歌谣》中的佼佼者《我来了!》"天上没有玉皇，地上没有龙王……"它被广为介绍，就是因为它是"民歌"，知情者都知道，这是广州诗人沈仁康（1933—）在编校民歌中，根据民歌的启示而拼凑出来的。若是署上沈仁康的名字，评论家会把那些最美的颂词送给这首诗吗？《葫芦信》会给那些评论家、研究者在"以讹传讹"中说出那些足以编成笑话的评论吗？

民歌的价值，毋庸怀疑；就是上面这两首创作的"民歌"，能受到读者的欢迎，也说明了它的价值。但是，民歌中也不乏糟粕，不同的民歌之间，思想和艺术的差距，有的还很大，必须对具体作品进行具体分析。以为不需要作具体分析，随时都可以闭着眼睛廉价地抛出最美的、千篇一律的赞美诗，就难怪有人愿以创作标上"民歌"，在赞美诗的弦歌中，提高作品发表的"命中率"。

四

最近，因为公刘同志《迟到的平反》发表，有人在对照《阿诗玛》的不同版本。看看黄铁、刘绮、杨知勇、公刘同志整理的本子，再看看李广田同志在上面到底改了几行才把整理者的名字改署为李广田的。

在这里，我得重说一遍，广田同志是位为人民、为新文学、为高等教育，有过很多贡献的老作家，在我本人与他很少的接触中，他给我的印象很好，是位值得尊敬的老一辈作家。但是，广田同志不论在《阿诗玛》的老本子上改过几行，原诗的基本架子，甚至诗句都还是原样地在那里。若不是把原始材料"改"进去，就诗改诗，在这种场合，整理工作有何意义？把四个原整理者一脚踢开，换上另一个名字，无论怎么讲也是说不过去的。这事这样处理，道德上不可原谅。但是，我们都是在过去那种极不正常的政治生活中的过来者，为了需要——需要打倒原整理者，也就需要换上一位像广田这样有声望的学者，来为不体面的目的服务。这点，广田同志也是一位受害者，他拒绝署上自己的名字，稿费全交给路南文化馆，想来也够人心寒。就像《葫芦信》把刀正刚的作者身份改为口述者一样，还不是当时的浮夸风的结果？那时，一天一人交多少诗，搜集民歌也要"放卫星"，说不定《葫芦信》也是人家要放的"卫星"。作者自然只能把创作当"民歌"了。

我们，过去整理那些民歌的办法，现在显然不适用了。现在各民族有自己的文字，有自己的大学生，有出版各种民族文字的民族出版社，虽然可以有汉族作家帮助翻译，我想，在这种条件下，还是应该先出版各族本民族文字的诗与歌，我们只能组织译成汉语。用在过去的历史条件下搞半创作式的"整理"方法，来搞今日的民族民间文学作品，确实极不严肃。

开国初期，我也搜集民歌，学习《王贵与李香香》的创作经验，搜集民歌也就成为学诗的必需的准备阶段。因此还出版过整理的民歌集。其中的《藏族情歌》还是本畅销书。最近，云大中文系的一位研究生告诉我，他们翻到一些五八年的资料，有的就说我整理的民歌是伪造的。打棍子的人，只要他的棍子抡得痛快，为了需要，是不消讲任何道理的。尤其在剥夺了别人发言（声辨）权时抡闷棍，绝非英雄。今天，我过去出的民歌又要出版了，若这些打手还要说它是我伪造的，我并不感到有任何可耻，为此想侮辱也侮辱不了我。但是我决不敢把人民自己创造的歌，欺世盗名地据为己有。可是当时在语言的隔阂、口译水平不高的情况下，为了表达原歌的诗情、韵味，我也跟《阿诗玛》的整理者一样，是花了劳动，用了心血的。

在当年的历史条件下，主观上都是极其严肃地在进行这一工作。在我们的语言里，有"辛辛苦苦的官僚主义者"之说。既是辛辛苦苦，又是官僚主义，似乎是说不通的，但自己辛苦，却不了解下情者，却不乏其人。就像当年我们不少同志（自然包括我）主观严肃，甚至近乎教徒似的虔诚，也不能免于方法不科学的弊病一样，我只好叫它严肃的游戏。

不论当年怎么必要，今日不可行效。

往后新版的民族长诗短歌，在正常的情况，只该有译者，不该再有什么"整理者"了。

一九八〇年八月八日于云南饭店

（选自《灵感的流云》人民文学出版社一九八三年版）

佤族民歌

　　我是一九五三年春到过中缅未定界的"班师"，像一九四九年"十一"之前，我们称"北京"为"北平"一样，那时的他，以我这么一点历史唯物的态度，仍称他"佧佤山"。

　　当年，听人讲它，神秘、阴森。

　　上山之后，感受到的印象，远非这四个字所能概括。

　　现在，那儿已经变成另一个天地了。二十六年前，它却是人们眼中的处女地。那些部落和村寨还保持原始的猎头习俗，短木的寨篱，对外来者，都是森严的堡垒。古老的神树，终日滴着云雾凝聚成的清冷的水珠，阴暗的树下，一排排人头桩，既有滴着血水的人头，也有早成骷髅的白色颅骨。这一切，显出他们坚持祭鬼的虔诚和固执，仿佛那就是他们心扉顽强锁闭的堡垒，既抵御了外来的风雨，又让部落的子孙在它原始的风习下强挣着生存下来，锁在原始森林的烟雨和云雾里，锁在竹楼火塘的温暖和烟火里。

　　一个强悍的民族！一个苦难深重的民族！

　　我见一位扎着红头巾——作为英雄标志的壮汉，将一把利刃插在几十步之外，英雄抬弩瞄刀，弓响箭发，刀刃被竹箭劈飞为两半。这弩，就像祭鬼剽牛的剽枪，一枪击中水牛的心脏，致使体大蛮野的水牛，只能在疯狂的挣扎中倒毙。

　　那是含泪的笑容，人们生的乐趣全在祭鬼的祈祷时才得到。火红了，男女围火纵情欢跳，简单又重复的舞步，有力地震动大地，力的旋律，仿佛是生的宣言。强者昂起头颅，舞场却似战场。木鼓房的木鼓彻夜敲着，声音坚实而急促，令人想起风萧萧、马萧萧的古战场。那时，是击鼓催征；这里，是随鼓而舞。

　　歌和舞的夜，有篝火的夜，总是节日、征战、不寻常的夜，村寨却是漆黑的。

春旱饥荒的日子，漫山遍野都听到"呼——吆"的吆呼声。就是那些以弩劈刀的英雄，白日在南卡江射回很多在游的活鱼，晚上，又四处撵山，这些该"弯弓射大雕"的好汉，却为每日的粮食，以能劈刀的竹箭在射地鼠。这些全身裸露或着草裙的男女，一身乌亮，如青铜铸造似地壮美。但是，除了竹楼上堆放的牛角标明每家剽过多少牛，以示祭鬼的虔诚而骄傲，他们毕竟一无所有啊！

这些原始部落怎么存留到二十世纪，可以写出许多有价值的科学论文。可是从单调而犷壮的木鼓声，到漫山遍野夜里起伏不休的吆呼声，力的韵律、犷野的曲调，沉稳又有力，壮而不豪，悲而不凄，让我感到这就是这个民族难言的心声啊！

对这个过去没有文字的民族，它古老的歌，该是记录它苦斗、自卫、得以生存的活的、形象的历史。

云南，对兄弟民族的民歌、长诗的整理工作，从五十年代起，就取得了不少成绩和经验，也向国内外作过广泛的介绍。多民族的各自文学特色，组成一个令人眼花缭乱的诗圃。独独佤族民歌的介绍，近乎空白。也许当年上佤山还不太方便，交通与语言的阻隔较大，不像与汉族杂居或为邻的民族那样往来频繁。早期介绍过来的那些民族诗歌，多是汉族文艺工作者参加（甚至为主），或帮助兄弟民族作者几经口译、笔录、汉译还加以"润饰"等等所称之为"整理"之后才问世。十年浩劫，那些待整理出版的民族民间文学资料有数千份遭劫、散失、烧焚。那些因为已经出版无法焚尽的长诗，今日幸存下来又得保留、再版，这也说明当年在具体的历史条件下，这样抢救文化遗产的必要性。时至今日，解放已三十年，各民族自己的知识分子已成长起来，如还照搬，推广那套"整理"办法，只能算是不识时务。

不久前，遇到一位在某民族地区负责宣传工作的同志。聊到民歌的"整理"问题，就讲到这么一个问题：边地各族人民随着社会的飞跃，除了生活用语，不少都是从汉语引进的外来语，汉人同样可以听懂。因此，一些歌唱新生活的民歌，加上也受文艺图解政策的"帮"

文化影响，不但缺乏民族特色，几乎不用翻译。因为，充满了汉语的"外来语"。除了个别联系词，等于用那个民族的声腔在念汉族民歌。反之，许多有民族特点的民歌，却反而感到译不过来了。有时，可能是受译者的汉语与文学水平所限，有时，也恰恰遇到汉语中所缺的词汇，缺乏表现独特的民族心理、素质、风情所具的隐喻、典故、艺术技巧。这时，要求译得传神，既不卖弄，又能把典故、隐喻恰如其分地表达出来，碰到要用汉语中没有的词汇，怕也得引进一些外来语。现在，有些人写傣族姑娘偏偏写作"小卜哨"，汉语并非没有"姑娘"二字，"卜哨"已是小姑娘的意思，在它前面还加个"小"字，成"小小姑娘"了。小说散文，表现一些生活场景，写汉人说话夹用傣语，用些音译的傣语词汇，可能是现实主义写实的需要。但是在诗歌中，以此代替民族心理素质的抒情以及对现实准确的描写，就很可笑了。

几年前，传唱一首写佤佤生活的创作歌曲，其中有"江三木罗"作歌中的衬词，注为"佤族人民在节日欢呼的感叹词"。词作者把它和傣家欢呼时的"水——水——"一样用。其实，它是佤族情歌结尾有时用的一句套话，"江三木罗"就是长诗《葫芦的传说》中的娥并与三木洛这对男女的名字的音变。这是一对《圣经》中的亚当与夏娃似的男女，是佤佤人传说中的祖先，是坚贞不屈的恋人。他们的名字唱在歌里，已是作为爱的誓言。用它欢呼解放，欢呼胜利，就不伦不类了。

这样的事，还不是绝无仅有的，有些可能受解放初期的条件所限，对佤佤人了解不够而闹的笑话；有的也是"整理"或创作态度不够严肃所致。

人们早就希望有通晓民族语言的文艺工作者或是通晓汉文的民族作者来做这一工作了。

刘允玠同志整理的这本《佤族民歌》，水平如何，整理中还有什么问题需要商榷，每个读者都可以从作品本身去寻找。过去，我们评论民歌，首先是将民歌一概奉为经典，全是"人民性"的代表，很难承认其中还有糟粕，就是它们之间的思想艺术水平的差距也难正视。好处，在民歌本身；缺点，就视为整理者之过。当然，既是"整理"，整理者也要对他所整理的作品负责。但是，也只能负整理之责，却不能替民歌本身的思想艺术水平负责。整理的功过，只能从它的存真或失真上去论。

只有真，才能表现这个民族的生活与诗歌的特点。既有文艺欣赏的价值，也有对民族生活、文化，以至于历史的认识作用和研究价值。一失真，不论整理得多"美"，它可能是件好创作，甚至可列为文学宝库的珍品，作为民歌，它却失去民歌的价值了。

搜集民歌又篡改民歌的人毕竟太少太少。一般地，大家都还是在求"真"的。求真中往往弄得不真，问题就很复杂了。有次采风，唱译到一句描写心里欢乐的诗句，翻译就口译为"乐得我心花怒放"，一位懂汉语的藏族同志就纠正道："是'乐得像牦牛摔角一样'！""这不是一个意思吗？"是的，是一个意思，却很不一样。草原上的牧民，所感，所比，所兴，总不可能离开他周围的生活，他对朝夕相伴的牛羊观察的细致，又以有感情色彩的语言写自己欢乐的心情，比用"心花怒放"这样一般地陈述自己的心情在欢乐的句子，就更形象而生动，富有草原的生活气息，有个性，有民族特点。从诗的角度看，虽然是一个意思，也很不一样，后者更是诗。由于各自的民族特色形成不同的精神素质，有些诗句一到脑里，有人就不自觉地以我们的心理、习惯、语言取换了它的形象，甚至概念。

一个结绳记事记年的民族，他现在高呼"中华人民共和国万岁"我是相信的，若写他三十年前还在结绳记数的时代，说出"千万""亿万"这样的数字，我就不能不怀疑是整理者强加给民歌的；佤族人唱星月的明亮、火塘的温暖我是相信的，若唱他过去看见希望像明灯，我只有十分佩服整理者的想象力了。

这是目前兄弟民族民歌、长诗整理中较为突出的问题。就是有些已经成为铅字印刷品的，也不例外。有首傣族民间长诗，当中一个人向他的亲人祝福时，竟说：愿你的幸福像青松一样！

青松一样的幸福是怎么样的幸福？无非是说它像青松一样长青吧！我们汉语爱说松柏长青、松鹤延年。可是傣族是不是这样？到过亚热带地区的人都会记得，傣族坝子全是阔叶林，哪去找针叶树呀，他们会唱"火烧芭蕉心不死",怕难唱"松柏长青千万年"。

在一首民歌,或一本书前,挂个自己的名字倒不太难;若整理工作做得很严肃,光是求"真"这一项,就不是那么容易。

过去,条件困难,尤其口译的水平太低,这一关过不了,以后各关也难打通。但是,我们不能因此畏难而退,以致放弃整理工作中必不可少的科学态度。

从这点来讲,整理工作是很艰难的,有时甚至比创作还难。因为,创作可以完全从自我的感受出发,作品的水平就是自己的水平。作品水平的高低是另回事,自己毕竟能够怎么下笔好就怎样下笔。在整理中,若是因为自己的水平问题而把民歌的水平往下拉,不论主客观的原因如何,实际上把好事做坏,近乎犯罪。

十七年中,对民族诗歌的整理工作,对许多既成事实的评价,当然还可以再总结,也该另有专题。主要还是今后的问题。今后当然会出现新的问题。但是,过去请人口译这一关就不再是关了。有些同志就可以自己直译。这本《佤族民歌》就是如此产生的。

允饼同志是《佤汉词典》的编者之一,对一个没有文字的民族,这一工作无疑是对他们的一大贡献。他译佤族民歌,完全不存在语言上的障碍和表达上的困难。偏偏他本人也创作、发表新诗,译佧佤民歌,具有他这种条件的,目前在全国还找不出第二个。只要他本人在整理中力求"真"而传神,读者就不必担心读到假民歌。对于这样不必经过口译、笔录、汉译等等手续直译出来的民歌,是否还称"整理"?怕得改个说法了。

作为文艺欣赏,这些民歌还可以精选一道;作为研究资料,它每个字都值得精印。出版社出版此书,也许是两者兼顾。其中《葫芦的传说》,云南民族出版社早已出过单行本。它是一个神话故事,苦难深重的佧佤人却从中巧妙地表达了自己唯物的、劳动创造世界的观念,随着它的出版、介绍,已有一定的影响。其中的情歌,成组地在报刊发表,为读者大开眼界。

我们永远相爱,

如果你是柴，我便是火；

燃烧——我们热烈而欢乐，
熄灭——使大地肥沃。

这个过去被人视为神秘的民族，心灵多美啊！其实，这样真挚的爱情之火，是不会熄灭的，若作"熄灭"的假设，它也能"使大地肥沃"，增添人们的精神财富。它表达为诗，也该列进民族文学的宝库了。其形象的鲜明，比喻的新鲜而贴切，创造出很美的诗的意境。再如：

你是蓝翅膀的扇子鸟，
我是金翅膀的火焰鸟；

起飞——化作一道彩虹，
降落——变成闪光的月。
　　　　　——《你是蓝翅膀的扇子鸟》

阿妹啊，我愿变个橄榄果，
天天被你含着；

阿妹啊，我愿化成一支歌，
天天被你唱着。
　　　　　——《相爱的心只有一颗》

尤其后者，把情歌中常出现的、生死相守的爱的誓言，表达得这么形象而又新鲜，有动人的民族特色。口不离山歌与橄榄果的佤佤人，有颗如此赤诚而相恋的心啊！佤佤粗犷的歌调，表达了这么细腻的深情；慓悍、沉稳，如座塑像似的佤佤人，心里翻腾着多少诗涛啊！

没有月亮的夜路，
金鹿也会迷途；

没有清泉的山岗，
孔雀也难居住；

没有欢乐的山歌，
干活又累又苦；

没有阿妹的微笑，
再甜的日子也不幸福。

　　若是看过当年在原始部落生活的佤伍人，就明白"没有欢乐的山歌，干活又累又苦"的人的生的信念与追求。这首歌给人感受到的，已经不单是儿女情了。读这样的民歌，能增进我们对这一民族的了解。

　　《阿诗玛》形容阿诗玛的长发像落日的影子时，整理者曾改为像菜油一样乌亮，几经周折又恢复原样，改的目的，显然是从汉族民歌的表达习惯出发。恢复原样，显示了整理者清醒的理智与魄力。事过二十多年，这样的经验教训还是不应忘记。今天，那些对民歌在有意识地"加工"者的"加工"，还不在此议题内。而自己的修养、素质怎么不要过多地影响（根本不影响是不可能的）我们翻译、整理的民歌本身，还不是很容易的。这本民歌，从占多数的情歌看，我是希望在忠于原义的基础上，能传神地从韵味、旋律上把佤伍人内心爱的炽热与这个强悍的民族粗犷的线条、淳厚的性格统一起来。同时，我也希望，多注意、搜集过去没有文字，却以口头文学提供给人了解、研究他们历史、风情、生活的作品。

　　开国初期进那时的佤伍山时，我就希望当时目睹的原始部落在飞跃进入社会主义后，能再去看看，写些歌唱他们新生活的长短句，今昔对比，和当年写佤伍山的旧作放在一起出版。可是，一直未能了此心愿。但是，当年听到木鼓彻夜不休，唤起不安而辛酸的心情，在读了这本民歌之后也可以安然了。

　　　　飞上蓝天的阳雀，
　　　　最热闹了；

　　　　停在溪边的麂子，
　　　　最快活了；

　　　　走在社会主义大道的佧佤人，
　　　　最幸福了！

往日，阴森的佧佤山，已是明朗的天了。希望，总能给人力量。

　　　　　　　一九八〇年十一月十一日于昆明云南饭店

　　　　（选自《灵感的流云》人民文学出版社一九八三年版）

诗就是诗 （一）

说《老牛》是我的处女作，也只是从我能够与读者见面的作品中，按写作先后顺序，它是当中最早的一篇。

过去的，及同辈的诗友之中，被称为"处女作"的，怕都是指第一篇公开发表的作品，而在这之前，每人试笔涂抹的，却不知浪费了多少稿纸，其中，说不定有些是有发表价值的，甚至是埋没了的艺术珍品。

《老牛》既非我发表的头篇作品，更非埋没了的佳作。它是我创作年龄满三十年之后，仅仅为了它的纪念意义，第一次在我的诗集《雪兆集》中出现。一般的，选本里的诗，自选时，总得挑些自己比较满意的，或者较有影响的作品。而《老牛》在这之前，从未得到与读者见面的机会，更无有什么影响，我选它，又恰恰是它默默无闻地在档案室里关了多年，纪念它又回到我的手里，纪念它在我创作生活中的意义。

一般情况，选本自选，选什么，出版社是听便。可是选从未发表的作品，还是不好通过，因为我不是已逝的名家，需要像寻出土文物一样地找我的佚稿。可是人民文学出版社的同志充分理解、尊重了我的要求，也终于让它和读者见面，以写作先后为序，它是我出版了好几个诗集之后而露面的"处女作"。

诗后，它清楚地写明它写作的日期和背景：一九四九年七月于遂川休整诉苦中录写。那时，正是我们百万雄师横渡长江后的三个月，解放了江南的大片土地。三个月，部队都是在跟敌人赛跑、追歼，每日走一百二、一百八十里，是常事。敌人兵败如山倒，部队每日都补进大批"解放战士"，他们之中，多数都是被反动派拉来逼迫充当炮灰的阶级兄弟。一个战斗紧接着一个战斗，紧迫得无法做更多的俘虏工作，有时一阵战斗动员之后，他们就掉转枪口和老战士一齐打。使自发的阶级感情成为自觉的革命行动。部队休整，连队就大规模地深入开展诉苦运动，叫他们把苦水统统倒出来。从痛苦中愤怒起来，由愤怒而勇敢，高呼报仇的口号，以难以想象的勇敢与顽强，投入战斗。这种事，对生活在今天的青年是很陌生的，对当时还年轻的我，这也是未知的一角。那时，我在部队文工团，不是演员，是管理图片图书，每打到一地，就以那些新书新画给人们看"解放区的天"。我是个参军几个月的、才跨进中学门坎，因为内战也没有开过几天课的学生，当时部队里还有许多文盲，这样的学生也叫"小知识分子"，"小知识分子"在那时又是"小资产阶级"的同义语。睡统铺要爬过来虱子，也得第二天偷偷摸摸地把它掐死，给人瞧见，生怕被说成"不工农化"。自身既是天真得可爱，又可笑得天真。

文工团每天下连演出《白毛女》《血泪仇》，在台上以演出激发战士的阶级仇恨，在台下又听战士叙说地主逼得家破人亡、生离死别，乞讨无门、求天不应的故事激发阶级仇恨。那种气氛、情调，身临其境，谁也无法止住眼泪，有时还没听清别人怎么控诉，就已经互相感应得痛哭失声。

如此心态的重复、加深、使人一样地伤心，悟出一点阶级关系的道理。

《老牛》就是我当时记叙的几个小故事中的头一篇。痛诉那一切的战士，是位壮实的中年大汉。他声音喑哑，却没眼泪，悲凉之中透出苍劲，辛酸之中压着闷火。他曾是东家使牛养牛的老长工。那时人们多说被剥削被奴役的日子似作牛马，他却以自己满腔愤怨，实叙同他相伴的老牛，他说的老牛，似乎有点通人性似的，可完全不是某些文艺作品将牛拟人化的描写，而是人与牛之间相映相照的叠印。

当时，这比某些号啕大哭的伤心事更深地打动了我的心。连续持久的哭声使人浸入在过于伤感的麻木后，我感到它给我严肃思考的力量。这个战士，叙说老牛的角度，就是我感到艺术取材的角度，虽然不是照他的话每句必录，我对这故事细嚼细品了一番之后，组织写下来的，却基本上是他的原话。

因为，少年时我曾寄人篱下，漂泊无定，持续的不幸遭遇，使人对悲剧常有不应有的冷漠；不形于色的喜怒又非无动于衷；看惯了人间的不平事，又不是不怨天公不公；但为"老牛"，我又哪能不抱不平？战士的故事，感动了我，我也理解了它，在相互的感应中，激起记忆中的情景，对我又是新的折磨，恍惚又见荒旱之年，套上弯担的农民，几乎身子都要扑倒在地面，犁尖在硬土上溅起火星，人似牛，还毕竟不是牛，累倒在犁前……

同时，我小时寄养在教堂的日子，字也不认几个就跟着念《雅歌》《诗篇》，这些《圣经》中的东西，对人既是宗教书，更是文学书，几乎是从童年起，我就从那儿得到点诗的启蒙，得到一种在意识上很朦胧，感情上却特强烈的对诗的感受。以后，尤其是管理图书的日子，我读到艾青、惠特曼、涅克拉索夫的作品，我才知道，诗还是条与人民生活相结合的道路。"老牛"的故事感动我的时候，也就试着用分行抒写的办法，"录写"下那位战士的话。

写得考究的诗，会有艺术精巧的魅力，然而，质朴，对我，在艺术中也像在生活中一样，是美的最高境界。前者，不能说它假，雕饰得毕竟太像"艺术品"，后者，由于真，真得给人留下的，是永远无法消逝的记忆。

质朴，绝非艺术的粗糙、寒伧；纯净，不是简陋；表现的丰富，更非杂芜；写得真，绝非自然主义。

这需要思维能诗化，生活能艺术概括，不是善作雕饰的、近于工艺的功力。

当时，我阅读、喜爱的那几位诗人的作品，虽然他们是不同国度，不同时代的人，但他们的诗，在艺术上给我最深的印象，是这种质朴而近于永恒的美。

我，那时还完全不懂艺术、不懂美学上的这些道理，自己喜欢什么，就照着学，甚至模仿写。由于生活阅历太浅，文化程度太低，写出来的，就完全是些没有余韵的大白话。

一九五二年，我首先在《人民文学》发表诗后，就把《老牛》等几首同一个时间写的诗整理抄寄出去。回答是：对于你这么样的年轻人，似乎不应该写这样的诗，现在也不是发表这样的诗的时候。我明白，它没有新旧对比，没有忆苦思甜的内容，照当时的说法，是没有站在新社会看旧世界。只写了一个旧世的小故事，当然是走在"旧现实主义"的轨道。之后，我知道：还是应该老老实实去写部队的生活。本来，也没有想要走这种或那种的什么"道路"。但现在回过头去看，当时鼓励我写新的生活是完全对的，但提出意见的理论基础，作为创作的指导思想，决不是有益的。

这首诗，就这么搁在抽屉里，有的稿，看着不行也就早把它撕了，然而，对它，每当想要投它进字纸篓时，稿纸上记叙的诗情，引起我获得它时的记忆纷纷沓至，手也不忍撕。

写诗，有时笔下并没表现太多的内容，可能得调动、借用自己一生中多种的人生体验；有时一篇东西写过多年之后，也会感到其中有些地方又没写完，还得再写。同《老牛》一道写的《故乡的流水》是这么开始："新春。风雪。天，很冷很冷。我一手放鞭炮，一手把耳朵捂紧，像我又快乐又冒险地闯进人生……"一九五八年，"反右"在继续扩大化的同时，人们已经预感到它的后果。所以，翻到这首长诗的前两行，我就感到还可以再写，很快，就成了下面这首《新春》：

> 孩子点着爆竹的新春，
> 街巷响起报喜的乐音。
> 他们持香点着引线，
> 赶忙又把耳朵捂紧，
> 就像我既胆怯，
> 又冒险地闯进人生……
>
> 就像我既胆怯，
> 又冒险地闯进人生，
> 对人生有无知的茫然，
> 茫然又天真，对未知的，冒险探寻，
> 一手点爆竹，等待飘飞音乐，
> 捂紧耳朵，是怕罪恶的轰鸣……

创作的精神活动，复杂、微妙。当时看来该撕的废稿，偏偏还在下鸡仔孵小鸡呢。一场浩劫，这些文字抄去多年，总算还能和我一道幸存下来。去年一月，我在友谊医院碰到吕剑，而且都是去看住院的严文井同志。他看了我在《诗刊》发的《宫墙》，当着文井同志给予诸多鼓励。我说看看一些落实政策后归还的旧稿，感到自己写得还不如过去时，文井对我的答话倒有起兴趣来了。因为我在《当代》发的长诗《大路之歌》《击鼓》，都是兆阳、伟哉同志交给他定的，也是旧稿。因此，我又寄去一沓钉书针在上面已锈脱的发黄的稿纸。他先看完《老牛》就打给我电话，撇开了作品，谈现在许多作品首先是缺乏现实主义的力量，对文艺的社会功能又看得太狭窄，要求得太"现实"，作家对生活的评议，应该包含在展现给读者的艺术形象中，而不是游离在他之外的"观点""立场"……

　　就这样，这篇处女作才拿出来与读者见面。

　　　　　　　　　　　一九八〇年十二月二十六日于云南饭店

　　　　　（原载一九八一年三月十五日《丑小鸭》第三期）

诗就是诗（二）
——读《归来的歌》有感

近日，四川人民出版社出版艾青同志的《归来的歌》，是诗人沉默了二十年后，在一九七八年和一九七九年两年发表的一百零六首短诗的结集。是诗人重新归来，为人民和生活的歌唱。

有人问："艾青的诗里怎么没有伤痕诗呢？"

是的，这本诗里，确实没有某些小说、电影里所表现的那种"伤痕"。

有才能的作家，即便处理同样的题材、有同样的感受，也不会用同样的笔墨。因此，任何"同样"也不会同化掉诗人的独创性，恰恰只会在许多"同样"之中，更显出诗人的鲜明个性。

很多读者都从许多文章里知道诗人这二十年的艰难而不幸的生活。可是诗人向大家讲到他在新疆那段被赶去天天扫厕所的日子，总是说："我扫呀扫呀，厕所的上下左右一遍又一遍地扫，直到人家看了，说可以在里头开宴会才罢！"在场的，听了无不开怀大笑，可是过后细想，也不能不为之辛酸。这就是艾青！这样的诗人，我们怎能在他的诗里看到外在的、血淋淋的"伤痕"！

一场浩劫带来的创伤，不是在诗人，或某几个人，而是在我们国家、民族、人民身上。因此，个人在其中的感受，不论用什么方式表现在作品里，其意义也就不能局限在一个很窄的范围了。

艾青的诗，是能看到一场浩劫带给诗人的伤痕，又绝非简单、原始、血淋淋的所谓"伤痕"的表面化的描述。生活一经诗人酿成诗，它也必然是艺术。心灵上的血迹在诗笔下，就成了艾青式的、对人生哲理的冥想。深沉的悲愤中，是警世之言。《海水和泪》就这么短短八句：

　　海水是咸的
　　泪也是咸的

　　是海水变成泪？
　　是泪流成海水？

　　亿万年的泪
　　汇聚成海水

　　终有一天
　　海水和泪都是甜的

这自然还不能算艾青的代表作，"终有一天，海水和泪都是甜的"，却写得太好了，是艾青式的诗情与语言。这种人生观念，是血泪的生涯酿成，又不是单纯血泪的再现。不，诗人是以乐观向上的精神思索历史的教训，展望我们的未来。另一首被人认为可以为艾青自我写照的《鱼化石》，一条"动作多么活泼"的鱼，"遇到火山爆发"，"失去了自由，被埋进了灰尘"，亿万年后，"在岩层里发现"，也"依然栩栩如生"。

　　凝视着一片化石，
　　傻瓜也得到教训：
　　离开了运动，
　　就没有生命。

　　活着就要斗争，
　　在斗争中前进，
　　即便死亡，
　　能量也要发挥干净。

这本诗集，是一位诗的强者唱出的人民自己的歌。它表现了自我，自我又通向人民，通向自我之外的天地，却又不是诗人自怨自艾的自我表现与陶醉。我们从诗人的心灵看到诗人的个性，也看到一个广阔的世界。

在两年内发表了百多首诗，要求每首都达到同样的思想、艺术高度，即便对这位大师，也是不实际的。但诗人笔下的诗都是诗，这就是留给我们研究诗创作时的很好的范例。

我们还不能忘记，我们有过生硬地配合"政治"、图解"思想"的顺口溜、标语口号"诗"，在我们有着悠久的文化历史、诗的优秀传统的国度，它也有畅通无阻的时候。

今日新的生活，必须要有创新的艺术表现，某些思想消沉、无病呻吟，片面追求神秘、唯美所崛起的旗帜，正迎面挑战。

我们不喜欢无病呻吟，对生活、对诗本身的责任感，需要诗的理论与实践，都该为探索与创新铺路。愿多些有思想内容、给人点美感的作品。思想，既不能再为庸俗社会学所用，搞生硬的"配合"，那么，任何有意义的思想、高尚的情操，对生活美的感受、发人深思的意念，也只有首先通过艺术的表达才能达到。也就是说，思想只有在作品的艺术魅力中才能显示它的力量。二者互为依存。我们的思想若非滞而不前，艺术的创新也不会止步。

诗写来，当然是要人懂。先贤"诗言志"的诗教，今日仍有它的现实意义与价值。

某些诗，有点朦胧的意境无可非议，有些题材、场景的描写，甚至还得借助"朦胧"才能完成某种典型环境描写的艺术任务。这两年，"朦胧诗"的兴起，原因很多。最早的出现，甚至可以看作对标语口号诗的反击和报复。后来，某些人在当中推波助澜，夸大成新诗发展的方向，要以此取代其他各种风格的作品，就无法苟同了。

朦胧，作为艺术表现上的某种手法，尽管在具体运用中有当与不当的问题，对它作为一种艺术手段，是不该说什么的；可是，把它宣传为艺术的目的，作为解决新诗的问题的指南、方向，就不能怪别人有意见。

任何样的诗（当然包括"朦胧体"）的出现，都不为怪，怪的是这种危言耸听的诗论，从它已经形成的后果来看，还不能忽视它的作用。

《归来的歌》，艾青同志就是以明晰、准确的思想与艺术形象使当中的篇章焕发光彩的。

消逝的岁月，诗人比作泼在门外的水，再拾不回来；诗人看到"像光一样无形，像风一样不安定"的希望，在诗人笔下就既有形又安定，成为"梦的朋友，幻想的姊妹"，"像河边的蝴蝶，既狡猾而美丽，你上去，她就飞，你不理她，她撵你，她永远陪伴你，一直到你终止呼吸。"这些本来很抽象的东西，诗人却以可感触的意象，使它成为很具象的实体。使人不得不惊叹这样有艺术生命的笔力，再如《酒》：

> 她是可爱的
> 具有火的性格
> 水的外形

开头这么短短两句，就让我们看到比平日所见的酒还更像酒。"火的性格，水的外形"，有意，有象，精确，生动。诗，可以有各种风格、各种题材，中外古今，有奇有怪的诗，却没有任何一首好诗是以语言的含混、意象的模糊而取胜。

这本诗，当中《光的赞歌》《古罗马的大斗技场》等篇，应该有专论表述它们所达到的成就。可是，许多短诗，对我们思考目前一些创作上的问题，同样有启发。如《镜子》——

> 仅只是一个平面
> 却又是深不可测
>
> 它最爱真实
> 决不隐瞒缺点

它忠于寻找它的人
谁都从它发现自己

或是醉后酡颜
或是鬓如霜雪

有人喜欢它
是自己美

有人躲避它
因为它直率

甚至会有人
恨不得把它打碎

也无非"它最爱真实，决不隐瞒缺点"。我们天天见到镜子，却没有
看到这么朴素又不简单的真理，这是因为我们观察生活没有诗人这双
锐利的目光。在平凡的生活里发现不平凡的诗，这恐怕是决定诗人能
否在诗的艺术上创新中的创新啊。

诗集中有首《盼望》：

一个海员说，
他最喜欢的是起锚所激起的
那一片洁白的浪花……

一个海员说，
最使他高兴的是抛锚所发出的
那一阵铁链的喧哗……

　　　　一个盼望出发

　　　　一个盼望到达

　　这是一九七九年三月二十五日我国"柳林海"首航美国西雅图时，有许多诗人上船参观，送轮出海后的作品。当时有几十首诗，为此歌颂中美人民的友谊，为"柳林海"成为我们友谊的桥梁而歌唱。可是，这些同志却发现自己几十行、上百行的诗，远远不如这八行有容量。《盼望》是诗人为"柳林海"出航有感而作。又完全不拘于此事在挥洒诗笔。"一个盼望出发，一个盼望到达"，中国人民和五洲四海人民的心贴心，用这么简洁的手法，以他们"盼"中的急切希望相逢相聚的心情，道出了这么深的友谊。这首诗，构思新颖，表现精巧，语言凝练又朴素。它的表现手法新而不怪，它含意深而又读得懂，诗意的美显出诗的功力……

　　这一切，在我们许多诗论家为新诗探索前进的道路时，能抛开这些诗的成功实例不研究，靠自己冥想的理论就能成为夜行者的北斗？

　　　　　　　　　　　　一九八一年一月六日晨于成都"锦江"

　　　　　　　　　　　（原载一九八一年七月八日《人民日报》）

叛逆的绝唱

——谈《仓央嘉措情歌》

一

四川民族出版社一九八〇年重印《仓央嘉措情歌》，看校样时，书题的注文："此系从拉萨木刻版《仓央嘉措传歌》选译……"，而"传歌"的"传"字，每次都被一些好心的同志改为"情"字，虽校正过，书印出来，"传"仍印作"情"，这使我颇有感触，也想起一些旧事来了。

重印的《仓央嘉措情歌》是一九五三年我在拉萨根据苏郎甲措同志口述，由我记下诗文之意再笔译的。这种林琴南式的译法，今日看来是不必要的，甚至是可笑的。当时，在在新中国成立后的内地却是以这样的译文首先介绍了这位天才的藏族诗人。进藏前，我就听说仓央的诗有英译本，在印度、锡金等地颇为流行，一直想弄上一本，请懂外文的同志再根据英文本校阅一遍，结果，始终不能如愿。其实，当中这些诗，在云南中甸的藏族同志那儿以及筑路进藏途中采风时，我都当民歌收集过了。那次在拉萨找到木刻本，才算有根据地把那些所谓的"民歌"确定为仓央的创作。

那本木刻版的藏诗，是长条的土纸印的，完全和藏经一个样子。在拉萨四方街头，也是夹在藏经中在摊子上卖。只有二十多页，索价一块多银元。我想，一则是木刻手印的，工本高；再则，卖书的人说："这是经书呀！"因此，它的价值，似乎理所当然地包含一个佛教徒对教主的信仰与虔诚在内。初版的《藏族情歌》，我还曾影印过一页原版书当插页，经过这些年的动乱，这次重印时，再也找不到自己原先珍存的原版诗了。

这本经书似的活页藏诗，当我拿在手上就问翻译同志："书名叫什么?"

"《仓央嘉措传歌》"。

"上面是怎么写他的生卒年月和经历的?"

"不,这是他的诗集!"

"那就是诗体的传记文学!"

"不,就是他的作品!"

"作品怎么当传记?"

"大概这主人认为,只有他的诗能说明他的人生!"

若是应该这样解释这本书名,那么,这个书名也是一则诗学:诗人的历史,是用他的作品写成的。解释诗人,任何根据,都不会比作品本身的根据更充分,更有权威。

仓央嘉措这本诗集的书名所表达的诗学,正是我们研究诗人不能忘记的道理。

二

当然,从作品看诗人的人生,并不排斥我们对诗人的经历作必要的了解、考证。从生活与创作的关系看,仓央写出那么动人的诗正是由于他有一个不寻常的人生。

仓央嘉措,西藏佛教格鲁巴教派(又称黄教)的首领之一——第六世达赖喇嘛。他的情歌在当时教派的相互斗争中,曾被人视为他不守清规的罪证,这却是我们今天高度评价它不可忽视的因素。

史书记载,五世达赖罗桑嘉措是一位发展黄教势力,有统一西藏的雄心的人物。一六三九年与一六四一年曾两次请蒙古部落的首领固始汗率兵入藏,以武力帮他推翻周围的——代表白教(噶举教派)利益的噶玛王朝,消灭甘孜白利土司。一六四三年,在清室入关前,就派特使与清王室建立关系。一六五三年达赖五世进京。我们今天所见的北京天桥,就是当时为迎接他而修的特别通道。清帝顺治也以打猎为名,和他在南苑会晤——实际是迎接。并封为"西天大善自在佛所领天下释教普通瓦赤喇怛喇达赖喇嘛"。达赖喇嘛这一封号就是这样定下来的,达赖喇嘛及其政教(黄教)合一的统治,在清廷的保护与蒙古部落军事力量的支持下就更加巩固强大。但固始汗有重兵驻各地，已操纵了政权。达赖五世这时感到力不从心，极力排除固始汗的势力，固始汗岂愿丧失既得利益，又要进一步控制政权。这种权力之争一直延续了几十年之久。达赖五世是一六八二年逝世的，生前，他怕死后政权力量随自己的去世而削弱，在一六七九年立了桑杰嘉措为藏王（藏语称第巴），五世与固始汗都去世了，第二代人仍然延续着这一场争斗。仓央嘉措就在这种时候作为达赖六世出现在藏史上。

仓央（1683—1706）是藏南门达旺人。幼年时，五世逝世已就选定他为达赖的转世灵童。《西藏通览》讲，藏王"桑杰欲专国事，秘不发丧，伪言达赖入定，居高阁不见人，凡事传达赖之命以行。"所以，仓央选出后，一直秘养在外，迟迟不立。五世是达赖之中的一位强者。他在几十年间强化和延续了他的统治。仓央作为一个诗人，他真实的一生，只能是对这些情况以见证者的身份，了却一个弱者的悲剧。

三

仓央的情诗，是他在进入布达拉宫之后，目睹了佛纬后上层的权利之争的世事而作的。

> 默想喇嘛的容颜，
> 它却无法在心中显现；
> 不想我的爱人啊，
> 她却占去我的心间！

现实斗争的纷扰，不是使他失意而"寻欢"，而是使他更执着地寻求纯真的爱情。于是，这短短四句，作为一位僧王的自我剖析、直白，揭示了他在生活上的虚幻与内心的真挚。（喇嘛与爱人在心中的比重对比，实际上是宣告了他对教义的反叛。）

这需要勇敢，不仅是斗争对立的一方会以此作为他不守清规的把柄，而且谁也明白，他们也会以此置他于死地。（就是在科学如此发

达的今天，仍然有人摆脱不了封建习惯的影响，何况三百年前的一位
僧王？）但为了追求爱情而放弃宗教及其地位又决不等于他有唯物主
义的世界观。

> 到有道的喇嘛面前，
> 求他为我指条明路；
> 可是又无法回心转意，
> 甘作爱情的俘虏！

内心矛盾深刻的揭示，正是作品思想、艺术深刻之所在。他不是天生
的圣人，但他的选择，为求真而勇敢的突破，却是智者的道路，使他
终于成为一位惊世骇俗的历史人物。以致引起清帝、藏王、蒙古王公
的劝阻，直到对他行为的干涉。他拿刀、绳放在藏王面前，愿以死殉
爱。清廷及蒙古部落的首领们在一七〇一年不承认他是真达赖要废黜
他时，他到日喀则跪在札什伦布寺前，向他的师传五世班禅求道：还
给你，我的黄袈裟，还给你，加在我身上的教戒，还给我自由，我不
当教主！

　　这真是惊天地泣鬼神的语言，是位僧王要求解放的呼声！

> 暴怒和急躁，
> 撕乱了老鹰的羽毛；
> 隐瞒和忧郁，
> 弄得我憔悴苍老。

他的勇敢，正是在这之前忍无可忍的果实。他无须隐瞒什么，世俗的
观念曾使他为之憔悴，但他依然要说真话，因为他是诗人，一个真实
的"人"啊。

四

　　当时，围攻仓央的势力，以他沉溺酒色作为废黜他的根据。过去

某些史书这么写也不为怪。

今日的现代人，有的说"沉溺酒色"在特定的环境下是对宗教清规戒律的反抗，从而肯定仓央嘉措。过去，藏人也有人说到仓央嘉措与嫂子同宿却从未起过邪念，此一说法也是有趣的。它都是为了一定目的的牵强解说，这在当时，既可作为人们为他开脱之词，更是人们把达赖在想象中圣化的形象。但是，人们却没有从他的坚毅热烈的精神世界和一个真正的人的深度给予恰当的评价。若他果真"沉溺酒色"，即使在所谓的"特定条件下"，我也不认为有什么积极意义。关于仓央嘉措当时在这方面的情况，我掌握不了任何材料，有权对现有的史料去伪存真，以说明自己的观点。但是，他若只是"沉溺酒色"的僧王，作者没有必要在此浪费笔墨，为一名酒色之徒张扬。他所以值得人们研究，是他对爱情热烈而高尚的追求，是对任何阻碍这一追求的清规戒律勇敢而痛快的反抗和报复。这点，我们除了从他的《情歌》本身所表达的信念、感情、形象找根据，对诗人的肯定与赞扬，无须依靠别的东西。

> 自己心爱的人，
> 要能成为终身伴侣，
> 真像在大海深处，
> 捞到奇宝珍珠。

> 我那终身的伴侣，
> 不离你的只有发髻上的翠石，
> 只有你自己知道是否背信弃义，
> 不然，翠石是不会说话的！

> 写出来的黑字，
> 还会被雨水冲掉；
> 我没写出来的心情啊，
> 却在心中永远记牢！

　　　　木刻的信章，

　　　　不会把话讲，

　　　　请将"信义"二字，

　　　　刻在各自心上！

这是从中信手转抄下来的四首诗，已经完全可以表达诗人要求爱情的真诚与专一。情诗若没有爱的真情也就不成其情诗，更不可能谈什么文学价值！

　　诗有真情才成为诗；人渴求真情才会跪在札什伦寺前呼天求地，要送还师传的黄袈裟，并沉痛喊叫："还给我自由！"

　　这是诗人以自身的行动为读者留下的一个巨大的愤世而悲壮的动人形象。

　　这是一位僧王使人为之震颤的叛逆的绝唱！可以作为他全部作品的艺术概括！

五

　　这样的诗，当时尽管有人持之为据，对他恶毒地诬陷，它却以艺术所表达的人性的光辉获得人们对诗人的理解和同情。一七〇五年，藏军与蒙军在拉萨激战，藏王被俘处死，仓央嘉措被"废立"，康熙下令将他"执献京师"。才押行到拉萨西郊，哲蚌寺的僧人却武装劫他进寺。由于寡不敌众，喇嘛死伤过多，他又落入蒙军之手，害死在青海湖边。一位天才的诗人，仅仅二十三岁就悲惨地永别人间。

　　可是，三百年后，我们无论去雪山或草原，都可以听到许多动人的"民歌"，就是他生前留下的诗。

　　在拉萨看到有些房子刷上黄色，也是表示这家人曾与仓央嘉措有过交往。三百年了，多少代人了，这些人家还把他们先人留下的荣誉在今日炫耀。从这点看，若说仓央只是以他的诗取得人们的理解与同情怕是远远不够的。它是戳穿某些人设置的精神牢笼的箭，使人从箭穿的洞孔中看到另一重天地。

> 姑娘，不是父母养的，
> 一定是桃树上长的，
> 不然，她对别人的爱情，
> 怎比桃花凋谢得还快呢？

诗人表达的爱情道德观念，三百年后对我们并没有失去价值。现在有人说他是无权失意才"沉溺酒色"，他说——

> 我这情场的猎人，
> 已将伊卓拉姆猎俘，
> 夺去她的权势显宦
> 是洛桑嘉鲁！

上层权力之争，并非夺得他无权而失意，而是醉心于权力的人在道德上的无耻，激起他的怨怒。可惜的是，每首诗没有署上写作年月，否则，贯穿起来就不消为诗人另写传记了。

　他的诗，在形式上采用了在拉萨、藏南等地区广为流行的谐体民歌体。一般六言四句或六言六句。每句六个音节，两个音节一顿，分三顿，是很严谨的格律，却不讲脚韵。他的诗，用民歌形式，却不像有些民歌，在没有孔雀的雪山上老歌唱孔雀。他想象丰富，比兴的运用既汲取了民歌这方面之长，又不像——

> 金色凤凰筑巢的地方，
> 金色龙驹降生的地方，
> 建筑金色宝殿的地方，
> 是仙人诞生的地方——

> 金色凤凰筑巢的地方，
> 金色龙驹降生的地方，

> 在那没有月亮的晚上，
> 是我谈情说爱的时光！

在此，它无需借物起兴，又这么铺张，它是原有的一种模式，不同的内容，都可以换上两句新词填写上去。仓央既用楷体写诗，又完全摆脱了封建文化对民歌思想、艺术上的羁绊。这是他对藏诗艺术巨大的贡献。他用的语言清新朴素，简洁凝炼，意深而平易，形象有时包含哲理。

> 初三的月亮仿佛白得不能再白，
> 像一个坦率的心迹一样；
> 请你对我发一个誓约，
> 可要白得像十五的月亮。

> 月亮的银光，
> 出现在东方的山上，
> 哦，姑娘的面影啊，
> 又闪现在我的心房。

两首诗都写月亮，诗人从自己的生活实感出发，就将两种特定环境下的情调气氛、诗人的心境，表达得准确生动，很有艺术魅力。

> 长络腮胡的老黄狗，
> 比人还要伶俐几分，
> 你不要告诉别人啊，
> 我天黑出去，归来已天明
> ……

短短四句，写出诗人幽会来去，怕狗叫而暴露自己的一瞬间的心理活动，实为这位名为僧王，追求自由的诗人满腹怨愤的心境，直率地写出来，使人神怡。

今日我们写新诗，艺术上要达到这种境界，也是很不容易的。若再看它已经完全摆脱了封建文化形式主义的影响，就会把它当作藏诗艺术革命的成果。

打出诗人的名字作书名的诗集叫《传歌》，它所以是"传"，也一定包含诗人在艺术上苦斗的历史。

一九八一年七月二十日 于成都"锦江"草成

（原载一九八四年四月十五日《民族文学》第三十四期）

盲谈诗译

　　年轻时，看到有些外国诗人将译诗也收进自己的选集，非创作当创作，总是不太理解。人到中年，在 ABC 面前仍是白丁，多读些译诗，才感到译诗远非一般的创作。创作，灵感来了，诗人可以天上地下，浮想联翩，提起笔来，龙飞凤舞；译诗，就不能与原文有出入，译稿上尽留下灵感的足迹。翻译科技书，一个科技名词的两种文字只要对换下来就行了，真是可以用机械译，可是任何文字一组合到诗行中，它每个字都成为回流诗情的活血，就不是机械可以对换的、像机械似的文字。

　　过去，只是听人讲笑话，说"胸有成竹"被人竟译成"胸口内有竹子"，后来才知道，这不能完全看作笑话。"不到长城非好汉"译成"不到长城不爱中国"，若也要当笑话，就不是可以一笑了之的笑话。"好汉"二字若在这里拆开当作两个单声词，"汉"，通常当"中国"讲，"好"念去声，当动谓语，解为"喜好"，岂不是"不到长城不爱中国"么？这类情况，从外国译进的诗也是有的，除了听一些翻译同行之间的话不说，就是一般读者，对某些译文存疑而议的也不少。我写《聂鲁达诗选·后记》，记述到一九五二年艾青同志问聂鲁达道："按我们方块汉字，您姓聂，是三个耳朵，我只看到您有两个耳朵，还有一个呢？"聂鲁达指着额头答："在这里，在倾听未来！"这是诗，也是哲理。可是构成这场谈话的原因却是这三个耳朵的"聂"字啊。谁知音译就不该译"聂"呢。雨果的原文 HUGO，按法语念法 H 不发音，第二个字母就该念"雨"，后一个音节拼成"果"，可是过去译为"嚣俄"显然是法语当英语念所造成的。又如聂鲁达，Pable Ner-ude，按西班牙文读音是奈罗达。开国初期，政治上"一边倒"时，这个名字是经俄文转译才念作"聂鲁达"，因为已经通用，大家只好将错就错。语言文字本来是没有阶级性的，可是结果不由你没有阶级性，也印上了当时的政治烙印。聂鲁达的一首诗，题目的英译是 *Let the Rail Splitter, Awake*！过去的中译本《伐木者，醒来》已经很有影响；根据同一个英译本转译过来，蔡其矫则译为《让那劈木作栅栏的人醒来》。一个诗题，两个译法，谁错谁对？若前者错了，是否也像对它的作者名字那样，将错就错？题目中的 splitter，是"劈"不是"伐"，诗是呼唤美国南北战争的胜利的领导者，主张解放黑奴的十六届总统林肯所代表的美国民主精神醒来。林肯（Abraham Lincol，1809—1865）一八三〇年在伊利诺州做工时，替人家劈木作栅栏，要劈三千根栏木，这件工作到第二年冬天才完成。他的民主思想和开拓民主事业的毅力，都关系着他那样的经历。于是诗题用"伐木"还是"劈栅栏"，就不在于"伐"是砍，"劈"是用刀斧破开这点意义上的差别，关系到对诗的主题的正确理解及诗题所涉及的典故。这就不能将错就错，也不能单看《伐木者，醒来》的诗的气魄、声音的响亮，而得用《让那劈木作栅栏的醒来》这个祈使句的长题表现聂鲁达既是激情的、又是从容而舒缓的诗的旋律。

我们看到的，都还是翻译界的大家，绝非没有读懂原文就随笔乱译，可是由于这多原因，就造成了这多不同的情况。因此，光是要求译得准确，有时也不是那么容易的。而且，仅仅译得准，若译得没有诗的兴味，也就不是诗了，一般情况，读者也只能怪译家，因为介绍过来的都是名著，甚至是经典作品，谁也不会怀疑原作就是缺乏或者毫无诗味的。

匈牙利的爱国诗人裴多菲（Petofi Sandor，1823—1849）的《自由与爱情》（兴万生译）：

> 自由与爱情，
> 我需要这两样。
> 为了爱情，
> 我牺牲我的生命，
> 为了自由，

我又牺牲了我的爱情。

殷夫译的是：

> 生命诚可贵，
> 爱情价更高，
> 若为自由故，
> 两者皆可抛。

前者与这种五言绝句式的译笔相比，应该怎么讲呢？一般说，我认为诗行的排列办法，译文还是遵照原文为好，前种译文，句式的结构也把作者对爱情、生命、自由三者的观念，扭合在一起而有层次地表现出来，使人看到思绪像推理似的推进。而殷夫的译文，朗朗上口，便于记忆、背诵，真是可以起到格言的作用。这类诗也不是以形象的生动取胜，而是以理直，还气壮而动人。短短四句，利用诗歌便于直抒胸臆，几乎像上世纪浪漫主义诗作那样，把自己的理念那么痛快而直接的呐喊出来，似哲理式的冰冷的格言里，激荡着内在的诗的激情。译文对原诗句式的排列、结构是有改动，却丝毫没有影响原文的原意。两种译文行文的语气、译笔的韵味，谁更接近原文？我不懂外文，无法知道。从上面我对它的比较来看，都有存在的价值。

法国女作家苏珊娜有次跟我谈到法国诗，说有的怕很难译，无法介绍过来。她举例念了一句，通过翻译，再把它书写，依照原诗的排列，我就试记下来：

> 天阴
> 秋雨
> 一滴
> 　滴
> 　　滴
> 　　滴

滴
　滴
　　滴
　　滴地
　　滴在
　　头颅

我告诉她，也许我自己是无法这样写诗，但是把诗里的字用得有动态和乐感，我是应该学习的。但是为了丰富诗的表现力，决不能沦为文字游戏。法国作家没有想到方块汉字的"滴"字，既是个很有动态感的动词，又可作为秋雨滴滴的拟声词，声、态，在这个字上可以很好地结合，她担心译不出来的那点，恰恰汉字也可以很巧的译过来。听人念过几句英国弥尔顿（J. Milton，1608—1674）的《风》，除了从诗义描绘了风的形、义，而每行诗里，选用了很多用 F 作母音的字母，念起来，尽听到"弗弗弗弗"的，如风吹叶摇的声响。大概拉丁语系的文字在这方面给诗的表现提供了有利条件，据说法国诗人兰波（A. Rimbaud，1854—1891）的《海》，也是选用了很多"泼泼泼"的爆破声的字词，念起来，仿佛就是波浪的旋律，诗中海的形象，通过这样的韵律更加活起来。让人迷醉于潮汐的音乐、海浪的召唤。这样的诗，当然可以译过来。一首诗，若除去它的音乐成分就不再是诗，这样的作品，就是不译，它的原文在诗的意义上有什么价值，也就值得怀疑。但，一首好诗，若这样调动诗的音乐手段，丰富了表现力，完善了诗的艺术技巧，读者只好赞叹诗人巧夺天工。然而，这种诗的这一部分的艺术效果，除了两种文字的每个字词的义和音都相同，才可能在翻译后保留下来，而两种文字的每字每词的义、音皆同，也就不可能是两种文字啊。因此，任何翻译家，只要他不是魔术师，都不可能完成这样的"翻译"任务。像卞之琳译莎士比亚的诗作，能把原诗的音步、音节保持原样，虽然经过一道翻译，不可能完全保留原文的韵味，读者从中能对原诗格律的形式有所了解，也就可以了。

　　过去，有人说："好诗是不怕翻译的。"但是，好诗在艺术上的完善，也应具音韵、形式的美，若像某些"诗"除了它的音乐成分就不再是诗，也就无从讲诗译了，从这个意义讲，我倒同意"好诗是不怕翻译的"。土耳其诗人希克梅特写苏联卫国战争中的女英雄卓娅被德国法西斯拉上绞架时写道：

　　　　绞索套上了，
　　　　——这样的少女，她该套上项链啊！

这样的诗句，译成某些人讥之的"大白话"，也丝毫无损它夺目的光彩。但是，我认为这也不是懂得外文就可以机械地译成的。有一次，我看到一份凡尔哈仑《恍惚的乡村》的译稿。看到其中有句"风儿在飘荡"，一种好奇心驱使，就很冒昧地问译者："这位比利时诗人也是照到我们某些人这样说'风儿在飘荡'的么？"翻出原文对照，该是"扇形的风吹来扇去"。译者还补充道："用我们的语言，就是'风儿在飘荡'的意思！"是的，我还不能说不是这个意思，但是，若仅仅以这个"意思"就能"意思"完一种语言艺术的艺术，那它也就不成其艺术了。同样的意思，前者却没有后者"扇形的风"这么具体、生动的意象，也就没有文学的生命，没有诗。译者用自己习惯的语言去套外国诗人有个性、有意象的鲜活文字，读者就不知从译笔得到对外国诗的介绍，还是看译者自己的陈词烂调了。

　　外文出版社将四川人民出版社出版的《戴望舒诗集》组织翻译成法文出版，译者燕汉生同我算是老朋友了，他译《赠内》：

　　　　空白的诗帖，
　　　　幸福的年岁；
　　　　因为我苦涩的诗节，
　　　　只为灾难树里程碑。

这诗，原来就不是旧体文言，但译成法文前，还需要"稀释"口语一番。有人把这诗的头两行简单地译成"在幸福的日子都没有写诗"我是无法同意的，我无法从诗学说出什么大道理，似乎也用不着说什么大道理，从一个读者的直觉，我感到它已经没那股诗味了，更没有戴望舒的那股诗味。我不知道法文该怎么表达它，但我相信雨果、巴尔扎克、凡尔哈伦、阿波里内尔用这种文字写过那么多好的、多姿多彩的诗文，也一定可以找到表达戴望舒这股诗味的文字。所以我跟汉生商议，原意不是"幸福的日子都没有写诗"，还是把"空白的诗帖，幸福的年岁"译成平行的两句。《赠内》为诗集《灾难的岁月》中的一首，也是"灾难的岁月"的产物，诗人的作品产生于那个时代，自然"只为灾难树里程碑"，把前两句作为揭示这样的内涵对称地存在，就怕不会译成"幸福的日子都没有写诗"了。

　　我不识外文，但是不论中译外或外译中，在这些地方是相同的。译得意准，还得味真才行，两者应该统一。尤其这三年，译诗多起来了，这个"多"也是比"文化革命"它的几近绝迹而言，其实世界许多名诗、大部头我们都还没有着手介绍。目前，尤其是年轻的诗作者对译诗的兴趣，几乎集中在对外国诗的各种艺术流派的学习上，因此，译文若只是译出那个意思而没有译出那个味儿，只会大扫其兴。外国诗，洋诗，洋味，不可能和我们传统的、民族的诗相同。诗和一切文艺一样，不论它有怎样的特性，总是来自生活。不同的民族，总有不同的生活和民族心理，这也是那些诗所以"洋"的基本特点。为了与内容一致，这些诗也有不同于我们新诗的形式与表达方式。有的节奏跳跃，意象与意象之间常留有较大空间的跨度。这些诗，我相信既是当作名作介绍过来，原作的诗人不论他在艺术上搞什么"主义"，诗行的节奏、意象之间总得有串起它们的线索、思想，以体现那些"主义"。译它，是很考译家外文、中文及艺术修养的功力。若译不好，拿出来对许多学习心切、又缺乏判断力的人，真是效果不好。有的自称为学习外国现代派写诗，又不能直接读原文者，常常天上一句，地下一句，甚至句子都写不通，实在与某些别别扭扭的译文有关。上海译文出版社出版袁可嘉编的《外国现代派作品选》，打头就是凡尔哈伦的《原野》：

　　　　在天穹的悲哀与忧虑的下面
　　　　捆束的人们
　　　　往原野的四周走去，
　　　　在那云拉着的
　　　　沉压的天穹下面
　　　　无穷尽的，捆束的人们
　　　　在那边走着。
　　　　……

现代派的特征是什么，那不是这里的议题，不论读者的艺术趣味是否喜欢这样的作品，艾青的译笔总是按照诗的本身面目，使人明白作品的艺术所追求之兴味。同样，凡尔哈伦有首《挂钟》，其中有一句，说它（挂钟）在啃着时间的老骨头，这样，钟似乎拟人化了，可原文不是这种笔调，它是说钟齿转计的时光，等于啃着它逝去的一切——老骨头。因此，如果"啃着"二字改为"啮啃"岂不明白多了吗？这首诗开头四句——

　　　　夜里，我们在住宅黑得静悄悄，
　　　　那儿，长针和短针在争吵，
　　　　顺着时间的楼梯上上下下，
　　　　挂钟的步履，嘀嘀嗒嗒。

这里，"长针和短针在争吵"的硬译应是"拐棍和拐杖（Béguille 和 Baton）在争吵"，其拐棍和拐杖又是指什么呢？比利时人民肯定也有像我们很普通的成语"胸有成竹"被别人误释为"胸口内有竹子"的事。也有习惯用的成语、隐喻、暗示，别人看得再怪也为他们习惯而难以为怪的事。以此猜揣，想是说时间老人挂着拐杖一颠一颠地走着它的历程，不能不说是个很有意味的诗的意象。为什么又有拐杖与拐棍之分呢？是两者有长短之别吧。有的同志讲，这是指古老的钟的杠杆作用，有的断定是形容时针与分针。直译的话，我希望写个很好的注。不然，"胸口里有竹子"分明是对"胸有成竹"的误解，偏偏就有人捡去当时髦了。

相对地讲，惠特曼的诗是明快的，不易碰到这样的难题，可是诗人一下把握广大的空间，用宏大的气魄让生活在诗行里闪开最大的幅度，译笔若不同诗人下笔时一样，情感奔放，一泻千里地洋洋洒洒，以充沛又持续的热情串联起许多独立的意象，架起跳跃的节奏中的空间桥梁，就容易译成许多支离破碎的断片。好在我们有多种《草叶集》的译本，可以比较各自的长短，有的无力表现惠特曼写得广而不散、丰富而不杂乱的艺术魅力，诗人的长处，偏偏将它在译笔中消逝。甚至《大路之歌》的诗题，我都希望能把原文的味道译得更足些，"open road"为什么一定是大路，"open"不是大小的大，是展开的意思不更好么？我喜欢屠岸同志译的《鼓声》，可惜当中没收进那些长的，或者可以说，是惠特曼的主要的作品。

对所有的诗译，若都求全才能出版，只会增加我们对译诗的饥渴；若是不像写诗那样译的诗，它又能止住读者对译诗的饥渴么？

像我这样的读者，在渴求对某个外国诗人的作品能拿到手阅读时，几乎像害单相思似的希望译家把他的好译本交给我们啊！

一九八一年十二月二十六日于云南饭店

（原载《诗词翻译的艺术》，中国
对外翻译出版公司一九八六年版）

诗就是诗（三）

燕 祥：

听闹闹说，在您去年写的诗里，他认为最好的，还是《贝尔格莱德别情》。孩子论爸爸的诗，父子之情既可能无形地取代了对作品旧有的艺术分析，但也正因为他是您的孩子，他会真诚而天真，毫无顾忌地说出作品给他的直感，闹闹是这样的孩子。我们常从真、善、美的角度来衡量诗的好坏，首先，诗要写得真，评诗，也要能"真"评。有时有人写诗不是当诗写，那么，对这种诗也就不必当诗看。人，一有世故就很难做到的这点，孩子就可以本能地这么做。多少哲学家、做学问的，弄了多少年才悟出的某些道理，归本还原，还是孩子看到的那点"真"，或者说，他是"真"看。因此，闹闹评诗与大家论诗，在我眼里完全是"真理面前人人平等"。

您重读安徒生的童话《皇帝的新装》后写的《给穿新装的皇帝》说道："你一件一件地换上并不存在的新装/威严地举行隆重的典礼/空间是朝臣们把你欺骗/还是你首先欺人又自欺/他们托着你并不存在的裙裾/你在空气中挪动着赤身裸体/'他根本没穿什么衣服呀'/一位小朋友说出了大胆的真理/等他长大后还会发现/真正的骗子原来是你。"现在有些吹喇叭、抬轿子的文章，实在也是一件件"皇帝的新衣"。评论者在那时那地评论作品，未必是看不见光秃秃的，如那"赤身裸体"的皇帝之新衣似的"诗"，只是一有利害关系，就说不出真话来。当然，也有思想观点与艺术趣味的不同而不能实事求是地评价作品的，那毕竟太少，有，也是正常的现象。若是这种情况多了，争鸣的空气也会正常的，"皇帝的新衣"似的诗评可能反而没有阵地。

我同意闹闹对《别情》的评价，那是孩子凭对作品的直感说出的

“真”话，往往道中艺术所要求于诗情的“真”（尽管他说不出太多理性的东西）。

　　诗没发表，我是找到附有外文的译文打字稿来读的。而且，我想先提一点意见，这首两行一小节，总共十六行的诗，是否可以把其中的第四、第五小节一字不动地调到现在“我就要回到山那边，海那边”这行诗的前面：

　　　　古堡斜阳，偶然一杯酒
　　　　为了告别，也为了刚刚相见

　　　　偶然一杯酒，也许再无缘重逢
　　　　却相问相约：什么时候再见？

然后，再接着原来的开头读下去：

　　　　我就要回到山那边，海那边
　　　　我就要回到那一个天边

　　　　我是一片叶，偶然一阵风
　　　　把我吹过你的面前

　　　　偶然一阵风，萨瓦河水
　　　　一片皱纹散开，一颗浪花飞溅

虽然原来这下面的四行调到前面作为这首诗的开头，就这么，上下一字不改，也可以很好地衔接起来：

　　　　人间有多少偶然，又不都是偶然
　　　　我不信命运，却相信有机缘

> 你唱一支欢歌却含着悲戚
> 你唱一支悲歌却带着喜欢
>
> 也许世界是狭小的吧
> 明晨我已在地球那边

这样调动一下，我想丝毫也无损原诗的完整性，反而能让我更真切地感受到您要表达的诗情。

最近，有一处讲诗人们过去出访的作品，多是"风光加友谊"的说法，从文字上看，它不太妥帖，可结合过去这类作品看，还是道中了其中某些篇什的要害。风光是可以写的，友谊更应歌颂，但是，只出现些名山名川的名字，说明是在写某个地区某个国度，再在诗行中出现几个"友谊"的字样，就当歌颂了"友谊"，从诗学看，几乎近于荒唐。其"风光"让人看不到风光，其"友谊"让人感觉不到友人之间的情谊，写的全是空的，根本看不到形象具体的实感与生动性。这样写"友谊"，我看写与不写都一样。

您的《别情》，也是写"友谊"的，它又不像某些浅露之作，停留在字面上"高唱""友谊"，而是将自己与友人分手时难分难舍的真情再现，怅然若失的离愁，刚逢又别的心绪，在真情的具象中，使"友谊"得到生动的表现，"你唱一支欢歌却含着悲戚/你唱一支悲歌却带着喜欢"的逢与别的复杂心理，使"友谊"的思想在艺术形象中具有深度。

诗，应该是人的生活与感情汇融的诗涛，好诗，也只能是理智与想象相结合的诗果。概念化的诗作，总是没有或无能抓住表现一些事物对人的直观感觉。但是，什么事也不能过头、走极端，诗里过多感觉上的东西又未必是好事（这决不能包括那些将自己的思想隐蔽在感觉里表现的作品在内）。最近，读到胡风一九四〇年元旦与《七月》的读者杨云讨论田间诗时说道："田间还是一个没有完成自己的诗人（我们已有多少完成了自己的诗人呢？），最不知道自己底缺点的诗人，如果他不能获得向生活深处把握的能力，也就是把握生活底思想性和拥抱情绪世界的能力，那他就会在感觉世界里面四分五裂，终于溃败而已。"胡先生当年提出叫人"深加警惕"的忠告，对你我，尤其是将形象思维与理智对立起来，使个人情绪在诗中泛滥的作者，有很切实的现实意义。

我读《别情》时想到这么一段话，一是《别情》做到了把握"生活底思想性"与"拥抱情绪世界"，才使那些"风光加友谊"之作与它无法相比，二是这两者的"拥抱"似乎还可以更"那个"一点，根据我的想法，才提出前后字句稍作调整的意见。

"古堡斜阳，偶然一杯酒／为了告别，也是为了刚刚相见"，尤其后一句，把彼时彼地，匆匆而来又匆匆而去的特定心境所迸发的诗情置于古堡、斜阳、杯酒、饯别之中，首先就让我们感到愁人的离情了。随之也就使后面"你唱一支欢歌含着悲戚／你唱一支悲歌却带着喜欢"，这种在正常情况下，看来不可理解的心情就更好理解了。

把原来的第四第五小节调作开头后，再说："我就要回到山那边，海那边"，就不会单单成为一种开篇的叙述文字，而是具有感情色彩的依依之情。再往下，"我是一片叶，偶然一阵风……"就将这些离情生发开来了。"我是一片叶，偶然一阵风"的下一小节，又是"偶然一阵风，萨瓦河水"起句，两个"偶然一阵风"既重复又有变化地出现，很似音乐中悠悠回旋的旋律，文字全浸在依依惜别之情里。技巧服务于诗情的表达，是真正的艺术！

原来，"却相问相约：什么时候再见？"与"人间有多少偶然，又不都是偶然"相接，也不能说有什么不好，总感到还有点"梗"，情理上不很顺。把中间这四行调作开头后，原来这四行的上下就这么自然相接：

　　偶然一阵风，萨瓦河水
　　一片皱纹散开，一颗浪花飞溅

　　人间有多少偶然，又不都是偶然
　　我不信命运，却相信有机缘

下面又一个"偶然"，就像音乐上整体贯穿的音调再回旋，上下的衔接，帮助了艺术上的再完整。

　　我由闹闹的提示，啰啰嗦嗦说了这许多，也正因为您在我们同辈诗友中是有成就的一位，懂得比我多得多，就越发怕自己的意见说不清。不过，我记得，也感谢您每次拿到我的稿子那么直率地论它的得失，想到这点，我也就这么想到什么说什么了。

　　敬礼

良　沛

一九八二年四月四日

（原载一九八二年六月十日《文学报》）

重读《大堰河——我的保姆》

一般情况，现在要重新找出一篇读过的作品再读，常常是为了查证、核实对它记忆模糊了的地方；可是，有的作品，正是对它熟悉，就像对自己的亲人、知音，不是记忆不清，而是贴心，不见就想，才常常取来重读；我重读《大堰河——我的保姆》，就是这种心情。我们许多朋友，少年时都是读了它和这一类的作品才引起对新诗的兴趣，有的甚至终生与新诗无法解缘。

记得五十年代有位知名的作家，向一些爱好文艺的青年说到"我们有长江、黄河，还有大堰河"时，有的年轻人在台下窃窃私议："这人一定没读过'大堰河'，不知这是艾青保姆的名字，还当是一条真的河呢！"

其实——

> 大堰河，是我的保姆。
> 她的名字就是生她的村庄的名字
> ⋯⋯

因此，从这两句诗看，把"大堰河"三字当作保姆的名字或地理上的专有名词都是不错的。在封建社会，我们那些穷困落后的村庄里，在夫权前，已不承认妇女有她自己人的尊严与价值时，她们也都是没有自己的名字，不是以丈夫的名字叫"××家的"表示这种从属的关系，就是以生她、养育她们的村庄、山川的名字作为自己的名字。这样的妇女形象，在过去的文学作品里，正像她们在那个社会一样，找不到自己的一席之地。鲁迅《祝福》中的祥林嫂、柔石《为奴隶的母亲》中的母亲，是这些被侮辱、被损害的妇女在新文学中不朽的雕像。这，都是小说，刘半农的《相隔一层纸》，刘大白的《卖布谣》出现在二十世纪初，所提出的社会贫富不均、劳动者的不幸的社会现象是触目惊心的。但是在《大堰河——我的保姆》中，

> 我是地主的儿子；
> 也是吃了大堰河的奶而长大了的大堰河的儿子。
> 大堰河以养育我而养育了她的家，
> 而我，是吃了你的奶而被养育了的，
> 大堰河，我的保姆。

一位贫苦的农妇，以她的乳汁养育了地主的儿子；一位地主阶级的逆子，如此深情、诚挚地赞颂她对自己的养育之恩，恢复了劳动者在历史上本来的面目与地位。这在那个时代，没有叛逆者的热情与勇敢，是做不到的；诗人自身，也确实有过这么一段经历：

> 据说我是难产的，一个算卦的又说我的命是"克父母"的，我成了一个不受欢迎的人，甚至不许叫父母"爸爸妈妈"，只许叫"叔叔婶婶"。我等于没有父母……
> ——《艾青诗选·自序》

一个地主，只是迷信怕"克"到自己而断父子之情；一位贫妇，养育了地主的弃儿却与他有母子之情。这样表现在艺术中，就不能简单地当作作者个人经历的重述，而成为社会生活有典型意义的艺术概括了。一八七二年，俄国诗人涅克拉索夫出版的《俄罗斯女人》，写伏尔龚斯卡雅公爵夫人抛弃了一切贵族的特权，奔往荒凉的西伯利亚，寻找身为十二月党人被流放、因于矿井下的丈夫，在那里吻着他的镣铐时，别林斯基是将她作为俄罗斯人向往真理、光明的民族精神的艺术形象来推崇的。在我国三十年代的诗坛，唯美、神秘、无病呻吟的诗作也掀起过一点不大不小的波澜时，《大堰河——我的保姆》的出现，也有不容忽视的作用。那时的诗坛，固然不乏不可取的诗与人，

而茅盾称为新文学中资产阶级的"开山"与"末代"的代表诗人徐志摩及其他的这一路诗人，我们今日则首先也得承认他的存在，他对我们的借鉴作用也是毫无疑问的，否则，起码的唯物观都没有了。现在我们读徐志摩的《再别康桥》，也仍然可以感受到一些诗的兴味；但是，"轻轻的我走了，正如我轻轻的来"放在《大堰河——我的保姆》一道的时候，我们起码可以看出两种艺术、两种人生。一九三二年的"一·二八"事变才过，国民党反动派与日本帝国主义谈判的《淞沪协定》刚刚拍板成交，祖国仍然呻吟在屈辱中时，诗人想到自己的乳母：

> 大堰河，今天我看到雪使我想起了你：
> 你的被雪压着的草盖的坟墓；
> 你的关闭了的故居檐头的枯死的瓦菲，
> 你的被典押了的一丈平方的园地，
> 你的门前的长了青苔的石椅，
> 大堰河，今天我看到雪使我想起了你。

是的，这位贫苦的妇女，她"含泪的去了"：

> 同着四十几年的人世生活的凌侮，
> 同着数不尽的奴隶的凄苦，
> 同着四块钱的棺材和几束稻草，
> 同着几尺长方埋棺材的土地，
> 同着一手把的纸钱的灰，
> 大堰河，她含泪的去了。
> 这是大堰河所不知道的：
> 她的醉酒的丈夫已死去，
> 大儿做了土匪，
> 第二个死在炮火的烟里，
> 第三，第四，第五

在师傅和地主的叱骂声里过着日子。

而我，我是在写着给予这不公道的世界的咒语。

这个在屈辱中度过一生的妇女，自然不能说她就是祖国母亲的形象，但她确实有与祖国共同屈辱的命运；从她身后的萧条：大儿做土匪，老二死于炮火，还有"在师傅和地主的叱骂声里过着日子"的儿子们的景象，几乎可以看到广大人民在那个时代的生活缩影，从家也可以看到国。此时此地，它和"轻轻的我走了，正如我轻轻的来"放在一起，人们才会感到这种诗的分量。人们喜欢"给予这不公道的世界的咒语"，而在这两种艺术的选择中，人们毫不迟疑地向它投去更大的热情。

《大堰河——我的保姆》在思想与艺术上不仅不同于《再别康桥》，与刘半农的《相隔一层纸》也有别。这固然与每位诗人的经历与不同的艺术追求有关，但《大堰河——我的保姆》除了以诗人对乳母朴素的感情成诗外，由此展示作者对其所包含的生活面之认识，也只有达到当代先进社会力量的先进思想之高度，才能写出"给予这不公道的世界的咒语"。这不是诗人独有的，是时代给诗人的。但在新诗史上，它又是最早一批以独有的思想感情形象，生动、成功地表现了劳苦者的作品之一，于是，整首诗也只能是艾青式的人生，艾青式的艺术。

这是艾青的成名作，许多人把它当作艾青的处女作。从现在可以找到的资料看，一九二九年到一九三二年间，艾青在巴黎就已经写诗了。一九三二年七月，手无寸铁的诗人，因为那些"叛逆的画"，被诬为"颠覆政府"而关在上海法租界第二看守所。诗人说：

在看守所的时间特别长。我写了不少诗。有些诗通过律师的谈话，亲友的探望，偷偷把稿子带到外面发表。

为了避免监狱方面的注意，从一九三三年开始，我改用"艾青"这个笔名，写了《大堰河——我的保姆》。这个笔名到今天，已整整用了四十五年。

——《艾青诗选·自序》

诗，是一九三三年一月十四日写的。五十年代，诗人对大学生作报告时，讲到诗人写作那天，"我看到雪使我想起了你/你的被雪压着的草盖的坟墓"而涌起不可遏制的情感，由雪寒，想到乳母给他的温暖，由生者被囚的铁窗，想到死者长眠的墓地，就靠着从窗洞里反映进来的雪光，头抵着墙把它写完，由诗人的辩护律师沈钧儒带了出去。到目前为止，这是艾青第一次公开讲到这些情况，可惜当时不仅没有录音，由于会场突然停电，讲话也中断了。

诗人原名蒋海澄，在法国马赛上岸，旅馆登记名字时念到"蒋"字："Chiang！Chiang Ka，—shek—蒋！蒋介石——"就在"蒋"字上打个"×"。于是诗人决定用个新的笔名时，删去了姓——蒋，采用金华方言"海澄"的谐音——艾青。它首次写在《大堰河——我的保姆》下，也无怪有人当作艾青的处女作。

它虽然不是处女作，却是诗人创作的一次全新的开始。不少诗人也有过成名的佳话，却很少像艾青这样能够一直维持自己的诗名。这就是，艾青的诗不论怎么发展、变化，却仍然根植在他对"大堰河"的——人民的深情中。

当年，律师将《大堰河——我的保姆》带出牢外，朋友却把它转到当时在《现代》杂志的杜衡（1907—1964）之手，杜衡也就是鲁迅先生后期杂文多次提到的苏汶。他以"待编"为名一直压着稿不发。直到第二年"五一"，这首诗在诗人的朋友李又然（1906—1984）取回后，才得以在《春光》上和读者见面。作品在广大读者中引起强烈的反响后，又是这个杜衡，在一九三七年三月十四日的《新诗》六期上，以褒艾青的《芦笛》来贬艾青的《大堰河——我的保姆》，把诗人的作品割裂开来，说"一个是暴乱的革命者，一个是耽爱的艺术家"。

《芦笛》也属于艾青的优秀作品之一，诗前引了阿波里内尔（G. Apollnaire，1880—1918）"当年我有一支芦笛/拿法国大元帅的节杖我也不换"的诗句作为题解似的引诗。这位母亲是波兰人、父亲是意大利人的私生子阿波里内尔，他的经历、他的诗都是同样复杂又多样的。这位最后定籍为法国的大诗人，法国文学的研究者对他的看法都很不一致，我不仅不能读原文（据说，很难翻译），就是他的译诗也没读过几句，是没有发言权的。从引诗前后对照来看，艾青的芦笛显然是指诗人歌唱的自由与权利，所以诗人才说"我是'犯了罪'的/在这里/芦笛也是禁物"。杜衡只要芦笛吹奏"那冗长的/感人的/由玛格丽特震颤的褪了脂粉的唇边/吐出的堇色的故事"，却视而不见诗人唱道"滚吧/你们这些曾唱了《马赛曲》/而现在正淫污着那/光荣的胜利的东西"；前者本来是与后者相衬而存在的，杜衡这些动作，无非想把当时显示了才华却在诗坛还不是很有地位的艾青引向他们的轨道，让他脱离"大堰河"为他后来的成功所备下的土壤。诗坛的这种斗争从来都没停止过，虽然过去了半个世纪，这些教训对今天还有它的现实意义。诗人笔下的大堰河——

> ……为了生活，
> 在她流尽了她的乳液之后
> 她就开始用抱过我的两臂劳动了；
> 她含着笑，洗着我们的衣服，
> 她含着笑，提着菜篮到村边结冰的池塘去，
> 她含着笑，切着冰屑悉索的萝卜，
> 她含着笑，用手掏着猪吃的麦糟，
> 她含着笑，扇着炖肉的炉子的火，
> 她含着笑，背了团箕到广场上去晒好那些大豆和小麦，
> 大堰河，为了生活
> 在她流尽了她的乳液之后，
> 她就用抱过我的两臂，劳动了。

就是这么一个朴素生动的贫苦妇女的艺术形象，以她强大的魅力在读者心中占有的地位，使当时对某些诗歌中唯美、神秘倾向的批判有了有力的论据。这些教益，我们要永远不忘。

发表《大堰河——我的保姆》时，诗人首次用了以自己名字"海

澄"的谐音而取的笔名——艾青；而保姆的名字大堰河，也是"大叶荷"的谐音。这两个第一次用的谐音名字，在新诗史上永远响亮。

诗人故乡只有一条婺江，没有大堰河，既然用了大叶荷的谐音叫大堰河，为了符合当地妇女没有独立地位一样没有自己的名字的社会情况，"大堰河"也就虚构为一个地名而存在。这样虚构，正是她们的名字在那里"就是生她的村庄的名字"的现象，在艺术上使之典型化了。从这一点看，简单地把这首诗作为诗人经历的一段自述是不确切的。

若是诗人不是跟乳母有着这样的血肉之情，这首诗就没有生根的土壤；若是不看到诗人塑造的人物形象在艺术上的典型性，仅仅作为作者的自传，不论有意无意，都贬低了作品的意义。

然而，大堰河，确实是条大河，是以艾青为主的巨大的诗的河流。艾青的诗，源自大堰河，源远流长；许多诗流汇合在这里，浩浩荡荡，一泻千里！

一九八二年二月十七日夜于北京朝内

（原载一九八二年五月金华《三月》季刊第十四期）

诗就是诗（四）

伐 林：

讲到你在《北京文学》七月号发表的三首诗《三月录像》，就听你说了那么一句话："生活中有好的还是要说好的嘛!"这，使我又读了它一遍，对灯对诗，听着夹着雷鸣的雨声，由它倒想起几句要说的话来了。

你这句话，明明有段潜台词；你这样说话，还是没有忘记当诗人者的责任。

有什么需要辩白的呢? 生活中有好难道可以不说好? 那真是居心叵测了! 我们常说"假、大、空"的诗粉饰生活，败坏了诗的声誉，也是对诗自身的虐杀，但是，若是见好不敢说好，与见坏不敢说坏还不是一回事?

真、善、美，若没有"真"，没有诗人的真情，没有反映生活的真实的"真"，"善"与"美"也就失去基础，也就不可能有诗。

这样的教训不该忘记；"假、大、空"的诗所以能够兴起，是诗人在任何矛盾面前闭起眼睛时而卷狂浪的。那时不问诗人批评什么，就有可能被某些人视为异己的感情，在这当中，说谎比沉默更可悲!

当有人将"真"与阴暗面划个等号，将"思考"与怀疑、迷惘划个等号。持着这样的公式，戴着有色眼镜看生活，写出的，只能是可悲的谎言! 开初，有人这样，可以看作对"假、大、空"的报复，可以看作对迷信的觉醒，可是在真实的生活面前也是闭着眼睛，最后与"假、大、空"终究要殊途同归。你那句话的潜台词，其意也在此中吧!

诗，毕竟是美的同义语。它可以净化心灵，却不是粉饰生活。不论什么，一经粉饰，无诗可言；诗人肯定生活，他的诗总是美的。

"美"的追求，不同的人，似乎都可以接受；对"美"的不同解释，并不能说明不同的人有什么一致之处。有的将美权当"溶解在心灵的秘密"，那自然也只能写秘密情加梦中事了。有的写到战火之中，坦克里面出现个大姑娘来谈情说爱以表现"美"。若是读者对此反感，大概还不能算作反对写儿女情吧，但是，彼时彼地，为诗者如此，已完全像个不食人间烟火者的呓语。这路貌似出世的诗涌来，却似颓废主义大有崛起之势。

美，似乎没有必要完全排斥它与主体的关系，但它毕竟是客观存在。有位大师说过，美在各地，主要看你是否有双能够发现它的眼睛。就是在最不美的年代，郭沫若在《女神》中似火山喷发似的革命热情，冯至《绣帷》中的女尼，力杨《射虎者及其家族》命运的悲惨，并没有压熄他们心灵美的光焰。也都是美的。就是十年动乱，就是"四五"的《天安门诗抄》，其中悲壮的诗情，也是一个时代的诗情，是美的悲壮。"萧瑟秋风今又是，换了人间"，我们人民，跨进一九四九年十月和一九七六年十月的凯旋门，美的，诗的，怎么可能比过去少呢？"生活中有好的还是要说好的嘛"还有什么可非议的么？

因此，应该特别支持这样写作，在"真"的土壤上，诗的种子才能破土、舒青、开花。

你这组诗题为《三月录像》，也就是写于文明礼貌的三月，是人民精神文明的纪实。

较之别的文学形式，新诗虽然便于直抒胸臆，对生活及时、直接作出反映，若靠紧时事也不妥。你的情况，在你不是生硬地"配合任务"，而是对生活的敏锐、热情所作出的反映，值得称道。

第一首《圆明园》，在标题和副题中，还有"镜头一，全景，广角镜头"的字样。一般习惯的说法，说创作是"照相式"的，都是指就事写事，甚至是自然主义的。但是艺术的摄影，就有摄影的艺术。也是注意情景的典型性与人物的神韵，加上现代科学技术的发达，在暗房处理的过程中，可以弥补拍照中的许多不足之处。这首诗，它最后的成品，也可以看到经过类似"暗房处理"的艺术加工，完全不是记述当时一群年轻人在清理"布满乱石"的圆明园，"掀开早已风化剥蚀的一页，用青春的臂膀和脊背"的现场印象。

> 不管从事什么专业
> 清基，总是摆在日程的第一位
> 我正撬起石块的穿蓝制服的兄弟呵
> 我正栽下树苗的束红头巾的姐妹
> 骄傲吧，尽管我们只能清理出一角
> （圆明园太大了！中国太大了！）
> 但在这古老的文明倾圮的地方
> 注定要崛起新的文明的朝晖
> ……

应该说，这个镜头"暗房处理"的效果还不理想，但是，这群年轻人清扫的具体意义，在这里已是全民建设精神文明的一个艺术细节了。一件艺术珍品，总是由许多精美的细部构成的。"尽管我们只能清理出一角（圆明园太大了！中国太大了！）"这两句，文字上的处理太好了。此时此地，括号里的两个"太大了"，比用多少警句还更有艺术的兴味。此时此地的"大白话"不"白"，在上句的对衬下，能给人启示，在"太大"之中"清理出一角"，可能有恨自己力太单薄的叹息，激励自己再接再励之意，但也可以从一滴水看世界，从小看大，"清理出一角"的内涵，就是我们在改造世界！标语口号是灰色的，艺术才是它的力量。诗人在生活中寻求的境界，就是美的同义语！

美是丰富多样的，若它只是一个模式，寻它，也只能赖以独木桥，那么，这一切的"独一个"，也只能证明美的枯萎和凋谢。近来也有人提倡法国颓废诗人波特莱尔"发掘恶中之美"的思想。对这位颓废诗人，连原诗都不能读，要说研究，真是自欺欺人。他的代表作 *Les Fleurs du Mal*，其法文 Mal 一词，可以译作"罪恶"，字典上更有病萎之意。在此处，更应译作"病萎"。最初的译本译作《恶之华》，因袭的惰性，也就使后来者将错就错。有人以这书名提出要"发掘恶中之美"的口号，就走得更远了。他们以闻一多的《死水》"这是一沟绝望的死水／这里断不是美的所在／不如让丑恶来开垦／看他创造一个什么世界"为例，提出"发掘恶中之美"的必要，我就怀疑这样是不是算读懂了闻先生的诗。闻先生是值得尊敬和纪念的，但他早期的唯美主义观点有损他笔下一些有意义的题材之表现的深化，也是不必讳言的。但把"不如让给丑恶来开垦"这一句接着"这里断不是美的所在"来看，"来开垦丑恶"的，也决不是美。细读，也可能感到其中是反义的讽喻。若说"绝望的死水"给人深深的绝望之咒怨是毫无疑问的，那么，文字的照应还是很明白地交代了诗人这一感情脉络。若要以它来印证"发掘恶中之美"的观点之必要，也是徒劳。有个同志很明白地声明自己受到这种思想的"启示"，写一种怪鸟在小鸟孵哺到能飞时，它就虐杀鸟仔。一首诗就血淋淋地写它如何追捕鸟仔，啄死鸟仔而食死鸟的过程。为了表达某种意念，这种场景也不是不可以在文学作品中出现，要说这是从恶中掘出的"美"，真是刻骨的病态。有人染上这种病态，我能理解；要苟同这派"美学"，我只能作出缺乏教养的不恭了。

美，就是美；它与假、恶、丑对立而存。你这组诗的《镜头二西单，102 路电车站牌下》，写"两个孩子正在叠罗汉／一个蹬上了另一个的肩胛"，这是"多么危险！站牌不能爬！"

> 可他们，顾不上回答
> 上面那孩子举起一块抹布
> 把奶油色的站牌使劲地擦
>
> 站牌闪出了奇妙的虹彩……像标灯吗？
> 点燃在这人流、车流拍打着的深峡
> 也映亮了孩子鲜嫩的脸颊
>
> "赶明儿不怕它高——我们会长大！"
> ……

任何作者，若在这样的事实面前闭上眼睛，或是认为这不是他所要寻找的"美"，要读者跟他一道赞赏母食子的恶之"美"，那真是道德上的犯罪！

（如此说，不是由前两年争议的"歌德"与"缺德"来论，仅仅是从诗的角度来看）。

所以，我从你的笔头倒认识了一位诗人的良心！

但是，我也从中发现，你刻意追求的美，有时并不能得到艺术的表现。

《三月录像》中《镜头三　人民大会堂东门》写到一群工读学生来打扫人民大会堂时，虽然也写道："是的，他们正是该来到/来打扫干净在历史风尘中蒙上的灰渍/来寻找自己在没有尽头的序列里的位置/来与祖国一道将误入歧途的教训深思"，但是，你见他们"提着水桶，拿着扫把/拘谨，然而坚定地/跨上一级级阶石"时说：

> 哎，停下！
> 你们有什么权利
> 把这里的草坪清理
> 把这里的台阶擦拭？
> 一簇泡沫能洗涤庄严的大江？
> 一片乱云能打扫辉煌的旭日？
> 一团噪音能撞拂恢宏的史诗？
>
> 面对华灯即使熄灭也奔泻着的光流
> 面对大厅即使冥寂也磅礴着的气势
> 你们应该感到无地自容
> 感到作为一抹阴影的羞耻！
> ……

文学作品（尤其诗），即使用第三人称，读者也可以看到一位没有出场的主角——作者自己。这里却是作者公开站出来讲话了。这里不讲泡沫、乱云等涤江扫日的意象是否贴切，作者如此鄙薄来做好事的他们，作为第一人称的"我"的感情是否对头？是否美呢？若是执意要先抑后扬，具体在如此"抑"后，收尾那几句话又"扬"得起来吗？作者以有分量的抑，把轻飘的扬否定了。

艺术上对比、烘托，便于突出主要形象，也还有一个怎么运用得当的问题。《镜头二》写到两个孩子在"叠罗汉"，惊呼站牌不能爬时写道："那上面没有鸟巢，也没有野花"，作者想以孩子这种童趣的天真，以烘托他们不顾危险去擦站牌的实写，然而，这种童趣远远不及孩子现场行为的严肃和庄严，也就枉废了作者这样刻意烘托它的好心。何况，北京闹市，除了偶见提雀笼的北京人，去哪儿看鸟巢、野花？因此，读者从这个设想，不见孩子的游戏，倒易看破作诗的游戏！诗中第一人称的"我"，对比了孩子的行动作出了自省，当然也是衬托孩子的形象，但是这一自省没有和前面的情景达到更好的交织交融，落尾的两句豪言壮语，自然是为它的"思想"性所设下的尾巴。前后两节虽然不是断然分开，但也不是浑然一体的诗情和结构。

表现人们精神文明之美，诗人势必要用美的语言和形象去表现。这方面，我自己就很差劲，也深知其难。语言的美，如果只是花花哨哨的话，那倒不是难事，难在能形象化又准确、自然。《镜头三》中"当那一年，人民与自己的会堂／一起被小丑把持着／把戈壁和冰雪配给种籽／他们才不得不畸形地生长／发育成酸涩的果实"，这些语言对意象经营的得失，另当别论，即使全是珍珠，怕也应该构成一个能动人之情的意境，起码达到准确（形象、生动更好）地向读者表述的事与理才行。

一定要有很深的功力才能动笔，也就等于不许别人尝试写诗。诗的语言成为一门艺术时，就不单单是语言修辞学上的问题。现在，有某些人提出诗的语言不必拘于语法的规范，并成为一种时髦时，在我笔下出现病句，却不是追求时髦，必得承认功底太差，文化水平太低。新诗今日用的口语，比雕死在木板书上的语言，无疑是大大地丰富、发展、生动了，若要它等同绝句、律诗的语言兴味，是不科学的。仅仅为了时髦，写得不中不西，读来别别扭扭也不是个办法。当然，你的语言还没有染上这些时髦症，但是，语言与题材达到相应的美，又富于表现力，却是一道还没解决好的课题。《镜头一》的开头：

> 圆明园，堆满阴沉沉的冻云和劫灰
> 圆明园，只会用单调的词汇
> 向一代人，又一代人讲述
> ——衰朽、屈辱、死亡和崩毁
> 讲述文明的野蛮怎么被野蛮的文明一触即溃
> ……

我反感"押韵就好"的诗学，但这五行诗又太缺乏韵律感了，从二到四行这么分行又不断句的长句，就不是诗的语言陈述方式。美的内容一定要有美的艺术来表达，否则，那些不从生活，要在恶中掘美寻诗的时髦理论，人们怕也不会绝然不信了。

　　我几乎不写诗了，写作上的毛病却很难改；对别人的作品妄加评论，信口开河容易，自己在创作上突破一小点都太难。比你，我痴长了几岁，写诗，毕竟不是靠卖老能行的，看到你以及和你一样年轻的同志写出不少好诗，自己还是得服老。因此，这一大篇闲话，可能正好暴露我不能吃透新的艺术的弱点。姑妄言之，姑妄听之。

　　顺祝

撰安

良　沛

一九八二年七月二十一日北京

（原载一九八二年十一月十日《北京文学》二四三期）

诗就是诗（五）
——致刘湘平

小 刘：

　　读了你近来的诗稿，看得出来，这一年，你对诗的学习确实下了苦功。

　　学写诗，当然需要多读书，可是写作却不能学着别人写，只能按照自己对生活的感受来表达。阅读上不要太轻易圈定在自己喜欢的某个诗人上，偏食，得到的营养不全面。一个人，有时确实会为一些偶然的原因，跟诗结下终身不解之缘。过去有位知名的诗人，眼很近视，一天配了眼镜之后，抬头望夜空只见繁星闪烁，闪出一个他过去不曾见过的世界，欢喜、激动之下，就写起诗来了，而且后来的诗名也大了。我没听说你是怎么迷上诗的，年轻人对诗一旦狂热起来，开初碰到解渴的作品又非上品，饥不择食地一头栽到里头去，当时对他的热情，恰恰可能形成自己艺术上的局限，在诗道上，日后也很难迈开步子。只有对各种风格、各样题材的作品有了广泛的接触（我不敢说研究，那是不容易的），有比较，能鉴别，不是囫囵吞枣，才能从容地进行选择、吸收。有人要将学习写诗比作孩子学步，认为总得借助拐棍（模仿）才行，我见有些孩子也没拐棍，在歪歪倒倒之中保持平衡，慢慢地也就走正了。艺术大师齐白石说："学我者生，像我者死"，学，只能学他遵循艺术规律走自己的路，掌握一套表达自己对生活感受的艺术本领，若只是学得下笔像齐某，那他不是造就了一位艺术家，只是为他增添了一部复印机。齐老此说，常思常新。

　　记得去年我在东北，头次看到你在当地报刊发表的处女作，写到寒夜巡逻，村庄熟睡，关门闭户，士兵看到漆黑一处的红灯，在贴着喜字的门上喜气盈盈地高照，照得士兵心里热乎乎的情景，读得我这老兵也为之动情。可是，诗的一头一尾，巡逻兵夜深人静脚步轻轻的描写，不仅画面，就是用的语言也似曾相识。过去有几位写部队生活的诗人，他们的作品确实值得学习，当你从那里学来一个套子，把自己那些很美的诗情给套死的时候，就不能很真实地表达自己的感受。独特的感受在一个公式下成了压模下无数标准件中的一件，必然丧失自己应有的艺术个性。

诗，毕竟是从生活中来的。你从生活中知道写什么，却没从生活中学到怎么写。

新见你的这些诗，看来是总结了一些教训，有些质的变化，写诗也摸着些门了。

从你这些诗，也可以看到你生活的变化，义务兵服役期满了，个人问题提到生活的日程上来了，写儿女情也是从个人生活体验之命的诗题。

从我国最早的"关关雎鸠，在河之洲……"开始，到今天的《情歌》《恋歌》《红豆》等情诗选本，大概可以证明情诗是没有唱绝的时候。广而言之，任何相似的题材、人物、故事、诗情，总是有他们的相异之处，或者说诗人都可以从中发现全新的不为人所知的东西，这也是只要人类存在，诗也永不会灭绝的道理。我从你这几十页稿纸中，把可读的选出几首来看，其中写到男女的相思、幽会、难离的，可以说有些"似曾相识"。可是，你不是从前人哪里弄来一个套套把自己箍住，而是从相似的男女之情里，把你自己的独特之处予以表现。比起一年前，这可算大大的进步，作为具体的描写，是否得当，值得推敲。如《望月》一首，你开头写道："一弯新月/悄悄地，划出了水中的山顶/我立在江畔，深情的目光/轻轻地抚摸着你的船舷/都说你是船/我才把许多的思念/装满你。沉重的负荷/压得你舟身弯弯……"若是看了下面这一段，就可以知道前面是多余的笔墨。

　　　　已是深夜零点了，
　　　　我仍然伫立在大桥栏边，
　　　　望着你，久久不愿回还。

　　都说你是一把银梭，
　　我才把目光的金线，
　　系在你的棱孔里，
　　牵在你的心头尖上，
　　织就一张透明的丝网，
　　捞起沉入江底的太阳，
　　甚至一缕晨曦，
　　甚至一点星光。

少男少女，相会相偎，时至零点，不愿分手，两对目光，痴痴相望。愿夜以继日地相守，愿"织就一张透明的丝网/捞起沉入江底的太阳"，这是何等的恋情啊！相比之下，"我才把许多许多的思念装满你"之类的话，不是已经全在这样的诗情之中，而且比它形象、生动么？那还要它作甚呢？至于它下面的"去吧，驶向欲晓天边/隐入雾霭中的月亮/待我们的目光，欢悦的心/在你架起的桥上相遇……"这些句子，也该删去，接着这么六句：

　　啊，天上一个月亮，
　　水里一个月亮，缓缓地，
　　缓缓地，驶向远方……
　　那是两颗心吗？
　　为何分手在东山，
　　去拥抱在水天茫茫的边缘？

这和前面十行联起来，就构成了一个完整的诗的意境，后面"哦/在那遥远的地方/有一个巨大的磁场……"之句也就累赘了。

　　前前后后，对诗句的意象再作析释性的文字，只能是作者不相信自己也不相信读者，怕自己表达不清，怕读者不能意会才这样做的。

　　你年轻，还不了解反对"主题先行""题材决定论"的背景，若是因而反对作品要有主题，不论题材的大小，我还无法接受。

主题是可以有多意性，但不等于不要主题，它和结构当然不是一回事，但又这么相关。有位大师说过，什么叫结构呢？那就是根据你想要表现的东西，对笔下的人、事、情、景，也就不可能分散出同样的笔力的结果。这样看《望月》的原稿，看它的结构，就容易明白形成它现在这种状况的原因。

抒情诗的结构，基本上是以抒情的主人公的感情结构为结构，若在抒情诗中掺有叙事情节的成分，它理清、交代事态、事理的结构，如果能与前者感情的结构一致是最好不过了。两者若有矛盾，就需要用艺术技巧调整这种关系。《望月》可能是你某次约会的纪实，虽然没有什么情节性的东西需要交代清楚，一般地说，第一人称的"我"也非自叙本事，但从原稿可以看出，你是按照当时的时序来表达感情推进的层次和素材的取舍，可是，全诗的结构若也照着这个办法来，效果就成问题。过去受别人作品的影响，给自己画下一个框框，现在拘于的某些事实，也会成个框框束缚自己。可是，这两种情况并不相同，后者的束缚，具体到这首《望月》，删去那些感情的枝蔓，诗情也纯净了，当它入化到情景交融的诗之境界，是动人的。应该承认，诗写得很嫩，可情诗中的嫩，恍惚又含有爱得真挚的稚气。看来是"虚"写，却是从"实"中升华而来，也就不空，也不似某些看不懂的所谓"朦胧"。我们写作时，没有构成诗的境界，又想涂出空灵的神韵时，做作之余，大概也必然出现语言、意象的含混和零乱的"朦胧"（这决不是指诗的朦胧的意境）。

这两年，报刊上的情诗何其多，你却在当中以自己的切身体验写出了新意，这一"新"，也就是诗能长青之故。你的真情，读者还能感受到你的真情，确实是因为有了今日"百花齐放"的条件。上世纪五十年代，有的写到新婚之夜的男女，也是从共枕交谈改变生产落后面貌开始他们的蜜月的。一些短的所谓"情诗"，都是直截了当地以对方是否是劳模、英雄作为结婚条件的。我们在这个时代，生活（包括爱情、家庭）与政治关系太密切了，但是，如果那么生硬地塞进一些所谓的"政治"，也就既看不到政治，也看不到爱情。能像你今天这样记下爱的感受，过来人是会羡慕你的。

短时间写了这多，也是写作上勤奋的结果，也是爱的幸福使你不吐不快吧？可是，短时间心境、感受太近，写在纸上，虽然不是语言、情景的重复，调子却是一个，作为整个诗苑，需要题材的多样，个人若在题材上太狭窄也不可取；用行政命令叫写这写那，当然糟糕，若作家只能写这，那也是个人的不幸。题材还是有大小之分的，在我们的时代，还有许多比儿女情更值得作家去注意去描写的生活，若有志于写作，在自己的感情领域，也要有一个对广大世界的开拓。愿你再下苦功，来年好看你的新成绩。

　　顺致
　撰安

　　　　　　　　　　　　　　　良　沛
　　　　　　　　　　一九八二年七月二八日于北京

　　　　　　　　（原载《江城》一九八二年第十二期）

诗就是诗（六）

一

最近，遇到几位外地的青年业余作者，他们那个地方，因为在五十年代颇出过一些作家和诗人而引人注目。可是这几年，各地的文学新秀、明星常去生活、讲学，也弄得很热闹，可当地的新人就是介绍不出来。有些事情，也闹得这些年轻人真的糊涂了：某些堪称当地的"知名作家"者，也是请了上头的名人为自己的作品写序，书才可以出版，以致再版了。

他们说到的书和序，很遗憾，我都没有读过，不能妄加议论。读者与出版发行单位对序作者的信任，正是加重了文学评论的责任，当然不是坏事。好作品，就得有好的评论才能把它推出来。不正之风猖獗时，正派的评论对一个没有门路的作者的支持，足以促使一个同志健康地走上文学道路，作用不可低估。所以，请人作序、写文章，只要实事求是地介绍作品，应该看作正常现象。不然，好作品不听人说好，把它推出来，任它自生自灭，倒是评论的失职。"左联"五烈士中的殷夫，他的诗集《孩儿塔》，时至今日，也不见完整地出版过。但是鲁迅先生为它写的序，不仅为殷夫其人和作品鼓吹，也为左翼文学鼓吹。先生的序文本身，也远远超过了对一个具体的诗人的评价，成了新文学运动中的重要文献。

但是，如果请人写序、作家作序、都是当广告来写，当广告来用，倒真是对序文的糟蹋，甚至应该呼吁书前严禁有序了。听说有位作者，请位名人写了篇序，作者就靠摊出序作者的地位作牌子，让出版社为难地为他出版了一本很平庸的作品。第二次，这位先生又请另一位名人为他集好稿的第二本书作序时，这位前辈作家说："你的稿待出版社看过，决定出版之后，我看了校样再写序！"看来，这几乎像在说笑话。别人也是以赞叹的口气夸这位老者"厉害"，而他能有这份"厉害"，自然是对这类事看多了，积累下一些应付的办法，恰恰是个不"厉害"的人，从中学会了自卫的本领。

这几年，编辑工作之余，偶尔也负有一些写序跋之类的任务。除了为自己的作品，多为死者，偶尔也为生者，其中有名家，也有新人。为书写序，本来就是对书了解、学习、研究的过程。写，无非讲点自己的心得和感想，只能相信自己出于真诚，至于说得是否准确、褒贬是否得当，自己既不是不负责任，又不能不求读者对我负责。起先，读者想听我的，最后，还是我听读者的。这样，我倒感到那种"自卫的本领"，对我是多余的。准备为李金发的诗集写序时，我想，如果我也依照海外流行的说法，说他是"中国诗歌象征派的前驱"，为他推崇法国象征派诗人拉马丁（Lamaritne，1790—1869）与魏尔仑（P. Verlaine，1844—1896），继而也就认为他得到真传。自欺可以，再著文欺人，就很不道德了。他那三本人们多数不会喜欢、也会对之不敬的诗，却给李金发带来一个"诗怪"之名。也许就在于他的"怪"，几十年来，新诗史上始终还得给他一个应有的位置，这就教给我们不能不注意研究的一个复杂的社会、艺术现象。既不能只顾摇头简单地否定，而实事求是地评来，说的话就不是都能叫人中听。

以写序当广告来写，请人作序当广告来用的"序"文，因为它本来就是广告，自然与文学无关。只能是文学界的商业活动。

二

常听见一些老同志感叹，远叙到延安时期，近讲至五十年代，都见不到这些不正之风，当今眼界一开，只好嘲笑自己"落后了"，"赶不了这种时髦"。这种"时髦"当然不是进步，而是后退，没有这些时髦还不足见十年动乱之害，留下的后遗症之深。

一个人有了作品，希望自己的作品能得到社会的承认，这种心情，不仅好理解，且很正常。可是，作品要被社会承认，首先要能交给社会才行。包括一些不错的作品，一旦成了公开发行的铅字文本，由于得不到正当的评介，也就那么湮没下去的也有。有的就是作品水平不够，却埋怨自己不是"关系户"，没有"交换"阵地的作者固然有，可是，由于不正之风不绝，有时有的作品没有门路，出来难或出不来，也不是个别情况。

我见过一位诗作者找诗评家为他的作品写点意见（也是表态吧），见对方脸有难色时竟说："你感到没有好的可说，骂我几句也行！"我为他的坦率而感动，也为他心理的病态，或者由这而想到它已成为流行性的传染病而惶然不安。作品越批越香，以至于有人想从批中找条成名之道，要说是病态，怕也不是某个人的病态。过去，有些不该批的批了，当然不可能把人批服，反而会激起读者对它加倍的同情。例如一九五七年对流沙河的《草木篇》所批的效果，正是这样。作品本是有特色的作品，可是批它而造成对它影响的扩大，也远远超过作品本身的艺术力量所能达到的影响。事与抡棍子者的愿违，不能不是我们大家应该深思的问题。相反，作品真是该批的，在一般正常的情况下，也未必都能越批越香。前两年，批过几篇黄色低级、胡编乱造的东西，我从南到北，都没有见人对这批评有丝毫反感。五八年的民歌中《我来了》：

> 天上没有玉皇，
> 地上没有龙王，
> 我就是玉皇
> 我就是龙王
> 喝令三山五岭开道，
> ——我来了！

这首诗，表现了人民敢想敢做的一派豪气。我们有什么理由，硬要把它作为批判错误路线的殉葬品呢？在浮夸风盛行时，也不等于什么都是浮夸、错误的，如果人心都坏了，后来的拨乱反正也反正不了。不根据具体作品具体对待，过去把这些新民歌一概奉为"共产主义思想的产物"的经典，今日又一概斥为浮夸风兴风作浪的孽种，用错误对待错误，全来"一刀切"，这刀就得误伤其他。可是，今天也不见有人为其中不该否定的作品说话。这，怕也算另一种情况。

不正之风就是不正之风，乱批一气的极"左"，也只能归于不正之风。如果看风不正，想从中经营一套文学之路的钻营学，美其名曰"以邪治邪"，以求作品从中能够出来，使自己能以"作家""诗人"之名而生存，这种想法，实难苟同。诗人，作家，只有赖以作品的生存，才有自身的存在。

但诗人、作家的存在，又决不等于他们的作品具有生命力；有的人还在，他的作品却早死了；有的诗人死了，他诗篇的生命却长青永生。

清王朝盛时的一位皇帝——乾隆，无论他游山玩水，记他"到此一游"，或是节日盛典，附庸风雅地"抒怀"，竟然成诗数以万计。谁得到他的赐诗，真是皇恩浩荡，也得沐浴净身后，烧香焚烛当圣物来祭。普天之下莫非王土，御诗还怕没处刊印？诗以万计，还能说他不多产？可是，无论生前或是死后，没有任何人把他看作一位诗人。他的诗精而又精地印，绢封绫裹，却永远只能束之高阁。

美国诗人艾米莉·狄更生（Emily Dickinson，1830—1886），是位终生守在自己故乡爱姆里士梯的老处女。生前只发表过七首诗。她的朋友赫金逊，也是她的文学顾问。对她的诗都动过手术，指出拼音、文法以及诗律出格之处，她总是感激他的好意，也从来没有听取他的意见。她刚过三十，与一位已婚的神父相识，像对一位一般的朋友那么相处，也如同跟一位一般朋友那么公开。可是，她在一八八二年一年之内，就写了三百六十六首诗。记录了她内心这时真挚的热情。她写这些诗，根本不准备发表，她这种创作高峰期的出现，也是她平静的一生中内心最不平静的一年。死后，人们看见她自己束好的这束诗，已有一千八百首。直到一八九〇年，她死去四年后，才得以出版。从她一生的生活看，无论哪一方面，她的笔也转不出自己的天地。但她就从自己独特的感受出发，所抒之情，遇到许多与诗人有同感的心灵。于是，人们读它，根本忘记它有什么出格之处，而越往后越被人理解、喜欢，成为美国一位重要的诗人。与她同时代的人，有的生时出过几十本诗，也是很热闹的人物，过后，有的竟没有留下半首诗。

我们许多当代人（首先包括我自己），看见自己的作品出来之后，摆在书店的架子上积满灰尘无人过问，甚至一再削价处理时，自己要是不汗颜，朋友还会为他难过，叹息书这样问世还不如让稿子锁在抽屉里好。

三

对有些太讲"现实"的人，讲究作品要经得起时间、历史的考验，是没有任何实际意义的：身后之事，何必去问，又管得了吗？如果，一个人写作——小到对自己作品负责的责任感都没有，还想要读者能对它关注么？他的作品也就不需要什么生命力了！

也许，这个时代的进程、历史运行的节奏，都太急促了，时间对作品的考验，有的并不需延续到作者身后多少年，可以就在眼前，不盖棺也可以定论。前几年，不少歌颂当时的领导人为"英明领袖"的长短句，不是不等收进集子就短命了？我们没有理由怪历史运行的节奏太急促，只能怪自己写得跟时事太切近。我们的历史就是这么过来的。当时，我只是还没有获得写作、发表的权利，否则，也完全可能写出那样的东西。要是自己那么写了，事后又板起脸来说别人在"造神"，那就很不好了。

诗作去配合政治、图解政策，成了运动中的标语口号的堆砌。那样，只能用所谓的"政治"葬送艺术，用所谓的"艺术"庸俗化了政治。

要是标榜抗拒庸俗社会学对创作的侵害，提倡"溶解在内心的秘密"之外的，世上活鲜鲜的生活，全列为"不屑写"之列，把不配合政治作为远离时代和生活的借口，那样，只能把诗引向死胡同。

艾青说："有人问我：'你也写自己吗？'或者说：'你也写自我吗？'我有大量的诗写我自己。但我写自己都和时代紧密地联系在一起，离开了这个时代，就找不到我的影子——这是没有办法的事。"

诗的声音，通向心灵的越多，生命越能长青。能经得起历史考验的作品，首先是在人心能生根的作品。

　　有生命力的诗，总是面向人民，有时代精神的。这种说法当为庸俗社会学所用，也可用来要求作者为图解政策、配合运动服务，照他们解释，政策精神就是最强的时代精神，运动的目的就反映了人民群众的最高利益。但是图解毕竟不是诗，它有无生命，也就与诗无关了。

　　"五四"后的诸多名篇，如"无限的太平洋提起他全身的力量来要把地球推倒/啊啊，我眼前来了的滚滚的洪涛哟/啊啊！不断的毁坏，不断的创造，不断的努力哟"的郭沫若的放号声，或是艾青在那黑暗的年月一再歌唱的"太阳""火把"，骄傲地唱着"看，我们笑得像太阳！"诗的声音，都是响亮的时代强音，表现了时代精神的激奋，又激奋了时代的精神。

　　没有艺术风格与题材的多样，也就反映不出一个时代生活的丰富多样。一部时代的交响乐，得由各样的管弦奏出各自的旋律而织成一个整体。

　　戴望舒的《雨巷》，过去都认为调子低沉，给人看到苦闷而没有出路的"徘徊又彷徨"，认为是与时代"格格不入"的情调。包括我自己，也曾这样跟着别人这么说过，认为它能留下来，主要是靠它的艺术性。可是"撑着油纸伞，独自——徘徊在悠长又寂寥的雨巷"，或"默默彳亍着/冷漠，凄清，又惆怅"，这不就是那个时代相当多的一部分知识分子苦闷于寻不到出路的形象么？如果我们承认典型不是平均数的话，那么，就得承认这样的诗，也是表现了那个时代的一个侧面，也是属于时代的。作者本人也许是"为艺术"而艺术，但它里面却有人生（不论反映得多么曲折）才留下了它的艺术。

　　任何时期，先知先觉者，既是伟大的，也总是少数。有人说《雨巷》是颓废的，理论根据是，那时已经有了中国共产党，给人民指明了出路。据此推论，我们几十年间的大革命、土地革命、民族解放战争、解放战争以及党本身遭受的挫折及路线上的错误等等，也就不可理解了。时至今日，落实知识分子政策还受干扰，就更不可理解了。诗人当然要表现理想，可不是将理想当现实来表现，否则，本想制造炸弹，却只能产生梦幻了。

四

"五四"后留下不少这样的作品，虽然不能完全像小说、戏剧那样展现大的时代画面，却以诗的特点，仍向我们提供了对时代和生活的认识作用。

时代丰富、深厚的交响中，圆号的响亮，独具号角的效果。作为个人，应该追求作品这样的效果，作为一个文学园圃，又确实存在题材的"生态平衡"，虽有主次之分，又是缺一不可。问题不在于题材怎样，而在诗人怎么处理题材。风景诗写得让人看了想遁世自然不好，但它表现了山河之壮美，使人热爱我们的土地，也能陶冶人的心灵；不然，破坏题材的"生态平衡"，也要酿成灾害。至于那些产生于二三十年代的作品，要它每个方块字都是圆号的号谱，缺乏历史唯物之心。当中能留到今日的作品，仅说它因艺术而能存在，失去理论的科学。有的理论可以排开文学所表现的生活来论文学，但文学总是无法离开生活的源泉而产生、存在。多样的生活可以在庸俗社会学的沙漠上建起文学的绿洲，理论的沙漠，却不是文学落根之所在。

每首诗（说的是真正的诗），当代的褒贬，无法摆脱当时各种非诗因素的沉浮，经过时间的过滤，人们又无法不剔除那些非诗的杂质再看诗。有时，机缘也起作用，不然，《雷雨》被丢进字纸篓，要不是靳以（1909—1959）捡起来看了惊叹，也许就不存在曹禺（1910—1996）今天在中国话剧史上的地位了。上世纪五十年代，闻捷的组诗《吐鲁番情歌》问世，是轰动的，不仅诗行中闪烁着诗人的艺术才华，更重要的还在于它是《情歌》，虽然它远远不如今日写爱情的诗那么真实丰富，但它在题材上是以与庸俗社会学挑战而取胜，又以作品自身残留诗的庸俗社会学而致命，但它在当时突破题材禁区的作用，也一定要写在新诗史上。闻捷在那些情诗中是从来不把自己写进去的，他把我们制度下应该确定的劳模光荣、工人光荣的观念，简单地、赤裸裸地作为择偶的条件在作品中提出，今日读来不仅感到不真实，反而感到是在写交易，是看不到爱情的《情歌》。这样，它也就完成了自身在新诗史上起过的作用。机缘是有关系的，但最后还得决定于作品本身。这点，历史是很公正的，又太严酷了。

珍珠埋没了，我们有掘出的责任。废铜闪光，毕竟不是黄金。鲁藜的《泥土》讲："老把自己当作珍珠/就时时有怕被埋没的痛苦/把自己当作泥土吧/让众人把你踩成一道道路"，短短四句，写的是泥土，却是诗的珍珠。五十年代，有人为了要打倒诗人，硬是咬牙切齿地说它宣扬了"卑微主义"，但批判没有把它归进垃圾堆，却埋在读者心里。不是诗人的存在使诗获得生命力，而是作品的生命力证实了诗人存在的价值。

一个人，如果通过歪门邪道来表演自己是个诗人、作家而生存，不论怎么有人捧，有"权威"表态，甚至可以得奖，名字写到百科全书上，也不可能赢得读者的敬意。若一切要靠活动钻营而来，此套德行恰恰道出了作品平庸的原因。要是如此当作家、诗人，真不如踏踏实实，那怕默默无闻地做好力所能及的工作；这样，也许会失去追求虚荣的的快乐，却不会有自欺欺人的内疚！

对太讲"现实"的人来说，这当然都是一些多余的话，偏偏文学事业不是昙花一现的幻影，它的永恒，不容短视！

一九八三年五月十日于上海

（原载《萌芽》一九八三年八月号）

诗就是诗（七）

　　也许，这是再也明白不过的问题，可是，再也明白不过之中，它又毕竟是一个令人深思的问题：许多过去与诗完全无缘的人，一到老山前线都突发性地诗兴大发，这些人下阵地后，大多数也不再写诗了，有的还没下阵地，自我感觉，已经由原来突发性的写起诗来的经历，就预感到下阵地后也会突发性地不再写诗。这块被称作"焦土"的老山，总是在打出许多英雄时，也打出许多诗人。

　　这，其中没有任何秘密，又有不是那么容易说明白的秘密。

　　在这称作"焦土"的战地，猫耳洞里仅有立锥之地，战士也会用空了的压缩饼干筒种起老山兰；在前方的小镇上，懂行情的商人也会将那弹壳打成一个个像黄金一样发亮的戒指，完全可以成为定情的礼物而成抢手货；那弹壳，在战士手下则把它敲打成一只只金色的鸽子，和平也有金属的翅膀飞翔。尽管后来为了避免浪费，不让再用子弹壳焊制手杖，然而，哪怕只有那么一根，士兵制它给老者、弱者登山攀高助力，远行作伴，也是一首很美的诗。这样的战士，在这样的焦土，刀枪打出英雄时，怎么不打出那么多诗人呢？从这一点而论，朱增泉就是老山一年年推出的一群群的诗人群中的一位，又是以自己的艺术相异于他人而独具光彩的一位。

　　诗就是诗。任何人，只要他写的真是诗，最后最能说明诗人的，依然是作品本身。在每日印出的许许多多的作品里，有的几乎很少，甚至没有什么审美价值，然而也会有人喝彩，那是从社会学的角度或是为了某种需要如此。因此，不论捧得它怎么高，毕竟是艺术的悲剧。然而，好的作品，有审美价值的同时，常常也是可以有很高的认识作用。后者，是作者渗进表现生活的透视力，也是以作者的思想水平所定。要说最能说明诗人的还是作品本身，那么，作品毕竟也要这么说明作者。朱增泉下笔写那焦土，作者总是鸟瞰式地看战地，这恐怕与他在战地处于一个领导的位置相关。这位上阵才开始写诗的将军，这位只读过小学，出身农民的将军，一试笔就是一首长达百余行的《猫耳洞人》，颇能说明这一点。猫耳洞、猫耳洞人，这一老山一开仗一直没变的现实，也一直是老山诗离不开的题材。过去，写猫耳洞多是写猫耳洞艰苦难忍的生活，其中写得真的，它的意义也是永远不会过时的；但是，相同的猫耳洞，总不该成为写猫耳洞者思想艺术雷同之弊端。朱增泉的《猫耳洞人》有这么一节："地球人，是被探测的外星人"，不同星球上的人，看对方都是"外星人"，处于不同环境和认识水平，哪怕在同一个大地，相互不理解时，实质上也如同互为"外星人"。

> 奇闻！一条不可思议的，奇闻
> 荒诞！荒诞得，让人难以置信
> 沿着国境线，硝烟熏黑的，峭壁
> 依着谷地焦土中，不屈的，危岩
> 像，一群不朽的，石窟
> 像，一片不可亵渎的，神龛
> 像，一个个凌空高筑
> 俯视狐鼠出没的，鹰巢
> 穴居着，一群——裸体人

很难想象，二十世纪八十年代的战地竟有如此的"裸体人"。但是，在四十多度的高温中还闷在猫耳洞坚守的战士，胯溃裆烂，穿任何东西，都会跟肉粘紧在一起，撕都撕不脱，只能，也只好赤身裸体。

> 想象的人
> 有时候，比神话还不可捉摸
> 现实的人
> 现实得像史前传说

> 真实的人
> 真实得一丝不挂时，才算确凿

这是使人为之愕然的场景，它需要心灵与心灵找到沟通的渠道。他们比远古祖先穴居在"更矮更暗更潮更闷热的，洞穴"，是为了人们"窗户向阳，装上空调"，"在红地毯上，沉着踱步"……诗人将今日的猫耳洞人与多少万年前裸体穴居的蓝田人、元谋人相比，比出我们民族"捍卫繁衍生息疆域的悲歌和浩歌"之"龙的传人"的血亲关系，也揭开今日在猫耳洞的"裸体人"之谜——

> 裸体，是我们殊死生存的，需要
> 生存下来，是殊死战斗的，需要
> 我的战斗，是因为你的，需要！

对于这场战争，这也是不叫宣言的宣言。诗人写的猫耳洞很小很小，诗人写它的眼界却是很高很高，胸襟是广的。作者鸟瞰式地写战地全景中的猫耳洞，达到的，是不同于过去白描洞内直观印象的作品效果，但诗人的热情还是回到战士当中，在鸟瞰中寄于猫耳洞。它同过去反映猫耳洞生活的作品放在一起，既有相异之处，也难和它们截然分开。他其他那些不叫《猫耳洞人》的长短诗，也还是写的"猫耳洞人"，这也是诗人作品生命所在之特有的方式之一。对一首《猫耳洞人》，读者、评论家，完全可以和应该有各自的兴趣，甚至是截然不同的评价，但它始终是说明作者的重要作品。

上前线的人，一拥而上地写诗，其中较多的人是由于长期在和平的环境里，一到老山，生活的反差，感情的变化，都很强烈，写诗，正是找到渲泄它的方式，于是直抒胸臆地呼、喊，甚至喊口号，也是出于真情，有时却未必都能成为动人的艺术。有的也想艺术地表达自己的战地感受，由于初试笔，或是写过一点分行文字也还幼稚，又不是单纯借诗作感情的宣泄，是有心于诗者，对于后方诗界一些时髦的东西，受其影响，也是难免。那些技巧、诗风，自然也有用武之地，用于适合它表现的东西，但用于表现猫耳洞人，有的就实在对不上茬。但朱增泉的《猫耳洞人》，颇多浪漫主义的成分，这，似乎是为诗人后来一系列长诗更充分发挥其浪漫主义的热情开道，它相同于不少老山诗作者宣泄的那种感情的气质，但浪漫主义艺术，并不等同浪漫主义式的情绪，因此，它在老山诗中出现，倒有使人耳目为之一新的感觉。

试笔之作试得好，之后，一发不可收拾。写的多是百余行，以致数百行的长诗。如《老山下，有一条盘龙江》，诗的想象也随江水奔腾，随名为"盘龙江"之"龙"飞腾长空，翱游万里，充满奇思妙想。蹲猫耳洞的战士，成"龙的传人"之"龙群"，在老山的战斗中"为龙的尊严——决死！为龙的腾飞——祭血！"《战争·雨季·地球的又一个受孕期》，将猫耳洞也说成"长在地球浅腹部的胎盘"，猫耳洞人"正在胎盘中受孕"。《人类·历史·人类耕种着历史》，只要看看他以下的小标题：《法老王和金字塔之谜》，《斯巴达克的悲惨结局和古罗马的几座辉煌建筑》，《孔子和〈论语〉，秦始皇和万里长城》就明白，作者的笔触、想象是中外古今，天上地下……到诗人近期《月亮、钢盔、头颅、枪管》，又可以看到他新的突进，作者利用这月亮、钢盔、头颅、枪管的具象之"圆"，化现实于梦幻，梦幻于现实的严酷，又陷于深思，于是，战争与和平，方与圆的矛盾法则，从中悟化，又归化其中，相融相错，使笔墨触向哲学的深度。乍看，颇多现代艺术之风，联系到作者现有的全部作品来看，倒有我们古典哲学鹏鸟作九万里飞的色彩，但它不是玄想、禅理，而是比现实更现实，比浪漫更浪漫的唯物论者辩证法的灵感……这一系列作品，有时作者诗的灵气多于诗的推敲，有时随着诗笔的熟练而随意也会出现一些散乱之笔。诗人对生活认识的自信，使他笔下出现的，不论多么浪漫的联想、想象，有时既有理念大于形象之处；更多的，却是要人认同他对事物的确认。诗人的想象，随老山漫天云雾翩跹于猫耳洞时——

……

我进雾海访洞穴，

哦，我看见了龙！

年轻忠诚的士兵群，

硝烟里孵化雾海里升腾的龙种啊！

我与你们同行来，

当初为何不曾发现龙之群？

噢，这云遮雾罩的藏龙之地哟

……

—— 《老山下，有一条盘龙江》

在此，作者运用的不是比喻，他想象的龙种，读来就是猫耳洞的战士。诗人丰富又复杂的创作现象，正是为诗者发展自身、往前攀登必然的律动。这一系列长诗，只用点头摇头论其成败，太简单了。它们并非都能超过作者试笔的《猫耳洞人》，但是，后来的笔触，却向更广更深的思想艺术掘进，这一点，又可能成为远在《猫耳洞人》之上的思想艺术计程。

不知道诗人偶尔写短诗的笔墨，是准备扩大、移植到长诗前的"试验田"，还是考虑不同篇幅、不同容量的长诗、短诗，就该有不同的格局。如"山深／林密／孤骑"这样的句构，就是从"古道／西风／瘦马"的古诗中托演出来，"虎视雄关秦时月"中的"雄关秦时月"更是古词"汉关秦时月"直接化进新诗。过去，也有人以语言的诗词化作为民族化的创作实践，看来，朱增泉不是这样。

蓝天

白马

红土地

疾驰后的驻立

高远

淡泊

　　静
　　低头啃绿的草
　　喷鼻闻红的土

　　惊雷
　　长啸
　　奋蹄去处
　　风狂
　　雨暴

　　这四十三个字，构成的，是一幅中国水墨画，不押韵，却似"五四"后有的诗家讲求的音节，它不像诗人的长诗，追求那种雄浑的气势，而是营造诗的意境，酷似小令散曲中的艺术小品。它在思想和艺术上，都不足以代表诗人，但又说明了诗人多样的尝试，多样的追求。

　　从个人的兴趣讲，我更喜欢诗人《我案头，站立一尊秦兵俑》和《迷彩服》这样的作品。前者，作者对着"一具灵魂的化石"之俑，看他"有满腹的话要对我说/然而你什么也不说"时，深思他"身经十万里征战/亲睹剧痛中分娩了统一的古中国"，到自己"在硝烟中思索着走向最终的沉默"时所看清的"存亡之道""死生之地"。

　　诗的诚挚，表现出一位军人既非慷慨激昂却是视死如归之庄重、深沉、苍劲的诗氛与力度，颇有感染力。《迷彩服》，本为作战的伪装服，有利于作战；而战斗是真格的，是"前额迎对敌人枪弹"的历程，是血与火、生与死之间的路，又恰恰是来不得半点的伪装。诗人从伪装的假象，透视出人生的真谛。

　　不羡慕古罗马骑士的斗篷，
　　不留恋赵武灵王的胡服，
　　抖起当代军人的威风，
　　你潇洒地穿起这件迷彩服。

披一身生命的斑斓，
同苍白地活着的人区别开来，
用前额迎对敌人枪弹的战士，
你最懂得
人生不能靠伪装取得价值。

浑黄底色——
民族之魂携着你，
从古老的黄河沿途走来。

团团墨绿……
穿越丛林的搏击，
使你的青春跳跃过嫩绿色。

点点浓黑……
你蘸取四溅的硝烟，
记录下生命与战争的撞击。
……

迷彩服，是过去解放战争中所没有的装备。今天"潇洒地"穿上它"抖起当代军人的威风"是实，看它的颜色是硝烟、青春、黄河，是虚，是诗，是由具象产生诗的想象。从具象到想象之间，思辨的穿透力，产生几组类似"一身生命的斑斓""同苍白地活着的人区别开来"这样对比对立的形象。回复到战斗需要伪装，战士的人生又是不容伪装的课题，那就是哲学了。真与伪，不难识别，求真，有时付出的，却是残酷的代价。诗所寻求的"人生价值"，也是诗的价值。

正是找到诗的价值与人生价值的一致点，一位军务繁忙的将军，诗龄不足一年，竟写出两千多行诗，虽然不可能水平都那么一致，而他写出一篇就是一篇。一旦离开战地，他完全可能突发性地放下诗笔。然而，军人的感情会敏感于战争，但也绝非不遇战争不动情，因此，诗也终究不会离他而去。这种时候，忙于在他的创作实践中找出个什么结论，为时太早，也太轻率。何况一位在思想和艺术上很顽强的探求者，他的探求是不会打下句号的。

一九八八年一月二十于前线落水洞

（原载《解放军文艺》一九八八年六月号和
《评论选刊》一九八八年八月号）①

———————

① 此文刊发时题为《朱增泉的诗》。